西安文理学院中国古代文学与文化研究团队、
学科建设项目资助出版

元明清咏陕诗文本解读

伏漫戈 著

上海三联书店

目　录

引　言

　　咏陕诗这一概念出自霍松林所著的《唐人咏陕诗简论——〈陕西省志·诗歌志〉唐代部分前言》，特指历代歌咏陕西人、事、物的诗歌。

　　元代的陕西行省、明代的陕西布政使司、清代的陕西省管辖区域广泛且有变动，涉及的作家、作品难以统计，因此，为了确保研究结果的准确性，把研究范围限定为现在的陕西省。

　　元明清时期，许多文学史上的大家、名家都创作过咏陕诗，这些诗人大体上分为两类：

　　其一，外地诗人。这些诗人又分两种情况：一种是曾经在陕西生活者，他们或在陕西为官、公干，或者出差、探亲途经陕西，或者到陕西投靠朋友。他们曾对陕西的教育、文化、经济的发展做出过重要贡献。其诗多为写景、游览、纪行、怀古之作。另一种是未到过陕西者，这些诗人不乏当时的名家、大家，他们的咏陕诗则多为咏史、题画、酬唱之作。外来诗人以他者的视域来观察陕西的生态、文化环境，其内心充满了陌生、新奇、忧愁与惊喜之感。虽然，外来诗人有离愁与寂寞，但其诗作总体上旷达、明朗。他们歌咏陕西的古迹遗风、自然景观、风土人情，于寻幽览胜中充当陕西历史文化的挖掘者、评判者与传播者。

　　其二，陕西籍诗人。有些人一直生活在陕西，有些则长期生活在外地。他们的诗歌题材广泛，内容丰富，全面展示了陕西当时的社会状况、历史、风土人情、自然景色。本地诗人往往以主人的姿态，用细腻生动、形象具体的笔致写景抒情，其诗作富有乡土风情与生活气息，字里行间充满了对家乡山水、田园、人物的赞美之情。本土诗人多为贬官者或布衣，其人生坎坷，失意消沉，而家乡的山川景物、名胜古迹则成为了他们淡忘伤痛的精神寄托，怀才不遇、命运多舛的苦闷暂时化解，冲淡平和、乐天知命的超然流淌笔端。

元明清咏陕诗同中见异。相同之处有三点：其一，深厚的历史情结。对波澜壮阔的事件充满迷恋；对叱咤风云的英雄充满敬佩；对烟消云散的繁华充满怀念；对破败凄凉的现实充满感伤。其二，模山范水的高雅情怀。描绘壮丽河山、秀美田园、新奇风俗，仰慕功成身退的智者、逍遥自在的高人，表达归隐之思。其三，强烈的现实精神。或记录时代的变迁，描绘战乱的创伤，体察百姓的疾苦；或以史为鉴，针砭时弊，忧虑国事；或展现经世致用的抱负，抒发建功立业的豪情，寄托济世救民的理想。

不同之处有两点：其一，时代差异突出。元代咏陕诗，题材上，题画诗较多，成就高；内容上，涉及的山水古迹集中，范围较小；体裁上，古体诗较多；诗人中，少数民族诗人表现亮眼。明代咏陕诗，题材上，山水诗较多；内容上，有所突破，涌现出了描写陕北名胜、陕南风光的诗歌；体裁上，乐府诗、近体诗数量较多；诗人中，本土诗人的表现突出。清代咏陕诗，题材上，怀古之作较多；内容上，出现较多描写栈道及陕南名胜的诗歌；体裁上，近体、古体组诗、长诗较多；诗人中，在陕西为官、旅行的诗人贡献较大。其二，地域差异鲜明。关中、陕南和陕北的自然与人文景观迥然不同，身处其地，诗人的感受有别，进而造成诗歌的风格差异显著——写关中的诗，风格壮丽雄浑；写陕南的诗，风格瑰丽奇异；写陕北的诗，充满边塞诗的慷慨雄壮。

元明清时期的咏陕诗数量较多、内容丰富、特点鲜明，是元明清诗歌的重要组成部分，在文学史上影响深远。这些诗具有较高的艺术价值和实用价值：一方面，从中可以了解元明清诗歌的创作主题、风格流变、诗人生平、作家心态、诗学观念等重要问题；另一方面，可以认识陕西的历史、文化、物产、风俗以及陕西人的特点。

本书选取了元明清时期 299 位诗人的 1050 首咏陕诗，通过作者简介、疏通字句、概括大意、揭示特点，对作者的思想感情、诗歌的意蕴、艺术特点做出准确的诠释。

第一章　元代咏陕诗

本章选取了元代 45 位作家创作的 132 首咏陕诗，探讨元代咏陕诗的内容及特点。

45 位诗人中，除去生平事迹不详的 6 人外，陕西籍诗人仅 3 人，占比不到 8%，这说明了元代陕西的文化教育比较落后。值得一提的是，在创作咏陕诗的作家中，少数民族诗人人数较多，共有 10 位。这些诗人表现突出，其中，萨都剌、马祖常都是名擅一时的诗人，在文学史上占据一定地位。这一现象显现了元代文学开放、包容、多元的特点。宋、元时期，不少西域人定居中国，"更有与内地人联姻者①"，他们学习汉文化，有人精通诗赋，甚至成为名家，萨都剌、马祖常就是其中的佼佼者。

元代咏陕诗的题材比较广泛，涉及怀古、题画、山水、伤时、纪行、游览、民生、咏物等类型。其中，咏史怀古之作数量最多，为 53 首。"据《全元诗》统计，元代咏史诗约有六千余首，规模空前、形式多样，内容和艺术上常有翻新。②"元代的"咏史之作时时流露出故国之思、沧桑之感，更多的是夹杂着世道无常、弃世归隐的意识。③"陕西历史悠久，文化深厚，遗迹众多，诗人置身此地时，处处感受到汉风唐韵，于是情不自禁地抒发思古幽情。咏陕诗中的咏史怀古之作可细分为借古讽今、感慨兴亡、总结教训、缅怀古人、借古颂今几类。题画诗居次，为 30 首，这些题画诗较为集中地出现于元代前期、中期。元代，题画诗兴盛，陈邦彦《历代题画诗类》收录"元代题画诗近 4000 首"，"其题画诗

---

① 赵翼《陔余丛考》，河北人民出版社，1990 年，第 292 页。
② 涂小丽《元代咏史诗研究述评》，《现代语文》，2017 年第 11 期，第 12 页。
③ 张焕玲、赵望秦《古代咏史集叙录稿》，三秦出版社，2013 年，第 16 页。

之多,题画诗人之众,在中国题画诗史上空前绝后。①"咏陕诗中的题画诗包括题人物、宫室、山水等,其中题人物画数量最多。内容上,题画诗流露出"唱归主调以及与之相适应的厌世之意。②"形式上,题画诗篇幅较短小,以绝句为主。

第一节　元代前期咏陕诗

　　元代咏陕诗创作的前期为蒙古灭金(1234)至元成宗大德元年(1297),这一时期的 17 位作者创作了 42 首咏陕诗。题材上,题画诗12 首,咏史怀古诗 12 首,纪行诗 5 首,游览诗 5 首,题咏诗 3 首,山水诗 2 首,咏物诗 1 首,赠别诗 1 首,赠答诗 1 首。诗人之中,汪元量的咏陕诗,数量较多,其诗突破了咏史、题画的局限,反映了陕西当时的社会现实,具有较高的史料价值。

　　一、李俊民(1176—1260),字用章,号鹤鸣老人,山西省晋城市人。金章宗承安五年(1200)进士。著有《庄靖集》10 卷、《庄靖先生乐府》1 卷、《庄靖集补遗》1 卷。其诗"类多幽忧激烈之音,系念宗邦,寄怀深远,不徒以清新奇崛为工。文格冲澹和平,具有高致,亦复似其为人。虽博大不及元好问,抑亦其亚矣。③"李俊民的咏陕诗为题画诗。

《孟浩然图》

　　却因明主放还山,破帽骑驴骨相寒。诗句眼前吟不尽,北风吹雪满长安。

　　孟浩然被唐玄宗弃用,放归山林,衣衫褴褛,骑着瘦驴,其骨相注定清寒。孟浩然用诗歌宣泄心中的苦闷,长安北风呼啸,大雪纷飞。

---

① 王韶华《元代题画诗研究》,中国传媒大学出版社,2010 年,第 10 页。
② 王韶华《元代题画诗研究》,中国传媒大学出版社,2010 年,第 224 页。
③ 永瑢《四库全书总目》,中华书局,1965 年,第 1421 页。

诗人以孟浩然的怀才不遇,暗讽帝王贤愚不分。此诗白描生动,讽刺巧妙,托物寄情,言近旨远。

二、宋子贞(1185—1266),字周臣,号鸠水野人,山西省长子县人。著有《鸠水集》,宋子贞的诗流传后世的较少,《元诗选·癸集》收录其诗1首。宋子贞的咏陕诗为怀古诗。

《温泉》

骊山山下水粼粼,曾浴华清第一人。云窦暗通金屋暖,月波常浸玉莲春。应藏褒姒千年火,不洗渔阳万马尘。安得汤盘铭九字,明明盛德日维新。

骊山位于陕西省西安市临潼区,古迹众多,景色秀美。

骊山下,华清池波光粼粼,杨贵妃曾在此沐浴。云气出没的山洞与舒适的寝宫有暗道相通,月光倒映在温暖如春的玉莲池中。周幽王为博褒姒一笑,烽火戏诸侯,温泉水洗不掉安史之乱的战火,谨记成汤刻在澡盆上的九字箴言,努力保持崇高的品德,做到一天新,天天新,新了还要更新。作者以帝王亡国、误国的史实,告诫统治者吸取历史教训,励精图治,开创盛世。此诗思接千载,对比巧妙,意境清奇,卒章显志,发人深省。

三、杨奂(1186—1255),又名知章,字焕然,号紫阳,陕西省乾县人。著有《还山前集》81卷、《还山后集》20卷等。杨奂"诗文皆光明俊伟,有中原文献之遗,非南宋江湖诸人气含蔬笋者可及。[①]"元好问评价:"紫阳博览强记,作文划刮尘烂,创为裁制,以盗袭剽窃为耻,其持论亦然。秦中百年以来,号称多士。较其声问赫奕,耸动一世,盖未有出其右者。[②]"1234年,杨奂离乡北上,1253年,杨奂受忽必烈

---

① 永瑢《四库全书总目》,中华书局,1965年,第1430页。
② 顾嗣立《元诗选》二集,中华书局,1987年,第144页。

征召,回到关中,为忽必烈出谋划策。杨奂的咏陕诗为咏史怀古诗、游览诗。

(一)怀古诗

《长安怀古》

此心直欲作东周,再到长安已白头。往事无凭空击楫,故人何处独登楼。月摇银海秦陵夜,露滴金茎汉殿秋。落日酒醒双泪眼,几时清渭向西流。

诗人心存兴国安邦的志向,然而回到长安时头发已经花白。往事不留痕迹,壮志未酬,友人不知在何方,诗人独自登楼远眺。银白色的月光像荡漾的海水,照亮秦陵,露水滴落汉宫的承露盘,秋意浓重。落日时分,诗人酒醒后潸然泪下,感叹渭水何时能清,转向西流。诗人抒发了怀才不遇、理想破灭的苦闷。此诗用典精当,对比巧妙,意境苍凉,笔力雄健,格调沉郁。

(二)游览诗

《说经台》

说经人去已千年,木杪遗台尚岿然。寰海至今传妙旨,犹龙无复见真仙。风号地籁笙竽合,日照山光锦绣鲜。须信谷神元不死,晚来幽鸟替谈元。

说经台,位于陕西省西安市周至县楼观台内,相传是春秋时期老子讲授《道德经》之地。

老子离开人间已经久远,抬眼望去高耸的说经台挺立在树梢之间。《道德经》在海内的影响深远,老子的思想博大精深,如神龙之不可测。山风发出的声音如同笙竽合奏一般美妙悦耳,阳光普照,山中的景色美如锦绣。老子虽然离去,道却永恒不灭。夜晚,鸟儿鸣叫,如同替老子讲解玄妙之道。此诗抚今追昔,想象奇妙,意境神奇,比拟生动,格调高古,富有哲理。

《重阳观》

终南佳处小壶天,教启全真自此仙。道纪宏开山色里,通明高耸日华边。南连地肺花浮水,西望经台竹满烟。最爱云窗无事客,寂然心月照重玄。

重阳宫位于今陕西省西安市鄠邑区,是全真教的祖庭,王重阳在此修道,死后安葬于重阳宫。

重阳观位于终南山的胜境,王重阳在此修道成仙,开创全真教派。道的法则从此处得到广泛传播,重阳观耸立,沐浴着太阳的光华。南边连接着如同莲花一样的终南山,西边可见翠竹环抱、云烟缭绕的说经台。王重阳隐居于此,明净如月的心性洞彻深奥的哲理。此诗比喻奇妙,意境清幽,视角多变,文思灵动,寄托深远,理致清赡。

《宿草堂二首》

百顷逍遥苑,千年罗什家。荒林藏屋小,细径逐溪斜。老桧今何主,瑞莲春自华。山灵憎俗驾,朝暮白云遮。

废寺人踪断,幽溪野性便。鱼须分浪细,虎迹印沙圆。驯雀偷僧饭,恶蚊破客眠。献芹吾岂敢,直欲剧山田。

草堂寺位于今陕西省西安市鄠邑区,是中国佛教三论宗、华严宗的祖庭。

第一首诗,描写逍遥苑方圆百顷,鸠摩罗什曾在此译经。低矮的房屋隐藏在荒凉的树林中,小路沿溪水蜿蜒曲折。老桧无人照管,并蒂莲在春风中独自开放。山神不喜欢俗人的侵扰,圭峰终日被云雾遮蔽。

第二首诗,描写草堂寺荒废,人迹罕至,幽静的小溪正适合诗人喜好山野的性情。鱼儿激起微波,沙滩上留下老虎的足迹。温顺的山雀偷吃寺僧的饭,可恶的蚊子咬醒了客人。无才为朝廷建言献策,渴望隐居林泉,躬耕于山野。

这两首诗笔墨冲淡,拟人传神,意境清远,气韵灵动,格调高雅。

四、李庭(1199—1282),字显卿,号寓庵,陕西省蒲城县人。著有《寓庵集》10 卷,存世诗歌 550 余首。"甲辰岁(1244)辟为陕右议事官①",中统元年为陕西讲议,至元七年授京兆教授。李庭的咏陕诗为怀古诗。

《咸阳怀古》

连鸡势尽霸图新,兀兀宫墙压渭滨。指鹿只能欺二世,沐猴那解定三秦? 倚天楼观余焦土,落日河山几战尘。今古悠悠同一辙,不须作赋吊前人。

群雄割据结束,秦建立空前霸业,秦人在渭河边修建巍峨的宫墙。赵高指鹿为马欺骗秦二世,项羽不懂建都关中的重要性。昔日高耸入云的宫殿如今成为焦土,夕阳下的这片山河,经历过无数次战火。今天与古代相隔久远,却重蹈覆辙,无须像杜牧那样一味惋惜和批评前人。此诗抚今追昔,意境雄浑,设问精警,笔致灵动,讽刺巧妙,见解独到。

五、商挺(1209—1288),字孟卿,号左山,山东省菏泽市人。商挺创作诗歌千余首,其诗集散佚不存,《元诗选》收录其诗 4 首。蒙哥汗三年(1253),商挺入忽必烈潜藩,帮助杨惟中治理关中。中统元年(1260),商挺与廉希宪宣抚陕西。商挺的咏陕诗为怀古诗、题咏诗。

(一)怀古诗

《骊山怀古》

女色迷人祸更长,千年烽火化温汤。无情一片骊山月,照罢周家又到唐。

女子的美色使人迷恋,由此造成的灾祸不断重复。骊山久经战火,泉水化为温泉。骊山的月亮冷漠无情,对周亡、唐衰无动于衷。诗人相信红颜祸水,周幽王宠褒姒而亡国、唐玄宗宠杨贵妃而致乱,历史

---

① 李佩伦《李庭及其〈寓庵集〉兼为元诗一辩》,《青海民族学院学报》,1993 年第 2 期,第 87 页。

悲剧一再上演,令人痛惜。此诗开宗明义,联想巧妙,拟人生动,类比得当。

（二）题咏诗

《题甘河遇仙宫》

子房志亡秦,曾进桥下履。佐汉开鸿基,砥然天一柱。要伴赤松游,功成拂衣去。异人与异书,造物不轻付。重阳起全真,高视乃阔步。矫矫英雄姿,乘时或割据。妄迹复知非,收心活死墓。人传入道初,二仙此相遇。于今终南下,殿阁凌烟雾。我经大患余,一洗尘世虑。巾车徜西归,拟借茅庵住。明月清风前,曳杖甘河路。

甘河地处今陕西省西安市鄠邑区,此处古迹众多,风景优美。

张良立志灭秦,曾为黄石公拾取桥下的鞋。他辅佐刘邦建立丰功伟业,如同巍然耸立的擎天柱。张良欲跟随赤松子逍遥世外,功成身退,振衣而去。神人传授奇书的好运,上天不会轻易赋予凡人。王重阳创立全真道,气概不凡。不同凡响的英雄,趁势占据一方。王重阳不相信虚幻荒诞之事,潜心修炼。传说王重阳入道之初,曾在甘河镇遇到张良,至今终南山下的道观高耸入云,气势雄伟。诗人劫后余生,摆脱名缰利锁的束缚,出行归来时,欲借住在茅庐中。沐浴着清风明月,拄杖漫步于甘河的大道。诗人称赞张良、王重阳功绩卓著,淡泊名利,表达了对前贤的敬仰之意,抒发了隐逸之情。此诗由古及今,文思灵动,联想丰富,类比巧妙,笔力遒劲,气势雄浑。

六、耶律铸(1221—1285),字成仲,号双溪、四痴子。耶律铸著有《双溪醉隐集》6卷等,存世诗歌850余首。王万庆评价"气体高远,清新绝俗。道前人之所不道,到前人之所不到。情思飘如驭风骑气,真仙语也。"[1]耶律铸的咏陕诗为题画诗。

《题明皇思曲江图》

偃月堂成已乱基,徒令千古罪环儿。中原战血生荆棘,可惜三郎

---

① 张金吾《金文最》,中华书局,1990年,第684页。

见事迟。

郑棨《开天传信记》记载："平康坊南街废蛮院，即李林甫旧第也。林甫于正寝之后，别创一堂，制度弯曲，有却月之形，名曰'偃月堂'。①"

李林甫专权毁坏了大唐基业，但是后人总是谴责杨玉环祸国殃民。安史之乱爆发，生灵涂炭，国势艰危，令人惋惜的是唐玄宗未能早日认清局势。诗人批评唐玄宗昏聩不明，任用奸臣，不满杨贵妃背负骂名，摒弃了红颜祸水的陈腐之见。此诗立意新颖，见解独到，褒贬鲜明，讽刺委婉。

七、王恽（1227—1304），字仲谋，号秋涧，河南省卫辉市人。著有《秋涧集》100卷，存世诗歌3100余首。"恽文章源出元好问，故其波澜意度，皆不失前人矩矱。诗篇笔力坚浑，亦能嗣响其师。论事诸作，有关时政者尤为疏畅详明，了如指掌。史称恽有才干，殆非虚语，不止词藻之工也。②"顾嗣立评价："秋涧诗，才气横溢，欲驰骋唐宋大家间。然所存过多，颇少持择，必痛加芟削，则精彩愈见。③"王恽的咏陕诗为题画诗。

《孟浩然灞桥图》

金銮消息远相招，雪满吟鞍过灞桥。处士本无经世志，强将诗句杜清朝。

灞桥位于今陕西省西安市东郊，春秋时期，秦穆公改滋水为灞水，在灞水修桥。隋代，新建灞桥，元代，灞桥废弃。

朝廷征召孟浩然出仕，孟浩然却冒雪骑驴过灞桥找寻诗思，孟浩然原本是没有经国济世抱负的隐士，他用诗歌向朝廷表明无意仕进的态度。此诗用典精当，对比巧妙，立意新颖，见解独到。

《秦山图》

秦之为山何峻雄，西连太白东华峰。特隆天府树巨屏，固蓄精祜

---

① 李昉等编《太平广记》，中华书局，1961年，第2876页。
② 永瑢《四库全书总目》，中华书局，1965年，第1433页。
③ 顾嗣立《元诗选》初集，中华书局，1987年，第444页。

开邰封。黍离变雅西周东，云烟幻出崤函宫。不信诗书颇法制，百二山河才两世。后来汉唐亦盛代，文物虽多终霸气。千年事往遗迹在，留与来今鉴成败。君不见，烽燧台，羯鼓楼，祖龙墓在山东头。丹青比兴雅颂作，画史固是非九流。半生薄宦走踆踆，每恨西游不到秦。我今年耄百事懒，唯有怀古一念心犹存。尝闻雪满秦山图，天机貌画中南真。又闻髯张醉里头插笔，洒遍人间雪色壁。西溪君，范华原。呜呼二者不复作，令人气短心茫然。一朝全秦大物忽当眼，着我如在龙首山之颠，卷舒巨轴阅几年。两都乔木今苍烟，其归有数开有先。昔藏寿国今聪山，二公异世俱称贤，画兮画兮得其传。

　　秦地山河雄伟壮丽，西边有太白山，东边有华山，这里物产丰饶，地势险要，得到神灵福佑，开创霸业。哀叹国家残破、今不如昔的变雅兴起，周王朝衰落，风起云涌，秦以崤山、函谷为宫，不重视文化，依赖严刑峻法，虽然山河险固，却仅二世而亡。后起的汉唐也曾辉煌一时，文士虽多但国运最终衰败。历时久远，往事如烟，古代的人与事遗留下来的痕迹犹在，让后人从中吸取经验。烽燧台，羯鼓楼，骊山东边的秦始皇陵，提醒人们牢记历史。绘画与诗歌一样是高雅艺术，画家不是下九流。诗人半生奔波于宦途，无缘西行到达秦地，深感遗憾，如今年事已高，心灰意懒，却难以忘怀历史。曾经听说过《雪满秦山图》，画家熟谙自然的奥秘，把终南山描绘得栩栩如生。又听说髯张酒醉后头上插着笔，在雪白的墙壁上挥毫作画。西溪君、范华原不再作画，让人沮丧失落。目睹《雪满秦山图》后，诗人仿佛站在龙首山顶。几年来，反复展开画卷，欣赏品鉴。长安的高大树木如今化为苍茫的云雾，天下归属有气数，国家建立有先兆。昔日收藏《雪满秦山图》使国家长治久安，如今此画现世，令名山增辉。两位名家虽处不同时代，但都是贤者，绘画艺术因他们而流传。诗人目睹秦山图，有身临其境之感，反复鉴赏，爱不释手。作者观赏山水画作，探索盛衰之理。诗人认为从历代的兴衰可见，国之存亡，依靠的是仁政而非天险。此诗虚实相生，古今结合，构思新颖，联想巧妙，收放自如，笔力雄健，气韵浑厚。

八、胡祗遹(1227—1295)，字绍闻，号紫山，河北省武安市人。胡祗遹著有《紫山大全集》67卷，存世诗歌600余首，其"诗文自抒胸臆，无所依仿，亦无所雕饰，惟以理明词达为主。元代词人，往往以风华相尚，得兹布帛菽粟之文，亦未始非中流一柱矣。①"胡祗遹的咏陕诗为题画诗、咏物诗。

(一) 题画诗

《题四皓图》

才听群雄洗暴秦，溺冠又复得斯人。前星幸有仁柔色，难免长安陌上尘。

白发萧萧脱乱亡，更谁将梦到黄粱。太平日月伤难遇，本亦无心薄赵王。

垂垂鹤发下安车，汉业何烦口舌扶。惊喜再三调护语，高皇元不骂真儒。

子房高智陈平策，不及君王废嫡心。足入汉庭储嗣定，始知名节服人深。

四皓即东园公唐秉、夏黄公崔广、绮里季吴实、甪里先生周术。他们因不满秦始皇的暴政而隐居商山。入汉，刘邦请其出山，被拒。后接受吕后邀请，帮助刘盈巩固了太子地位。

第一首诗，描写群雄并起消灭残暴的秦朝，刘邦凌辱儒生却得到这些人的拥护。太子性情仁慈，致使长安危机四伏。

第二首诗，描写四皓头发花白稀疏，为避难隐遁商山，建功立业的梦想几成泡影，天下太平，四皓仍然怀才不遇，他们并非有意鄙视赵王。

第三首诗，描写四皓渐渐老去，满头白发，被征召出山，汉室功业何劳议论相助，刘邦对四皓调教辅佐太子的言语感到惊奇，刘邦原本并不歧视有真才实学的儒士。

---

① 永瑢《四库全书总目》，中华书局，1965年，第1427页。

第四首诗,描写张良足智多谋,陈平善于策划,却改变不了刘邦废除太子的决心。四皓入汉庭后,太子地位稳固,四皓的高风亮节令人佩服。

这组诗因果互补,情理相生,对比巧妙,褒贬分明,眼光独到,见解精辟。

(二)咏物诗

《题未央宫瓦砚》历下赵明叔家藏

阿房三月火才灭,未央凌霄耸双阙。汉开贤相一酂侯,反蹑亡秦遵覆辙。且令后世无以加,飞驷可能追逝舌。中兴积甲熊耳齐,不救觚稜成毁裂。风吹片瓦落人间,俯伴墨卿磨岁月。铅华百炼烟若新,玄璧团团疑积铁。忆初创物心,而岂为此设。要同藻井覆冕旒,孰向寒窗映方册。昔随金碧生五云,今奉松煤入淄涅。椒壁承香梦一空,痴听癯儒坐呜咽。不幸而幸应自知,却阅繁华几销歇。千年不堕劫火灰,更要坚刚全晚节。人生百年未死前,贵贱升沉几穷达。为马为牛尽世呼,跃冶索名徒自尊。偶因感物数兴亡,漫与成诗忘鄙拙。

未央宫位于今陕西省西安市未央区,汉高祖七年(公元前200年)修建。

阿房宫烈火熊熊,经久不息,未央宫高耸入云。汉朝初创,贤明的丞相萧何却重蹈秦朝覆辙,大兴土木。后世没有能超过未央宫那样壮丽的宫殿,奔驰的骏马难以追赶说过的话。光武帝中兴,堆积的甲胄与熊耳山一样高,不挽救宫阙,任其被破坏。大风吹落宫殿的瓦片,瓦片流入民间被制作成砚台,俯首陪伴墨锭消磨时光。未央宫瓦砚朴素无华,久经磨炼,始终如同新的一般,像墨玉一样光润,像铁一样坚硬。想当初未央宫瓦并不是用来制作砚台的,昔日它装饰着天子居住的宫殿,不是在书斋陪伴典籍;昔日在金碧辉煌的宫殿上五彩斑斓,今日被墨汁弄得污迹斑斑;昔日在后宫承受浪漫美梦的景象烟消云散,今日在书房倾听瘦弱儒生的哀叹。未央宫瓦虽不幸却有幸,几番经历从荣

11

华富贵到衰败零落的变迁。历经千年岁月劫后余生,坚强不屈保持晚节。人生短暂,荣辱贵贱变化无常,一辈子当牛做马任人驱使,自以为能,急于求用,追名逐利,是自取其辱。偶然因未央宫瓦引发感想,诉说兴亡,兴之所至,率意而作,下笔成诗,忘记了自己的浅俗拙劣。此诗托物言志,构思新颖,以小见大,由古及今,对比鲜明,联想巧妙,富有哲理。

九、陈思济(1232—1301),字济民,号秋冈,河南省柘城县人。陈思济著有《秋冈先生集》1 卷、《秋冈诗集》等,存世诗歌 10 首。虞集评价:"秋冈先生平生文章之出,沛如泉原之发挥,而波澜之无津;譬如风云之变化,而舒卷之无迹。[①]"中统元年至三年(1260—1262),陈思济到陕西帮助廉希宪;至元五年(1268),陈思济任陕西汉中道按察副使。陈思济的咏陕诗为赠别诗。

《送卢处道提刑陕西》

绣衣直指上长安,白简风生吏胆寒。三辅舆情应日望,九秋一鹗上霄抟。吟边嵩华云间供,画里周秦马上看。到后相逢李夫子,谓余白发已阑干。

皇帝特派的执法大员即将赴长安,奉上弹劾官员的奏章,办事雷厉风行,令官吏极为害怕。每天关注关中民众的意见和态度,如同鹗在深秋的高空盘旋飞翔。将在高耸云端的华山旁边吟诗,骑在马上欣赏陕西如画的美景。到陕西遇到李夫子,告诉他诗人已经白发苍苍。诗人送别卢挚,赞美他廉洁有为,期望他大展宏图,赞美陕西山河壮丽,抒发了人生短暂,知己难求的感慨。这首诗不同于一般送别诗,不是依依不舍,而是豪迈洒脱。此诗想象新奇,文思灵动,意境壮阔,气势豪迈,立意新颖,不落俗套。

十、溥光(约 1237—1327),本姓李,字玄晖,号雪庵,山西省大同市人。著有《雪庵字要》1 卷、《雪庵长语》等。程钜夫评价:溥光"发而

---

① 顾嗣立《元诗选》二集(上),中华书局,1987 年,第 322 页。

为诗,有寒山、云顶之高,无齐巳、无本之靡,不假徽轸,宫商自谐,得之目前,深入理趣,谓不足以流芳声于四海,振遗响于千祀,可乎?①"溥光入仕前,足迹遍布陕西。溥光的咏陕诗为题咏诗。

《题草堂》

草堂名刹岁年深,三藏谈经事莫寻。唯有千章云木在,风来犹作海潮音。

草堂寺是历史悠久的著名寺庙,鸠摩罗什在此译经之事难以追寻,寺中的大树高耸入云,风吹树叶发出诵经之声。诗人寻幽览胜,抒发思古幽情。此诗抚今追昔,联想巧妙,比喻生动,言近旨远,笔墨冲淡,浑然天成。

十一、姚燧(1238—1313),字端甫,号牧庵,河南省洛阳市人,祖籍辽宁省朝阳市。著有《牧庵文集》50 卷,宋濂评价:"其文闳肆该洽,豪而不宕,刚而不厉,春容盛大,有西汉风,宋末弊习为之一变。②"至元十七年(1280),姚燧任陕西汉中道提刑按察副使。姚燧的咏陕诗为题咏诗。

《题甘河遇仙宫》并引

李天乐真人,自余去岁客秦日,求赋甘河遇仙宫。其地盖重阳真君遇异人酌甘水为酒相酢之所,由是名甘,而不知甘即夏帝启与有扈战此。今其县犹曰鄠,其名旧矣。天乐托石子玉遣其弟子自秦入邓,千里求诗,为之咏此。鄠即古扈字也。

终南下,甘河水,我挈瓶尝作泉比。如何仙翁酌饮人,一唾世上无醪醴。是何濡轨不成川,北流赴渭朝宗然。东海相绝几千里,余波开此黄金莲。河之原委且不见,味更幽渺人岂辨。诗翁乘云能再来,醉掷余杯须一吮。

李道谦(1219—1296),字和甫,河南开封人,金末元初全真教道士。1242 年,李道谦到陕西,拜重阳宫住持于志道为师。至元三十一

---

① 李修生主编《全元文》(16),江苏古籍出版社,2000 年,第 154 页。
② 永瑢《四库全书总目》,中华书局,1965 年,第 1433 页。

年（1294），元成宗封李道谦为玄明文靖天乐真人，赐号崇玄大师。姚燧在陕西时，李天乐真人曾向他求诗。

甘河水，在终南山下，诗人提瓶汲水，河水堪比醴泉。神仙为何舀取河水让人喝，喝过此水，感觉世上再也没有美酒。甘河水流不大，向北流入渭河，距离东海遥远，甘河水滋养了全真道人。不知道甘河水的源头和下游在哪里，它的滋味精深玄妙，难以言说，诗人盼望重到甘河，扔掉酒杯，尽情吮吸甘河水。诗人赞美甘河水醇美、神奇，李真人超凡脱俗，表达了对神仙世界的向往。此诗想象神奇，对比巧妙，文思灵动，笔致洒脱，节奏变化，顿挫有致。

十二、汪元量（1241—1320左右），字大有，号水云、水云子、楚狂、倦客、江南倦客、江淮倦客，浙江省杭州市人。汪元量著有《湖山类稿》13卷、《汪水云诗》4卷、《水云词》2卷，存世诗歌480首。"其诗多慷慨悲歌，有故宫离黍之感。于宋末诸事，皆可据以征信。[①]"周方评价："晚节闻见其事，奋笔直情，不肯为婉娈含蓄，千载之下，人间得不传之史。[②]"至元二十三年（1286），汪元量随同元朝重臣到河北、陕西、河南、四川、江西、湖南、山东降香，此行，汪元量创作了大量纪行诗。汪元量的咏陕诗为纪行诗、山水诗、怀古诗。

（一）纪行诗

《潼关》

蔽日乌云拨不开，昏昏勒马度关来。绿芜径路人千里，黄叶邮亭酒一杯。事去空垂悲国泪，愁来莫上望乡台。桃林塞外秋风起，大漠天寒鬼哭哀。

潼关位于今陕西省渭南市潼关县，地势险要，为兵家必争之地。

太阳被乌云遮蔽，乌云笼罩天空，天气阴暗，诗人拉紧马缰绳，奔驰向前，来到潼关。小路上荒草萋萋，故乡远在千里之外，在黄叶遍地

---

① 永瑢《四库全书总目》，中华书局，1965年，第1413页。
② 汪元量《增订湖山类稿》，中华书局，1984年，第187页。

的驿站饮一杯酒。往事已远,为故国悲伤,徒然流下眼泪,心情忧伤时不要登上高台眺望故乡。潼关外秋风凛冽,遥远的大漠天寒地冻,野鬼哭声悲哀。秋天的潼关,秋风萧瑟,寒气袭人,满目江河日下的凄凉景象,远离故乡且经历了国破家亡剧变的诗人触景生情,顿生黍离之悲。此诗比喻巧妙,意境苍凉,情绪哀怨,言近旨远,格调沉郁。

《凤州》

凤州山馆有清辉,古木扶疏散陆离。红尾锦鸡鸣古堍,绿头花鸭荡幽池。荷声策策秋来后,桂影团团月上时。病马啮菱思故枥,惊乌绕树宿何枝。三分割据人如梦,满目兴亡客自痴。走笔成诗聊纪实,岷峨风土出蹲鸱。

凤州即今陕西省凤县。

凤州山中的馆驿阳光明亮,古木枝叶繁茂,高低错落,疏密有致,树影斑驳。山鸡在堤坝上鸣叫,野鸭在小溪中戏水。秋风中,荷叶发出悲声,一轮圆月当空,月光皎洁。老马吃着草,想起旧槽,乌鹊受惊,不知该栖息在哪棵树上。山河破碎,让人恍如梦中,眼前衰败的景象令诗人迷惘。诗人挥笔赋诗记录见闻,凤州出产的大芋,令他印象深刻。如画美景引发诗人国破家亡的悲痛,诗人如同思念故枥的老马和无处栖身的惊鸟,心境悲凉。此诗衬托巧妙,对比鲜明,意境苍凉,比喻生动,地域色彩鲜明独特。

《终南山馆》

夜凉金气转凄其,正是羁孤不寐时。千古伤心南渡曲,一襟清泪北征诗。霜凝鞞鼓星横剑,风卷旌旗月满卮。旅雁已离榆塞去,帛书摇曳过江迟。

终南山是秦岭山脉的中段,西起陕西省周至县,东至陕西省蓝田县。

秋气使凉爽的夜晚变得凄凉,羁旅孤独之人夜不能寐。南渡曲让人伤心,北征诗令人泪湿衣襟。白露为霜,鞞鼓节奏急促,刀剑寒光逼人,寒风中旌旗招展,月光倒映在酒杯中。雁群离开边关,来不及捎信到江南。亡国之痛,故国之思,令诗人辗转难眠。诗人远离故乡,大雁南飞勾起乡关之思。此诗由今及古,类比恰当,化用巧妙,寄寓深远,意境苍凉,格调沉郁。

《兴元府》

秋风吹我入兴元,下马荒邮倚竹门。诗句未成云度水,酒杯方举日临轩。山川寂寞非常态,市井萧条似破村。官吏不仁多酷虐,逃民饿死弃儿孙。

兴元府即今陕西省汉中市。

秋风萧瑟之际,诗人来到汉中,在荒凉的驿站下马,背靠竹门凝视前方。没有写成一句诗,云彩已经飞过水面,酒杯刚刚举起,太阳已经照到窗前。山河冷清并非历来如此,市井不景气如同破败的村落。贪官污吏残酷凶狠,百姓逃难,饥民饿死,孤儿无家可归。深秋时节诗人途经汉中,目睹了战乱之后的衰败景象,谴责官吏残暴,同情人民疾苦。此诗对比巧妙,拟人传神,言辞犀利,感情悲愤。

《蓝田》

寒更客起卷花毡,又勒青骢过玉田。一搦归心千涧外,十分秋思两峰前。蓝关月冷猿啼木,秦岭风高雁贴天。北望茂陵应咫尺,髑髅沙白草芊芊。

蓝田县隶属于今陕西省西安市。

寒夜,诗人卷起花毡出发,快马加鞭离开蓝田,千山万水难以阻挡回家的念头,眼前的峰峦触发思乡之情。蓝关月光清冷,树上猿啼凄凉,秦岭风大寒冷,天上大雁高飞。回首北顾,茂陵近在咫尺,累累白骨散落在白沙荒草之中,令人心碎。诗人归心似箭,谴责统治者穷兵黩武,对战死沙场的戍卒充满同情。此诗笔墨冲淡,意境凄清,借古喻今,寄托遥深,情绪哀伤,格调沉郁。

(二)山水诗

《太华峰》

华山山木乱纷纷,铁锁垂垂袅袅猿。石齿齿前光烁烁,壁岩岩后势奔奔。奇奇怪怪云根耸,郁郁葱葱雾气昏。上上上头仍上上,最高高处有乾坤。

华山位于今陕西省华阴市,又称太华山。

华山上树木杂乱,铁索垂挂在峭壁上,猿猴悲伤的啼声不绝。石头排列如齿状,寒光闪烁,石壁高耸似乎要飞奔而去。奇形怪状的山峰耸立于云起之处,草木苍翠茂盛,云雾浓重。层峦叠嶂,山外有山,登上山顶别有洞天。此诗叠字奇妙,句式新颖,遣词精巧,匠心独具,意境雄奇,富有哲理。

《秦岭》

峻岭登临最上层,飞埃漠漠草稜稜。百年世路多翻覆,千古河山几废兴。红树青烟秦祖陇,黄茅白苇汉家陵。因思马上昌黎伯,回首云横泪湿膺。

狭义的秦岭,仅限于陕西省南部、渭河与汉江之间的山地,东以灞河与丹江河谷为界,西止于嘉陵江。

诗人站在险峻的秦岭之巅,眼前黄尘密布,荒草凝霜,一派严冬景象。诗人不禁感叹世事变化莫测,社稷兴亡难料。极目远眺,红叶、青烟、黄茅、白苇之外有秦始皇陵和汉墓。当年韩愈骑马过秦岭,回头望去,云雾隔断山峰,眼泪湿透前胸。由自己被迫北上联想到韩愈被贬南下,追怀往事,不胜悲伤。此诗触景伤情,联想巧妙,意境苍凉,言近旨远,耐人寻味。

(三)怀古诗

《阿房宫故基》

祖龙筑长城,雄关百二所。阿房高接天,六国收歌女。跨海觅仙方,蓬莱眇何许。欲为不死人,万代秦宫主。风吹鲍鱼腥,兹事竟虚语。乾坤反掌间,山河泪如雨。谁怜素车儿,奉玺纳季父。楚人斩关来,一炬成焦土。空余此余基,千秋泣禾黍。

阿房宫是秦朝的宫殿,阿房宫遗址在今陕西省西安市西郊与咸阳市东南之间。

秦始皇命令筑长城,关中山河险固。阿房宫高入云天,六国的歌女入宫。秦始皇派人渡海寻找仙药,蓬莱遥不可及。秦始皇幻想长生不老,千秋万代主宰天下,结果暴死于求仙途中,用鲍鱼掩盖尸臭,可叹神仙之说是假话。转瞬之间局势剧变,社稷易主,山河同悲。可怜秦王子婴乘坐素车投降,把国玺交给刘邦。项羽入关,一把火将阿房宫烧成焦土。如今只留下阿房宫残余的墙基,亡国惨剧令后人悲伤。诗人凭吊阿房宫的残垣,反思历史教训,抒发亡国之痛。此诗夹叙夹议,高度概括,借古喻今,讽刺辛辣,笔致灵动,言近旨远。

《商山庙》

寒柏枯松枕庙门,独瞻遗像酹清尊。紫芝奕奕浮香气,碧草纤纤没烧痕。羽翼已成犹有说,腹心相视更何言。高歌一曲归来隐,静看山禽哺子孙。

枯萎的松柏卧倒在庙门前,诗人瞻仰商山四皓的遗像,将酒倒在地上表示祭奠。茂盛的灵芝幽香四溢,细柔的绿草破土而出。商山四皓辅佐太子,使其地位稳固之事说得过去,但他们被视为亲信的说法却难以成立。商山四皓高歌一曲归隐山林,静观山中之鸟给雏鸟喂食。诗人赞美商山四皓为安定汉朝社稷出山帮助刘盈,功成身退,隐居深山,怡情养性,表达了对先贤的景仰之情。此诗笔墨冲淡,意境清幽,抚今追昔,文思灵动,见解独到,耐人寻味。

《马嵬坡》

霓裳惊破出宫门,马上香罗拭泪痕。到此竟为山下鬼,不堪鞞鼓似招魂。

马嵬坡位于今陕西省兴平市,安史之乱时,在随军将士胁迫下,唐玄宗忍痛命杨贵妃在马嵬坡自缢。

霓裳羽衣曲戛然而止,唐明皇和杨贵妃惊魂未定,仓皇逃出宫门。杨贵妃用罗帕拭泪,哀求唐明皇。杨贵妃在马嵬坡命丧黄泉,战鼓声如同为她招魂,令唐明皇难以承受。诗人对杨贵妃充满同情。此诗渲染气氛,恰到好处,刻画神态,生动形象,描写心理,惟妙惟肖,讽刺委婉，言近旨远。

《华清池》

一夜春寒事可知，海棠无地避风吹。温泉自向东流去，不管飞红出禁池。

华清宫，又称华清池，位于今陕西省西安市临潼区，是唐代帝王的别宫。

寒冷的春夜所发生的事情可想而知，海棠花无处躲避狂风。温泉水无情向东流去，无视落花飞出宫苑落入污淖。诗人对在战乱中饱受蹂躏的宫女充满同情，表达了国破家亡之恨。此诗抚今追昔，意境苍凉，以物喻人，寄寓深远，拟人传神，言近旨远。

十三、卢挚（约1242—1315），字处道、莘老，号疏斋、嵩翁，河南省许昌市人。著有《卢疏斋集》《江东稿》《宣城集》，均不传，卢挚现存诗歌50余首，主要收录于《元诗选》和《永乐大典》中。吴澄评价：卢挚“所作古诗类皆魏晋清言，古文出入《盘诰》中，字字土盆瓦缶，而有三代虎雌瑚琏之色”，“古今体诗，则以挚与刘因为首①”。至元二十六年到至元二十九年（1289—1292），卢挚任职陕西道提刑按察司、肃政廉访司。卢挚的咏陕诗为游览诗、赠答诗。

（一）赠答诗

《寄博士萧征君维斗》

秦中幽胜地，乃在终南山。盘石负磊磊，清泉散潺潺。侃侃古君子，亹亹泉石间。图史纷座隅，衡门昼长关。种菊飧落英，袭芳佩秋兰。道腴德充符，怡然有余欢。鸣鹤时一来，似爱孤云闲。孤云不能飞，鸣鹤遂空还。灖灖桃李艳，郁郁松柏寒。羲和驶春晖，岁晏霜露繁。感物有深儆，怀哉邈难攀。

萧维斗（1241—1318），字维斗，陕西蒲城人，关中名儒。他在终南山读书三十年，学问渊博，德行高尚。

---

① 柯劭忞等《新元史》，吉林人民出版社，1998年，第3421页。

陕西幽静的胜地在终南山,这里巨石连绵堆积,清澈的泉水潺潺。萧维斗性情和乐,有君子之德,在山水间修身养性,勤勉不倦。座位上、角落里,到处散落着书籍,白天在茅屋中闭门读书。种植菊花,以花为食,佩戴兰花,以鲜花香草为衣。体验道之美,德能充实于内,物能充实于外,内外相符。安适自在,充分享受欢乐。朝廷征召,敬重贤士,贤士隐居不出,征召的使者失望而归。生徒众多,和谐相处,在萧维斗的教育下,弟子们朝气蓬勃,品行高洁。春天,阳光和煦,岁末,天气寒冷。年复一年,诲人不倦。萧维斗的道德文章令人感动,发人深省。缅怀萧维斗,其功绩超越常人,难以企及。诗人表达了对萧维斗的无限景仰之情。此诗化用巧妙,比喻生动,想象丰富,章法井然,意境闲适,格调高古。

(二) 游览诗

《清华观西轩》

琳宇夏天晓,官曹今日闲。深松欲无路,疏竹不遮山。静对黄冠语,时看白鸟还。平生林壑趣,聊复此窗间。

清华观在陕西省华阴市,是著名道观。

夏天清晨,诗人趁官衙清闲之际游览清华观,松树茂密遮住道路,竹林稀疏点缀山间。诗人安静地聆听道士的指点,时而闲看白鹭飞来。诗人平素渴望归隐的意趣,姑且寄托于窗外的景色。诗人忙里偷闲,到清华观游玩,欣赏美景,产生归隐山林、超脱世外的想法。此诗笔墨冲淡,意境清幽,对比巧妙,格调高雅。

十四、于石(1247—?),字介翁,号紫岩、两溪,浙江省兰溪市人。著有《紫岩诗选》3卷。"其古诗感时伤事者多哀厉之音,而或失之太尽。游览闲适者有清迥之致,而或失之稍薄。如《邻叟言》、《母子别》、《路傍女》诸篇,欲摹少陵而不免入于元、白。《山中晚步》诸篇,欲拟襄阳而不免入于钱、郎。皆取法乎上,仅得其中。然在《江湖集》盛行以后,则'啾啾百鸟群,忽见孤凤凰'矣。律诗不及古诗,特大势尚为清整。①"胡应麟评价:"于在

---

① 永瑢《四库全书总目》,中华书局,1965年,第1418页。

元颇知名,如紫霞洞诗,虽是元人语,亦豪爽可观,第五七言古多议,论杂宋调,律诗不脱晚唐耳。①"顾嗣立评价:"一意于诗,出入诸家,豪宕激发,气骨苍劲,望而知其为山林旷士也。②"于石的咏陕诗为咏史诗。

《读史》

今来古往一封疆,虎斗龙争几帝王。百二山河秦地险,八千子弟楚天亡。朝廷有道自多助,仁义行师岂恃强。往事废兴何处问,寒烟衰草满斜阳。

从古到今关中境内,群雄为了称帝互相争斗。关中虽然地势险要,但项羽率领楚国八千子弟消灭秦。朝廷政治清明,会得到多数人的支持帮助,用兵基于仁爱和正义而非凭借武力。盛衰的历史被人遗忘,夕阳下荒草无际,寒烟迷蒙。诗人有感于楚汉争霸的史实,认为仁政和人心,是决定王朝兴废的关键。此诗由古及今,高度概括,用典精当,说理巧妙,发人深省。

十五、刘因(1249—1293),字梦吉,号静修,河北省徐水县人。著有《静修集》30 卷,收录其诗 860 余首。胡应麟评价:"刘梦吉古选学陶冲淡,有句无篇。歌行学杜,龙兴寺、明远堂等作,老笔纵横,虽间涉宋人,然不露儒生脚色。元七言苍劲,仅此一家。至律绝种种头巾,殊可厌也。③"顾嗣立评价:"静修诗才超卓,多豪迈不羁之气。④"张纶评价:"刘梦吉之诗,古选不减陶柳。其歌行律诗,直溯盛唐,无一字作今人语。其为文章动循法度,春容有余味。⑤"刘因的咏陕诗为题画诗、咏史诗。

(一)题画诗

《华山图》

水墨惊看太华苍,梦中千载果难忘。三峰虽乞希夷了,应许刘郎

---

① 胡应麟《诗薮》,中华书局,1958 年,第 236 页。
② 顾嗣立《元诗选》二集(上),中华书局,1987 年,第 408 页。
③ 胡应麟《诗薮》,中华书局,1958 年,第 232 页。
④ 顾嗣立《元诗选》初集,中华书局,1987 年,第 129 页。
⑤ 永瑢《四库全书总目》,中华书局,1965 年,第 1430 页。

典睡乡。

笔墨苍劲的《华山图》令人惊奇,梦寐以求、千载难逢的景象实在难以忘怀。虽然华山已经被宋太宗赐予陈抟了,但应允许诗人也能得到安享清闲之处。华山的磅礴气势、壮丽景象激发了诗人的遐想,希望追慕前贤,在华山修道,忘怀世事。此诗虚实相生,联想巧妙,构思新颖,意趣盎然。

(二) 咏史诗

《四皓》二首

智脱暴秦网,义动英主颜。须眉不得见,犹思见南山。每当西去鸿,目极天际还。马迁歌采薇,托名夷齐闲。孰谓《紫芝曲》,能形此心闲。鄙哉山林槁,抟也或可班。安得六黄鹄,五老相追攀。一笑三千古,浩荡观人寰。

留侯在汉庭,四老在南山。不知高祖意,但欲太子安。一读《鸿鹄歌》,令人心胆寒。高飞横四海,牝鸡生羽翰。孺子诚可教,从容济时艰。平生无遗策,此举良可叹。出处今误我,惜哉不早还。何必赤松子,商洛非人间。

第一首诗,描写商山四皓隐居深山,躲避秦的暴政,正义之举令英明有为之主动容。商山四皓难得一见,刘邦仍然想请他们出山。每当有大雁向西飞,目送它们消失在天边。司马迁歌颂隐士采薇而食,假借伯夷、叔齐的名义。谁说《紫芝曲》能表明四皓闲适的心境?老死山林之徒令人鄙视,陈抟可以接受皇帝的赏赐。如何求得天鹅,去追随神仙。笑傲三千年变化,世事无常,难以预料。

第二首诗,描写张良在朝廷,四皓身处南山,四皓不了解汉高祖的意图,只想使太子地位安稳。吟诵《鸿鹄歌》,令人恐惧。展翅高飞,横越天下,母鸡羽翼丰满。太子确实可以教导,顺利拯救当时出现的困难。张良一生从未失策,但此举实在不明智。出仕与隐居妨害了他,没有早日隐居着实可惜。为什么一定追随赤松子,商山也是仙境。

22

　　诗人赞美四皓具有反对暴政、关怀社稷苍生的仁爱之心，他们安贫乐道、高风亮节，与那些走终南捷径者迥异。诗人表达了对淡泊名利的前贤的崇敬之情，抒发了对隐逸的向往之情。这两首诗立意高远，对比鲜明，笔力遒劲，比喻生动，见解独到，发人深省。

　　十六、陆文圭（1252—1336），字子方，号墙东，江苏省江阴市人。陆文圭著有《墙东类稿》20 卷，存世诗歌 650 余首。《元史》评价陆文圭"为文融会经传，纵横变化，莫测其涯际，东南学者，皆宗师之。[①]"陆文圭的咏陕诗为咏史诗。

《坑儒》

　　六籍咸阳烈焰红，诸生方士一丘同。后来犹有高阳客，笑着儒冠揖沛公。

　　公元前 213 年，秦始皇接受李斯建议，下令焚毁《秦记》之外的列国史书和民间私藏的各类书籍；公元前 212 年，秦始皇被术士欺骗，下令坑杀 460 人。

　　咸阳的火焰通红，六经被焚烧，儒生与方士被埋葬在一个坟墓中。后来仍有郦食其头戴儒冠，微笑着给刘邦作揖。诗人批评秦始皇焚书坑儒的愚蠢、残暴，讽刺秦始皇不能烧光天下之书，杀尽天下之士，留下了郦食其得以辅佐刘邦，成就大业。此诗立意新颖，见解独到，冷嘲热讽，妙趣横生，言近旨远，耐人寻味。

　　十七、袁桷（1266—1327），字伯长、养直，号清容居士、见一居士，浙江省宁波市人。袁桷著有《清容居士集》50 卷，存世诗歌 1500 余首。"其诗格俊迈高华，造语亦多工巧，卓然能自成一家。其著作宏富，气象光昌，蔚为承平雅颂之声，文采风流，遂为虞集、杨载、范梈、揭傒斯之先路之导。其承前启后，称一代文章之巨公，良无愧矣。[②]"袁桷的咏陕诗为题画诗。

---

① 　宋濂《元史》，中华书局，1976 年，第 4345 页。
② 　永瑢《四库全书总目》，中华书局，1965 年，第 1436 页。

《辋川图》

诗中传画意,画里见诗余。山色无还有,云光卷复舒。前溪渔父宿,旧宅梵王居。千古风流在,披图俨起予。

《辋川图》是王维所作壁画,原作无存,只有历代临摹本存世。辋川,位于今陕西省西安市蓝田县境内。

王维的诗富有画意,其画充满诗情。《辋川图》描绘的山色隐约可见,若有若无,云缝中漏出的阳光,一会儿聚拢,一会儿展开,变幻多姿。渔父住在溪边,旧居成为佛堂。流风余韵经久不衰,展阅图画,诗人深受启发。诗人观赏画作,对辋川心生向往,表达了崇尚自然、向往归隐的闲情逸致。此诗语言清新,意境淡远,虚实相生,化用巧妙,浑然无迹。

《宫女赏花图》

一架蔷薇锦帐稠,满庭蜂蝶替人愁。玉环已侍昭阳殿,侧近传杯得自由。

浓密的蔷薇花架如同华美的帷帐,庭院里的蜜蜂、蝴蝶替人担忧。杨贵妃被选入昭阳殿,皇帝身边服侍劝酒的人因此获得自由。诗人感叹杨贵妃被选入昭阳殿,三千宠爱集于一身,其他宫女只能独守冷宫。此诗比喻生动,拟人传神,对比鲜明,反讽巧妙,笔墨淡雅,意境清新,言近旨远,韵味隽永。

《击梧图》

万树梨园已失春,秋声飒飒起胡尘。君王独立梧桐下,不见当年疏谏人。

梨园乃"唐长安禁苑风景园林区之一,位于光化门之北",此外,"还有东宫宜春北院的梨花园、长安太常寺西北的梨园别教院、华清宫瑶光楼南的梨园等。[1]"

梨园中万木凋零,满目秋色,秋风迅疾,胡兵杀气腾腾。唐明皇独

---

[1] 张全民编著《隋唐长安城》,西安出版社,2016年,第95页。

立梧桐树下，身边没有当年上疏劝谏之人。昔日的欢乐情景历历在目，此时，人去楼空，物是人非。诗人认为唐明皇晚景凄凉是咎由自取，如果他当年任人唯贤，择善如流，不至于招致祸乱。此诗由果及因，构思巧妙，对比鲜明，讽刺委婉，意境凄清，言近旨远。

第二节　元代中期咏陕诗

元代咏陕诗创作的中期为大德二年（1298）至元顺帝至正元年（1340），这一时期的 15 位诗人创作了 51 首咏陕诗。题材上，咏史怀古诗 17 首，题画诗 17 首，纪行诗 5 首，游览诗 3 首，民生诗 2 首，咏物诗 2 首，山水诗 2 首，赠别诗 1 首，思乡诗 1 首，赠答诗 1 首。诗人之中，张养浩的咏陕诗反映了陕西的民生，马祖常的咏陕诗在形式上有创新，杨维桢的咏陕诗个性鲜明，他们的诗作在文学史上产生了重要影响。

一、张养浩（1270—1329），字希孟，号云庄、齐东野人，山东省济南市人。张养浩著有《张文忠公文集》28 卷、《归田类稿》22 卷、《三事忠告》（《牧民忠告》《风宪忠告》《庙堂忠告》）4 卷、《云庄乐府》（又称《云庄休居自适小乐府》）1 卷，存世诗歌 450 余首。学术鲁翀评价："其文渊奥昭朗，豪宕妥帖，辞必己出，凛有生气。[①]"天历二年（1329），关中大旱，张养浩出任陕西行台中丞。张养浩到陕西为官四个月，救济灾民，积劳成疾，卒于任上。张养浩的咏陕诗最有价值的是反映陕西现状的民生诗和咏史怀古诗。

（一）民生诗

《哀流民操》

哀哉流民，为鬼非鬼，为人非人。哀哉流民，男子无缊袍，妇女无完裙。哀哉流民，剥树食其皮，掘草食其根。哀哉流民，昼行绝烟火，夜宿依星辰。哀哉流民，父不子厥子，子不亲厥亲。哀哉流民，言辞不

---

① 顾嗣立《元诗选》初集，中华书局，1987 年，第 750 页。

忍听,号哭不忍闻。哀哉流民,朝不敢保夕,暮不敢保晨。哀哉流民,死者已满路,生者与鬼邻。哀哉流民,一女易斗粟,一儿钱数文。哀哉流民,甚至不得将,割爱委路尘。哀哉流民,何时天雨粟,使女俱生存。哀哉流民。

　　灾民面目如鬼,不像人样。男人、女子衣不蔽体,剥树皮、挖草根充饥。白天,村里看不到炊烟,夜晚,人们露宿荒野。父亲不能养育子女,子女不能赡养父母。灾民的哭诉声、哀号声不忍卒听。灾民朝不保夕,晚上不知道天亮会发生什么情况。饿殍遍野,活人住在死尸旁,人们卖儿鬻女,换取少量钱粮。亲人不能相互扶助,忍痛将所爱舍弃路边。何时能像下雨一样,从天上落下粮食,让灾民活下去。诗人笔下的景象惨绝人寰,表达了对灾民疾苦的深切同情。此诗重章复沓,结构巧妙,层层渲染,情感悲痛,节奏鲜明,比喻生动,语言直白。

《长安孝子贾海诗》

　　天历元二载,西土罹荐饥。愚时拜中丞,帝曰汝往厘。嗷嗷三辅间,十室九困疲。行者总沟瘠,居者恒馁而。亲戚自鱼肉,遑恤父子离。鄠县民有贾,竭力奉母慈。阖门为口四,一妻仍一儿。操瓢日行丐,有得归母贻。不幸值虚往,见母颜怛惋。退省百无有,满屋风凄其。以汤和糠粃,进母母不怡。曰我幼汝饲,非珍即甘饴。而汝今我哺,以我犬豕为。况我老且病,累汝无几时。子惧白其妻,无言第头垂。妻曰携此子,从鬻无问谁。市呼不见售,复归泣涟洏。子心救火急,儿命累卵危。阴携至他所,恩爱从此辞。解衣缢不殊,反为子禁持。取盆拔佩刀,手足随纷披。绐云黄犬炙,雅于补衰宜。母知口腹美,不悟骨肉亏。子幸母解颜,不计妻攒眉。余闻惊此言,怒诘官失治。使民至如此,赈贷犹迟疑。即引造行省,使细陈毫厘。且命出儿肉,阖府徧示之。钉掾坐相前,余为失声悲。促掾状其故,闻上星夜驰。或将复徭役,或将表门楣。或斥兼金赐,或选好爵縻。上以劝臣子,下以安期颐。廷议必不爽,命下会有时。昔人有埋子,天怜以金遗。复有货视者,哀鸣走通逵。亦有弃半途,完任与相随。未闻刃所爱,万古犹绝奇。嗟哉贾生心,世俗彼乌知。毋以贾为忍,毋以贾为痴。子失或再有,母失庸可追。孰能庭桂惜,使我堂萱萎。惟其持是心,屠子如屠狸。粤从王政圮,风靡俗亦漓。子囊钱贯朽,母箧无针锥。子妾曳绮罗,母裙露肤肌。不虑亲犹天,以利为根基。不究身何来,以货为宗枝。于物尚尔靳,矧乃襁褓私。嗟哉贾生心,堪为世俗规。尝闻前哲言,一孝盖万疵。孝可包众善,孝可动两仪。孝可神鬼格,孝可贤圣期。能孝斯能忠,厥心自亲移。愿彼为人子,终身诵吾词。

天历二年(1329)大旱,关中遭受连年灾荒,诗人出任陕西行台中丞,奉皇帝之命到关中处理灾情。关中一片哀鸣声,十室之中九户困顿不堪。逃难的死于沟壑,留下的忍饥挨饿。亲人自相残害,无暇顾及骨肉分离。户县百姓贾海,竭尽所能奉养母亲。贾海有妻儿,一家四口。他白天外出乞讨,要到食物给母亲吃,不幸空手而归时,见到母亲十分惭愧。反省自己一无所有,家中充满凄凉。用汤拌和的粗劣食物让母亲食用,其母很不开心,她训斥贾海:"你小的时候,我用珍馐美味养育你,如今你却用猪狗食给我吃。我年纪大了,身体不好,不会拖累你太久。"贾海很害怕,把母亲的话告诉妻子,妻子垂下头无言以对。妻子让贾海把儿子随便卖给人,贾海到集市上叫卖,却卖不出去,回到家涕泪交流。贾海心急如焚,儿子的命危如累卵。贾海悄悄把儿子带到别处,父子之情从此断绝。脱衣勒脖子,儿子没被勒死,反过来想绑住父亲。他拿出盆,拔出刀,儿子的手脚散落。贾海谎称弄到烤熟的黄狗肉,为衰弱的母亲滋补身体。其母只顾一饱口福,不知道痛失骨肉。贾海希望母亲高兴,不顾妻子伤心。诗人听说这件事,深感震惊,怒斥官员失职,百姓境遇如此悲惨,官府的救济却犹豫不决。诗人让贾海到陕西行省治所,让他详细叙述事情的经过。并且让他拿出儿子的肉,让衙门里所有的人看。食物放在面前,诗人放声痛哭。催促下属把事情的原委写成材料,连夜赶赴京城,上报朝廷。对贾海免除徭役,进行表彰,加倍赏赐金钱,封授高官厚禄。此举对上能勉励臣子尽忠,对下使老人安度晚年。廷议时一定顺利,很快会下达命令。以前有人要埋儿子,老天可怜他,让他得到金子。又有人卖子,在大街上哀号。也有人把儿子扔在半路上,把侄子带回家。没有听说把儿子杀死的,从古至今贾海之事最为奇特。贾海的心情,世俗之人难以理解。不要谴责贾海残忍,不要责怪贾海疯癫。失去一个儿子还可以再生,失去母亲则无法挽回。谁能因为爱惜儿子而不顾母亲的死活。因为贾海有这样的想法,才能像杀狸猫一样杀儿子。国家秩序败坏,世风浇薄。儿子袋子里的钱多得穿钱的绳索都烂了,母亲的小箱子里却连一根针都没有。儿子的妻妾穿绫罗,母亲衣衫褴褛。不顾父母尊贵如上天,考虑问题只从利益出发。不思考自己从何而来,只把财物看成自己的亲人。对财物如此吝惜,更何况自己的儿子。贾海的思想,堪为世人的典范。曾经听先贤教导;孝,可以抵消其他缺点;孝,可以衍生众多美德;孝,可以感天动地;孝,可以使鬼变成神;孝,可以使圣人出世。能孝敬父母才能忠于君主,孝子能把对亲人的爱转化为对君主的忠。希望为人子者,终身诵读这首诗。诗人赞美贾海至孝,同情百姓疾苦。此诗夹叙夹议,描写生动,手法多变,层次分明,感情充沛,对比鲜明。

(二) 咏史怀古诗

《书大唐中兴颂后》

维君南面非自娱,将使率土皆宁居。一人纵欲万夫病,不惟亡国兼亡躯。三郎初年亦英锐,讲武风动骊山墟。姚崇力用破群议,嘉猷善政不一书。台衡继以宋广平,贞心烈日秋霜俱。自从政柄归偎月,鸱为鸾凤麟为猪。幽陵乘隙弄王室,爱之如子翔肯诛。养成跋扈悔无济,六螭失驭蒙尘趋。忠王但可尽子职,因危被祢徒嗟吁。幸然天未斡神鼎,盗手夺出骊龙珠。唐家累世罹女祸,一车才覆又一车。奈何目击昧殷鉴,乾阳甘为群阴驱。乃知君德贵刚健,不尔何以令八区。于戏后来其鉴诸,于戏后来其鉴诸。

君王面南而坐并非自寻乐趣,而是承担着让天下人安居乐业的责任。帝王放纵私欲，众人遭殃，不仅国家灭亡而且自己丧命。唐玄宗早年英明而勇于进取，在骊山的废址讲习武备得到广泛响应。他力排众议重用姚崇，治国的正确规划和良好的政令数不胜数。宋璟继任宰辅大臣，忠心耿耿，政令严明。自从李林甫专权，凶暴之人被视为贤良之士，俊杰却被当作蠢材。幽州的安禄山钻空子愚弄皇帝，唐玄宗爱其如子，不肯杀他。安禄山恃宠飞扬跋扈，唐玄宗后悔莫及，皇帝丧失统治能力，离开长安逃亡在外。忠王应尽太子之责，却趁乱登基为天子。幸运的是上天没有颠覆大唐社稷，高人出世扭转乾坤。唐朝社稷数代遭遇女色危害，君王不断重蹈覆辙。为何对历史教训熟视无睹，心甘情愿地被女人驱使。国君的品德贵在刚毅果敢，否则难以统治天下。后来者一定要以此为戒。诗人追忆唐朝历史，对比现实政治，有感而发，劝诫后人以史为鉴。此诗立意高远，见解独到，比喻生动，对比鲜明，借古喻今，发人深省。

《观含元殿故址》

当时宫观上凌霄，回首陵夷半野蒿。爱煞尧阶土三尺，至今犹与北辰高。

含元殿是大明宫的正殿，唐高宗龙朔三年(663)建成，旧址位于今陕西省西安市北郊。

昔日的含元殿高耸云霄，辉煌壮丽。转眼之间，唐朝衰败，含元殿掩埋在野草丛中。最喜欢尧帝的宫室，土台阶只有三尺，极为简朴，但是在人们心目中却与北极星一样高远。诗人批评帝王大兴土木、劳民伤财，赞美勤俭节约、体恤百姓的仁义之君。此诗抚今追昔，对比鲜明，联想巧妙，比喻生动，言近旨远，发人深省。

二、虞集(1272—1348)，字伯生，号道园、青城樵者、邵庵先生、芝亭老人等，祖籍四川省仁寿县，后移居江西省崇仁县。与杨载、范梈、揭傒斯并称"元诗四大家"，又与揭傒斯、黄溍、柳贯并列"儒林四杰"。虞集著有《道园学古录》50卷、《道园遗稿》6卷、《道园类稿》50卷、《伯生诗续编》3卷、《翰林珠玉》6卷，存世诗歌1500余首。"文章至南宋之末,道学一派,侈谈心性。江湖一派,矫语山林,庸沓猥琐,古法荡然。理极数穷,无往不复。有元一代,作者云兴。大德、延祐以还,尤为极盛,而词坛宿老,要必以集为大宗。……迹其陶铸群才,不减庐陵之在北宋。①"胡应麟评价:"虞奎章在元中叶,一代斗山。所传《道园集》,浑厚典重,足扫晚宋尖新之习。第其才力不能远过诸人,故制作规模,边幅窘迫,宏逸深沉之轨,殊自杳然。②"延祐三年(1316),虞集与御史木君、道士赵虚一前往陕西代祀华山。虞集的咏陕诗为题画诗、咏物诗、赠别诗。

(一)题画诗

《题商德符华山图》

昔祠云台馆,行穿御阶柏。夕阴岚气深,重碧照行客。独访张超谷,渐绝岩险迫。冰生玉井头,日射仙掌侧。岂无铁锁悬,翻身若飞鹘。恐烦华阴令,不奈昌黎伯。王事况有程,车马何忽忽!流观终南山,周览天府国。而来十七年,欲往不再得。山河想邈悠,伤残转萧索。摩挲商老图,仿佛希夷宅。高哉莲花峰,白云淡秋色。

昔日到云台观祭祀,登上遍植柏树的御阶。傍晚天气阴晦,山林间的雾气浓密,深绿色笼罩着行人。寻访张超谷,止步于险峻狭窄的悬崖。玉井清冽,寒光闪烁,阳光照在仙掌峰的峭壁上。铁索垂挂在绝壁上,转身时像飞鹰一般。担心打扰华阴县令,无奈却像韩愈登华山时一样恐惧。皇帝差遣的公事,行程紧迫,车马急速行进。周流观览终南山,巡视关中。已经过去十七年,想再登华山已不可能。华山距离遥远,自己体弱衰颓。抚摸商德符的华山图,好像身在陈抟隐居修炼之处。莲花峰巍峨耸立,天高云淡,秋高气爽。诗人看到商德符的《华山图》,回忆自己奉命到华山祭祀的情形。此诗虚实相生,浑然天成,意境雄奇,运笔深曲,比喻生动,用典贴切。

① 永瑢《四库全书总目》,中华书局,1965年,第1440页。
② 胡应麟《诗薮》,中华书局,1958年,第232页。

《题秦、虢二夫人承召游华清宫图》

贵人并鞚如轻鸿,承恩驰入华清宫。道途先不止行客,策蹇奔趋乌帽风。羡囊堕地何足拾,岂有篇章浪相及。画史当时妙墨传,光彩流动狂情急。君不见,白头拾遗徒步归,明眸皓齿事皆非。朝天泥滑袖封事,高阁雨余宫漏稀。

杨贵妃得宠,她的三姐被封为虢国夫人、八姐被封为秦国夫人。

秦、虢二夫人并辔而行,如轻盈迅捷的鸿鹄,蒙受皇帝恩泽进入华清宫。事先没有阻止路上的行人通行,打马疾驰,乌纱帽被风吹落。贮诗袋掉到地上,不值得拣,没有诗篇能够描述当时的情景。画家的妙手生动描绘了当时的景象,灵活的笔法,亮丽的色彩,把秦、虢二夫人飞扬跋扈的神态刻画得惟妙惟肖。白发苍苍的拾遗步行而归,容貌美丽的女子行事乖张。朝见天子之路泥泞湿滑,袖中藏着密封的奏章,雨后,高楼上铜壶滴漏的声音微弱。诗人讽刺唐明皇骄奢淫逸导致悲剧,咎由自取,委婉表达了亡国之痛。此诗虚实相生,借古喻今,对比巧妙,言近旨远,比喻生动,笔力遒劲。

《题唐玄宗按舞图》

寝安食饱对青云,按舞调笙不厌频。西内归来还独看,梨园弟子白头新。

睡得安稳,吃得香甜,闲来无事,奏乐起舞,吹笙品笛,乐此不疲。回到太极宫,茕茕独处,年老的梨园弟子被新人取代。这首诗描写唐玄宗荒废朝政,迷恋声色。安史之乱后,唐玄宗晚景凄凉。此诗构思巧妙,对比鲜明,讽刺委婉,言近旨远。

(二)咏物诗

《玉印歌,并序》

吴郡陆友仁得白玉方印,其文曰卫青。临川王顺伯审定为汉物,求赋此诗。

将军骑从公主时,岂意刻玉为文章?珠襦已随黄土化,此物还同金雁翔。军中只识长平侯,西风木叶茂陵秋。人生卑微何可忽?碌碌

31

姓名谁见收？

卫青为平阳公主的骑奴时，不会想到要刻一方玉印，如今他的殓服已经化为灰烬，但其玉印却到了南方。卫青富有威望，军队只听从他的命令，秋风吹落树叶，茂陵笼罩在秋色中。人在低微时也不容轻视，载入史册的没有平庸之辈。诗人赞美卫青的丰功伟绩，感慨穷通难料，认为人不能自甘卑微而碌碌无为。此诗托物言志，联想巧妙，见解独到，富有哲理，议论精辟，发人深省。

（三）赠别诗

《送鲁子翚廉使之汉中》

封上颂台礼，轻车入汉中。节毛吹渭雨，木叶动秦风。把酒台基古，驰书岁时丰。朝回倚西阁，日日数归鸿。

鲁子翚作为廉访使，行装简单前往汉中。来到陕西，节旄在雨中飞扬，树叶在风中摇曳。站在古老的台阶下敬酒，在丰收时节，迫不及待传递书信。上朝归来背靠西阁之门，每天眺望从南方飞来的大雁。诗人送别朋友，想象旅途的艰苦，依依惜别，盼望友人早日归来。此诗虚实结合，想象丰富，文思灵动，意境淡远。

（四）赠答诗

《代祀西岳答袁伯长、王继学、马伯庸三学士二首》其一

栈道年年葺旧摧，已将平易履崔嵬。经行关辅图中见，梦恋乡山马上来。诸葛精神明似日，相如情思冷于灰。重思亲舍犹南国，愿托江波去却回。

栈道年年修复又被损坏，攀登险山看得轻松平常。经过了曾经在图画中看到的关中，骑马来到梦中思念的故乡。诸葛亮的精神像太阳一样光耀千秋，司马相如的才情像灰烬一样枯竭。想到亲人还在南方，想乘船回去却不忍离开。此诗善于生发，浮想联翩，对比巧妙，运笔曲折，虚实结合，气韵浑成。

三、揭傒斯（1274—1344），字曼硕，江西省丰城市人。为"元诗四大家"与"儒林四杰"之一。揭傒斯著有《揭文安集》18卷，存世诗歌

750 余首。其"诗则清丽婉转,别饶风韵,与其文如出二手。然神骨秀削,寄托自深,要非嫣红姹紫徒矜姿媚者所可比也。①"揭傒斯的咏陕诗为题画诗。

《题明皇出游图》

明皇八骏争驰道,还是开元是天宝。长安花发万年枝,不识韶华醉中老。奎章阁下文章静,衮衣高拱唐虞圣。莫言此画徒尔为,千载君王作金镜。

唐明皇的御驾在国道上奔驰,开元盛世由此转入了天宝时期。春天,长安的古树开花,不知不觉美好的年华逝去,醉梦中容颜已老。在奎章阁没什么文章可写,周围一片寂静,帝王向圣人尧舜表达敬意。不要说这幅画微不足道,后世君王要以此为鉴。诗人批评唐明皇荒废光阴,沉迷享乐,提醒天子向尧舜学习,开创太平盛世,后世君王要以唐明皇为鉴,勿重蹈覆辙。此诗借古喻今,对比巧妙,立意高远,讽刺委婉。

四、马祖常(1279—1338),字伯庸,河南省潢川县人。延佑二年(1315)进士。马祖常著有《石田先生文集》15 卷,存世诗歌 750 余首。陈旅评价:"公古诗似汉魏,而律句入盛唐,散语得西汉之体。②"元统二年(1334),马祖常被任命为陕西行台御史中丞,以病为由不就职。马祖常曾游览关中的名胜古迹。马祖常的咏陕诗为题画诗、咏史诗、游览诗。

(一)题画诗

《王维辋川别业诗图》

野水已不流,野田已无塍。日夕华子冈,狐狸上丘陵。高人兹为土,画墨飞尘凝。空余古韵语,仿佛金石兴。

辋川山野间的河水干涸,田间的土埂垮塌,夕阳洒落华子冈,诗人

---

① 永瑢《四库全书总目》,中华书局,1965 年,第 1440 页。
② 顾嗣立《元诗选》初集,中华书局,1987 年,第 669 页。

的墓地成为狐狸的乐园。王维的尸骨化成泥土,辋川别业图布满灰尘。只留下辋川别业图上的诗句,诵读这些诗句,耳边好像响起钟磬之声。这首诗没有描写王维辋川别业诗图中的秀丽景色,而是描写诗人眼中荒凉、破败的辋川。诗人欣赏"辋川别业诗图"时,痛惜辋川今非昔比,对王维及其诗歌给予高度赞扬。此诗构思新颖,对比巧妙,抚今追昔,意境苍凉,虚实相生,情韵隽永。

《九成宫图》

泉溅溅而响谷,风瑟瑟以动林。夹两山以为趾,络下堑与上岑。宫纤丽以媚女,观骞矗以凌尘。矢池鱼而泳泳,饲有麟而驯驯。帝奈何兮不乐?将驲节乎江津。

九成宫是唐朝的离宫,位于今陕西省宝鸡市麟游县。

山谷中泉水流动发出声音,树木在风中作响。沿着两山作为基址,下面有护城河,上面有小山,连成一体。宫殿精巧华美,女子妩媚动人,殿宇飞举,耸立空中。供观赏的池鱼在水里游动,喂养的麒麟极其温顺。皇帝如何不快乐,在水边停车,欣赏美景。诗人先描写环境:山谷幽静,林木茂盛;再描写九成宫的建筑:布局巧妙,宫殿华美;又描写宫中的景致:有池鱼、走兽,最后描写帝王行乐其中。诗人展现了唐朝的强盛景象。此诗移步换景,视角多变,动静相生,设问巧妙,笔墨典雅,意境清丽。

《华清宫图》

帝出车以鸣鸾,俨六龙之骧首。循长陆而东鹜,谓泉源之在右。穹闾阖之天门,封百二而为垣。朋獬羯而不丑,嗟神尧之文孙。

皇帝出行,御驾上的铜铃发出悦耳声音,庄严的六骏昂首奔跑。沿着大道向东疾驰,右边有河。宫殿高大,耸入天空,以险峻的地势为屏障。与凶猛的羯胡为伴却不相同,英明君主的子孙令人赞叹。诗人先描写皇帝出行时场面壮观,气势威严,再描写华清宫依山傍水,地势险要,建筑壮丽,最后颂扬皇帝气度非凡,英名盖世。诗中表达了对大唐盛世的赞颂。此诗文思灵动,视角多变,气势奔放,意境雄壮,笔力遒劲,格调高古。

(二) 咏史怀古诗

《杨妃墓》

汉庙衣冠照碧磷,唐陵翁仲作黄尘。马嵬坡上棠梨树,犹占秦原几日春。

杨妃即杨玉环。安史之乱时随唐玄宗逃往四川,行至马嵬坡,被迫自缢,死后葬于马嵬坡。

汉代的寝庙,唐代的陵墓,曾经显赫的帝王以及缙绅都化为闪烁的磷火和黄土。马嵬坡上的棠梨树,仍然为关中平原带来几日春天的色彩。诗人凭吊杨贵妃墓,联想到汉代的宗庙和唐朝的陵墓,感慨人生无常。此诗抚今追昔,意境苍凉,对比巧妙,言近旨远,富有哲理。

《华清宫故基》

开元人物尽,兹地尚华清。古道风尘急,温泉日夜生。碑词惟石藓,宫树有春莺。过客知王建,题诗不记名。

开元时期的人物烟消云散,此地只剩下华清宫的遗址,古道上行人来去匆匆,骊山的温泉流淌不息。石碑上布满青苔,字迹湮灭,宫苑中的树上有黄莺在春风里歌唱。诗人欣赏着唐代诗人的题刻,留下一首不署名的诗。诗人凭吊华清宫遗迹,物是人非、世事无常的感慨油然而生。此诗对比巧妙,意境苍凉,笔墨冲淡,言近旨远。

(三) 游览诗

《骊山》

绣岭春来绿树圆,东风吹影入温泉。华清梦断飞尘起,玉雁衔香堕野田。

玉女泉边翠藻多,石池涵影媚宫娥,可怜绣岭啼春鸟,犹是梨园弟子歌。

华阴道士长松下,留我煎茶看古碑。衣上征尘都莫洗,天风一夜为君吹。

第一首诗,描写春天,骊山的绿树枝繁叶茂,春风吹拂,秀美的景色倒映泉水中。安史之乱爆发,华清宫外尘土飞扬,李、杨的美梦惊醒,杨玉环的玉凤钗掉落田野。诗人对李、杨荒淫误国的行为不无讥讽。

第二首诗,描写玉女泉长满浮萍,已经废弃,曾几何时,妩媚宫娥临水照影,可叹山中鸟儿的啼叫,仿佛梨园弟子在歌唱。诗人触景生情,含蓄地批评李、杨的骄奢淫逸。

诗人由眼前的景物联想到历史的悲剧,抒发了时过境迁、沧桑巨变的无奈和感伤。这两首诗抚今追昔,对比鲜明,联想巧妙,笔墨清丽,意境凄美,言近旨远,耐人寻味。

第三首诗,描写华阴道士闲卧在青松之下,邀请诗人品茗,欣赏古碑。诗人抱歉衣服上的尘土来不及洗去,道士安慰他一夜大风就能吹干净。诗人在山中偶遇道士,与道士闲话清谈,浑然不觉旅途劳乏。此诗构思新颖,不落窠臼,笔墨淡雅,意境清奇,对话生动,妙趣横生。

五、孛术鲁翀(1279—1338),字子翚,号菊潭,祖籍吉林省农安县,后徙居河南省淅川县。孛术鲁翀著有《菊潭集》60 卷,存世诗歌8 首。顾嗣立评价:孛术鲁翀"学博而正,为文章严重质实,不为浮靡。其词悉本诸经,如米粟布帛,皆有补于世教。……元初文章雄鸣一时者,首推牧庵,而亦推服子翚如此,宜后人以鲁姚并称云。①"延祐二年(1315),孛术鲁翀任陕西行台御史。孛术鲁翀的咏陕诗为怀古诗。

《阅故唐宫》

锦帆走灭淮海波,虬髯起操汤武戈。荡民疮痛六朝下,天开百二秦山河。我来徘徊旧宫土,细麦繁花忽谁主!终南王气三百年,仙李春风一千古。春风吹梦天茫茫,玉楼金殿春云香。开元舞马散冥寞,纥干冻雀含悲凉。世态苍黄几烟雾,秦汉英灵不知处。昆仑河脉自西来,湘浦雁行今北去。

---

① 顾嗣立《元诗选》二集,中华书局,1987 年,第 193 页。

隋炀帝乘坐装饰华丽的船到扬州游乐,导致天下大乱,隋朝灭亡。李世民效仿商汤、武王,起兵推翻隋朝。在六朝之后,唐朝消除了民生凋敝困苦的景象。关中地势险要,为天然屏障。诗人徘徊于唐宫遗址,看着这片长满小麦和各种野花的土地,感叹转眼间便换了主人。终南山瑞气笼罩,唐朝建国三百年,从李耳以来,李氏延续千年。春风吹醒了沉睡的大地,天空辽阔无垠,云彩飘浮,富丽堂皇的宫殿变成芬芳的田野。开元时期的马戏消失,气氛死寂虚无,纥干山受冻的鸟雀深感悲凉。政治形势反复无常,如同变化莫测的云雾。秦汉的杰出人才早已不知去向。发源于昆仑山的黄河从西向东奔流,湘江边的大雁从南向北飞翔。诗人经过唐宫遗址,追思历史兴亡,慨叹开元盛世一去不复返,沧海桑田变化无常,诗人赞美元朝统一天下是大势所趋,人心所向。此诗抚今追昔,对比巧妙,意境雄奇,气势恢宏,比喻新颖,富有哲理。

六、萨都剌(约1272—1355),字天锡,号直斋,其先世为西域人,生于山西省代县。泰定四年(1327)进士。萨都剌著有《雁门集》20卷,存世诗歌700余首。虞集评价:"进士萨天锡最长于情,流丽清婉。[1]"胡应麟评价:"萨天锡俊逸清新,歌行近体时有佳处。而才力浅绵,格调卑杂。[2]"萨都剌的咏陕诗为题画诗。

《华清曲题杨妃病齿》

沉香亭北春昼长,海棠睡起扶残妆。清歌妙舞一时静,燕语莺啼空断肠。朱唇半启榴房破,胭脂红注珍珠颗。一点春酸入瓠犀,雪色鲛绡湿香唾。九华帐里熏兰烟,玉肱曲枕珊瑚偏。玉钗半脱翠蛾敛,龙髯天子空垂涎。妾身虽侍君王侧,别有闲情向谁说。断肠塞上锦棚儿,万恨千愁言不得。成都遥进新荔枝,金盘紫露甘如饴。红尘一骑不成笑,病中风味心自知。君不闻华清宫,一齿作楚藏祸根,又不闻马

---

① 永瑢《四库全书总目》,中华书局,1965年,第1446页。
② 胡应麟《诗薮》,中华书局,1958年,第233页。

嵬坡,一身溅血未足多。渔阳一日鼙鼓动,始觉开元天下痛。云台不见汉功臣,三十六牙何足用。明眸皓齿今已矣,风流何处三郎李。

　　春天沉香亭的白昼漫长,杨贵妃睡醒,娇慵无力,脂粉残褪。没有清亮的歌声,美妙的舞蹈,四周极其安静。大好春光,令人销魂。杨贵妃朱唇微启,像石榴绽开,胭脂染红了珍珠一般洁白的牙齿。杨贵妃感到牙齿酸痛,唾液沾湿了雪白的罗帕。华丽的帷帐里芳香的烟气缭绕,杨贵妃弯曲玉臂为枕,发髻上的珊瑚歪斜。玉钗松慵,细长弯曲的黛眉紧蹙,皇帝徒然羡慕。杨贵妃陪伴在唐明皇身边,但内心的隐情对何人诉说。极度思念身处边塞的安禄山,难以排遣的忧愁怨恨不能言说。遥远的成都进献了新鲜荔枝,盛放在金盘中,甘甜如糖。进献荔枝的驿马扬起滚滚尘土,却无法博得贵妃的笑颜,牙痛的滋味,自己心中明了。华清宫里杨贵妃一颗牙齿酸痛,埋下祸根,马嵬坡,杨贵妃缢亡无足轻重。渔阳鼙鼓惊天动地,才意识到开元时期人世间的痛苦。纪念功臣名将之所看不到功臣的画像,杨贵妃的三十六颗牙齿有何用。容貌美丽的杨贵妃已经化为灰土,风雅潇洒的唐明皇也无处可寻。诗人先以夸张的笔墨描写杨贵妃牙痛,再写她生活骄奢,最后写安史之乱引发的悲剧。诗人谴责唐明皇骄奢淫逸,导致安史之乱,不仅杨贵妃香消玉殒,而且祸国殃民。这首诗表面写杨贵妃患牙疾,实际上揭示安史之乱的原因。此诗语言华丽,意境凄美,联想巧妙,构思新颖,以小见大,发人深省,对比鲜明,讽刺辛辣。

《明皇击梧图》

　　华清池头凉思动,绿桐击去朝阳凤。阿环起学飞燕轻,笑唤三郎作供奉。羯腔打彻《西凉州》,锦茵蹴踏双鸳钩。彩鸾吟细朱樱破,一叶忽飘天下秋。愁声换出铎铃语,三十六宫散秋雨。曲江宫晓清露寒,零乱瑶阶逐风舞。

　　华清池触动了诗人的愁绪,凤凰飞离梧桐树。杨玉环翩翩起舞,轻盈如燕,笑语盈盈让李隆基随侍左右。羯鼓声音嘹亮,凉州曲调激昂,绣花鞋踏在锦褥上,舞步灵动,朱唇微启,美妙的歌声如彩莺鸣叫一般悦耳动听。转眼梧桐叶落,秋意浓厚。声声铎铃,绵绵秋雨,令人愁肠寸断。后宫佳丽沦落天涯,让人无限伤感。清晨,露水冰凉,曲江冷冷清清,玉阶上的落叶在秋风中飞舞。诗人把唐玄宗与杨玉环的甜蜜生活与安史之乱后唐玄宗的凄凉处境加以对照,发人深省。此诗构思新颖,对比巧妙,笔墨清丽,意境凄凉,言近旨远,耐人寻味。

七、雅琥(1284—1345),原名雅古,字正卿,天历年间进士。雅琥著有《正卿集》,存世诗歌 40 余首。胡应麟《诗薮》评价雅琥等人的七绝"句格庄严,辞藻瑰丽。上接大历、元和之轨,下开正德、嘉靖之途。①"雅琥的咏陕诗为题画诗。

《题周昉明皇水中射鹿图》

开元天子奋神武,一矢成功定寰宇。飞骑营中堕牝鸡,妖星散落纷如雨。迤来校猎渭城东,姚崇发踪指顾中。马前十论效驱策,君王已贺获隽功。波涛汹洞真龙立,应见波间老蛟泣。画师盘礴笔有神,千载英姿如昨日。君不见天宝年来事事非,宫中行乐昼游稀。可怜野鹿衔花去,犹向樽前按舞衣。

唐玄宗展现英明威武之才,一次用兵成就功业,从此天下安定。专权的韦后逃入飞骑营被杀,她的众多党羽相继覆灭。在咸阳以东打猎时,姚崇为唐玄宗指挥调度。他在马前进献十条主张为天子效劳,唐玄宗为获得功勋突出之人而庆贺。唐玄宗即位,犹如汹涌波涛之中真龙出世,李旦迫不得已退位,犹如老龙在水中哭泣。画家气势盛大,下笔奇妙生动,千年以后,唐玄宗英俊威武的神态依然栩栩如生。唐玄宗晚年的所作所为不同于以前,在后宫游戏取乐,不理朝政。唐玄宗是非不分,安闲享乐,纵容杨贵妃与安禄山苟且,酿成安史之乱。可叹安禄山叛乱,唐玄宗还在酒筵上击节欣赏歌舞。诗人赞扬唐玄宗早期奋发有为,任人唯贤,择善如流,开创盛世;批评他晚年骄奢淫逸,荒

---

① 　胡应麟《诗薮》,中华书局,1958 年,第 226 页。

政误国。诗人以高度概括的手法展现了一代英主的风采,反映了一个朝代的兴衰。此诗先扬后抑,构思巧妙,虚实相生,对比鲜明,比喻新奇,讽刺委婉。

八、王冕(1287—1359),字元章,号煮石山农,浙江省诸暨市人。王冕著有《竹斋集》3卷、《续集》1卷、《补遗》1卷,收录其诗710余首。"冕天才纵逸,其诗多排奡遒劲之气,不可拘以常格。然高视阔步,落落独行,无杨维桢等诡俊纤仄之习,在元明之间要为作者。①"王冕的咏陕诗有思乡诗、纪行诗、题画诗。

(一)思乡诗

《怀乡》

关西吾故里,八代不能归。坟墓今何在?门闾故已非。清秋愁燕去,残日望云飞。由是桃源客?虚无与世违。

王冕先世原为关西宦族,其八世祖徙居于诸暨,至王冕已八代。

诗人的故乡在关西,离开故土已经八代人,祖先的坟墓不知在何处,故乡已不同于从前。秋天,燕子南飞令人感伤,夕阳下,目送云彩飘逝。自己不是身处桃花源的隐士,但清静无欲,与现实世界格格不入。诗人表达了对故乡的思念,对祖先的追忆。流露出物是人非,今非昔比的伤感。此诗抚今追昔,意境苍凉,笔墨冲淡,设问巧妙,文思灵动,情绪感伤。

(二)纪行诗

《渭河道中》(四首)

平地连沧海,孤城带渭河。行人俱汉语,舟子半吴歌。野草惊秋短,鲂鱼出水多。只怜乡国远,处处有胡笳。

披雾青天近,梳头白发明。山河千古恨,风雨五更情。塞北浮云惨,关中王气清。草庐诸葛在,未得话平生。

月出东溟白,天垂北斗低。砺兵思秣马,舞剑忽闻鸡。诸葛犹存

---

① 永瑢《四库全书总目》,中华书局,1965年,第1476页。

汉,田横不辱齐。英雄如有见,琐屑岂能迷?

海气团云白,江风吹浪寒。飞鸿离塞远,独鹤唳更阑。慷慨论时事,羁栖笑楚冠。萧萧黄叶下,回首望长安。

第一首诗,描写平缓的渭河汇入大海,像丝带一样绕过渭城蜿蜒而去。行人都说着汉语,渔夫的船歌却带着吴语口音。转眼秋天到来,野草枯萎,鲫鱼跳出水面。远离故乡,四处听到胡笳声。

第二首诗,描写拨开薄雾看到碧空,梳头时,白发刺目。历经千载,山河依旧,物是人非。五更天,风雨交加,抚今追昔,不胜感慨。边塞飘逝的云彩令人伤心,时局动荡,关中的王气已经消失。草野中有诸葛亮似的豪杰,未能与英雄畅谈理想,深感遗憾。

第三首诗,描写月亮从东海升起,一片光明,天际,北斗星低垂。英雄豪杰做好准备,乘时奋起,诸葛亮想恢复汉室,田横忠于齐国。英雄如果有见识,岂能被小事困扰。

第四首诗,描写江面上雾气浓重像云团一样,江上波涛汹涌,寒风凛冽。鸿雁飞离塞外,更深夜残时,孤鹤鸣叫。情绪激昂地议论时事,淹留他乡,笑对使节。黄叶纷纷飘落,回首遥望长安。

这组诗描写渭河一带的景色、风俗、物产,抒发了人事沧桑的怅惘之情和江山易主的悲愤之感。这四首诗感时伤世,对比巧妙,笔力遒劲,意境苍凉,言近旨远,情韵深永。

《漫兴》(其二)

关下险固凭三辅,陇右勾连接四川。簇簇楼台悬日月,盈盈花草烂云烟。飚回海上沙飞雪,雨足江南水拍天。可笑华山陈处士,风流文采却贪眠。

险峻坚固的关隘保卫长安,陕西与甘肃、四川相连;高耸的楼阁林立,娇艳的花草灿若云霞;暴风从僻远地区吹来飞雪一般的沙尘,如江南一样雨量丰沛,河水汹涌。可笑在华山修炼的陈抟才华横溢,风度潇洒,却辜负良辰美景贪睡不醒。诗人赞美关中山河险固,地理位置优越,市井繁华,景色优美,四季分明,嘲笑那些在华山避世的隐士虚度光阴。此诗对比巧妙,意境雄奇,笔力遒劲,气势奔放,文思灵动,视角多变。

(三)题画诗

《曲江春望图》

檐牙隐隐出层霄,飞阁联楹满翠涛。花夹御城红雾重,春移仙仗彩云高。天家日月无私照,圣主山河不动摇。正是太平文物盛,玉笙金管进葡萄。

高堂忽见芙蓉苑,恰似两京全盛时。翠幕高张公子燕,锦衣齐集内官仪。楼台影出青天近,弦管声回白日迟。花萼相辉银榜丽,水光山色绿差差。

第一首诗,描写曲江的飞檐隐约刺破云霄,高阁被绿色波涛环抱,鲜花包围的帝王之都笼罩在红霞之中,春天皇帝出行,仪仗像彩云一样灿烂。天子像日月一样英明仁慈,社稷万代千秋。天下太平,礼乐昌盛,文化繁荣,音乐喧阗,万邦来朝。诗人描写曲江雕梁画栋,鲜花似锦,游人云集,景象繁荣。

第二首诗,描写高大的厅堂外面是芙蓉苑,与唐朝兴盛时期的景象一样。绿色的帷幕高高张挂,王孙公子大排豪宴,达官贵人欢聚一堂。楼台高耸几乎挨着天,美妙的音乐在空中缭绕,太阳似乎停止移动。花萼相辉楼悬挂的匾额富丽堂皇,山水掩映在参差错落的绿树之中,景色秀丽。诗人描写曲江华丽的建筑精巧别致,呈现出辉煌壮观的气势。

这两首诗再现了画中曲江春日的美景,诗人表达了对强盛的唐王朝的由衷赞美以及对太平盛世的向往。这两首诗想象丰富,烘托巧妙,虚实相生,浑然天成,语言华美,意境壮丽。

九、王沂(约1280后—1346),字师鲁、思鲁,祖籍山西省大同市,徙居河北省正定县。延祐二年(1315)进士。王沂著有《伊滨集》24卷。"沂历踬馆阁,多居文字之职。庙堂著作,多出其手。与傅若金、许有壬、周伯琦、陈旅等俱相唱和。故所作诗文,春容和雅,犹有先正轨度。

惜其名不甚著,集亦绝鲜流传,选录元诗者并不能举其名氏。①"王沂的咏陕诗为咏物诗。

《玉印歌》

茂陵石马寒嘶风,神光贯月如长虹。偶同玉碗出人世,虫篆螭盘能尔工。将军汉庭功第一,至今姓名昭白日。摩挲欲刊三叹息,人寿安得如金石。

茂陵为汉武帝陵墓,位于今陕西省兴平市东北。卫青墓,为茂陵陪葬墓之一,在茂陵东北。

卫青墓前的石马在寒风中嘶鸣,玉印散发出像彩虹一般神奇的光芒,照亮夜空。玉印与玉碗一同出土,玉印上雕着龙,刻有篆文。卫青功勋盖世,无与伦比,他的美名像太阳一样显著,光耀千秋。诗人抚摸着玉印不胜叹惋,可惜人的寿命不能像金石一般长久。此诗托物言志,联想巧妙,笔力遒劲,意境雄奇。

十、柯九思(1290—1343),字敬仲,号丹丘、丹丘生、五云阁吏,浙江省仙居县人。柯九思著有《任斋诗集》4卷,存世诗歌250余首。顾嗣立评价:"玉山主人爱其诗,类编《草堂雅集》以敬仲压卷。称其宫词尤为得体,议者以为不在王建下。②"易顺鼎评价:"柯丹丘先生于诗书画,无所不工,足以埒唐郑虔之三绝。其文采风流,照耀一世,亦几与宋之苏文忠相颉颃。③"柯九思的咏陕诗有咏史诗、题画诗。

(一) 咏史诗

《长信宫秋词》

羊车声远意徒劳,望断长门月影高。犹恐九霄风露早,明朝拟送衮龙袍。

长信宫是汉代长乐宫的一处宫殿,位于西汉长安城内东南方。

用羊牵引的小车远去,一切想法都白费心力,在长门宫向远处眺

---

① 永瑢《四库全书总目》,中华书局,1965年,第1442页。
② 顾嗣立《元诗选》三集,中华书局,1987年,第183页。
③ 宗典编《柯九思史料》,上海人民美术出版社,1963年,第11页。

望,直到看不见,月亮高悬天空。还在担心皇帝受风寒,明早打算送去龙袍。诗人描写后妃失宠,内心充满愁怨,但对皇帝忠贞不渝,始终牵挂着君王的冷暖。此诗刻画心理,细腻传神,笔墨冲淡,意境凄清,对比巧妙,言近旨远。

《汉长门词》

阿娇初入汉宫时,金屋承欢春昼迟。欲学新妆重览镜,如今羞画翠蛾眉。

翠华明日游仙苑,为报春风候六龙。妾貌如花翻被妒,莫教花貌似奴容。

名花倾国占宫闱,香损偏风傍路飞。却忆夜来宫里事,箧中未熨衮龙衣。

梧桐秋雨滴昭阳,不忿灯花故近床。欲下罗帏宫漏永,细看当日绣鸳鸯。

长门宫原是馆陶长公主刘嫖的私家园林,后成为冷宫的代名词。

第一首诗,描写当初阿娇进宫时,赢得君王欢心,汉武帝金屋藏娇,春睡不起。如今阿娇照镜子想学习新的妆容,描画黛眉时感到羞惭。诗人笔下陈皇后色衰失宠,想重新挽回君心,却无可奈何。

第二首诗,描写帝王次日要游览仙宫,为报答君恩而等候御驾。曾经貌美如花的宫人遭受嫉妒,但愿容貌像花一样美丽的女子不要像自己这般憔悴。诗中宫人祈盼皇帝驾临,倾诉自己因谗见弃的幽怨,期望赢得皇帝的欢心。

第三首诗,描写绝美的佳人获得专宠,鲜花被风雨交相摧折,飘落路旁。回忆昔日宫中旧事,眼前尚有未熨烫的龙袍。诗人笔下失宠的宫人睹物伤情,重温昔日欢乐,倍感凄凉。

第四首诗,描写绵绵秋雨滴落在昭阳宫外的梧桐树上,看到灯花心中愤懑,来到床边,放下罗帐睡觉。长夜漫漫,难以入眠,仔细端详之前绣的鸳鸯。诗中宫人在漫长秋夜百无聊赖,往昔的恩爱历历在目,孤枕难眠。

这组诗笔墨清丽,意境凄美,对比鲜明,情绪感伤,寄托深远,韵味隽永。

（二）题画诗

《题虢国走马图》

月淡花浓酒半消，沉香亭暖度箫韶。传宣促赐飞龙马，虢国夫人早入朝。

月色朦胧，花香浓郁，酒意消退，沉香亭春意融融。唐明皇谱写美妙的仙乐，传旨赐予虢国夫人宝马，诏令其火速进宫。此诗动静结合，张弛有致，意境迷离，言近旨远。

《题周文矩画太真攀鞍图》

春风别院奏笙歌，妃子攀鞍转晓波。不信开元太平日，香魂沦落马嵬坡。

春风拂面，偏院传来美妙的音乐，杨贵妃扶鞍上马，眼含秋水。令人难以置信的是开元盛世转瞬即逝，杨贵妃在马嵬坡香消玉殒。这首诗前两句描绘《太真攀鞍图》的内容，后两句咏史抒情，感叹祸福无常，乐极生悲。此诗虚实相生，构思新颖，对比巧妙，讽刺委婉，言近旨远，耐人寻味。

十一、周霆震（1292—1379），字亨远，号石田子初、石西子，江西省安福县人。周霆震著有《石初集》10卷，收录其诗250首。周霆震"亲见元代之盛，又亲见元代之亡。故其诗忧时伤乱，感愤至深。……霆震此集，其亦元末之诗史钦？①"周霆震的咏陕诗为咏史诗。

《读天宝雷海清舞马事有感》

剑阁迢迢隔两京，衣冠相送范阳城。伤心凝碧池头宴，千载无人传海清。太液华清污禄儿，从官千骑竟西驰。君恩旧日深如海，赖有衔杯舞马知。

雷海青是唐代著名宫廷乐师，善弹琵琶。安史之乱中，因不愿为安禄山演奏，被杀害。

---

① 永瑢《四库全书总目》，中华书局，1965年，第1457页。

太液池,位于唐长安城大明宫北部。

剑阁与长安距离遥远,士大夫们归顺安禄山,叛贼、伪官在凝碧池设宴,梨园子弟伤心落泪,雷海青壮烈殉国,却被人们遗忘。太液池、华清宫被安禄山玷污,众多官员追随安禄山西行。昔日,皇帝对他们的恩宠深厚如海,幸亏有舞马衔杯作为见证。诗人谴责叛贼倒行逆施,丑态百出,嘲讽伪官忘恩负义,卖主求荣,赞颂雷海清忠贞不屈,气节高尚。此诗用典精当,对比鲜明,笔墨犀利,讽刺辛辣,文思灵动,开阖自如。

十二、王士熙(约 1292—1343),字继学,号陌庵,山东省东平县人。著有《江亭集》,存世诗歌 140 余首。王士熙"长于乐府歌行,与袁伯长、马伯庸、虞伯生、揭曼硕、宋诚夫辈唱和馆阁,雕章丽句,脍炙人口。如杜、王、岑、贾之在唐,杨、刘、钱、李之在宋,论者以为有元盛世之音也。①"王士熙的咏陕诗为题画诗。

《骊山宫图》

翠岭含烟晓仗催,五家车骑入朝来。千峰云散歌楼合,十月霜晴浴殿开。烽火高台留草树,荔支长路入尘埃。月中人去青山在,始信昆明有劫灰。

骊山笼罩在晨雾之中,拂晓,卫士便催促出发,贵戚驱车入宫朝见皇帝。群山云雾散开,歌榭楼台密集,秋高气爽,华清宫显露真容。烽火台破败荒芜,掩没在杂草与树丛中,送荔枝的大路已经废弃。意中美人逝去,青山永存,诗人目睹经历巨大灾难后的遗迹,不胜悲伤。诗人欣赏骊山的美景,想象皇家行宫的富丽,帝王生活的奢华。在抚今追昔、物是人非的对照中,感慨历史兴亡。此诗虚实相生,联想巧妙,笔墨清丽,意境苍凉,对比鲜明,言近旨远。

十三、杨维桢(1296—1370),字廉夫,号铁崖、铁笛道人、梅花道人、抱遗老人、东维子,浙江省诸暨市人。泰定四年(1327)进士。与陆

---

① 顾嗣立《元诗选》二集,中华书局,1987 年,第 537 页。

居仁、钱惟善合称为"元末三高士"。著有《春秋合题著说》3 卷、《史义拾遗》2 卷、《东维子文集》31 卷、《铁崖古乐府》10 卷、《丽则遗音》4 卷、《复古诗集》6 卷等。杨维桢的诗独树一帜,被称为铁崖体。胡应麟评价:"杨廉夫胜国末领袖一时,其才纵横豪丽,亶堪作者。而耽嗜瑰奇,沉沦绮藻,虽复含筋吐贺,要非全盛典刑。至他乐府小诗、香奁近体,俊逸浓爽,如有神助。①"清人评价"元之季年,都效温庭筠体,柔媚旖旎,全类小词。维桢以横绝一世之才,乘其弊而力矫之。根抵于青莲、昌谷,纵横排兀,自辟町畦。其高者或突过古人,其下者亦多堕入魔趣。故文采照映一时,而弹射者亦复四起。……特其才务驰骋,意务新异,不免滋末流之弊,是其一短耳。②"杨维桢的咏陕诗数量多,有题画诗、咏史诗、山水诗。

(一)题画诗

《明皇按乐图》

沉香亭前花萼下,天街一阵催花雨。海棠花妖睡初着,唤醒一声红芍药。金銮供奉调清平,梨园旧曲换新声。阿环自吹范阳笛,八姨独操伤春情。君不见夜游重到明月府,青鸾能歌兔能舞。五云不障蚩尤旗,回首烟中万鼙鼓。那知著底梧桐雨,雨声已入《淋铃》谱。

沉香亭、花萼相辉楼为唐代兴庆宫中亭台、殿阁。

一场春雨洒落长安,沉香亭前,花萼相辉楼下,像海棠花一样娇艳的杨贵妃,入睡后妖娆迷人,醒来后又像红牡丹一样美丽。李白在御前侍奉,创作《清平调》,梨园子弟为它谱写新曲。杨玉环暗自吹奏范阳笛,秦国夫人独自弹奏伤春的曲子。唐明皇夜晚邀游月宫,青鸾唱歌,玉兔跳舞。五色云遮挡不住彗星,转瞬之间烟尘弥漫,鼙鼓惊天动地。没有想到秋雨滴落梧桐,淅淅沥沥的声音引起

---

① 胡应麟《诗薮》,中华书局,1958 年,第 232 页。
② 永瑢《四库全书总目》,中华书局,1965 年,第 1462 页。

唐明皇对杨贵妃的思念,谱写《雨淋铃》寄托哀思。作者一方面讽刺杨贵妃红颜祸水,使唐明皇沉湎女色荒废朝政,另一方面同情李、杨的爱情悲剧。此诗文思灵动,对比巧妙,笔墨清丽,意境凄迷,讽刺委婉,言近旨远。

(二) 咏史诗

《鸿门会》

天迷关,地迷户,东龙白日西龙雨。撞钟饮酒愁海翻,碧火吹巢双鸂鶒。照天万古无二乌,残星破月开天余。座中有客天子气,左股七十二子连明珠。军声十万振屋瓦,排剑当人面如赭。将军下马力排山,气卷黄河酒中泻。剑光上天寒彗残,明朝画地分河山。将军呼龙将客走,石破青天撞玉斗。

鸿门位于今陕西省西安市临潼区新丰镇。鸿门宴是楚汉战争中的重要事件,发生在公元前206年。

天地的门户混沌难辨,东龙、西龙行云布雨,阴晴不定。人们撞钟、击鼓、饮酒,内心的忧愁如同翻滚的波涛,鬼火闪烁,怪兽狞笑。自古,天上不可能有两个太阳,开创新天地之后星残月缺。鸿门宴上,刘邦展现出天子的气度,他的左大腿上有72颗黑子。他拥有声势浩大的十万精兵,樊哙面如赭石,带剑闯入,怒目而视。项羽力能拔山,气势如虹,似乎能把黄河注入酒杯一饮而尽。项庄舞剑,寒光如同天空划过的彗星。从此,项羽与刘邦画地而治。项羽寻找刘邦,樊哙保护刘邦而去,范增怒不可遏,撞碎玉斗,惊天动地。这首诗把鸿门宴中的精彩片段,表现得惟妙惟肖。诗人先概括鸿门会的时代背景,再着力渲染刘邦的实力和项羽的豪气,营造鸿门会紧张的气氛,暗示了双方的胜负。最后选取传神的细节加以对比,点明鸿门会的结局。此诗双关巧妙,对比鲜明,想象奇特,意境幽诡,造语奇崛,比喻新奇。

《冰山火突词》

冰山不可倚,冰破割尔足;火突不可附,火燎烂尔肉。君不见魏其侯,门下客,独厚灌太仆。相引重,势若绳,身服期功,更与结欢。

田相国席上缚骑兵,首悬东市及支属。魏其侯尸渭城东,朝有制,不可赎。

元光四年(公元前 131 年),灌夫不满田蚡怠慢窦婴,对田蚡出言不逊,被判死刑,窦婴倾力解救灌夫。窦婴以欺君之罪,被弹劾入狱,他向汉武帝求情,结果,却以伪造诏书罪被处死。

冰山不可靠,锋利的冰碴会割破人的脚,烟囱不能靠,高温会烧伤你的皮肉。窦婴的门客众多,唯独厚待灌夫。他们彼此推重,相互依靠,灌夫服丧期间交好田蚡。田蚡在酒席上逮捕灌夫,灌夫及其亲属被杀。窦婴在咸阳城东被斩首示众,朝廷下令不能赎取尸身。汉武帝时期魏其侯窦婴与武安侯田蚡之间争权夺利,窦婴最终失败。诗人认为外戚所倚重的权势若冰山与火突,最终结局悲惨。此诗比喻新颖,联想巧妙,见解独到,发人深省,句式灵活,节奏多变。

《毛女》

沙丘腥风吹腐化,华阴毛女藏双鱼。宫中雨露不可食,餐松啖柏留春容。桃花流水迷红雾,十二峰头度朝暮。自是婵娟有仙骨,入海徐郎岂知故。衣沐雨,鬓栉风,槲叶楚楚山苍红。秦楼旧镜掩明月,咸阳目送双飞鸿。

毛女是古代传说中的仙女,她住在陕西华阴的山中。

秦始皇驾崩沙丘宫,尸体腐烂发臭,华阴毛女藏身山中。毛女在宫中没有获得恩宠,入山服食松柏,青春永驻。春天秀美的景色,灿烂的晚霞,令她流连忘返,在华山的重峦叠嶂中度过昏晓。美丽的毛女天生具有仙风道骨,徐福不懂成仙之道而去海外求仙。毛女栉风沐雨,山上槲叶茂盛,果实鲜红。秦楼上,女子对镜垂泪,目送成双的大雁飞过咸阳。此诗思绪跳跃,收放自如,笔墨清奇,意境奇异,对比巧妙,耐人寻味。

《眉怃词》

朝画眉,暮画眉,画眉日日生春姿。长安已知京兆怃,有司直奏君王知。君王毛举人间事,不答人间夫妇私。

张敞(? —公元前 48 年),字子高,西汉茂陵(今陕西省兴平市)人。曾为京兆尹。

张敞每天为妻子画眉,画眉使妻子更加迷人。京兆尹张敞夫妻恩爱,长安城尽人皆知,官员把此事报告皇帝,皇帝认为这是无关紧要的小事,不追究夫妻间的私事。此诗别出心裁,不落俗套,笔墨清新,意趣盎然。

《鄂国公》

玄武门前人喋血,虬髯天子诛凶孽。谁开贞观太平功,夺槊将军三寸铁。三寸铁,鄂国公,将军真有回天功。呜呼,海池一语开天听,手敕亲搬宫府定。任职房杜掌经纶,谁知将军善词命?善词命,万古之功谁与并?

鄂国公即尉迟恭。玄武门位于唐代太极宫北面。公元 626 年,李世民在玄武门策动政变,李建成、李元吉被杀,李渊把兵权交给李世民,立李世民为太子。史称玄武门之变。

玄武门前血流遍地,李世民杀掉叛逆者,在英勇善战的尉迟恭帮助下,李世民开创了贞观之治。尉迟恭凭借三寸铁打败对手,扭转乾坤,建立丰功伟绩。唐高祖听从他的建议,颁布命令,把军权交给李世民,使大局稳定。世人皆知房玄龄、杜如晦筹划治国理政的大事,却不知尉迟恭擅长词翰策命,他的功劳无人匹敌。此诗直抒胸臆,类比巧妙,笔力遒劲,气势豪壮,句式灵活,节奏多变。

(三) 山水诗

《华山高》

思美人兮西华山,我欲往兮如天难。上通帝座二气之呼吸,下冲龙门百折之昆仑源。秦关桃林之寒矗矗于其左兮,右抱万顷白玉所产之蓝田。金天太白实主宰,井鬼上应精灵躔。巨灵一擘万古不可合,首阳下有根株连。云台仙掌现真迹,朱衣赤须垂橐晞。明星玉女不许以玉眼见兮,玉盆绿水洒不竭,一匹石马谁来牵?嗟尔华山人,不归来兮徒流连。人间尘土那可以久住?白云蹋尔希夷眠。天池注脑晞绿

发，玉浆渴饮饥飡莲。伐毛洗髓不足较，白日一瞑三千年。觉来招酒
姆，骑茅龙，访子先。更呼山东李谪仙，搔首问青天。巨灵接见娲皇
前，惊呼一笑轩辕之子弥明癫。

华山像心仪的美人一样令诗人神往，但路途艰难不能前往。华
山插入云霄，毗邻星辰。山下有发源于昆仑山的黄河，黄河倾泻而
下，汹涌奔腾，蜿蜒曲折。左有赑屃背负的秦关，右邻盛产白玉的蓝
田。西方天神掌管着华山，上应井、鬼二星的运行。河神劈开华山，
它的根脉在首阳山下相连。云台峰、仙掌峰有仙人的真迹，是朱衣、
赤须、垂囊的神仙所留。难以目睹玉女峰的真容，洗头盆幽深碧绿
的水长流不断，山峰形如奔马。那些迷恋红尘的人为什么不隐居华
山，人间无值得久留之处，陈抟在白云下长睡不醒。用天池的水洗
头，渴了喝泉水，饿了吃莲花。脱胎换骨，转眼已过三千年。睡醒喝
酒，骑龙到华山拜访神仙。李白到此搔首问天，巨灵神把他接到娲
皇面前，轩辕弥明惊呼大笑，欣喜欲狂。诗中介绍了华山的地理位
置，描写了华山著名的景观，赞美华山景色壮丽，气势磅礴，抒发了
对华山的向往之情。此诗想象神奇，意境瑰丽，视角多变，笔力雄
健，造语奇崛，气势豪放。

《骊山曲》

骊山郁崔嵬，宫阙金银开。月生鸡鹊观，云绕凤凰台。宫中红妆
子，调笑春风媒。青鸟衔巾去，乳鹿巡花来。天王太白次，仓皇金粟
堆。石马动秋色，羌枝连暮哀。只今瑶池水，八骏渴生埃。

骊山草木茂盛，高大巍峨，金碧辉煌的宫殿排列山间。月亮高悬
于鸡鹊观上，白云笼罩着凤凰台，宫中的美女在春风中嬉戏。青鸟叼
走头巾，小鹿来看花。侍卫驻扎在太白县，唐明皇仓皇出逃，死后埋葬
在金粟堆。墓前的石马站立在秋风中，羌枝融入暮色中，不胜悲伤。
八骏想喝水，可是瑶池干涸，布满灰尘。此诗对比巧妙，拟人传神，笔
墨清丽，意境凄迷，言近旨远，情韵深永。

十四、郯韶(约 1341 年前后在世)，字九成，号云台散史、苕溪渔

者,浙江省湖州市人。著有《云台集》1卷。郯韶"作诗务追开元、大历之盛。杨铁雅称其格力与北州李才辈相上下。序其诗曰:'我元之诗,虞为宗,赵、范、杨、马、陈、揭副之,继者叠出而未止。吾求之于东南,永嘉李孝光、钱塘张雨、天台丁复、项炯、毗陵吴恭、倪瓒,盖亦有本者也。近复得永嘉张天英、郑东,姑苏陈谦、郭翼,而吴兴得郯韶也。'①"钱谦益认为郯韶"作诗不习近世,必欲追踪盛唐。②"郯韶的咏陕诗为题画诗。

《郑蒙泉炼师子午谷图》

子真今住子午谷,乃在蛟门西复西。绕屋长松落晴雪,倚天绝壁立丹梯。春回大壑三芝秀,月满空山一鹤栖。归去看图望瀛海,定应沐发候天鸡。

子午谷,长约330公里,北起陕西省西安市长安区秦岭山中,南至陕西省安康市石泉县;北边出口为"子口",南边出口为"午口"。

道士郑蒙泉在子午谷修炼,子午谷在蛟门以西的遥远地方。高大的松树环绕静室,天气晴朗,雪从树上落下,高耸入云的峭壁上有寻仙访道之路。春天山谷中长出灵芝,夜晚一轮圆月照亮幽静的山林,孤鹤在树下栖息。诗人欣赏图画,遥望大海,决定归隐,洗发后悠闲地等待日出。此诗笔墨冲淡,意境清空,虚实相生,联想巧妙,思致超然。

十五、廉普逵,生平事迹不详,为布鲁海牙(1197—1265)之孙,廉希宪(1231—1280)之侄,曾任陕西行台监察御史。廉普逵存世诗歌1首。廉普逵的咏陕诗为怀古诗。

《华清》

华清宫里温泉清,诗人闻此来濯缨。缨尘濯去总飒爽,但觉两腋清风生。振衣飞上骊山顶,感慨兴亡忽耿耿。山上烽火欲一笑,山下凿池事游奔。火燃水沸不可收,干戈动地血漂流。至今此池洗二妇,

---

① 顾嗣立《元诗选》二集,中华书局,1987年,第1124页。
② 钱谦益《列朝诗集小传》上册,上海古籍出版社,2008年,第129页。

温泉不洗当时羞。

　　华清宫的温泉水清澈，诗人慕名到此洗涤冠缨。洗去冠缨上的尘垢，神清气爽，顿觉轻逸欲飞。抖去衣服上的灰尘，奔向骊山之巅，不禁感叹兴亡，心事重重。周幽王在山上烽火戏诸侯，博取褒姒一笑，唐明皇在山下修建华清池，与杨贵妃游乐。烽火燃烧，汤池沸腾，局势难以控制，战乱发生，导致血流成河的悲剧。至今，人们还在传说褒姒和杨玉环的故事，温泉水也难以洗掉她们的耻辱。诗人贬斥褒姒、杨玉环红颜祸水，指责周幽王、唐玄宗昏庸腐败，骄奢淫逸，警示后人以史为鉴，避免重蹈其覆辙。此诗俯仰古今，评说兴亡，联想巧妙，比喻新奇，笔墨犀利，讽刺辛辣。

第三节　元代后期咏陕诗

　　元代咏陕诗创作的后期为元顺帝至正元年（1340）到元亡（1368），这一时期的 7 位诗人创作了 31 首咏陕诗。题材上，咏史怀古诗 14 首，伤时诗 10 首，山水田园诗 3 首，丧乱诗 2 首，咏物诗 1 首，题画诗 1 首。诗人之中，刘尚质、脱脱木儿的咏陕诗有助于了解彼时陕西的社会状况。

　　一、张昱（约 1302—1384），字光弼，号一笑居士、可闲老人，江西省吉安市人。著有《可闲老人集》4 卷。"其诗才气纵逸，往往随笔酬答，或不免于颓唐。然如《五王行春图》、《歌风台》诸作，皆苍莽雄肆，有沉郁悲凉之概。《天宝宫词》、《辇下曲》、《宫中词》诸作，不独咏古之工，且足备史乘所未载。①"张昱的咏陕诗为题画诗、咏史诗。

　　（一）题画诗

《五王行春图》

　　开元天子达四聪，羽旄管籥行相从。当时从驾骊山者，宰相犹是

---

①　永瑢《四库全书总目》，中华书局，1965 年，第 1463 页。

璟与崇。华萼楼中云气里,兄弟同眠复同起。玉环一旦入深宫,大枕长衾冷如水。兴庆池头花树边,梨园小部俱婵娟。杨家姊妹夜游处,银烛万条生紫烟。宁知乐极哀方始,羯鼓未终鼙鼓起。褒斜西幸雨淋铃,回首长安几千里。

唐玄宗有五个兄弟,皆封王爵,时号五王。

唐玄宗能远听四方,英明有为,出行时旌旗飘扬,音乐嘹亮,跟随御驾到骊山的是宰相宋璟与姚崇。花萼楼笼罩在云雾中,唐玄宗与兄弟共枕,亲密无间。杨玉环入宫后,同眠的枕衾冰冷,兄弟之间疏远。兴庆池畔,绿荫之下,鲜花丛中,美丽的梨园子弟奏乐助兴。夜晚,杨家姊妹宴饮游乐,排场奢华,精美的烛台上点燃无数蜡烛,紫色烟雾缭绕。哪里知道乐极生悲,惊心动魄的渔阳鼙鼓打断了悠扬的羯鼓声,唐玄宗逃亡西蜀,在褒斜道上听到雨打銮铃声,回首遥望,长安已在几千里之外。此诗笔墨冲淡,意境凄迷,对比鲜明,讽刺巧妙,言近旨远,耐人寻味。

(二) 咏史诗

《唐天宝宫词》

兴庆池头芍药开,贵妃步辇看花来。可怜三首《清平调》,不博西凉酒一杯。

兴庆宫,位于今陕西省西安市,是唐长安城内宫殿之一。兴庆池,位于兴庆宫内。

兴庆宫的牡丹开放,杨贵妃乘辇来赏花,李白奉命创作《清平调》助兴,却没有换来一杯西凉美酒。诗人批评唐玄宗纵情声色,荒废朝政,浪费人才。此诗用典精当,对比巧妙,讽刺委婉,意味深长。

二、泰不华(1304—1352),原名达普化,字兼善,先祖居于白野山,后定居浙江临海县。著有《顾北集》,现存诗歌30首,收录于顾嗣立所编《元诗选》中。顾嗣立在《寒厅诗话》中评价:"雅正卿(琥)、马易之(葛逻禄迺贤)、达兼善(泰不华)、余廷心(阙)诸公并逞词华,新声艳体,竞传才子,异代所无也。①""故论诗至元季,诸臣以兼善为首,廷心次之,亦足见二人之不负科名矣。②"泰不华的咏陕诗为咏物诗。

《卫将军玉印歌》

武皇雄略吞八荒,将军分道出朔方。甘泉论功谁第一,将军金印照白日。尚方宝玉将作匠,别刻姓名示殊赏。蟠螭交纽古篆文,太常钟鼎旌奇勋。君不见祁连山下战骨深,中原父老泪满襟。卫后废疽太子死,茂陵落日秋风起。天荒地老故物存,摩挲断文吊英魂。

汉武帝雄才大略统一天下,卫青出兵平定匈奴。汉武帝认为卫青功劳最大,授予大将军金印,金印光芒映日。卫青的玉印由内廷工匠用宝玉制作,玉印上刻有卫青的姓名,这是对卫青的特殊奖赏。印章的钮雕成螭形,把他的功绩铸刻在钟鼎上,列于宗庙,以示表彰。祁连山下埋着将士的忠魂,中原父老泪湿衣襟。卫子夫被废黜之后自尽,太子兵败自杀,汉武帝死后葬于茂陵,西风萧瑟,落日黯淡。历经久远的时光,玉印保存完好,诗人瞻仰遗物,凭吊英灵。诗人歌颂卫青功勋盖世,万世敬仰,赞赏汉武帝开疆拓土的气魄,揭示了"一将功成万骨枯"的道理,感叹命运无常、荣辱莫测。此诗托物言志,先扬后抑,对比巧妙,笔力雄健,见解深刻,富有哲理。

三、顾瑛(1310—1369),又名德辉、阿瑛,字仲瑛,号金粟道人,江苏省苏州市人。顾瑛著有《玉山璞稿》20卷,存世诗歌550首。顾瑛"虽生当元季,正诗格绮靡之时,未能自拔于流俗,而清丽芊绵,出入于温岐、李贺间,亦复自饶高韵,未可概以诗余斥之。③"顾瑛的咏陕诗为咏史诗。

《天宝宫词十二首寓感》

天宝鸡坊宠贾昌,不教蝴蝶上钗梁。锦裀昼浴天骄子,绛节朝看王大娘。芍药金阑开内苑,葡萄玉盏酌西凉。月支十万资胭粉,独有

① 王夫之等《清诗话》,上海古籍出版社,1963年,第84页。
② 顾嗣立《元诗选》初集,中华书局,1987年,第1729页。
③ 永瑢《四库全书总目》,中华书局,1965年,第1460页。

三娥素面妆。

　　五家第宅近天家,侍女都封系臂纱。池上桃开销恨树,阁中香进助情花。风回辇道鸾铃远,日射龙颜雉扇斜。韩虢并骑官厩马,醉挽丞相踏堤沙。

　　莲花池畔暑风凉,玉竹回文宝簟光。贪倚画屏调翡翠,误开金锁放鸳鸯。轻绡披雾夸新浴,堕髻敧云炫晚妆。笑语女牛私语处,长生殿下月中央。

　　五色卿云护帝城,春风无处不关情。小花静院偷吹笛,淡月闲房背合筝。凤爪擘柑封钿合,龙头泻酒下瑶罂。后宫学做金钱会,香水兰盆浴化生。

　　龙旂翠盖拥鸾幢,步辇追随幸曲江。鸟道正通天上路,羊车直到竹间窗。桃花柳叶元无匹,燕子莺儿各有双。中贵向人言近事,风流阵里帝先降。

　　秘阁香残日影移,灯分青玉刻蟠螭。琵琶凤结红文木,弦索蚕缫绿水丝。金屋有花频赌酒,玉枰无子不弹棋。传宣趣发明驼使,南海今年进荔枝。

　　近臣谐谑似枚皋,侍宴承恩得锦袍。扇赐方空描蛱蝶,局看双陆赌樱桃。翰林醉进《清平调》,光禄新呈玉色醪。密奏君王好将息,昨朝马上打围劳。

　　虢国来朝不动尘,障泥一色绣麒麟。朱衣小队高呵道,粉笔新图遍写真。宝雀玉蝉簪翠髻,银鹅金凤踏文茵。一从羯鼓催春后,不信司花别有神。

　　十三女子擘筝篌,选作梨园第一流。却道荷花真解语,岂知萱草本忘忧。红鸾不照深宫命,翠凤常看破镜羞。舞得太平并万岁,五年谁赐锦缠头。

　　五王马上打毬归,赢得宫花献贵妃。乐起阁门边奏少,祸因台寺谏书稀。侍儿随幸皆颁紫,骰子蒙恩亦赐绯。娣妹相从习歌舞,何人能制柘黄衣。

新制《霓裳》按舞腰，笑他飞燕怕风飘。玉蚕倒卧蟠条脱，金凤斜飞上步摇。云母屏开齐奏乐，沉香火底并吹箫。只因野鹿衔花去，从此君王罢早朝。

宫衣窄窄小黄门，踯躅初开赐缥盆。夜月不窥鹦鹉冢，春风每忆凤凰园。爱收花露消心渴，怕解金珂见爪痕。只有椒房老宫监，白头一一话开元。

第一首诗，描写唐明皇宠爱善驯斗鸡的贾昌，宫女头发上插着蝴蝶形状的钗。杨贵妃白天为安禄山做洗儿会，观看王大娘的绝技表演。杨贵妃在御花园赏牡丹，品尝西凉的葡萄美酒。唐明皇赏赐杨氏姊妹每月十万缗脂粉钱，虢国夫人淡妆朝见天子。

第二首诗，描写杨家兄妹在长安的宅邸如同帝王家，杨家的侍女被选入宫中。春天桃花盛开，让人忘忧，房中芳香的气味让人动情。御道上的銮铃声渐渐远去，羽毛扇低垂为天子遮挡太阳。韩国夫人、虢国夫人并排骑着宫中的骏马，醉中搀扶杨国忠在沙堤上漫步。

第三首诗，描写夏天，荷花池边清风习习，玉竹编织的凉席光可鉴人。杨玉环倚靠画屏，逗弄翠鸟，不小心放飞成双的小鸟。出浴时身披薄纱，发髻倾斜，装扮迷人。七夕，月下笑语盈盈，柔情蜜意，长生殿上海誓山盟。

第四首诗，描写长安城五色彩云缭绕，春风牵情惹恨。院落安静，杨玉环在花旁偷学吹笛，月色朦胧，她在无人的房中弹筝。玉手剥开柑橘装在钿盒中，美酒盛在玉杯里。李、杨在宫里撒钱做游戏，在精美的浴盆中用香水为玩偶洗浴。

第五首诗，描写天子乘坐龙凤旗招展的车驾，步辇紧随其后到曲江游玩，狭窄的小路通向仙境，羊车直达翠竹掩映的别院。桃花独自开放，柳枝在春风中摇曳，燕子、黄莺成双成对。宦官闲聊浅鄙之事，皇帝率先开始风流阵的游戏。

第六首诗，描写黄昏时藏书阁的香燃尽了，青玉灯罩上雕刻着龙。

用花纹漂亮的木头制作琵琶,用光滑细腻的丝制作琴弦。在金碧辉煌的厅堂里比赛酒量,下围棋一较输赢。唐明皇下令催促驿使,从南海进贡荔枝。

第七首诗,描写皇帝亲近的臣子诙谐有趣如同枚皋,宴享时陪同皇帝,讨得皇帝欢心,获赐锦袍。赏赐画着蝴蝶的薄纱扇,在一旁观看双陆,用樱桃赌输赢。李白酒后进献《清平调》,光禄寺大夫呈送喷香的米酒。悄悄劝皇帝好好休息,昨天骑马打猎劳累了。

第八首诗,描写虢国夫人入宫朝见天子,马的障泥绣着麒麟。红衣人在前面高声喝道,用笔描画逼真的图案。发髻上插着美玉制作的蝉,饰以金银的鞋踩在虎皮座褥上。羯鼓声声催花早开,不用依靠司花女神。

第九首诗,描写十三个女子弹奏箜篌,她们是梨园子弟中的佼佼者。人们说荷花听得懂人言,却不知萱草使人忘忧。命中注定没有婚姻喜事,头戴翠玉的凤冠,对镜顾影自怜。轻歌曼舞迎合上意,五年来没有得到皇帝的赏赐。

第十首诗,描写五王打马球归来,赢得宫花献给杨贵妃。唐明皇沉溺于享乐,荒废政事,不听大臣劝谏,终于导致灾难。近侍受恩惠都得到赏赐,骰子也随之沾光。从此,女孩儿热衷于学习歌舞,没有人会制作柘黄衣。

第十一首诗,描写唐玄宗创作了霓裳羽衣曲,杨贵妃的舞姿柔美,像赵飞燕一样轻盈,舞姿灵动,头上的发饰移位。云母屏风展开,美妙的音乐响起,沉香火燃尽,仍并肩吹箫。唐明皇沉湎女色,昏聩逸乐,从此不理朝政。

第十二首诗,描写宫衣窄小的年轻宦官,在映山红乍开时,送来皇帝赏赐的淡青色花盆。月下,不忍看埋葬鹦鹉的坟,春风里,常常想起凤凰园。喜欢收集花上的露水以消除心中的烦恼,害怕解开金珂看见抓痕。深宫里白发苍苍的老太监常常说起开元年间的事。

诗人全面描绘了天宝年间的故事,批评唐明皇骄奢淫逸导致唐朝衰微,感叹乐极生悲、祸福无常、盛衰难料,借此抒发对亡国的担忧以及大势已去的无奈。这组诗高度概括,文思灵动,语言华美,意境绮丽,讽刺巧妙,格调蕴藉。

四、陈基(1314—1370),字敬初,号夷白,浙江省临海市人。著有《夷白斋稿》35 卷,外集 1 卷,补遗 1 卷。陈基"所作诗文皆操纵驰骋,而自有雍容揖让之度,能不失其师传[1]"钱谦益评价:"今所见《夷白集》指斥之词,俨然胪列,后人亦不加涂篡。[2]"戴叔能评价:"莆田陈公之俊迈,则有得于虞。新安程公之古洁,则有得于揭。临川危公之洽博,则又兼得夫四公之指授。近年以来,独危公秉笔中朝,自余数公,沦谢殆尽。而得先生以绍其声光,雍容纡徐,驰骋操纵,其得之黄公者深矣。[3]"陈基的咏陕诗为山水诗。

《潼关》

河浑浑,关崿崿,太古已来神禹凿。前车未行后车却,去马一鸣来马愕。自从虎视继龙兴,周道不复如砥平。至今惟有秦川路,千里秋风落叶声。

潼关地势险要,黄河滚滚,雄关巍峨,在远古时期,潼关由大禹开凿。在潼关,你会看到这样的景象:前面的车还未走,后面的车已经退却,离去的马嘶鸣,到来的马受惊。周以龙兴,秦以虎视,朝代更迭,潼关的大路不再平坦。如今关中王气消歇,漫漫古道,秋风萧瑟,落叶纷飞。诗人善于渲染气氛,有身临其境之妙。此诗由古及今,联想巧妙,意境苍茫,气势雄浑,言近旨远,耐人寻味。

五、刘尚质,字仲殷,山西省曲沃县人。泰定四年(1327)进士。其诗多写于战乱中,流传不广。至正十六年,刘尚质亲历潼关、华阴、韩城等地的兵乱,记录了自己的见闻,描写了身处兵乱中的真切感受。刘尚质的咏陕诗为丧乱诗、怀古诗。

---

① 永瑢《四库全书总目》,中华书局,1965 年,第 1462 页。
② 钱谦益《列朝诗集小传》上册,古典文学出版社,1957 年,第 39 页。
③ 顾嗣立《元诗选》三集,中华书局,1987 年,第 1878 页。

（一）丧乱诗

《吉州诗》并序

至正十六年丙申岁，九月三日。予与同考试官张叔重，别丞相□□第，阳骖至长乐坡，东逢一使者，醉怒掣刀，拟于叔重及予。予以好言辟之，遂追佩旨者，于宣筒上斫数刀，遂将回马者左臂斫三刀。继而追予至淡河，以有长住军，其贼遂回。予从者李璞报于丞相，命三人驰驿追其贼。越明日到临潼，损马，行二十里逢使臣，知潼关贼入，华阴火烧。予遂策马过渭，宿于交口。五日晚，至同州。同州之民，空城而走。七日至合阳。八日至韩城。与岐王位下察罕等□征进马匹，及渑池县尉吕中孚相随至独泉。十一日饭后，过韩城。郭弓手纠合人众，弓器枪刀，劫夺将骒马□□进马□□。十五日，谒程□□、苏社长，赁雇马匹。十六日，到宜川，又得王主簿推一□□□筵检讨出身。慨有取马及护送人员。十八日，渡河，宿王弓手家。十九日，上马过五口，河东山川，人民熙熙，禾稼丰登，牛羊散野，余粮栖亩，——俨然太平气象也。翻思畴昔，渭南渭北之民，老幼襁抱。富者贫者号哭之声震天地，迤逦奔逃于延安诸山。又红贼一二马邀数千人，驱而前，劫夺戮辱，不胜其苦。渡渭之际，徒涉随水而没，不可胜数。又无赖之徒，假贼之名，劫略杀虏，不胜其难。有司官挈家而走，殊不见为国为民者。吁！使守令得人，有司效职，团结有方，政守有策，彼苍生者，何以有此流离劫夺之患哉？又岂有红巾盗贼之乱哉！因述二语，留张仲达□生、刘逢吉卿□，以纪此行实事云。是月十九日，曲沃刘尚质仲殷父作。

九月潼关有贼兵，渭南渭北震惊腾。愚民□马弄弓箭，野老临渊怀战兢。人□战心行讨劫，褰衣策杖过峻嶒。渡河此日来慈吉，天朗霜清瑞日升。

西州气象已升平，处处农家碾谷声。石径峻崖容马走，山原细险有人行。关中闻说难中息，渭北免教黎庶惊。安得廉颇真将帅，挥戈横朔定咸京。

第一首诗,描写九月潼关发生战乱,渭南一带局势紧张。百姓牵着马,带着弓箭,村野老人面临深渊,恐惧发抖,遭遇劫难,大家心惊胆战,扶老携幼逃离险境。渡过黄河来到吉州,只见天气晴朗,红日当空。

第二首诗,描写陕西一派太平景象,农家碾谷的声音不绝于耳,悬崖上的小路,马可以通过,山陵的陡峭处有人行走。听说关中的战乱已经平息,渭北的百姓不再担惊受怕。诗人呼唤像廉颇一样的英雄挺身而出,冲锋陷阵保卫长安。诗人同情百姓在战乱中遭受涂炭,呼唤保家卫国的英雄。这两首诗烘托巧妙,对比鲜明,立意高远,直抒胸臆,笔力遒劲。

(二) 怀古诗

《谒段太尉祠》

太尉荒祠草树幽,停车阁上晚鸣钟。美人粉黛埋黄夏,一曲铃关怅望心。苑昔诗人悲黍稷,当时太液笈烟深。前朝旧物东流在,蜀道巫山十二峰。

段太尉即段秀实,段秀实(719—783),字成公,唐汧阳(今陕西省千阳县)人。官至泾州刺史兼泾原郑颖节度使。段太尉祠位于陕西省西安市临潼区,康熙《临潼县志》收录华清宫图、骊山图、段太尉祠图等多幅图,据此可知段太尉祠在临潼境内。

段太尉祠草木丛生,荒凉幽静,傍晚,钟声从远处的谯楼传来。杨玉环葬身马嵬坡,唐玄宗听到《雨霖铃》不胜悲伤。诗人脑海中浮现唐代诗人忧国忧民的形象,遥想昔日太液池云气弥漫的景象。诗人感叹时光流逝,古迹犹在,蜀道上巫山十二峰至今黯然神伤。诗人拜谒段太尉祠,缅怀段秀实的功绩。此诗抚今追昔,意境苍凉,文思灵动,联想巧妙,言近旨远,耐人寻味。

六、脱脱木儿,"高昌人,官至户部侍郎、奉元路守。①"至正十七年

---

① 高峡主编;李林娜,王原茵,王其祎副主编《西安碑林全集 30 卷 碑刻》,广东经济出版社,1999 年,第 3014 页。

(1357)，脱脱木儿出守陕西奉元路。陕西陷入战乱，时局已难挽回，诗人创作《帅正堂漫成》组诗，抒发心中忧虑。脱脱木儿的咏陕诗为伤时诗。

《帅正堂漫成》

日影才移戒石亭，午衙无讼怡心宁。西风吹动阶前叶，铿若琅玕不少停。

慈恩寺里曲江头，欲往题诗不自由。知我终南山上月，清光直照读书楼。

走马长安八月时，一冬未到觳如丝。赵张已去三王远，羞把樗材作吏师。

檐间野隹乱生成，阶下辰牌聒耳鸣。却忆内园春昼永，柳荫池畔坐闻莺。

长安西望旧咸阳，禾黍秋来一半荒。见说军储催似火，不能为主漫伤情。

心在朝廷迹在秦，干戈犹自触边尘。云间黄鹄高如鹤，那得乘风过析津。

秦川高处望燕台，朔漠云深一雁来。垂暮异乡访祭子，眉头忧国几时开。

关河日日卷风沙，十月羁人不到家。北望交游零落尽，倚窗独嗅腊梅花。

典却春衣意自融，小僮何事愧龙钟。床头一瓮黄虀菜，未必膏粱似得侬。

严寒侵透黑貂裘，浊酒沽来日唱酬。莫回东阑叹霜雪，春光不到树枝头。

第一首诗，描写太阳晒到公堂的戒石亭，中午没有公务，诗人心情愉快。西风吹动台阶前的树叶，如同节奏明快、声音响亮的美妙音乐。

第二首诗，描写诗人想去曲江的大慈恩寺题诗，但身不由己。终南山的月亮了解诗人的心事，清亮的光辉照进诗人的书斋。

　　第三首诗,描写诗人八月份到长安,不到冬天两鬓已经雪白。赵广汉与张敞任京兆尹的时代距离三王时期遥远,如今朝廷把无用之才当作吏师。

　　第四首诗,描写房檐上野草杂生,台阶下计时器发出噪音。诗人追忆春天内苑白昼漫漫,自己在柳荫下、水池旁听黄莺歌唱。

　　第五首诗,描写诗人在长安向西遥望咸阳,秋天的庄稼有一半荒芜,情况紧急,像救火一样催收军粮,诗人为自己不能替君主分忧解难而伤感。

　　第六首诗,描写诗人身在关中心里时刻牵挂着朝廷,边疆的战事仍在持续。看到黄鹄在天空飞翔,诗人感叹如何能像鸟一样乘风到达大都?

　　第七首诗,描写诗人站在秦川的高处遥望大都,盼望从北方沙漠深处飞来一只大雁。人到晚年的诗人在异乡寻访贤才,为国担忧,愁眉不展。

　　第八首诗,描写长安的局势一天比一天紧迫,已经十月了,旅人还无法返回故乡。遥望家乡,昔日的朋友大多故去,诗人独自站在窗边,闻腊梅的香味。

　　第九首诗,描写诗人把春天的衣服当了,心里感觉很快乐,不知小厮为什么事情惭愧流泪。床头放着一瓮咸菜,珍馐佳肴也没有黄齑菜美味。

　　第十首诗,描写刺骨的寒风钻进黑色貂裘,每天喝着浊酒以诗与人相互酬答。不要在东阑感叹风霜严寒,树枝光秃,盼望春天早日到来。

　　这组诗描写了暮秋的景色、紧迫的公务、焦虑的心境、落寞的乡情,勾勒出危急的局势。面对时局,诗人表达了为国事忧愁、为朝廷分忧的忠诚,也流露出看不到希望的惶惑。这组诗感时伤世,情绪悲凉,笔墨清新,意境淡远,拟人传神,比喻生动,对比巧妙,气韵浑成。

　　七、李谊,陕西省西安市人,至正年间举人。著有《玉山樵隐稿》。

李谊的咏陕诗为田园诗。

《春日游城南二首》

辋川风柳绿于萝,小院山家傍涧阿。伫看王维高隐处,夕阳西下水禽多。

杖履寻幽因探友,灞河南渡水沾衣。红芳落尽花无数,始见人间春已归。

第一首诗,描写辋川的柳树在风中婀娜多姿,山野人家依山傍水。诗人驻足而立,闲看王维隐居之处,夕阳下水鸟自在戏水。辋川春天的美丽景色令人神往。此诗笔墨清新,意境恬淡,格调闲适,韵味隽永。

第二首诗,描写诗人出外寻找幽静之处,探访友人,渡过灞河到达南岸,河水浸湿了衣衫。花儿凋谢,落红成阵,忽然发现春天已经结束。暮春时节诗人目睹落花纷飞,感叹春光短暂、岁月无情。此诗构思巧妙,意境清幽,情绪怅惘,言近旨远。

第四节 生平事迹不详诗人的咏陕诗

元代,创作咏陕诗的作者,有 6 位生平事迹不详,有待进一步研究。这几位诗人创作了 8 首咏陕诗,其中,怀古诗 7 首,山水诗 1 首。

一、达实帖木儿,亦作塔失帖木尔,顾嗣立《元诗选》收其诗 2 首。达实帖木儿的咏陕诗为怀古诗。

《五丈秋风》

八阵图荒认旧痕,当年蜀将驻三军。出师不遂中原志,老树寒烟锁暮云。

五丈原,位于今陕西省岐山县,诸葛亮病逝于此。

八阵图已废弃,当时的遗迹,尚可辨认。当年蜀国的军队驻扎在五丈原,诸葛亮曾经率领大军六出祁山,矢志进取中原统一天下,可惜未能如愿。眼前的五丈原,老树叶落,雾气阴冷,愁云密布。诗人凭吊遗迹,赞颂诸葛亮的丰功伟绩,对他壮志未酬深感惋惜。此诗抚今追昔,意境苍凉,言近旨远,情韵深永。

《岐山八景》之《凤鸣朝阳》

闻道周朝瑞鸟来,扶桑光射海云开。孤桐漫有鸱鸮集,月落空山起宿霾。

听说周朝有吉祥鸟飞到岐山,太阳从东边升起,光芒四射,海面云开雾散。梧桐树上长期聚集着鸱鸮,月亮隐没,深山里宿霾弥漫。这首诗描写周由盛转衰,表达了诗人对现实的担忧。此诗对比鲜明,意境奇异,隐喻巧妙,寄托深远。

二、仇圣耦,生平事迹不详。仇圣耦的咏陕诗为山水诗、怀古诗。

(一)山水诗

《太白晴雪》

此山直上更无山,天外嶙峋带雪看。见说肃池在高处,玉龙鳞甲不胜寒。

没有哪座山能与太白山相比,突兀峻峭,耸入云端,山上白雪皑皑。山顶泉水清澈,积雪银光闪闪,寒意袭人。此诗对比巧妙,比喻生动,笔力遒劲,气势雄浑。

(二)怀古诗

《凤鸣朝阳》

和鸣千古咏西周,唤起春风遍九州,一自岐阳留语后,碧梧烟冷不胜秋。

凤凰为周文王的德政和西周的太平盛世而鸣唱,神州大地承受周文王的恩泽,一派祥和安宁的景象。周文王之后,凤凰飞走了,梧桐树在秋风中凋零了。诗人感叹周文王那样的英主难求,盛世不再,今非昔比,令人黯然神伤。此诗比兴新奇,对比鲜明,寓意深刻,言近旨远。

三、魏起,生平事迹不详。魏起的咏陕诗为怀古诗。

《温泉》

泉源云暖碧粼粼,火井潜通地入秦。一酌已消神女唾,千秋难洗羯奴尘。山连太白空多雪,池到华清别有春。莫向此中谈往事,芙蓉杨柳亦伤神。

泉源热气氤氲,泉水清澈明净,温泉是女娲补天时形成。秦始皇得罪神女而生疮,温泉治好他的病,泉水却洗不掉安史之乱的战尘。骊山连接着白雪皑皑的太白山,华清池却温暖如春。不要在此追忆往事,谈今论古,芙蓉、杨柳不胜伤悲。此诗俯仰古今,联想巧妙,意境雄奇,拟人生动,言近旨远,耐人寻味。

四、施子博,生平事迹不详。施子博的咏陕诗为怀古诗。

《咸阳怀古》

咸阳秋水草离离,千古愁云锁翠微。黄犬已亡秦鹿失,白蛇方斩汉龙飞。烟消古国空流水,村老荒城自落晖。应是骊山九泉下,死魂犹望采紫归。

咸阳秋水依依,衰草无际,愁云笼罩着青翠的山峰。历史悲剧一幕幕浮现,秦二世重用赵高,杀害了李斯,秦朝很快灭亡。刘邦斩蛇起义,转眼间强大鼎盛的秦朝亦土崩瓦解。秦汉早已烟消云散,渭河无情流淌,落日下的老树荒村,格外凄凉。诗人讥讽秦始皇在骊山的九泉下还等着徐福采回长生不死的仙草。此诗抚今追昔,意境苍凉,情绪感伤,语言诙谐,讽刺冷峻,妙趣横生。

五、洪翼胜,生平事迹不详。洪翼胜的咏陕诗为怀古诗。

《望昭陵》

英略唐皇近古无,文垂缃藻武攘胡。九嵕想象荒原墓,六骏空传石上图。宫阙并随烟雾散,江山几换帝王符。升沉世事何须问,不朽还应觅故吾。

唐太宗雄才大略古今无双,文能妙笔生花,武能消灭夷狄,文治武功,彪炳千秋。九嵕山的荒原上安放着唐太宗的陵寝,跟随他纵横驰骋的战马一同被刻在石碑上。昔日宏伟壮丽的宫殿灰飞烟灭,物换星移,江山易主。诗人感慨盛衰兴废难以预料,不如忘怀世事,逍遥自在追求永恒。此诗俯仰古今,情绪伤感,笔力遒劲,意境雄浑,富有哲理,回味无穷。

六、张奭,生平事迹不详。张奭的咏陕诗为怀古诗。

《五丈原怀古》

长蛇成八阵,渭水鼓雷波。地据三分少,公才十倍多。慨吟梁父韵,常叹大风歌。日月光同烈,青编永不磨。

诸葛亮在五丈原排兵布阵,阵法变化莫测,渭水波涛汹涌,声音如雷。三分天下,蜀国偏居一隅,诸葛亮担任蜀相,其才干没有充分发挥。诸葛亮曾作《梁父吟》,常诵《大风歌》,可惜刘备不能像刘邦那样统一天下。诸葛亮鞠躬尽瘁死而后已的精神与日月同辉,他的丰功伟绩永垂青史,不可磨灭。此诗立意高远,直抒胸臆,类比巧妙,比喻新奇,笔力雄健。

第二章　明代咏陕诗

本章选取明代 153 位诗人的 503 首咏陕诗,探讨明代咏陕诗的内容及特点。

明代,创作咏陕诗者,不乏大家、名家,如高启、李梦阳、何景明、汤显祖、袁宏道等。值得一提的是,陕西本土作家的成就及影响引人瞩目。153 位诗人中,除去籍贯不明的 4 人,陕西籍诗人有 31 位,占比 21%,其中,尤以中期为多,共 24 人。陕西籍诗人中,康海、王九思颇负盛名,具有广泛的影响力。陕西籍诗人的耀眼成就是陕西崇文重教的结果。明代,陕西教育发达,当时陕西省有府、州、县的卫学、武学、社学等学校近 90 所,书院 30 所。

明代的咏陕诗,数量超过元代和清代,题材极为丰富,有咏史怀古、山水田园、民生疾苦、纪行、讽刺、赠答、赠别、游览、边塞、咏物、题咏、题画、风俗、怀人、思乡、音乐、灾难等,类型众多。各类题材中,数量最多的是咏史怀古之作,为 169 首,其次是山水田园之作,为 148 首,再次为纪行之作,为 67 首。明代咏史怀古诗"多取历史上或传说中的英雄人物为歌颂对象,以激励崇高的民族气节和炽热的爱国情感,突显出时代特色。①"乐府体咏史诗在明代盛极一时。与元代相比,此时,咏陕诗中的山水田园诗、纪行诗大幅增加,中期、后期,山水田园诗的数量超过其他题材,其原因有五个方面:一是,"比起前代来,晚明文人不但只是一般的好游,更进而耽于山水,好游成癖,甚而成痴。②"二是,与前代相

---

① 张焕玲、赵望秦《古代咏史集叙录稿》,三秦出版社,2013 年,第 17 页。
② 周振鹤《从明人文集看晚明旅游风气及其与地理学的关系》,《复旦学报》,2005 年第 1 期,第 73 页。

比，明代的交通体系发达、完善，"全国形成完整的陆路交通网络，并由北京、南京、西安、武昌等交通枢纽延伸出通往各省份的交通干支线；水路有发达的内河航运和海运①"。三是，文官数量庞大，因职务迁调，"文官宦游由此高度发展起来②"，学校普及，生员众多，游学之风盛行，公务与学业之余，登山临水，吟风弄月。四是，与初期相比，政策宽松，"明朝初年，政府对人口流动严密控制，在文化上实行专制主义，四民各有定业，各安其分，禁止游堕③"。同时，鄙视旅游的观念改变，袁宏道认为"登山临水终是我辈行径④"。五是，明代晚期，"人与自然的关系比以前愈益亲密，人们的山水审美意识更进一步深化。⑤"咏陕诗中的山水田园诗思想内蕴较为单调，"缺少隐逸型、张扬型、抒忧型及纯审美型山水田园诗，而多寓怀型山水田园诗。⑥"

第一节　明代前期咏陕诗

明代咏陕诗创作的前期为洪武元年(1368)至成化二十三年(1487)，这一时期的 54 位作家创作了 161 首咏陕诗。题材上，咏史怀古之作最多，为 69 首，其次是纪行诗，为 36 首。另外，山水田园诗 23 首，游览12 首，题画诗 14 首，风俗诗 1 首，题咏诗 1 首，思乡诗 1 首，边塞诗 1 首，赠别诗 1 首，民生诗 1 首，讽刺诗 1 首。诗人之中，高启的咏陕诗具有较高的艺术性，在文学史上产生深远影响，李东阳的咏陕诗数量较多，在文学史上占有一定地位，方孝孺、汪广洋、薛瑄、童轩创作的咏陕诗较全面地反映了陕西的风貌，具有较高的史料价值。

一、袁凯(1310—1404)，字景文，号海叟，上海市人。因《白燕》诗

---

① 吴金阳《明代中晚期文士旅游研究》，云南师范大学硕士学位论文，2015 年，第 27 页。
② 吴金阳《明代中晚期文士旅游研究》，云南师范大学硕士学位论文，2015 年，第 33 页。
③ 陈宝良《明代旅游文化初识》，《东南文化》，1992 年第 2 期，第 258 页。
④ 袁宏道《袁宏道集笺校 下》，上海古籍出版社，2008 年，第 1617 页。
⑤ 王琳《明代山水诗概论》，《阴山学刊》，1999 第 1 期，第 15 页。
⑥ 郑家治《古代诗歌史论》，巴蜀书社，2003 年，第 141 页。

享有盛名,人称袁白燕。袁凯著有《海叟集》4卷,存世诗歌400余首。袁凯"驰骋于高启诸人之间,亦各有短长,互相胜负。居其上则未能,居其下似亦未甘也。①"陈田称赞"海叟诗骨格老苍,模拟古人无不毕肖,亦当时一作家。②"袁凯的咏陕诗为题画诗。

《题李陵泣别图》

上林木落雁南飞,万里萧条使节归。犹有交情两行泪,西风吹上汉臣衣。

上林苑是秦汉时皇家园林,位于长安郊外,始建于秦,汉武帝时扩建,方圆300多里。

上林苑里,树叶枯黄飘落,大雁飞向南方,山川寂寥,长路漫漫,被困他乡的使节踏上归途。李陵与苏武交情深厚,告别时依依不舍,流下热泪,苏武身着汉服,在西风中巍然屹立。这首题画诗描写李陵和苏武泣别的情景,诗人委婉地批评李陵看重友情却缺乏民族大义。此诗对比巧妙,意境苍凉,讽刺委婉,言近旨远。

二、刘基(1311—1375),字伯温,浙江省青田县人。刘基著有《诚意伯文集》20卷,存世诗歌1300余首。"其诗沉郁顿挫,自成一家,足与高启相抗。其文闳深肃括,亦宋濂、王祎之亚。③"王世贞评价:"立赤帜者两家而已:才情之美,无过季迪;声气之雄,次及伯温。④"刘基的咏陕诗为题画诗、咏史诗、山水诗。

(一)题画诗

《题太公钓渭图》

璇室群酣夜,璜溪独钓时。浮云看富贵,流水淡须眉。偶应非熊兆,尊为帝者师。轩裳如固有,千载起人思。

璜溪即磻溪,在今陕西省宝鸡市东南,传说是姜太公钓鱼处。

---

① 永瑢《四库全书总目》,中华书局,1965年,第1477页。
② 王云五主编,陈田辑《万有文库·明诗纪事》,商务印书馆,1936年,第258页。
③ 永瑢《四库全书总目》,中华书局,1965年,第1465页。
④ 王世贞《艺苑卮言》,凤凰出版社,2009年,第71页。

　　商纣王在宫中通宵达旦纵情享乐时,姜太公在璜溪垂钓。姜太公志向高远,视富贵如浮云,胸襟坦荡,具有淡泊如水的君子情怀。君臣际遇,姜太公辅佐周武王治国安邦,成为帝王师。姜太公功成名就,并非命中注定,他的事迹令后人深思。诗人赞美姜太公具有洞察风云变化、把握时机的韬略,表达了对前贤的敬仰之情,展示了自己的抱负。此诗对比鲜明,类比巧妙,见解独到,寄寓深永。

（二）咏史诗

《长门怨》

　　白露下玉除,风清月如练。坐看池上萤,飞入昭阳殿。

　　《乐府解题》说:"长门怨者,为陈皇后作也。后退居长门宫,愁闷悲思,闻司马相如工文章,奉黄金百斤,令为解愁之辞。相如为作《长门赋》,帝见而伤之,复得亲幸。后人因其赋而为《长门怨》也。①"

　　秋日的夜晚,长门宫的台阶上露水冰凉。清风习习,月光皎洁如同白练。失意宫人看到池边的萤火虫飞入昭阳殿。诗人对宫女的悲惨命运充满同情,同时以宫女自喻,抒发心中的苦闷。此诗对比巧妙,笔墨淡雅,意境凄清,言近旨远,韵味隽永。

《班婕妤》

　　昭阳秋清月如练,笙歌嘈嘈夜开宴。长信宫中辞辇人,独倚西风咏纨扇。倾城自古有褒妲,红颜失宠何须怨。泠泠玉漏掩重门,一点金釭照书卷。

　　秋夜天气凉爽,月光明净如练,昭阳宫晚宴盛大,歌舞之声喧杂。班婕妤身处长信宫,独立西风中,以纨扇为题赋诗。妲己之流倾国倾城,下场可悲,班婕妤不必因失宠而伤心。夜深人静,玉漏声音清越,班婕妤紧闭房门,在如豆的烛光下著书。汉成帝宠幸赵氏姐妹,班婕妤被冷落。诗人讽刺赵氏姐妹以色见宠,赞美班婕妤凭借出众的才华扬名后世。此诗笔墨淡雅,意境清幽,对比鲜明,寄托深远。

---

① 　郭茂倩《乐府诗集》,中华书局,1979 年,第 621 页。

《乾陵》

藩王俨侍立层层，天马排行势欲腾。自是登临多好景，岐山望足看昭陵。

乾陵的石翁仲神情严肃，列队侍立，昭陵六骏造型逼真，姿态仿佛腾空而起。登高远望，美景如画，令人惊叹，岐山、昭陵尽收眼底。诗人巧妙地把武则天与周文王、李世民加以对比，赞美她的文功武治。此诗匠心独运，构思巧妙，寄寓深永，言近旨远，见解新颖，不落俗套。

（三）山水诗

《太华》

石屏御道鸟飞回，汉帝亲封玉简来。颢气满空清似水，芙蓉直上九天开。

绝壁悬崖上的道路，飞鸟难逾，汉朝的帝王在华山抛玉简，向神仙祈福。山顶上弥漫着清新、洁白、盛大之气，天空明净如水，山峰如同芙蓉花在云端盛开。此诗气势恢宏，意境雄奇，比喻新奇，风骨遒劲。

三、宗泐（1318—1391），字季潭，号全室，浙江省杭州市人。宗泐著有《全室外集》9卷、《续集》1卷，存世诗歌680余首。"宗泐虽托迹缁流，而笃好儒术。故其诗风骨高骞，可抗行于作者之间。[①]"徐大章认为"季潭学博才瀀，诗不沦于枯寂，在江湖，则其言萧散悠远，适行住坐卧之情。在山林，则其言幽夐简淡，得风泉云月之趣。在殊方异域，则其言慨而不激，直而不肆，极山川之险易，风俗之嬺恶。其诗众体具矣。[②]"洪武十一年，宗泐赴西域，途经陕西。宗泐的咏陕诗为纪行诗、咏史诗、题画诗。

（一）纪行诗

《发扶风》

晓发扶风县，云低欲雪时。长河王莽寺，独树马超祠。营窟炊烟

---

① 永瑢《四库全书总目》，中华书局，1965年，第1479页。

② 朱彝尊《静志居诗话》下册，人民文学出版社，1990年，第735页。

早,牛车度坂迟。非熊无复梦,渭水自逶迤。

王莽寺又叫上品寺,位于今陕西省扶风县。

诗人早晨离开扶风,天空乌云密布,将要下雪,途经渭河边的王莽寺,孤木旁的马超祠,看见低矮的房屋上炊烟袅袅,牛车缓慢爬过山坡。感叹姜子牙似的伟人不再出现,渭河依然蜿蜒流淌。诗人感慨斗转星移,物是人非。此诗移步换景,白描传神,意境淡远,言近旨远,对比巧妙,耐人寻味。

《过凤翔》

驱车过凤翔,驿路入汧阳。地接戎羌远,山连蜀陇长。平冈秋树绿,重谷晚风凉。明日关山道,登高望帝乡。

汧阳即今陕西省千阳县。

诗人乘车经过凤翔,前方的驿道通往汧阳。凤翔连接戎、羌,毗邻蜀、陇,山脊坦平之处,秋天树木犹绿,深谷中吹来凉爽的晚风。明天又要在崎岖的山路上跋涉,诗人不禁登高眺望京城。此诗笔墨冲淡,意境旷远,视角多变,言近旨远。

《长安雪中》

岁暮长安道,天寒积雪深。凄凉游子意,款曲故人心。未遂终南隐,徒怜灞上吟。明朝又西去,秦树晚沉沉。

岁末,诗人行走在长安的大路上,天寒地冻,积雪深厚。身处异乡之人深感凄凉,友人的热切关怀令诗人倍感温暖。当年没有实现隐居终南的愿望,如今只能在灞水边叹息。明天即将西行,晚风中的老树仿佛心事重重。此诗文思灵动,对比巧妙,笔墨淡远,意境凄清,拟人生动,情韵深永。

《度潼关》

潼关西去入秦京,今古人多此路行。谁料不缘名利客,黄尘扑面听车声。

诗人进入潼关前往长安,不由联想到古往今来曾有无数人行走在这条路上。诗人没有想到,自己并非追名逐利者,如今却也风尘仆仆

73

走过车水马龙的潼关道。这首诗描写诗人在潼关的所见所感。此诗虚实相生，浑然天成，对比巧妙，言近旨远。

（二）咏史诗

《祖龙歌行》

祖龙乃好长生者，沉璧徒来华山下。目断楼船海气昏，鲍车乱臭沙丘野。骊山下锢三泉开，泉头宫殿仍崔嵬。当时输作方叠叠，函谷无关小龙死。百尺降旗轵道旁，十二金人泪如水。

秦始皇渴望长生不老，华山山神让使者把祭祀水神而沉江的玉转交秦始皇。目送求仙的楼船消失在迷雾笼罩的海上，秦始皇在沙丘驾崩，车上装满鲍鱼以掩盖尸臭。修造骊山下的陵墓时，穿透三重泉用铜加固，陵墓巍峨壮观。源源不断的囚徒被迫服苦役，函谷关难以阻挡斩蛇起义的刘邦，子婴举着大旗在轵道投降，十二铜人的眼泪像水一样流淌。此诗笔力沉雄，对比巧妙，讽刺辛辣，拟人生动。

（三）题画诗

《题马文德终南别业》

别业终南下，屯居异辋川。豆生新雨后，禾熟早秋天。明月池边酌，凉风树下眠。龚黄成底事，青史旧空传。

马文德的终南别业不同于王维的辋川别业，豆子在春雨后发芽，谷子在秋天成熟。主人在月下池边小酌，微醺后沐浴着清风在树下酣睡。循吏有何功业，却在青史上留下名声。诗人巧妙化用陶渊明、王维诗境，否定蜗角虚名。此诗笔墨清新，意境淡远，构思巧妙，见解独到。

四、张著（约1318—1377），字则明，自称"永嘉子"，世人尊称"永嘉先生"，浙江省苍南县人。张著著有《永嘉集》12卷，存世诗歌300余首。陈田评价："《永嘉》一集，雅健丽则，诸体并工，亦明初诗家罕见之笈也。"[①]洪武三年（1370），张著中举，授肤施县令，为期两任。张著的

---

① 王云五主编，陈田辑《万有文库·明诗纪事》，商务印书馆，1936年，第499页。

咏陕诗为纪行诗。

《出延安南关》

向年跃马入南关,策策赢骖此日还。行过江南莫回首,塞云深处万重山。

诗人昔日跃马进南关,今日骑着瘦马离开。当年离开江南,不忍回首,边关的云遮住了崇山峻岭,家乡远隔万里。诗人流露出失意伤心之情。此诗对比鲜明,意境苍凉,情绪悲伤,言近旨远。

《发白水》

明发彭衙问去程,寒烟荒市接蒲城。梅花竹外酒旗小,却忆江南道上行。

彭衙在今陕西省白水县。

早晨从彭衙出发,一路上打听去路,寒烟笼罩的荒凉集镇紧邻蒲城。诗人想起走在故乡小路上的情景,梅花、竹林深处,隐约可见远处的酒幌。此诗构思精巧,白描传神,对比巧妙,言近旨远。

《过渭河》

西来鸟鼠出咸阳,东入黄河去渺茫。流尽秦宫胭脂气,余波犹荡野鸳鸯。

渭河发源于鸟鼠山,由咸阳向东汇入一望无际的黄河。秦宫的胭脂水曾流入渭河,野鸳鸯在河中戏水的情景映入眼帘。此诗联想巧妙,虚实相生,意境苍茫,言近旨远。

五、王祎(1321—1372),字子充,号华川,浙江省义乌市人。王祎著有《王忠文公集》24 卷,存世诗歌 320 余首。"其文醇朴宏肆,有宋人轨范。……集中多代拟古人诗,盖学文之时,设身处地以殚揣摩之功。宋代诸集,往往有此,亦未可以游戏讥焉。[1]"陈田评价:"忠文诗志坚体洁,时作小诗亦有风致。[2]"朱彝尊评价:"子充文,脱去元人冗

---

[1] 永瑢《四库全书总目》,中华书局,1965 年,第 1466 页。

[2] 王云五主编、陈田辑《万有文库·明诗纪事》,商务印书馆,1936 年,第 113 页。

疴之病,体制明洁,当在景濂之右。惟诗亦然。①"王祎的咏陕诗为怀古诗。

《长安杂诗》

自昔天子宅,雄丽称长安。右瞻控陇蜀,左顾俯河关。清渭北据水,太白南联山。其间八百里,陆海莽平川。神皋奠天府,风气固以完。周家本仁厚,国统最绵绵。汉唐能树德,亦复祚胤延。秦隋秉虐政,二世即倾颠。在德不在险,古语谅弗谖。嗟兹异代后,遗迹已茫然。宫殿皆劫灰,城市尽荒阡。迤逦陇首阪,萦纡乐游园。老树带落日,平芜被寒烟。凭高一览古,千载在目前。盛衰有天运,兴废复何言。

我行咸阳野,但见多坟茔。大者王与侯,小者犹公卿。隧前无碑碣,莫得知姓名。想当在世日,富贵臻显荣。赏罚自其口,语出神鬼惊。焉知百岁后,泯然无所称。累累一抔土,仅与垲垆并。圣否共埋没,后人为伤情。

秦皇并六国,汉武开西方。兵威如雷电,灭戮皆暴强。功成无所欲,但欲年寿长。楼船往东海,仙剂求扶桑。金盘出云表,沆瀣承天浆。盼睐蓬莱药,啖餂瑶池筋。终然乖所觊,日夕徒遑遑。欲火既已炽,反使情内伤。神仙不可得,寿龄亦寻常。我闻古神圣,与天同运行。服食享太和,呼吸调阴阳。跻世为寿域,斯民咸乐康。优游道为体,凋落后三光。曾是弗能效,安得命无疆。坡陁骊山下,零落茂陵旁。至今行路者,伫立为彷徨。崔嵬终南山,形势甚磅礴。西来挟崆峒,东亘联华岳。长云覆重峦,紫翠入寥廓。杞梓产深林,龙蛇蛰幽壑。淑灵之所钟,宜有异人作。如何千载间,踪迹转萧索。姬旦不复生,三代已云邈。后来王佐才,劳我思景略。

渭水何浞浞,泾水杂泥淤。其源各异出,其末乃同趋。清浊既以混,终然成合污。人生实异此,禀性同厥初。所习日益远,竟尔分贤

---

① 朱彝尊《静志居诗话》上册,人民文学出版社,1990年,第34页。

恩。安得泾渭水,清浊永相殊。

昔在元世祖,分地王关中。潜藩富才彦,一一皆夔龙。谁欤任儒学,先正推许公。沾濡布教雨,鼓舞振文风。后来蹈其轨,厥称萧与同。发挥圣贤道,张主皇王功。出处虽异致,德义非殊宗。至今关辅间,教思蔼无穷。前哲日云远,怅望吾焉从。

长安王霸都,中更九朝业。城夷池亦湮,复孰窥浩劫。旧物奚所存,独有慈恩塔。高标穹昊摩,壮址坤倪压。缅怀唐盛时,士子重科甲。石间所题名,先后纷杂沓。岁月曾几何,声光俱黯黯。吾将登绝顶,俯仰凌六合。天风从东来,凉意客怀惬。

群经载圣道,昭揭如日星。秦火一何烈,烧燔灭其形。汉儒事掇拾,区区补残零。虽然有遗阙,其功亦已宏。唐世尚文学,君臣益留情。琬琰刻文字,后先十三经。谓兹金石坚,不与竹帛并。自从东都后,此刻最为精。罗列黉舍内,奎壁映晶莹。我言金与石,有时亦销崩。有形必有弊,斯理诬难征。安知圣人道,所托非所凭。天地共终始,猗欤罔能名。

步出城东门,穹然见丹墙。不知何王宫,金碧犹炜煌。云是元帝子,分茅镇此疆。传世仅三叶,嗣胤今灭亡。深宫掞珍果,回沟乱垂杨。抚物足流盼,感时忽凝伤。自古有兴废,天道非茫茫。

人生百年中,穷通无定迹。譬如风前花,荣谢亦顷刻。当时牧羊竖,尊贵今谁敌。憔悴种瓜翁,乃是封侯客。丈夫苟得时,冀土成拱璧。一朝恩宠衰,黄金失颜色。古昔谅皆然,今我何叹息。

第一首诗,描写天子居住的长安雄伟壮丽。右边控制着陇、蜀,左边俯视黄河、雄关。渭河北依黄河,太白南连秦岭。方圆八百里,物产富饶,地势平坦辽阔。土地肥沃,号称天府,风尚习气,淳厚完善。周朝仁厚,正统延续不断;汉唐树立美德,福气惠及子孙;秦、隋实行暴政,仅二世即亡国。治国依赖德政而不是险要的地势,古人的话确实不假。可叹时代改变之后,前人留下的痕迹已经模糊不清。宫殿成为劫后余灰,城市变成了荒野。陇首阪、乐游原连绵曲折,老树沐浴着夕阳,荒原笼罩着寒烟。登高怀古,千年兴亡历历在目。盛衰由天命所定,对于兴废又能说些什么呢?诗人回顾了长安的历史,感慨今非昔比,认为应以仁政治国,盛衰在于天运。此诗抚今追昔,指点兴亡,笔力雄深,意境苍凉,对比鲜明,联想巧妙,见解精辟,发人深省。

第二首诗,描写诗人行走在咸阳的荒野,看见许多坟墓,高大的是王侯的墓,稍小的是公卿的墓。墓道前没有墓碑,不知道墓主的姓名。他们在世时,地位显赫,荣华富贵。他们掌握着生杀大权,所作所为能使鬼神惊恐。哪里知道百年后,他们消失得无影无踪,身份不明。如今这些黄土筑成的坟,与蚂蚁窝并列。善与恶都湮没无闻,令后人伤心不已。此诗抚今追昔,对比鲜明,感悟深刻,富有哲理。

第三首诗,描写秦始皇兼并六国,汉武帝开拓西域。秦汉的军队威不可挡,消灭了凶暴强横之徒。帝业已成,秦皇汉武只想长生不老,派人乘船渡东海到扶桑求仙方。承露之盘耸入云端,承接天上的甘露。顾盼蓬莱的神药,吸吮瑶池的琼浆。最终的结果与他们的期望相背离,整日为此心神不宁。由于欲望过于强烈,反而伤害了身心。神仙没当成,寿命也不长。诗人听说古代的圣人,作息符合自然规律。通过服食增强元气,利用呼吸调和阴阳。圣人出世是为了建立人人得尽天年的太平盛世,让老百姓幸福安康。只要从容不迫以道为本体,则比日、月、星还长久。秦皇汉武不能仿效这些圣人,怎么能万寿无疆。秦始皇埋葬在骊山下,汉武帝被遗忘在茂陵。至今过路的人停下来为他们而惋惜。巍峨的终南山,气势磅礴,西边连接着崆峒,东边延伸到华山。云雾笼罩着重峦叠嶂,紫气缭绕的青翠山峰高耸入云。山里生长着珍奇树木,深谷中蛰伏着蛟龙。神灵钟爱这里,适宜出现奇人。千百年来,关中的气运变得衰败。周公这样的圣贤不复存在,三代已经遥不可及。诗人盼望后世出现有非凡治国能力者。诗人嘲讽秦始皇、汉武帝求仙的荒谬,感叹长安今不如昔,渴望济世英才诞生,建立太平盛世。此诗欲抑先扬,讽刺巧妙,对比鲜明,说理透彻。

第四首诗,描写渭水清澈,泾水浑浊。两条河的源头不同,却殊途同归。清浊汇合在一起,最终都变成浑水。人生与此不同,天性最初都是善良的,由于后天的习惯迥异,因此形成贤与愚的区别。不知如何能让渭水与泾水,永远清浊有别? 此诗构思新颖,联想巧妙,感悟深刻,富有哲理,见解独到,发人深省。

第五首诗,描写元世祖未登基前,在关中为藩王。元世祖富有才干,乃人中豪杰。先贤许衡担当发扬儒学的重任,潜移默化传播道统,激励振兴文教。后来者紧跟他的方向,许衡的功劳如同萧何一般,因此赢得世人称赞。许衡发扬圣贤之道,光大皇帝的功绩。出仕与归隐,虽然追求不同,但遵守道德信义是相同的。至今关中长安一带,教化繁荣昌盛。前贤已经远去,无法跟随他学习,深感遗憾。诗人赞美许衡为振兴儒学所做的贡献,表达了对前贤的景仰之情。此诗由古及今,立意深远,类比巧妙,格调高古。

第六首诗,描写长安作为都城,经历了九个朝代的更迭。城池已经毁坏湮没,由此可见长安遭受的巨大灾难。遗留下来的古迹,只有大雁塔,大雁塔高耸入云,气势壮观,拔地而起。追忆唐朝鼎盛时期,士子重视科举,大雁塔石碑上的题名,纷杂繁多。随着时光流逝,那些题名者的声誉和荣耀都不复存在。登上大雁塔最高处,顿觉凌驾于天地之上。凉爽的风从东面吹来,心情极为舒畅。这首诗描写长安的衰败以及诗人游览大雁塔的感受。此诗抚今追昔,对比鲜明,笔力雄健,气势豪迈。

第七首诗,描写典籍记载圣贤之道,像太阳一样光明。秦始皇焚书的熊熊烈焰,烧毁了经典,令人痛惜。汉儒努力搜集,仅仅补辑了残留的零星篇章。虽然有所遗漏,但是他们功不可没。唐代崇尚文学,君臣更加珍惜经典,在碑石上刻下文字,传播经典,金石比竹帛坚固。自东汉以后,唐代碑刻最为精美,这些碑石被陈列在学校内,使文苑昌盛。诗人认为金石也能毁坏,有形之物一定有缺陷,这个道理不难证明。圣人之道的传扬,不是依靠它的载体。道与天地共存,难以用文字表述。此诗对比鲜明,用典精当,比喻新奇,见解独到,富有哲理。

　　第八首诗,描写诗人走出长安城的东门,看到一堵隆起的红墙,建筑装饰依然华丽,不知是哪个帝王的宫殿。传说是元帝之子,分封为王,镇守此地,传世仅三代,其子孙后代已经灭亡,深宫里摆满珍奇果品,壕沟边垂柳被风吹乱。目睹这些景物,诗人感时伤怀,慨叹自古兴废更迭,天意并不昏昧。此诗抚今追昔,虚实相生,对比巧妙,情绪感伤。

　　第九首诗,描写人生无常,困厄与显达难以预料,如同风中的鲜花,顷刻间枯萎凋零。昔日的放羊娃,如今无比尊贵;今天的种瓜翁,是曾经的达官贵人。大丈夫如果抓住时机,泥土也能变成珍宝;一旦失去恩宠,黄金也会失去光彩。古今都是这样,不必为此伤感。此诗对比鲜明,比喻新奇,感悟深刻,富有哲理。

《五丈秋风》

　　一片西原土,空埋尽瘁身。凄凄烟树冷,似泣汉家春。

　　五丈原的黄土中埋葬着鞠躬尽瘁的诸葛亮,寒烟笼罩的大树在冷风中飒飒作响,仿佛为蜀汉丞相诸葛亮而哭泣。此诗拟人生动,意境苍凉,言近旨远,情绪感伤。

　　六、熊鼎(1322—1376),字伯颖,江西省抚州市人。元末举人,著有《公子书》3卷。熊鼎的咏陕诗为怀古诗。

《咸阳怀古》

　　立马平原望故宫,关河百二古今雄。南山双阙阿房近,北斗连城渭水通。龙去野云收三气,鹤巢陵树起秋风。英雄事业昭前哲,看取秦皇汉武功。

　　诗人驻马平坦的原野,遥望秦汉宫殿的遗迹,感受到关中山河险固壮丽。阿房宫以南山为阙,长安城濒临渭河。秦汉帝王早已逝去,关中的天、地、人之气散尽,秋风中,野鹤在陵墓四周的树上筑巢栖息。古代的贤人开创了英雄霸业,秦皇汉武的丰功伟绩尤为瞩目。此诗抚今追昔,立意新颖,气势豪迈,意境雄壮,笔力遒劲,见解独到。

　　七、殷奎(1331—1376),字孝章、孝伯,号强斋,江苏省昆山市人。著有《强斋文集》10卷、《娄曲丛稿》《支离稿》《渭城寱语》。"元明之间,承先儒笃实之余风,乘开国浑朴之初运,宋末江湖积习,门户流波,澌除已尽,故发为文章,虽不以华美为工,而训词尔雅,亦颇有经籍之光。如奎等者,在当时不以词翰名,而行矩言规,学有根柢,要不失为儒者之言。视后来雕章缋句,乃有径庭之别矣。①"陈田评价:"孝章曾与顾阿英玉山雅集,西游览古诸作,情韵不匮,亦是琅琅雅音。②"《姑苏志》记载:"殷奎文章精审有法,犹深于性理。③"殷奎"因乞近地,见忤,调咸阳④",洪武四年至七年(1371—1374),殷奎在陕西咸阳任教谕。殷奎的咏陕诗为纪行诗、怀古诗、游览诗、田园诗。

（一）游览诗

《登西安府鼓楼》

西府层楼接上台,客怀落日为谁开? 一天秋色云飞断,万户晴晖鹊噪来。遍倚危阑频入感,未吹画角已兴衰。千年朝市仍更变,独有南山石未灰。

登上西安的鼓楼,夕阳下的景物触动了诗人的愁绪。天高气爽,云彩飞逝,乌鹊在斜晖下鸣叫。在鼓楼上四处眺望,感慨万千,未闻画角之声,已经倍感哀伤。尘世在历史变迁中改变,只有南山岿然不变。此诗抚今追昔,意境苍凉,对比巧妙,富有哲理。

（二）纪行诗

《出长安作》

蹇驴被酒出东关,陈迹依稀眺望间。翡翠坡空悲劫火,凤凰觜在吊囚山。萧萧野树秋霜落,寂寂宫花夜月闲。最是灞陵桥下水,晚来流出转潺湲。

诗人骑着跛腿的瘦驴,醉醺醺地出了东关,古老的遗迹不时映入眼帘,雕梁画栋已成为灰烬,只剩断壁残垣供不得志者凭吊。旷野中,

---

① 永瑢《四库全书总目》,中华书局,1965年,第1476页。
② 王云五主编,陈田辑《万有文库·明诗纪事》,商务印书馆,1936年,第491页。
③ 王云五主编,陈田辑《万有文库·明诗纪事》,商务印书馆,1936年,第491页。
④ 查继佐《罪惟录》,浙江古籍出版社,1986年,第2294页。

树木经霜打,叶子飘落;宫苑中,冷月下,花木寂静无声。灞桥下的水在夜晚慢慢流淌。此诗抚今追昔,情绪悲伤,意境凄清,言近旨远。

(三)怀古诗

《渭陵》

炎精八叶已中衰,千载荒陵竟属谁。寝殿有垣悲踯躅,苑门无地觅罘罳。祥开沙麓沟中绝,祸变增塮土未夷。飒飒凉风吹客鬓,不堪兴感立多时。

渭陵是汉元帝刘奭的陵墓,位于今陕西省咸阳市渭城区。

兴盛了八世的汉朝已经衰落,年久荒芜的陵墓无人管理。陵寝外尚有矮墙供人伤吊徘徊,宫门外已难寻觅屏风的踪影。营建陵墓时的瑞兆已经断绝,战乱之后只留下一个土丘。冷风吹乱了游客的鬓发,无尽的兴亡感慨令人难以在墓前久留。此诗抚今追昔,对比鲜明,虚实相生,情绪悲凉。

《长陵晓望》

马上东风生晓寒,长陵高处望长安。丘墟散落人才尽,冈陇分崩王气残。岁祀几朝修典制,月游无庙著衣冠。山河百战谁能主,却属渔翁一钓竿。

长陵是汉高祖刘邦与吕后的合葬墓,位于今陕西省咸阳市东边。

清晨,诗人骑在马上迎着东风略感寒意,他在长陵高处遥望长安。废墟零星,人才殆尽,山冈倒塌,王气衰落。没有人每年祭祀长陵,也没有庙宇供奉汉高祖的衣冠。没有人能永远主宰天下,不如当一个在河边垂钓的渔翁。此诗抚今追昔,对比巧妙,见解精辟,富有哲理。

(四)田园诗

《杜曲》

稜稜桑田带水田,夕阳幽兴满樊川。只疑身在江南处,放我溪头艓画船。

重叠的桑田连着水田,夕阳下的樊川触动了诗人的幽兴,眼前的景象让人以为身在江南,诗人想乘坐装饰华美的船在溪中游玩。此诗虚实相生，对比巧妙，笔墨淡雅，意境清幽，格调闲适。

八、胡奎（约 1331—？），字虚白，号斗南老人，浙江省海宁市人。胡奎著有《斗南老人集》6 卷，收录其诗 1900 余首。朱彝尊评价："其诗功力既深，格调未免太熟，诵之若古人集中所已有者。①"胡奎的咏陕诗为边塞诗。

《陇水吟》

陇头水，呜呜咽。朝洗秦人骨，暮流汉人血。秦骨化黄土，汉血归黄泉。水流如人声，夜哭长城边。

陇头即陇山，陇山位于今陕西省陇县至甘肃省平凉一带，郭茂倩《乐府诗集》引《三秦记》记载："其坂九回，上者七日乃越，上有清水四注下，所谓陇头水也。②"

陇头的河水发出呜咽之声，河水冲洗着秦人的白骨，汉人的鲜血流入河中。秦人的白骨化为黄土，汉人的鲜血汇入黄泉。流水声如同有人夜晚在长城边哭泣。此诗拟人生动，联想巧妙，意境凄凉，言近旨远。

九、王履（1332—1391），字安道，号畸叟、抱独老人，江苏省昆山市人。著有《医经溯洄集》1 卷、《百病钩玄》20 卷、《医韵统》100 卷等。"王安道兴孤道远，读书无所不极。心手都灵，所作诗文字画，皆成独造，无规则首尾，而神脉清澈，欲令千载上未有古人。③"祝允明称赞："王畸叟学术渊邃，吐露奇杰，沧洲武将军家藏得其华山图子，凡数十段，诗文数百首，首尾烂然完整，发卷便如携人到异境，诗句巉峇，模象深古，叙记脱迈，人间世艺事，有如此俊者哉！近代当有几何许？西岳雄诡精神，与人踪迹言语间，相警发者，韩公、杜老、潘子、陈先生后，乃始得叟。④"洪武十六年（1384），王履登上华山，作诗 150 首。钱谦益对王履的游华山诗给予高度评价："自有华山以来，游而能图，图而能记，

① 朱彝尊《静志居诗话》，人民文学出版社，1990 年，第 114 页。
② 郭茂倩编撰《乐府诗集》，上海古籍出版社，2016 年，第 297 页。
③ 王云五主编、陈田辑《万有文库·明诗纪事》，商务印书馆，1936 年，第 491 页。
④ 王云五主编、陈田辑《万有文库·明诗纪事》，商务印书馆，1936 年，第 384 页。

记而能诗,穷揽太华之胜,古今一人而已。^①"但是,朱彝尊批评:"安道游华山作诗一百五十首,然无足录者^②"。洪武初年,为了寻访名医、采药,王履来到陕西,在陕西生活了十年。王履的咏陕诗为山水诗、游览诗、纪行诗。

(一) 山水诗

《苍龙岭》

岭下望岭上,天矫蜒蜿飞。背无一仞阔,旁有万丈垂。循背匍匐行,视敢纵横施。惊魂及坠魄,往往随风吹。午日晒石热,手腹过蒸炊。大喘不可当,况乃言语为?心急足自缚,偷眼群峰低。烟烘浪掩掩,日走金离离。松头密如麻,明灭无断期。谁知万险中,得此希世奇。真勇是韩愈,乃作儿女啼。

苍龙岭,又称搦岭或夹岭,是华山的险要之处。

在苍龙岭下仰望,苍龙岭仿佛屈伸腾空的巨龙。山脊极为狭窄,两侧是万丈深渊。沿着山脊,紧贴着峭壁缓慢爬行,不敢东张西望,风一吹,惊魂失魄。中午,太阳把石头晒热,手与肚皮如在蒸笼里一般。不敢大口喘气,更不敢说话。心里着急,脚却动不了,偷眼一看群峰拱卫。云雾蒸腾,云海如同波浪,太阳下山时金光灿烂。松明火把密密麻麻,火光跳动,一眼望不到头。不料千难万险中,却遇到世所罕见的奇迹。像韩愈这么勇敢的人,都吓得像女子一样啼哭。诗人形象地描绘了苍龙岭的奇异,生动地表现了登山者胆怯的神情状态,将华山的雄奇险峻表现得淋漓尽致。此诗感受真切,衬托巧妙,视角多变,意境雄奇,用典精当,比喻生动。

(二) 游览诗

《游华清池》

肺浮山与华山邻,不敢同清却占春。拟傍石莲花畔浴,只疑犹带

---

① 钱谦益《列朝诗集小传》上册,上海古籍出版社,2008 年,第 100 页。
② 朱彝尊《静志居诗话》上册,人民文学出版社,1990 年,第 92 页。

范阳尘。

肺浮山即骊山。

骊山邻近华山,虽然没有华山著名,却先迎来春天。诗人想在温泉里洗浴,但担心水中还有安史之乱的战火。此诗构思新颖,对比巧妙,讽刺委婉,言近旨远。

（三）纪行诗

《过渭南》

挂冠寻竹渭南村,那识无人与有人。但怪此心笼不住,时时飞上华山云。

诗人到渭南寻找隐居之所,不管有人之处还是无人之处都可以。诗人责怪自己心绪难以平静,总是想到华山去修炼。此诗立意新颖,拟人生动,思致超然,妙趣横生。

十、张羽（1333—1385）,字来仪、附凤,号静居,江西省九江市人。张羽与高启、杨基、徐贲并称为"吴中四杰"。著有《静居集》4卷、《张来仪先生文集》1卷,存世诗歌400余首。张羽"律诗意取俊逸,诚多失之平熟。五言古体低昂婉转,殊有浏亮诗,亦不尽如彝尊所云。至于歌行,笔力雄放,音节谐畅,足为一时之豪,以之接近青丘,先驱北郭,卢前王后之间,亦未必遽作蜂腰矣。①"张羽的咏陕诗为咏史怀古诗。

《咸阳宫行并序》

客言咸阳宫亦废,有民种瓜其上,感而遂赋。

百二山河象祖力,六雄仰关不敢敌。金人十二高峥嵘,天下甲兵从此息。天子晓御咸阳宫,楼阁高低复道通。十石之钟万石虡,遥闻天乐在虚空。宫车隐隐春雷起,渭川晓涨胭脂水。六宫粉黛谩如云,不救明年祖龙死。荣华奄忽何可论,千门万户无复存。遗墟久被民家占,四望空余瓜蔓根。行人为问瓜田老,地上挥锄休草草。荆轲昔日

---

① 永瑢《四库全书总目》,中华书局,1965年,第1472页。

猛如狼,曾来此地见秦王。百夫之勇犹披靡,汝今唐突何敢尔。

秦朝山河险要,势力强大,六国无人能打败秦国。秦王灭六国统一天下,把六国的兵器铸成十二个高大金人,从此战乱平息,天下太平。秦始皇下令在咸阳建造宫殿,楼阁错落有致,构造精巧。敲响巨钟,钟声仿佛天上的仙乐一样美妙。宫车行进发出的声音像春雷一般,渭河被胭脂水染红。后宫的女子众多,秦始皇不久死去。荣华富贵转瞬即逝,规模庞大的宫殿荡然无存。残留的废墟被百姓占据种瓜,四周到处爬满了瓜蔓。行人质问种瓜的野老,野老挥舞锄头专心除草。昔日勇猛的荆轲曾到咸阳刺杀秦王,有百夫不挡之勇的荆轲尚被消灭,如今一个野老竟敢如此冒犯秦王。世事无常,沧桑巨变,引发了诗人的思索。此诗欲抑先扬,对比鲜明,讽刺巧妙,语言诙谐,富有哲理。

《长安道》

长安城中多大道,满路香尘风不扫。三条广陌草斑斑,十二通衢人浩浩。少年结客事遨游,缤纷冠盖如云浮。朱衣公子金泥障,白马王孙锦带钩。五公七相称豪贵,贵里豪家谁得似。走马章台柳似丝,斗鸡下社人如市。泾川渭水转依微,五陵北去望逶迤。还有闭门读书者,长年不出长蒿藜。不学城中游侠儿,百年身死何人知。

长安城道路宽阔,纵横交错,刮风时,路上飘来阵阵香气。大路上草被踏平,街道上人流如织。少年结交豪侠专事游乐,乘坐装饰华丽的车四处闲逛。服饰鲜艳的王孙公子骑着装扮华美的宝马,达官贵人竞相斗富,奢侈放纵,无人能与之相比。在章台冶游,流连忘返;在市井斗鸡,人声鼎沸。眺望远方,泾渭萦纡细微,五陵蜿蜒曲折。长安有一些读书人,常年闭门不出,门前长着蒿草。他们与那些游侠儿不同,死后湮灭无闻。诗人展现了长安的繁华景象,描写了王孙公子走马、斗鸡、结客、游乐等放纵豪奢的生活,赞赏游侠率性而为的享乐人生,否定书生皓首穷经的枯燥生活,表达了及时行乐的人生追求。此诗立意新颖,见解独到,对比鲜明,转折自然,笔致灵动,气韵浑成。

《温泉宫行并序》

有客自秦地骊山来,言温泉宫已废,唯泉尚未涸,上池使客所浴,下池行人所浴,感而赋此。

煌煌帝业三百年,骊山宫殿空云烟。美人艳骨为黄土,山前不改旧温泉。温泉虽在君王去,芳草萋萋满宫路。泉声如泣日将暮,山鸡乱鸣上林树。忆昔玉环赐浴时,红楼绮阁香风吹。头上宝钗凉欲堕,莲步轻扶双侍儿。有客今年曾过此,宫倾墙倒山色死。虎旅知更不复闻,池上玉龙犹喷水。当时此水在天上,一沐恩波荣莫比。六宫粉黛不敢唾,今日行人斗来洗。

唐朝三百年基业由盛而衰,昔日富丽堂皇的骊山行宫成为废墟。美人香消玉殒化为黄土,山下的温泉流淌不息。温泉犹在,帝王已逝,行宫路上荒草丛生。夕阳西下,泉水流淌的声音仿佛哭泣之声,树上的野鸡此起彼伏地鸣叫。遥想当年杨玉环在华清池沐浴,富丽的楼阁上香气袭人,出浴的杨玉环,发髻上的宝钗摇曳生姿,两个侍女搀扶着娇弱无力的贵妃。友人告诉诗人,华清宫的墙已经倒塌,骊山的景象萧条,毫无生气。看不到侍卫值更的景象,华清池的玉龙仍在喷水。当年华清池是人间禁地,只有得到皇帝恩宠者才能享用,在华清池沐浴荣耀无比。六宫的佳丽对华清池小心翼翼,如今路人都可以在此洗浴。诗人在今昔对比中,揭示兴废的原因,流露出感伤之情。此诗抚今追昔,意境凄美,对比鲜明,讽刺巧妙,感慨遥深,富有哲理。

十一、孙蕡(1334—1393),字仲衍,号西庵,广东省佛山市人。洪武三年(1370)进士。与赵介、王佐、黄哲、李德合称"南园五子"。著有《西庵集》9 卷、《通鉴前编纲目》7 卷、《孝经集善》1 卷、《和陶集》1 卷,存世诗歌 730 余首。"蕡当元季绮靡之余,其诗独卓然有古格。虽神骨隽异不及高启,而要非林鸿诸人所及。"[1]胡应麟批评:"孙仲衍《骊山老妓行》,浓丽繁复,殆过千言,而中多猥冗。孙同时,岭南黄哲亦长

---

① 永瑢《四库全书总目》,中华书局,1965 年,第 1473—1474 页。

七言古,才情少劣,气骨胜之。①"朱彝尊评价:"自贲以下,世所称南园五先生也,仲衍才调,杰出四人。五古远师汉魏,近体亦不失唐音。歌行尤琳琅可诵,微嫌繁缛耳。②"徐𬭸赞赏:"仲衍才调,杰出四人之上,即吴中四杰,亦应让步。③"孙贲的咏陕诗为怀古诗、题画诗。

(一) 怀古诗

《昭陵》

万里山河几战征,阿爷机不见先明。春城鼓吹黄金甲,肯伴蕃臣奉乃兄。

唐太宗南征北战,驰骋疆场,唐高祖缺乏先见之明,致使诸子兵戎相见,李世民不愿为臣而尊奉其兄为君。此诗直抒胸臆,笔力雄健,见解独到,耐人寻味。

(二) 题画诗

《四皓图》

只合餐芝老万山,谁教鹤发动龙颜?蛾眉对酒歌鸿鹄,怨入商林紫翠间。

诗人认为四皓应该隐居深山修炼,不该白发苍苍还出山见皇帝。四皓遥望远山,把酒抒发豪情壮志,为在紫气氤氲的苍翠商山中蹉跎岁月而怨恨。诗人批评四皓走终南捷径。此诗开门见山,设问巧妙,讽刺辛辣,入木三分。

十二、高启(1336—1374),字季迪,号槎轩、青丘子,江苏省苏州市人。高启为"吴中四杰"之首。高启著有《高太史大全集》18卷、《凫藻集》5卷、《扣弦集》1卷,现存诗作2000余首。清人评价:"启天才高逸,实据明一代诗人之上。其于诗,拟汉魏似汉魏,拟六朝似六朝,拟唐似唐,拟宋似宋。凡古人之所长,无不兼之。振元末纤秾缛丽之习,而返之于古,启实为有力。然行世太早,殒折太速,未能熔铸变化,自

---

① 胡应麟《诗薮》,中华书局,1958年,第329页。

② 朱彝尊《静志居诗话》上册,人民文学出版社,1990年,第70页。

③ 王云五主编,陈田辑《万有文库·明诗纪事》,商务印书馆,1936年,第188页。

为一家。故备有古人之格,而反不能名启为何格。此则天实限之,非启过也。特其摹仿古调之中,自有精神意象存乎其间,譬之褚临禊帖,究非硬黄双钩者比。故终不与北地、信阳、太仓、历下同为后人诟病焉。[①]"高启的咏陕诗为咏史诗、题画诗、赠答诗。

(一)咏史诗

《落星湾》

莫恨长星堕渭滨,出师未捷已沾巾。天应留得生司马,归作当年取魏人。

落星湾位于今陕西省岐山县的五丈原。

不要怨恨大星掉落在渭河边,诸葛亮出兵伐魏失败后病逝军中,英雄为此悲伤落泪。老天留下司马懿,是让他夺取曹魏的政权。此诗开门见山,立意新颖,见解独到,化用巧妙。

《法真》

高卿关西儒,好学贱荣禄。闭门不交世,弟子相诵读。太守者何人,欲以吏见录。誓在南山南,胡肯劳案牍。连征终不就,皎皎离垢尘。郭子有颂词,玄德久愈暴。

法真,号玄德先生,今陕西省眉县人,为东汉时期名士。

法真为关西宿儒,专注学问而淡泊名利。他躲避世俗纷扰,教导学生读书。太守自不量力,想让法真为功曹,法真发誓隐居南山,决不到衙门从事公务。朝廷一再征召,法真始终不就职,他洁身自好,远离尘俗。郭正赞赏法真的清高,更加彰显了法真的名声。此诗立意高远,衬托巧妙,直抒胸臆,褒贬鲜明。

《游侠篇》

游侠向何处?荡荡长安城。城中暮尘起,杀人无主名。所杀岂私仇?激烈为不平。新削安陵刀,光夺众目明。不畏赤棒吏,里闾自横行。灌夫托为友,袁盎事以兄。负气不负势,倾身复倾情。笑顾年少

---

①　永瑢《四库全书总目》,中华书局,1965 年,第 1471—1472 页。

辈,琐琐真可轻。

游侠肆无忌惮来到长安,日暮时分,不找适当的名义就杀人。游侠杀人不是为了报私仇,而是为了伸张正义。刚磨好的安陵刀光亮刺眼,他们不畏权贵,在大街小巷横冲直撞。灌夫与他们交朋友,袁盎待他们如兄长。游侠侠肝义胆,不仗势欺人,替人打抱不平,倾注真情对待他人。讥笑年轻人平庸无能,让人瞧不起。诗人赞美游侠满怀豪情,扶危济困,除暴安良,受人崇敬。此诗设问巧妙,对比鲜明,笔力雄健,气势豪迈,笔墨酣畅。

《长安有狭斜行》

长安有狭斜,狭斜仅容骑。路逢两侠童,回鞭问君第。君第渭桥西,易觅难复迷。长子侍温室,次子籍金闺。少子备宿卫,光耀与兄齐。三子每来返,杂沓拥轮蹄。大妇弹鹍鸡,中妇舞前溪。小妇劝杯酒,能唱白铜鞮。丈人莫遽起,庭树未乌栖。

长安的小街曲巷,仅能通过一匹马。路上遇到两个小侠,驻马询问富豪的宅邸在何处?富豪的宅邸在渭桥西边,容易寻找不会迷路。他的长子是武将,次子在朝廷为官,小儿子是侍卫,与他的兄长一样荣耀。三个儿子每次回家,乘车骑马前呼后拥,大儿媳弹琴,二儿媳跳舞,三儿媳劝酒唱歌。请公婆不要急着离开,时间还早,乌鹊尚未还巢。此诗用乐府古题,描写豪门生活情景,夸耀家族荣誉。长安的繁华、侠客的潇洒、富豪之家的天伦之乐跃然纸上。此诗虚实相生,层层铺排,构思巧妙,对话生动,顶针娴熟,意趣盎然。

《秦宫》

宫闭骊山静管弦,翠华巡狩去经年。掖庭无用恩难报,愿上蓬莱采药船。

宫门禁闭没有管弦之声,骊山格外安静,因为几年来秦始皇频繁出行视察。宫女难以报答皇帝的恩德,愿意乘船到蓬莱寻找仙药。

《汉宫》

酒醒金屋曙河流,愿赐铜盘一滴秋。他日君王作仙去,瑶池犹幸得同游。

太阳升起，天亮了，汉武帝酒醒了，建章宫神明台的铜仙人捧铜盘承接上天赐予的甘露。日后皇帝升仙，在瑶池可与神仙一起玩耍。

《唐宫》

玉笛声残禁夜长，云屏月帐醉焚香。五王宴罢皆归院，大被空闲一夜凉。

弦管之声消歇，夜晚漫长，后宫华美幽静，香气馥郁，令人沉醉。晚宴结束后，五王离去，五兄弟同寝的被子闲置一夜，摸着冰凉。

这三首诗分别描写秦、汉、唐时期的史实，对帝王迷信神仙、穷奢极欲、荒政误国予以批判，探求历代盛衰兴废的原因，警戒后人以史为鉴。这三首诗用典精当，讽刺巧妙，笔墨淡雅，意境清幽，言近旨远，耐人寻味。

（二）题画诗

《唐明皇秉烛夜游图》

华萼楼头日初堕，紫衣催上宫门锁。大家今夕燕西园，高爇银盘百枝火。海棠欲睡不得成，红妆照见殊分明。满庭紫焰作春雾，不知有月空中行。新谱霓裳试初按，内使频呼烧烛换。知更宫女报铜签，歌舞休催夜方半。共言醉饮终此宵，明日且免群臣朝。只忧风露渐欲冷，妃子衣薄愁成娇。琵琶羯鼓相追逐，白日君心欢不足。此时何暇化光明，去照逃亡小家屋。姑苏台上长夜歌，江都宫里飞萤多。一般行乐未知极，烽火忽至将如何？可怜蜀道归来客，南内凄凉头尽白。孤灯不照返魂人，梧桐夜雨秋萧瑟。

太阳落到华萼楼下，紫衣人催促关闭宫门。晚上，众人在花园大摆筵宴，银盘上的蜡烛通明。美人娇慵无力，妆容美丽动人。大厅里弥漫着烛火的烟雾，烟雾像春天的雾气一般，明亮的烛光令月光失色。正在演奏唐明皇新谱的《霓裳羽衣曲》，太监不停地传唤点燃新烛。值更的宫女用铜筹报时，夜半时分，歌舞仍酣，都说今夜通宵畅饮，明天不用上朝。夜晚风露寒凉，唐明皇担心杨贵妃衣衫单薄，身体娇弱，难以承受。琵琶羯鼓此起彼伏,白天不能尽兴的唐明皇,此时纵情狂欢。此刻唐明皇无暇泽被天下,让流离失所的穷人享受到皇恩。吴王夫差在姑苏台穷奢极欲,隋炀帝荒淫昏乱葬身扬州。唐明皇纵情享乐不计后果,安史之乱爆发不知所措。从成都返回长安后,在兴庆宫忍受着孤独寂寞,日渐衰老。唐明皇独守孤灯,杨玉环无法复活。夜晚,秋雨打在梧桐树上,唐明皇倍感凄凉。诗人对唐明皇沉溺酒色、荒淫误国予以针砭。诗人把咏史与题画相结合,以唐明皇前期的寻欢作乐,与后期的失意落寞加以对比,主旨显豁。此诗类比巧妙,对比鲜明,虚实相生,想象丰富,笔墨清丽,意境凄迷。

(三) 赠别诗

《送沈左司从汪参政分省陕西汪由御史中丞出》

重臣分陕出朝端,宾从威仪尽汉官。四塞河山归版籍,百年父老见衣冠。潼关月落听鸡度,华岳云开立马看。知尔西行定回首,如今江左是长安。

沈左司离开京城到陕西赴任,沈左司一行的汉官服制礼仪,展现出威严的气势,如今,天下一统,父老们重见汉家威仪。诗人想象沈左司黎明时分进入潼关,驻马遥望华山,欣赏曙光冲破云雾的景象。沈左司在西行途中,时时回首,眺望帝都。时过境迁,此时国都在江东。诗人为国家统一、恢复汉家体制而欢欣。诗人送友人赴任,以国事为重,没有依依惜别的感伤。此诗立意新颖,不落窠臼,笔力遒劲,气势雄壮,联想巧妙,想象新奇,虚实相生,浑然天成。

十三、林鸿(约 1343—1413 前),字子羽,福建省福清市人。为"闽中十子"之一。林鸿著有《鸣盛集》4 卷,现存诗歌 540 余首。李东阳评价:"林子羽《鸣盛集》,专学唐。袁凯《在野集》,专学杜。盖能极力摹拟,不但字面句法,并其题目亦效之。开卷骤视,宛若旧本。然细味之,求其流出肺腑,卓尔自立者,指不能一再屈也。[1]"胡应麟称赞:"闽

---

[1] 李东阳撰,周寅宾、钱振民校点《李东阳集 3》,岳麓书社,2008 年,第 1505—1506 页。

林员外子羽,诸体皆工,五言律尤胜,合处置唐钱、刘,不复辨别。[①]"钱谦益认为:"闽中诗,国初林子羽、高廷礼以声律圆稳为宗,厥后风气沿袭,遂成闽派。大抵诗必今体,今体必七言,磨砻婆荡,如出一手。[②]"朱彝尊评价:"闽中十子,子羽称巨擘焉。而循行矩步,无鹰扬虎视之姿。此犹翡翠兰苕,方塘曲渚,非不美观,未足以量江海之大。[③]"陈田评价:"子羽诗以盛唐为宗,诸体并工,论者谓晋安一派,有诗必律,有律必七言,引为口实,其言亦蹈袭者之过也。[④]"林鸿的咏陕诗为山水诗。

《终南积翠》

终南太古色,积翠无冬春。阳崖俯荆楚,阴壑开函秦。碧树晓未分,苍苍散参辰。下蟠蛰水龙,上有避世人。有时浮爽气,挂笏可揽结。安得构精庐,谈经对松雪。

终南山亘古不变,四季常青。南面的山峰俯视荆楚,北面的深谷连通长安。山中绿树遮天蔽日,茂密如同天上的繁星。水里有蟠龙蛰伏,山中有高人隐居。山上空气清爽,悠然自得地汲取天地精华。诗人希望在此修建学舍,对着松雪谈经论道。此诗视角多变,意境清奇,气势雄浑,笔墨淡雅,思致超然,格调高古。

十四、瞿佑(1347—1433),字宗吉,号存斋、山阳道人,浙江省杭州市人,一说江苏省淮安市人。著有《香台集》3 卷、《咏物诗》1 卷、《乐全稿》等,存世诗歌 550 余首。田汝成评价:"宗吉风情丽逸,见之诗篇者,往往有歌扇舞裙之兴。金公素谓之司空见惯者,诚然也。夏时正修《杭州府志》,独不录其词,而白、苏、杨、萨,假红倚翠之篇,悉皆哀采,岂非贵耳而贱目哉?[⑤]"钱谦益评价:"宗吉风情丽逸,著《剪灯新

---

①　胡应麟《诗薮》,中华书局,1958 年,第 327 页。
②　钱谦益《列朝诗集小传》下册,上海古籍出版社,2008 年,第 648 页。
③　朱彝尊《静志居诗话》上册,人民文学出版社,1990 年,第 78 页。
④　王云五主编,陈田辑《万有文库·明诗纪事》,商务印书馆,1936 年,第 202 页。
⑤　田汝成《西湖游览志余》,上海古籍出版社,1998 年,第 188 页。

话》及乐府歌词,多假红倚翠之语,为时传诵。……作《望江南》五首,闻者凄然泣下。又有《漫兴》诗,及《书生叹》诸篇,至今贫士失职者,皆讽咏焉。①"朱彝尊评价:"宗吉幼为廉夫所赏,拾其唾余,演为流派,刘士亨、马浩澜辈争效之。譬诸画仕女者,肌体痴肥,形神猥俗,曾牛鬼狐精之不若矣!其稍有风骨者,……庶与凌彦、李宗表相近。②"徐泰评价:"钱塘瞿宗吉组织工丽,其温飞卿之流乎?但新声与雅乐恐难并奏也。③"陈田评价:"宗吉才学烂漫,咏古诗最为警策,若徒赏其《安荣美人行》《美人画眉歌》,及《漫兴》《书生叹》诸篇,鲜不为才人之累也。④"瞿佑的咏陕诗为咏史诗。

《秦女吹箫》

玉琯双吹引凤凰,曲中同赴白云乡。如何后日秦台梦,不见萧郎见沈郎。

弄玉、萧史吹箫吸引了凤凰,他们在箫声中双双升仙。为何以后的爱情传说中有沈郎却没有萧郎?此诗立意新颖,设问巧妙,笔墨清新,意境奇异。

《阿娇金屋》

咫尺长门有别离,君心宁记主家时。黄金作屋成何事,只办相如买赋资。

阿娇失去宠爱身居冷宫,君王已经不记得在公主家的承诺。金屋藏娇已成过去,百两黄金只是司马相如写《长门赋》的笔资。诗人借阿娇的遭遇抒发怀才不遇的苦闷。此诗借古喻今,类比巧妙,对比鲜明,言近旨远,情绪悲凉。

十五、茅大方(1349—1402),名誧,字大方、希董,江苏省泰兴市人。著有《希董集》5卷。朱彝尊评价:"《希董集》流传未广,集中如'万

---

① 钱谦益《列朝诗集小传》上册,上海古籍出版社,2008年,第189—190页。
② 朱彝尊《静志居诗话》上册,人民文学出版社,1990年,第167页。
③ 徐泰《诗谈》,中华书局,1991年,第6页。
④ 王云五主编、陈田辑《万有文库·明诗纪事》,商务印书馆,1936年,第756页。

山人汉秦关险,孤栈连云蜀道难'、'纵使火龙蟠地轴,莫教铁骑过天河'、'花间莺避春城仗,林杪僧归晚寺钟'、'万里不来青鸟使,千年空老碧桃花',皆佳句也。①"洪武七年,茅大方为秦王府长史,洪武二十九年(1396),主持陕西乡试。茅大方的咏陕诗为山水诗。

《再次登南山仰天池韵》

一上终南望眼空,长安景物画图中。花间莺避春城仗,林杪僧归晚寺钟。渭水东流来鸟鼠,吴山西下走蛟龙。我生自信通仙骨,便欲同乘列子风。

诗人登上终南山,感觉天高地远,长安风景如画。花间的黄莺避开城中的仪仗,林中的僧人伴着晚钟归寺。发源于鸟鼠山的渭河向东流去,吴山向西绵延如同蛟龙飞腾。诗人自信天生仙骨,渴望乘风而去。诗中山水与人物融为一体。此诗气势壮阔,意境雄奇,白描清新,比喻生动,拟人传神,思致超然。

十六、程本立(1350?—1402),字原道,号巽隐,浙江省桐乡市人。程本立著有《巽隐集》4 卷,存世诗歌 260 余首。"本立文章典雅,诗亦深稳朴健,颇近唐音。不但节义为足重,即以词采而论,位置于明初作者之间,亦无愧色矣。②"朱彝尊评价:"建文诸臣,文莫过方希直,诗莫过程原道。希直之文取法昌黎,下亦不失为苏子瞻。原道之诗,刻意杜陵,下亦不失为陈简斋也。③"陈田赞美:"明初檇李诗人,首推清江,次及巽隐,巽隐诗格浑气道,七律尤对仗整齐,固当与嶙峋大节,并留天地。④"程本立的咏陕诗为山水诗、纪行诗。

(一)山水诗

《华阴驻马桥》

绝谷层关路屈盘,斜冈侧嶂石巉岏。今朝驻马桥头立,华岳三峰

---

① 朱彝尊《静志居诗话》上册,人民文学出版社,1990 年,第 137 页。
② 永瑢《四库全书总目》,中华书局,1965 年,第 1481 页。
③ 朱彝尊《静志居诗话》上册,人民文学出版社,1990 年,第 136 页。
④ 王云五主编、陈田辑《万有文库·明诗纪事》,商务印书馆,1936 年,第 577 页。

正面看。

深谷绝壁如同重重关隘，道路曲折盘旋，山势陡峭险峻，山峰耸立，诗人立马桥头，华山的美景尽收眼底。诗人表达了初见华山的惊喜之情。此诗笔力遒劲，意境雄浑，气势豪迈，兴致勃发。

（二）纪行诗

《过凤县简主簿徐敏》

城门人迹没蒿莱，城上青山四面开。土物只看鹦鹉卖，邑人空说凤凰来。三年簿领心如水，十岁儿童瘿似杯。赋得诗成写崖石，欲留姓字刻苍苔。

城门人迹罕至，长满荒草，站在城楼上放眼望去四面环山。出售的特产是鹦鹉，当地却说此处有凤凰。几年来，把见闻记录在文簿上，心如止水。儿童的大脖子病严重。把诗刻在石崖上，字迹被青苔遮盖。诗人笔下的凤县贫穷，荒凉。此诗白描简淡，思绪灵动，情绪悲凉，言近旨远。

《入益门》

蜀关秦岭路初分，迭嶂层压日易曛。飞栈下临千尺硐，行人上出半山云。高堂烟雾曾贪画，险道风湍却厌闻。万里敢辞筋力尽，捐躯未足报吾君。

益门在今陕西省宝鸡市境内，此处曾设有关隘。

秦、蜀在益门分界，层峦叠嶂遮挡了阳光，白天也显得昏暗。悬空的栈道下面是看不到底的深谷，人走在云雾中。曾经醉心描绘烟云笼罩的轩敞屋舍，如今却不想听艰险山路上的风声和流水声。征途遥远，筋疲力尽也不能停下脚步。即使牺牲生命也不足以报答君恩。此诗视角多变，气势雄壮，笔墨冲淡，对比鲜明，感悟深刻，立意高远。

十七、方孝孺（1357—1402），字希直、希古，号逊志，浙江省宁海市人。著有《逊志斋集》24卷，现存诗歌400首。"孝孺学术醇正，而文章乃纵横豪放，颇出入于东坡、龙川之间，盖其志在于驾秩汉、唐，锐复三代,故其毅然自命之气,发扬蹈厉,时露于笔墨之间。①"洪武二十六年(1393),方孝孺任汉中府学教授,在汉中任职近六年。方孝孺的咏陕诗为纪行诗、讽刺诗、题咏诗。

(一) 纪行诗

《发褒城过七盘岭独宿架桥阁上》

名为不祥器,斯理昔未觉。及兹因奔走,始叹立论确。险哉七盘山,羊肠凌巇崿。三年八往返,颠顿发早白。此行当盛夏,溽暑逞余虐。昼伏避蚊虻,宵征越林薄。危桥带褒水,俯瞰波流恶。凿石劳众工,缘崖构飞阁。下扶千柱壮,上倚浮支弱。怒雷地底鸣,悬瀑崖际落。山中邮传少,过客资凄泊。劳者务苟安,宁思非所托。更阑急雨至,洪涛相喷薄。鬼神助晦冥,天地混磅礴。病身倦辗转,酣寝绝疑愕。晨兴宵景澄,林壑还可乐。有生大化中,万变相综错。所遇听自然,何处非安托。历聘鲁中叟,咏归沂上客。劳逸命分殊,顺侯安敢择。

褒城县,原属汉中府,在今陕西省汉中市内。

诗人感叹名声是不祥之物,以往没有发现这个道理。奔走在蜀道上,才真切感受到这种看法正确。七盘山十分险峻,羊肠小道悬空在山崖上。三年间八次往返蜀道,劳苦奔波令白发早生。此行正值盛夏,酷热难当。白天休息以躲避蚊虫,晚上出发穿越丛林。桥高耸在汉水上,脚下波涛汹涌。众人凿石,沿着山崖建造栈道。下面用粗壮的柱子护持,上面用较细的支撑物依托。深谷里水流轰鸣,瀑布从悬崖飞落。山中缺少驿站,行人没有歇脚的地方。辛劳者追求暂且偷安,岂料所做并非自己所希望的。半夜下起暴雨,洪水汹涌。鬼神发威,天地一片昏暗。身体病弱,厌倦奔波,酣睡中忘记恐惧。到了早晨,昨晚的阴沉一扫而光,天地清明,顿觉山中的生活其乐无比。宇宙的变化错综复杂,应随遇而安,任其自然,哪里不是安身之处? 孔子周

① 永瑢《四库全书总目》,中华书局,1965 年,第 1480 页。

游列国之后,便与弟子在沂水边赋诗。劳累还是安逸,命运不同,只能顺应,不能选择。此诗善于生发,笔致灵动,意境雄奇,联想巧妙,感悟深刻,富有哲理。

（二）题味诗

《题汉中三寺佛放光》

三寺神灯古有名,我来惟见月华清。非关佛日今消歇,应避文星不敢名。

三寺的神灯自古出名,但诗人未见灯光,只见月光皎洁。诗人调侃不是神灯已经无光,而是为躲避文曲星不敢发光。此诗构思巧妙,立意新颖,笔墨风趣,韵味隽永。

（三）讽刺诗

《潼关》

潼关将军才且武,五千士卒健于虎。朝廷养汝为阿谁,盗贼公行如不睹。昨日官车将到关,西风放颠尘满天。钱粮衣箧系车后,欻来掣去同鹰鹯。南望京师五千里,僮仆所资余有几。离家渐远亲故稀,向我长号泪如雨。嗟嗟僮仆汝莫愁,圣人在上治九州。会看海内皆富足,关不须防无盗偷。

镇守潼关的将军干练而英武,五千士卒强壮如虎。守将辜负朝廷的培养,盗贼公然横行却视若无睹。昨天上司的车快到潼关,西风肆虐,尘土遮天。僮仆向诗人诉说悲惨经历,钱财粮食衣箱放在车后,盗贼像鹰一样转眼就把东西抢走了。此处距离京师五千里,僮仆们的钱物所剩无几。远离故乡没有亲人,对诗人放声痛哭,泪流如雨。诗人安慰僮仆不要发愁,圣人英明,治国有方,国家富裕强盛,关隘不用防守,也没有盗贼了。诗人斥责潼关守将昏庸无能,盗贼横行,百姓遭殃,却无所作为,诗人对此深感痛心。此诗欲抑先扬,构思巧妙,比喻新奇,讽刺辛辣,夹叙夹议,对话生动。

十八、梁潜(1366—1418),字用之,号伯庵,江西省泰和县人。著有《泊菴集》16卷。"潜文格清隽,而兼有纵横浩瀚之气,在明初可自成一队。①"陈田评价:"用之五言、选体最多,近体有唐人之格律而时参宋派,永乐诗家最为杰出。②"王直评价:"梁先生文如江河之流,汪洋衍迤,一兴风遇则波澜勃兴,鱼龙百怪出没隐见,可喜可愕,真当代之杰作。③"梁潜的咏陕诗为怀古诗。

《咸阳怀古》

咸阳古帝宅,雉堞何崔嵬。积石隐雪色,金阙云中开。咸阳昔日称百二,函谷鸡鸣客如雾。秦王按剑叱风雷,天下诸侯尽西顾。三户萧条易水空,齐歌赵舞入秦宫。龙旗五丈金楼下,凤吹千门驰道中。璇霄阁道通天极,仙掌芙蓉正相直。月过文窗宝扇移,星临绣户妆奁密。绣户文窗拂采霞,黄山翠影绕宫斜。王孙挟弹雕台树,游女回舟绿岸花。岸花簇绣连阡陌,十万朱门色相射。玉检登封觊岳灵,金炉铸冶销锋镝。风驰万国奉威声,四夷慑息敢横行?金汤千里扶王业,犹遣将军北筑城。可惜繁华不知极,三十六年如一日。楼船童女望蓬莱,玉琢轩窗五云色。童女成仙去不归,咸阳古堞空崔嵬。黄云卷雪城头路,城下行人叹落晖。

咸阳是昔日国都,城墙高大,宫殿巍峨,屹立云霄。咸阳地势险要,人才济济,秦始皇以手抚剑,叱咤风云,各诸侯国竞相到咸阳朝觐。三户寂寥冷清,易水空流,齐、赵的歌儿舞女入秦宫。金碧辉煌的楼台下,高大的龙旗飘扬,皇帝的仪仗出行,笙箫齐鸣。空中的阁道通往天边,与华山的仙掌、芙蓉峰相对。月光透进刻镂华美的窗户,星星挂在华丽的居室外。雕刻精美的门窗外彩霞缭绕,苍翠的山峰环绕宫殿。王孙用弹弓打树上的鸟,游女乘船采摘岸边的鲜花。岸上花团锦簇,一望无际,朱门鳞次栉比,光彩夺目。登泰山封禅求神,把兵器放在炉中熔化。万国敬畏因而驯服,四夷畏惧从此谨慎。咸阳城固若金汤,

---

① 永瑢《四库全书总目》,中华书局,1965年,第1483页。
②③ 王云五主编,陈田辑《万有文库·明诗纪事》,商务印书馆,1936年,第669页。

仍然派蒙恬在北边修筑长城。然而，繁华有尽头，三十六年就像一天一样短暂。秦始皇派遣载有童男童女的海船到蓬莱求仙，秀美的窗户外五色祥云缭绕。童女成仙一去不返，咸阳古城空有壮观的外表。沙尘卷起路上的积雪，城下行人在落日下叹息。诗人想象咸阳昔日的辉煌，抒发了今非昔比的兴亡感慨。此诗抚今追昔，指点兴亡，层层铺叙，笔墨酣畅，辞藻华丽，意境凄美，欲抑先扬，讽刺巧妙。

十九、解缙(1369—1415)，字大绅、缙绅，号春雨、喜易，江西省吉水县人。洪武二十一年(1388)进士。解缙著有《文毅集》16卷、《春雨杂述》1卷、《古今列女传》3卷等，《文毅集》收录诗377首。杨士奇评价："公之文雄劲奇古，新意叠出，序事高处，逼司马子长、韩退之，诗豪宕丰赡似李、杜。[①]"钱谦益评价："今其集存者，出自后人掇拾，往往潦草牵率，不经意匠，巧迟拙速，遂令学士蒙谤千古，则后死者之过也。[②]"陈田评价："大绅诗，才气纵横，不暇收拾，流传讹杂，又复过之。[③]"洪武三十一年，解缙被贬河州时，游览华山、终南山等名胜。解缙的咏陕诗为游览诗。

《过华山》

谪臣西来登华山，黄河东去一秋毫。可怜闲却擎天手，万里云霄日月高。

诗人贬谪途中登上华山，眼前东流的黄河就像一根秋毫，华山力量无穷，可惜无用武之地，万里高空日月高悬。诗人表达了怀才不遇的悲哀。此诗托物言志，寓意深远，联想巧妙，比喻新奇，意境壮阔。

二十、杨荣(1371—1440)，原名道应、子荣，字勉仁，福建省建瓯市人。建文二年(1400)进士。杨荣著有《杨文敏公集》25卷，收录其诗480余首。"荣当明全盛之日，历事四朝，恩礼始终无间。儒生遭遇，可谓至荣。故发为文章，具有富贵福泽之气。应制诸作，渢渢雅音。其

---

① 杨士奇著，刘伯涵，朱海点校《东里文集》，中华书局，1998年，第257页。
② 钱谦益《列朝诗集小传》上册，上海古籍出版社，2008年，第161—162页。
③ 王云五主编，陈田辑《万有文库·明诗纪事》，商务印书馆，1936年，第597页。

他诗文,亦皆雍容平易,肖其为人。虽无深湛幽渺之思,纵横驰骤之才,足以震耀一世。而逶迤有度,醇实无疵,台阁之文所由与山林枯槁者异也。①"朱彝尊评价:"东杨诗颇温丽,上拟西杨不及,下视南杨有余。②"杨荣的咏陕诗为纪行诗。

《经华岳祠和唐皇甫孝韵》

万里故园心,行行及华阴。古祠松雨暗,西岳岭云深。野烧偏依戍,昏鸦正满林。华清宫树近,斜日影沉沉。

诗人行至华阴,思念家乡,归心似箭。雨落松林,古祠变得幽暗,华山顶上阴云密布。戍垒边,野火闪烁,树林里,乌鸦密集。华清宫外的树木近在眼前,夕阳缓缓下山。此诗白描传神,意境清幽,对比巧妙,言近旨远。

二十一、王英(1376 — 1450),字时彦,号泉坡,江西省金溪县人。永乐二年(1404)进士。著有《王文安公诗文集》11卷。朱彝尊评价:"西王密切谨严,句无浮响。如'别路斜阳京口树,他乡明月洞庭船。挽得雕弓射飞虎,赐将宫锦绣盘螭','旧馆空余秦地月,古坛犹似汉宫秋'皆琅然清圆,可诵也。③"陈田评价:"诗五言如良玉缜栗,迥异当时台阁之体。④"王英的咏陕诗为咏史诗。

《四皓歌》

吾闻商山四老人,乃是秦世之逸民。一朝遁入山中去,何事终身甘隐沦?是时秦皇御寰宇,法令烦苛暴如虎。儒生既坑六籍焚,黔首悲愁盈道路。渭川东绕咸阳城,流水犹如带哭声。伟哉四老乃何似,有如鸿鹄凌青冥。长松落落瑶草绿,乱石苍苍满幽谷。采芝一曲兴脩然,不管人间荣与辱。汉家书币远相招,忽瞥衣冠来入朝。皇储既定山中去,巢许安能事帝尧。丈夫全身保名德,四老清风那可得。极目

---

① 永瑢《四库全书总目》,中华书局,1965年,第1484页。
② 朱彝尊《静志居诗话》上册,人民文学出版社,1990年,第147页。
③ 朱彝尊《静志居诗话》上册,人民文学出版社,1990年,第159页。
④ 王云五主编,陈田辑《万有文库·明诗纪事》,商务印书馆,1936年,第699页。

西望意无穷,商山云外千峰碧。

商山四皓是秦朝的遗民,他们为何逃入深山,甘愿终身隐居?因为秦始皇统一天下,制定的法律如虎狼一般严苛残暴。焚烧六经,坑杀儒生,百姓悲伤忧愁,怨声载道。渭水流过咸阳城,河水发出悲咽之声。四皓遗世独立,如同鸿鹄在青天翱翔。松树高大挺拔,仙草翠绿,深谷中乱石堆积。《紫芝曲》体现了他们情趣高雅,不在乎世俗的荣辱。商山四皓拒绝朝廷的征召,却自愿来到宫中,太子地位确立后,入山隐居,像巢父、许由不愿为尧效劳一样。四皓避祸全身,守住名望与德行,他们的高风亮节令人景仰。放眼向西看,浮想联翩,商山之外,群峰苍翠。此诗设问精警,见解独到,比喻生动,拟人传神,类比巧妙,意境淡远。

二十二、沈愚(约 1388—1457),字通理,号倥侗生,江苏省昆山市人。著有《筼籁集》20 卷、《吴歈集》5 卷、《怀贤录》1 卷、《续香奁》4 卷。《昆山人物志》记载:"沈通理善章草,工诗,清圆错落,如珠相联,滚滚不自休。[1]"朱彝尊评价:"景泰十子才多下中,通理特为翘楚,同辈极其引重。……诗诸体皆清稳,而绝句尤矫矫轶群,在刘、白之间。[2]"王锜评价:沈通理诗"清丽微婉,乐府尤高,有《吴宫词》诸篇,往往脍炙人口。又有《续香奁》四卷,盖仿韩致光之作。[3]"沈愚的咏陕诗为咏史诗。

《鸿门会》

天柱崩摧地维裂,日月无光乌兔缺。撞钟击鼓海扬尘,刺豹捶牛饮生血。磨牙猰貐争雌雄,横眉炙锦眩重瞳。芒砀云瑞不改色,座中有客乘飞龙。舞剑当筵势挥霍,老增有言君不诺。将军怒发冲危冠,目光射人肝胆落。倒倾卮酒擘羵肩,呼龙归去龙腾渊。百二山河付真主,玉斗声中泪如雨。

秦末天崩地裂,日月暗淡。豪杰纷起,撞钟击鼓,横行无忌,吃肉

---

① 王云五主编,编辑者陈田《明诗纪事》,商务印书馆,1936 年,第 876 页。
② 朱彝尊《静志居诗话》上册,人民文学出版社,1990 年,第 196 页。
③ 王锜《寓圃杂记 鼓山笔麈》,中华书局,1984 年,第 36 页。

饮血,疯狂发泄。群雄如同张开血盆大嘴的獍狳,为争霸天下互相厮杀。项羽愤怒蹙眉,烧毁锦绣,沉迷于异禀。刘邦具有帝王气象,从容镇定,是真龙天子。鸿门会上,项庄舞剑意在沛公,项羽不听范增的建议,樊哙怒发冲冠,怒目而视,气势逼人,令人胆战心惊。他喝酒吃猪肘子,英勇豪迈,掩护刘邦逃离危险。从此刘邦主宰天下,范增怒不可遏,撞碎玉斗。这首诗描绘了秦末的动荡局势、鸿门宴的过程和结局。诗人巧妙化用杨维桢《鸿门会》的构思,重点描写樊哙的形象,善于渲染气氛。此诗造语奇崛,比喻新奇,对比巧妙,虚实相生,意境奇异,笔力遒劲。

《长安道》

　　西望长安道,东风吹绿尘。斗鸡三市晓,跃马五陵春。柳色迷行客,花香扑丽人。金张居戚里,游宴不辞频。

　　诗人西望长安,东风吹动绿尘,令人神往。少年在闹市斗鸡,豪侠在五陵原驰骋。茂盛翠绿的柳树令行人情牵意惹,佳人与香气扑鼻的鲜花相互映衬。达官显宦聚集长安,游玩宴饮,乐此不疲。这首诗着力描写长安的繁华。此诗遣词精妙,笔墨清新,气韵灵动,浑然天成。

　　二十三、薛瑄(1389—1464),字德温,号敬轩,山西省河津市人。薛瑄著有《河汾诗集》8卷、《敬轩文集》24卷、《读书录》11卷,存世诗歌1120余首。"其文章雅正,具有典型,绝不以俚词破格。其诗如玩一斋之类,亦间涉理路。而大致冲澹高秀,吐言天拔,往往有陶、韦之风。盖有德有言,瑄足当之。[①]"朱彝尊称道:"集中五言醇雅,有陶、孟、韦、柳之风。[②]"陈田评价:"文清古体淡远,律体雄阔,绝句极有风韵,非一时讲声律者所能及。[③]"薛瑄为关学的发展作出了重要贡献,"薛氏河东之学为明代关学的中兴奠定了思想基础,薛瑄是关中之学的奠基人。[④]"黄宗羲

---

① 永瑢《四库全书总目》,中华书局,1965年,第1486页。
② 朱彝尊《静志居诗话》上册,人民文学出版社,1990年,第165页。
③ 王云五主编、陈田辑《万有文库·明诗纪事》,商务印书馆,1936年,第745页。
④ 李元庆《明代理学大师:薛瑄》,山西高校联合出版社,1993年,第118页。

认为"关学大概宗薛氏,三原又其别派也。①"薛瑄的咏陕诗为纪行诗、山水诗、怀古诗。

(一)纪行诗

《褒斜道中》

褒斜一何长,深谷自逶迤。云木青无边,群峰各峻峙。鸟道缘崖颠,危栈架江涘。冥冥叫子规,决决响溪水。累日山峡中,陟降亦劳只。知我入蜀门,今愈一年矣。既乏督办能,兼负素餐耻。而况鬓发苍,胡宁不知止。上章乞解绶,诏许感不已。虽云此谷险,且遂北归喜。

褒斜古道南端在今陕西省汉中市的褒谷,北端在今宝鸡市眉县的斜谷,全长约250公里。

褒斜道崎岖漫长,沿着深谷蜿蜒盘旋。苍翠的树木高耸入云,一望无际,群山壁立耸峙。狭窄险峻的山路伸向悬崖顶,高险的栈道悬立在江边。晚上,听到子规的哀啼与溪水的奔腾咆哮。连日在山峡中跋涉,爬山、下坡非常劳累。到蜀地上任已经一年,既缺乏督办的能力,又无功受禄,诗人为此深感羞耻。何况已经鬓发斑白,怎么能不知进退。上书乞求辞官,皇帝同意其请求,诗人对此感激不已。虽然褒斜道非常艰险,但可喜的是能够实现北归的愿望。此诗移步换景,视角多变,情绪起伏,文思灵动,意境雄奇,联想巧妙。

《连云栈道中》四首

陈仓西入一门来,叠嶂层峦次第开。百折长途盘翠岭,千寻危栈接青崖。苍苍云木鸣山鸟,决决溪泉泻石苔。持节未应辞路险,会清蛮徼凯歌回。

莫道西行蜀道难,老来保喜纵遐观。山从太白连岷岭,水绕嘉陵出散关。石积居崖知地厚,路登绝巘觉天宽。驱兵过此思诸葛,大节长留宇宙间。

---

① 黄宗羲《明儒学案》上册,中华书局,2008年,第158页。

重叠峰峦掩映青,不登危栈即溪行。气偏三月山蝉叫,境异千林杜宇鸣。寥落人家多板屋,萧条邮舍尽茅亭。因思唐帝西巡日,中夜何堪雨打铃。

总角曾从蜀道行,近来鬓发已星星。不胜爱国输忠念,无限思亲感旧情。林外最嫌鹦鹉舌,耳边偏喜杜鹃声。驱驰万里心何惮,但保秋霜分义明。

连云栈,西起陕西省凤县南接褒斜道,为川陕之通道。

第一首诗,描写诗人从宝鸡进入艰险的蜀道,层峦叠嶂,连绵不断地映入眼帘。崎岖的道路曲折盘旋于峻岭中,险峻的栈道架设在悬崖上。高耸入云的密林里山鸟鸣唱,溪水从长满青苔的石头间奔涌而出。自己作为使节不该因路途艰险而推卸责任,此行一定会使边疆安定,不久就能胜利而归。此诗笔力遒劲,意境雄奇,气势壮阔,格调雅正。

第二首诗,描写诗人老当益壮,不畏蜀道艰险,一路上心情愉悦。纵目远眺,山脉从太白山绵延至岷山,水从嘉陵江源头流至大散关。到了悬崖边,感觉大地深厚,登上山顶,顿觉天空开阔。带兵到此,想起诸葛亮,他的高尚情操长存天地间。此诗由今及古,虚实相生,类比巧妙,立意高远。

第三首诗,描写层峦叠嶂,青翠幽深,诗人在栈道上、溪水中艰难行进。这里气候特殊,三月里蝉开始鸣叫,环境独特,子规声此起彼伏。稀疏的民居都是木板屋,冷落的驿站皆为茅草房。诗人想起唐玄宗逃往西蜀时,半夜听到雨打銮铃的声音愁肠寸断。此诗笔墨清新,白描生动,意境奇异,联想巧妙,地域色彩独特鲜明。

第四首诗,描写诗人少小时曾经走过蜀道,鬓发斑白时再过蜀道,感慨万千。此时,为国尽忠之大义、思念亲人之深情,涌上心头。诗人不想听鹦鹉学舌,喜欢听杜鹃啼叫。不惧怕万里奔波,只求保持晚节,恪尽职守。此诗直抒胸臆,立意高远,比喻生动,对比鲜明。

《过七盘》

匆匆行役敢求安?鞍马经时历险艰。叱驭才过九折坂,挥鞭又度七盘山。行当绝顶知天近,下尽层梯觉地宽。却喜汉中频在望,一川风物色闲闲。

今陕西省汉中市的连城山北坡有鸡头关,鸡头关上有七盘岭,也称"七盘古道"。

诗人不辞辛苦匆匆赶路,鞍马劳顿。报效国家,不畏艰险。才过九折坂,又策马扬鞭翻过七盘山。登上绝顶,感觉天空近在咫尺,走完栈道,感觉大地如此宽阔。可喜的是已经能看见汉中了,美好的风景看上去如此闲静。此诗气势豪迈,笔力雄健,衬托巧妙,感悟深刻。

《过武功县》

持节西来过武功,扶桑日上晓光红。渭河水远波声小,太白山高树影重。遗址已无慈德寺,居人犹说有邰封。东行无限前朝事,尽在红尘绿野中。

慈德寺、邰封位于今陕西省武功县境内。

诗人西行出使,途经武功,只见太阳初升,红霞满天。渭河平缓地流向远方,太白山高峻挺拔,山上树木茂盛。慈德寺只留下遗址,当地人还在传说后稷的丰功伟绩。一路向东,无数前朝旧事,都隐藏在都市和原野之中。此诗对比巧妙,意境壮丽,感悟遥深,情韵隽永。

《汉中寓目》

谷尽褒斜觉眼明,汉中如掌一川平。封疆自昔多吞并,龙虎当年几战争。英主筑坛曾拜将,忠臣讨贼旧屯兵。权豪一去无遗迹,惟见山高水自清。

诗人出了褒斜道,眼前豁然一亮,汉中如同手掌一样平坦。汉中曾是群雄吞并的目标,这里龙争虎斗,战争频繁。刘邦曾在此筑坛拜韩信为将军,诸葛亮为讨伐汉贼,曾在此屯兵。那些权贵豪强已不见踪影,只有高山耸立,流水清澈。诗人着眼于汉中的历史,突出其重要地位,感叹物是人非,自然永恒。此诗思接千载,浮想联翩,感悟深刻,富有哲理。

（二）山水诗

《汉江源》

巨峡自天开，峨峨嶓冢来。回环幽谷底，清浅汉江源。泉古通元气，根深彻后坤。朝宗东去意，应不废晨昏。

嶓冢山，又名汉王山。位于今陕西省汉中市宁强县境内。

大峡谷连通天地，巍峨的嶓冢山绵延向东，汉江在深谷中环绕，源头的水清澈不深。泉水贯通自然之气，它的根脉深入大地。汉江昼夜不息，向东流入长江。此诗笔墨冲淡，意境雄浑，拟人传神，气势壮观。

《华山》

马首嵯峨见华山，三峰削玉最高寒。层阴旧接黄河水，秀色长连紫气关。只有烟霞生涧谷，总无尘土翳林峦。西还更与山灵约，拟上云梯仔细看。

诗人在马山遥望巍峨的华山，山峰插入云霄，高峻寒冷。华山北临黄河，东连函谷关，层峦叠嶂，景色优美。山谷里云蒸霞蔚，山上树木茂盛，诗人与山神相约从西边归来后，将登上山顶仔细观赏美景。此诗视角多变，笔力遒劲，意境雄浑，拟人新奇。

（三）怀古诗

《温泉》

唐家天子爱温泉，故起离宫绣岭前。山上朝元金作阁，苑中汤井玉为莲。锦凫曾泛当时水，香木频浮旧日船。赐浴未终鼙鼓动，苔池留恨百年年。

唐朝皇帝喜欢温泉，在骊山修建了华清宫。山上有金碧辉煌的朝元阁，行宫的温泉池用玉石砌成莲花状。锦凫在池中戏水，香木船在水中游弋。惊天动地的鼙鼓打断了李、杨的享乐，池中的青苔满怀千古遗恨。此诗抚今追昔，对比巧妙，虚实结合，想象生动，拟人传神，讽刺委婉。

《华清宫》

天宝承平奈乐何，华清宫殿郁嵯峨。朝元阁峻临秦岭，羯鼓楼高俯渭河。玉笛长飘云外曲,霓裳间舞月中歌。祇今惟有温泉水,呜咽声中感怨多。

天宝承平之日何其欢乐,华清宫巍峨壮观,朝元阁临近秦岭,羯鼓楼高踞渭河之上。玉笛吹奏仙乐,佳人载歌载舞。如今只有温泉水,诉说着悲伤的往事。此诗联想巧妙,对比鲜明,笔力遒劲,意境雄深,拟人生动,韵味隽永。

《马嵬》

号令风行遍九州,六军何事此淹留?深情只拟乾坤久,绝宠宁知咫尺休?剑阁西行山寂寂,渭河东去水悠悠。路边三尺妖姬土,长带千秋万古羞。

命令很快传遍天下,军队在马嵬停止不前。帝妃恩爱,期望天长地久,岂料永别却在咫尺。从剑阁向西,群山寂寞,渭河东流,逝水忧愁。贵妃缢死路边,招致千秋耻辱。诗人追忆历史,批评帝王耽乐贻误国家。此诗设问精警,拟人传神,对比巧妙,讽刺辛辣。

《过寇莱公祠》

忠义垂声千古在,奸谀遗臭几时消。老予持节无英计,恋阙思贤首重搔。

寇准祠,位于今陕西省渭南市。

寇准忠君爱国名垂青史,奸臣祸国殃民遗臭万年。诗人自责只能以大节自励却无定国安邦之才,表达了对君王的忠贞以及对先贤的景仰,并对朝政混乱深感无奈。此诗直抒胸臆,对比鲜明,借古喻今,联想巧妙,立意高远。

《武侯墓》

丞相孤坟何处寻?褒斜西出汉江阴。青芜漠漠烟横野,翠柏森森风满林。尚忆出师当日表,空歌《梁甫》旧时吟。中原未复星先陨,长使英雄慨古今。

武侯墓,位于今陕西省汉中市勉县的定军山脚下。

诸葛亮的坟墓何处可寻,由褒斜道向西来到汉江南岸。眼前杂草丛生,寒烟笼罩着田野,苍翠茂密的柏树林在风中飒飒作响。追忆诸葛亮上出师表、吟诵《梁甫吟》的情景,令人伤感。中原没有恢复,诸葛亮去世,致使后世英雄感慨不已。此诗抚今追昔,构思巧妙,意境苍凉,情绪感伤。

二十四、刘球(1392—1443),字求乐、廷振,号西溪,江西省安福县人。永乐十九年(1421)进士。著有《两溪文集》24 卷。清人评价:"今观其文,乃多和平温雅,殊不类其为人。其殆义理之勇,非气质用事者欤。然味其词旨,大都光明磊落,无依阿涎涩之态,所谓君子之文也。①"刘球的咏陕诗为怀古诗。

《骊山咏》

一片秦京最好山,离宫没后古碑残。涓涓惟有温泉水,流到如今尚不寒。

骊山风景秀丽,唐朝的离宫只留下残砖断瓦,温泉细水缓流,至今温暖宜人,流淌不息。诗人抒发了沧桑巨变,物是人非的感伤之情。此诗抚今追昔,对比鲜明,言近旨远,韵味隽永。

二十五、朱志𡉏(1404—1455),号默庵,安徽省凤阳县人。著有《默庵稿》3 卷。强晟评价"默庵之作,气象宏远②"。1428—1455 年,朱志𡉏为秦王,就藩西安府。朱志𡉏的咏陕诗为山水诗。

《华山》

华山乃西镇,巍然峙金天。壁立几千仞,三峰入云烟。仰看仙掌日,亦有玉井莲。我欲梯其上,呼吸通帝前。守藩叨典祀,所愿惟丰年。丰年何所召,试问希夷仙。

万仞巍峨出自然,巨灵手擘是何年。三峰秀出云霄外,一掌高擎日月边。李白问天登绝顶,陈抟傲世隐危巅。何当稳步长梯上,摘取峰头玉井莲。

---

① 永瑢《四库全书总目》,中华书局,1965 年,第 1486 页。
② 王超、王浩远《南京图书馆藏孤本秦藩世德录考述》,《新世纪图书馆》,2017 年第 6 期,第 84 页。

第一首诗,描写华山镇守西部,巍然屹立于西边,山峰陡峭,高耸入云。仰望仙掌峰的日出,玉井中莲花盛开。诗人想登上华山,摄取日月精华。诗人受封为王,掌握守土职权,希望自己的封地风调雨顺。试着向希夷请教,如何祈求神灵保佑,赐予丰收。诗人描绘华山的形胜和险峻,表达了对五谷丰登的祈盼,抒发了保国守土的豪情。此诗视角多变,虚实相生,立意高远,风格朴实。

第二首诗,描写华山巍峨雄伟是造化的杰作,巨灵神手劈华山历史悠久。三峰耸立云端,仙掌峰擎起日月。李白登华山询问天神,陈抟傲然出世,在华山修炼。诗人幻想登上华山,摘下玉井中的莲花。诗人描绘了华山的壮丽景色,表达了对神仙长生的羡慕,流露出修道的意愿。此诗想象新奇,意境雄壮,笔力遒劲,气势豪迈,用典精当,类比巧妙。

二十六、罗澄(1409—?),字景深,浙江省绍兴市人。正统七年(1442)进士。罗澄的咏陕诗为怀古诗。

《谒周公庙》

驻节登周邸,披图考旧踪。甘泉名润德,胜地接邠风。丹凤遗空穴,青山绕故宫。黍离谁复叹,芳草夕阳红。

周公庙,位于今陕西省岐山县的凤凰山。

诗人出使途中停留,去拜谒周公庙,展开地图考察周朝的遗迹。周公庙后的润德泉,泉水甘美,周公庙地处邠,鸣于岐山的凤凰只剩下空巢,凤凰山环绕着周公庙。没有人再吟诵《黍离》,夕阳彤红,芳草萋萋。此诗抚今追昔,笔墨冲淡,意境苍凉,言近旨远。

二十七、倪谦(1414—1479),字克让,号静存,江苏省南京市人,一说浙江省杭州市人。正统四年(1439)进士。倪谦著有《玉堂稿》100卷、《归田稿》42卷、《倪文僖集》32卷、《南宫稿》20卷、《上谷稿》8卷、《辽海编》4卷,创作诗歌2000余首。"谦当有明盛时,去开国未远,前辈流风余韵往往而存,故其文步骤严谨,朴而不俚,简而不陋,体近三杨而未染其末流之失,虽不及李东阳之笼罩一时,而有质有文亦彬彬自成一家矣,固未可以声价之重轻为文章之优劣也。[①]"陈田评价:"余观其七古,劲健拔俗,不愧当家,故不失为一时骚雅之选也。[②]"倪谦的咏陕诗为题画诗。

《商山四皓图》

商山郁嵯峨,中有三秀芝。四皓此避秦,采撷充其饥。清泉白石境幽旷,长日消尽松阴棋。嬴网高张正流毒,冥鸿矫翼安能羁。一朝轵道口衔璧,万方耿耿炎精赤。据床嫚骂溺儒冠,岩穴深藏甘敛迹。谁知衽席间,以爱迷至公。国本将遂移,母后计亦穷。伟哉留侯建奇策,礼币直走商山中。翩翩乃偕来,愿为太子死。赤帝见之惊,公胡至于此。把酒相看意惨凄,黄鹄歌残泪如水。一出重九鼎,汉业安如山。拂衣不受万钟禄,为乐孰似商山间。高风杳邈仰图画,名与兹山同不刊。

商山树木茂盛,山势高峻,山中生长着一年开花三次的灵芝。四皓在商山避秦,采集野菜充饥。山里清泉潺潺,环境幽静旷远,四皓在松树下对弈,悠闲度日。秦朝的法令严苛,荼毒天下,岂能留住四皓这样志向远大的隐士。子婴投降,秦朝灭亡,各方诸侯拥戴刘邦,汉朝兴起。刘邦傲慢无礼,谩骂侮辱儒生,四皓藏在深山,隐居不出。刘邦迷恋女色,因宠爱戚夫人而偏袒赵王。刘邦欲废黜太子,吕后无计可施,张良何其伟大,为吕后谋划奇计,吕后派人带上礼物到商山请四皓。四皓举止洒脱,与使臣一同而至,死心塌地为太子效劳,刘邦见到他们感到吃惊,不知道他们为何而来。刘邦与戚夫人执酒相对,内心悲伤凄凉,高歌黄鹄之曲,泪流满面。四皓出山,功高盖世,巩固了汉朝的江山社稷。他们没有接受高官厚禄毅然归隐,因为世间没有什么能与隐居商山的快乐相媲美。四皓高风亮节,如今渺茫遥远,无迹可寻,只剩图画供人瞻仰,他们的美名与商山一样不可磨灭。此诗铺叙有致,

---

① 永瑢《四库全书总目》,中华书局,1965 年,第 1487 页。
② 王云五主编,陈田辑《万有文库·明诗纪事》,商务印书馆,1936 年,第 810 页。

层次井然,比兴巧妙,笔法娴熟,虚实相生,浑然天成,节奏变化,韵律优美。

《雪拥蓝关图》

西方有佛名浮屠,形神寂灭久已殂。何年委此趾与颅,流传震旦惟其徒。唐宗信重如琏瑚,遥自凤翔迎至都。韩公抗疏恳伏蒲,愿投水火斥其诬。忤旨谪逐瘴海隅,迢迢远道劳驰驱。于时严冬雪载涂,蓝关秦岭云模糊。老成有子字清夫,冒寒慰劳惊相呼。作诗示意嗟可吁,衰朽之骨其收吾。一身不惜万里徂,人心复正赖公扶。曾闻顷刻金花敷,诗联涌出此则符。湘乎仙乎知有无,至今画史写作图。

蓝关即蓝田关,位于今陕西省蓝田县。

西天的佛陀涅槃,他的弟子把佛的舍利带到中国。唐朝皇帝供奉舍利,派使者到凤翔迎接佛骨到长安,韩愈向皇帝上书,犯颜直谏,认为供奉佛骨极为荒唐,要求将佛骨烧毁。韩愈因此触怒了皇帝,被贬谪到瘴气弥漫的海角,千里迢迢,长途跋涉。严寒的冬天大雪封路,秦岭的蓝关云雾迷漫。韩老成之子韩湘冒雪前来慰问,韩愈作诗表明心意,其情令人唏嘘。担心此去将是永别,韩愈嘱托侄子收拾他的骸骨。韩愈不顾个人安危以及道路艰险,担当拯救世道人心回归正途的大任。曾经听说顷刻间金花铺开,诗句涌现,呈现出祥瑞的征兆。不知韩湘是否成仙,画家把雪拥蓝关的情景绘成图画。此诗直抒胸臆,立意高远,虚实相生,笔致灵动。

二十八、朱纯(1417—1493),字克粹,号肖斋、龟峰识字农,浙江省绍兴市人。曾与罗顾、张浩等组织"鉴湖吟社",著有《淘铅集》《驴背集》《自怡集》等。朱纯的咏陕诗为咏史诗。

《天宝宫词》四首

赏月看灯乐未央,忽惊鼙鼓动渔阳。太真莫更思鲜荔,飞骑于今幸蜀忙。

玉环忍弃马嵬坡,南内归来意若何。落尽梧桐秋雨夜,凄凉更比寿王多。

长安胡骑正啾啾,尘暗宫花粉黛愁。凤辇不知何处去,野乌啼月上延秋。

落尽宫花辇路荒,銮舆西狩岭云长。词臣休望金鸡赦,蜀道艰难胜夜郎。

唐玄宗改旧宅造兴庆宫,称为"南内"。延秋门,是唐代长安禁苑西门。

第一首诗,描写唐玄宗赏月观灯尽情享乐,忽然间渔阳鼙鼓惊天动地。杨玉环顾不上想念荔枝,在羽林军士兵簇拥下,皇帝慌忙逃往西蜀。

第二首诗,描写杨玉环被唐玄宗忍痛抛弃在马嵬,唐玄宗回到兴庆宫后无比悲伤。秋夜雨打梧桐,树叶飘零,此时唐玄宗比寿王更加凄凉。

第三首诗,描写长安城被安禄山的叛军占领,后宫佳丽命运悲惨,不知道皇帝到哪里去了,夜晚,乌鸦在延秋门哀啼。

第四首诗,描写皇宫内花木凋零,御道冷落荒凉,皇帝西狩,经过绵延不绝的崇山峻岭。李白不要期望金鸡赦礼,蜀道虽然艰难,但好于夜郎国。

诗人感慨历史兴亡,批评统治者骄奢荒政。这四首诗情景交融,意境凄迷,对比鲜明,讽刺冷峻,言近旨远,韵味隽永。

二十九、岳正(1418—1472),字季方,号蒙泉,北京市人。正统十三年(1448)进士。岳正著有《类博稿》10卷,现存诗歌170余首。清人评价:"正统、成化以后,台阁之体,渐成啴缓之音,惟正文风格峭劲,如其为人。[1]"岳正的咏陕诗为怀古诗。

《四皓祠》

祖龙长策不知图,空筑长城远备胡。四老朝廷安一老,当时谁得杀扶苏。

---

①　永瑢《四库全书总目》,中华书局,1965年,第1488页。

惠统安危覆手间，都将鹤发动龙颜。元功空佩通侯印，不及芒鞋一下山。

谁知德威格天难，国本将危又复安。试按楚歌评汉祖，沛公元不溺儒冠。

避汉逃秦知虑周，谁知亦堕子房谋。可怜他日安刘嘱，不及留侯及绛侯。

商山四皓祠在今陕西省商洛市商州区。

第一首诗，描写秦始皇治国无方，修筑长城劳民伤财。如果四皓得到重用，公子扶苏便不会被害，就能够拯救秦国的危亡。

第二首诗，描写国家的安危系于一瞬，白发苍苍的四皓感动了刘邦。四皓出山稳定了社稷，其作用比那些封侯拜相的功臣更为重要。

第三首诗，描写刘邦另立太子的意图难以实现，太子由危转安，四皓挽救了汉室。从《鸿鹄歌》可见，刘邦并非傲慢无礼，不尊重儒生。

第四首诗，描写四皓避乱隐居是明智之举，但最终中了张良的计策。可惜刘邦临终时认为能安定江山者，想到周勃而没有提张良。

这组诗对比鲜明，说理透彻，讽刺辛辣，见解独到。

三十、徐震（1422—1490），字德重，号静安，江苏省苏州市人。徐震为景泰十才子之一，没有诗集存世。王鏊评价："数十年来，诗法稍变，类以雄浑沉实为高。晚生初学，模拟窜窃，割裂钉饾以为奇。而处士日藏深山，赋诗止以自娱，往往世不复知有处士矣。然唐人高风绝尘，其复可见乎？若处士，其犹近也。"[1]徐震的咏陕诗为怀古诗。

《咸阳怀古》

阿房宫殿对南山，阁道萦回霄汉间。霸业终随烽火尽，游魂俄载属车还。三千童女空浮海，十万貔貅已入关。留得当年遗恨在，长城血泪土犹斑。

---

[1] 王鏊《苏州文献丛书·王鏊集》，上海古籍出版社，2013年，第383—384页。

阿房宫以终南山为门阙,宫殿里的楼阁之间有架在空中的通道,阁道在云霄间盘旋。秦始皇开创的大业在战火中毁灭,出行的车马载着秦始皇的遗体返回咸阳。秦始皇派遣数千童男、童女渡海求仙,却没能长生不死,项羽、刘邦的庞大军队很快进入函谷关。秦始皇修长城遗恨千古,百姓的血泪渗透在长城的土壤中。此诗抚今追昔,感慨兴亡,笔力雄健,意境苍凉,对比巧妙,讽刺辛辣。

三十一、王越(1423—1498),字世昌,河南省浚县人。景泰二年(1451)进士。著有《王襄敏公集》4卷,存世诗歌400余首。"越本魁杰之才,其诗文有河朔激壮之音,而往往伤于粗率。[①]"钱谦益评价:"威宁喜为诗,粗豪奔放,不事雕饰。酒酣命笔,一扫千言,使人有横槊磨盾、悲歌出塞之思。[②]"朱彝尊批评王越"于诗沾沾自喜,长篇奔放,如快马不受羁绁,未免有衔蹶之虞,虽意在取法盛唐,然往往流入击壤一派[③]"。陈田评价:"襄敏雄才逸气,不受检束,诗亦复尔。然摘其佳句……未尝不一一入格也。[④]"景泰三年至四年(1452—1453),王越曾到陕西巡视。王越的咏陕诗为咏史怀古诗、游览诗。

(一)咏史怀古诗

《题雁过红草》

苏武传书托塞鸿,上林一剪堕西风。至今血染庭前草,一度秋来一度红。

苏武以鸿雁传书表达忠贞不渝的意愿,秋天,汉天子在上林苑射下一只大雁,大雁的血染红了上林苑的草,从此这种草每年秋天都变红。诗人描写苏武被匈奴扣留却坚贞不屈,歌颂忠臣义士的高尚情操,抒发了抗敌御边、精忠报国之志。此诗虚实相生,联想巧妙,托物言志,意境苍凉,言近旨远,韵味隽永。

---

① 永瑢《四库全书总目》,中华书局,1965年,第1558页。
② 钱谦益《列朝诗集小传》上册,上海古籍出版社,2008年,第250页。
③ 朱彝尊《静志居诗话》上册,人民文学出版社,1990年,第188页。
④ 王云五主编、陈田辑《万有文库·明诗纪事》,商务印书馆,1936年,第841—842页。

《长安怀古》

渭水桥边独倚栏，望中原是古长安。斩蛇赤帝留神剑，堕泪铜仙泣露盘。宫锦为帆天外落，霓裳成队月中看。不堪回首风尘后，北都城荒雁塔寒。

诗人独自站在渭河桥上，眺望古都长安。刘邦斩蛇起义建立汉朝，汉朝衰亡，魏明帝下诏移走捧露盘仙人，铜仙临行哭泣。唐玄宗以宫锦为帆，到月宫消遣，醉心观赏霓裳羽衣曲。长安饱经战乱，城池废弃，古迹破败，过去的事情令人悲伤，不忍回忆。诗人批评帝王奢侈享乐，荒废朝政，抒发了沧桑巨变，繁华不再、兴亡难料的感慨。此诗抚今追昔，对比鲜明，用典精当，笔力雄健，意境苍凉，情绪感伤。

《华清池》

骊山依旧入青云，想见当年步锦烟。凤辇风清人似玉，莲池脂滑水如春。九华宝座芙蓉湿，五月金盘荔子新。一曲霓裳歌未了，长安宫阙已生尘。

骊山高耸入云，诗人脑海中浮现出昔日锦步障灿如云霞的繁华景象。乘坐凤辇的杨玉环如同美玉一般，温泉水让她更加肤如凝脂。杨玉环地位尊贵，生活奢华，尽情享用盛在金盘中的新鲜荔枝，当李、杨还沉醉于霓裳羽衣曲时，长安的宫殿已被叛军洗劫一空。此诗联想丰富，比喻生动，对比巧妙，意境清丽，讽刺委婉，言近旨远。

（二）游览诗

《雁塔》

慈恩古塔一闲登，瘗鹤铭亡问寺僧。旧壁遍题唐进士，远烟多见汉原陵。感怀已寄无穷事，纵目还须最上层。不省风铃缘底语，只今谁是佛图澄？

诗人闲暇时登上大雁塔，询问寺僧有关瘗鹤铭的事情。墙壁上到处是唐代进士的题诗，透过远处的云烟看见汉代帝王的陵墓。历史事件不断浮现，诗人感慨万端，登上顶层视野更加开阔。不明白风铃为何低语,想知道如今是否还有佛图澄那样的高僧。此诗抚今追昔,意境淡远,拟人生动,设问巧妙,言近旨远,富有哲理。

三十二、李裕(1423—1511),字资德,号古澹,江西省丰城县人。景泰五年(1454)进士。著有《古澹集》4 卷、《东藩倡和集》1 卷、《三朝奏议》7 卷、《杂录》10 卷。周亮工评价:"李太宰《古澹集》,翩翩唐音。①"陈田评价:"诗颇近雅音②"。天顺中,李裕巡按陕西,成化初,迁陕西左布政使。李裕的咏陕诗为纪行诗。

《褒城道中》

褒斜通蜀汉,百折拥冈峦。崖际戍楼出,山腰栈道盘。霜林万叶净,茅屋几家残。少憩溪头口,猿啼落日寒。

褒斜道连接着巴蜀与汉中,盘山路蜿蜒曲折。戍楼建造在悬崖边,栈道盘旋于山腰。秋天经霜之后,树叶凋零,山上散落着几间破败的茅草房。诗人在溪边短暂休息,猿鸣凄厉,夕阳昏黄,寒意袭人。此诗笔墨淡雅,白描传神,意境清幽,言近旨远,韵味隽永。

三十三、童轩(1425—1498),字子昂、士昂,号枕肱,江西省鄱阳县人,景泰二年(1451)进士。著有《枕肱集》20 卷、《清风亭稿》8 卷等。"其人品本为高洁,其诗亦雅淡绝俗,然在明代不以诗名。殆正德以后北地、信阳之说盛行,寥寥清音,不谐俗尚故耶。③"钱谦益评价:"诗有唐人体裁④"。陈田评价:"尚书诗,在景泰间当首屈一指,刘钦谟、夏正夫,及十才子辈,皆在下风。⑤"童轩的咏陕诗为题画诗、纪行诗、田园诗。

(一)题画诗

《郭汾阳轻骑见虏图》

有唐国步中叶危,长安宫阙胡尘飞。履谦陷贼杲卿死,二十四郡

---

① ② 王云五主编,陈田辑《万有文库·明诗纪事》,商务印书馆,1936 年,第 856 页。

③ 永瑢《四库全书总目》,中华书局,1965 年,第 1488 页。

④ 钱谦益《列朝诗集小传》上册,上海古籍出版社,2008 年,第 192 页。

⑤ 王云五主编,陈田辑《万有文库·明诗纪事》,商务印书馆,1936 年,第 836 页。

将谁支。可怜不见平安火,相国只谋行幸所。马嵬坡下玉环啼,灵武山前乘舆播。此时名将知谁是,凛凛汾阳树忠义。故地初闻河朔归,捷书又自潼关至。两京收复不移时,贝锦青蝇谤亦随。宁知突起泾阳祸,二虏冯陵逼帝畿。节度不出淮西师,观军笑杀河中儿。花门劓面似虓虎,健儿好手应难持。汾阳遮画扶颠计,免胄投身为虏饵。马前传导令公来,回纥寻盟吐蕃去。乃知天意眷忠贞,数语贤于十万兵。千载高名垂不朽,画图三复想仪刑。

郭子仪(697—781),华州人(今陕西省渭南华州区),宝应元年(762),被封为汾阳王。安史之乱中,郭子仪扭转乾坤,功勋卓著。

唐朝中期国运转危,安禄山的叛军占领长安,袁履谦和颜杲卿被叛贼囚禁杀害,二十四郡无人可用。没有人能保卫长安,杨国忠在谋划皇帝逃亡何处。杨玉环在马嵬坡哭泣,太子在灵武称帝,唐玄宗流亡在外。名将郭子仪令人敬畏,树立了忠义的榜样。才听说收复河朔失地,潼关又捷报频传。收复长安、洛阳不久,奸佞之徒的谗言、诽谤随之而至。哪里料到祸端突然发生,回纥、吐蕃入侵唐朝,逼近长安。节度使不出兵讨贼,观军容使昏庸无能,回纥、吐蕃士兵勇猛凶悍,锐不可当。郭子仪运筹帷幄拯救危难,他卸去盔甲,只身去见回纥首领。回纥士卒传呼引导郭子仪前行,回纥与唐结盟,吐蕃退兵。上天眷顾忠贞之士,郭子仪几句话击退了十万军队,他的丰功伟绩名垂青史,三次挽救唐朝的江山社稷成为令人景仰的典范。诗人赞颂郭子仪临危受命,力挽狂澜定国安邦。此诗想象丰富,虚实相生,铺叙有致,层层推进,烘托巧妙,对比鲜明。

(二)纪行诗

《晚至华阴拟唐人作》

马首日将晡,行行岁欲徂。古祠寒藓合,仙掌断霞孤。山暝闻啼鸟,溪晴见浴凫。洛城知不远,宫树晚模糊。

华阴,即今陕西省华阴市。

诗人骑在马上,太阳快落山了,感慨岁月流逝。古老的祠庙长满苔藓,华山耸立于晚霞中。黄昏时分,鸟儿在山中鸣叫,天气晴朗,野鸭在溪中游水。洛城并不遥远,宫苑中的树木在夜色中难以辨认。此诗动静结合,意境清幽,笔墨淡雅,白描清新,言近旨远,韵味隽永。

《题连云栈》

鸟道由来险,经行感客心。蛩声吟乱叶,虎迹印深林。零露沾衣湿,轻岚障日阴。王程未可住,四牡正骎骎。

连云栈道路狭窄,艰险之名由来已久,路过此处的人格外思念家乡。蟋蟀在杂草中鸣叫,老虎在深山中出没。露水沾湿了衣裳,薄雾遮住了太阳。诗人公务在身,马不停蹄地赶路。此诗化用巧妙,意境清奇,笔墨冲淡,格调高古。

(三)山水田园诗

《褒城》

晓驱赢马出褒城,风景苍苍入望清。十里青山数行树,豆花篱落草虫鸣。

清晨,诗人骑着瘦马离开汉中,从远处看,景物若隐若现,到了近处,逐渐清晰。一路上只见青山绵延,树木茂盛,爬满豆花的篱笆下有草虫鸣叫。此诗远近结合,衬托巧妙,笔墨清新,意境淡远。

《沔县道傍见民舍偶作》

几家同住一孤村,绿树团阴半掩门。莫道野人生事少,晓晴篱落散鸡豚。

一座孤村只有几户人家,绿树环抱,柴门半掩。乡野之人并不清闲,清晨,鸡和猪散漫地卧在篱笆下。诗人理解农民的辛劳,不是一味表现田园的闲适。此诗立意新颖,意境清幽,笔墨淡远,白描生动。

《咸阳晚眺》

渭水东流落日西,咸阳秋色望中迷。荒烟古渡人稀到,衰柳空城马自嘶。霸业已消三月火,断碑犹载数行题。东门牵犬人何在,空见年年碧草齐。

渭水东流,夕阳西下,咸阳的秋天令人着迷。古渡荒凉,人烟稀少,荒凉的城市里柳树枯黄,瘦马嘶鸣。秦朝的霸业在战火中毁灭,残碑上保留着历史记录。李斯早已不在,只见野草一年又一年变绿。诗人感慨沧海桑田、今非昔比。此诗抚今追昔,情绪感伤,白描传神,意境苍凉,言近旨远,韵味隽永。

三十四、马文升(1426—1510),字负图,号约斋、三峰居士、友松道人,河南省禹州市人。景泰二年(1451)进士。马文升著有《马端肃奏议》16 卷、《约斋集》1 卷、《西征石城记》1 卷、《抚安东夷记》1 卷、《镇克哈密国王记》1 卷等。存世诗歌约 340 首。李维桢评价:"公诗本乎性情,寓目应手,不雕琢绘泽,而音节自合。①"成化四年至十一年(1468—1475),马文升任陕西巡抚。马文升的咏陕诗为怀古诗、山水诗。

(一)怀古诗

《过乾陵》

巡行几度过乾陵,遥忆当年感慨生。雀入凤巢彝道鼓,阴乘阳位大伦轻。禁垣有趾荒青草,殿寝无痕毁劫兵。独有数行翁仲在,夕阳常伴野农耕。

诗人几次路过乾陵,追忆历史,感慨万千。武则天干涉朝政破坏了常理,女人干男人的事,伦常大道被轻视。乾陵破败,长满荒草,宫殿毁于兵燹,荡然无存。陵墓前只剩下几排文武官员的石像,夕阳陪伴农民在田间耕作。诗人批评武则天当皇帝大逆不道。此诗抚今追昔,感慨兴亡,意境苍凉,比喻生动,拟人传神。

《马融读书台》

扶风家世汉通儒,不重椒房重道腴。卢郑久从高第列,严敦敢望后尘无?春闱绛帐人如玉,月满荒台树有乌。况是临江遗庙在,春风十里怅蘼芜。

马融(79—166),扶风茂陵(今陕西省兴平市)人,东汉时期著名经

---

① 吴建伟主编《回回旧事类记》,宁夏人民出版社,2002 年,第 283 页。

学家。马融读书台位于今陕西省周至县。

马融为汉代学识渊博的儒士，他不诣谀邓太后，只钻研学术。卢植、郑玄是他的得意弟子，严敦不敢居其后。当年马融在前面教授门徒，红纱帐后设置女乐。月下，马融读书台十分荒凉，树上栖息着乌鸦。诗人拜谒马融读书台，春风吹过，蘼芜飘香，诗人怅然若失。此诗抚今追昔，衬托巧妙，用典精当，耐人寻味。

《说经台系牛柏》

尘海仙家第一宫，峥嵘殿台诧秦工。五千道德言犹在，百二山河势自雄。炼药炉寒虚夜月，系牛柏老动秋风。穹碑屹立夕阳外，夜夜龙光贯彩虹。

楼观台是道家第一宫观，说经台高大壮观，令人称赞。道德经光耀千秋，关中山河险要雄奇。月下，炼丹炉冰冷，秋风中的系牛柏不再苍劲茂盛。高大的石碑屹立在夕阳中，不同寻常的光辉穿透彩虹。此诗抚今追昔，对比巧妙，笔力雄深，意境神奇。

（二）山水诗

《望吴岳》

嵯峨高耸数峰寒，信是关中第一山。叠城层峦连华岳，落花飞鸟异尘寰。灵湫水静秋龙蛰，老桂枝翻夜鹤还。早爱烟霞终莫逐，几回登眺且开颜。

峻嶒高耸镇关西，五朵芙蓉碧汉齐。观览喜看千仞秀，登临惟觉众山低。月明琪树山猿啸，花落碧桃野鸟啼。夜向瑶坛眠不得，神仙境界梦魂迷。

吴岳又称吴山，五镇之一，位于今陕西省宝鸡市陈仓区。

第一首诗，描写山势高峻，岩石峻嶒，寒光袭人，吴岳确实是关中首屈一指的名山。吴岳层峦叠嶂，绵延不绝，连接华山，山中的景物迥异于人间。深潭中有龙蛰伏其中，夜晚，仙鹤飞来栖息在桂树上。诗人早年便热爱山水胜境，却不能徜徉其间，何时能登高远望，便心满意足。

第二首诗,描写吴岳山势高峻,威震关西,五座像芙蓉一般的山峰耸入青天。群山景色秀美,赏心悦目,登上山顶俯瞰,周围的山峰显得低矮。月光皎洁,琪树亭亭,猿猴长啸。山花飘落,碧桃灼灼,野鸟鸣叫。夜晚,仰望神仙的居所,难以入睡,梦中遨游仙境,流连忘返。

这两首诗想象新奇,意境壮丽,动静结合,衬托巧妙,笔力雄健,思致超然。

三十五、樊英(1426—?),字世杰,陕西省西安市人。景泰五年(1454)进士。樊英的咏陕诗为山水诗。

《望骊山》

遥望骊山绿霭间,几回如向画中看。泉通远近莲花暖,云锁东西绣岭寒。形胜嵯峨临渭水,烟岚缥缈接长安。感怀更上朝元阁,落日苍凉独依栏。

遥望绿树云烟掩映的骊山,如同欣赏一幅美不胜收的画卷。莲花中涌出温暖的泉水,流向四周,云雾笼罩的东西绣岭充满寒意。壮美高峻的骊山濒临渭河,山间的雾气随风飘浮,与长安连成一片。登上朝元阁有所感触,夕阳下,景物苍茫凄凉,独自凭栏伤怀。此诗悲喜交加,衬托巧妙,笔墨冲淡,意境清逸,言近旨远,韵味隽永。

三十六、沈周(1427—1509),字启南,号石田、白石翁,江苏省苏州市人。沈周著有《石田稿》3卷、《石田杂记》1卷、《石田翁客座新闻》7卷等,存世诗歌约2500首。沈周"诗亦挥洒淋漓,自写天趣,盖不以字句取工。徒以栖心邱壑,名利两忘。风月往还,烟云供养,其胸次本无尘累。故所作亦不雕不琢,自然拔俗,寄兴于町畦之外,可以意会而不可加之以绳削。其于诗也,亦可谓教外别传矣。[①]"王世贞评价:"沈启南如老圃老农,非无实际,但多俚词。[②]"钱谦益评价:"石田之诗,才情风发,天真烂漫,抒写性情,牢笼物态。……其或沿袭宋元,沈浸理

① 永瑢《四库全书总目》,中华书局,1965年,第1489页。
② 王世贞著,陆洁栋、周明初批注《艺苑卮言》,凤凰出版社,2009年,第81页。

学,典而近腐,质而近俚,断烂朝报,与村夫子兔园册,亦时所不免,兹固已尽汰之矣。[1]"陈田评价:"诗则不受拘束,吐词天拔,而颓然自放,俚词谰言亦时揽入,然其奇警之处,亦非拘拘绳墨者,所能梦见也。[2]"沈周的咏陕诗为题画诗。

《蓝关图》

卷中谁貌蓝关雪,瘦马凌兢寒切骨。阿湘远来候马前,低首擎拳赤脚热。拥鞍相向殊惨情,神气宛宛人欲生。瘴江嘱语亦切至,掩吻哀哦如有声。笔痕入素淡而媚,顾陆之间见能事。前人遗迹不易题,安得起公为画记。

画中的蓝关白雪皑皑,瘦马战栗,寒冷彻骨。韩湘远道而来等候在马前,他低头擎拳,赤着脚,不畏严寒,抱着马鞍与韩愈相对而视,惨切动人。画中人物的神情栩栩如生。韩愈在瘴气氤氲的江边殷切嘱咐,真切感人,观者似乎能听到韩愈压抑着悲痛的哀吟。画家的笔墨淡雅而妩媚,其才能可与顾恺之、陆探微媲美。前人的遗墨不能轻易题诗,如果能让韩愈亲自为此画题记该有多好。诗人欣赏蓝关图,称赞画家才华出众。此诗虚实结合,白描生动,形神毕肖,衬托巧妙,想象新奇。

三十七、罗伦(1431—1478),字彝正,号一峰,江西省吉安市人。成化二年(1466)进士。著有《一峰集》10卷。"今览其文,刚毅之气,形于楮墨。诗亦磊砢不凡,虽执义过坚,时或失于迂阔。又喜排叠先儒传注成语,少淘汰之功,或失于繁冗。然亦多心得之言,非外强中干者比也。后载《梦稿》二卷,记梦之词至三百余首,隐约幻渺,几莫测其用意所在,亦文集中罕见之体。[3]"朱彝尊评价:"一峰专心理学,诗不与韵士争长,而集中纪梦诗多至三百余首,难乎免于癖矣。[4]"罗伦的咏

---

[1]　钱谦益《列朝诗集小传》上册,上海古籍出版社,2008年,第290页。

[2]　王云五主编,陈田辑《万有文库·明诗纪事》,商务印书馆,1936年,第1247页。

[3]　永瑢《四库全书总目》,中华书局,1965年,第1491页。

[4]　朱彝尊《静志居诗话》上册,人民文学出版社,1990年,第211页。

陕诗为题画诗。

《题汉宫图》

白蛇中断赤旗开,四百年中梦两回。惟有终南旧山色,雨余犹自送青来。

刘邦斩蛇,举红旗反秦,建立汉朝,四百年间经历西汉、东汉两次兴衰,只有终南山雨后更加青翠。此诗意境雄浑,拟人生动,对比巧妙,言近旨远。

三十八、陆容(1436—1494),字文量,号式斋,江苏省太仓市人。成化二年(1466)进士。与张泰、陆釴齐名,时号"娄东三凤"。陆容著有《式斋先生文集》38 卷、《菽园杂记》15 卷等,《浙藩诗稿》8 卷收录其诗 642 首。陈田评价:"平生不以诗名,学问既博,掇其佳篇,究非专语性灵者,所得拟人。[①]"陆容的咏陕诗为纪行诗。

《邠宁书事》

驱马邠宁道,萧森值暮秋。侵星劳跋涉,入境遍咨诹。土俗犹遗古,民风近不偷。图存思亶父,开国重公刘。乡语多弹舌,成人未裹头。土窑连板屋,皮服混毡裘。宾馔供狐兔,家赀视马牛。采薪登峻阪,汲水自深沟。原隰无余利,丁夫少暇休。城隍依险设,禾黍藉天收。讼狱公庭简,逢迎驿传周。兵戈幸未及,刍粟苦征求。庠序衣冠陋,闾阎贾衒稠。有司相慰劳,旌节暂淹留。触眼伤民瘼,萦心病客愁。道人今断迹,聊为纪行谋。

邠宁,今陕西省彬县一带。

在草木凋零的暮秋时节,诗人奔驰在邠宁的大路上,拂晓时分开始跋山涉水,四处征询治国之道。邠宁古风犹存,民俗淳朴。百姓感念亶父和公刘谋求生存、开创周朝基业的丰功伟绩。这里方言独特,装束特别,住的是土窑和板屋,穿的是兽皮与毛毡,人们用狐兔肉招待宾客,用牛马的数量计算家庭财产。当地人到山上砍柴,在深沟打水。

---

① 王云五主编,陈田辑《万有文库·明诗纪事》,商务印书馆,1936 年,第 980 页。

在土地上耕作收获极少,壮劳力成年累月忙碌,没有休息时间。在险要的地方建成市镇,种庄稼靠天吃饭。诉讼公务简单,驿站接待周到。虽然没有受到战争的影响,但苦于应付朝廷征收粮草。学校教育落后,市井买卖兴隆。地方官来慰劳,诗人暂时停留。目睹民生疾苦,感到悲伤,心中充满行旅怀乡的愁绪。如今没有使臣访查民情,描写风土人情只是为了记载旅行途中的见闻。诗人描绘了邠宁的古朴民俗,表达了对百姓遭受苛捐杂税侵害的同情。此诗观察细致,对比巧妙,语言平实,风格质朴,地域色彩独特鲜明。

四十、吴宽(1436—1504),字原博,号匏庵,江苏省苏州市人。成化八年(1472)进士。吴宽著有《家藏集》77 卷,又称《匏翁家藏集》或《匏庵集》,存世诗歌 1460 余首。其"诗文亦和平恬雅,有鸣鸾佩玉之风。朱承爵《存馀堂诗话》极称其《雪后入朝诗》,虽非高格。至谓其诗格尚浑厚,琢句沉著,用事典切,无漫然嘲风弄月之语,则颇为得实。以之羽翼茶陵,实如骖之有靳。[1]"陈田评价:"匏翁诗体擅台阁之华,气含川泽之秀,冲情逸致,雅制清裁,是时西涯而外,当首屈一指。[2]"吴宽的咏陕诗为题画诗。

《钟馗元夜出游图》

终南老馗状酕醄,虎靴乌弁鸭色袍。青天白日不肯出,上元之夜始出为游遨。鬼门关头月轮高,乌犍背稳如骒骀。鬼妇涂两颊,鬼子垂一髦,徒御杂沓声嘈嘈。导以灵姑旗,翼以大食刀。茶垒左执鞭,质蟜右属櫜。方明前持漆灯,张若后拥牦旄。魑魅魍魉不可一二数,肩担背负手且操。奇形狞色使人怕,一似貙貚枭獍兼猿猱。战伤人血化磷火,各出照地点点如焚膏。阴风飒飒吹荒皋,百怪屏气不敢号。汝辈远遁莫我遭,我欲饮汝血,甘如饮醇醪,我欲啖汝肉,美如啖羊羔,肯容汝辈在世长贪饕。吁嗟乎老馗,真为百鬼中一豪。所以唐皇想其

①　永瑢《四库全书总目》,中华书局,1965 年,第 1493 页。
②　王云五主编,陈田辑《万有文库·明诗纪事》,商务印书馆,1936 年,第 928 页。

像，诏令道子写以五色毫。吾尝疑其事，展图不觉再把短发临风搔。忆当天宝年，左右皆鬼曹。林甫朝中逞狐媚，禄山殿上作虎嗥。当时设有老馗者，安得纵彼二鬼逃。便须缚以苍水使者所扪之赤绦，献于天阊，尸诸兽牢，寝其皮，拔其毛。效尔一日驱驰劳，坐令温泉生污泥，骊山长蓬蒿？上除唐家百年害，下受唐史千年褒。却来上元夜，任尔烧灯并伐鼛。

终南山的钟馗好像酩酊大醉，脚穿虎头靴子，头戴黑色帽子，身穿绿色袍子。钟馗白天不肯出来，要到正月十五晚上才出来漫游。鬼门关月亮高悬，公牛像野马一样矫健。鬼妇两颊涂朱，小鬼短发垂在前额，挽车、御马者忙乱喧杂。举着灵姑旗开道，身佩大食刀。左边神荼、郁垒手拿鞭子，右边质矫拿着袋子。方明在前面掌着漆灯，张若在后面打着牦牛尾装饰的旗。魑魅魍魉众多，钟馗肩上扛着，背上背着，手里拿着。鬼怪奇形怪状，面目狰狞，令人畏惧，像狒狒、枭獍、猿猱一样，人血化为磷火，在黑暗中闪烁如同点着油灯。飒飒阴风吹过荒凉的沼泽，各类鬼怪屏气敛声，钟馗警告他们远离此处，如果遇到他们，就像饮美酒一样喝其血，像吃羊羔一样吃其肉，不容他们在世上贪得无厌。钟馗真是鬼中豪杰，唐玄宗命令吴道子用五色笔画钟馗像，诗人对此表示怀疑，展开图画仔细观赏。追忆天宝年间，唐玄宗左右都是鬼怪，李林甫迷惑皇帝，安禄山犯上作乱。当年如果有钟馗在，怎么能够让他们逃脱惩罚。应该用红色丝绦绑住他们送到天门，关在兽牢里，剥了他们的皮，拔了他们的毛。如果让钟馗奔走效劳一天，怎么会坐视温泉废弃，骊山荒凉。如果当年重用钟馗，既可以为唐朝除害，又可以名垂青史。何至于上元夜，点灯敲鼓驱邪。此诗想象奇特，意境诡异，笔墨恣肆，气韵酣畅，类比巧妙，寓意深刻，见解独到，发人深省。

四十、程敏政（1445—1499），字克勤，号篁墩、篁墩居士、篁墩老人，安徽省歙县屯溪人。成化二年（1466）进士。著有《篁墩集》93卷、《明文衡》98卷、《新安文献志》100卷、《宋遗民录》15卷、《宋纪受终考》3卷等。"其文格亦颇类唐，不出当时风气。诗歌多至数千篇，尤多率易。求其警策者殊稀。……集中征引故实,恃其淹博,不加详检,舛误者固多。其考证精当者亦时有可取。要为一时之硕学,未可尽以芜杂废也。①"朱彝尊评价:"篁墩数与西涯酬和,集中存诗数千,究乏警策。至其辑录诸书,若明文衡、新安文献志,甄综有法。余如宋纪受终考、宋遗民录,皆有功史学。②"陈田评价:"《篁墩集》存诗甚夥,撷其精华,不愧一时作者。特以芜蔓不蕟,为世訾议,亦可为存诗太多之诫云。③"程敏政的咏陕诗为题画诗。

《任月山五王醉归图》

何处离宫春宴罢,五马如龙自天下。锦鞯蹀躞摇东风,不用金吾候随驾。彩策乌骓衣柘黄,颜颊不奈流霞浆。手戮淫昏作天子,三郎旧是临淄王。大醉不醒危欲堕,双拥宫奴却鞍座。宋王开国长且贤,谁敢尊前督觞过。申王伏马思吐茵,丝缰侧控劳奚人。可怜身与马斗力,天街一饷流香尘。岐王薛王年尚少,酒力禁持美风调。前趋后拥奉诸兄,临风仿佛闻呼召。夜漏归时严禁垣,花萼楼中金炬繁。大衾长枕已预设,帝家手足称开元。我闻逸乐关成败,狗马沉酣示明戒。二公作诰五子歌,此意当时可谁解?仙李枝空人不还,王孙一日开真颜。鸰原终古存风教,珍重丹青任月山。

春天,五王宴罢归来,五匹骏马像从天而降的飞龙,佩有锦鞍的马在春风中缓缓而行,没有禁卫军跟随。五王手拿彩色马鞭,骑在乌骓马上,身穿柘黄衣,不胜酒力,脸色赤红。唐明皇曾为临淄王,诛杀韦后成为天子。唐明皇酒酣沉醉,几乎从马上跌落,去掉马鞍,由两个宦官扶持。宋王年长贤明,没有人敢劝其少饮。申王伏在马上想吐,马缰交给一旁的奴仆掌控,艰难地驾驭着马。片刻,长安的大道上酒香弥漫。岐王和薛王年纪尚小,控制酒量,风度优雅,跑前跟后侍奉诸兄,他俩迎风而立,仿佛随时听从召唤。夜深人静,五王回到宫中,花

---

①　永瑢《四库全书总目》,中华书局,1965年,第1491—1492页。

②　朱彝尊《静志居诗话》上册,人民文学出版社,1990年,第212页。

③　王云五主编,陈田辑《万有文库·明诗纪事》,商务印书馆,1936年,第964页。

蓂楼上烛火通明。提前准备好大被子和长枕头,兄弟情深,共创开元盛世。诗人认为享乐关系到兴亡成败,前贤明白告诫要远离声色犬马,周公、召公、五子一再告诫,可惜当时没有人理解他们的用意。李氏兄弟风流云散,王孙公子真情流露,难得一见。古人教导兄弟友爱,任月山用绘画表现手足情深。诗人生动刻画了五王宴罢醉归的情形,赞美五王兄弟友爱,认为逸乐关乎社稷安危,劝诫王孙勤勉自律。诗人对任月山的绘画造诣颇为赏识。此诗先扬后抑,构思巧妙,托物言志,立意高远,虚实结合,想象生动。

四十一、马中锡(1446—1512),字天禄,号东田,河北省故城县人。明宪宗成化十一年(1475)进士。马中锡著有《东田漫稿》6卷、《别本东田集》15卷,存世诗歌1300余首。钱谦益评价:"为文有隽才,刊落凡近,于诗尤工,评者谓其体格早类许浑,晚入刘长卿、陆龟蒙之间。"①马中锡曾任陕西督学副使。马中锡的咏陕诗为纪行诗、山水诗。

(一)纪行诗

《晓发甘泉》

肩舆清晓发甘泉,风雪遥连塞外天。野店客敲门问酒,土窑人隔水炊烟。山无草木还多石,地产毡裘不衣绵。试叩征夫前路去,戍鸦声里是延川。

甘泉,即今陕西省甘泉县。

清晨,诗人乘轿从甘泉出发,置身于塞外的漫天风雪中。山野小店里有客人敲门买酒喝,河对岸的土窑洞上炊烟袅袅。山上树木稀少,石头裸露。当地出产毡裘,百姓不穿丝绵。询问行人,得知前方戍鸦啼叫处就是延川。此诗笔墨冲淡,白描传神,意境雄浑,言近旨远,地域色彩独特鲜明。

《发安塞》

风雨龙安道,愁来句不豪。草侵山径狭,石激水声豪。鞍马劳双

---

① 钱谦益《列朝诗集小传》上册,上海古籍出版社,2008年,第259—260页。

髀，乡关感二毛。古人谁念我，白首困青袍。

龙安古城位于今陕西省安塞县城西北。

风雨交加，诗人走在龙安道上，心绪愁闷，缺乏豪情。狭窄的山路荒草丛生，水拍打着石头发出巨大的声响。长途跋涉，双腿劳乏，乡愁催生了白发。谁能同情诗人，迟暮之年，功业无成。此诗笔力遒劲，意境苍凉，联想巧妙，情绪感伤。

《宜川道中》

浮生空孟浪，薄宦此奔波。僻径扪萝入，危桥下马过。山深人语静，林茂鸟声多。回首斜阳没，前途可奈何。

宜川，即今陕西省宜川县。

人生空虚，漂泊不定，官职卑微，辛苦忙碌。抓住藤萝爬上偏僻的小路，下马，小心翼翼走过高耸之桥。大山深处听不到人语，只听到鸟叫。回头望去，太阳落山，前途茫茫，无可奈何。此诗笔墨冲淡，衬托巧妙，意境凄清，格调沉郁。

《再过鄜州》

秋日鄜州路，郊原草木凋。寺遥先见塔，水冷渐成桥。沙鹊常惊马，山狸小似猫。行人归未得，一日几魂销。

鄜州，即今陕西省富县。

秋天，诗人走在鄜州路上，郊外原野上草木凋零，远处寺庙中的塔映入眼帘，桥下的水冰冷。沙鹊被马惊起，山狸像猫一样大。行人无法回故乡，内心愁苦不堪。此诗移步换景，白描传神，意境苍凉，情绪悲伤，言近旨远，韵味隽永。

（二）山水诗

《晚渡咸阳》

野色苍茫接渭川，白鸥飞尽水连天。僧归红叶林间寺，人唤斜阳渡口船。

野外的景色朦胧，远处是一望无际的渭河，白鸥飞去，水天一色。佛寺掩映在红叶丛中，晚归的僧人呼唤舟子摆渡。此诗笔墨清新，意境恬淡,动静结合,衬托巧妙,诗情画意,浑然天成,言近旨远,韵味隽永。

四十二、李东阳(1447—1516),字宾之,号西涯,湖南省茶陵县人。天顺八年(1464)进士,为茶陵诗派领袖。李东阳著有《怀麓堂集》100卷,收录其诗2200余首。杨一清评价:"西涯先生高才绝识,独步一时。诗文深厚雄浑,不为倔奇可骇之辞,而法度森严,思味隽永,古意独存。①"李东阳的咏陕诗为咏史诗。

《鸿门高》

鸿门高,高屹屹,日光荡,云雾塞。双舞剑,三示玦。壮士入,目眦坼。谋臣怒,玉斗裂。网弥天,龙有翼。龙一去,难再得。

鸿门巍然屹立,太阳无光,云雾弥漫。宴席上项庄舞剑,范增以玉玦多次示意,情势危急,樊哙持剑而入,怒目而视,保护刘邦逃走。范增怒不可遏,撞碎玉斗。范增精心布置,但刘邦冲破网罗插翅而飞。刘邦离开鸿门,项羽失去了难得的机会。诗人高度概括了鸿门宴的原因、经过与结果,为项羽优柔寡断错失良机而深感惋惜,精心选择关键情节,渲染紧张、激烈的气氛,刻画人物形象。此诗白描传神,比兴精深,对比巧妙,意境雄奇,句式短小,节奏急促,扣人心弦。

《马嵬曲》

唐家国破君不守,独载蛾眉弃城走。金瓯器重不自持,玉环坠地犹回首。前星夜入紫薇垣,王风净扫长安膻。上皇卷甲三川外,父老含悲兴庆前。世间万事多反覆,自古欢娱不为福。君不见西宫露刃迎,何如坡下屯兵宿。

国家危难,唐玄宗没有坚守长安,却带着杨贵妃弃城而逃。不以江山社稷为重,却念念不忘杨玉环。太子登基,消灭叛军,收复长安。唐玄宗成为太上皇,从西川撤退,唐玄宗住在兴庆宫,情绪悲伤。世事无常,乐极生悲。唐玄宗身处西宫被李辅国威逼,比起马嵬坡军队哗

---

① 王云五主编,陈田辑《万有文库·明诗纪事》,商务印书馆,1936年,第899页。

变的遭遇更为悲惨。诗人批评唐明皇骄奢淫逸而误国,更可悲的是面临危机存亡关头而不悔悟,依然沉湎于声色,揭示了生于忧患,死于安乐的哲理。此诗立意高远,直抒胸臆,对比鲜明,讽刺冷峻。

《太白行》

太白经天照城阙,甲光侵肌冷如铁,秦王袍沾楚王血。龙攀凤附不自由,何乃弃君来事仇,危言逆耳谁为谋?古来天子不观史,饰词佞笔徒为耳,胡不自修为谤弭。

天上出现金星,照亮长安城,寒光凛冽的铠甲冰冷如铁,秦王的战袍上沾染了楚王的鲜血。魏征为何背叛了太子,依附于太子的仇人,以刺耳直言劝谏,为其出谋划策。天子不读史书,大臣歪曲事实粉饰君主的错误,为何不修身养性来消除非议。诗人展现了玄武门之变的刀光剑影、血雨腥风,谴责唐太宗杀兄篡权,讥讽魏征攀龙附凤,背信弃义,批评房玄龄为掩饰皇帝过错而篡改史实。诗人胆识过人,不为尊者讳,敢于秉笔直书。此诗立意新颖,隐喻精妙,笔墨犀利,讽刺辛辣,见识不凡。

《新丰行》

长安风土殊不恶,太公但念东归乐。汉皇真有缩地功,能使新丰为故丰。人民不异山川同,公不思归乐关中。汉家四海一太公,俎上之对何匆匆?当时幸不烹若翁。

长安的自然环境好,太公却始终怀念故土。刘邦有缩地之功,能让新丰与故乡一样,虽然人物不同但景色相同,于是,太公在关中安居不再想家。刘邦表白自己虽然拥有天下却只有一个父亲,项羽曾以杀害太公要挟刘邦,刘邦却说分其一杯羹,幸亏当时他的父亲没有被害。诗人描写刘邦为消除父亲思乡之情,在临潼修建新丰城。先极力描写刘邦对父亲的孝敬,然后戳穿他自私、虚伪的面目。此诗构思新颖,先扬后抑,设问巧妙,讽刺辛辣,入木三分。

《五丈原》

五丈原头动地鼓,魏人畏蜀如畏虎。挥戈指天天宇漏,将星堕空化为土。炼石心劳竟何补,侯归上天多旧伍,羽为前驱飞后拒。忠魂不逐降王车,长卫英孙朝烈祖。

五丈原的战鼓惊天动地,魏人对蜀军畏惧如虎。向天挥动武器,天崩地陷,将星从天空坠落化为尘土。诸葛亮鞠躬尽瘁兴复汉室,死后升天见到的都是故人,关羽在前面开道,张飞在后面护卫。他的忠魂没有追随刘禅而去,而是守卫着在昭烈庙殉国的刘谌。诗人描绘了战场上紧张、激烈的气氛,突出了蜀汉军队的雄壮、威猛,赞美诸葛亮的经天纬地之才和鞠躬尽瘁的精神,惋惜诸葛亮壮志未酬。此诗想象新奇,比喻生动,对比巧妙,讽刺辛辣。

四十三、张琦(1450—1530),字君玉,号白斋,浙江省宁波市人。弘治十二年(1499)进士。张琦著有《白斋集》10 卷、《竹里集》7 卷,存世诗歌近 800 首。"琦当何、李盛时,别以独造为宗,自开蹊径。……其用思虽苦,炼骨未轻,有意生新,未免圭角太露。散体则纵笔所如,如《遗稽行实》一篇,至以案牍语入文,尤非体裁也。①"王世贞评价:"张琦如夜蛙鸣露,自极声致,然不脱淤泥中。②"钱谦益评价:"自少至老,刻意攻诗,呕心刻肾,力去陈言;有《白斋集》十卷,览者多怜其攻苦焉。③"张琦的咏陕诗为题画诗。

《梨园教曲图》

梨花千树雨初收,上苑春风吹未休。新制乐章音调涩,敕教依旧唱《伊州》。

雨后初晴,春风吹拂,上苑千树梨花盛开。梨园子弟对新作的曲子不熟练,皇帝下令仍然演唱《伊州》曲。此诗笔墨冲淡,意境清丽,讽刺委婉,言近旨远。

四十四、朱诚泳(1458—1498),号宾竹道人,安徽省凤阳县人。朱诚泳著有《宾竹小鸣稿》10 卷、《宾竹遗稿》3 卷,存世诗歌大约

---

① 永瑢《四库全书总目》,中华书局,1965 年,第 1567 页。
② 王世贞著,陆洁栋、周明初批注《艺苑卮言》,凤凰出版社,2009 年,第 82 页。
③ 钱谦益《列朝诗集小传》上册,上海古籍出版社,2008 年,第 263 页。

1200首。强晟评价："宾竹所制则又辞藻丰赡,诸体咸备。[1]"熊翀评价朱诚泳的诗"平淡而切实,庄重而酝藉[2]"。成化二十三年(1487)朱诚泳袭封秦王。朱诚泳的咏陕诗为山水田园诗、游览诗、怀古诗、民生诗。

(一) 山水田园诗

《武功道中》

五原三畤隔西东,此地人言是武功。杨柳池塘科斗水,杏花村店酒旗风。农耕绿野春台里,客在青山卷画中。日暮官程催去马,树头微雨正蒙蒙。

武功,即今陕西省武功县。

诗人看到田野高低起伏、东西交错,当地人说此处是武功,池塘边杨柳依依,蝌蚪在水中追逐,杏花深处的小店酒旆飘扬。农民在绿色的田野耕作,游客流连于色彩如画的青山绿水中。黄昏时为赶路催马加鞭,蒙蒙细雨飘过树梢。诗人把优美的田园风光描绘得令人心驰神往。此诗白描生动,笔墨清新,意境淡远,化用巧妙。

《过灞桥》

信马东风鸟乱呼,长桥烟柳晚模糊。何当添个骑驴叟,妆点诗家入画图。

诗人沐浴春风,任马随意行走,耳边鸟鸣此起彼伏。傍晚,灞桥两旁的垂柳渐渐朦胧。何妨增加一个骑驴的老叟来点缀美景,让骚人墨客吟咏。此诗笔墨淡雅,意境清奇,构思新颖,妙趣横生。

《登五台山》

攀援石磴上仙台,万壑晴岚午未开。千尺长松云一片,半空惟有鹤飞来。

此处五台山,即南五台,位于今陕西省西安市长安区。

---

[1] 王超、王浩远《南京图书馆藏孤本秦藩世德录考述》,新世纪图书馆,2017年第6期,第84页。

[2] 吕美《明秦简王朱诚泳及其〈小鸣稿〉研究》,西北大学硕士学位论文,2015年,第39页。

攀爬石阶登上五台山，中午，千山万壑依然笼罩在雾气中。挺拔的松树耸立云霄，半空中仙鹤飞过。此诗笔墨冲淡，意境雄奇，言近旨远，韵味隽永。

（二）游览诗

《祖庭》

峰峦矗矗与天齐，叠阁层楼望处微。云去瑶坛丹灶冷，雨香石径紫芝肥。湫深自尔宜龙蛰，树密多应碍鸟飞。真境可人清兴好，肯因行役浪思归。

此处祖庭，即楼观台，老子在此讲授《道德经》，楼观台被称作道教祖庭。

峰峦耸立，与天一样高，层层叠叠的楼阁看不到头。老子离去，炼丹炉冰冷，雨后，山间的灵芝硕大、馨香。潭水深邃，有龙蛰伏，树林茂密，阻碍鸟飞。仙境令人愉快，激发了清雅的兴致，怎能因为害怕外出跋涉而任性归去。此诗虚实相生，笔力雄健，意境神奇，对比巧妙。

《过曲江池》

江边一望草蒙茸，弦管楼台转首空。红杏不知尘世改，年年依旧笑春风。

站在曲江池边，放眼望去，荒草杂乱，楼台上歌吹弹唱的盛况难觅踪影。红杏不知道时过境迁，每年在春风中绽放。此诗抚今追昔，意境淡远，拟人生动，言近旨远。

《过渼陂》

跃马乘春到渼陂，渼陂风景足清奇。晴涵山影沉青黛，冷浸天光漾碧漪。盛代已无唐室禁，荒碑犹载杜陵诗。楼船箫鼓俱陈迹，禾黍斜阳异昔时。

渼陂位于今陕西省鄠邑区，是唐代游览胜地。

春天，诗人策马驰骋，来到渼陂，渼陂的景色清新奇妙。晴天，青紫色的山峰倒映水中，日光投射在清冷的水面，碧波荡漾。此时，已经没有唐朝的禁令，荒凉的石碑上刻着杜甫的诗。乘坐游船、吹箫击鼓的情景成为往事,夕阳洒在田野上,一切今非昔比。此诗抚今追昔,对比鲜明,笔墨淡雅,意境凄清,情绪感伤,韵味隽永。

《游兴庆宫》

复道金堤辇路通,繁华非复旧时同。舞衣零落尘埋玉,珠被销沉烛散风。春色已随宫树老,夕阳犹向苑台红。凭高几许兴亡恨,都在平芜一望中。

兴庆宫内有坚固的夹城,天子车驾所经的道路四通八达。繁华逝去,今非昔比。霓裳残缺,杨贵妃葬身马嵬,华贵的锦被化为灰烬,画烛被风吹灭。春天逝去,宫树凋零,夕阳染红了宫苑的台阶。诗人站在高处,眺望杂草丛生的原野,兴亡之感油然而生。此诗抚今追昔,对比鲜明,笔墨清丽,意境苍凉,情绪感伤,耐人寻味。

《宿草堂寺》

忆昔神僧入杳冥,可怜龙象总凋零。空阶鸟迹和尘乱,坏壁蜗涎过雨腥。石塔尚传藏舍利,宝函犹自贮残经。相看独有圭峰在,还似当年佛首青。

想起当年鸠摩罗什升天的往事,高僧离开人世令人可惜。空落的台阶上,鸟在尘土上留下零乱的爪印,雨后,破败的墙壁上留下蜗牛爬过的痕迹,散发出腥味。石塔中保留着佛舍利,匣子里存放着残破的佛经。抬头望去,眼前只有圭峰,山峰似佛的发髻一样青苍。此诗抚今追昔,意境苍凉,感受细腻,对比巧妙,比喻生动,情韵深永。

《题荐福寺塔》

浮图逾百尺,突兀倚层空。人语半天上,鸟飞平地中。宝轮朝炫日,金铎夜鸣风。极目乾坤远,川流尽向东。

荐福寺位于今陕西省西安市南门外,寺内有著名的小雁塔。

宝塔超过百尺,耸立于高空。人在半空中说话,鸟在地面飞行。塔顶的宝轮迎着太阳,光芒四射,塔上的铜铃在晚风中发出悦耳的声音。纵目远眺宇宙的尽头,河水向东流淌。此诗视角多变,衬托巧妙,意境旷远,气势超迈,言近旨远,耐人寻味。

（三）怀古诗

《遥望五丈原武侯庙》

斜峪遥连渭水平，当年伐魏此屯兵。人怜炎汉三分国，天夺奇才半世名。八阵风云今亘古，千年忠义死犹生。原头夜半瞻磷火，高讶星流大将营。

斜峪延绵不绝与渭水连接，当年诸葛亮伐魏时在此驻扎。世人愧惜汉朝衰败，三国鼎立，上天剥夺了诸葛亮的寿命，使他赢得半世英名。诸葛亮变化莫测的阵法流传至今，忠义之士虽死犹生。半夜，诗人在五丈原看到磷火闪烁，惊诧流星坠入诸葛亮的营帐。此诗抚今追昔，意境雄浑，联想巧妙，构思新奇。

（四）民生诗

《尝新麦》

四月关西麦乍黄，晓炊愧我得先尝。淋漓汗血三农苦，空盼风吹饼饵香。

四月，关中的小麦初步成熟，早饭时，诗人品尝了新麦制作的食物，心中感到愧疚。农民流血流汗拼命耕耘，生活艰辛，麦饼的香味随风飘来，他们只能闻闻香气却吃不上。此诗直抒胸臆，对比鲜明，语言朴素，白描生动。

四十五、汪广洋（？—1379），字朝宗，江苏省高邮市人。元末进士。汪广洋著有《凤池吟稿》10 卷，收录其诗 530 余首。汪广洋的诗"大都清刚典重，一洗元人纤媚之习。……虽当时为宋濂诸人盛名所掩，世不甚称。然观其遗作，究不愧一代开国之音也。[1]"胡应麟评价："季迪风华颖迈，特过诸人。同时若刘诚意之清新，汪忠勤之开爽，袁海叟之峭拔，皆自成一家，足相羽翼。[2]"陈田评价："青田明初大家，安可屈为羽翼？其论忠勤、海叟，品次疏允。忠勤七律，风格高骞。[3]"洪

---

[1] 永瑢《四库全书总目》，中华书局，1965 年，第 1465 页。

[2] 胡应麟《诗薮》，中华书局，1958 年，第 326 页。

[3] 王云五主编、陈田辑《万有文库·明诗纪事》，商务印书馆，1936 年，第 83 页。

武二年(1369),汪广洋曾任陕西参政。汪广洋的咏陕诗为纪行诗、山水诗、游览诗、风俗诗。

（一）山水诗

《太华奇迹》

仙人白玉掌,半出五云间。好去寻芝草,移栽王屋山。

华岳万年松,盘盂小可容。清泠一勺水,苍翠起蛟龙。

玉井落青天,天开五色莲。自从采华实,又是几千年。

第一首诗,描写华山像仙人的巨掌伸向五色云彩间,可以到山中寻找灵芝,把它移栽到王屋山。

第二首诗,描写华山上生长着万年松,可以栽种在寻常的器物中,只需一勺清水,万年松颜色苍翠,姿态如同蛟龙一般。

第三首诗,描写蓝天倒映在玉井中,水中生长着五色莲花。这朵莲花,从开花到结果经过了几千年。

诗人笔下的华山景色壮丽,是神仙修炼的地方,华山的万年松形态奇异,玉井深邃清澈。这三首诗构思新颖,想象出奇,比喻生动,意境淡远。

（二）纪行诗

《宝鸡县》

渭河霜满水如苔,一县人家半草莱。唯有秋风酸枣木,淡烟深锁斗鸡台。

渭河上落了霜,像长满苔藓一样,宝鸡的百姓多数居住乡野。只见酸枣木挺立在秋风中,斗鸡台笼罩在薄雾之中。此诗笔墨冲淡,白描生动,比喻新颖,意境清奇,言近旨远,余味无穷。

《咸阳道中》

五陵原上路漫漫,瘦马行吟日半竿。归思好如南去雁,强冲风色过长安。

五陵原路途遥远,日落时分,诗人骑着瘦马,边走边吟唱,想像南飞的大雁一样回到故乡,诗人顶风经过长安。此诗笔墨冲淡,比喻巧妙,意境苍凉,情韵深永。

《过岐山古城》

桑柘阴阴盖莆田,驻马安敢任旬宣。山城父老来相见,尚道周家八百年。

桑柘茂盛遮蔽了农田,停下马不敢随意到处宣示。城里的父老来相见,仍然传说着周朝的遗事。此诗由今及古,联想巧妙,意境恬淡,言近旨远,韵味隽永。

《过茂陵》

落日茂陵衰草寒,马嘶尘起北风酸。可怜此地埋仙骨,不见金茎捧露盘。

夕阳下,茂陵的荒草透出寒意,瘦马悲鸣,马蹄扬起尘土,呼啸的北风让人鼻酸。茂陵埋葬着渴望成仙的汉武帝,然而金铜仙人承露盘已经不见了。此诗抚今追昔,对比巧妙,化用传神,意境凄清,讽刺冷峻,耐人寻味。

《月夜过马嵬坡》

关月明明马嵬何,秋风肠断马嵬坡。也应不为真妃惜,只憾当初白骨多。

月光照亮了马嵬,秋风中的马嵬坡令人断肠。不是为杨贵妃感到惋惜,而是为安史之乱中死去的无辜者感到伤心。此诗别出心裁,不落窠臼,笔墨冲淡,对比巧妙,韵味隽永。

《宿益门镇》

横鸡岭木撼清秋,关隘连云控益州。指点烟深最高处,驿程将近草凉亭。

横鸡岭的树木在秋风中飒飒作响,益门关地势险要,控制着益州。路人指点驿站在云烟深处的最高点,此时快到歇脚的草凉亭了。此诗白描传神,笔力遒劲,意境雄浑,气势壮阔,言近旨远,韵味隽永。

(三)风俗诗

《九日观太白山雪》

日日登高赋远游,偶逢九日转多愁。青山也解行人意,遥对黄花共白头。

诗人远游,登高赋诗,恰逢重阳节,乡愁更浓。青山也为旅人伤心,遥望太白山,诗人的头发与山顶的雪一样白,秋风中的菊花静默无语。此诗构思新奇,拟人传神,意境萧疏,言近旨远。

(四) 游览诗

《游玄都观》

曲江东畔柳丝长,金碧楼台耀夕阳。惆怅种桃人已去,更从何处问刘郎。

玄都观,是隋唐时期长安著名道观。

曲江边柳丝拂风,夕阳下,楼台金碧辉煌。玄都观的种桃人已经不在,又到哪里去寻找刘郎。此诗抚今追昔,笔墨清新,意境旷远,化用巧妙。

四十六、贝翱,字季翔,浙江省桐乡市人,主要活动时期为洪武年间。著有《平澹集》10卷。朱彝尊评价其诗"信乎平淡矣①"。贝翱的咏陕诗为咏史诗。

《未央宫瓦头歌》

临川宋季子得未央宫瓦头一片,代陶泓因拓一纸见遗,上有"长乐未央"四字,其文古雅,余为赋一首云。

赤龙西飞入咸阳,乌骓喷火焚阿房。阿房已灰骓亦逝,渭水参差开未央。未央宫殿中天起,乃公见之怒仍喜。壮丽方推相国能,万户千门从此始。南山相对双阙开,函关夜启候王来。奉觞殿上呼万岁,拔剑砍柱何雄哉。玉阶一污新都履,旧宅重开洛阳水。东西照耀四百秋,汉基半与周基似。长杨昨夜西风早,锦幔椒涂迹如扫。谁言长乐殊未央,回首青青千里草。可怜遗瓦至今存,古今不剥莓苔痕。铜雀有歌哀白日,鸳鸯无梦到黄昏。梁园老人爱奇雅,锦囊得之百金价。茅斋风雨伍陈玄,犹作金人泪如泻。朝来拓得寄江城,旧物相看无限情。白发张衡足愁思,何人相与话西京。

---

① 朱彝尊《静志居诗话》上册,人民文学出版社,1990年,第101页。

刘邦入咸阳,项羽火烧阿房宫。阿房宫成为灰烬,项羽自刎乌江。刘邦建立汉朝,很快在渭水边营建未央宫。未央宫拔地而起,刘邦见状转怒为喜,称赞萧何善于理政,从此汉朝的宫殿日益华丽壮观。王莽随意出入与南山遥相对望的未央宫,夜晚函谷关城门打开,王莽从新都到长安。群臣举杯敬酒高呼万岁,王莽居功自傲,不可一世,未央宫被王莽肆意践踏。东汉建都于洛阳,两汉长达四百年,汉朝的基业与周朝相似。秋风横扫长杨宫,锦幔、后妃无影无踪,长乐宫与未央宫无异,都已经破败荒芜。未央宫的瓦遗存至今,瓦上青苔斑驳。铜雀在白天哀歌,鸳鸯在黄昏伤怀。梁园老人喜爱古玩,花费百金买来此瓦,收藏在锦囊中。诗人在难以遮风挡雨的茅屋中与墨为友,书写铜人辞别汉宫时伤心欲绝的悲愤,诗人得到朋友寄赠的拓片,睹物伤情。张衡晚年反思历史,作《西京赋》,如今,不知与何人共话兴亡。此诗托物寄情,构思新颖,由古及今,对比巧妙,铺叙有致,层次井然,意境雄奇,气韵生动。

四十七、邹奕,字宏道,江苏省苏州市人。元代至正进士。著有《吴樵稿》。《姑苏志》记载:邹奕"论议英发,文词高古。[1]"叶盛评价:"弘道犹有文名,关中以弘道文章、诚庄唐律、夹谷希颜篆书为一时兼美云。[2]"邹奕的咏陕诗为怀古诗。

《五丈原怀古》

南阳为忆起龙蟠,五丈流星大将坛。人仰汉仪应百睹,天教王业只偏安。图分八阵遗沙石,表历千秋见肺肝。最是剑门传筹日,不知仲达胆犹寒。

诸葛亮早年隐居南阳等待时机,后不幸病逝于五丈原。尽管兴复汉室是人心所向,但上天却让蜀汉偏安一隅。诸葛亮聚石为八阵图以抗敌,《出师表》展现的赤胆忠心感人肺腑。诸葛亮死后,蜀军退至剑门,魏

---

① 王云五主编,陈田辑《万有文库·明诗纪事》,商务印书馆,1936年,第472页。
② 叶盛著,魏中平点校《水东日记》,中华书局,1980年,第133页。

军追击,蜀兵反旗击鼓,吓退司马懿。诗人追忆诸葛亮生平,赞诵其美德、功绩。此诗高度概括,用典精当,衬托巧妙,笔力雄健,立意高远。

四十八、郭登(? —1472),字元登,安徽省凤阳县人。与其父兄合著有《联珠集》22卷。朱彝尊评价:"《联珠》一集,继父兄掉鞅诗坛,西涯以为明初武臣之冠。即其《山王》、《楸树》诸篇,力已排夏。至《咏枭》诗,直兼张、王、韩、杜之长,岂惟武臣,一时台阁诸公,孰出其右?[1]"陈田评价:"忠武诗,才力雄博,大篇最为见长,竹垞推其《咏枭》诸作,可谓具眼,沈归愚以为非诗正声,非通论也。[2]"郭登的咏陕诗为游览诗。

《希夷祠》

道院深沉紧傍山,崎岖石磴扪萝攀。烹茶童子连云煮,采药仙翁带月还。风送磬声来枕上,花随流水到人间。半生勋业空无补,吟对希夷起汗颜。

希夷祠,位于华山玉泉院内。

幽深的希夷祠依山而建,石级崎岖陡峭,诗人抓住藤萝向上攀爬。童子在白云深处烹茶,师傅出门采药,戴月归来。枕畔听到风中的磬声,沉醉于世外桃源、人间福地的清净。诗人想到自己半生的事业毫无意义,面对希夷深感惭愧。这首诗描写诗人拜谒华山玉泉院希夷祠的所见所感,表现出对建功立业的厌倦之情。此诗笔墨淡雅,白描生动,意境清幽,对比巧妙。

四十九、伍福,字天锡,号南山,江西省抚州市人。正统甲子(1444)举人。著有《陕西通志》35卷、《南山居士集》《云峰清赏集》等。正统九年(1444),伍福任咸宁(今陕西省西安市)县学教谕。成化五年(1469),任陕西提刑按察司佥事,升副使,提督学政。伍福的咏陕诗为咏史怀古诗、纪行诗。

---

①　朱彝尊《静志居诗话》上册,人民文学出版社,1990年,第185页。
②　王云五主编、陈田辑《万有文库·明诗纪事》,商务印书馆,1936年,第789页。

（一）怀古诗

《祀鸡台》

秦师畋得石如鸡，千载相传作县题。霸业烟消山崒嵂，祀台神去草蔓迷。人行古道车还往，花落东风鸟自啼。只有当时清夜月，至今光彩照前溪。

祀鸡台位于今陕西省宝鸡市。《汉书·郊祀志》记载："文公获若石云，于陈仓北阪城祠之。其神或岁不至，或岁数。来也常以夜，光辉若流星，从东方来，集于祠城，若雄雉，其声殷殷云，野鸡夜鸣。以一牢祠之，名曰陈宝。①"

秦军打猎获得石鸡，有关石鸡的传说相沿千年。秦人的霸业已经烟消云散，但高山依然崔嵬，祀台的神不知所踪，荒草生长茂盛。古道之上人来车往，东风吹落了花儿，鸟儿自由鸣唱。清静的夜晚，月光从古至今照亮祀鸡台前的溪水。此诗抚今追昔，对比巧妙，意境苍凉，言近旨远，韵味隽永，富有哲理。

《过太史司马迁墓》

天马行空间世才，壮游踪迹久尘埃。云霞五色凝生气，松柏千秋锁墓台。故里龙门犹在望，余年蚕室重堪哀。我来谒拜微诚滴，薄采溪毛奠一杯。

太史公富有旷世才华，他的文章气势豪迈，太史公胸怀壮志而远游，足迹遍布神州。苍松翠柏环绕的太史公墓笼罩着五色云霞。太史公墓距离他的故里龙门不远，他晚年的遭遇令人悲伤。诗人心怀敬意拜谒太史公墓，采溪边野菜，洒酒祭奠英灵，表达景仰之情。此诗抚今追昔，直抒胸臆，笔力遒劲，情绪感伤。

（二）纪行诗

《沔县抵宁羌》

驿骑晓驱驰，长途涉修阻。行穷汉水源，望入蜀门树。连延白马

---

① 班固《汉书》上册，岳麓书社，2008年，第496页。

氏，控扼金牛戍。开山说五丁，驻跸忆先主。巨峡留奇踪，荒榛遗旧垒。怪石如蠹刀，怒瀑疑震鼓。盘涡隐蛟龙，岩穴栖豹虎。桥架崄巇崖，泥滑峣巇路。经行老稚愁，驮载骡驴苦。咫尺限秦封，寻常兼蜀语。地瘠少桑麻，人瘿系风土。锄山力倍劳，读书质尤鲁。胯刀腰胬离，竹笼背恒负。木刳制盆盂，桑刬事弓弩。柴榰作垣墙，茅苫启门户。家无白皙郎，闺鲜朱颜妇。繁华昧生平，质朴如太古。升平际此时，安养得其所。居山性自醇，观风我亲睹。虽云地势偏，允矣王化溥。行行至宁羌，烟锁斜阳暮。

沔县即今陕西省勉县，宁羌即今陕西省宁强县。

诗人清晨赶路，道路漫长充满艰险。走完汉水源头，蜀地关隘上的树木映入眼帘。此处连接着白马氏，控制着蜀道。五丁在此开山，刘备在此小住。巨大的峡谷中人迹罕至，废旧营垒杂草丛生。山上怪石峻峋，咆哮的瀑布震耳欲聋。漩涡中隐藏着蛟龙，洞穴里栖息着虎豹。桥架设在险峻崎岖的悬崖上，道路泥泞艰险。来到此处，老弱发愁，驮着货物的骡马颇为吃力。咫尺之间可见秦始皇巡游时赐予的封号，这里的百姓平时兼用蜀语。此处土地贫瘠，缺少桑麻，因为水土不好，当地人患有大脖子病。山民耕作十分辛劳，他们天资愚钝，不擅长读书。山民腰里挎着刀，身上背着竹篓。用木头制成盆盂，用桑树制作弓弩。用栅栏当墙，用茅草盖房屋。男子皮肤黝黑，女子容貌丑陋。山民一生没有见过繁华景象，质朴无华如上古之人。天下太平时，能够安居乐业。诗人观察这里的民情，发现这些居住在深山里的人性情淳朴。虽然位置偏僻，但普遍接受了天子的教化。诗人终于到达宁羌，时至黄昏，夕阳西下，轻烟笼罩。此诗出入古今，联想丰富，移步换景，视角多变，笔致灵动，叙述详细，地域色彩鲜明独特。

五十、荣华，字公美，号双溪，陕西省西安市人。成化十七年（1481）进士。著有《双溪小草洗冤录》《南巡录》《两巡录》《两巡奏议》《蓝田县志》等。荣华的咏陕诗为怀远思乡诗。

《忆辋川》

今夕亦何夕,秋风鸣柏府。黄菊凌清霜,明月丽绣斧。柝声彻重棘,漏箭传更鼓。中心忽黯然,遥忆辛夷坞。龙钟白发亲,阿季侍孤脯。意者尚未寐,念儿游淮浦。驱马驾言还,羁兹三尺组。挑灯立空庭,我膺成独拊。

诗人感慨岁月流逝。御史府外秋风鸣咽,菊花傲然挺立在风霜中,月光照亮了皇帝特派的执法大员的身影。夜静更深,击柝声响彻守卫森严的衙署,漏箭移动,定时传来更鼓声。诗人顿生感伤之情,想起远方的故乡。父母年迈,由兄弟侍奉饮食起居,父母此时尚未休息,心中思念远游淮浦的儿子。诗人渴望驱马驾车回家,但人在宦途,身不由己。诗人挑灯站在空旷的庭院里,在心里自我安慰。此诗触景生情,驰骋想象,虚实结合,意境清幽,韵味隽永。

五十一、洪贯,字唯卿,号稼翁,浙江省宁波市人。成化十三年(1477)举人。著有《太白山人稿》50卷、《卧游清啸录》《周易解疑》。朱彝尊引述李皋堂之语评价:"先生诗法盛唐,尝拟杜陵秋兴八首,传至京师,李文正大加赏叹。①"洪贯的咏陕诗为咏史诗。

《唐宫词》

花萼遥连务本楼,五王文采尽风流。不知凝碧池头宴,落尽宫槐一树秋。

花萼相辉楼、勤政务本楼位于唐代兴庆宫内。

花萼相辉楼遥对勤政务本楼,唐玄宗及其兄弟才华横溢,风度潇洒。他们不会想到安史叛军在凝碧池大排筵宴,纵情狂欢,兴庆宫的槐树在萧瑟的秋风中叶落枝枯。此诗因果对照,构思巧妙,讽刺委婉,言近旨远,耐人寻味。

五十二、李国春,成化五年(1469)曾任陕西布政司左参政。李国春的咏陕诗为怀古诗。

---

① 朱彝尊《静志居诗话》上册,人民文学出版社,1990年,第221页。

《题汉太史司马迁墓》

曾读遗书慕令名,祠堂今教观仪型。数茎白发欺霜雪,一寸丹心贯日星。文藻不随秋色老,英灵常伴晓峰青。穹碑犹记当年事,三复令人涕泪零。

诗人曾读《史记》,久仰司马迁的英名,如今在祠庙瞻仰太史公的塑像。司马迁的稀疏白发比霜雪洁白,他的一寸丹心照彻天宇。司马迁的文章历久弥新,他的英灵像青山一样永存。高大的墓碑记载着往事,司马迁的遭遇令人伤心,诗人再三叩拜,以示景仰。此诗虚实相生,对比巧妙,比拟新奇,笔力遒劲。

五十三、薛纲,字之纲,浙江省绍兴市人。天顺八年(1464)进士,著有《三湘集》2卷、《湖广图经志书》20卷、《榕阴蛙吹》等。成化十一年(1475),薛纲曾巡按陕西。薛纲的咏陕诗为怀古诗。

《谒周公庙》

一从姬辙驾言东,禾黍离离满閟宫。不睹高岗仪彩凤,徒瞻遗像被华虫。泉流岐下千年泽,乐作人间万世功。愧我身非行道具,登堂恍在梦魂中。

周朝的国都东迁到洛邑,自此周人的祖庙荒废,长满茂盛的禾黍。如今看不到凤凰鸣于岐山高岗之上的景象,只能在周公庙瞻仰穿着华服的周公塑像。岐山获得润德泉的恩泽数千年之久,周公制礼作乐,建立万世不朽之功。诗人自愧缺乏实现周公之道的才干,置身周公庙仿佛在梦中。此诗抚今追昔,立意高远,虚实结合,对比巧妙,感受新奇。

五十四、刘师邵,浙江省绍兴市人,著有《半斋集》。刘师邵为刘绩之子,刘绩为永乐时期人。刘师邵的咏陕诗为题画诗。

《四皓弈棋图》

云霄万里羡冥鸿,曾为储皇出汉宫。数着残棋犹未了,五陵松柏已秋风。

志向远大的四皓隐居深山,曾为立太子之事而入宫。图画中四皓正在对弈,一局棋还没有下完,现实中五陵原的松柏在西风中飒飒作响。此诗虚实相生,对比巧妙,寓意深刻,言近旨远。

第二节 明代中期咏陕诗

明代咏陕诗创作的中期为弘治元年(1487)至隆庆六年(1572),这一时期有72位作家创作了285首咏陕诗。题材上,山水田园诗数量最多,为92首,其次为咏史怀古诗,为74首。另外,纪行诗34首,游览诗27首,赠答诗10首,民生诗8首,友情诗9首,赠别诗8首,风俗诗7首,题咏诗3首,题画诗3首,时事诗2首,灾难诗3首,边塞诗2首,音乐诗1首,讽刺诗1首,诫勉诗1首。诗人之中,陕西本土作家人数较多,成就突出,其中康海、王九思的贡献尤为显著。外地诗人中,杨一清、何景明、杨慎创作了大量咏陕诗,内容丰富,有助于多角度了解陕西的历史、人文、自然。

一、杨一清(1454—1530),字应宁,号邃庵,时称石淙先生,云南省安宁市人。成化八年(1472)进士。著有《石淙类稿》45卷、《石淙诗稿》20卷、《奏议》30卷。李梦阳评价:"西巡诸作,矜持严整,大而未化;立朝之作,廊庙冠冕,俊拔典则;边塞之作,忠诚奋扬,规画概见;归田之作,幽眇流行,情涣意层,变化百出矣。揆厥原本,蓄厚决沛,蕴深光渊;故触之则发,驱之则伏,写之无逸景,用之无梗事,铺之无留情。遂使工辞者畏其浑沦,负气者让其雄高,攻意者服其巧妙。虽唐宋调杂,今古格混,瑜瑕靡掩,轨步罔一,然所谓千虑一失者也。①"胡应麟评价:"国朝诗流显达无若孝庙以还,李文正东阳、杨文襄一清、石文隐珤、谢文肃铎、吴文定宽、程学士敏政,凡所制作,务为和平畅达,演绎有余,覃研不足。②"朱彝尊评价:"邃庵古诗,原本韩、苏,近体一以陈

---

① 李梦阳《空同集》,上海古籍出版社,1991年,第578页。

② 胡应麟《诗薮》,中华书局,1958年,第330页。

简斋、陆放翁为师。①"弘治十五年,杨一清督理陕西马政,弘治十七年,出任陕西巡抚,正德元年、正德五年、嘉靖三年,总制陕西三边军务。杨一清的咏陕诗题材丰富,有民生诗、怀古诗、纪行诗、山水诗。

(一) 民生诗

《自汧阳往宝鸡,风雨大作,溪涨不可渡,阻村寺中两昼夜。
至宝鸡闻南关为水所冲,民多压溺者,作长句以纪之》

七月七日趋宝鸡,出门先涉汧阳溪。是时雨余秋水足,村村禾黍青连畦。车行龃龉进还却,一分瓦砾三分泥。蜚廉怒号驱人至,丰隆奋飞争神异。云拖雨脚疑有无,白日深山暗岚气。须臾挽起天河翻,恍忽蛟龙在平地。马前物色不可辨,但觉飞泉满衣袂。俯临巨壑仰高原,败木摧崖动交坠。有耳如聩目如盲,有足更如舟不系。平时贲获难为强,仓促良平失其智。已将薄命寄一发,未必痴儿全了事。孤村迢迢步转迟,仆夫掩面啼寒饥。布裈如石履如铁,牙齿战击肩过颐。金陵河深未得渡,指点僧寺求栖依。驱车径造寺门里,有一老僧面如鬼。焚香露顶走相迎,破屋数间而已矣。行装隔河追不还,欲寝无衾食无米。便须假息无外求,枕瓦和毡聊尔尔。雨声彻夜急不停,向晓淙淙听犹驶。门前寸步皆陂池,伛偻口堂刚咫尺。洪流注墙墙欲倾,颠风撼门门亦靡。床床漏湿勿复道,止恐波涛荡堂址。东汧西陇俱阻绝,心欲奋飞难脱屣。村农知我困泥途,负提挈壶勤数子。麦粉春来银缕长,芹溪采得青丝美。因之抚慰兼咨询,今岁秋成定何似。长安亢阳数月许,赤地茫茫极愁予。向来雨泽颇沾足,复恐秋霖败禾黍。自从关陕频告荒,白屋萧条废耒耜。扶伤那忍重遭伤,哀此鳏惸置何所。农儿稽首双涕流,知公凤抱苍生忧。我贫未离桑梓乐,公行岂为身家谋? 衣裳黯淡尘土色,颇闻一出春复秋。吾侪野人本无识,一语何比千金酬。秦人气概雄天下,况复知方如此者。谁云忠敬代有宜,仿佛民风是殷夏。居常溢给五斗粟,应变空怀万间厦。渠虽不语吾自

知,往事分明成蓁苴。明晨雨歇驱驾轮,滩头水平石露痕。百夫扶异强登岸,直与鱼鳖争毫分。南望陈仓四十里,踟蹰不进天黄昏。县南廊门县西村,一夜垫没河流浑,孩童苦父翁哭孙。乃知吾生已多幸,向来辛苦恶足论。吁嗟乎,人生险夷信有数,康庄岂必皆安步。江湖递浪犹堪溯,君勿羡伤弓之鸟但高飞,亦勿笑历快骅骝初识路。流行坎止任天机,自保贞心向迟暮。

　　诗人七月七日从汧阳前往宝鸡,渡过汧阳河。当时秋雨后,雨水丰沛,绿油油的庄稼连成一片。由瓦砾泥土铺成的道路崎岖不平,突然电闪雷鸣,狂风怒号,阴云密布,暴雨滂沱。须臾,前方的景物一片模糊,衣服被雨水浇透。脚下是深渊,头上是高原,断树崩石从山上滚落。此时,听不到,看不见,走不稳,即使孟贲和乌获也力不从心,张良和陈平也无计可施。此刻命悬一线,无能为力。孤村遥远,步履维艰,仆夫饥寒交迫,掩面而泣。裤子和鞋像铁石一样坚硬、冰冷,冻得牙齿打战、缩头耸肩。河水太深,无法过河,打听能够容身的寺庙。驱车来到庙门,寺中老僧面目如鬼,焚香来迎接,庙里只有几间破败房屋。行李落在河对岸,想睡觉没有铺盖,想吃饭没有米。想休息片刻,只能枕着瓦,裹着毡。大雨一夜未停,天亮了,雨声仍然急促。门前的积水像池塘,距离低矮的台阶仅咫尺。大水冲刷,墙快塌了,狂风拍击,门快散了。顾不上屋漏床湿,只怕水把房屋淹了。被汧水和陇山阻挡,心中想逃离,却寸步难移。村民闻知诗人被困,冒雨送物相助。他们本来憧憬麦收后磨粉做长面,采挖鲜美的水芹。他们到此,既是来安慰诗人,也是来询问今年秋收的情况。村民诉说关中大旱数月,土地干涸,庄稼枯萎,近来雨水充沛,不料又遭遇连阴雨,恐怕颗粒无收。关中灾荒频繁,农村不景气,农民无力耕种。原本已受伤害的百姓无法再承受新的伤害,可怜这些无所依赖的人将何以为生。村民叩首流泪,感激诗人同情民生疾苦。他告诉诗人自己虽穷,却身在故乡享受天伦之乐,而诗人远离家乡为国操劳,年复一年,风尘仆仆,奔波辛劳。村民说他们是村野之人,缺乏见识,说不出有价值的道理。秦人豪爽天下闻名,没有人比他们更知礼,秦人古道热肠,忠厚淳朴。诗人自责身为官员,对民众疾苦关心不足。百姓虽然不说,自己心里清楚。往事令其惭愧。次日天亮,雨停了,诗人启程,河水漫过堤岸,水淹没了石头,众人艰难地把诗人抬到岸边,人如同鱼鳖一般。遥望南方,陈仓远在四十里外,缓慢前行,时间已近黄昏。县城与村镇被浑浊的河水淹没,小孩子失去父亲,老翁失去孙子。与他们相比,自己非常幸运,所付出的辛劳微不足道。诗人感叹,人生的艰难与平安都有定数,不可能总是平缓的坦途。遇到险境仍要逆流而上,不要做惊弓之鸟,要展翅高飞,不要嘲笑才识途的骏马,行止进退出于真情,自始至终忠贞不渝。此诗叙述详尽,描写细致,拟人生动,比喻新奇,联想巧妙,富有哲理。李梦阳评价这首诗:"长篇如此沉着痛快,又有开阖,去古甚近。①"

(二) 怀古诗

《谒横渠祠》

洙泗咽不流,道源渺于丝。寥寥千载下,濂洛起浚之。源深流以长,波及秦之眉。至今横渠派,河洛争分驰。万方被泽润,岂但九里滋。我生半江海,望洋徒而为。兹行窃一勺,颇觉心神怡。穷源顾未得,临流动遐思。

横渠祠即张载祠,位于今陕西省眉县城东。

儒学停滞不前,道统难以为继,寂寞千年后,濂、洛学派振衰起敝。儒学源远流长,传播到陕西眉县。如今关学与河洛学派朝不同的方向发展,关学流传到各地,其影响不限于一隅。诗人游历四方,见多识广,但面对张载的丰功伟绩感到自己十分渺小。此次拜谒横渠祠,偷学一点皮毛,顿感心旷神怡。虽然没有弄清事物的本原,但是有所触动,内心产生了无尽的遐想。诗人梳理了理学的源流,表达了对张载的景仰之情。此诗直抒胸臆,立意高远,对比巧妙,比喻

---

① 文爽《李梦阳评点石淙诗稿辑钞》(上),胡晓明主编《古代文学理论研究(第四十辑)——中国文论的思想与智慧》,华东师范大学出版社,2015年,第546页。

生动。

《鄠县谒明道先生祠》

幽鄗遗风故未忘，大儒还此佐琴堂。斯文旧秩千年祀，遗爱新严一瓣香。此日藏钱还有讼，当时佛首已无光。庭槐手种今千尺，多少乡人获召棠。

往圣微言久易湮，渺然余绪托斯人。参乎唯罢还遗响，回也贤哉有后身。随柳傍花行处乐，和风甘雨坐来春。为山亦是平生志，犹自栖栖一簣尘。

明道先生即程颢，程颢祠，旧址在今西安市鄠邑区境内。

第一首诗，描写关中具有周人的遗风，程颢曾在户县任主簿。先贤倡导的礼乐传统得以传承，对高尚品德表达崇敬之情。程颢为主簿时，巧断藏钱案，戳穿佛首放光的骗局，纠正不良风气。程颢亲手种植的槐树如今已经参天，无数百姓受惠于他的政绩。此诗抚今追昔，直抒胸臆，用典精当，立意深远，对比巧妙，格调高古。

第二首诗，描写随着时间的流逝，圣人的学说湮没不闻，留传后世的思想依赖程颢发扬光大，曾参、颜回之后，程颢继承圣人的思想。程颢陶醉于自然美景，传道令人如沐春风。诗人自责平生渴望建功立业，但碌碌无为，一事无成。此诗出入古今，联想巧妙，由人及己，对比鲜明，设喻生动，立意高远。

《温泉怀古》

华清浴罢已斜阳，胡尊终成祸有唐。人世几回惊代谢，泉声何自管兴亡？霓裳舞绝川原静，秀岭云深草树荒。过客登临归去晚，月华山色共苍凉。

在华清池洗浴之后，夕阳西下。诗人惋惜安史之乱对唐朝的破坏，感叹朝代兴衰更迭，令人惊心动魄。华清池的温泉昼夜流淌，不知世易时移。霓裳羽衣舞失传，山川寂寥，骊山笼罩在云雾中，树木荒芜。诗人登上骊山久久不愿离开，月光下的山色如此凄凉。诗人抒发了繁华易逝、山川依旧的怅惘。此诗抚今追昔，设问巧妙，拟人生动，笔墨冲淡,意境凄清,言近旨远,韵味隽永。

《华州谒汾阳王祠》

一木能支大厦颠,令公忠义可回天。威行朔漠三千里,身系安危二十年。直以丹心扶日月,长将赤手障风烟。向来荐剡虚相拟,追思遗功独赧然。

郭子仪顶天立地挽救危亡,赤胆忠心扭转乾坤。征战北方,威名远扬,肩负重任二十年。郭子仪忠贞不渝,保卫社稷,力挽狂澜,稳定局势。诗人自责辜负众望,徒有虚名,追忆郭子仪的功业,深感羞愧。诗人赞美郭子仪化解危机挽救唐朝命运,功勋卓著。此诗直抒胸臆,气势豪迈,由人及己,对比巧妙,比喻生动,笔力遒劲。

(三)纪行诗

《入关》

手提文印七年还,五载乘招又入关。化雨三千秦子弟,秋风百二汉河山。恩深欲报无遗力,位重非才有厚颜。却望华峰仙掌近,丹梯何地可跻攀?

诗人在陕西督学七年,之后返京,五年后,再次奉诏到陕西。诗人追忆自己督学期间恪尽职守,教导陕西学子,重振陕西雄风。皇帝的恩德深重,欲竭尽所能报答君恩,却力不从心,此次入陕责任重大,但才疏德浅,深感汗颜。华山仙掌峰近在眼前,怎样才能攀上高耸入云的顶峰?此诗笔力遒劲,气势豪迈,设问巧妙,耐人寻味。

《扶风入郿县界》

青霄事业我何堪,远道风霜分所甘。滥采浮声归盛代,耻将实学付空谈。太音一绝凭谁续?古道千钧合自担。东望横渠旧游地,订顽心事几人探。

诗人心系朝廷重托,长途跋涉,风尘仆仆,在所不辞。诗人重视实际,不尚空谈,不慕虚名。雅音式微,何人继往开来,承担弘扬圣贤之道的重任?陕西是张载讲学之处,诗人借助教化改变陕西学子的愿望无人知晓。诗人对陕西之任充满了期望,抒发了远大的理想抱负。此诗直抒胸臆,立意高远,对比巧妙,笔力遒劲。

《次府谷》二首

不觉轻车临府谷,中原回首乱云岑。人家隔岸分秦晋,河水中流自古今。塞上风烟秋瑟瑟,城头笳鼓夜沉沉。临河不返非无意,要探龙门砥柱深。

为历崎嵚通县廓,数家烟火起崖阴。云中石笋看疑堕,雨里溪流晚更深。敢以弦歌轻吏治,兼愁岩险是人心。留诗莫道经过少,已有新题续旧吟。

府谷县位于今陕西省最北端,地处秦、晋、蒙接壤地带。

第一首诗,描写诗人所乘之车临近府谷县,回头望去,中原已在乱云缭绕的山外。河岸两边的人分属陕西、山西,黄河从中穿过,昼夜不息。边塞风光,秋风瑟瑟,城头胡笳呜咽,黑夜寂静。到了河边有意不返回,是想探寻龙门有多深。此诗视角多变,转换自如,笔墨冲淡,意境雄浑,寄寓深远。

第二首诗,描写通往县城的道路崎岖,几户人家的炊烟从崖后升起。高耸入云的山峰好像要从天上掉下来,下了一夜雨,河水上涨。礼乐教化比地方官吏的政绩重要,看到险峻的悬崖而发愁是人的本能。不要轻视来这里的人不多,不断有后人题诗应和前人。此诗意境雄奇,联想巧妙,见解精辟,富有哲理。

《自商州历南山抵汉中有述》

历尽秦关三百里,中原形胜此无双。南山西去遥通蜀,汉水东来直到江。道上飞花春冉冉,沙头奔溜晚淙淙。浓阴堕地云团盖,秀色摩空树拥幢。云窦喷泉晴亦雨,松岩鸣籁静疑泷。烟横薜荔全迷径,浪拥桃花半没江。社鼓嘭嘭当路响,梵钟隐隐隔林撞。沃饶剩有耕桑利,羁旅多成父母邦。群居自应防剽掠,浮生谁为挽鸿厐?尚书庙宇真遗爱,司马干戈浪杀降。揽辔无功还问俗,采风欲赋不成腔。兴阑投笔中庭坐,四顾无人月在窗。

长途跋涉三百里,多次经过地势极为险要之处,山川壮美,举世无双。终南山绵延向西连接蜀地,汉水东流汇入长江。山路上,春花缓缓飘落,沙洲边,迅疾的河水淙淙流淌。像圆盖一样浓密阴绿的树影投在地上,像经幢一般秀美的树木几乎碰到天空。瀑布从云气出没的山洞飞泻而下,飞溅的水珠如同下雨,松涛阵阵,如同湍急的流水声。变幻的烟云遮住了长满薜荔的道路,波浪追逐江面上的桃花,落花被江水吞没。路上响起嘭嘭的社鼓声,隐约听到树林深处寺庙的钟声。这里土地肥沃利于种田与养蚕,客居的异乡人多以此处为故乡。众人聚居为了防止盗贼,有谁能够为他们挽救巨大危机。人们为纪念尚书的仁德而建庙,司马发动战争肆意杀害俘虏。停下车,询问当地风俗,搜集民谣,想吟诵却不成调。兴尽扔下笔,坐在院子里,周围没有人,只有月光照在窗户上。此诗移步换景,视角多变,叙述巧妙,白描生动,比喻新颖,意境雄奇,笔致灵动,情绪起伏。

《出连云栈》

鸡头关下石馋牙,傍险凭高此驻车。一水萦纡通汉沔,万峰回合控褒斜。云中板阁烧难绝,谷口篁筜翠欲遮。蜀道秦关俱莫论,于今四海正为家。

鸡头关乱石嶙峋,诗人在险要之处停车,登临高处。一条河曲折萦回连通汉和沔,群山环绕,控扼褒斜道。云中的栈道没有被战火烧毁,山谷边翠竹高大茂密。不要说蜀道秦关艰险,壮士志在四方。此诗大笔勾勒,意境雄奇,气势恢宏,对比巧妙。

(四)山水诗

《望西岳》

万朵芙蓉锁翠烟,紫岩千仞入层巅。扶桑弱水苍茫外,积石龙门指顾前。独望丹梯怀捧日,浪传仙掌可擎天。斡旋造化须神力,早为苍生解倒悬。

华山像笼罩在青烟中的万朵荷花,高山上隐者所居之处被层峦叠嶂环绕。扶桑、弱水远在天边,龙门近在眼前。登上高入云霄的山峰,把太阳揽在胸前,传说仙掌峰可以托住青天。扭转造化需要神力,渴望早日为苍生解倒悬之苦。此诗气势壮观,意境雄奇,拟人生动,对比鲜明,联想巧妙,立意高远。

《谒吴山》

七年刚此蹑仙踪,可信名山不易逢。明月照来千锦障,青天幻出五芙蓉。烟覆石室宵过虎,风雨灵湫昼起龙。谁向白云深处宿,丹梯欲上恨无从。

诗人到陕西七年才来谒吴山,可见登名山的机会难得。月下,吴山如同锦屏一样秀美,天上变化出五朵莲花。夜晚,云雾笼罩的石洞中有老虎出没,白天,风雨潇潇的深潭中蛟龙升空。隐居深山者是何人,诗人想寻仙访道却无可随从。此诗比喻生动,想象新奇,意境壮丽,言近旨远,韵味隽永。

(五) 题咏诗

《正学书院落成有作》三首

关中正学张夫子,洙泗源头一脉分。地更发祥生数老,天如有意在斯文。邦侯芹泮终思乐,邑宰弦歌是骤闻。愿得乡人长仰止,杏花坛上借余芬。

宋家南渡江山失,万里中原左衽中。天遣鲁斋扶世祖,始教蒙古识华风。后生谩鼓雌黄舌,吾道当收砥柱功。最是长安兴学地,故祠香火正须崇。

圣域千年未可攀,妙然余论在人寰。如何入室升堂辈,尽落寻章摘句间。性本涂人能到禹,学如先正直希颜。不须更立科条在,已有西铭为订顽。

正学书院,旧址位于今陕西省西安市内。

第一首诗,描写张载在关中弘扬理学,他继承孔子学说和儒家思想,创立新学派。关中显现祥瑞的迹象,造就了几位大家,这是天意欲振兴礼乐教化。地方官重视教育,处处可闻诵读之声。希望乡人永远仰慕圣贤,学习圣贤传留后世的美德懿行。

第二首诗,描写宋室南迁,失去半壁江山,中原被少数民族占领。

上天派许衡辅佐元世祖，他让蒙古人接受汉文化。后生不要夸夸其谈，儒学是具有中流砥柱作用的真学问。长安是兴办学校的理想之处，诗人将继承前贤衣钵，薪火相传。

第三首诗，描写圣人的境界难以企及，圣人精深的学说影响着世界。为何那些造诣高深的学者拘泥章句，缺乏创造力。一个普通人只要像先贤一样坚持不懈地学习，就可以成为圣贤。不用重新制定条例，为了改变愚顽，张载早已撰写了《西铭》。

这三首诗是杨一清第一次入陕在陕西提学副使任上创立正学书院时所作。这三首诗开门见山，直陈己见，由古及今，对比巧妙，立意高远，笔致雅健。

二、任文献（1456—1515），字国光，山东省郯城县人。弘治六年（1493）进士。曾任蓝田知县。任文献的咏陕诗为风俗诗。

《九日游辋川》

重阳有约欲登高，山雨潇潇客梦劳。峣岭烟连杨柳路，辋川香散菊花糕。诗中有画传千古，洞口新祠祀二豪。重为山灵增物色，玉台金母共蟠桃。

峣岭，位于今陕西省蓝田县城南。

诗人与朋友相约于重阳节游览辋川登高赏秋，细雨霏霏，令异乡游子内心忧愁。山中云雾迷蒙，路旁杨柳依依，菊花糕香气四溢。王维的诗，诗中有画，千古传诵。辋川溶洞的新祠祭祀着两位豪杰。王维的生花妙笔为山川增添了景致，辋川如同王母娘娘开蟠桃宴的天上仙境。此诗由今及古，对比巧妙，笔调明快，意境清新。

三、王琼（1459—1532），字德华，号晋溪、双溪老人，山西省太原市人。成化二十年（1484）进士。著有《王晋溪本兵敷奏》14 卷、《漕河图志》8 卷、《双溪杂记》2 卷、《北虏事迹》1 卷、《西番事迹》1 卷。嘉靖元年（1522）至六年（1527），王琼谪戍绥德。王琼的咏陕诗为游览诗。

《游天宁寺歌》

雕阴城南八月秋，招提突兀山之头。扶藜直上凭虚立，四顾风景令人愁。山势高低互隐现,雉堞盘回倚山转。参差楼阁横紫烟,诘曲河流拖白练。扶苏本为谏坑儒,矫诏赐死奸臣诬。至今儿童识其处,秦廷佞人已族诛。蒙恬冢在世已远,筑城长塞见何浅。三十万重上郡屯,飞刍挽粟天下怨。携妇归宋李显忠,清涧城南血泪红。师都何人僭帝号,瞬息富贵如飘风。忠孝奸谀两安在?高山流水长不改。洞中老僧睡不醒,原上游人空慷慨。暮雨收尽月华清,树杪风来萧萧声。人生适意且行乐,世间宠辱何须惊?

天宁寺位于今陕西省绥德县,雕阴城在今陕西省甘泉县。

诗人在秋天游览天宁寺,天宁寺耸立在山头,诗人拄杖登上山顶,环顾四周,映入眼帘的景色,令其忧愁。层峦叠嶂,连绵起伏,或隐或现,城墙依山势曲折盘旋,高低错落的楼阁笼罩在紫烟中,河水像白绢一样蜿蜒东流。扶苏反对焚书坑儒,却遭奸臣诬陷,赵高伪造圣旨杀害扶苏,如今扶苏为后人纪念,奸臣被诛灭九族。蒙恬的墓冢尚在,秦朝距今已远,秦始皇修长城御敌,见识短浅。三十万军队屯驻在上郡,从全国强征粮草,怨声载道。李显忠回归南宋,家人遇害,极为惨痛,梁师都自不量力建国称帝。荣华富贵如云烟,是非曲直无意义,人生短暂,自然永恒。洞中的神仙忘怀世事,高原的游客徒然感叹。雨后天晴,月光皎洁,冷风吹过树梢,飒飒作响。世人要随遇而安及时行乐,不要在意升沉荣辱。诗人表达了对忠而被谤的愤懑及对隐逸出世的向往。此诗出入古今,对比鲜明,意境雄浑,情绪悲愤,感悟深刻,富有哲理。

四、邵宝(1460—1527),字国贤,号泉斋、二泉,江苏省无锡市人。成化二十年(1484)进士。邵宝著有《容春堂集》61 卷、《漕政举要录》18 卷、《学史》13 卷、《简端录》12 卷、《左觿》1 卷,存世诗歌 1570 余首。"其诗文矩度,皆宗法东阳。东阳于其诗文亦极推奖。……其文边幅少狭,而高简有法,要无愧於醇正之目。……其诗清和淡泊,尤能抒写性灵。[1]"朱彝尊评

---

① 永瑢《四库全书总目》,中华书局,1965 年,第 1494 页。

价:"二泉诗,如平原弥望,虽尽剪其荆榛,惜少芳华可采。①"陈田评价:"文庄诗格平衍,其蕴藉入古处,则学为之也。在茶陵诗派中,不失为第二流。②"邵宝的咏陕诗为赠答诗。

《再作太白山人歌》

吾闻太白之山倚西极,华岳峻嶒势相敌。上凌刚风太古雪尚寒,下抚苍茫鸟无力。吁嗟!兹山有径不与终南通,士将避世往往游其中,超历万壑巢云松。伊昔丈人负刍者,危言曾动河汾公,至今谈麈流清风。孙君关中豪,仰止兹山高。自称山人巾葛白布袍,入山静坐观众妙,出指八极将游遨。胸有五色文,眼底无青紫。名家自视出杜陵,走笔题诗乃如史。子长有语称董生,季主何心讥贾子。迩来五见江东春,南寻禹穴能知津。相逢下我东野拜,何人复谓秦无人。我作《山人歌》,物色其奈山人何。山林岁年晚,江海风雨多,山人不归太白空嵯峨。

太白山耸立在西边,与华山一样雄伟。强劲的风格外凛冽,山顶上远古的积雪不化,群峰连绵不断,高耸入云,鸟无力飞过。隐居太白山不是终南捷径,真隐士于此避世,在崇山峻岭中,徜徉于白云和青松间。昔日,背柴老者的直言打动了河汾公,先贤的清风雅韵影响深远。孙一元是关中的豪杰,他向往太白山,自称山人,葛巾白袍,进山修炼,感悟深奥的道理,出山后云游四方。孙一元胸怀大道,蔑视权贵。对照名家,自认为出于杜甫,挥毫赋诗却像太史公。司马迁曾称赞董生,司马季主却讥讽贾谊。孙一元在江南五年,在会稽山南找到大禹陵。孙一元与诗人相识,屈尊拜访乡野之人,谁能说秦地无贤人。诗人创作《山人歌》,劝其不必云游寻访。岁月流逝,人生险恶,孙一元久久不归,太白山屹立西极,徒然等待。诗人表达了对隐逸避世的赞赏,希望孙一元远离世俗。此诗出入古今,开阖自如,直抒胸臆,对比鲜明,意境清奇,气势奔放,虚实相生,联想巧妙。

① 朱彝尊《静志居诗话》上册,人民文学出版社,1990年,第224页。
② 王云五主编,陈田辑《万有文库·明诗纪事》,商务印书馆,1936年,第1021页。

五、祝允明(1460—1526),字希哲,号枝指生、枝山道人、梦徐禅客等,江苏省苏州市人。"吴中四才子"之一。祝允明著有《怀星堂集》(又名《祝氏集略》)30卷,《祝子罪知录》10卷,《祝枝山全集》(又名《枝山文集》)10卷,《成化间苏才小纂》6卷,《志怪录》5卷,《野记》4卷,《浮物》《前闻记》《江海殲渠记》《读书笔记》《义虎传》《猥谈》各1卷,存世诗歌近千首。"允明诗取材颇富,造语颇妍,下撷晚唐,上薄六代,往往得其一体,其文潇洒自如,不甚倚门傍户,虽无江山万里之钜,而一丘一壑,时复有致。①"祝允明的咏陕诗为咏史诗、题画诗。

(一)咏史诗

《武帝传》

柞宫凭几画成王,泪落铜仙月似霜。王母不来方朔死,茂陵松柏自斜阳。

五柞宫为汉代宫殿,位于今陕西省周至县。

汉武帝病死五柞宫,生前曾叫画工描绘"周公背成王朝诸侯图"送给霍光。汉亡,金铜仙人潸然落泪,月光如同秋霜一般清冷。西王母没有出现,东方朔已死,茂陵的松柏在夕阳下肃立。诗人想象汉宫、茂陵荒凉冷落的景象,讽刺汉武帝追求长生不老的愿望落空。此诗对比巧妙,讽刺委婉,想象生动,意境凄迷,言近旨远,韵味隽永。

《马嵬》

秋雨淋铃蜀道长,君王肠断紫香囊。马嵬一掬衔冤土,千载无人哭寿王。

沥沥秋雨打在銮舆的金铃上,蜀道漫漫,唐玄宗看到紫香囊愁肠寸断。杨贵妃葬身马嵬坡,令人伤心,但长久以来,没有人对寿王表示同情。诗人评判历史事件时独具慧眼。此诗笔墨淡远,对比巧妙,讽刺冷峻,言近旨远。

---

① 永瑢《四库全书总目》,中华书局,1965年,第1496页。

《汉室》

汉室咸阳建,山河百二开。甘泉芝草出,天马大宛来。宣室宵衣问,长杨献赋回。宁知天禄阁,不用子云才。

甘泉宫为汉代宫殿,在今陕西省淳化县甘泉山。宣室,即汉代未央宫的宣室殿。长杨宫为汉代宫殿,在今陕西省周至县。天禄阁,在汉未央宫北边,主要存放档案和图书典籍。

刘邦入咸阳,建立汉朝,关中地势险要。甘泉宫长出灵芝,丝绸之路开通,大宛进贡骏马。汉文帝天不亮就穿衣开始工作,在宣室殿向贾谊请教鬼神之事,扬雄向汉成帝献《长杨赋》进谏。王莽当政,扬雄在天禄阁校书,怀才不遇。此诗高度概括,构思精巧,笔力雄健,讽刺委婉,言近旨远。

(二) 题画诗

《王右丞山水真迹歌》

生烟漠漠中有树,树外田家几家住。重峦复坞随不断,茅舍时时若菌附。两人并向鱼梁涉,一鸟遥从翠微度。行云淡映荒水陂,似有斜阳带微昀。傍篆白沙明,青林瀚沉雾。乍明乍晦景万变,想当夏尽秋初处。石墙短缘隈,隈水浅萦回。宽平一亩敞层屋,板扉犬卧无人开。书堂树深昼寂寂,主人应是王摩诘。清晨骑鹿看田出,行过柴沂日向夕。会招高适与裴迪,共赋辋川佳事毕,图成兴尽诗未笔。

迷蒙的云雾中隐约可见远树,村子里散落着几户人家。层峦叠嶂,连绵不断,茅舍形似蘑菇。两个人涉水捕鱼,一只鸟飞过青山。云彩倒映在水中,夕阳的一抹余晖挂在天边。细竹外白沙在太阳下闪闪发光,苍翠的树林中笼罩着浓雾。夏末初秋时,景色忽明忽暗,变幻莫测。沿着水边垒起石墙,河水清浅,蜿蜒曲折。宽阔的平地上建起轩敞的房屋,犬卧在门口,房门紧闭。绿荫深处的书斋十分安静,书斋的主人是王维。王维清晨骑上鹿外出,太阳落山时回来。他邀请高适与裴迪到辋川赋诗作画,《辋川图》画完,诗人兴致消失,无意作诗。此诗白描生动,意境恬淡,由远及近,动静结合,虚实相生,构思巧妙,化用传神,浑然天成。

六、石珤(1464—1528),字邦彦,别号熊峰,人称"熊峰先生",河北省石家庄市人。成化二十三年(1487)进士。石珤著有《熊峰集》10卷,收录其诗近730首。"珤诗文皆平正通达,具有茶陵之体,故东阳特许之。当北地、信阳骎骎代兴之日,而珤独坚守师说。屡与文衡,皆力斥浮夸,使粹然一出于正。虽才学皆逊东阳,而湜湜持正,不趋时好,亦可谓坚立之士矣。①"钱谦益评价:"其为诗歌,淹雅清峭,讽刺婉约,有词人之风也。②"朱彝尊评价:"近见东南文士,有推少保诗,为北方之冠者。又或谓得长沙之指授,俱未尽然,其诗颇类明初江西一派。③"陈田评价:"少保立朝岳岳,怀方不肯随人作计,诗亦清音亮节,不愧词人。④"石珤的咏陕诗为咏史诗。

《汉宫词》

汉宫有明月,秋风悴碧枝。紫苔绣壁带,积翠隐罘罳。夜久星河变,人来鹦鹉知。旧恩随露泻,余欢与日移。尚忆朝辞辇,深承夜诵诗。阳阿新得幸,谷永况多辞。指斥椒房宠,吹求饰室疵。荣枯付阶草,物化效冰澌。无言掩明镜,千古妒蛾眉。

月光下的汉宫,绿叶在秋风中凋零。苔藓布满壁带,荒草遮蔽了高大的篱笆。夜深,银河璀璨,鹦鹉报告有人来访。从前的恩宠如露水一样消逝,欢乐随时间减少。班婕妤追忆往事,曾拒绝同乘玉辇,深受宠爱,夜诵诗书。赵氏姐妹得宠,谷永劝谏,批评皇帝沉溺女色,寻找后宫的差错。穷达如同阶前草木的茂盛和干枯,事物变化如同冰消。无心对镜理妆,美女总是遭人嫉妒。此诗类比巧妙,寄寓深远,对比鲜明,意境苍凉,感悟深刻,富有哲理。

---

① 永瑢《四库全书总目》,中华书局,1965 年,第 1495 页。
② 钱谦益《列朝诗集小传》上册,上海古籍出版社,2008 年,第 270 页。
③ 朱彝尊《静志居诗话》上册,人民文学出版社,1990 年,第 228 页。
④ 王云五主编、陈田辑《万有文库·明诗纪事》,商务印书馆,1936 年,第 1043 页。

《定昆池》

环宝攒山夜陆离,主家新凿定昆池。珊瑚未大诸韦死,多少珠玑向月悲。

定昆池,为唐中宗女儿安乐公主所有,在今陕西省西安市内。

堆积如山的宝贝在夜晚色彩绚烂,安乐公主令人开凿定昆池。池中的珊瑚还没有长大,韦氏一族被杀,宝物失去主人,在月下伤心。诗人讽刺安乐公主的骄横奢华及其下场。此诗构思巧妙,对比鲜明,讽刺委婉,拟人生动。

《唐武宫词》

宜春苑外兔初肥,长从君王射猎归。一色赭袍飞两骑,外人不辨是贤妃。

宜春苑,秦汉时期的苑囿,在今陕西省西安市内。

宜春苑外的兔子长得肥壮,宫人经常跟随皇帝去打猎,猎罢归来,两个穿着赭色袍子的人骑马奔驰,没有人知道她是皇帝的妃子。此诗笔墨含蓄,讽刺委婉,言近旨远,耐人寻味。

七、王承裕(1465—1538),字天宇,号平川道人,陕西省三原县人。弘治六年(1493)进士。著有《少保王康僖公文集》2 卷(《外集》2 卷、《附录》1 卷)、《论语近说》1 卷、《太师端毅公遗事》1 卷、《唐李卫公通纂》4 卷、《天恩存问录》4 卷等。王承裕是关学的代表性人物之一。王承裕的咏陕诗为诚勉诗。

《弘道书院示从游》

缅怀鲁尼父,不厌亦不倦。七十二弟子,历历称儒彦。嗟予何人斯,野朴不自缘。圣贤渺千载,有时美墙见。一旦闻鹤鸣,松云忘眷恋。方拟赋归与,倏忽更事变。昔日二三子,健翮趁风便。天空信寥廓,飞翔殆未遍。我来重考经,兀兀坐书院。疑难塞膺胸,反袂漫抵面。岂能开来学,不过同几案。万物人为贵,年光掷流电。功欲成千倍,行期经百炼。古来重德馨,行潦亦可荐。莫为中行难,谁复为狂狷。春风感兴长,聊示尔婉娈。

诗人缅怀孔子的丰功伟绩，赞美他诲人不倦，培养出七十二位贤才，个个是才德出众的儒士。自己粗野无文，难以企及，深感惭愧。圣人远去千载，后人永远不忘先贤。贤者隐居，怡情山水，忘怀名利。正打算归隐，突然事情变化。昔日的两三个学子，抓住时机展翅高飞，天空非常辽阔，飞不到尽头。诗人重视研究经典，独坐书院勤勉学习。心里思考着疑难问题，用衣袖随意遮住脸。没有能力继往开来，大家一起切磋学问。人为万物之灵，时光如梭，想成就功业，必须千锤百炼。古人重视美德，如果心诚，即使小沟里的水也可用于祭祀鬼神。坚守中庸之道，不做放纵而不遵礼法的人。春天让人感慨万千，略微对你们说这些真挚的话。诗人表达了发扬光大儒家思想的办学宗旨。此诗由古及今，对比巧妙，直抒胸臆，立意深远，比喻新颖，善于说理，语言朴素，格调高古。

八、王云凤（1465—1517），字应韶，号虎谷，山西省和顺县人。成化二十年（1484）进士。王云凤是"河东三凤"之一，著有《虎谷集》21卷、《博趣斋稿》23卷、《小学章句》4卷。陈田评价："河东三凤，白岩品学政绩称最，晋溪、虎谷俱以交纳嬖幸为玷，虎谷文采较晋溪差优。①"弘治十二年，王云凤任陕西按察司金事，兼陕西提学使，弘治十四年，升陕西按察副使。王云凤的咏陕诗为纪行诗、怀古诗。

（一）纪行诗

《商州道次韵》

风叶萧萧占乱山，愁人到此一开颜。稚子林间驱犊出，老翁洞底负冰出。

纵横交错的山上，树木在风中摇摆，心怀忧愁的人到此露出笑容。小孩儿赶着牛从树林里出来，老人家背着冰从山沟里走出来。此诗情绪变化，对比鲜明，构思巧妙，出人意料，白描生动，意境新奇。

《子午谷》

马前铜笛数声频，柳底行沿汉水滨。且喜晚炊来子午，曾经春雨

① 王云五主编，陈田辑《万有文库·明诗纪事》，商务印书馆，1936年，第1207页。

忆庚申。采茶路曲穿秦女,放濑声高荡桨人。却恨妖容几丧国,荔枝
飞骑不沾尘。

前方频频响起铜笛声,引导马队沿着汉水边的柳荫行进。令人欣
慰的是晚饭时分到达子午谷,走在春雨中,追忆往事。崎岖的山路上
秦女在采茶,船夫在湍急的河水中撑船。可恨妖媚的杨玉环使唐朝几
乎灭亡,当年送荔枝的使者马不停蹄地奔驰在驿道上。此诗由今及
古,虚实相生,联想巧妙,意境新奇。

（二）怀古诗

《乾陵》

发余陵上石纵横,陵下闲田亦尽耕。独有穹碑高入望,行人下马
阅题名。

乾陵的树木被毁,山上乱石交错,陵墓周围的土地被开垦成农田。
只有墓碑高耸在那里,过路的人下马,细看墓碑上的文字。诗人感叹
沧海桑田的变迁。此诗抚今追昔,感慨兴亡,情绪怅惘,意境苍凉,言
近旨远,耐人寻味。

《杨文宪公祠》

奉天久慕杨夫子,未老还山是洁身。万里紫阳曾梦寐,一时蒙古
自君臣。苔芜我想读书处,文字谁为得稿人? 却笑奔忙未归去,秋来
羁绊又新春。

杨文宪公即杨爰,人称紫阳先生,谥文宪。奉天即今陕西省乾县。
杨文宪公祠在乾县境内。

诗人对杨爰仰慕已久,来到乾县拜谒杨公祠。杨爰洁身自好,未
到暮年便辞官归隐。杨爰曾经在终南山的紫阳阁讲学,后来入朝为
官。杨爰昔日读书处长满青苔,他的书稿不知流传至何人手中。可笑
自己奔波忙碌,从秋天一直耽搁到来年春天,始终无法归隐。诗人追
怀古人,表达了彷徨于仕与隐的矛盾心态。此诗抚今追昔,直抒胸臆,
设问巧妙,由人及己,对比鲜明。

九、王九思(1468 —1551),字敬夫,号渼陂、紫阁山人,陕西省西

安市人。弘治九年(1496)进士,"前七子"之一。王九思著有《渼陂集》16 卷、《渼陂续集》3 卷、《碧山乐府》4 卷、《碧山诗余》1 卷、《中山狼院本》1 卷、《杜子美沽酒游春记》1 卷等,存世诗歌 830 首。钱谦益评价:"敬夫《渼陂集》,粗有才情,沓拖浅率,续集尤为冗长。①"陈田评价:"敬夫于乐府为当家,诗亦富有才情,惜质地粗漫,未尽脱秦声耳。②"正德七年至嘉靖三十年(1512—1551),王九思一直在故乡生活。王九思的咏陕诗内容丰富,题材广泛,有山水诗、怀古诗、游览诗、讽刺诗、风俗诗、赠答诗。

(一) 山水诗

《暮春南山见雪》

青皇且辞驭,南山郁未雷。狂飙振庭柯,夕雨寒凄凄。迟明纵遐瞩,雪巘皓崔嵬。春服不御寒,纩絮乃可携。北斗酌元气,寒燠随所跻。休咎各有征,古训谁其稽。

春天即将过去,南山阴云密布不见打雷,狂风把庭院中的树吹得东倒西歪,傍晚的雨寒意袭人。黎明时分远眺南山,山顶白雪皑皑,山势高峻。春天的衣服难以抵御寒冷,需要穿上棉衣。冷热交替的时节,喝酒增强元气。吉凶极为灵验,遵循古训无需考证。诗人从天气的变化莫测联想到人生的祸福荣辱难以预料,劝诫世人乐天知命。此诗联想巧妙,富有哲理,笔力遒劲,意境雄奇。

《吴岳》

城西三里道,门外五峰青。云气常来往,朝朝看画屏。

宝鸡城以西三里,有五座苍翠的山峰,山上云雾缭绕,每天都能看到如画的美景。此诗笔墨清新,比喻生动,意境清幽,浑然天成。

《渭河泛舟》

北渡渭河水,南上碧云峰。峰头何所有,离离多古松。松根白茯

---

① 钱谦益《列朝诗集小传》上册,上海古籍出版社,2008 年,第 315 页。
② 王云五主编,陈田辑《万有文库·明诗纪事》,商务印书馆,1936 年,第 1135 页。

苓,味若春酎醴。食之可飞步,缥缈烟霞踪。

诗人渡过渭河,登上碧云峰。山顶古松郁郁,松下生长茯苓,茯苓的味道如春酒般醇厚,食之健步如飞,可以成仙。诗人表达了高蹈尘外之思。此诗视角多变,笔墨清新,意境淡远,思致超然。

《入潼关》

客子来何暮,关门愧昔贤。首阳祠未远,商洛路依然。飞鸟三峰外,孤城落照前。终军今白首,非复弃繻年。

太阳即将下山,诗人暮年入潼关,在关门外想起先贤,深感惭愧。首阳祠离此处不远,连接商洛的道路畅通。飞鸟在天上翱翔,孤城沐浴着夕阳。如今白发苍苍,不再是少年有为之时。此诗出入古今,联想巧妙,笔墨冲淡,意境苍凉,对比鲜明,情绪感伤。

《李尚书园亭十咏》之一《汧河》

罢钓汧河晚,独坐闻渔唱。水滨不见人,只见明月上。

汧河即千河,为渭河支流之一,流经陕西省陇县、千阳县、凤翔县等。

诗人傍晚在汧河垂钓完毕,独自坐在河边听着渔歌。水边看不到人,一轮明月缓缓升起。此诗衬托巧妙,笔墨淡远,意境空灵,言近旨远。

《终南篇十首》

龙盘虎踞莫秦关,万古青苍杳霭间。一线行空紫阁谷,三峰对户白云山。

彩云长覆仙人掌,古寺遥临罗汉峰。掌上云连西华岳,峰前寺暗草堂松。

王州自古诧秦中,表里河山百二雄。云际尚疑秦复道,翠微深闭汉离宫。

昆仑一脉从西海,芙蓉万朵绕秦城。东到骊山通华岳,直须铲断放河行。

经台西峙五台东,白阁阴森紫阁融。群山罗列重云外,圭峰拱立碧天中。

云障晴悬太白孤，万峰东涌碧莲图。股肱秦国今藩屏，丰镐周邦旧帝都。

终南旧县对高峰，势压群山紫翠重。时雨年年消旱魃，出云蔼蔼逐游龙。

嵯峨终古表西垌，蜿蜒万里抵南溟。烟霏合有神仙宅，林壑深藏虎豹行。

陆海茫茫宝藏兴，杞梓梗楠未足称。降神好为生申甫，庙堂栋梁待贤能。

万壑千岩掩画开，葱葱郁郁气佳哉。微臣愿学歌天保，长侑君王万寿杯。

第一首诗，描写终南山虎踞龙盘，矗立在地势险要的关中，亘古以来，青翠的山峰笼罩在云雾之中。紫阁谷的道路狭窄陡峭，白云山的山峰耸立门前。

第二首诗，描写形似仙人掌的山峰彩云缭绕，古寺与罗汉峰遥相对望。山上的云把此山与华山连在一起，山下寺庙里松树浓密茂盛。

第三首诗，描写关中自古是令人惊讶的地方，有山河天险作为屏障。云雾弥漫的空中有秦朝复道，青山深处隐藏着汉代离宫。

第四首诗，描写昆仑山的支脉从青海湖一直向东南延伸，终南山像数万朵芙蓉花围绕着长安，东到骊山与华山相连，它阻挡了奔腾的河流，需要铲断。

第五首诗，描写西有说经台，东有五台山，白阁幽暗，紫阁明亮。连绵起伏的群山被重叠的云层遮盖，肃立在直插云霄的圭峰身旁。

第六首诗，描写无论阴晴，太白山傲然独立，万山在阳光下像一幅青莲图。昔日是秦国的辅弼，今日为王藩的屏障，关中是周秦汉唐建都之处。

第七首诗，描写终南山下的县城面对高山，终南山的主峰俯视群山,山上树木茂密,紫气笼罩。及时雨年年消除旱灾,游龙出现时,云雾变化多端。

第八首诗,描写终南山山势高峻,远古就耸立在西边的原野,蜿蜒万里到达南海。山上云烟弥漫,有神仙居住,树林和山谷中有虎豹横行。

第九首诗,描写关中是物产富饶之地,幅员辽阔,蕴藏于地下的自然资源丰富,杞梓椵楠不足为奇。到终南山迎神,祈求诞生贤能的王佐之臣,盼望贤能之人成为朝廷的栋梁。

第十首诗,描写万壑千山像画卷一样展开,树木茂盛苍翠,风光美好。诗人希望学习演唱《小雅·天保》,为君王祝寿助兴。

这组诗描述了终南山的位置、形状、景色、物产、作用等,比喻生动,夸张传神,想象新奇,对比巧妙,笔力遒劲,意境雄奇,气势恢宏。

(二) 游览诗

《和杏村子游草堂之作五首》(选四)

春日来看雨后峰,晓窗卧听寺前钟。笑将紫阁频凝眺,误作蛾眉翠扫空。

嘉客同游此醉眠,枕衾湿惹翠微烟。晓来共觅仙人掌,爱杀苍崖瀑布悬。

泠泠钟磬隔云深,乌乌松杉入暮阴。苍径共追蟾影步,青鞋不觉露华浸。

门外垂杨来暮乌,门前流水泛春鸥。胸中自看南山后,小却人间百万丘。

第一首诗,描写诗人春日雨后看山,静听草堂寺的悠扬钟声。含笑频频眺望紫阁峰,远山苍翠妩媚,如同美人新画的眉毛。

第二首诗,描写诗人与友人同游,酒酣沉睡,山中的云雾打湿了枕衾。清晨去攀登仙人峰,绝壁上的瀑布令人陶醉。

第三首诗,描写白云深处传来悠扬的钟磬声,茂盛的松树笼罩在暮色中。月下,走在幽深的小径上,鞋被露水打湿。

第四首诗,描写乌鸦栖息在门外的垂柳上,白鸥在溪水中游弋。游览南山后,天下的众山便不足为奇。

这四首诗笔墨淡雅,白描生动,意境清幽,格调闲适,言近旨远,韵味隽永。

(三)怀古诗

《谒后稷祠》

稼穑功难报,无能起夜台。共来寻古庙,远上碧云崖。统绪垂文武,封疆即有邰。生民遗雅在,万世仰钦哉。

有邰,古国名,故址在今陕西省武功县西南。后稷祠位于今陕西省武功县稷山。

后稷教导人民从事农业劳动,其功无以报答,他没有为自己建造坟墓。为了寻找后稷祠,诗人登上高耸入云的山崖。后稷为周人始祖,其世系流传至周文王与周武王,在有邰建立国家。《大雅·生民》记载了后稷的事迹,后稷为万世所敬仰。诗人拜谒后稷祠,赞颂后稷的丰功伟绩。此诗抚今追昔,对比鲜明,直抒胸臆,立意高远,语言平实。

《过庆善宫》

皇天颇厌乱,太宗当其冲。天戈帝晋阳,矫矫云中龙。乃知沟浍间,神物固难容。诞育在兹壤,山川灵气钟。清渭环其区,终南如堵墉。遗宫阒萧爽,朝暮闻清钟。宫前断碑卧,雨深苔藓封。土民或拜舞,卜岁求丰凶。樵牧不敢入,亦钦王者踪。客从浒西来,径此南课农。下马瞻阙像,进止还肃雍。

庆善宫位于今陕西省武功县,为唐太宗李世民出生成长之地。

唐太宗在天下动荡不定之际,勇于担当。李世民跟随李渊晋阳起兵,他勇武不凡,如同天上的飞龙。作为真龙天子,李世民不肯屈居人臣。唐太宗诞生成长于庆善宫,此地集聚了山川的灵秀之气,渭水环绕,终南屏障。庆善宫十分清净,早晚能听见钟声。宫前的残碑倒在地上,上面布满苔藓。当地的百姓来此祭拜,祈求平安和丰收。樵夫、牧童敬畏唐太宗的神灵不敢来此砍柴放羊。宾客从浒西而来，到这里劝农耕作，下马瞻仰唐太宗的神像，举止庄严肃穆。此诗抚今追昔，对比巧妙，设喻生动，立意深远，格调高古。

《经横渠绿野亭》

王道蓁芜久，斯文脉未寒。六经如瀚海，夫子力回澜。故国嗟龙隐，高风陋考槃。吾侪二三子，好向孔门看。

绿野亭，在今陕西省武功县城南，为张载寓所。

以仁政为核心的儒家思想出现混乱，但礼乐教化的传统没有消亡。六经深广无际，张载努力挽回局势。在张载故居，诗人感叹先贤逝去，对其高风亮节深表景仰。诗人对避世隐居不以为然，号召大家坚守孔孟之道。诗人歌颂张载继承孔孟之说，拨乱反正，振兴儒学。此诗直抒胸臆，立意深远，比喻生动，笔力雄健。

《周邸治泉》

泉涌出前道，滔滔兆岁丰。山前问古老，泉上拜周公。

治泉，位于陕西省岐山县周公庙内。

泉水涌出，滔滔不绝，昭示丰年。在山下询问老者，在泉边拜谒周公。此诗抚今追昔，联想巧妙，言近旨远，浑然天成。

（四）民生诗

《苦雨》

仲夏雨泽繁，流潦何纵横。腴田豆苗烂，灾沴产妖螟。来年被原野，熟腐滞登场。西北羽书至，犬戎侵我疆。王师远出征，列县供刍粮。挽车趋好畤，暮夜走且僵。丁男去未返，稚子饥彷徨。寡妇叹幽室，农叟泣道旁。日望南山巅，云滞风不扬。谁能吁苍昊，回兹白日光。

夏天接连下大雨，遍地积水。肥沃田野中的豆苗泡烂了，灾害导致螟虫肆虐。田里已经成熟的麦子无法运到晒场。西北传来犬戎入侵的告急文书，军队出征讨伐，各县要提供粮草。拉车赶到乾县，连夜赶路，腿脚僵硬。壮丁一去不回，年幼的孩子饥饿难耐。寡妇在内室哀叹,老农在路旁哭泣。白天遥望南山顶,云停滞不动,没有一丝风。谁能感动老天爷,让太阳出来?诗中描写大雨和边患给农民带来的灾难,诗人对农民的疾苦报以真挚同情。此诗化用巧妙,浑然无迹,层层推进,情绪悲凉,语意双关,寄托深远。

(五) 风俗诗

《清明扫墓示儿侄》

地古松楸老,心惊雨露濡。云仍千叶剩,苹藻百年俱。太乙南横翠,清涝西绕隅。喟兹龙虎穴,合有凤凰雏。燕翼思先烈,遗经作远图。尔曹二三子,日省勿荒芜。

墓地的古老松楸,沐浴着雨露,树叶日渐稀少,子孙永世祭祀祖先。南面有苍翠的终南山,西面有清澈的涝河环绕。这是一块宝地,子孙一定发达。感激先人护佑后代,谋划子孙的长远利益。诗人告诫子侄,勤勉自省不要浪费光阴。诗人在清明日带领子侄为先人扫墓,缅怀先人,教育后辈,希望家业长盛不衰。此诗比兴巧妙,笔力遒劲,气氛肃穆,格调庄严。

《中秋对月》

旧是他乡月,今从故国看。但闻吹玉笛,无复忆长安。仙桂分秋早,嫦娥耐夜寒。年年相约见,烂醉草楼端。

以往诗人在异乡赏月,今年在故乡望月。此时即使听到玉笛声,也不会思念长安,产生乡愁。月中仙桂在秋风中弄影,嫦娥难耐深夜的寒意。诗人年年与月相约,在茅屋中酩酊大醉。此诗笔墨冲淡,意境清幽,对比鲜明,想象新奇,言近旨远,耐人寻味。

(六) 赠答诗

《二华子歌》

予为二曲子歌矣,天章以书来曰:公得无意乎,遂有此作。

太华峰有十丈莲,少华峰有千尺泉。希夷一枕唤不起,野花啼鸟春依然。长安种子王门客,自称二华云中仙。有时笑携谢朓惊人句,落雁峰头问沧浪天。有时走觅玉女洗头盆,九节杖子挂到日月

边。平生酷好李太白,恨不相见斗酒诗百篇。醉来怪问仙人掌,胡
不一解苍生之倒悬。短歌长律囊辙满,大篆小楷石可镌。诗书供奉
碧殿迥,梦寐常绕苍峰巅。种子种子,别尔忽忽五六年。老夫乃今
为尔一放颠,挥洒二华万顷之云烟。奇葩瑶草世难卖,不遇金銮仙
子勿浪传。

华山以莲花峰著称,少华山以千尺泉出名。陈抟在此修炼,沉睡
不醒。这里鸟语花香,春光明媚。长安的种子是贵客,自称是太华、少
华的神仙。有时他以像谢朓那样令人惊讶的诗句,在雁落峰问苍天;
有时走到玉女洗头盆处,拄杖登上最高峰赏月、观日出。种子平生最
喜欢李白,为看不到李白斗酒诗百篇的情景而遗憾。酒醉之后质问仙
人峰,为什么不解救受难的百姓。口袋中装满了各类诗歌,所写大篆
小楷可以扬名后世。以诗书供奉在金碧辉煌的殿堂,魂牵梦绕青山
顶。诗人与种子久别,为了种子诗人豪兴大发,以太华、少华的壮丽景
色为题,挥毫赋诗。诗人自豪地说自己的诗歌用奇珍异宝都不换,不
要随便传播给俗人。诗人描绘了太华、少华的美景,赞美了种子的才
华和品格,展示了诗人的真性情。此诗笔酣墨饱,文思灵动,出入古
今,虚实结合,衬托巧妙,想象生动,意境神奇,气势豪迈。

(七)讽刺诗

《马嵬废庙行》

秋风落日马嵬道,道南废庙颜色新。立马踟蹰问野叟,野叟须臾
难具陈。请予下马坐树底,辗转欲语还悲辛。正德丙丁戊巳年,寺人
气焰上熏天。寺人原是马嵬人,大筑栋宇求福田。马嵬镇里东岳祠,
一时结构何参差。渎神媚鬼事未休,浸淫及汉寿亭侯。方岳郡县为奔
走,徼官牒吏争出头。占民畎亩不与直,费出帑藏多蠹商。工徒淋漓
血满肤,昼夜无能片时息。东楼西观对南山,巍巍新庙落何棘。木偶
尽是金缕纹,驿车挽载自京国。翩翩羽客招呼至,考钟击鼓空坐食。
更有文章颂功德,穹碑大书为深刻。我本田家孟诸野,但认犁耙字不
识。往往才士过吟哦,尽道台臣与秉笔。听来依稀记姓李,云是文章

名第一。豪华转眼不足恃,乾坤变化风雷异。寺人已做槛中囚,道路忽传邸报至。百姓欢呼羽客走,殿宇尘生谁把帚。当日台臣尚秉钧,寄语县官碑可捂。横曳碎击巫掩藏,至今府文埋郊薮。予闻野叟言,坐来生感激。赫赫台臣苟如此,寺人微细何嗟及!月明骑马陟前冈,仰天一笑秋空碧。

秋风飒飒,落日暗淡,诗人行走在马嵬道,路南有座废弃的庙,看上去建成不久。驻马逗留,询问野老,野老一时难以详细陈述。他请诗人下马坐在树下,犹豫不决,想说什么又难抑辛酸悲伤。野老诉说正德丙丁戊巳年,宦官的气焰嚣张,宦官是马嵬人,他在此大肆修建房屋,供养布施,祈求福报。马嵬镇有东岳祠,他下令拆毁东岳祠,做了许多亵渎神灵取悦鬼怪之事,侵害所及关公。地方大员及府县官吏奔走效劳,官吏们争先恐后地任其驱使。占了百姓的土地不给钱,修庙的费用出自公款,危害国家利益。工匠们鲜血淋漓,遍体鳞伤,昼夜不停地劳作,没有片刻闲暇。楼台亭阁面朝南山,新建成的庙高大壮观,如今却长满荆棘。用金缕装饰的偶像,是从京城用驿车运来。请来花言巧语的道士,撞钟击鼓,无所事事。还有文人写文章歌功颂德,在高大的石碑上刻文字。老汉是生活在乡村的农民,只懂得种地不认识字。经常有文人到此写诗撰文,都是达官贵人。依稀记得一人姓李,据说他的文章天下第一。荣华富贵转眼即逝,时局急剧变化。朝廷的邸报传到这里,得知宦官被囚禁监狱。老百姓欢呼雀跃,道士们逃跑,庙宇中的灰尘无人打扫。当时的达官贵人,告诉当地的县官把石碑打碎。石碑被推倒,打碎后掩埋,官府的文书至今埋在田野里。诗人听到野老的叙述,感慨万千,显赫的大臣尚且如此,卑微的宦官便不足为奇。诗人月下骑马过山岗,仰天大笑,秋天的夜空碧蓝明净。诗人详细叙述了马嵬庙的兴废,揭露了刘瑾专权作乱,鱼肉百姓的罪行,讽刺了趋炎附势、投机取巧者的卑劣行径,表达了对阉宦横行不法的痛恨以及小人见风使舵的蔑视。此诗虚实结合,构思巧妙,叙述生动,情绪悲愤,针砭时弊,直抒胸臆,讽刺辛辣,鞭辟入里。

（八）咏物诗

《杂赋符园景物十首》之《柿曲》

林密深栖鸟,芳萌曲展螯。贫人俱望实,何处美蟠桃。

鸟儿栖息在茂密的大树深处,虫子藏在含苞的花儿中。穷人盼望柿子结果,不必羡慕蟠桃。

《杂赋符园景物十首》之《蒜陌》

春风动南陌,蒜苗亦可采。不落五侯鲭,具作三农醢。

春风刮过田野,蒜苗收割了。蒜苗不是贵人的佳肴,而是农民的美味。

《杂赋符园景物十首》之《林檎瞳》

结实有来禽,挟弹谁家子。瞳公若不闻,游人浪悲喜。

林檎结果的时候引来飞禽,有小儿用弹弓打鸟,村里的农人不管,诗人徒然伤悲。

这几首诗题材新颖,笔墨清新,对比鲜明,托物言志,以小见大,意趣盎然。

十、李梦阳(1473—1530),字天赐、献吉,号空同子,甘肃省庆阳市人。弘治七年(1494)进士,为"前七子"领袖。李梦阳著有《空同全集》66 卷、《弘德集》33 卷,存世诗歌约 2300 首。"梦阳振起痿痹,使天下复知有古书,不可谓之无功。而盛气矜心,矫枉过直。……其诗才力富健,实足以笼罩一时。而古体必汉魏,近体必盛唐,句拟字摹,食古不化,亦往往有之。所谓武库之兵,利钝杂陈者也。其文则故作聱牙,以艰深文其浅易。明人与其诗并重,未免怵于盛名。①"李开先评价:"责备者犹以为诗袭杜而过硬,文工句而太亢。当软靡之日,未免矫枉之偏,而回积衰,脱俗套,则其首功也。②"钱谦益评价:"献吉以复古自命,曰古诗必汉魏,必三谢;今体必盛唐,必杜,舍此无诗焉。牵率模拟剽贼于声句字之间,如婴儿之学语,如桐子之洛诵,字则字,句则

---

① 永瑢《四库全书总目》,中华书局,1965 年,第 1497 页。
② 李开先著,路工辑校《李开先集》,中华书局,1959 年,第 606—607 页。

句,篇则篇,毫不能吐其心之所言,古之人固如此乎?^①"弘治五年(1492),李梦阳参加陕西乡试,游览西安、乾陵、骊山、潼关、武功的名胜。李梦阳的咏陕诗为咏史诗、山水诗、纪行诗、赠答诗。

(一) 咏史诗

《乾陵歌》

九重之城双阙峙,前有无字碑,突兀云霄里。相传翁仲化作精,黄昏山下人不行,踩人田禾食牛羊,强弩射之妖亦死,至今剥落临道旁,大者虎马小者羊。问此谁者陵?石立山崔嵬,铜铁锢重泉,银海中漾回,巢也信力何能开。君不见金棺玉匣出人世,蔷薇冷面飞尘埃。百年枯骨且不保,妇人立身何草草!

乾陵两边高台上的土阙对立,墓前立有无字碑,无字碑高耸云霄。传说乾陵的翁仲变成精怪,黄昏时分,山下无人敢从此经过。精怪毁坏农民的庄稼,吃掉他们的牛羊,精怪被强弓射死,至今倒在路旁,大的有虎、马,小的有羊。这是何人的陵墓?石头耸立,山势高峻,把铜铁熔化浇筑石板,墓中注有水银,黄巢花费很大力气也没有打开乾陵。乾陵一旦被挖开,红颜玉肌化为尘土。女人连身后的尸骨都无法保全,又何必急于在身前立下功名。无字碑及传说引发诗人对历史的看法,他感叹兴废无常,批评妇人主政。此诗抚今追昔,直陈己见,想象奇特,虚实相生,构思新颖,设问巧妙。

《汉京篇》

汉京临帝极,复道众星罗。烟花开甸服,锦绣列山河。山河自古称佳丽,城中半是王侯第。峻阁重楼夹道悬,云房雾殿森亏蔽。牧豚卖珠登要津,樊侯亦是鼓刀人。时来叱咤生风雨,奋见吹嘘走鬼神。平津结兄盖侯弟,杯酒相看何意气。执鞭尽是虎贲郎,守门不说长安尉。长安烽火入边城,挺剑辞君万里行。去日千官遮马饯,归来天子降阶迎。朱弓尚抱流沙月,宝铗常飞瀚海星。不分燕然先勒石,直教

① 钱谦益《列朝诗集小传》上册,上海古籍出版社,2008年,第311页。

麟阁后标名。岂知盛满多仇忌,可惜荣华如梦寐。地宅田园夺与人,丹书铁券成何事。霍氏门墙狐夜号,魏其池馆长蓬蒿。三千剑客今谁在,十二珠楼空复高。后车不戒前车覆,又破黄金买金谷。洛阳亭榭与山齐,北邙车马如云逐。阴郭豪华真可怜,云台将相珥貂连。当时却怪桐江叟,独着羊裘伴帝眠。

汉长安城对应着北极星,复道像众星一样排列。京城附近景象繁华,风光秀美。长安自古景物美好,城中随处可见王侯的府邸。道路两旁层楼耸立,高大壮丽的屋舍鳞次栉比,遮蔽了阳光。樊哙也曾是操刀的屠夫,身份卑微者如今成为显贵。时来运转便叱咤风云,吹口气能吓跑鬼神。平津侯、盖侯与之称兄道弟,把酒对酌,气概不凡。权贵家的警卫都是虎贲郎,看门人的级别比长安尉高。边疆吃紧,消息传到长安,将军拜别君王,仗剑到边庭杀敌,离开时百官送行,回来时天子下阶相迎。在大漠的月下,怀抱朱弓,在沙漠的夜晚,宝剑熠熠发光。不服气别人比自己先立下战功而刻石留名,让自己在麟台阁榜上有名。哪里知道达到鼎盛招人嫉恨,可惜荣华富贵如梦。土地家园被他人侵占,丹书铁券失去作用。夜晚,霍氏庭院狐狸哀号,魏其的花园长满蓬蒿。三千宾客风流云散,富丽堂皇的高楼空无一人。后来者不以前人为鉴,破费黄金买豪宅。洛阳的别墅高大壮观,北邙山下车水马龙。后妃的豪奢令人惋惜,立功受赏的将相穷奢极欲。严光披着羊皮袄在江边垂钓,就算皇帝与其共卧,让他光脚放在皇帝肚子上,也拒不出仕。诗人先写长安城的繁华,飞黄腾达、叱咤风云的王侯贵戚盛极一时。次写不可一世的王侯贵戚一败涂地,风流云散,最后赞赏严光高蹈出世的智慧,告诫世人富贵无常。此诗铺叙有致,层次井然,浮想联翩,虚实相生,用典精当,对比鲜明,感悟深刻,富有哲理。

《桥山》

黄帝骑龙事杳茫,桥山未必葬冠裳。内经泄秘无天地,律吕通神有凤凰。创见文明归制度,要知垂拱变洪荒。汉皇巡视西游日,万有八千空路长。

175

诗人认为黄帝骑龙成仙的故事渺茫,桥山葬有黄帝衣冠的传说未必可信。《黄帝内经》揭示了生命的奥秘,黄帝制定乐律,有凤凰鸣于桥山。黄帝创造了文明,改变了蒙昧的状态。汉武帝巡视朔方后,长途跋涉到桥山祭奠黄帝,但他渴望成仙的梦想落空。诗人歌颂了黄帝的丰功伟绩,对神仙之说表示怀疑。此诗对比巧妙,讽刺冷峻,直陈己见,新颖独到。

(二) 纪行诗

《过邠州有感》

高原骢马晓嘶风,历历封疆一望中。亩有耰锄沟洫改,野无鞞鼓处庐空。邠山泾水遗民庆,秋谷春蚕启国功。读罢二南歌七月,始知深虑是周公。

诗人在晨风中驻马高地,放眼望去邠州的景象清晰可见,田间有人耕种灌溉,没有战乱,百姓安居乐业。这里是周人的发祥地,人民生活幸福安康,后稷教人民春种秋收,公刘开创周朝基业。诗人由此联想到《周南》《召南》《七月》,感念周公的丰功伟绩。诗人表达了对国泰民安的盛世的向往。此诗由今及古,虚实相生,化用巧妙,寄寓深远,弦外之音,耐人寻味。

(三) 山水诗

《华岳二十韵》

有岳雄西土,三峰插渭川。省方朝白帝,分野障金天。邈矣威灵赫,退哉秩望虔。百王开宝箓,七圣演瑶编。绮殿丹青列,文窗俎豆联。风云蒸大壑,日月避层巅。鸷举天门辟,鳌哗地轴旋。岩峦莽翁沓,岭障郁绵翩。猿挂仙人掌,萝飞玉女泉。霞雾夕的乐,锦绣晓相鲜。菡萏摇金壁,芝苓冒紫烟。石膏渗复结,钟乳滴犹悬。右压秦胡壮,南包汉邓偏。徒追散马日,缅忆祖龙年。箭括通神户,云台秘妙筌。岂惟栖凤侣,亦以遁鸿贤。方士骑茅狗,宫人采石莲。褰帷瞻窈窕,拄笏怅攀缘。阴井邀雷驭,阳崖起电鞭。聊游凌绝顶,不为学神仙。

华山雄踞西方,拔地而起于渭水之滨。帝王巡视四方,到华山朝觐西方之神,华山像屏障一样屹立西天,成为东西的分界。气势盛大威震远方,声望强大震慑边地。百王打开图篆,七圣展开宝典。富丽堂皇的大殿装饰精美,刻镂文采的厅堂里祭品丰富。幽壑中云蒸霞蔚,站在山巅伸手可触日月。凤凰飞翔,天门敞开,神鳌卧下,地轴旋转。山峦环绕,望不到边际,峻岭郁郁葱葱,连绵起伏。猿猴在仙掌峰的绝壁上攀爬,藤萝高悬于玉女泉上。日暮晚霞灿烂,清晨景色明丽。葛藟生长在绝壁上,芝苓生长在雾气缭绕的深谷里。石膏渗出后凝结,滴水的钟乳石悬在半空。在西边可压制强大的胡,在南边可包围偏远的楚。追思太平盛世,缅怀秦始皇时期。箭括通向天堂,云台隐藏着桃源。华山是神仙居住的地方,也是大贤避世之处。方士骑茅龙,宫人采石莲。撩起帷幔观赏山水,拄杖发愁登山难。阴面的井中打雷,向阳的山上闪电。诗人只想游历华山登上最高处,目的不是要当神仙。诗人描绘了华山凌绝霄汉、巍峨壮丽的美景,表达了对华山的向往之情。此诗驰骋想象,意出尘外,层层渲染,怪生笔端,意境神奇,气韵生动。

《题潼关》

咸东天险设重关,闪日旌旗虎豹闲。隘地黄河吞渭水,炎天白雪压秦山。旧京想象千官入,余恨逡巡六国还。满眼非无弃繻者,寄言军吏莫嗔颜。

在咸阳以东凭借天险设立关隘,太阳照在绘有虎豹的旌旗上,流光闪烁,关口安闲无事。在这险要之地,渭水汇入黄河。炎热的季节,远处的山顶上覆盖着积雪。遥想当年咸阳作为国都,文武百官入关朝觐,无比强盛。六国顾虑重重,在潼关之外徘徊不前,各自退却,最终被秦消灭,令人遗憾。过关的不乏年少有为、胸怀壮志者,寄语守关士兵不要对他们动怒。此诗笔力遒劲,意境雄浑,想象生动,对比巧妙,弦外之音,耐人寻味。

《骊山》

绣岭花仍绣,汤泉满故宫。禁池人自浴,新月古应同。玉殿兴亡后,青山涕泪中。千岩歌吹入,犹思翠华东。

骊山风景秀丽,华清宫随处可见温泉,温泉是昔日的禁地,如今任由普通人洗浴。骊山的月亮亘古不变,世易时移,宫殿残破,青山垂泪。层峦叠嶂中似乎回荡着歌唱吹奏之声,让人想起当年天子东巡的情景。骊山昔日的繁华杳无踪影,引发了诗人的思古幽情。此诗抚今追昔,意境凄清,联想巧妙,拟人传神,言近旨远,韵味隽永。

(四)赠答诗

《康状元话武功山水》

梦寐关中好,连年未得归。侧闻武功胜,佳兴益翻飞。水绕褒斜出,山从周至围。因君觅水竹,为买钓鱼矶。

康海梦里的关中无比美好,然而,常年在外不能回家。诗人听说了武功的山水名胜,雅兴更加高涨。水环绕褒斜道远去,山从周至逶迤而来。因为被康海所感动,诗人欲寻找山水竹林,坐在石边钓鱼。诗中描写了康海的思乡之情,表达了诗人对武功美景的向往,抒发了归隐之情。此诗构思新颖,意境淡远,虚实结合,衬托巧妙,想象生动,拟人传神。

十一、许赞(1473—1548),字廷美,号松皋,河南省灵宝市人。弘治九年(1496)进士。著有《松皋集》26卷。许赞的咏陕诗为纪行诗。

《初入栈道》

梁汉起天中,形连百二雄。万山争地立,一路与云通。树杪过人影,崖头啸虎风。我行三月暮,怅望华阴东。

汉中在天中央拔地而起,山河险固,崇山峻岭高耸入云,只有一条盘旋在云中的道路。人走在高于树梢的半山腰,悬崖上虎啸生风。诗人在三月末经过栈道,遥望华阴以东,怅然若失。此诗白描生动,夸张传神,意境雄奇,笔力遒劲,言近旨远,耐人寻味。

《青桥驿》

山程行七日,回首益州遥。浪涌江龙吼,崖巅石兽翘。春华沽白酒,客欲过青桥。乡思应天尽,鸿书望碧霄。

青桥驿,位于今陕西省留坝县。

诗人跋山涉水,日夜兼程,回望益州,距离遥远。脚下江水奔腾咆哮,头上危峰兀立、怪石峻峋。少壮的旅人沽一壶美酒,走过青桥驿。故乡远在天边,鸿雁被高耸入云的山峰阻隔。诗人触景生情,抒发乡关之思。此诗视角多变,意境雄浑,比喻新奇,对比巧妙。

十二、张原(1474—1524),字士元,陕西省三原县人。正德九年(1514)进士。著有《黄花集》7 卷、《玉坡奏议》5 卷等。王绍先评价:"公明习国数典,敷奏祥雅,诗文清粹婉和,自成一家。[①]"张原的咏陕诗为怀古诗。

《骊山》

烽火空余百尺台,华清宫殿已成灰。两家失国由妃子,落日行人谩自哀。

烽火台、华清宫已经灰飞烟灭,周、唐两代都因宠妃而误国,劝慰夕阳下的游人切莫伤悲。面对历史遗迹,诗人谴责周幽王、唐明皇沉湎声色。此诗抚今追昔,情绪感伤,对比巧妙,言近旨远。

十三、王廷相(1474—1544),字子衡,号浚川、平厓、河滨丈人,世称浚川先生,河南省兰考县人。弘治十五年(1502)进士。王廷相著有《王氏家藏集》65 卷、《王浚川所著书》42 卷,存世诗歌 1040 余首。王世贞评价:"王子衡如外国人投唐,武将坐禅,威仪解悟中,不免露抗浪本色。[②]"钱谦益评价:"子衡起何、李之后,凌厉驰骋,欲与并驾齐驱。与郭价夫论诗,谓三百篇比兴杂出,意在辞表,离骚引喻借论,不露本情,而以北征、南山诸篇,为诗人之变体,骚坛之旁轨,其寄托亦高且远矣。[③]"陈子龙评价:"子衡古诗,有沉郁之思,壮丽之色。李舒章曰:当何、李时长于五言古诗者,有子衡、君采,子衡峻丽得其雄分,君采隽洁

---

① 王小芳《张原世系生平交游研究》,西北大学硕士学位论文,2011 年,第 53 页。
② 王世贞著,陆洁栋、周明初批注《艺苑卮言》,凤凰出版社,2009 年,第 82 页。
③ 钱谦益《列朝诗集小传》上册,上海古籍出版社,2008 年,第 316 页。

得其英分。①"正德五年至八年(1510—1513),王廷相巡按陕西。王廷相的咏陕诗为怀古诗、山水诗、赠答诗。

(一)怀古诗

《秦川杂兴》

古陵在蒿下,啼鸟在蒿上。陵中人不闻,行客自惆怅。

帝王陵墓被杂草掩埋,鸟在树上鸣叫。地下的人听不见鸟叫声,行人独自伤感。诗人抒发了沧桑巨变的悲伤。此诗构思新颖,对比巧妙,意境苍凉,言近旨远,韵味隽永。

《过骊山》

玉女霓裳斗彩虹,君王仙去凤楼空。只今惟有垂杨树,留得寒蝉咽故宫。

仙女的霓裳与彩虹争奇斗艳,君王成仙而去,雕梁画栋已经废弃,只有寒蝉在华清宫的垂柳上凄切哀鸣,诉说兴亡。诗人路过骊山,想象帝王在此享乐的盛况,表达了盛衰无常的惆怅。此诗抚今追昔,对比巧妙,意境凄美,情绪感伤,讽刺委婉,言近旨远。

《西京篇》

秋风泼泼咸阳道,渭浦千霜白秋草。秋草秋风暗古城,行人犹说西京好。西京宫阙郁崔嵬,紫阁终南相向开。建章长信飞尘杳,千门万户华阳回。地底灵符生宝玉,天中王气夹风雷。翠华銮辂乘春令,皓齿青娥艳落梅。青娥如花复如雪,含情含态可怜绝。鸳鸯比翼兰塘水,凤凰双栖上阳阙。君王自爱长生乐,粉面铅姿却情薄。已闻入海访神山,更道分官祀灵岳。灵岳神山在何处,太乙无灵岁华暮。坛上烟霏百和香,青鸟飞来忽飞去。瑶池王母碧霞盘,桃赐人间已三度。少翁击铎复吹箫,云骄风马宵纷错。宫娥屏隔不敢近,神人荒忽但虚幕。可怜卫霍大将军,提师十万净边尘。出塞阴山系骄子,归朝原庙荐高勋。勋业已成分戚里,女作贵人男尚主。甲第层甍照九城,珂马

---

① 王云五主编,陈田辑《万有文库·明诗纪事》,商务印书馆,1936年,第1125页。

飞轩满三市。一言得意即回天,卧内收符夺晋鄙。金张骄侈不足云,窦灌豪华讵相似。貂冠齐入分椒舍,朱门尽是鸣环者。斗鸡小儿紫裤褶,臂鹰奴子大宛马。美人妖女倾名都,碧玉珊瑚斗天下。富贵繁华惊转蓬,王侯钟鼎一朝空。羡门子晋终不至,蓬壶方丈难相通。前日丰碑辞纂纂,平津已作汾阳撰。野火烧残金明阁,秋水崩沈射熊馆。春花秋月剧无情,海水桑田漫莫凭。玉碗早出秦帝苑,石麟凄断汉家陵。汉家陵树满氤氲,千秋万岁灞陵存。君看桥下春杨柳,落日飞花愁杀人。

　　咸阳古道上秋风飒飒,渭水边秋霜染白了荒草,秋风萧瑟,秋草萋萋,古城景色黯淡,行人仍然称赞西京美好。西京的宫殿高大雄伟,金碧辉煌的殿阁与终南山相望。建章宫、长信宫化为尘土,难觅踪影,深广的殿宇成为遗迹。关中地下的灵符是祥瑞的征兆,王气笼罩,真龙天子应运而生。装饰华美的车驾在春天出巡,明眸皓齿的佳丽艳若梅花。美女容貌如花,肌肤如雪,含情脉脉,娇态迷人。如鸳鸯比翼戏水,如凤凰双栖上阳宫。帝王追求长生不老,对容貌姣美的佳丽无情。一面派人出海求仙,一面让官吏去祭祀泰山。不知何处有神山,太乙不灵,年华逝去。祭坛上百合香的烟雾弥漫,青鸟飞来又飞走。瑶池的西王母三次赐汉武帝仙桃,李少翁击铎吹箫召唤鬼神,夜晚,云旗奔马纷繁杂乱。宫娥被屏风隔开不能靠近,神仙之说荒诞,是术士的伪饰之词。卫青、霍去病率领大军在边庭消灭匈奴,在阴山俘获酋首,班师回长安,因功勋卓著在原庙受封。功成名就成为外戚,女子为贵人,男子娶公主。宅邸的屋脊在京城最显眼,佩饰华丽的马车在长安城内飞驰。一句话讨得欢心便权大势重,借助皇后的帮助夺取兵权。金日磾、张安世的骄奢不值一提,窦婴、灌夫的豪华岂能相比。子弟担任要职,侍从皇帝左右,出入宫廷,贵族富豪之家位高权重。斗鸡小儿发达,驯鹰奴才显贵。美女妖姬闻名都城,奇珍异宝天下无双。荣华富贵转瞬即逝,功名利禄转眼成空。法术高强的方士及王子乔没有出现,蓬莱仙境难以到达。此前,纪功颂德的高大石碑上大书特书,转眼

181

平津侯已经被汾阳王取代。野火烧毁了金明阁,大水冲垮了射熊馆。岁序更迭,极其无情,世事剧变,完全无法预料。秦宫的玉碗流失,汉宫的石麟毁坏。汉陵前的树木烟云弥漫,一直守护着灞陵。请看灞桥下,春天杨柳依依,夕阳下落花纷飞,令人悲伤。诗人目睹西京衰败的景象,追忆昔日的繁华,批判神仙之说荒唐无稽,感叹千秋功业、荣华富贵难以长久。此诗笔酣墨饱,一气呵成,铺叙有致,层次井然,抚今追昔,意境凄美,想象生动,对比鲜明,用典频繁,技法纯熟。

(二) 山水诗

《潼关》

天设潼关金陡城,中条华岳拱西京。何时帝劈苍龙峡,放与黄河一线行。

潼关是地势险要的天然屏障,与中条山、华山共同拱卫着长安。天帝何时劈开苍龙峡,让黄河畅流无阻。诗中描写潼关山川形胜,地理位置重要。此诗想象新奇,拟人传神,气势雄浑,笔力遒劲。

(三) 赠答诗

《曲江池醉歌赠长安诸公》

长安诸公虎凤客,曲江宴我春微茫。江边草没古皇迹,塔前云散千佛光。人豪意远词锦鲜,尚书御史纷琼筵。邺中文学不足数,洛下风流漫自贤。健气舳棱紫雕下,秀仪合沓轻鸿翩。迎春送客意超忽,弦管喝啾沸远天。华严御宿平如掌,豁豁晴川新阳上。古人不来今人来,百花楼台半草莽。袅袅富春竿,纂纂东陵瓜。吾道贵沉冥,浊俗矜繁华。暮撷芳荪,朝餐紫霞。王乔赤松,韶颜如花。海里三山接羽翼,人间万事真泥沙。金鱼绣服有何益,食封开府虚相夸。君不见汉家昆明金作池,旌旗影灭石螭没。又不见唐帝芙蓉花为苑,殿幄香沉烟卉发?清渭常流东海波,南山不断诸陵月。请君休歌行路难,直须痛饮金壶干。醉向江头照容鬈,百年几许身心闲。牧羊小儿垂赤绂,屠龙豪士沦幽山。妖虹无计洒赤血,天狼未灭空长叹。弹朱篌,击鼍鼓,催花不开白日暮。腰间宝剑双龙精,把向尊前为公舞。

　　诗人的好友皆为长安的英才豪杰,春天景色迷蒙,友人在曲江宴请诗人。池边的草淹没了古代宫苑的踪迹,大雁塔的佛光驱散云雾。友人性格豪爽,胸怀旷达,文章华美,尚书、御史纷纷参加盛宴。邺中文学不足称道,洛下风流不要自满。刚劲有力如同雄鹰飞翔,气度不凡如同飞鸿翩跹。迎春送客,精神高逸,多种乐器齐奏,声音响亮,传到九天。华严寺所在的樊川与御宿川平坦如同手掌,初升的太阳照耀,大地辽阔。古人已逝,今人来临,百花楼台荒草丛生。富春竹细长柔软,东陵瓜果实累累。我辈崇尚隐居,世俗夸耀繁华。傍晚采香草,清晨食紫霞。王子乔、赤松子年轻英俊。遨游海上三山,羽化成仙,人间万事毫无意义。功名利禄没有益处,封侯赐爵华而不实。汉朝的昆明湖变成水池,旌旗灰飞烟灭,石龙残破,景象凄凉。唐代皇帝的芙蓉苑,人去楼空,烛灭香烬,花卉凋零。渭水奔腾不息,东流入海,南山的月亮年复一年照在陵墓上。不要再唱行路难,开怀畅饮,喝干壶中美酒。喝醉酒到池边照照自己的容颜,人生短暂,难得身心清闲。牧童受封,英雄沉沦。无计翦除奸人,空洒热血,不能消灭入侵者,徒然伤心。弹琴击鼓,饮酒作乐,日夜沉醉。腰间的宝剑是龙的精魂所化,在筵席前为大家舞剑助兴。诗人与好友宴游曲江,目睹古迹荒芜,感叹风流云散、繁华易逝。诗人厌倦了官场,看淡荣华富贵,否定建功立业,表达了归隐田园、及时行乐的愿望。此诗抚今追昔,对比鲜明,尽情渲染,酣畅淋漓,虚实相生,意境迷离,感悟深刻,富有哲理。

　　十四、马理(1474—1555),字伯循,号谿田,世称谿田先生,陕西省三原县人。正德九年(1514)进士。马理著有《谿田文集》11 卷(《补遗》1 卷)、《周易赞义》7 卷等,存世诗歌约 550 首。马理"少从王恕游,务为笃实之学,故所诂诸经,亦多所阐发,惟其文喜摹《尚书》,似夏侯湛《昆弟诰》之体,遣词宅句,涂饰雕刻,其为赝古,视李梦阳又甚焉。①"马理 70 岁时,归隐商山书院。马理的咏陕诗题材丰富,有怀古

---

① 　永瑢《四库全书总目》,中华书局,1965 年,第 1575 页。

诗、纪行诗、山水诗。

（一）怀古诗

《下马陵》

三尺孤坟禁苑头，王侯至此下骓骝。儿童为问缘何事，千载真儒在此丘。

下马陵又称蛤蟆陵，在汉长安城东南，传说为董仲舒墓，门人过此下马，故称下马陵，后人误为蛤蟆陵。

临近帝王园林处有一座孤坟，王侯为了表示对他的尊敬，至此下马步行，小孩子不知道其中缘由，诗人告诉他这里埋葬着千古真儒董仲舒。此诗构思巧妙，虚拟对话，新颖独特，抚今追昔，对比巧妙。

《长安吊古》

不到长安几十春，旧家梁燕入新邻。黄金坞在花狼藉，时有挥锄种菜人。

诗人几十年后重返长安，所到之处物是人非，昔日富丽堂皇的场所破败不堪，成了农民的菜地。此诗抚今追昔，对比鲜明，意境苍凉，情绪感伤，言近旨远。

《咸阳怀古》

咸阳原上望秦中，渭水依然带故宫。指鹿臂鹰人恶说，青山惟爱茹芝翁。

诗人站在咸阳原上眺望关中，渭水环绕秦朝的旧宫殿。大家憎恶赵高、胡亥，赞美隐居山林的四皓。此诗抚今追昔，对比鲜明，意境雄浑，拟人传神。

（二）纪行诗

《蒲城道中》

野次山行几日强，惯于马上见荒凉。泫然挥泪蒲关道，风景依稀似故乡。

蒲城，今陕西省蒲城县。

诗人风餐露宿在山中跋涉，沿途所见景象荒凉。蒲城的风物与故乡十分相似,诗人不禁热泪盈眶。此诗笔墨冲淡,白描传神,对比巧妙,韵味隽永。

（三）山水诗

《巀嶭山》

巀嶭吾家旧画屏,直从阿祖到书生。尚书日占作笔架,惜爱心中似不平。

巀嶭山又名嵯峨山,位于今陕西省泾阳、三原、淳化三县交界处。

诗人祖居巀嶭山下,巀嶭山风景如画,王承裕独占巀嶭山作为笔架,心中对眼前美景充满不舍之情。此诗匠心独运,比喻生动,语言诙谐,妙趣横生。

《涉渭》

清秋涉渭涯,清渭正涟漪。水底觉天动,舟中见地移。向空排雁字,当镜跃鱼儿。不敢言泾浊,防人说是非。

诗人秋天渡渭河,河水波光粼粼。天空映在水中,倒影随船移动,岸边的风景掠过眼前。天上大雁排成一字,鱼儿在光亮如鉴的碧波中跳跃。不要轻易谈论清浊,以免招惹是非。此诗视角多变,白描生动,意境清奇,联想巧妙,别出心裁。

《登太华夜宿峰顶》

华岳金天俯西周,暮年游历夙心酬。丹梯缘壁三千仞,石磴盘云几百周。红日崖根雷电合,苍龙岩上鸟猿愁。夜来沐浴峰头卧,玉女盆浆溅斗牛。

华山高耸入云,矗立西天,晚年游览华山实现了夙愿。沿着云梯登上三千尺的绝壁,石阶在云间蜿蜒曲折盘旋而上。悬崖峭壁上雷电交加,惊心动魄,苍龙岭上鸟飞不过,猿难攀爬,望而生畏。夜晚,在山顶留宿,玉女峰离天咫尺,星汉灿烂。此诗笔力遒劲,意境雄奇,拟人生动,夸张传神,感受逼真。

《题潼关》

虎踞龙盘此要津,迢遥悬处不生尘。行人若问金汤固,半属河山半属人。

潼关虎踞龙盘于要道,高远险峻难以接近。潼关之所以固若金汤,既是造化之功也是人力所为。此诗设问巧妙,构思新颖,意境雄奇,见解独到,耐人寻味。

《野望》

太华西北巇崿东,无端风景四时同。山畔陇蜀天刚近,水下越吴海共通。花发犬眠红影里,鸟鸣人度翠微中。眼前物物供吾乐,尊酒何劳判射洪?

诗人放眼环顾,华山西北巇崿以东,一望无际的景物随季节而变化。高耸入云的山连接陇蜀,宽广无际的河连通吴越,流向大海。阳光下,花开、犬眠,青山中,鸟鸣、人行。眼前的景物令人心旷神怡,何须饮酒取乐。此诗笔墨雅健,对比鲜明,意境壮丽,气势恢宏,设问巧妙,画龙点睛。

十五、康海(1475—1540),字德涵,号对山、沜东渔父,陕西省武功县人。弘治十五年(1502)状元,"前七子"成员。康海著有《对山集》19卷、《沜东乐府》2卷、《沜东乐府后录》2卷、《武功县志》3卷、《王兰卿贞烈传》1卷、《东郭先生误救中山狼》等,存世诗歌1140余首。康海"于文章不复精思,诗尤颓纵。①"钱谦益评价:"今所传《对山集》,率直冗长,殊不足观。②"陈田评价:"豪气盖天,固是一时俊人,惜诗文不副盛名耳。③"正德五年至嘉靖十九年(1510—1540),康海始终在故乡生活。康海的咏陕诗题材丰富,有山水田园诗、游览诗、怀古诗、友情诗、民生诗、音乐诗。

(一)山水田园诗

《零口西堡望见骊山》

行次零口西堡,原崦忽见骊山。赤日黄尘天际,苍山碧树云间。

---

① 永瑢《四库全书总目》,中华书局,1965年,第1499页。
② 钱谦益《列朝诗集小传》上册,上海古籍出版社,2008年,第313页。
③ 王云五主编、陈田辑《万有文库·明诗纪事》,商务印书馆,1936年,第1132页。

春暮芳花未睹,雨余浊流犹潺。太息独思往事,微吟且慰衰颜。

　　诗人途经零口西堡,蓦然看到骊山。天边,夕阳与晚霞涂抹出绚烂的色彩,远处,苍山与绿树在云中若隐若现。暮春,山花凋谢,雨后,浑浊的河水潺湲。眼前的景物勾起对往事的回忆,诗人不胜感慨,小声吟咏,化解迟暮的悲伤。此诗诗中有画,浑然天成,悲喜交加,联想巧妙,意境苍凉,韵味隽永。

《望希夷峡》

　　明山佳气郁嵯峨,望里风烟暗薜萝。万叠春开绿锦障,一泓晴下白云窝。空将尸解传茫昧,自觉天工厌琢磨。夫子若无驱背笑,陈桥谁知大风歌。

　　希夷峡,为华山著名景点,原称张超谷,宋太宗赐陈抟为"希夷先生",由此改名。

　　华山祥云笼罩,山势高峻,放眼望去,景物朦胧,峭壁上布满浓绿的薜荔和女萝。春天,层峦叠翠如同秀美的锦屏,晴天,瀑布从白云涌动的天际飞降。陈抟成仙的传说真假难辨,造化的鬼斧神工令人赞叹。如果没有陈抟在驴背上抚掌大笑,无人知道陈桥兵变。诗中描写了希夷峡的峭拔险峻,赞美陈抟胆识超凡,鄙视功名富贵。此诗明暗对比,远近结合,笔致灵动,富有变化,意境壮丽,比喻新奇,见解独到,耐人寻味。

《忆牛头寺》

　　首夏东游华,因过御宿西。稍寻幽处览,深入故人栖。水竹都堪画,云烟总合题。始知韦杜曲,尺五逼天齐。

　　牛头寺位于今陕西省西安市长安区,是唐代樊川八大寺之一。御宿川,在今陕西省西安市长安区。

　　夏天,诗人游华山时路过御宿川,寻幽览胜,拜谒前贤的故居。这里绿水潺潺,翠竹森森,云雾缭绕,风景如画,优美的景色激发了诗人的雅兴。遥想当年,韦、杜家族地位何其显赫。此诗笔墨冲淡,意境清幽,立意新颖,不落窠臼,化用俗语,别具一格。

《至终南》

泥泞抵终南,迷蒙失山色。指点太平宫,崔鬼白云极。不暇自抖擞,冒雨且综核。凭高瞩村落,嘉树万重黑。此地素灵异,气候故不测。旦日云气消,嫩碧竞寰域。绿草弥望浮,波光与山逼。迤逦白鸟来,涤荡千虑息。宿性喜丘壑,跻攀易筋力。深秋事佳游,长歌厌轻默。早晚幽卜筑,终以卧斯侧。

诗人艰难到达终南山,云雾迷蒙,看不清山的面目。太平宫高耸入云,诗人无暇休整,冒雨游览。站在高处看远方的村落,绿树层层叠叠,浓荫蔽日。此处山水灵秀,气候变化不定。第二天云雾消散,四周一片浅绿。绿草如茵,山水一色,婉转的鸟鸣,驱散了一切烦恼。诗人天性爱好山川,登山锻炼筋骨。深秋时节,畅快游玩,放声高歌,不再沉默。一直在寻找归宿,最终选择在这里停歇。此诗构思新颖,对比巧妙,笔墨清新,意境淡远,拟人生动。

《渡渭南望》二首

水际孤云合,船头细浪生。青山飞白鹭,绿竹啭黄莺。

客散太微道,人归黑水西。临流魔短赋,即景试新题。

第一首诗,描写水边行云低垂,扁舟缓行,泛起微波,青山环抱,白鹭翩翩,翠竹掩映,黄莺歌唱。诗人描绘了一幅渭水行舟的优美画卷。此诗白描生动,画面明丽,笔墨清新,意境旷远,言近旨远,韵味隽永。

第二首诗,描写客人离去,诗人返家,一路行来,触景生情,豪兴大发,挥笔赋诗。此诗笔墨灵动,构思新颖,情绪欢快,节奏紧凑,一气呵成。

《楼观二首》

仙家楼观俯层岑,春色融融万木阴。槛外歌声初宛转,寰中人事几消沉。谁将玉醴传金碗,日欲浮生憩此林。本是无心名利客,悔生发华到如今。

危楼迥对一峰孤,哀壑平连万顷芜。摩诘画图空掩映,伯阳道德岂虚无。西来涧谷汉驰道,北去河山周故都。风土不殊人事异,谁将绵蕝问司徒。

第一首诗,描写仙人传道的楼观台巍然耸立,俯视周围的群山,春光明媚,天气和暖,树木茂密。世外仙音悠扬动听,人间世事几度沉浮,金樽斟满玉液,一醉方休。归隐山林,安顿短暂人生。原本是淡泊名利之人,后悔涉足宦海,早生白发。以楼观远离尘嚣、清幽怡人的美景,引出人生荣辱的感慨。此诗笔墨冲淡,对比巧妙,触景生情,感悟深刻。

第二首诗,描写高楼遥对孤峰,凄凉冷落的深谷连接着一望无际的荒原。王维描绘的美景被遗忘,老子传播道德经的事迹遥远。西边有汉代的驰道,向北是周朝的故都。时过境迁,物是人非,《诗经·大雅》描写的繁荣景象杳渺难求。诗人借助景物描写抒发对历史兴亡的感慨。此诗抚今追昔,对比鲜明,意境苍凉,情绪感伤。

<h3 style="text-align:center">《从象峰北崦下望普缘》</h3>

陟山披丛薄,览景惬幽素。降观万壑奔,平临千嶂赴。宿爱弥见欣,新赏韬相聚。未睹赤城游,仿佛兴宗赋。

普缘即仙游寺,位于今陕西省周至县。明英宗正统六年(1441),修复扩建仙游寺,并更名普缘禅寺。

诗人分开茂密的草丛上山,眼前的美景令人心旷神怡。俯瞰层峦逶迤,远望叠嶂绵延起伏,看到故旧更加欣喜,结识新知开心相会。如同置身仙境一般,令人陶醉。此诗视角多变,拟人传神,比喻新颖,意境雄奇。

<h3 style="text-align:center">《渭河泛舟》</h3>

及渭日将午,遥见终南峰。挂帆若流电,飒飒闻风松。别兹已三载,逸思如酒釀。倘遇山中人,愿言袭高踪。

诗人中午到达渭河渡口,远处可见终南山。船行水上快若闪电,耳边传来松树在风中发出的飒飒响声。诗人离开这里已经三年,超逸之思如同浓烈的美酒。如果遇到高人,希望跟随他隐遁山中。此诗思致超然,笔力遒劲,意境雄奇,比喻新颖。

《玉女洞》

当年鹤背谁同去,此洞空留玉女名。胜迹我来徒极目,高峰云去正含情。千秋不改龙潭色,午夜犹闻玉佩声。惆怅夕阳归去晚,满溪春浪郁琮琤。

玉女洞,位于今陕西省周至县。

当年萧史与弄玉骑鹤升天,此处只留下玉女洞,来到玉女洞极目望去,巍峨的山峰上白云依依不舍,缓缓飘去。仙游潭历经千载依然深邃清冽,夜深人静时,泉水叮咚犹如仙女环佩的清脆声音。夕阳满怀伤感迟迟不愿落山,清澈的溪水翻卷着浪花,发出悦耳的声音。此诗设问巧妙,想象新奇,拟人生动,意境清丽。

《杂兴》

浒西亦佳胜,日日有襟期。田园俯川陆,葵藿满阶墀。野叟遗浊醪,嘉树过凉茇。微曛上崇愕,遐眺引东菑。牧笛风外来,园禽鸣别枝。睡足发新怀,此心谁得知。

浒西风景优美,天天有值得期待的事情。田园建在高处,可俯视水陆,葵藿随处可见。野叟送来浊酒,树木高大,青草茂盛,凉爽宜人。日暮感到孤独,远眺田园风光。微风送来牧笛声,园中的鸟儿鸣叫飞走。清醒后产生新的想法,没有人了解诗人的心思。诗人描写了浒西别墅朴实宁静、优美怡人的田园风光,展现了恬淡平静的心绪。此诗笔墨清新,意境淡远,化用巧妙,言近旨远。

《观禾》

我来彭麓下,坐爱青山色。雨过忽新凉,苍烟望无极。秋禾行欲成,岂畏骄阳逼。垄亩绿如屯,原隰少螟螣。同欣有年乐,讵知天子力。

诗人来到彭麓别墅,青山滴翠,令人流连忘返。雨后空气清新凉爽,苍茫的云雾笼罩,看不到尽头。若想秋天庄稼丰收,就不能害怕骄阳似火。田间禾苗茂盛,原野上没有害虫。诗人为丰收在望而欣喜,这一切有赖天子圣明。这首诗先描写自然景观,再抒发诗人的感受,情景交融,层次分明。此诗笔墨冲淡,白描生动,意境清新,联想巧妙。

(二)怀古诗

《华清宫》

辇路黄尘满,宫云夕渐生。只今瞻碧嵫,那复见朱楹。胜地存王略,离宫余令名。不知戏下泣,可似华清行。

昔日宽阔干净的辇道尘土飞扬,傍晚,云气渐渐笼罩华清宫。仰望苍翠的骊山,华清宫的雕梁画栋不见踪影。名胜之地仅存王道,离宫只留下美名。不知当年戏下之泣,是否与华清之行一样悲伤。诗人追忆华清宫昔日的辉煌,反思历史,抒发感慨。此诗抚今追昔,对比鲜明,情绪感伤,意境苍凉,言近旨远,耐人寻味。

《经漆村览有邰古迹》

我闻昔人言,此即汉漆县。其东故有邰,草木殊葱蒨。终南当面朝,清渭过如练。直北倚黄山,逶迤控周甸。前望松桧场,知是何王殿。王迹日以微,气色或隐见。西南庆善宫,郁当漆村面。胜地迁变多,往躅审弥眩。繄自虞夏来,百祥具兹奠。地灵昔所庇,谛此窈中美。

听说此处是汉代的漆县,县城东边是以前的有邰,这里草木苍翠茂盛。面对终南山,清澈如练的渭河蜿蜒流过。北面倚靠黄山,绵延曲折的黄山控制着周的郊野。眼前有大片的松桧林,不知道是哪位帝王的宫殿。帝王的功业衰落,但霸气犹存。西南有庆善宫,与有邰相望,名胜之地变化很大,凭吊遗迹,诗人备感迷惑。这里从虞夏以来,出现各种祥瑞,奠定了好的基础。有邰是众神保佑的福地,山川灵秀,仔细观察这里,心中充满羡慕。此诗抚今追昔,对比巧妙,视角多变,意境雄浑,笔墨冲淡,格调高古。

《过庆善宫》

长川直南泻,清渭横其冲。灏光触云汉,比下潜真龙。钦想还谯赋,缅怀天日容。地秘非天发,安能为人钟。改寺报慈德,谨护列崇墉。沦没几百载,所遗惟巨钟。后当景泰末,移置荐福东。千牛不可载,百室或启凶。嗟此亦神物,似与守灵踪。迹灭不能见,大约闻老农。但与看气色,巍巍冠秦雍。

诗人寻访庆善宫,长河向南奔流,渭水挡在它前行之处,灏光直冲云霄,水下潜藏着蛟龙。想慕还谯赋,缅怀帝王的音容。此地是上天创造的,否则不能诞生英豪。李世民修庆善宫报答母亲的养育之恩,筑高城加以保护。这里已经被渭河湮没,只剩下一口大钟。景泰末年,钟被移到荐福寺东边。巨钟难以移动,保护一方平安,搬走会招致灾祸。钟是守护英灵的神物,庆善宫已经没有了,只剩老农的传说。这里的气象非同寻常,高大壮观的庆善宫雄冠关中。此诗触景生情,隐喻奇妙,气势雄浑,笔力遒劲。

《谒横渠先生祠》

春游及名里,斋沐升閟宫。瓣香拜祠下,披尘想仪容。嗟嗟此祠宇,赫然在关中。满谓有条饬,岂知翳蒿蓬。殿古瓦半落,台圮覑全空。回转户牖断,腾沸虫鸟哄。先帝昔在御,孳孳钦正蒙。手书西铭篇,所在各一通。相距五百载,此意谁契同。康世缙绅重,片言摧华嵩。安见体圣意,稍策事尊崇。我曹忝末裔,修复寡力工。瞻望虽感激,无以障颓风。明发谢祠去,太息伤心衷。

诗人到张载的故乡春游,沐浴斋戒后拜谒张载祠。满怀崇敬之情拜谒先贤,追思张载的高风亮节。张载祠巍然屹立关中,这里本应肃穆庄严,却被荒草遮蔽。建筑年久失修,瓦片掉落,台阶塌陷,砖石挖空,门窗毁坏,鸟鸣虫叫,嘈杂不堪。先帝在位期间,勤勉钦定《正蒙》,张载在书房双牖上手书《东铭》和《西铭》。时间已经过去五百年,谁能领会张载的思想。治国理政重视缙绅,一句话能撼动山岳。体察皇帝的心意,对国君极为尊崇。诗人作为儒家弟子,对于修复张载祠有心无力。诗人拜谒张载祠,感念他的丰功伟绩,但是无力挽救颓败的世风。早晨启程离开张载祠,诗人内心沉重。此诗立意高远,联想巧妙,对比鲜明,情绪感伤。

（三）民生诗

《秋雨叹》四首

去年秋雨苦淋沥，今年淋沥更无敌。自从初一涨潦河，至于初七声逾激。浸淫若遣太华崩，轰豗岂但平川污。百谷腐烂莎草长，惟有芙蓉水中直。

崩墙坏壁人夜号，比邻处处通波涛。明灯执伞待天曙，片云浮来声益号。富家或能饱鸡黍，嗟嗟奈此贫儿曹。拽橡为薪麸为粥，斗粟千钱肯相鬻。

原上官道泥已深，原下卑湿人怎禁。四方极目尽明水，野菜可飡何处寻。絢涂匍匐寡筋力，宾客逢迎甚胸臆。安得大禹凿九州，更使苍生免昏垫。

此雨初晴人亦狂，为能洗却烦蒸凉。那知狼藉遂如此，积阴郁郁行坐坊。儿童阶下戏舟楫，风动樯帆行猎猎。不知何日坠莲房，乱向波心逐莲叶。

第一首诗，描写去年关中秋雨连绵而成灾，今年秋雨造成的损害比去年更大。从初一到初七，河水暴涨，水势凶猛。洪水要把华山摧垮，水声轰鸣，平地上洪水泛滥。庄稼腐烂，野草茂盛，荷花在水中长势良好。

第二首诗，描写半夜，房屋倒塌，灾民放声大哭，村落被洪水包围。人们点着灯，撑着伞，等待天亮。有乌云飘过，哭声更大。富人尚可吃饱，穷人却无以为食。把橡当柴烧，用麸充饥，粮食昂贵，价钱攀升。

第三首诗，描写原上的官道泥泞不堪，原下低洼潮湿，难以忍受。放眼望去，四周一片汪洋，连野菜都无处可挖。在小路上行进，筋疲力尽，没有心情迎送宾客。想让大禹治理水患，使苍生免受涂炭。

第四首诗，描写雨霁人们欢喜若狂，原认为下雨可以赶走暑热带来清凉，不料造成如此困厄，连绵阴雨令人坐卧不安。儿童在屋外玩船，风吹动船帆，船随风飘拂。不知何时水里长出莲蓬，任意在水中央追逐荷叶。

诗人通过对秋雨淋沥、房屋倒塌、洪水肆虐、庄稼绝收、粮价飞涨等细节的描写,形象地展现了关中连年灾荒,百姓生活困苦的情景。这组诗细节逼真,比喻生动,对比鲜明,衬托巧妙,语言质朴,情绪悲凉。

《潼关早发》

早发潼关道,微风动林木。长峡百里去,我行正仆仆。大风变顷刻,万里惨以逐。树杪闻过沙,何须问平陆。我口不可开,我身只匍匐。挽车两少年,行行亦长哭。云是阌乡人,先世有官禄。县官急边粮,十户九逃伏。里长利赂钱,我故苦独速。太平作男儿,庸调天亦福。所恨身不长,筋力易羸瘵。母寡已十年,萧条但空椟。有田不得耕,有事在忽倏。近岁严转输,使者日三复。迢迢百里途,如历经纬轴。我喉亢如火,我行迅如翾。吏来督我行,跃马恨不骛。使者讨押钱,鞭挞褫我服。我冤向执陈,我泪向天瀑。语终心益伤,声吞色犹恧。我感少年语,涕泪沄如漉。皇明百年来,万姓各安育。草木亦有滋,少年尔曷瘝。匈奴二三载,骄气如鸀鷉。主将小儿行,焉能办镤镞。尔居见尔难,不见九边族。一夫八人管,剥削尽膏肉。往者禁军出,人家无完畜。赘力代出役,瘠敝内供谷。土炕亦见夺,何况妻与仆。此本亡赖子,亡命入军牍。三帅皆诡随,安知有钤束。少年尔莫苦,主上正恭穆。行当致雍熙,边庭永安肃。尔身当不劳,尔家亦永复。少年感我言,再拜向天祀。愿主万年寿,保我有饘粥。愿民如春草,长养无践殰。挽车向西去,气色犹睦睦。

诗人清晨从潼关出发,树木在微风中发出响声。狭窄的山谷长达百里,诗人风尘仆仆赶路。顷刻之间刮起大风,方圆万里受到侵害。风沙掠过树梢发出响声,平地更是飞沙走石。诗人无法开口,只能匍匐前行。拉车的两个少年,走着走着开始哭泣。说自己是阌乡人,先祖曾为官。县官紧急催缴军粮,十户中有九户逃跑隐匿。里长收受贿赂,他因此而备受摧残。太平时身为男子,即使纳税也是福气。他身体瘦弱,没有力气。他母亲守寡多年,家徒四壁,钱财匮乏。有田无法耕种,有事十万火急。近年徭役繁重,使者一天催三次。路途遥远艰难。少年口渴难耐,行走如飞,监督他出行的差人策马奔驰。使者讨要钱,剥掉他的衣服,用鞭子抽打。少年有冤无处诉,面对苍天,泪雨如瀑。少年说完更加伤心,强忍悲声,面带羞惭。少年的话触动了诗人,流下伤心之泪。诗人感慨明朝一百多年,百姓安居乐业,草木也得以沾溉皇恩,少年为何命运多舛。这几年匈奴骄横,如鹌鹑一样嚣张,主将如同小儿一般,怎么能使武器完备。诗人告诉少年,你只看到自己的困难,不知道边境的百姓更加悲惨。一个人被八个人管治,官吏肆意搜刮民脂民膏。以往禁军出动,百姓家里的牲畜都被抢走,有力气的外出服役,病弱的在家供给粮草。土炕都被霸占,更何况妻子僮仆。当兵的本来就是无赖,为了逃命才入军籍。将领们都是狡诈虚伪之徒,根本不管束士兵。诗人劝少年不要伤心,皇帝恭敬肃穆,一定能使国家和乐升平,边境永远安定,你不用再劳苦,你家也会好起来。少年听了诗人的话,作揖并向天祈祷。祈求皇帝万寿无疆,保证他有稀饭吃,希望百姓如同春天的草,得到照顾不被践踏。少年拉车向西行,神情极为恭敬。诗中通过两个少年的哭诉,真实描绘了边患、徭役给百姓带来的灾难,诗人对百姓的困苦给予深切同情,对不合理的政策、腐败的官吏、败坏的军纪,进行了无情抨击。此诗构思巧妙,对话传神,针砭时弊,切中肯綮,讽刺辛辣,比喻生动。

(四) 游览诗

《绿野书院作》

不到幽栖处,悠悠将十春。古堂悬见日,静地寂无尘。俎豆思周礼,威仪忆鲁苹。愧非程伯子,何以坐松筠。

绿野书院位于今陕西省武功县。康海曾在绿野书院学习。

诗人已经有十年之久,未到绿野书院。红日当空,古老的书院寂然无声,一尘不染。祭祀遵循周礼,仪式沿用鲁制。诗人惭愧自己不是程颢一类圣贤,没有资格坐在绿野书院的松竹下。绿野书院环境清幽,庄严肃穆,诗人赞颂绿野书院为光大圣贤之道、大兴文教做出卓著贡献,同时感慨自己功业无成,愧对先贤。此诗由今及古,联想自然,对比巧妙,立意深远。

(五) 友情诗

《渼陂宅逢歃湖》

方作城南别,重为鄠杜逢。岂期晨雾里,今日见人龙。邂逅非无意,酩酊谅可从。明朝予北去,何处望仙踪。

康海与好友才在城南离别,又在鄠杜相见,在清晨的薄雾中,看到老友的身影,令诗人倍感欣喜。诗人感慨不期而遇并非巧合,而是真情驱使,即使酩酊大醉也难以排遣思念之苦。明天离开后,不知何时才能相聚。诗人表达了对朋友的深情厚谊以及依依不舍之情。此诗立意新颖,比喻生动,笔墨清新,韵味隽永。

《骊山次壁间韵留寄于腾远》(二首)

思君不能见,空望水西村。徒载华山酒,忧来独闭门。

夜深残月上,寒炉尚余烛。安得同心人,并坐理瑶瑟。

第一首诗,描写诗人想念友人,却难以与其相会,隔河遥望远方,心中怅然若失。徒有美酒,却只能关起门来借酒浇愁。

第二首诗,描写夜深人静,残月当空,炉火熄灭尚有余烬,寒意袭人。诗人对月伤怀,渴望与知音倾吐心声。诗中表达了对友人的思念之情,抒发了知己难求的寂寞。这两首诗笔墨冲淡,意境萧疏,言近旨远,韵味隽永。

《高陵道中怀吕仲木》

寂寞高陵县,悫悫怀大防。义于昆弟切,情视范张长。累辱驰音问,聊能达报章。总令瞻第宅,那复共徜徉。

诗人来到高陵县,倍感寂寞,深情怀念友人。诗人与吕仲木情同手足,友谊堪比范式与张劭。吕仲木常常来信表达关切,自己复信表示感谢。如今即使到了吕仲木家门口,也无法与友人安闲自在地漫步。诗人珍视患难与共的友谊,感念友人的深情,表达了对友人的深切思念之情。此诗用典精当,类比巧妙,语言朴素,情真意切。

《于浒西别业同承裕升之作》

还耕惬初愿,揖世返空林。虽非志士理,已获静者心。嘉宾青云客,枉驾忽相临。携酒共斟酌,张弦扬妙音。义厚情自叶,道合契滋深。漪漪沣川水,幽幽南山岑。相值不相乐,奈此逝者侵。

承裕即王承裕,升之即朱应登。沣水,也称沣河,古称沮水,是漆水河的支流。源出陕西凤翔县,流经岐山县为沣水。

返回田园符合自己的心愿,远离尘嚣幽居山林,这种生活虽不是志向远大者的理想,但也能让超然恬静的人满足。朋友是显达贵客,屈尊来访,诗人感到喜悦。诗人用酒招待客人,用美妙的音乐助兴。彼此情深谊厚,志同道合,友谊如同沣水一样长,南山一样高。时光如流水,一去不返的惆怅,使友人相聚的快乐增添了几分伤感。诗人先故作旷达,后失意伤感,揭示了内心的痛苦。此诗悲喜交加,对比鲜明,比兴巧妙,感慨遥深。

(六)音乐诗

《听韩景文弹琵琶》

关西弟子弹琵琶,武氏成名已三世。胜死忠老传授稀,尚宵已近六十二。要妙誓不教女儿,精微安肯输同事。武功少年韩景文,杳拨檀槽酷能似。撚打钩挑色色精,调停布置俱神异。大曲浑涵小曲嫣,群宫众调无窥避。始知绝艺本天成,谁云末技非难致。清秋八月宾客来,尊俎未列管弦开。立酌停歌两三盏,此声一出人尽骇。仓庚微吟柔桑底,冻竹乍裂淇园限。游蜂逐荨远不歇,曲岭回峦繁更催。千山夜落九天雨,空谷朝惊三月雷。悠扬拂掉转相胜,开喝递互清且哀。铁骑横来长乐坂,神女坐对阳云台。闲庭翻絮去闪烁,绝壑堕石来磓魂。曲曲宛转意态别,三百四十犹往回。忆昔京华公宴日,教坊子弟纷纷出。三院都输张学弹,数年颇会声音悉。以此常夸武氏高,汝今操纵如画一。夜深客醉席屡更,四座嗟咨未忍行。曲终更奏不知旦,户外惊闻繁雀鸣。

关西弟子擅长演奏琵琶,武氏成名已经三代。胜死忠老,无人传

197

授,尚宵已经六十二岁。技艺精深微妙,发誓不传给女子,精益求精,不肯输给同事。武功少年韩景文的弹奏技法与武氏极其相似。指法样样精湛,技巧十分高超。大曲博大深沉,小曲悦耳动听,所有的宫调都能驾驭。可知绝技是天生的,小技并不容易掌握。深秋八月宾客来访,酒筵未开始,音乐响起。歌声停止,喝了两三盏酒,琵琶声传到耳边,令人大吃一惊。仿佛黄莺在初生的嫩绿桑叶下低鸣,淇园的角落春笋刚钻出土,蜜蜂在花间不停地飞来飞去,节奏急促如层峦叠嶂蜿蜒曲折。夜晚,春雨从九霄洒落千山,清晨,三月的春雷在空谷回响。曲调悠扬变化万端,声音嘹亮、清朗、感伤。忽而铿锵有力如铁骑横扫长乐坡,忽而缠绵悱恻如神女坐看阳云台。忽而如闲庭的柳絮在风中飞舞转瞬即逝,忽而如巨石坠入深谷戛然而止。曲子抑扬有致,悦耳动听,大起大落,回环往复。回忆当年京城的琼林宴,教坊子弟纷纷出场献艺。众人都输给张学弹,数年来当时的声音记忆犹新。众人夸赞武氏造诣精深,韩景文的技艺与武氏一样。夜深宾客酣醉,酒席一再更换,大家感叹不已,不忍离去。一曲接着一曲演奏,屋外传来一群喜鹊的叫声,才惊觉已经天亮。武功少年的琵琶演奏技艺精湛,他的演奏出神入化令人心驰神往。此诗尽情渲染,笔墨酣畅,比喻生动,对比巧妙,想象新奇,意境绮丽,虚实相生,韵味隽永。

十六、边贡(1476—1532),字庭实,号华泉,山东省济南市人。弘治九年(1496)进士,为"弘治十才子"、"前七子"、"弘正四杰"之一。著有《华泉集》14卷,收录其诗1378首。何良俊评价:"世人独推何、李为当代第一,余以为空同关中人,气稍过劲,未免失之怒。张大复之俊节亮语,出于天性,亦自难到,但工于言句,而乏意外之趣,独边华泉兴象飘逸,而语亦清圆,故当共推此人。[①]"王世贞评价:"边庭实如洛阳名园,处处绮卉,不必尽称姚魏;又如五陵裘马,千金少年。[②]"沈德潜评

① 何良俊《四友斋丛说》,上海古籍出版社,2012年,第171页。
② 王世贞著,陆洁栋、周明初批注《艺苑卮言》,凤凰出版社,2009年,第82页。

价："华泉边幅较狭,而风人遗韵,故自不乏。李、何、边、徐并名,有以也。[1]"陈田评价:"华泉古诗佳作不及何、李之多,律诗翩翩,自是风流一代人豪。[2]"边贡的咏陕诗为赠别诗。

《送丁考功秉宪之关中》

莺花如锦豸袍新,建节西行及好春。周礼职方分二陕,汉都形胜说三秦。天浮紫气函关动,雨洗青莲华岳真。藻思还应有神助,诗成先寄故乡人。

莺啼花开美景如画,丁秉宪走马上任,他在春光明媚之际出使陕西,周代疆土有陕西和陕东之分,汉代建都长安,三秦山川壮美。函谷关紫气东来,雨后,华山景色秀美。作文的才思有神明相助,写好诗先寄给家乡友人。边贡作诗为友人送行,赞美陕西历史悠久、文化深厚、风景壮丽,表达了对朋友的祝愿和挂念。此诗联想巧妙,想象生动,意境雄壮,气势豪迈。

《送潘伯振守汉中三首》

石栈凌云鸟路赊,汉中城府枕三巴。风林落叶猿声满,那得行人不忆家。

白马河边春日晴,黄牛山下百花明。家家耒耜居民出,太守来时亲课耕。

金州户曹张凤翔,埋玉空山宿草长。天上故人驱五马,经过流涕问孤孀。

第一首诗,描写栈道架在云端,路途艰险遥远,汉中城靠近四川。风吹过树林,落叶萧萧,猿鸣之声,在山间回荡,眼前的景物触动游子对故乡的思念。此诗联想巧妙,意境旷远,笔墨冲淡,情绪感伤。

第二首诗,描写白马河畔春光明媚,黄牛山下百花盛开,农人出门耕田,太守亲自督促劳作。此诗白描生动,意境清丽,对比巧妙,气韵

---

① 沈德潜《明诗别裁集》,上海古籍出版社,2013 年,第 107 页。

② 王云五主编,陈田辑《万有文库·明诗纪事》,商务印书馆,1936 年,第 1115—1116 页。

浑成。

第三首诗,描写金州户曹张凤翔,他的才华被埋没在穷乡僻壤,已故太守虽然升天,却念念不忘活着的亲人。诗人对友人的遭遇深感不平。此诗今昔对比,想象新奇,虚实相生,情真意切。

十七、顾璘(1476—1545),字华玉,号东桥,江苏省苏州市人。弘治九年(1496)进士。顾璘与陈沂、王韦号称"金陵三俊",与刘麟、徐祯卿被称为"江东三才",与李梦阳、何景明等人并称"十才子"。顾璘著有《息园诗稿》14 卷、《息园文稿》9 卷、《凭几集》7 卷、《浮湘稿》4 卷、《山中集》4 卷、《缓㤂集》1 卷,存世诗歌 1900 余首。钱谦益评价:"所与游若李献吉、何大复、徐昌谷,相与颉颃上下,声名籍甚。诗矩唐人,才情灿然,格不必尽古,而以风调胜,延接胜流,如恐不及。①"顾璘的咏陕诗为咏史诗。

《扶风豪士歌》

蛟龙一勺水四海,观滂沱、举头笑,凤凰空鸣岐山阿。扶风贤士昂藏身,中隐磊落之经纶。时来仗策谒明主,襟期直与夔龙亲。世事悠悠不自保,反复浮云变昏晓。丈夫有志不得伸,抱关老却夷门道。君不见,长沙贾傅称少年,口吐礼乐翻云烟。堂中绛灌一侧目,枉杀吴公推毂贤,又不见,汉家旧日李将军,百战孤军陷塞垣。可怜狱吏摇空笔,遂令妻子俱烦冤。焚却头上冠,且制芙蓉衣。君看避矰雁,直入青云飞。鲁连竟蹈东海水,夷齐独采西山薇。生乏功名映麟阁,何用失路长依依。对君解却腰间剑,归觅磻溪旧钓矶。

蛟龙只要有一勺水就能畅游四海,看到广袤的流水,抬头欢笑。凤凰在岐山下鸣叫。扶风豪士仪表雄伟,气宇不凡,具有治国的抱负和才能。时机来临,顺应时势,拜见明主,襟怀坦荡,堪为辅弼良臣。世上的事无法预料,自身难保,阴晴不定,反复无常。大丈夫壮志难酬,卑微贫病终其一生。贾谊年少有为,熟知礼乐,潇洒自如,然而,殿

---

① 钱谦益《列朝诗集小传》上册,上海古籍出版社,2008 年,第 339 页。

堂上,周勃、灌婴却斜眼旁视,白费了吴公举荐贤才的好意。李广身经
百战,孤军落入埋伏,刀笔吏无中生有,肆意诬陷,使其妻儿心中愤懑。
烧掉头上的帽子,缝制芙蓉衣。躲避箭矢的大雁,在天上飞翔。鲁连
在东海隐居,伯夷、叔齐在西山采薇。生前没有建功封侯,不必迷失正
道,对名利恋恋不舍。解下佩带的剑,回去到磻溪钓鱼。诗人笔下的
扶风豪士文武双全,却怀才不遇。诗人渴望建功立业,却没有施展才
华的机会,综观贾谊、李广等贤能之人大多命途多舛,诗人顿时醒悟,
不再留恋功名利禄,毅然效仿鲁连、夷齐归隐山林。此诗借古喻今,类
比巧妙,用典频繁,比喻生动,笔墨酣畅,气韵浑成,感悟深刻,思致
超然。

十八、朱应登(1477—1526),字升之,号凌溪,江苏省宝应县人。
弘治十二年(1499)进士,与李梦阳、何景明等并称"十才子",又与顾
璘、陈沂、王韦并称"金陵四家"。朱应登著有《凌溪集》18卷、《存笥集》
1卷,存世诗歌430余首。"其生平惟以北地为宗,故诗文格调相近,然
沉著顿挫处,则才力不及梦阳。①"王世贞评价:"朱升之如桓宣武似刘
司空,无所不恨。②"胡应麟评价:"弘正间,诗流特众,皆追逐李、何,士
选、继之、升之、近夫,献吉派也。③"顾起纶评价:"升之情过其才,亦时
有新语。④"钱谦益评价:"西涯长于诗文,以主张风雅为己任。后进有
文者如邵二泉、钱鹤滩、顾东江、储柴墟、汪石潭、何燕泉辈,皆出其门
下。而李、何、康、徐及菱溪辈,自立门户,不为其所牢笼。⑤"朱彝尊评
价:"李、何并兴,李目空诸子,自三秦而外,得其门者盖寡,心摹手追,
凌溪一人而已。⑥"陈田评价:"究其才品,在子衡之下,康、王之上。⑦"

① 永瑢《四库全书总目》,中华书局,1965年,第1567页。
② 王世贞著、陆洁栋、周明初批注《艺苑卮言》,凤凰出版社,2009年,第82页。
③ 胡应麟《诗薮》,中华书局,1958年,第348页。
④ 王云五主编、陈田辑《万有文库·明诗纪事》,商务印书馆,1936年,第1130页。
⑤ 钱谦益《列朝诗集小传》上册,上海古籍出版社,2008年,第342页。
⑥ 朱彝尊《静志居诗话》上册,人民文学出版社,1990年,第268页。
⑦ 王云五主编、陈田辑《万有文库·明诗纪事》,商务印书馆,1936年,第1130页。

正德六年至八年(1511—1513),朱应登任陕西提学副使,当地百姓将他与杨一清、王云凤并称为"三先生"。朱应登的咏陕诗为山水诗、纪行诗、怀古诗。

(一) 山水诗

《登王孙亭望华岳》

华岳遥瞻势已雄,河流入望更无穷。群山总出三峰下,众水同归九曲中。绝塞衣冠通上国,行人车马入新丰。汉家陵邑依然在,拟赋西都恐未工。

诗人远眺华山,华山气势雄伟。山脚下河流浩浩汤汤,三峰挺立,群山匍匐其下,小河汇入蜿蜒曲折的黄河。此地虽然偏僻但文明礼教如同京师,车马进入新丰,汉朝的陵阙依旧,激发了诗人创作西都赋的热情。此诗对比巧妙,联想自然,笔力遒劲,气势壮阔,意境雄浑。

(二) 纪行诗

《褒城道中》

苍莽昼难分,崎嶔自昔闻。岩居低附谷,磴道直披云。马踏经寒雪,鸦翻未夕曛。西夷通蜀路,因诧长卿文。

无边无际的崇山峻岭,即使在白天也无法望到头。久闻蜀道艰难崎岖。人们居住在深谷中,登山的道路十分陡峭。马行走在雪上,乌鸦在夕阳下飞过。司马相如的奇文发挥作用,蜀道连通了西南边疆。此诗文思灵动,联想巧妙,大笔勾勒,意境雄壮。

《同州道中》

华岳连冯翊,黄图别附庸。长风开万壑,落日隐三峰。野望浮埃合,乡心远树重。幽求今未得,犹自抗尘容。

同州即今陕西省渭南市大荔县。

华山远接同州,依托长安,山谷中远风猎猎,夕阳隐没在三峰后。远望四野,景物笼罩在尘埃之中,树木遮挡了视线,思乡之情油然而生。诗人要寻找的目标尚未达到,依然独自与世俗抗衡。此诗笔力雄健,气势壮观,意境萧疏,联想巧妙,立意高远。

《再过同官道中作》

浮云细细雨还晴,客思车尘喜暂清。山馆重来应识面,野花空好不知名。长林树转回征盖,远戍烟消出候旌。日落兴阑犹信马,荒城夜火断人行。

同官,即今陕西省铜川市。

雨过天晴云彩稀薄,客中游子的思绪变得欢畅,暂时忘却奔走的辛劳。重到山中的馆驿,彼此算得上旧相识,路边叫不上名字的野花开得正好。树林遮住了远行的车,边境的烽烟消散。夕阳西下,意兴阑珊的诗人信马由缰,夜幕降临,荒凉的城中没有行人。此诗白描传神,拟人生动,意境闲静,言近旨远。

《凤县道中》

山下条梅动早春,山腰栈阁倍愁人。江流滚滚西通蜀,斜谷峣峣北控秦。物色向阳犹晻蔼,客心随马共逡巡。羊肠鸟道开天险,骋望临高发兴新。

山下的梅花在早春开放,山腰的栈道让人发愁,河水奔流,西边与蜀相通,峡谷险峻,北面扼守秦地。向阳的景物依然阴暗,行人和马踟蹰不前。地势险要处仅有逼仄的道路,登高望远,感受新奇。此诗移步换景,视角多变,笔墨冲淡,意境雄奇,情绪起伏,对比巧妙。

《子午谷》

黄金峡里波如练,子午山前石似攒。行旅相逢多蜀客,路旁炊黍具朝餐。

峡谷中的水波如同白练,山前乱石堆积。路上的旅客多是蜀人,行人在路旁烧火做早饭。此诗白描生动,比喻形象,笔墨清新,地域特色鲜明独特。

《渡汉江》

鸡鹙鹭鹚绕船飞,翠筱青杉照晚晖。无限好怀消不尽,江南风景梦中归。

汉江上水鸟翱翔,翠竹、青杉沐浴着夕阳的余晖。美好的兴致持续不断,眼前的景物如同梦中的故乡。此诗虚实相生,对比巧妙,笔墨淡远,意境清丽。

《渭南道中》

历历晨光树外明,西来几日又东行。骊山自绕秦宫尽,渭水空萦汉时平。岂有芳菲通旧苑,只惊禾黍暗高城。凭谁指点兴亡地?岁晚令人百感生。

树林外,晨曦明亮,景物清晰可见,诗人东奔西走,风尘仆仆。骊山环抱着秦始皇陵,渭河流过汉代帝王祭祀之处。昔日的苑囿一片荒芜,禾黍掩没了破旧的城池,在这饱经兴衰的地方与谁评说历史,夕阳下诗人百感交集。此诗抚今追昔,虚实相生,对比巧妙,意境苍凉,情绪感伤,韵味隽永。

(三)怀古诗

《秦岭道中谒昌黎先生祠》

谪官初程此度关,不禁风雨满前山。忠诚敢抗衰年疏,感激愁看从子言。自分咸京成死别,讵知炎海复生还。瑶琴一曲拘幽操,千古论心相此间。

诗人想象韩愈被贬经过秦岭,凄风苦雨,前路茫茫。韩愈忠心耿耿,不顾年老,上疏犯颜直谏,贬谪途中,满怀愁绪,亲人的安慰令他感动。自以为长安一别成为永诀,哪里想到还能从荒蛮之地生还。抚琴抒发高尚情操,诗人在此与古人倾心交谈。此诗构思巧妙,立意新颖,驰骋想象,虚实结合,浑然天成。

十九、唐龙(1477—1546),字虞佐,号鱼石,浙江省兰溪市人。正德戊辰(1508)进士。唐龙著有《渔石集》4卷、《关中稿》2卷,存世诗歌560余首。"其文颇具浩瀚之气,诗尤长于五言。然集中自朱彝尊诗话所摘数联以外,亦复罕逢佳句矣。[①]"黄省曾评价:"所传记序杂著若干首,逸健豪峻,多类子长。诗之形似赋,实若杜甫,而兴格并张九龄诸

---

① 永瑢《四库全书总目》,中华书局,1965年,第1572页。

能哲。和乐新缛，无凄郁之响。然皆章妥字安，跻究堂奥。①"康海评价："尔雅正大，舂容涵浑，可与今昔名家颉颃。②"嘉靖五年(1526)，唐龙任陕西提学，嘉靖十年，陕西饥荒，边境告急，唐龙总制三边。唐龙的咏陕诗题材丰富，有民生诗、纪行诗、怀古诗。

（一）民生诗

《栈道雨中》

八月八日雨，九月还淙淙。溪田叠波浪，石溪斗蛟龙。虏躁烽常举，民残岁复凶。家家相向哭，边塞税难供。

秋雨连绵，稻田淹没，溪水暴涨，洪水泛滥。边患危急，百姓生活困苦又逢灾年，真是雪上加霜，家家户户哭声四起，无力承担繁重的赋税。此诗层层铺垫，蓄势巧妙，比喻生动，情绪悲凉。

（二）纪行诗

《子午岭》

岭名分子午，天险限西东。剑阁千人废，吴山一箭雄。云封关树黑，日出塞门红。远道悲游子，驱车背朔风。

子午岭是隔断南北东西的天险，剑阁能阻挡千军万马，吴山一夫当关万夫莫开。云雾笼罩的子午岭上树木茂密，太阳当空，把城门映照得通红。游子长途跋涉，内心充满悲伤，乘车背对着呼啸的北风。此诗夸张生动，对比鲜明，笔力遒劲，意境雄奇。

《赦书坪渡渭》

渭北津多柳，荒荒野色连。十家桥外市，双橹峡中船。冰响潜鱼听，沙明过鸟怜。蹉跎归色晚，风雪又残年。

渭河渡口遍植柳树，在原野上连成一片。小桥连接着集市，船从峡谷中穿越。冰面发出响声，藏在水下的鱼儿静听，月光照亮沙洲，飞鸟心生同情。诗人感叹浪费光阴，身不由己，老迈之躯难以

---

① 唐龙《渔石集》，中华书局，1985年，第5页。
② 唐龙《渔石集》，中华书局，1985年，第9页。

抵御风雪的侵袭。此诗白描生动,拟人传神,意境闲远,情绪哀伤。

《过邠州有感》

客路千山外,春光二月中。独怜乡井异,犹喜岁时同。门涨桃花雨,溪含杜若风。依然看燕子,何以附冥鸿。

山重水复,长路漫漫,早春二月,游子背井离乡,孤独寂寞,家乡此时春光明媚。桃花盛开时,雨后小河涨水,溪水边杜若花迎风摇曳。依然等候燕子飞来,如何能让高飞的鸿雁捎带家书。此诗虚实结合,想象生动,悲喜交加,衬托巧妙,意境淡远,韵味隽永。

《宝鸡晓发宿东河桥》

人事静偏好,客怀秋转凄。穿云蹑飞峤,逐雨度回溪。野鹿避人走,山禽向我啼。荒凉驿亭晚,松叶暗青藜。

人世间的事没有比安定更好的,秋天触动了游子的愁绪。诗人钻入云雾,小心翼翼行走在高悬的山道上,冒雨渡过奔腾的溪流。野鹿见人惊跑,山禽对人啼叫。晚上来到荒凉的驿站,松明的光亮微弱,景物昏暗。此诗白描生动,拟人传神,意境清幽,情绪感伤。

(三) 山水田园

《凤县》

水面晴光动,山间雨色微。黄牛出樵径,白鹭晒渔矶。欲听农人诉,先令候人归。萧萧逢九日,山县菊花稀。

阳光照映在水面上,波光粼粼,山间的景色朦胧。黄牛从小路上出来,白鹭在石头上晒太阳。诗人想从农民那里听到真心话,先打发走当地陪同的官员。偏僻小县的重阳节冷落凄清,菊花稀少。此诗白描生动,笔墨清新,意境淡远,对比巧妙,言近旨远。

《褒城》

地势雄临汉,风声远接巴。雾深城市隐,日照谷门斜。鸟道悬青壁,龙江走黑沙。未观诸葛垒,先问子真家。

褒城地理位置重要,雄踞汉水之滨,风俗与巴蜀相同。城市笼罩

206

在云雾中,太阳出来才显露真面目。狭窄陡峭的山路悬挂在绝壁上,水深流急,充满乱石险滩。诗人不急于拜谒诸葛亮的旧营垒,而是先打听郑朴的故居。诗人抒发了对归隐的向往之情。此诗笔力遒劲,意境雄奇,对比巧妙,韵味隽永。

(四)怀古诗

《岐山二首》

古道黄云里,荒城落日前。岩林遗鲁殿,畎亩变秦川。

滴滴梧桐雨,离离禾黍天。凤凰今不至,忽复几千年。

第一首诗,描写古道上沙尘飞扬,夕阳落到荒凉的古城背后,原野上残存着周朝的遗迹,斗转星移,时过境迁,田地变成平川。

第二首诗,描写雨打在梧桐树上,宫殿毁坏,庄稼茂盛,一望无际。转瞬几千年过去了,在岐山早已听不到凤凰的鸣叫。

诗人抒发了思古幽情。这两首诗抚今追昔,对比鲜明,意境苍凉,情绪怅惘,言近旨远,韵味隽永。

二十、徐祯卿(1479—1511),字昌谷、昌国,江苏省苏州市人。弘治十八年(1505)进士,徐祯卿是"吴中四才子"之一,也是"前七子"的成员。徐祯卿著有《迪功集》6 卷、《迪功外集》2 卷、《徐迪功别稿》5 卷、《诗谱》3 卷、《太湖新录》《朝正归途倡和》《谈艺录》《新倩籍》《异林》《翦胜野闻》各 1 卷,存世诗歌 530 余首。钱谦益评价:"与北地李献吉游,悔其少作,改而趋汉、魏、盛唐,吴中名士颇有'邯郸学步'之谓。然而标格清妍,摛词婉约,绝不染中原伧父槎牙鼻兀之习,江左风流,故自在也。[1]"徐祯卿的咏陕诗为咏史诗。

《拟古宫词七首》(其一)

兴庆池头漏未阑,梨园弟子曲将残。花前更进宫州伎,无那西凉月色寒。

夜深,兴庆宫依然热闹,梨园子弟的演奏即将结束,又呈上宫州

---

① 钱谦益《列朝诗集小传》上册,上海古籍出版社,2008 年,第 301 页。

伎,此时,西凉月光清寒,令人无可奈何。此诗对比巧妙,意境苍凉,讽刺委婉,言近旨远,耐人寻味。

二十一、吕柟(1479—1542),字大栋、仲木,号泾野,陕西省西安市人。正德三年(1508)状元。吕柟著有《泾野先生文集》38卷、《泾野先生别集》13卷,《泾野先生别集》收录其诗1660余首。"柟之学,出薛敬之,敬之之学,出于薛瑄,授受有源,故大旨不失醇正。颇刻意于字句,好以诘屈奥涩为高古,往往离奇不常,掩抑不尽,貌似周、秦间子书,其亦渐渍于空同之说者欤。[①]"吕柟的咏陕诗为赠答诗、怀古诗。

(一) 赠答诗

《和何提学过华清殿韵》

古殿栖岩石,客怀怆物华。碧云犹绣岭,春月照谁家?戏水鸥如雪,新丰树自花。长空一鸟过,白日好餐霞。

华清宫依山而建,自然景物令游子伤情。骊山依然矗立云中,如今月光照在谁家的庭院。如雪的白鸥在水中游弋,新丰的树木依然花开花落。天空飞过一只鸟,如此时光便于修仙学道。诗人感叹朝代更迭,日月永恒,世事沧桑,草木无情。此诗抚今追昔,设问精警,意境清空,感悟深刻,言近旨远。

(二) 怀古诗

《谒横渠祠》

二月入惇物,载谒横渠祠。春桃杂芳涧,好鸟鸣天枝。绿野终南翠,含情实在兹。昂求曾凤夜,人亡道未涯。撤皋下程氏,执礼西仲尼。《表时》脱支蔓,《订顽》那有私?瞻依真气象,无复梦中疑。兹邦有君子,迹殊路不歧。豪迈存余烈,高怀有我知。鹏飞要扶摇,鲲化自天池。斯文应不斩,白日令见之。

诗人二月来到武功,拜谒横渠祠。山谷里,百花盛开,桃花吐露芬芳,美丽的鸟儿在新长出的树枝上鸣叫。苍翠的终南山矗立在绿色的

---

① 永瑢《四库全书总目》,中华书局,1965年,第1571页。

原野上,对这片土地充满深情。夜以继日地寻求,先贤虽然逝世,道却难以穷尽。张载曾撤坐辍讲,认为自己不如二程,张载执守礼制,成为关学宗师,赢得尊崇。《表时》深得要领,《订顽》纯正无私,对张载的精神、气度充满敬仰依恋,消除了迷惑与怀疑。武功有康海这样的君子,事迹突出,方向正确。胸襟宽广,洒脱豪放,继承先贤遗留的功业,志向高远,见解独到。大鹏乘风飞翔,大鲲非北海不能养成,礼乐教化不会断绝,让时间来见证吧。此诗立意高远,用典精当,化用巧妙,比喻生动,虚实结合,笔力雄深。

《谒后稷祠作》

夫子天下烈,播谷广炎皇。苴茅当兹土,种德邈无疆。有口皆食力,罔极齐穹苍。二月武功曲,鹦鸣柳半黄。星言拜古祠,陟山云中翔。烟川睇春县,览极独惨怆。风尘翳寰宇,羸黎裂肺肠。缅惟躬稼泽,谁可使均穰。

后稷的美名天下传扬,播种五谷使炎黄子孙得以繁衍生息。唐尧分封后稷于有邰,后稷所施的恩德广大无边。所有的人都自食其力,后稷的丰功伟绩像苍天一样难以穷尽。二月的武功县的乡村,鸟在嫩黄的柳树上鸣叫,晴天诗人拜谒后稷祠,上山如同在云中飞翔。观赏轻雾笼罩的原野上的春色,望到尽头,心中充满凄楚忧伤。尘世昏暗不明,百姓贫困,内心痛楚。遥想后稷亲自稼穑的功德,感叹如今谁能让苍生丰衣足食。此诗吊古伤今,联想巧妙,比喻形象,格调高古。

二十二、敖英(约 1479—1563),字子发,号东谷,江西省樟树市人。正德十六年(1521)进士。著有《心远堂文草》1 卷、《心远堂诗草》1 卷、《慎言集训》2 卷、《绿雪亭杂言》1 卷、《东谷赘言》2 卷、《古文短篇》2 卷、《霞外杂俎》1 卷等。《西江志》评价:"子发在当时盛有诗名,人称之为敖清江。[①]"陈田赞赏:"不随时好为步趋者,诗亦有标致。[②]"

---

①② 王云五主编,陈田辑《万有文库·明诗纪事》,商务印书馆,1936 年,第 1578、1579 页。

嘉靖七年至十年(1528—1531),敖英任陕西提学佥事。敖英的咏陕诗为赠答诗。

《陪游辋川四绝呈两峰先生》

石齿登登路几盘,野云光映玉骢寒。千秋遗迹犹堪画,却胜山阴镜里看。

云壑风泉草兴悲,辋川不似盛唐时。向看高兴浑闲事,凝碧池头独有诗。

蜀栈青骡不可攀,孤臣无计出秦关。华清风雨萧萧夜,愁绝江南庾子山。

香火迢迢鹿苑深,游人到此诵唐音。更怜母塔东头水,照见当年孝子心。

第一首诗,描写山石嶙峋,盘旋曲折的小路上传来马蹄声,阳光透过云彩散发出光芒,骏马在寒风中缓缓行进。王维生活过的地方,景色依然优美,胜似看得见摸不着的镜花水月。

第二首诗,描写云气弥漫的山谷、微波荡漾的清泉、飒飒作响的草木牵动诗人的愁绪,辋川今非昔比,失去盛唐的景象。被裹胁的官员们面对叛军的倒行逆施是否高兴,无关紧要,被拘禁的王维听说此事,写了《凝碧池》。

第三首诗,描写唐玄宗骑青骡从栈道入蜀,王维不能扈从,孤立无助的王维被困长安,无法逃出关中。血雨腥风,华清宫毁于兵燹,冷落凄清的夜晚,王维无比伤心,如同当年江南游子庾信被困北方而愁肠寸断。

第四首诗,描写幽静的鹿苑香火绵延不断,游人到此即吟诵唐诗。王维母亲墓地东边的溪水,令人想起诗人赤诚的孝心。

诗人拜谒王右丞祠,表达了对王维的惋惜与同情。这组诗抚今追昔,虚实结合,想象生动,对比鲜明,笔墨冲淡,意境凄清,言近旨远,韵味隽永。

二十三、孙承恩(1481—1561),字贞甫,号毅斋,上海市人。正德六年(1511)进士。著有《漻溪草堂稿》58卷。"其文章亦纯正恬雅,有明初作者之遗。①"陆树声评价孙承恩"博稽闳览,邃诣渊蓄,故出之撰述类皆深厚尔雅,纡徐委密,不钩棘而匠意闳深,不雕镂而藻思芊绵,不拟躐而动引绳矩。春容典致,卓乎大雅。譬之冠冕佩玉,委蛇中度,铿登在列,苍然古色。②"孙承恩的咏陕诗为山水诗。

《西乡山行》

春山风日尽,怀抱向晴开。乱石分流水,悬崖簇野梅。林筛天一线,壁拱绣千堆。鸟道双溪上,樵鱼归去来。

西乡即今陕西省西乡县。

春天山里天气晴朗,诗人心情舒畅。小溪穿过乱石,悬崖边生长着野梅。茂密的树林里透过一缕阳光,峭壁被万紫千红的群峰环抱。险峻的山路下有小河,渔翁与樵夫行走其间。此诗白描生动,笔墨清新,意境闲远,拟人传神,言近旨远,余味无穷。

二十四、何景明(1483—1521),字仲默,号白坡、大复山人,河南省信阳市人。弘治十五年(1502)进士,"前七子"之一。何景明著有《何大复先生集》38 卷、《雍大记》36 卷、《何大复先生学约古文》10 卷、《大复论》1 卷、《何子杂言》1 卷等,存世诗歌 1610 余首。胡应麟评价:"古诗全法汉魏,歌行短篇法杜,长篇王、杨四子,五七言律法杜之宏丽,而兼取王、岑、高、李之神秀,卒于自成一家,冠冕当代。③"正德十三年至十六年(1518—1521),何景明任陕西提学副使。何景明的咏陕诗题材丰富,有山水田园诗、咏史怀古诗、游览诗、友情诗、风俗诗。

(一) 咏史怀古诗

《鸿门行》

沛公昔日纷义军,旌旗十万西入秦。山东诸侯皆后至,咸阳万姓思为臣。项王东来怒如虎,置酒朝会鸿门下。门前壮士拥盾入,座上

---

① 永瑢《四库全书总目》,中华书局,1965 年,第 1502 页。
② 张雨晨《明代上海地区诗文集序跋整理与研究》,上海师范大学硕士学位论文,2019 年,第 166 页。
③ 胡应麟《诗薮》,中华书局,1958 年,第 334 页。

小臣拔剑舞。争雄较胜未可量,相看杯酒成仓皇。挥刀醉击玉斗碎,揽带空悬宝玦光。沙邱城边祖龙死,芒砀山旁匿天子。泽中夜闻白蛇断,霸上朝看赤云起。君不见,刘郎供帐出秦宫,宫中火照三月红。英雄为谋自有术,亚父徒知杀沛公。

昔日刘邦在沛县起兵抗秦,率领十万军队入关中。其他诸侯在其后入秦,咸阳百姓臣服于刘邦。项羽入关后,威势如虎,在鸿门设宴与刘邦会面。樊哙持盾保护,项庄舞剑欲杀刘邦。刘、项双雄较量,势不两立,刘邦听从张良的计谋逃走。范增愤怒,挥刀撞碎玉斗,项羽腰间悬挂着的玉玦闪着寒光。秦始皇死于沙邱,芒砀山隐藏着真命天子。刘邦曾经在湖沼斩杀白蛇,他与项羽对峙,霸上红云笼罩。刘邦离开咸阳后,项羽放火烧了宫殿。英雄的谋略各自不同,范增只知道杀掉刘邦。诗人以鸿门宴的史实为依据,评价历史人物的功过。此诗驰骋想象,虚实相生,对比鲜明,讽刺委婉,见解独到,发人深省。

《过华清殿》

冬驻华清殿,千秋想翠华。青山无帝宅,荒草半人家。雪下汤泉树,春回绣岭花。长安望不还,谁见五陵霞。

诗人冬天游览骊山,遥想华清宫当年的辉煌。如今骊山没有帝王的行宫,荒草中都是民居。冬天,白雪覆盖了山中的树木。春回大地,骊山鲜花烂漫。眺望长安,看不到沐浴着晚霞的五陵。诗人抒发了思古幽情,表达了壮志难酬的无奈。此诗抚今追昔,对比鲜明,笔墨冲淡,意境苍凉,言近旨远。

《五丈原谒武侯墓》

风日高原暮,松杉古庙阴。三分扶汉业,万里出师心。星落营空在,云横阵已沉。千秋一瞻眺,梁甫为谁吟。

观赏五丈原傍晚的风光,武侯庙掩映在松树丛中。诸葛亮谋划三分天下之策,辅佐刘备匡复汉室,南征北战,忠心耿耿,鞠躬尽瘁。出师未捷,将星陨落,八阵图上的云气飘散。贤士遇明主的幸事,千年来只有诸葛亮遇上了;如今即便作《梁甫吟》,又去何处寻找英明之主呢?诗人对诸葛亮的丰功伟绩充满景仰,抒发了生不逢时,怀才不遇的苦闷。此诗抚今追昔,对比鲜明,设问精警,情绪感伤。

《说经台》

西海何年去? 南山万古存。风云留福地,星斗上天门。有欲谁观妙,无为自觉尊。青牛不复返,空诵五千言。

老子去西方的时代何其久远,终南山万古长存。楼观台是神仙所居之处,天上星星璀璨。有欲望,则难以发现道的精妙,顺应自然,则为万物所尊崇。老子不再降临人世,后人只能诵读道德经。诗人游说经台,了悟老子无为妙道,产生隐遁终南山之意。此诗对比鲜明,化用巧妙,感悟深刻,富有哲理。

《咸阳原》

千秋陵墓地,驻马惜兹行。晚日登原殿,晴天见渭城。望春时极目,访古独含情。奈有咸阳草,风吹岁岁生。

咸阳有千年的帝王陵墓,诗人停下马,对这次旅行倍感珍惜。日暮时分,诗人站在原上,天气晴朗,咸阳城尽收眼底。远望春天的景象,满含深情探寻古迹。可叹咸阳原上的野草依然一岁一枯荣。诗人表达了今非昔比的怅惘之情。此诗抚今追昔,情绪感伤,笔墨冲淡,意境苍凉,对比巧妙,言近旨远。

《秦岭谒韩祠》

扪萝登峻岭,级石上荒祠。雪阻南迁路,云停北望时。文衰真有作,道丧已前知。千载经行地,高山空有思。

韩愈祠,位于今陕西省商州市的秦岭山中。

诗人抓住藤萝登上秦岭,拾级而上拜谒韩愈祠。诗人想象韩愈被贬谪途中受困于大雪,在阴云密布的山上遥望北方的情景,赞美他振兴古文、弘扬道统的功绩。站在韩愈当年到过的地方,面对高山油然而生无限景仰之情。此诗虚实结合,想象生动,笔墨淡远,意境雄浑,韵味隽永。

《拜将坛》

汉王西封日,淮阴拜将时。坛场如往昔,朝代几迁移。王气风云歇,雄图日月垂。江山吊故国,谁复见旌旗?

拜将坛,亦称拜将台,位于今陕西省汉中市。

拜将坛是汉王刘邦拜韩信为大将军时所筑,朝代几经更替,拜将坛依然存在。汉朝已经灭亡,但韩信的雄才大略却与日月同辉。只有河山为前朝往事伤怀,再也看不到凯旋的旌旗。此诗对比巧妙,意境苍凉,拟人生动,情绪感伤。

《磻溪》

丈人昔未遇,垂钓此溪中。不感风云会,谁知八十翁。晚枫渔浦暗,春草猎原空。独令千载下,怀古意无穷。

在没有得到周文王赏识时,姜子牙曾在磻溪垂钓,如果没有遇到好机会,世人就不知道这个八十岁的老人是谁。日暮时,枫树掩映的河边捕鱼之处变得幽暗,长满春草的广阔猎场显得空旷。后人至此,心中充满无限思古幽情。此诗抚今追昔,感悟深刻,意境旷远,韵味隽永。

《鹿苑寺》

旧宅施为寺,青山属野僧。高人不可见,胜迹已无凭。色籍荒庭草,阴垂古殿藤。千崖一微径,异代几攀登。

鹿苑寺,是王维辋川别业故址,在今陕西省蓝田县境内。

王维把母亲的故宅舍为寺庙,辋川山水为僧人所有。诗人感叹王维逝去,辋川的遗迹无处辨认。荒芜的土台上野草萋萋,废弃的殿堂藤蔓密布,格外阴暗。群山中的这条小路,走过一代又一代来此拜谒的人。此诗抚今追昔,对比鲜明,笔墨淡远,意境苍凉,情韵深永,余味无穷。

《草堂寺》

昔读《高僧传》,今看胜地形。院寒留桧柏,殿古落丹青。宝塔参遗影,荒台问译经。驻车春日暮,散步出林扃。

　　诗人昔日读《高僧传》，对草堂寺无限憧憬，今日游草堂寺了结心愿。草堂寺桧柏密布，阴凉清爽，殿堂日久，壁上的绘画已经剥落。诗人拜谒鸠摩罗什的舍利塔，寻访他译经的遗迹。在春天的傍晚停下车，漫步林野间。此诗抚今追昔，对比巧妙，笔墨淡远，意境清幽，言近旨远，韵味隽永。

（二）山水田园诗

《望终南》

　　近览南山霁，遥迎昔日曛。黛横千里色，花抱五台云。城阙行相映，川原望转分。丹梯悬石洞，未访赤霞文。

　　雨过天晴，近看终南山，沐浴着落日的余晖。青黑色的山峦绵延千里，南五台的云霞色彩斑斓。长安城与终南山相互映衬，远望，河流与平原变得分明。寻仙访道之路通往悬空的石洞，难以去拜访仙人。诗人表达了渴望隐逸但不能的无奈。此诗视角多变，转换巧妙，笔力雄健，气势豪迈，意境壮丽，情绪怅然。

《渡泾渭》

　　北回乱泾渭，东眺极澄瀛。落日两荡潏，遥天双带萦。波流互明灭，岸圻屡崩惊。隔树望回合，分涛扬浊清。堰渠饶上壤，形势迥西京。漕挽通秦甸，津梁跨汉城。湮沉九州会，雄壮八川名。空把入河志，复合浮海情。风沙满世路，云浪渺江程。鹊去星鸿远，鲸翻雾岛轻。片帆傥可借，万里自兹行。

　　由北而来泾渭相汇，极目远眺，向东流入大海。落日下两条河波光粼粼，像萦绕天边的两条丝带。两条河一明一暗，惊涛常常冲垮堤岸。隔着树从远处看，河水浑然一体，近看则清浊分明。河两岸的土壤肥沃，物产丰富，地势高于西京。水陆通往秦的郊外，桥梁连接着汉长安城。长安曾是名闻天下的都城，八水环抱，气势雄伟壮观。诗人壮志难酬，产生隐逸之情。世路艰险，前途渺茫，乌鹊高飞，星汉无垠，像鲸一样乘风破浪，到达云雾缭绕的仙岛。如果有船，从此扬帆远行万里。此诗抚今追昔，驰骋想象，对比鲜明，意境雄奇，联想巧妙，寓意深远。

《辋川》

飞泉万壑通蓝水,仄径千峰入辋川。野老岂知旌节到,世人空作画图传。鼋鼍岸坼深无地,鸡犬林开忽有天。即此买山堪避俗,桃源何必访神仙。

层峦叠嶂绵延起伏,瀑布汇入灞河,狭窄的小路通向辋川。村野老人不知是官员出行,世人以为是辋川图中描绘的情景。河水冲垮堤岸,形成深沟险壑,无路可走。跟寻鸡犬之声,走出山林,看见明亮天空。辋川就是隐居避世的好地方,何必到桃花源去寻仙。辋川山水壮丽,环境优美,诗人产生归隐的想法。此诗笔力雄健,意境壮丽,虚实相生,对比巧妙,语言清奇,思致超然。

《太白山歌》

我闻太白横西域,百里苍苍见寒色。灵源万古谁究探?雷雨窈冥岩洞黑。中峰迢迢直上天,瑶宫玉殿开云烟。千盘万折不到顶,石壁铁锁高空悬。阴崖皑皑积古雪,绝壑长松几摧折。鸟道斜穿剑阁云,龙潭倒映峨嵋月。高僧出世人不知,飞仙凌空笙鹤随。洞天福地在咫尺,怅望尘海令人悲。

太白山横亘于西部,绵延百里一望无际,寒意袭人。太白山的源头不知在何处,电闪雷鸣,风雨交加,幽暗的岩洞深不可测。山顶高耸入云,山上的庙宇云雾缭绕,美如天宫仙境。山路蜿蜒曲折,看不到头,铁索悬挂在峭壁上。北面的山崖覆盖着常年不化的洁白积雪。深谷中松树弯曲,几乎折断。狭窄陡峭的小道通向耸立云端的险关,山月倒映在幽深的泉水中。高僧脱离尘世无人知晓,神仙骑着仙鹤飞升。神仙居住之处近在眼前,茫茫人世让人悲伤。太白山不仅景色壮美,而且充满神异色彩,作者充满向往之情,赞颂太白山雄奇险峻的美景,感叹神仙世界可望而不可即。此诗想象生动,化用巧妙,虚实结合,意境神奇,笔力雄健,思致超然。

《益门》

益门通汉沔,栈阁上云霄。蜀道从兹始,秦川望已遥。生风邻虎穴,回日过龙标。渺渺征途子,云山谁见招?

　　益门通往汉中沔县,栈道架设在云端。蜀道从此开始,回望秦川,相距遥远。风从险恶的山林刮来,太阳从山顶落下。诗人远离朝廷,孤独无依,不知何时才能离开这荒僻的地方。环境生疏,诗人顿感孤独失意,唯恐老死偏远之地,永无出头之日。此诗笔墨冲淡,比喻生动,意境旷远,情绪愁闷。

《华州作柬桑汝公》

　　秋城雨色静微尘,过陕山河望转新。天上岳莲开二华,云中关树引三秦。追游少小还今日,浪迹乾坤任此身。乘兴欲攀仙掌去,未知登览共何人?

　　华州,即今陕西省华县。

　　秋雨中的华州宁静干净,到了陕西景象焕然一新。太华山和少华山如同长在天上的莲花,山上的树木耸立云端。诗人决定今天要跟随少年游览胜景,漫游天下,率性而为。兴会所致想登上仙掌峰,不知有谁愿意为伴。诗人来到华州,目睹华山雄伟瑰丽的景色,生发遨游乾坤、羽化登仙的遐想。此诗思致超然,笔力雄健,意境清奇,韵味隽永。

《武关》

　　北转趋留坝,西盘出武关。微茫一线路,回合万重山。天地几龙战,风云惟鸟还。关门锁溪水,日夜送潺湲。

　　武关,位于今陕西省商洛市丹凤县。

　　道路曲折,朝北转奔向留坝,向西拐离开武关。云雾弥漫,景物模糊,山路如同一条细线,崇山峻岭连绵不断。历史上,群雄在此频繁争战,山路险峻,只有鸟能飞过。武关雄踞山水之间,江水奔腾,日夜不息。此诗视角多变,比喻生动,意境雄奇,言近旨远。

《柴关》

　　连峰入冥雨,绝壁闪余霞。水认秦人洞,林疑谢客家。石门践苔藓,源口觅桃花。他日求栖息,无言此路赊。

柴关岭,在陕西省凤县与留坝县交界处。

层峦叠嶂笼罩在密云大雨中,一抹残霞躲到悬崖后面去了。水从世外桃源流出,林中藏着隐逸高人。踩着石门外的苔藓,寻找桃花源的入口。日后到此隐居,不要嫌道路遥远。诗人没有写山中大雨的情景,而是写山林的清静及隐逸的自由。此诗构思巧妙,笔墨淡雅,意境清幽,格调闲适,想象新奇,思致超然。

《新开岭》

堑山通大谷,槎岭挂天梯。独立飞云上,回看落日低。异花千种色,怪鸟百般啼。晚就松林宿,烟昏度碧溪。

"留凤关至南星这一段路,既有依山伴水的栈道,也有沿山腰而行的扁路,名为'新开岭'①"。

前人挖山开通道路,劈岭建造栈道。诗人站在白云缭绕的山顶,回头望去,落日挂在半山腰。山上万紫千红,百鸟争鸣。晚上,诗人在松林里休息,天黑时分渡过清溪。此诗白描生动,气势壮观,意境雄奇,言近旨远,情韵深永。

《宝鸡县》

鸡鸣山下古陈仓,板屋千家清渭傍。曲岸迢遥凌秀麦,流渠宛转入垂杨。

鸡鸣山在今陕西省宝鸡市内。

鸡鸣山下是古代的陈仓,千家万户的板屋建在渭河畔。曲折的河岸向远方延伸,河堤下是广袤的麦田,渠水在垂柳间蜿蜒流淌。诗人在鸡鸣山下,看到宝鸡秀丽的田园美景、独具特色的民居,感到新奇。此诗古今对比,新颖巧妙,笔墨淡远,意境清丽,言近旨远,韵味隽永。

(三)游览诗

《登楼凤县作》

近讯中原使,兼登万里楼。朝廷仍北极,行在且南州。峡断风云

---

① 袁永冰编《栈道诗钞》,陕西人民出版社,2010年,第81页。

隔,江通日月流。如闻乘八骏,早晚向昆丘。

凤县,即今陕西省凤县。

诗人向朝廷来使询问时政,内心充满忧虑,登上凤县城楼散心。京城依然在最北边,天子到南方巡行。眼前峡谷幽深陡峭,云雾笼罩,遮挡住山外的世界,河水从峡谷穿流而过,日夜奔腾不息。明武宗离开北京南巡,让诗人想起周穆王驾驭八骏,西征昆仑之事。诗人的忠君爱国之心殷切可鉴。此诗借古喻今,联想巧妙,虚实结合,意境雄浑,言近旨远,耐人寻味。

《登楼观阁,时王令明叔邀张用昭、段德光、王敬夫、康德涵四子同游二首》

百丈丹梯俯翠岑,千年坛殿肃阴阴。风吹陆海黄尘暗,云去函关紫气沉。春花况属弦歌邑,胜地还成翰墨林。香山洛社俱寥落,文采流传直到今。

峻阁含风落照孤,凭高千里视平芜。凤生锦曲春缥缈,瑶草金光昼有无。采药几时寻碧海,种桃无复问玄都。五陵冠剑豪游地,犹是长安旧酒徒。

第一首诗,描写沿着陡峭的阶梯攀登青翠的高山,古老的庙宇肃穆幽暗。风云变幻,时过境迁,物产富饶的关中黯然失色,函谷关的祥瑞之气消失。此时鲜花盛开,关中是礼乐教化之邑,人文荟萃的名胜之地。文人结社曾盛极一时,如今已衰落,但华美的诗文却流传至今。诗人抚今追昔,感慨风流云散,世事沧桑。此诗笔力遒劲,对比鲜明,意境雄奇,情绪感伤。

第二首诗,描写高耸矗立的楼阁迎着晚风,独立在夕阳下。凭高远眺,眼前是一望无际、草木茂盛的原野。春光明媚,用笙吹奏的美妙乐曲,声音清越悠扬,仙草光彩夺目,在白天若有若无。不用四处询问,这里就是求仙寻道、隐居避世的好地方。在昔日豪侠仗剑狂欢的长安,诗人与故人饮酒高歌,纵情游乐。诗人登高远眺,楼观阁附近的美景尽收眼底,豪兴大发,激情洋溢。此诗抚今追昔,虚实相生,想象新奇,意境绮丽,思致超然,风骨雄健。

《弘道书院》

梁栋起层云,松筠散夕曛。九嵕瞻泰岳,清渭接河汾。冠盖时时集,弦歌夜夜闻。登堂持节印,衰薄愧斯文。

弘道书院,故址位于今陕西省三原县城北,王承裕创办。九嵕山在今陕西省礼泉县境内。

弘道书院的建筑巍峨,松树、竹子沐浴着夕阳,环境幽雅。如同九嵕山仰望泰山,渭水流入黄河一样,弘道书院崇尚孔孟之道,继承儒学正统。众多官员来弘道书院讲学,学生夜以继日勤奋读书。诗人身为提学副使到书院视察,想到世风日下的局面,深感愧对传播礼乐教化的职责。诗人对浇薄的世风深感不满,以弘扬道统为己任。此诗对比巧妙,比喻生动,立意深远,风骨遒劲。

《同敬夫游至华阳谷闻歌妙曲》

名邑今重过,终南第一游。山中白雪倡,天上彩云流。柳散秦川色,花含杜曲愁。同时霄汉侣,十载卧林丘。

华阳谷又名化羊峪,位于今陕西省西安市鄠邑区境内。

诗人又到户县,初次游览终南山。山中传来美妙的歌曲,歌声嘹亮,响遏行云。关中的柳树失色,杜曲的红花忧愁。诗人与王九思当年在京城即是好友,如今王九思隐居山林已十载。诗人置身于美景之中,欣赏婉转动听的歌声,产生归隐林泉的想法。此诗笔墨清新,意境淡远,拟人生动,言近旨远。

(四)友情诗

《冬夜过仲木》

汉殿词臣第,秦川处士家。过逢遥慰藉,交翰转光华。夜兴山阴雪,春满渭北花。江湖望霄汉,相对一长嗟。

高陵县有翰林学士的宅邸,此处是关中隐士的家乡。拜访吕仲木内心获得抚慰,之前通过书信交流,感受到他的才华和思想。昔日王子猷雪夜访戴安道,今日诗人拜访吕仲木,渭北的冬夜充满春天的温暖与美好。面对乡居的友人,遥想在京城的往事,相对长叹。诗人赞美吕仲木文章盖世,品行高洁,表达了深厚的友情。此诗笔墨淡雅,用典精当,类比巧妙,感受新奇,情韵深永。

《到鄠简王敬夫》

杜曲花无数,城南柳更重。去天惟尺五,隔岁一相逢。雨过春陵水,云开紫阁峰。好陪王学士,杯酒日从客。

鄠县即今陕西省西安市鄠邑区,杜曲位于今陕西省西安市长安区。

春天,杜曲鲜花盛开,长安城南绿柳成荫。杜曲的望族地位显赫,诗人与朋友相隔一年又重逢。雨后,滈陂春水荡漾,云雾散尽,紫阁峰映入眼帘。诗人与王九思相伴,开怀畅饮。花红柳绿的初春,诗人与好友相逢,饮酒赏景,欢喜之情洋溢于字里行间。此诗笔墨淡雅,白描生动,意境清丽,化用巧妙。

《过康子德涵彭麓别业》

不求金马台,翻爱碧山楼。柳色闲门闭,桃花曲径违。酒船时问字,翠壁有留题。只此林泉好,无烦到浐西。

诗人不喜欢富丽堂皇之所,喜爱彭麓别业的碧山楼。门外种着柳树,大门紧闭,桃花丛中曲折的小路伸向远方。把酒言欢,请教学问,墙壁上有人题诗。诗人称赞彭麓别业景色优美,不必费事去浐西别墅。诗人描写了彭麓别业的景色以及宴游的情景,表达了朋友之间的深情厚谊。此诗对比鲜明,笔墨清新,思致洒脱,意境闲适,格调明快。

（五）风俗诗

《周至清明日》

客里遥逢令节,城中不见繁华。南山漠漠烟远,清渭迢迢日斜。独树桃花自发,高楼燕子谁家。可惜年年春色,催人白发天涯。

清明时节诗人身处他乡,城里没有热闹繁荣的景象。终南山云雾迷蒙,落日下的渭河流向远方。路旁的桃花寂寞无主,不知谁家高楼上燕子筑巢。春天的景色年年相似,客居远方之人却早生白发。诗人抒发了思乡之情和岁月无情的感伤。此诗白描生动,意境旷远,情绪感伤,韵味隽永。

二十五、孟洋(1483—1534),字望之、有涯,号无涯,河南省信阳市人。弘治十八年(1505)进士。著有《孟有涯集》17卷。"其诗格多效何景明,而才则不逮。景明之没,洋志其墓,其文亦不甚工。[1]"王世贞评价:"如贫措大置酒,寒酸淡泊,然不置腥膻。[2]"钱谦益评价:"望之同里有戴仲鹖、樊少南者,……三人之诗,格调亦略相似,大抵皆信阳之朋徒,如北地曹左之流耳。[3]"朱彝尊评价:"左诗近肤,孟诗太浅,比于郎伯,邈若云渊。[4]"孟洋的咏陕诗为怀古诗。

《登骊山绝顶怀古得寒字》

翠巘丹梯云雾端,朝元高阁盛游观。芙蓉映日三秋出,桧柏生风五月寒。花外旌旗春驻辇,柳边灯火夜回銮。汉宫秦墓俱芳草,渭水终南岁岁看。

骊山苍翠的山峰高耸入云,朝元阁香火鼎盛,游人众多。秋天,阳光下的骊山如同出水芙蓉一样清新;松柏送来阵阵清风,即使炎热的夏天也倍感凉爽。花丛中旌旗招展,是皇帝出行春游,柳树下灯火闪烁,是皇帝起驾回宫。秦宫、汉墓芳草萋萋,渭水与南山见证了沧桑变化。此诗虚实相生,想象新奇,意境雄深,言近旨远。

二十六、刘储秀(1483—1558),字士奇,号西陂,陕西省西安市人。正德九年(1514)进士。刘储秀著有《刘西陂集》4卷,收录其诗1000余首。嘉靖二十七年,刘储秀罢官归里。刘储秀的咏陕诗为山水诗。

《骊山晚照》

由来绣岭多奇峰,一望岚光翠且重。复此斜阳相掩映,红云万朵照芙蓉。

---

① 永瑢《四库全书总目》,中华书局,1965年,第1569页。
② 王世贞著,陆洁栋、周明初批注《艺苑卮言》,凤凰出版社,2009年,第82页。
③ 钱谦益《列朝诗集小传》上册,上海古籍出版社,2008年,第325—326页。
④ 朱彝尊《静志居诗话》上册,人民文学出版社,1990年,第257页。

骊山奇峰罗列,山间的雾气在阳光下散发出七色光彩,山色更加苍翠欲滴。在夕阳的照耀下,晚霞染红了形似芙蓉的山峰。诗人描绘了夕阳下骊山诸峰的神奇景观。此诗笔力遒劲,意境雄奇,比喻生动,衬托巧妙。

二十七、孙一元(1484—1520),字太初,号太白山人,自称关中人。与刘麟、吴琼、龙霓、陆崑,号为"苕溪五隐",与李梦阳、何景明、吾谨,称"四才子"。孙一元著有《太白山人漫稿》8卷,存世诗歌560余首。"一元才地超轶,论者至以王猛之流拟之。其所为诗,排奡凌厉,往往多悲壮激越之音,读之极伉健可喜。……当秦声竞响之日而能矫然拔俗,如此亦可谓独行其志者矣。①"朱彝尊评价:孙一元"不受空同圈束。其诗亦不尽本唐音,观其与杭东卿论诗作,则知瓣香所向,乃属涪翁。②"孙一元的咏陕诗为山水诗。

《梦游华山》

半空隔风雨,万壑闻长松。我往采三秀,骑龙莲花峰。

华山高耸入云,风吹过山谷,松涛阵阵。诗人到山上采灵芝,骑龙飞上莲花峰。此诗虚实相生,想象新奇,思致超然,意境神奇。

二十八、郑善夫(1485—1523),字继之,号少谷,福建省福州市人。弘治十八年(1505)进士。郑善夫著有《郑少谷全集》25卷,收录其诗1000余首。王世贞评价:"郑继之诗如冰凌石骨,质劲不华;又如天宝父老谈丧乱,事皆实际,时时感慨。③"朱彝尊评价:"继之在弘、正间,不习李、何余论,别开生面,好盘硬语,往往气过其辞。虽源出杜陵,是有类山谷者。集中感时诗,可观可怨,颇不犹人。④"陈田评价:"少谷清才,集中仿魏晋以来无所不有,但摹杜为多耳。大约气格雄浑,五律、歌行最胜,音节浏亮;七言律绝为优,但摹拟极肖,融化为艰;

---

① 永瑢《四库全书总目》,中华书局,1965年,第1501页。

② 朱彝尊《静志居诗话》上册,人民文学出版社,1990年,第272页。

③ 王世贞著,陆洁栋、周明初批注《艺苑卮言》,凤凰出版社,2009年,第82页。

④ 朱彝尊《静志居诗话》上册,人民文学出版社,1990年,第272页。

短制偏工,大篇未化。其品次在何、李、边、徐之亚,余子不及也。①"郑善夫的咏陕诗为山水诗。

《太乙山歌》

吾闻终南太乙峰,乃在于天都陆海之中,巨灵赑屃与天通。丹梯直驾太白窟,金精反射蓬莱宫。西南尔是华夷关,日月平视如跳丸。但见黄河涓涓下霄汉,齐州九点翻波澜。鳌掣鲸掀势何劲,三星不度龙沙暝。华岳峻嶒徒自雄,渼陂盆盎虚相映。山中之人竞自奇,骖鸾骑鹤凌云逵。袖中剑器拨时危,林猿皋鹤且莫疑。君不见,卫叔卿白鹿云车谒天子,问之不答意何长?兴亡已落纹楸里。留侯谈笑用汉帝,功成麟凤谁能系。孙登长啸苏门山,声似黄钟动天地。达人修身俟世至,得薪用光始有济。才多识寡嵇叔夜,尔曹宁免今之世。吁嗟乎,终南太乙长崔嵬,虎视龙兴安在哉?霸王贤达俱尘埃。峰头倘结三花树,从尔黄冠归去来。

太乙山位于物产富饶的长安城外,山上住着通天的神仙。山峰高耸入云,太白星照亮蓬莱宫,西南是华夷之间的屏障。站在山顶看,日月如同跳丸。黄河从天而降,俯视九州小如烟点,在波涛中起伏。波涛汹涌,气势雄壮,福禄寿三星难以到达,龙潜藏沙底。峭拔的华山自以为了不起,渼陂被映衬得如同盆盎。山中的神仙逞奇斗异,驾鸾骑鹤遨游天际,袖中藏着剑器,挽救危难局势,与山猿野鹤为伴,逍遥自在。卫叔卿乘云车驾白鹿见汉武帝,话不投机飘然而去,在棋盘上指点兴亡。张良才智出众为刘邦所用,功成身退,不受羁绊。孙登隐居苏门山,放声长啸,声如黄钟,天下闻名。通达事理的人修养身心,等待时机,坚持不懈才能有所成就。嵇康有才而无识,难以避祸全身,如今的凡夫俗子岂能幸免。终南太乙依然高大,但是那些雄才大略的豪杰早已不在,成就霸业者与贤明通达者皆化为尘埃。如果在山上看见三花树,那么就与道士上山出家。诗人想象太乙山的壮丽景象,表达

① 王云五主编,陈田辑《万有文库·明诗纪事》,商务印书馆,1936年,第1141页。

了对善于进退的智者的钦佩。此诗想象新奇,思致超然,笔力雄健,意境神奇,比喻新颖,对比鲜明,一气呵成,酣畅淋漓。

二十九、张治道(1487—1556),字孟独,号太微山人,陕西省西安市人。正德九年(1514)进士。张治道著有《太微前集》12 卷、《太微后集》4 卷,《嘉靖集》8 卷,《嘉靖集》收录其诗 660 余首。王世贞评价:"张孟独如骂阵兵,瞋目揎袖,果势壮往。①"钱谦益评价:"人言孟独较德涵诗,多取其佳者掩为己有,今所传《太微集》殊寥寥无闻。近体诗学杜,捧心效颦,不胜其丑,则窃铢子疑,亦不待辨而明矣。②"张治道的咏陕诗为风俗诗、游览诗。

(一) 风俗诗

《清明日》

草没尚书履,花迷御史骢。长安佳丽处,偏在曲江东。

清明时节,草长高了,鲜花盛开,达官贵人郊游踏青,长安最美的景色,在曲江以东。此诗构思新颖,不落窠臼,驰骋想象,虚实相生,笔墨冲淡,意境清新,言近旨远,韵味隽永。

(二) 游览诗

《牛头寺》

梵宇香山下,王城定水隈。仙轮随日转,塔洞拂天开。听法神龙谒,参禅怖鸽来。慈风吹宝铎,花雨滴青台。觉路分金界,迷津渡酒杯。高僧千载去,锡杖几时回?

牛头寺在长安城郊外,依山傍水,寺中仙轮转动不息,佛塔高耸入云。龙王前来拜谒听法,怖鸽到此参禅。佛殿上的铃铛在风中传送妙音,高僧在坛场颂扬佛法。僧众习学成佛之道,摆脱迷妄,觉悟超脱。高僧云游已久,不知何时归来。此诗想象新奇,比喻生动,拟人传神,设问巧妙。

---

① 王世贞著、陆洁栋、周明初批注《艺苑卮言》,凤凰出版社,2009 年,第 83—84 页。
② 钱谦益《列朝诗集小传》上册,上海古籍出版社,2008 年,第 318—319 页。

三十、南大吉(l487—1541),字符善,号瑞泉,陕西省渭南市人。正德六年(1511)进士。著有《少陵纯音》10 卷、《瑞泉集》1 卷。朱彝尊评价:"五言诗颇稳帖,无秦人忧厉之气。①"嘉靖五年,南大吉罢官归乡。南大吉的咏陕诗为怀古诗。

《骊山怀古》(二首)

罗城山雾重,绣岭野云幽。不见朝元阁,犹传望幸楼。宫亭虚草树,花鸟自春秋。唯有温泉水,清清似旧流。

阴岭黄金尽,阳崖白日凉。峰楼埋昼燧,岩阁瞰晴塘。秦墓名空在,周舆迹已荒。千秋聊怅望,烟树暮苍苍。

第一首诗,描写骊山云雾笼罩,环境清幽。朝元阁已经没有了,却流传着皇帝临幸的故事。亭前的草木岁岁枯荣,花鸟独自迎来四季,只有温泉的水依然清澈如同往昔。

第二首诗,描写北面的山岭见不到太阳,南面的山崖阳光黯淡。山上有烽火台,山岩上的亭阁俯视温泉。秦始皇的墓只留下名称,周幽王的车辙已经荒芜。时光流逝,令人怅惘,寒烟笼罩的树木在暮色中难以辨识。

这两首诗抚今追昔,情绪感伤,笔墨冲淡,意境凄清,拟人生动,对比巧妙,言近旨远,韵味隽永。

三十一、杨慎(1488—1559),字用修,号升庵,四川省成都市人。正德六年(1511)进士。著有《升庵集》81 卷、《升庵长短句》3 卷、《长短句续集》3 卷、《陶情乐府》4 卷、《陶情乐府续集》1 卷、《玲珑唱和》2 卷、《历代史略词话》2 卷等,杨慎存世诗歌 2300 余首。"杨诗喜用僻事,多著浮彩,搜罗刻削,无出其右。而骈绘既繁,性情多尽,传谓:美能没礼,诗亦有之。②"钱谦益评价:"用修乃沈酣六朝,揽采晚唐,创为渊博靡丽之词,其意欲压倒李、何,为茶陵别张壁垒,不与角胜口舌间也。

---

① 朱彝尊《静志居诗话》上册,人民文学出版社,1990 年,第 281 页。

② 朱彝尊《静志居诗话》上册,人民文学出版社,1990 年,第 279 页。

援据博则舛错良多,摹仿惯则瑕疵互见。窜改古人,假托往籍,英雄欺人,亦时有之……藻彩繁会,自足以牢笼当世,鼓吹前哲。[①]"沈德潜评价:"以高明伉爽之才,宏博艳丽之学,随题赋形,一空依傍,于李、何诸子外,拔戟自成一队。五言非其所长,以过于秾丽,失穆如清风之旨也。[②]"弘治十四年(1501),杨慎跟随父亲去北京,经过汉中、西安,创作《过渭城送别》《咏马嵬坡》等诗。杨慎的咏陕诗为山水诗、怀古诗、纪行诗、游览诗。

(一) 游览诗

《玉泉院》

玉泉道院水溶溶,石上闲亭对碧峰。幽径落花春去早,疏帘斜日燕飞慵,窗涵苹岫晴岚色,云断长溪两岸风。洞里睡仙何日起,不堪吟罢绕林钟。

玉泉院,在华山峪口,宋仁宗年间,为陈抟所建。

涧水激越奔泻,流入玉泉院,山荪亭与青峰相对。落花飘洒在幽静的小路上,春天如此短暂。透过稀疏的竹帘,可见夕阳西下,燕子倦飞。从窗前望去,草木茂盛的山峰上轻烟浮动,小溪蜿蜒曲折,风从岸边吹来,白云飘散。山洞里的神仙沉睡不醒,让人等得不耐烦,一首诗成,钟声在玉泉院回荡。诗中描写了清泉、碧峰、落花、飞燕等景物,表达了逃离现实的思想。此诗白描传神,拟人生动,笔墨淡雅,意境清幽,言近旨远,韵味隽永。

《法门寺》

金轮皇帝重金仙,银色楼台银汉边。瀚海慈航谁逆浪,昆冈劫火自飞烟。空王犹说无生偶,才子虚传应制篇。徙倚碧云生日暮,徘徊宝月已中天。

法门寺,位于今陕西省扶风县城北。

---

① 钱谦益《列朝诗集小传》上册,2008 年,第 354 页。
② 沈德潜《明诗别裁集》,上海古籍出版社,2013 年,第 142 页。

武则天尊崇佛陀，修造了建筑华丽、规模宏大的法门寺，弘扬佛法，普度众生，使之脱离苦海，避免劫难。佛指点不生不灭的真谛，俗众却追名逐利，执迷不悟。徘徊之际，青云之上的太阳即将下山，明月已经当空。此诗对比鲜明，讽刺冷峻，语言深奥，寄寓深远。

（二）怀古诗

《咸阳》

帝里繁华歇，神皋岁月多。秦城倚北斗，渭水象天河。颓堞无遗土，惊川有逝波。丘陵沉霸气，松柏起悲歌。

曾经的帝都不再繁华，京畿历尽沧桑。秦宫形似北斗，渭水像天河一样。城墙破败，汹涌澎湃的河水东流，光阴飞逝，陵墓掩埋了帝王的霸气，松柏低吟着悲歌。此诗抚今追昔，意境苍凉，比喻新奇，拟人生动，情绪感伤，言近旨远。

《重过华清宫》

秀岭仙人阁，华清玉女汤。山川犹气象，台殿久荒凉。暖水生烟雾，寒松受雪霜。碑文无岁月，螭首卧牛羊。

骊山的仙人阁、华清宫的玉女汤，令诗人印象深刻。自然景物依旧，但亭台楼阁破败荒凉。温泉水雾气氤氲，苍劲的松树上覆盖着霜雪。碑文上的字迹模糊，螭龙的头倒卧在放牧牛羊的荒地上。诗人描写骊山与华清池的景色，感叹岁月无情，盛衰无常。此诗抚今追昔，意境苍凉，对比巧妙，韵味隽永，全篇对仗，工稳整饬。

《马嵬》

凤辇匆匆下九天，马嵬西去路三千。渔阳鼙鼓烟尘里，蜀栈铃声夜雨边。方士游魂招不返，词人长恨曲空传。蛾眉尚有高邱在，战骨潼关更可怜。

皇帝的车驾匆匆离开长安，从马嵬向西长途跋涉。渔阳鼙鼓惊天动地，战火纷飞，蜀道上，夜雨中的铃声令人心碎。方士没有招来杨贵妃的魂魄，骚人墨客所作长恨歌千古流传。杨贵妃虽不幸，尚有埋骨之处，而战死在潼关的士兵尸横荒野，更为可怜。此诗省略原因，凸显

228

结果,构思巧妙,立意新颖,对比鲜明,见解独到。

《温泉》

天宝繁华迹已陈,朝元阁上玉嶙峋。山头寒树深埋雪,池面温汤别贮春。歌舞声留供奉曲,佩环魂断属车尘。可怜一片离宫月,曾照当时同辇人。

天宝年间的繁华已成历史遗迹,朝元阁上只留下汉白玉的老君雕像,老君的雕像形销骨瘦。山上,令人生寒的树木覆盖着厚厚的积雪,华清池的泉水温暖如春。唐明皇顾不上听完为他演奏的乐曲,杨玉环随唐明皇出逃,埋尸马嵬,化为尘土。诗人感叹华清宫的月亮,也曾照在与唐明皇同车的杨玉环身上。诗人面对温泉想到唐明皇沉湎声色,杨玉环魂断马嵬,批评唐明皇骄奢淫逸,同情杨贵妃香消玉殒。此诗抚今追昔,意境凄清,联想巧妙,对比鲜明,讽刺委婉,韵味隽永。

(三) 山水诗

《华山阻雪》

山头不可上,谷口回难分。远见三峰雪,平铺万壑云。紫霞虚洞府,白石闷灵文。愧尔神仙骨,空怀麋鹿群。

无法登上华山,雪后,登山的入口难以分辨。远看,华山白雪皑皑,云雾在千山万壑中平铺开来。神仙居住的地方,紫色云霞缭绕。白石把珍稀的天书掩蔽。可惜虽有仙风道骨,却没有希望成神仙,只能隐居于山林之中,与麋鹿为伍。诗人因雪而无法登上华山,只能在山下远望,华山的美景令其无限神往。此诗想象新奇,意境雄壮,笔力遒劲,视角多变,对比鲜明,情绪无奈。

《青桥》

阁道盘云栈,邮亭枕水涯。猿猱临客路,鸡犬隔仙家。风起青丘树,春迷玉洞花。旅怀今日豁,停憩问褒斜。

青桥,即青桥驿。

栈道盘旋云间,驿站靠近水边。猿猴蹲在路边,深山里传来鸡犬之声。清风吹拂着山间的绿树,鲜花烂漫,春光令人陶醉。诗人心情喜悦,停车打听褒斜道的方向。此诗笔墨淡雅,意境清幽,白描传神,拟人生动,言近旨远。

(四) 纪行诗

《凤翔阻雨兼闻寇未靖拨闷》

万里归程两月过,淹留羁旅竟如何。故乡望处惊烽火,远道愁时赋蓼莪。秦岭北来山碍日,河阳南下水增波。竹林向晓鸣鸠急,明日雨声应更多。

诗人历时两个多月长途跋涉回家,然而在凤翔被雨阻留,更不幸的是故乡发生动乱,诗人悲悼亲人,内心哀痛不已。秦岭横亘天际,遮蔽了太阳,江水向南流去,波涛翻滚。拂晓,竹林里的斑鸠叫声急促,明天的雨会下得更大。诗人归心似箭,内心愁闷。此诗笔墨冲淡,意境凄迷,拟人传神,情绪悲伤,韵味隽永。

三十二、韩邦靖(1488—1523),字汝庆,号五泉,陕西省大荔县人。正德三年(1508)进士。韩邦靖著有《五泉集》4 卷,存世诗歌164 首。陈田评价:"五泉子七古摹初唐,极富才情,五言亦窥盛唐格律,惟早伤萎折,未见其止。[①]"韩邦靖的咏陕诗题材丰富,有怀古诗、山水田园诗、游览诗、思乡诗、友情诗。

(一) 怀古诗

《洽阳怀古》二首

君不见,匀匀腌腌有莘野,山原云树绝潇洒。方当夏季殷初时,曾有天民先觉者。僻地幽栖不近名,几年畎亩事躬耕。乐尧乐舜欲终老,邱园谁忆来弓旌。北望梁山麓,南瞻洽水阳。洽水梁山相映发,阿衡之风高且长。

九曲洪涛天上来,飞流南下波萦洄。闻说其中有石室,讲筵曾为谈经开。当日学宗洙泗传,西河风教固殊焉。君不见,他时田段两君子,介节清名相后先。只今绝响无人赓,坟址荒烟雾纵横。每逢春夏

---

① 王云五主编,陈田辑《万有文库・明诗纪事》,商务印书馆,1936 年,第 1336 页。

好风日,仿佛犹闻弦诵声。

梁山位于今陕西省合阳县,有莘故址在合阳县境内,洽川是合阳县的风景名胜。

第一首诗,描写洽阳地势广阔平坦,土地肥沃,山陵与原野上,白云飘浮,大树挺拔,风景秀美。在夏末商初之际,曾有觉悟早于常人的贤者,在偏僻的地方隐居,在田野里耕种。以尧舜之乐为乐,欲终老于此。没有人记得朝廷的征聘。北望梁山脚下,南看洽水北岸,洽水梁山相互辉映,伊尹的高风亮节千古流芳。

第二首诗,描写迂回曲折的黄河波涛汹涌,从天而降,河水向南奔腾而去,水流湍急形成漩涡。这里曾有石屋,是为了传播经义而开设的讲学之处。当时学问高深的贤者在此传播孔孟之道,西河的风俗教化确实不同寻常。昔日,相继出现田子方、段干木两位君子,他们刚直不阿,节操高尚,美名远扬。如今他们的思想已经失传,无人能够继承,其坟墓的遗址散落在烟雾笼罩的荒野中。每当春、夏季节,天气晴好时,仿佛能够听到他们诵读的声音。

这两首诗分别歌颂伊尹和子夏,诗人描绘了合阳的自然风光,赞美伊尹和子夏的千秋功德。两首诗抚今追昔,对比鲜明,联想巧妙,立意高远,直抒胸臆,感情充沛。

(二) 山水田园诗

《华山》二首

平生梦寐此山林,羸马何辞度远岑。终古乾坤常屹立,半山风雨自晴阴。崖飞瀑布千寻玉,岭背斜阳万壑金。闻道寻常岩穴里,时时还有卧龙吟。

万壑群峰俯太行,曾闻此地是仙乡。山容浓淡无常色,花气氤氲有异香。天上斗牛知不远,人间猿鹤可相忘。攀游日暮还高兴,未许浮云近夕阳。

第一首诗,描写诗人平生梦寐以求攀登华山,瘦马不怕辛苦渡过远山。华山自古以来就屹立于天地之间,山上的气候变化无常,阴晴不定。瀑布从山崖上飞泻而下，如同千寻白玉，千山万壑在夕阳的照耀下变成金色。听说平常的岩洞里，时常能听到隐居的高人吟诗。

第二首诗，描写连绵起伏的山峰俯视太行山，听说这里是仙界。山的颜色变化多端，鲜花散发出奇异的芬芳。山峰耸入云端，神仙近在咫尺，可以忘掉人间的隐逸之士。登山游历，太阳已经下山，仍然乐不思返，不让浮云遮住夕阳。

诗人描写了华山雄奇壮丽的美景，抒发了不畏艰险、奋发有为的雄心壮志。这两首诗联想巧妙，比喻新颖，笔力遒劲，意境雄奇，气势恢宏，思致超然。

《漫成》

漆沮河边两岸沙，绕堤十里尽桃花。春风纵使随流水，落日犹堪斗晚霞。

复有长春千尺亭，竹扉不隔华山青。浮云片片随朝雨，白鹭轻轻下晚汀。

沙苑烟光近白楼，黄河清渭两交流。牛羊落日新丘垄，杨柳春风古渡头。

漆水，发源于今陕西省麟游县。沮水，发源于今陕西省留坝县。

第一首诗，描写漆、沮河边，十里桃花盛开，春风吹皱潺潺流水，夕阳与晚霞交相辉映。

第二首诗，描写千尺亭四季如春，竹篱茅舍外是苍翠的华山。早晨，飘浮的云带来霏霏细雨，傍晚，白鹭翩然飞至小洲。

第三首诗，描写沙苑的云霭雾气笼罩着白楼，黄河与渭河在此汇合。日落时分，牛羊归圈，古渡口的杨柳在春风里婀娜多姿。

诗人厌倦了险恶的政治风云，渴望回归宁静的生活。这三首诗笔墨淡雅，白描生动，意境清新，格调闲适，言近旨远，韵味隽永。

《二月二十五日雨》

小雨夹寒来小楼，乱烟孤棹忆沧洲。东门桑叶大如掌，何处供蚕少妇愁。

这首诗是诗人"家居八年间所作①",诗人身居小楼,小雨带来丝丝寒意。看着烟雨中的孤舟不禁想起隐士的居处,东门外的桑叶大如手掌,养蚕的少妇为何愁眉不展?此诗笔墨冲淡,联想巧妙,意境清奇,言近旨远,耐人寻味。

《沙苑》

青青沙苑柳,枝叶何缤纷。郁郁佳人思,行行壮士勋。日暮鸿雁来,牛羊已成群。宿食涧边草,飞鸣洲渚云。怀人不可见,往事空尔闻。

沙苑,在今陕西省大荔县境内。

沙苑的柳树郁郁葱葱,枝叶在风中摇曳。佳人满怀愁绪,壮士建功立业。牛羊在河边吃草,大雁在洲渚鸣叫,太阳下山时,鸿雁归来、牛羊回圈。盼望征夫的思妇早已逝去,只留下遥远的往事。此诗抚今追昔,化用巧妙,笔墨淡雅,意境苍凉,言近旨远,余味无穷。

(三) 时事诗

《关中》二首

不得秦中信,今传关内兵。饥荒失抚御,盗贼遂纵横。渭北何由定,商南岂可行。不知今日将,谁是汉长城。

浊寇金州入,胡兵铁骑连。风尘迷故国,消息断残年。剑月明三辅,烽云散八川。西征推总制,勿使圣心悬。

第一首诗,描写诗人很久没有家乡的消息,如今传说关中发生兵乱。饥荒发生,没有得到安抚与控制,盗贼因此猖獗。渭北如何安定,商南怎样恢复?不知道这些将领,有谁能够御敌,保家卫国。

第二首诗,描写贼寇进犯金州,胡兵的铁骑锐不可当。家乡战火弥漫,一年没有音讯。长安刀光剑影,关中烽烟四起。总制带兵西征,不要让国君担忧。

关中灾荒严重,动荡不安,诗人对时局深表忧虑,渴望英雄出世,

---

① 焦文彬《韩邦靖简论》,《陕西师范大学学报》,1987 年第 1 期,第 64 页。

拯救危机,表达了救济苍生、为国分忧的思想情感。这两首诗夹叙夹议,层层铺垫,节奏紧凑,设问巧妙,讽刺委婉,格调沉郁。

(四) 游览诗

《经野古诗》

我过华阴县,君渡渭河来。相逢杨华铺,相看梦中猜。依依抵岳庙,复此觅酒杯。庙自开辟有,岳自乾坤开。中有千丈柏,间植万年槐。干与云霄薄,根为黄河栽。日暮携手游,盘旋上方台。高览神林树,皆是兹山材。兹材柱庙堂,不会天地颓。

诗人经过华阴县,友人渡过渭河,彼此在杨华铺相逢,相看以为是在梦中。恋恋不舍来到西岳庙,把酒畅谈。华山和庙宇从宇宙形成时已有,庙里有千丈柏、万年槐,树干耸入云端,根一直扎到黄河下。傍晚携手游览,迂回登上方台。仰望神林的树木,都生长在这座山上。用这些木材做庙堂的柱子,不会使天塌地陷。诗人夸赞岳庙历史悠久,描写庙中的大树参天蔽日、根深叶茂,由千丈柏、万年槐的长势引发对人才重要性的思考。此诗托物言志,构思新颖,联想巧妙,寓意深刻,虚实相生,笔致灵动。

(五) 友情诗

《寄渼陂王先生兼对山康先生》

君不见孝庙求贤十八春,晚年更与儒臣亲。渼陂夫子玉堂里,文雅风流无比伦。一朝却洒秦陵泪,世间万事徒悲辛。少小唐尧思致主,白首曾参翻杀人。可惜英雄老岩穴,坐合将相困风尘。我昔封书谒紫宸,隔岁尔曹未致身。嘶鸣伏枥本凡马,顾盼升堂殊众宾。君向南州苦盗贼,使我双鬓今成银。途危幸得免豺虎,时平何不为凤麟?眼前反复尚如此,畴昔驱驰安可陈?对山靠卧渭水滨,先帝词臣何太颓。十年俱染青蝇谮,九重应念苍生贫。何日酬知兼为国,宣室还叫访逐臣。

明孝宗在位十八年,重用贤能之士,晚年更加亲近儒臣。王九思在朝为官时,杰出不凡,无与伦比。不料被贬家居,世事无常,令人悲伤。王九思从小志向远大，致力辅佐明君，暮年却遭受诬陷。可惜英雄豪杰无用武之地，原本是将相之才却困顿潦倒不得起用。诗人曾经给皇帝上书，隔了一年友人仍未出仕。在厩中嘶鸣的不是千里马，看来看去，在公堂办事的都是普通人。皇帝南巡，盗贼横行，诗人两鬓雪白。虽然路途艰险，幸运的是没有遇到豺狼虎豹，天下太平，为什么不能成为凤凰麒麟？时下，世事反复无常，以前的奔走效劳难以言说。康海如今闲卧在渭河边，翰林为何如此消沉？多年来，友人受到谗佞之徒的中伤，皇帝应该顾念百姓的困苦。何时才能报答知己和国家？帝王何时派人寻访被罢免的臣子？康海、王九思受迫害，被削职为民，诗人同情他们的遭遇，为他们鸣不平。此诗直抒胸臆，针砭时弊，对比鲜明，比喻生动，类比巧妙，感情悲愤，设问精警，发人深省。

三十三、薛蕙（1489—1539），字君采，号西原、大宁居士，安徽省亳州市人。正德九年（1514）进士。薛蕙著有《考功集》10 卷、《西原集》2 卷、《西原遗书》2 卷、《大宁斋日录》5 卷、《老子集解》2 卷，存世诗歌740 余首。"正、嘉之际，文体初新，北地、信阳，声华方盛。蕙诗独以清削婉约介乎其间。古体上挹晋、宋，近体旁涉钱、郎。核其遗编，虽亦拟议多而变化少，然当其自得，觉笔墨之外别有微情，非生吞汉魏，活剥盛唐者比。……其诗格蔚然孤秀，实有自来。是其所树立，又不在区区文字间也。①"王世贞评价："薛君采如宋人叶玉，几夺天巧；又如倩女临池，疏花独笑。②"胡应麟评价："弘正五言律自何、李外，如薛君采之端丽温淳，高子业之精深华妙，置之唐人，毫无愧色。然二君俱不能七言律，高盖气局所限，薛由功力未加。③"朱彝尊评价："古诗自河梁以暨六朝，近体自神龙以迄五季，靡不句追字琢，心慕手追，敛北地之菁英，具信阳之雅藻，兼迪功之精诣。④"陈田评价："君采诗长于拟

---

① 永瑢《四库全书总目》，中华书局，1965 年，第 1503 页。
② 王世贞著，陆洁栋、周明初批注《艺苑卮言》，凤凰出版社，2009 年，第 83 页。
③ 胡应麟《诗薮》，中华书局，1958 年，第 337 页。
④ 朱彝尊《静志居诗话》上册，人民文学出版社，1990 年，第 284 页。

古,气馥兰茝,音振琼瑶。①"薛蕙的咏陕诗为咏史诗、赠别诗、边塞诗。

(一)咏史诗

《长安道》

神州应东井,天府擅西秦。双阙南山下,千门渭水滨。公卿畏主父,宾客慕平津。方朔何为者,虚称避世人。

秦对应东井,关中号称天府。终南山下、渭河之滨有宏伟的宫殿。达官贵人敬畏主父偃,门客羡慕公孙弘。东方朔是什么人,徒有世外之人的空名。诗人追忆历史,嘲笑名利之徒。此诗用典精当,对比巧妙,笔墨冲淡,讽刺冷峻。

(二)赠别诗

《送太乙子归华山》

太乙子弃腰间组,酒酣慷慨拔剑舞。阊阖冥冥不可入,西游华山骑白虎。白虎登金梯,金梯高高与云齐。手擘芝草扪虹霓,子先茅龙肯相与,随君翱翔逐玉女。

太乙子弃官入道,酒酣之际情绪激昂,拔剑起舞。天门高远难进,太乙子骑白虎游历华山。白虎登上金梯,金梯高耸入云。太乙子手拿灵芝,触摸彩虹,呼子先、茅龙与他一起飞行,去追逐玉女。诗人赞美太乙子挣脱名缰利锁,遗世独立。此诗想象新奇,思致超然,笔力雄健,意境瑰丽,寓意深刻,耐人寻味。

(三)边塞诗

《陇头吟》

沙漫漫,石簇簇,马仆车摧陇山曲。陇山日日行不前,夜夜还从陇间宿。关东只说羊肠坂,那知陇坂如山远。陇阪逶迤距西域,古来此地希人迹。山川本自隔华戎,君王直欲吞夷狄。自从汉虏互相仇,塞上风尘无日休。几群天马来荒外,百万征人戍陇头。堪嗟百万征西卒,半作陇山山下骨。谁为戎首祸斯人,后有汉武先嬴秦。秦家无策

---

① 王云五主编,陈田辑《万有文库·明诗纪事》,商务印书馆,1936年,第1378页。

良可嗤,汉制匈奴空尔为。愿令边郡谨备寇,不用中原多出师。

陇头黄沙一望无际,乱石成堆,车马在曲折的山路上颠簸。每日,白天在陇山上艰难行进,夜晚在山间休息。关东的羊肠坂以险要著称,熟料陇坂更为艰险。陇头蜿蜒向西连接西域,这里人烟稀少。山河把华夏与西戎隔开,君王执意吞并戎狄。夷汉相互为敌,塞上烽烟不断。西戎的铁骑入关,中原的百万征夫驻扎陇头,可怜百万士卒埋骨于陇山之下。谁是发动战争的主谋,祸害百姓?先有秦皇后有汉武,秦朝的边疆政策不值一提,汉朝抵御匈奴乏善可陈。希望加强边备,防范入侵之敌,中原从此获得平安。诗人对当时西北的边患充满忧虑,对古代君主的穷兵黩武予以批判,对保卫边疆的战士充满同情。此诗联想巧妙,对比鲜明,直抒胸臆,见解独到,鞭辟入里,发人深省。

三十四、许宗鲁(1490—1559),字东侯,号少华、思玄道人、青霞道士,陕西省西安市人。正德十二年(1517)进士。许宗鲁著有《少华山人全集》52卷、《古今韵》1卷、《酒狂乐府》1卷等。朱彝尊评价:"少华诸体皆工,寓和婉于悲壮之中,譬之秦筝,独无西气。足与边廷实、王子衡并驱。[1]"陈田评价:"东候固是关中之俊,音亮气遒。对山、渼陂皆在下风。[2]"嘉靖三十一年(1552),许宗鲁致仕归乡。许宗鲁的咏陕诗为怀古诗、赠别诗、田园诗。

(一) 怀古诗

《月夜游华清宫》

水殿开元作,骊宫甲夜游。瑶扉迎画烛,香谷涨春流。月影林花细,风声苑树稠。行云凝不散,千古玉环愁。

华清宫建造于开元时期,初更天,诗人到此游玩。华丽的大门外烛光摇曳,山谷里春水潺潺,月光下林中的花朵娇弱,晚风吹拂,茂密的树叶发出响声。云彩停止不动,杨玉环的愁怨千古不散。此诗抚今

---

① 朱彝尊《静志居诗话》上册,人民文学出版社,1990年,第289页。
② 王云五主编,陈田辑《万有文库·明诗纪事》,商务印书馆,1936年,第1440页。

追昔,联想巧妙,笔墨淡雅,意境绮丽,拟人传神,韵味隽永。

《春日游兴庆故池》

昔是皇家苑,今为藩国池。景龙余旧号,花萼尚残碑。凤馆榛芜合,龙舟岁月移。藤垂千尺蔓,树拱万年枝。芳草王孙赋,霓裳帝子辞。翠盘怀妙舞,玉笛想横吹。佳丽前朝迹,兴亡异代时。乘春聊命赏,览古一兴思。海变旋成陆,台倾已就夷。援琴歌慷慨,徒感雍门悲。

兴庆宫曾是唐代的宫殿,现在为秦王府私苑。如今只留下景龙的年号,花萼楼仅剩下残碑。楼台亭阁残破荒凉,时过境迁,兴庆池的龙舟已经消失,年深月久,古藤垂下长蔓,大树枝干粗壮。王孙、帝子零落,赋诗怀旧。诗人仿佛看到翠盘上的曼舞,听到玉笛演奏的乐曲。欣赏美好景物,凭吊前朝遗迹,感叹朝代更迭,兴亡之感油然而生。春游赏景,游览古迹,触动幽思。沧海转瞬变成陆地,宫殿顷刻倒塌,夷为平地。看到眼前的景象,想起雍门子周为孟尝君弹琴的典故,心中充满悲伤。兴庆宫的草木、遗迹见证了历史的兴衰,沧海桑田的变迁令诗人感慨万千。此诗抚今追昔,意境苍凉,想象生动,对比鲜明,情绪悲伤,富有哲理。

(二) 赠别诗

《骊山雨中留别诸友》

雨意催行色,山城暗不开。湿云屯古殿,凉吹起层台。驿路牵愁去,乡书望雁来。诸君歌折柳,那惜尽余杯。

乌云密布,天色昏暗,大雨将至,催人启程。潮湿的云气笼罩着古老的宫殿,凉爽的风从高台吹来。踏上驿道,乡愁油然而生,盼望鸿雁归来传送家书。友人送别,开怀畅饮,一醉方休。此诗白描传神,构思新颖,意境苍凉,情绪感伤。

(三) 田园诗

《立秋日曲江别业作》

垂柳昼阴阴,村居门巷深。秋日来此日,时岁感吾心。水鸟浮沉浴,风蝉续断吟。江皋余暑在,竹下且披襟。

立秋之日,诗人到曲江游玩,只见垂柳茂密,小村幽静,秋天的景象令诗人感动。水鸟时而潜入水中,时而露出水面,秋蝉在风中时断时续地鸣叫。江边暑热犹存,诗人来到竹林中敞开衣襟纳凉。此诗笔墨淡雅,白描生动,意境恬淡,格调闲适,言近旨远,韵味隽永。

三十五、樊鹏(1490?—1560?),字少南,河南省信阳市人。嘉靖丙戌(1526)进士,著有《樊氏集》12 卷。钱谦益评价:"其论诗一以初唐为宗,亦原本于仲默也。①"朱彝尊评价:"望之、少南同为仲默乡井,絜短论长,少南差胜。②"樊鹏曾任陕西按察金事。樊鹏的咏陕诗为怀古诗。

《五丈原》

英雄久已矣,霸迹至今存。为惜三分国,愁看五丈原。春云浮战垒,野柳暗营门。莽莽金牛道,谁为万里魂?

三国的英雄远去,他们的霸业永存,诸葛亮面对三足鼎立的局势无力回天。驻足五丈原,内心充满忧愁。云彩飘过堡垒,柳树遮蔽了营门。漫长的金牛道上,诸葛亮的忠魂犹在。此诗抚今追昔,意境苍凉,情绪感伤,设问巧妙。

三十六、桑溥(1490?—1554?),字伯雨,山东省鄄城县人,正德九年(1514)进士。著有《宦游》《闲居》。曾任华州知州,陕西巡察金事。桑溥的咏陕诗为游览诗。

《登咸阳北原》

高原出飞盖,四望暂徘徊。水入黄河去,山从华岳来。汉陵埋宿草,秦苑剩遗灰。莫教兴亡迹,秋深客思哀。

诗人驱车来到咸阳北原,眺望四周,心中惆怅。渭水流入黄河,远山连接着华山。汉朝的皇陵被荒草覆盖,秦朝的宫苑化为烟尘。眼前的景象,引发诗人的兴亡之感,深秋时令更加深了心中的哀伤。此诗

① 钱谦益《列朝诗集小传》上册,上海古籍出版社,2008 年,第 326 页。
② 朱彝尊《静志居诗话》上册,人民文学出版社,1990 年,第 328 页。

抚今追昔,情绪悲伤,笔墨冲淡,意境苍凉,拟人生动,韵味隽永。

　　三十七、胡侍(1492—1554),字承之,号蒙溪,陕西省西安市人。正德十二年(1517)进士。胡侍著有《胡蒙溪诗集》11 卷、《胡蒙溪文集》4 卷、《蒙溪续集》6 卷、《墅谈》6 卷、《真珠船》8 卷等,存世诗歌 440 余首。王世贞评价:"胡承之如病措大习白猿公术,操舞如度,击刺未堪。①"朱彝尊评价:"承之诗原北地,而五言颇近信阳。②"胡侍的咏陕诗为游览诗、怀古诗。

(一)游览诗

《骊山》

　　十月升骊阜,天寒气候清。晴光三辅动,落日三川明。萧索登高赋,栖迟去国情。山河只在眼,那得见神京。

　　十月诗人登上骊山,天气寒冷,空气清新。晴朗的阳光普照长安,落日下泾河、渭河、洛河波光粼粼。登高赋诗,心情颓丧,离开朝廷,漂泊不定,失意苦闷。看着眼前的山川,不知何时才能再到都城。诗人登上骊山,放眼远眺,虽然秋高气爽,但心情落寞,渴望用世之情溢于言表。此诗笔力雄健,意境凄清,情绪悲凉,对比巧妙,构思新颖。

《登石瓮寺》

　　拄杖缘云蹑翠微,昙花如雨昼霏霏。七重香刹天中出,百丈玄泉树杪飞。野鹿避人趋竹崦,山僧迎客换荷衣。向平婚娶行须毕,览胜探奇定不归。

　　石瓮寺位于骊山。

　　诗人拄杖顺着云雾缭绕的山路攀登骊山,昙花像雨一样在白天洒落。石瓮寺高耸云端,百丈瀑布从山顶倾泻而下。野鹿避开游人跑入山中的竹林,寺中的僧人迎接穿隐士衣服的访客。完成子女的嫁娶之典,出家云游,览胜探奇,遁迹世外。此诗思致超然,移步换景,笔墨冲

---

① 　王世贞著,陆洁栋、周明初批注《艺苑卮言》,凤凰出版社,2009 年,第 83 页。
② 　朱彝尊《静志居诗话》上册,人民文学出版社,1990 年,第 290 页。

淡，意境清幽。

（二）怀古诗

《华清宫》

空山无复翠华来，山鸟犹呼阿滥堆。野笛不知翻古调，数声吹上按歌台。

在骊山已见不到天子临幸的盛大场景，只有鸟儿仍称阿滥堆，笛子奏出时调新曲，按歌台上已听不到美妙的古曲。此诗抚今追昔，意境苍凉，言近旨远，情韵深永。

三十八、钱泮（1493—1555），字鸣声、鸣教，号云江，江苏省常熟市人。嘉靖十四年（1535）进士。曾任陕西按察副使，备兵汉中。钱泮的咏陕诗为山水诗。

《游灵岩》

绝巘开先府，森寒夏日浮。云扶将坠石，壑引欲奔流。吞吐烟霞润，赓歌花鸟稠。为淹骢马客，落日未回舟。

灵岩寺位于今陕西省略阳县城南。

灵岩寺修建在极其险峻的山峰上，即使在夏天，阴冷的石洞也寒气袭人。危岩耸立在云中，飞流直下跌入深谷。云霞聚散，变化莫测，空气湿润。鸟儿鸣叫，此起彼伏，山花烂漫。美丽的景色令诗人流连忘返，夕阳西下，不愿乘船离去。此诗笔墨清新，意境雄奇，拟人传神，言近旨远。

三十九、皇甫涍（1497—1546），字子安，号少玄，江苏省苏州市人。嘉靖十一年（1532）进士。皇甫涍著有《皇甫少玄集》26 卷、《皇甫少玄外集》10 卷、《续高士传》10 卷、《春秋书法纪原》等，存世诗歌1240 余首。"其诗则宪章汉魏，取材六朝，古体多于近体，五言多于七言。①"王世贞评价："皇甫子安如玉盘露屑，清雅绝人，惜轻缣短幅，不堪裁剪。②"沈德潜评价："子安枕籍选体，故五言自高。然得风格而遗

---

① 王世贞著，陆洁栋、周明初批注《艺苑卮言》，凤凰出版社，2009 年，第 83 页。
② 永瑢《四库全书总目》，中华书局，1965 年，第 1506 页。

精理,未云诣极也。①"皇甫涍的咏陕诗为边塞诗。

《陇头水》

月照潺湲泪,霜凋离别颜。笳声杂陇树,雁影没秦关。

月光下河水缓缓流动如同离人的眼泪,霜降草木凋零,游子告别亲人,容颜凄楚。胡笳声夹杂着陇头树木发出的悲鸣,南迁的大雁飞过秦关。此诗比喻新奇,联想巧妙,白描传神,意境凄清,言近旨远,韵味隽永。

四十、赵统(1500—?),字伯一,号骊山,陕西省西安市人。嘉靖十四年(1535)进士。著有《骊山集》14卷、《杜律意注》2卷等。"其命意搜微,多出己见。大都骨力莽苍,学殖淹博,稍稍融透,莫难雁行献吉。②"嘉靖二十四年,赵统罢官回乡。赵统的咏陕诗为游览诗、纪行诗、山水诗、风俗诗、怀古诗、灾难诗。

(一)山水田园诗

《步出华清观城壖治畦》

杨柳垂垂沓着花,东风吹乳出城鸦。阿谁谩费温泉水,不进中旬二月瓜。

柳丝低垂,繁花锦簇,春风吹拂,乌鸦离巢,何人随意浪费温泉水,不去侍弄瓜田。此诗笔墨冲淡,意境闲适,设问巧妙,言近旨远。

《恤审后出长安乱灞四望》

东望柏林又几巅,云霞雾霭终南连。山河北会余周甸,航栈旁通乱楚阡。隔岭三间瞻紫阁,逼关二华顾蓝田。树兰献玉空何事,历揭烦量灞水玄。

诗人向东眺望,山顶有柏树林,云霞灿烂,薄雾笼罩,终南山绵延起伏。北面,山与河相会于周朝京城的郊外,水路、栈道四通八达,连接秦、楚。遥望山外神仙的居所,回顾太华、少华背后的蓝田。困扰于隐居还是出仕毫无意义,忘掉烦恼,探究灞水的奥妙。此诗笔力遒劲,

---

① 沈德潜《明诗别裁集》,上海古籍出版社,2013年,第179页。
② 永瑢《四库全书总目》,中华书局,1965年,第1589—1590页。

气势恢宏,意境雄奇,寓意深远,耐人寻味。

(二) 游览诗

《忆鱼池湾旧游》

秦王陵下鱼池湾,断苇荒蒲近对山。白酒黄鸡秋兴在,太平只欠一身闲。

鱼池湾临近秦王陵,衰败的苇蒲面对近处的山峰。鸡和酒激发了秋日的情怀和兴会,生活闲适便平安无事。此诗笔墨冲淡,意境萧疏,抚今追昔,联想巧妙,悲喜交加,情绪起伏。

(三) 纪行诗

《渡戏》

黄发凋残鬓共皤,再将几度渡戏河。山回折领堆云岸,涨换曲滩下海波。站站惊尘犹自弊,依依老影为谁过。断行怕看邮亭柳,变尽前时旧干柯。

诗人的黑发减少,两鬓如丝,不知余生还能几次渡过戏水。山迂回曲折,河岸高悬,河水上涨,沿着曲折的河岸奔腾。车马疾驰扬起尘土,自作自受,恋恋不舍的衰老身影为谁徘徊。断然离开,害怕看见邮亭的柳树,已经与之前的枝干大不相同。此诗触景伤情,对比鲜明,设问精警,格调沉郁。

(四) 风俗诗

《七夕濯足华清宫前沟水》

骊山新月急初秋,才入黄昏趁水流。濯足桥南七星殿,不知天上有牵牛。

初秋,一弯新月急切爬上骊山,傍晚时分,月光倒映水中。在桥南的七星殿濯足,不关心天上牛郎与织女的会面。此诗拟人传神,意境淡远,笔墨清新,言近旨远。

(五) 怀古诗

《吊幽王墓》

水下戏亭古岸悬,幽王坟墓为桑田。西戎想像能无赖,东国追随太有权。大地丘陵闲问垒,荒台烽火近生烟。摇摇落日多情思,更吊秦陵汉冢前。

戏亭,在今陕西省临潼区戏水西岸。

戏亭高悬于戏水岸上,周幽王的墓已经成为田畴。周幽王被西戎杀害咎由自取,东周又仿效前人之事。丘陵上的堡垒已经废弃,荒凉的烽火台仍然冒烟。摇曳的落日触动了诗人的情绪,由幽王墓联想到秦陵汉冢。周幽王亡国的惨痛教训并没有令后人警醒,后代帝王屡屡蹈其覆辙的悲剧,发人深省。此诗抚今追昔,意境苍凉,拟人传神,联想巧妙,情韵深永,耐人寻味。

(六)灾难诗

《戊辰六月十八日地午震》

六月中旬旱热愆,忽来迹震夺门颠。也知俟死拼终日,可使伤生更历年。青天如拭云藏巧,陆海欲粉树炉妍。想像英雄千古叹,五行占验谓谁传。

隆庆二年六月中旬,干旱酷热,突然发生地震,诗人夺门而逃。知道是在等死,但要拼命活下去。一年又一年,因活着而感到哀伤。天空清明没有云彩,上天嫉妒关中物产富饶,欲使其粉碎。遥想千古英雄,慨然长叹,谁能用五行占卜吉凶。此诗比喻生动,拟人传神,联想巧妙,情绪悲凉。

四十一、吕颛(约1500—1567),字幼通,号定原,甘肃省宁县人。嘉靖二年(1523)进士。著有《省垣稿》1卷。吕颛的咏陕诗为山水诗。

《武关》

十峰日落武关西,宛宛虹桥瞰碧溪。野鸟闲花各自在,问人惟有杜鹃啼。

武关的群峰沐浴着夕阳,轻巧的拱桥架设在清澈碧绿的溪水上。鸟儿自由飞翔,花儿吐露芬芳,诗人想找人问路,只听到杜鹃的哀啼。此诗白描传神,拟人生动,笔墨淡雅,意境清幽,动静结合,衬托巧妙。

四十二、乔世宁(1502—1564),字景叔,号三石,陕西省铜川市人。嘉靖十七年(1538)进士。乔世宁著有《丘隅集》19卷、《耀州志》12卷等,《丘隅集》收录其诗290余首。朱彝尊评价:"整而不浮,可与许少华肩并,余蔑有过焉者。[1]"陈田评价:"五律有唐人格意,清圆婉转,不愧作者。[2]"嘉靖三十一年,乔世宁离开官场回乡。乔世宁的咏陕诗题材丰富,有怀古诗、题画诗、风俗诗、纪行诗、游览诗。

(一)怀古诗

《经始皇陵》

雄图不可见,墟墓亦无凭。宝藏应先发,泉宫侈后称。只余双岭月,长作万年灯。山下东原道,人人说霸陵。

诗人路过秦始皇陵,感慨秦始皇的霸业成空,秦始皇的陵墓是真是假没有依据。只有先把陵墓内的宝藏挖掘出来,才能确认它是否为秦始皇陵。诗人感叹如今只有骊山东、西秀岭的月光,是守护陵墓的万年灯。骊山以东的平原上有人人皆知的汉文帝的霸陵。诗人质疑秦始皇陵的真伪,赞赏薄葬批评厚葬。此诗开宗明义,直抒胸臆,比喻新奇,对比巧妙,见解独到,发人深省。

《西京故城》

芜城临渭水,知是汉长安。王气经时歇,黄图想像看。望仙曾桂馆,承露更金盘。今日皆荒草,秋风立暮寒。

桂馆,汉宫馆名,位于汉长安城。

诗人看到汉长安城遗址,坐落在渭水边十分荒凉。帝王之气已经消失,只能想象昔日京都的景象。当年长安有迎神的桂馆,承接甘露的金铜仙人,如今只剩下荒草。诗人在秋风中感受着傍晚的寒意。此诗抚今追昔,对比鲜明,笔墨冲淡,意境凄清,情绪感伤,言近旨远。

---

① 朱彝尊《静志居诗话》上册,人民文学出版社,1990年,第350页。
② 王云五主编,陈田辑《万有文库·明诗纪事》,商务印书馆,1936年,第1732页。

《咸阳原》

萋萋原上草,累累原上丘。陵原望不尽,渭水日东流。

咸阳原上野草衰飒,荒坟一个接着一个。丘陵和平原一望无际,渭水不舍昼夜向东流去。此诗今昔对比,富有哲理,笔力遒劲,意境苍凉,言近旨远,韵味隽永。

(二) 题画诗

《辋川图》

往岁过兰水,沿洄羡辋川。画图今更见,却是卧游年。宛对岩前树,神驰沜上田。缅怀高隐处,佳兴渺翩翩。

诗人曾经路过兰水,十分羡慕辋川,久久徘徊,不忍离去。如今见到辋川图,以欣赏画册上的山水代替游览。面对图中的山石、树木,对辋川的田园风光心驰神往。缅怀王维隐居的地方,兴致勃勃,欣喜自得。诗人表达了对王维隐居生活的向往。此诗虚实结合,浑然天成,托物言志,构思巧妙,笔墨冲淡,格调高雅。

(三) 风俗诗

《中秋夜王检讨宅玩月》

玩月宴高堂,留欢兴未央。清光如有待,秋夜一何长。坐久天风发,纷飞桂树芳。含情不可问,把酒意彷徨。

在高大的厅堂宴饮赏月,气氛欢乐,兴致高昂。月亮像是在等待什么,秋天的夜晚十分漫长。在月光下坐了很久,清风习习,飘来桂树的芬芳。满含深情无以言说,举起酒杯优游自得。此诗笔墨淡雅,意境清幽,拟人生动,言近旨远,韵味隽永。

(四) 纪行诗

《行经渭川》

烈风夜不休,霜晨委百草。百草安足惜,时序令人老。客行凄以寒,远家胡不早。迢迢东逝川,上有长安道。驰逐声利间,终日徒扰扰。去日既以多,来日益以少。谁能百年内,颜色长美好。归去故山岑,沉冥以自保。

大风刮了一夜,早晨,霜落在草上,草枯萎了。不是为草惋惜,而是季节变化,人生迟暮,令人伤感。离家远行,凄凉困顿,故乡如此遥远,为何不早日回家。向东流淌的河水绵延至远方,远方有通往长安的古道。奔波于名利场,整天心绪烦乱。虚度光阴,来日无多。人生短暂,没有人能青春永驻,长生不老。回到故乡的山中,幽居匿迹,避祸全身。诗人心情沉重,归心似箭。厌倦了追名逐利的官场,渴望隐居生活。此诗联想巧妙,意境凄清,感悟深刻,富有哲理。

（五）游览诗

《温泉招饮》

相逢难此夜,游宴过华清。何处长生殿,当时无限情。山花还绣色,宫树满秋声。罢酒中庭月,萧然客思生。

诗人与友人久别重逢,在华清池游乐宴饮。长生殿已无迹可寻,李杨山盟海誓的深情令人感动。山花依然娇艳,树叶在秋风中飘落。放下酒杯,抬头望月,冷落的景象触动了客中游子的思绪。华清宫今非昔比,诗人感慨盛衰难料,世事无常。此诗抚今追昔,对比巧妙,笔致灵动,意境旷远,言近旨远,情韵深永。

四十三、李开先(1502—1568),字伯华,号中麓,山东省济南市人。明嘉靖八年(1529)进士,"嘉靖八才子"之一。李开先著有《闲居集》12 卷、传奇《宝剑记》《断发记》各 2 卷、散曲《赠康对山》《卧病江皋》《中麓小令》《四时悼内》各 1 卷、《画品》1 卷、《诗禅》1 卷,存世诗歌1400余首。钱谦益评价:"为文一篇辄万言,诗一韵辄百首,不循格律,诙谐调笑,信手放笔。①"嘉靖十年(1531),李开先公务之余,拜访王九思,与康海相会。在康海、王九思引荐下,李开先结识马理、吕柟、崔铣等。李开先的咏陕诗为灾难诗。

《地震》

地震连山陕,残伤亿万家。室庐尽倒塌,骸骨乱交加。占必阴偏

---

① 钱谦益《列朝诗集小传》下册,上海古籍出版社,2008 年,第 377 页。

盛，兆或政有差。平生三老友，一夜委泥沙。[杨尚书守礼、韩都御史邦奇、马光禄卿理，惊压而死。]

天网从天降，不分积善家。民间差已重，额外赋仍加。效取千方少，棋因一着差。昔年歌舞地，惨淡月笼沙。

第一首诗，描写山西、陕西地震，亿万人家受到伤害。房屋全部倒塌，尸骸杂乱堆积。占卜结果阴盛阳衰，预示朝政存在弊端。诗人的三位好友，一夜之间被泥沙埋没。

第二首诗，描写上天布下罗网，不分善恶，全部遭殃。百姓的徭役十分繁重，又额外增加赋税。治病时，为求疗效，不嫌药方少，下棋时，一步不慎，满盘皆输。以前的繁华之处，如今月光黯淡，愁云密布。

诗人生动描述了地震的巨大破坏力以及给百姓造成的伤害和痛苦，谴责统治者不积极赈灾，反而变本加厉地征收名目繁多的苛捐杂税，使百姓生活雪上加霜，濒临绝境。这两首诗直抒胸臆，语言犀利，讽刺辛辣，比喻生动，对比鲜明，情感悲愤。

四十四、刘绘（1506—1565），字子素、少质，号嵩阳，河南省潢川县人。嘉靖十四年（1535）进士。著有《嵩阳集》20卷。"其诗局度颇宏整，而乏深致，文不加修饰，畅所欲言[1]"。陈田评价："子素文章宏丽，足称作者，诗则有伟特之句，而鲜完善之篇。[2]"刘绘咏陕诗为山水诗。

《晓望终南》

终南亦何有，白云长英英。层峰亘西来，巍然临咸京。中有太乙洞，窈窕清籁生。郁郁古柏竦，关关春鸟鸣。红泉石乳溜，金灶丹光萦。经年鲜人迹，翠窦悬空青。我欲往从之，坎凛不能行。缁尘满周道，踽踽伤我情。何能奋飞去，翛然学长生。

终南山白云轻盈明亮，层峦叠嶂由西而来，连绵不断。终南山高大雄伟，靠近长安。山上有太乙洞，幽深的太乙洞发出清亮的声音。

---

① 永瑢《四库全书总目》，中华书局，1965年，第1590页。
② 王云五主编，陈田辑《万有文库·明诗纪事》，商务印书馆，1936年，第1706页。

茂盛的古柏挺立山峰,鸟儿在春风里鸣叫,悦耳动听。红色的泉水涓涓流淌,石钟乳倒挂,炼丹炉里火光闪烁。太乙洞常年人迹罕至,被苍翠树木遮蔽的洞穴高悬半空。诗人想去太乙洞修炼,然而,命运坎坷,难以如愿。世俗的污垢充满人间,诗人心中苦闷,徘徊不前。如何才能振翅高飞,自由自在地修炼长生不老之术?此诗联想巧妙,意境奇异,拟人生动,寄寓深刻。

四十五、王维桢(1507—1555),字允宁,号槐野,陕西省渭南市人。嘉靖十四年(1535)进士。王维祯著有《槐野先生存笥稿》20卷、《司成遗翰》4卷等,存世诗歌480余首。王世贞评价王维桢的诗"如马服子陈师,自作奇正,不得兵法,又如项王呕呕未了,忽发暗呜。[1]"王维桢的咏陕诗为怀古诗。

《宿骊下》

宿处傍骊山,泉声入卧潺。鼓鼙千载恨,寂寞高峰闲。星过明逾火,云来暗似鬟。娇娃已倾国,眉月尚澄湾。

诗人住宿处靠近骊山,听到泉水潺湲流动的声音,感叹惊天动地的渔阳鼙鼓造成千古遗恨,周幽王戏诸侯的烽火台荒凉破败。流星划过天际,亮光超过火焰,乌云厚重如同浓密的黑发。美丽的女子使国家灭亡,一弯残月清亮妩媚。作者夜宿骊山浮想联翩,反思兴亡,讽刺女色误国。此诗抚今追昔,意境幽远,比喻新颖,联想巧妙,拟人生动,对比鲜明。

《华清宫》

禁沼人能浴,禁垣草自荒。断山锁王气,废阁罢霓裳。树任元猿啸,泉留碧砌光。岩梅不知变,犹自发寒香。

华清池是昔日的禁地,如今普通人可以在此沐浴,华清宫荒草丛生。挖掘骊山,隐藏其帝王之气,破败的舞榭歌楼不再上演霓裳羽衣曲。树上有猿猴尽情啼叫,华美的池子里温泉水清澈明亮。山岩上的梅花不知道时过境迁,依然在寒风中散发出幽香。此诗抚今追昔,对

---

① 王世贞著,陆洁栋、周明初批注《艺苑卮言》,凤凰出版社,2009年,第84页。

比鲜明,笔墨冲淡,意境苍凉,拟人生动,言近旨远。

四十六、张炼(1508—1598),字伯纯,号太乙、太乙山人、双溪渔人,陕西省武功县人。嘉靖甲辰(1544)进士。著有《太乙诗集》5卷、《双溪乐府》2卷、《经济录》2卷等。"其诗源出长庆,而更加率易。如云:'一种勋庸一代贤,蜚声满路势熏天,凭君回首寰中事,若个豪华过百年'之类,殊不类诗格。至如:'能使机衡在我,从他造物弄人'等句,则愈涉俗矣。①"张炼的咏陕诗为山水诗。

《太乙峰》

坐对云山几万重,中间秀出玉芙蓉。四时郁郁浮佳气,知是终南第一峰。

坐看云雾笼罩的层峦叠嶂,太乙峰形似莲花,一峰独秀,四季郁郁葱葱,瑞气缭绕,是终南山的第一峰。此诗化用巧妙,意境壮丽,语言清新,比喻生动,气势恢弘。

四十七、赵贞吉(1508—1576),字孟静,号大洲,四川省内江市人。嘉靖十四年(1535)进士。赵贞吉与杨慎、任翰、熊过并称"蜀中四大家"。赵贞吉著有《赵文肃公文集》23卷、《诗钞》5卷,存世诗歌540余首。钱谦益评价:"公为诗骏发,突兀自放,一洗台阁婵媛铺陈之习。其文章尤为雄快,殆千古豪杰之士,读之犹想见其眉宇。②"嘉靖十七年,赵贞吉迁陕西白水县,有诗《题陕西白水县普贤寺》;嘉靖二十一年(1542),曾到华阴、长安;隆庆五年,赵贞吉致仕,途经陕西留坝县。赵贞吉的咏陕诗为纪行诗。

《柴关》

远山西走长安道,入栈青春听啼鸟。弱冠登朝忽已老,杜宇声声归去好。人间何事不堪了,直待腊除悔未早。君不见,七十二洞紫柏深,苦海世情争欲沉。

---

① 永瑢《四库全书总目》,中华书局,1965年,第1594页。
② 钱谦益《列朝诗集小传》下册,上海古籍出版社,2008年,第539页。

　　诗人沿着山路向长安进发,回想青春年少时走在栈道上听着鸟鸣的情景。诗人风华正茂时出仕为官,转眼已经年迈,杜鹃声声催促归去。诗人感叹人世间没有什么事情放不下,等到老来后悔为时已晚。紫柏山有七十二洞,古柏森森,仙人在此隐居,切勿追名逐利沉沦苦海。此诗笔墨淡雅,意境幽远,联想巧妙,对比鲜明,感悟深刻,耐人寻味。

　　四十八、康栗(1508—1529),字子宽,陕西省武功县人。著有《子宽集》。康栗的咏陕诗为山水诗。

《涉嶓川》

　　沣川洲上草,春日翠烟齐。直接终南嶓,平连水北栖。芳心千古惜,幽兴几人迷。欲泛无舟楫,长歌凤麓西。

　　沣川沙洲上的草在风中摇曳,春天,河上青烟缭绕。沣川流向终南山,在北面汇入渭河。古往今来,美好的情感值得珍惜,雅兴令人痴迷。想渡河却找不到船,只能在凤麓放声高歌。此诗笔墨冲淡,意境清幽,言近旨远,韵味隽永。

　　四十九、李攀龙(1514—1570),字于鳞,号沧溟,山东济南市人。嘉靖二十三年(1544)进士,“后七子”领袖。李攀龙著有《沧溟集》30 卷、《白雪楼诗集》10 卷、《拟古乐府》2 卷、《古今诗删》34 卷、《唐诗选》7 卷,存世诗歌 1380 余首。王世贞评价:“于麟拟古乐府,无一字一句不精美,然不堪与古乐府并看,看则似临摹帖耳。五言古,出西京、建安者,酷得风神,大抵其体不宜多作,多不足以尽变,而嫌于袭;出三谢以后者,崎峻过之,不甚合也。七言歌行,初甚工于辞,而微伤其气;晚节雄丽精美,纵横自如,灼然春工之妙。五七言律,自是神境,无容拟议。绝句亦是太白、少伯雁行。排律比拟沈、宋,而不能尽少陵之变。[①]”嘉靖三十五年至三十七年(1556—1558),李攀龙任陕西按察司提学副使。李攀龙的咏陕诗为山水诗。

---

① 王世贞著,陆洁栋、周明初批注《艺苑卮言》,凤凰出版社,2009 年,第 115—116 页。

《杪秋登太华山绝顶》

华顶岩峣四望开，正逢萧瑟气悲哉。黄河忽堕三峰下，秋色遥从万里来。北极风尘还郡国，中原日月自楼台。君王倘问仙人掌，愿上芙蓉露一杯。

缥缈真探白帝宫，三峰此日为谁雄。苍龙半挂秦川雨，石马长嘶汉苑风。地敞中原秋色尽，天开万里夕阳空。平生突兀看人意，容尔深知造化功。

太华高临万里看，中原秋色更漫漫。振衣瀑布青云湿，倚剑明星白日寒。东走峰阴摇砥柱，西来紫气属长安。自怜彩笔惊人在，咫尺天门谒帝难。

徙倚三峰峰上头，萧条万里见高秋。莲花直扑青天色，玉女常含白雪愁。树杪云霾沙漠气，岩前日晕汉江流。停杯一啸千年事，不拟人间说壮游。

第一首诗，描写诗人站在高峻的华山山顶环视四周，时值秋天，树木凋零，秋风凉爽。黄河从天而降，落到华山脚下，秋天的美景，如移动的巨幅画卷，映入眼帘。诗人离开京城来到陕西，受到皇帝的关怀，此处自有其独特风光。君王如果询问华山的美景，愿敬奉一杯来自芙蓉峰的甘露。

第二首诗，描写诗人登上华山绝顶，眼前的景象隐隐约约，若有若无，好像游览白帝仙宫一般。三峰之中哪座峰更加雄壮？行云布雨的苍龙飞降关中，迎风嘶鸣的石马从汉苑奔驰而来。秦川土地平坦开阔，无边秋色尽收眼底，夕阳西下，万里晴空辽阔旷远。平时自以为见识高人一等，今天才真正认识到造化的无穷神功。

第三首诗，描写诗人站在华山顶上眺望远方，秋天的景色广远无际。整衣瀑布边，青云湿润，仗剑明星玉女祠，即使白天也寒意袭人。东边山峰的北面遥对砥柱山，西边的紫色云气连接长安。诗人有惊天地泣鬼神的才华，然而，天门虽近在咫尺，却无路拜谒天帝。

第四首诗，描写诗人游遍华山三峰，秋天的景色寂寥冷落。莲花峰耸入云霄,与天同色。玉女峰白雪皑皑,云雾缭绕。山顶的云烟远接大漠,日光映照在峭壁上,影子落在汉江里。诗人掷杯,纵声长啸,真是千古盛事,放言自己的诗不同于他人的壮游诗。

这四首诗描写作者登临华山绝顶时的所见所感。诗人登高望远,华山险峻雄奇,气势壮观,大自然的鬼斧神工令诗人触景生情,进而感慨壮志难酬。这组诗想象新奇,意境雄浑,比喻生动,拟人传神,笔力遒劲,气势恢宏,感慨遥深,心绪苦闷。

五十、徐渭(1521—1593),初字文清,后改为文长,号田水月、天池山人、青藤道士等,浙江省绍兴市人。徐渭著有《徐文长三集》29 卷、《徐文长佚稿》24 卷等,存世诗歌 2100 余首。"其诗欲出入李白、李贺之间,而才高识僻,流为魔趣。选言失雅,纤佻居多,譬之急管幺弦,凄清幽渺,足以感荡心灵,而揆以中声,终为别调。[①]"徐渭的咏陕诗为题画诗。

《杨妃春睡图》

守宫夜落胭脂臂,玉阶草色蜻蜓醉。花气随风出御墙,无人知道杨妃睡。皂纱帐底绛罗委,一团红玉沉秋水。画里犹能动世人,何怪当年走天子。欲呼与语不得起,走向屏西打鹦鹉。为向华清日影斜,梦里曾飞何处雨?

把胭脂一样的守宫砂点在玉臂上,玉阶前的草地青翠,蜻蜓为之沉醉。微风吹拂,一阵香气飘到御墙外,没有人知道杨贵妃在午睡。黑纱帐里红罗委地,杨贵妃肤色娇艳,如同一团红玉沉入秋水中。图画中的杨贵妃仍能令人心动,难怪当年唐明皇因她出逃西蜀。想叫醒杨贵妃与她说话,她却起不来,只好走到屏风西边逗弄鹦鹉。日影西斜,华清宫中,鹦鹉在梦中曾飞到何处? 诗人先写画的内容,再写欣赏图画时的感受,流露出对唐明皇的同情,隐含着女色误国之意。此诗虚实结合,语言华美,意境绮丽,拟人传神,比喻生动,构思奇特,讽刺委婉。

五十一、吴国伦(1524—1593),字明卿,号川楼子、南岳山人,湖

---

① 永瑢《四库全书总目》,中华书局,1965 年,第 1606 页。

北省阳新县人。嘉靖二十九年(1550)进士,为后七子成员。吴国伦著有《甗甄洞稿》54 卷、《续稿》27 卷,存世诗歌 4950 余首。钱谦益评价:"明卿才气横放,跅弛自负,好客轻财,归田后,声名籍甚。海内嗷名之士,不东走弇山,则西走下雉。①"朱彝尊评价:"元美即世之后,与汪伯玉、李本宁狎主齐盟,三君皆不知诗,王、李既殁,海内不敢违言,刘子威、冯元成、屠纬真辈相与附和之。《甗甄》、《太函》、《大泌》等集辑与《四部》争富,而《由拳》、《白榆》等集尤而效之,海内之为真诗者寡矣。②"陈田评价:"《甗甄洞稿》存诗太多,如太仓陈粟,武库钝兵,虽多亦奚以为。惟与李、王结社,虽沿习气,颇讲格律,撷其菁华,不失为于鳞派中佳境也。③"吴国伦的咏陕诗为纪行诗、赠别诗。

(一) 纪行诗

《七盘岭》

驱马度层岭,马鸣知辙轲。欲舒千里足,其奈七盘岭。

诗人骑马走过层峦叠嶂,从马的嘶鸣感受到道路崎岖。诗人感叹在如此陡峭曲折的山路上,即使千里马也难以自由奔驰。诗人借旅途艰险,抒发怀才不遇的无奈。此诗构思新颖,联想巧妙,寓意深刻,言近旨远。

(二) 赠别诗

《送徐行父少参赴关内》

咸阳天下险,洛邑天下中,潼关晔晚周西东。君自三川历三辅,分陕经营王命同。登车慷慨千人雄,矫若八翼凌苍穹。左冯翊,右扶风,汉阙秦畿指顾通。为将匣里双龙剑,掷作天边二华峰。

咸阳以险要著称于世,洛邑是国家的中心,潼关监视四方。友人从三川到关中,出任地方官为皇帝效力。诗人赞美友人性情豪爽,气度不凡,勇敢威武,壮志凌云,官居要职,治理秦汉时期的京城畿辅。

---

① 钱谦益《列朝诗集小传》下册,上海古籍出版社,2008 年,第 433 页。
② 朱彝尊《静志居诗话》下册,人民文学出版社,1990 年,第 390 页。
③ 王云五主编、陈田辑《万有文库·明诗纪事》,商务印书馆,1936 年,第 1825 页。

将匣中宝剑掷出，化作耸立云端的太华、少华两座雄峰。诗人写诗为朋友送行，祝愿他马到成功，大有作为。此诗想象新奇，气势豪迈，拟人生动，比喻新奇。

五十二、宗臣（1525—1560），字子相，号方城，江苏省兴化市人。嘉靖庚戌（1550）进士。宗臣著有《宗子相文集》25 卷，存世诗歌 730 余首。"其诗跌宕俊逸，颇能取法青莲，而意境未深，间伤浅俗。……然天才婉秀，吐属风流，究无剽剟填砌之习，本质犹未尽漓也。惟《竹间》诸篇，体近纤仄，未免汩没于时趋耳。至其《西门》、《西征》诸记，指陈时弊，反复详明。①"朱彝尊评价："子相诗才娟秀，本以太白为师，跌宕自喜。使其不遇王、李，充之不难与昌谷、苏门伯仲。自入七子之社，习气日深，取材日窘，撰体日弱，薜荔芙蓉，蘼芜杨柳，百篇一律，讫未成家而夭，最为可惜。如对曹蜍、李志，有狐狸貀貉噉尽之忧，然犹愈徐、吴之木俑土偶也。②"陈田评价："子相古体，短篇时有合作，长篇叫嚣拉杂，有画虎不成之诮。五七言律，对句变幻，故作突兀，气脉不贯，有隽句而鲜完篇。五绝极有神韵。七绝轩爽，少弦外之音。③"宗臣的咏陕诗为赠别诗。

《二华篇并序》

嘉靖丙辰九月，济南李君攀龙由顺德守擢为陕西提学副使，余为之赋二华之篇。夫二华，西北巨镇也。往岁，秦地大震，山缺河溢，坏庐仆人，二千里人烟几绝，则二华之故乎？君往矣，即二华犹有不若者，君何辞焉。

我闻西极之精忽堕地，化为巨石如天长。孤根倒插黄河底，奇峰直耸天门旁。天门牛女不敢渡，斗域羲龙那得翔。上帝闻之恶其疆，擘为二华遥相望。太者在西少者东，千崖万岭盘晴虹。东来不得数泰岱，西去那复夸崆峒。中有紫髯白皙三五公，手持绿玉披芙蓉。有时

---

①　永瑢《四库全书总目》，中华书局，1965 年，第 1510 页。
②　朱彝尊《静志居诗话》下册，人民文学出版社，1990 年，第 388 页。
③　王云五主编、陈田辑《万有文库·明诗纪事》，商务印书馆，1936 年，第 1820 页。

踏天跨白鹿,镇日鞭石挥青龙。零露不断仙人掌,古雪常吹玉女峰。忽见悲风万里来,苍螭赤蛟何雄哉。金鳞乍开似飞电,怒角并斗如奔雷。惊沙飘忽天柱动,狂飙迅急坤轴摧。玉女散发乱峡走,仙人赤脚沧海回。地颤山愁千万里,奇峰片片下沉水。黄河直上峰头坐,忽散人家室屋里,往往屋上游赤鲤。千门万户半作鬼,广厦高宫尽成土。白日不闻父老哭,青天唯见魍魉舞,二华二华谁能主。我闻李侯佩玄珠,截日飞霜天下无。侯今跃马函关去,礼隆招摇为前驱。千峰明月乱相逐,万里白云惊且呼。侯之往矣何为乎,为我停车华山隅。手挈蛟螭山下趋,仗剑一一数其辜。山之摧者叱其立,黄河在手如持盂。山上芙蓉色不枯,仙人玉女复来吹玉竽。侯也与之长相须,千秋万载同欢娱。侯向二华去,听予二华歌。二华未到歌先到,石走龙吟侯奈何。

二华指太华、少华二山。

传说中西方的精魂掉落人间,化成像天一样无垠的巨石。巨石的根倒插进黄河里,奇峰耸立在天门旁。牛郎与织女不敢渡河,羲龙也飞不过去。天帝对这个地方感到厌恶,把太华与少华分开,让其遥相对望。太华山在西边,少华山在东边,层峦叠嶂蜿蜒盘旋如同游龙。东边的泰山不能与之相比,西边的崆峒山不值得称道。山中住着紫髯白皙的神仙,他们手执绿玉,身披芙蓉。有时骑白鹿上天,指挥青龙管制太阳、祈雨,使风调雨顺。仙人峰上降下露水,玉女峰常年积雪。忽然,凄厉的寒风席卷天地,蛟龙无比勇猛,金色的麟张开像闪电一般,怒角高耸迅疾如雷。沙尘飞扬,天柱动摇,暴风猛烈,地轴折断。玉女披散着头发在山谷中奔跑,神仙光着脚回到大海。地动山摇,山峰垮塌沉入水中,黄河卷起巨浪淹没山峰,冲垮房屋。红鲤在垮塌在水中的屋顶上游泳。千家万户死去一半,大厦豪宅成为泥土。白天听不到人哭,只看到鬼怪张牙舞爪。谁能控制太华山与少华山。李攀龙佩戴黑色明珠,阻止太阳,降下霜雪,天下无二。李攀龙如今策马驰骋入函谷关,欢迎的礼节隆重,北斗在前面开路,明月相伴,白云追随,日夜兼程,跨过千山,奔向驻地。李攀龙为何去陕西?他在华山脚下停车,抓住蛟龙下山,仗剑数落它的罪过。倒下的山喊它站起来,把黄河放在盆里用手端着。山上的芙蓉花鲜艳,神仙和玉女又开始吹竽。李攀龙与神仙相互配合,千秋万代同乐。李攀龙到太华、少华去,听诗人咏太华、少华的诗。李攀龙还没到太华、少华,先听到对它们的歌咏,巨石奔走,神龙鸣叫,李攀龙怎么办?诗人交代了太华、少华的神奇来历,描绘了雄伟壮丽的景象,极写地震中天崩地裂、房倒屋塌、万户萧条的悲惨状况。诗人希望李攀龙在陕西大展宏图,造福地方,青史留名。此诗想象奇特,意境险怪,虚实结合,对比鲜明,拟人生动,比喻新奇,笔酣墨饱,气韵浑成。

五十三、张佳胤(1526—1588),字肖甫,号居来山人,重庆市人。明嘉靖二十九年(1550)进士。著有《崌崃山房文集》65 卷。万历七年(1579),张佳胤任陕西巡抚。张佳胤的咏陕诗为纪行诗。

《由内阁降谪,至马道驿诗》

马道驿丞八十五,身寄西秦家东鲁。耳聋齿脱鬓如霜,出入逢迎状伛偻。路接青桥与武关,栈道崎岖无与伍。不卑小官有展禽,不薄乘田有尼父。尔心岂是学圣贤,蜗角蝇头良自苦。余也东朝师保臣,枉生六十负君亲。抗章数十不得请,今始给驿归梁岷。官情见尔如胶漆,方信余为勇退人。

马道驿驿丞年纪老迈,他的故乡在山东却困守陕西。驿丞满头白发耳聋齿落,迎来送往时弯腰驼背,老态龙钟。这里连接着青桥与武关,是栈道中最为崎岖之处。孔子、柳下惠对位卑职微的小官吏谦恭有礼,诗人批评马道驿丞不以圣贤为榜样,追求蜗角虚名、蝇头小利,自讨苦吃。诗人也曾师奉朝廷大臣,虚度光阴愧对君亲,因此多次上奏章请辞,终于获得批准回乡。诗人蔑视驿丞迷恋名利,欣喜自己能够及早隐退。此诗由今及古,由人及己,联想巧妙,对比鲜明,直抒胸臆,讽刺辛辣。

《登函关城楼》

楼上春云雉堞齐,秦川芳草自萋萋。黄看雨后河流急,青入窗中华岳低。客久独凭三尺剑,时清何用一丸泥。登高远眺乡心起,关树重遮万岭西。

函谷关,位于河南、陕西、山西交界的灵宝县境内。

函谷关的城楼耸入云霄,关中平原的草木茂盛。雨后河水浑黄,水流湍急,透过窗户远眺,青翠苍劲的华山变得低矮。仗剑远游,客居他乡,天下太平,何须防守险关。登高远望,思乡之情油然而生,茂密的树木遮挡了视线,故乡远在层峦叠嶂之外。此诗视角多变,意境淡远,对比巧妙,笔致灵动,言近旨远,韵味隽永。

五十四、孙应鳌(1527—1586),字山甫,号淮海,贵州省凯里市人。嘉靖三十二年(1553)进士。孙应鳌著有《学孔精舍汇稿》16卷、《庄义要删》12卷、《教秦总录》4卷、《教秦绪言》1卷、《幽心瑶草》1卷等,存世诗歌近900首。陈田评价:"《汇稿》中五古超旷之致,大类薛文清,七律亦轩轩俊爽。[①]"莫友芝评价:"五言乐府,沉雄森秀,直逼魏晋而无何、李、王、李太似之嫌;七言及近体,舒和苍润,品亦在初盛唐间,尤讲学家所未有。[②]"嘉靖四十年(1561),孙应鳌升陕西提学副使。孙应鳌的咏陕诗为纪行诗、山水诗。

(一)纪行诗

《重经华阴》

太华少华何绝奇,昔我登览偕前期。朝发山阳夕陟崛,北饮飞泉南采芝。紫云暂憩不满意,玄圃重游空系思。明日出关弥远路,私微所伤当语谁?

太华、少华山的雄奇天下无双,昔日诗人登华山时已约定好故地重游。早上从山南出发,晚上登上山顶,饮飞泉水,采灵芝。暂时在华山停留深感不足,重游华山令人悬想。明天出关后路途更加遥远,被谗言中伤,能向谁倾诉。诗人路过华阴,目睹太华、少华的雄奇壮丽,

---

① 王云五主编,陈田辑《万有文库·明诗纪事》,商务印书馆,1936年,第1951页。
② 唐树义等编,关贤柱点校《黔诗纪略》,贵州人民出版社,1993年,第184页。

回想当年登华山的情景,感慨万千。诗人遭受诽谤,充满担忧,内心苦闷。此诗化用自然,对比巧妙,悲喜交加,感慨遥深。

(二) 山水诗

《坐对南山》

南山郁崔嵬,苍翠日引领。城府纡僻地,衡门厂幽境。高楼十亩闲,自觉百虑屏。石床春正温,松籁夜愈静。超然悟至理,天光发真境。

南山巍峨雄伟,树木茂盛。这里远离城市,位置偏僻,隐士居住在此,环境幽静。诗人设想有宽敞的房屋和良田,内心无忧无虑。春天躺在石床上温暖舒适,松涛阵阵把夜晚衬托得更加宁静。超脱于是非之外领悟真理,获得启迪到达仙境。此诗驰骋想象,思致超然,虚实相生,浑然天成,意境淡远,格调闲适。

《华山诗》

玄致凤叠叠,登临资内观。仙迹富华岳,岩谷回芒端。凝目神已豁,跐足兴不瘅。倚岸聊解佩,择枝先脱冠。崎嵚岂胃碍,天机动新欢。奇翻争空远,清风生昼寒。冥契自偕乐,独游谁称难。平生幽遐心,览兹逾舒宽。

云薄散烟姿,山深发泉响。还复穷神奇,孰云适苍莽。俯投磐石底,转出险径上。日影随峰横,金翠乱消长。寥阒理无涯,卷舒情还爽。仲尼昔闻韶,忘味惬心赏。缅余涤尘容,眷此高山仰。丈夫远览怀,古来称肮脏。

入谷千万盘,绝顶信难至。身前石崚嶒,足外壑深闶。织铁穿寸桥,削木缀单骑。欲止负初怀,拟进转惊悸。来非不二心,宁免遗书泪。踏水在无私,涉山亦同类。尽寸步愆囷,冠峰竟能企。始知历高旷,穹壤皆俯视。

华山若君子,先民遗良言。尽日望靡厌,松柏茂以繁。山上茂松柏,谿边饶兰荪。满香乱烟道,平翠迷云根。香翠长不歇,云烟互吐吞。仙都出欲界,尘世何嚣烦。一身本自由,驱时易寒温。既以同彼视,何能丧吾存。

山峰芙蓉秀,山涧芝蕙芳。客至暮春候,高歌月几望。晚色渐收照,林皋何混茫。崖际映微白,流晖突飞翔。孤嶂激幽籁,万树披寒光。俯境撷玄润,屏息怡清凉。安道曾破琴,冯亮亦结房。二妙诚高步,予何独彷徨。

神岳本峻美,标奇发苞结。谷转晴晦分,溪回峦岫别。东西郁相望,两壁何巀嶭。屈曲陟南峰,九州几邱垤。玉井一何甘,十丈莲初苗。饮水醴露凝,采花芳香撷。笑谈仁襟抱,容易尘想绝。前山日月岩,光景倏明灭。

女萝互缠绵,犹欲附高桧。矧我青云志,宁不履尘外。兽槛美丰林,鱼悬慕清濑。志乐安知疲,失路岂兴慨。卓哉偶良游,适与玄览会。理冥任寂喧,物齐均小大。高寒苍翠丛,远近递烟霭。淡然山水音,萧萧满天籁。

昔年跻岣嵝,已极平生心。今窥素灵宫,幽憬益萧森。名山偕夙嗜,高民多雅音。不观西游子,来隐此山岑。菖蒲发旧池,丹灶间空林。指宝诚可拾,要在探其深。汤汤大河流,日落生重阴。感物增叹息,徒令时变侵。

　　第一首诗,描写诗人早想登临华山,观赏壮丽景象以提升自己的境界。华山是求仙得道之处,山势崎岖险峻。看到深沟险壑、悬崖绝壁心惊胆战,但站在山顶并不后悔。解下所佩的饰物,脱去冠冕,辞官归隐。艰难险阻不能阻碍前进,造化的奥秘激发了新的欢乐。振翅翱翔,飞得又高又远,早晨的清风凉意习习。物我合一,自得其乐。诗人喜好寻幽览胜,饱览华山的美景后,心情舒畅,胸襟开阔。

　　第二首诗,描写华山高耸入云,山巅薄雾缭绕,深邃的山谷中泉水潺潺。登上层峦叠嶂,寻根究源华山的神奇奥妙,谁又能契合华山的苍莽辽阔。从山巅俯瞰磐石下面的万丈深渊,辗转行走于陡峭的山崖险路,太阳的光辉照耀着群峰,金光在青翠的山峦上忽隐忽现。辽阔高远的天空无边无际,白云舒卷令人心情畅快。孔子昔日听到韶乐,忘却人间美味陶醉其中。诗人曾经立志涤除尘世的污垢,格外眷恋令人景仰的名山。大丈夫登临远眺,胸怀远大,自古以来世人称颂如同华山一样刚直不阿的人。

第三首诗,描写山谷中道路蜿蜒曲折,到达山顶极为困难。眼前怪石嶙峋,身旁万丈深渊。铁链搭起狭窄的索桥,木板连成仅容一人的栈道。想停止又怕辜负初衷,欲前进又胆战心惊。如果不是意志坚定迎难而上,难免像韩愈当年一样,流着眼泪写下遗书。无论跋山还是涉水都要心无旁骛。没有丝毫后悔之意,才能迈开脚步登上顶峰。只有到达高远之境,才能俯视天地,领略大自然的奇迹。

第四首诗,描写正如前贤所言,华山像君子一样。整日仰望松柏茂盛的山峦也不厌倦。山上松柏茂繁,香草丛生,山间香气弥漫,翠谷云烟缭绕。树木花草四季常青,山顶云蒸霞蔚。华山是清静无为的仙境,人间喧嚣烦扰,令人生厌。诗人生性向往自由,欲驱使时令改变寒暑。既然把人与自然一视同仁,就不能丧失自己的价值。

第五首诗,描写山形像秀丽的芙蓉,山涧充满芝蕙的芬芳。暮春时节,诗人登上华山,高歌望月。夕阳落山,暮色降临,山野广大无边。晨曦照亮绝壁,天空的色彩瞬息万变。美妙的声音在孤峰回荡,茂密的树木闪着寒光。领略自然的美妙,屏气感受令人愉悦的清凉。戴安道打烂瑟,不愿作王门伶人,冯亮在嵩山结庐隐居,诗人羡慕他们超群绝俗,无奈自己却犹豫不决。

第六首诗,描写华山高峻秀美,与众不同,像含苞待放的花朵。峰峦阴晴变化,气象万千,溪流蜿蜒曲折,绕过层峦叠嶂。东西两峰挺立,相互对望,两峰极其高峻。诗人匍匐攀登到达南峰,放眼望去,九州的山俨然是几座小土丘。玉井的水如此甘洌,高大的莲花格外茁壮。喝着甘甜的醴露,采摘芳香的鲜花,顿时胸怀坦荡,弃绝俗念。眼前的日月岩上,光影瞬息变幻,忽明忽暗。

第七首诗,描写松萝互相缠绕,想攀附高大的桧树向上生长,诗人怀抱平步青云的豪情壮志,岂能不超脱于尘俗之外。关在铁笼里的猛兽向往丰茂的山林,落在网里的鱼羡慕清澈的激流。内心快乐不知疲倦,迷失方向怎能不发感叹。畅游华山与自然为伴,符合内心的志趣。领悟了深奥的道理之后,就不在乎寂静还是喧闹。抓住了事物的本质,就会对大小一视同仁。高寒之处青绿的树木丛生,远近的山峰云雾缭绕。山间的风声、流水声汇合成天籁。

第八首诗,描写诗人曾登临衡山的主峰,觉得已经满足了平生心愿。如今游览华山的素灵宫,隐藏在内心的感情更加强烈。名山能激发平素的爱好,高尚的人大多喜欢有益于风教的诗乐。来华山游览者很少有人隐居此山,令诗人感到遗憾。菖蒲在旧池中发芽生长,丹灶散落在空旷的树林里。看得见的宝物容易获取,关键在于探索其中更深层的奥秘。远望黄河浩浩荡荡,落日的余晖使山色浓重。诗人见物兴感,深深叹息,徒然使时世的变化触动心灵。

这八首诗展现了诗人的胸襟抱负,意蕴深厚,别具匠心。这组诗借景抒情,托物言志,笔墨酣畅,气韵浑成,联想巧妙,比喻生动,感悟深刻,富有哲理,意境雄深,格调高古。

五十五、叶梦熊(1531—1597),字男兆,号龙塘、龙潭、华云,广东省惠州市人。嘉靖四十四年(1565)进士。著有《运筹纲目》8卷、《决胜纲目》10卷以及《华云集》《关西漫稿》等。叶梦熊"即兵刃喧嚷,而行吟自若。所至名山大川,风晨月夕,辄拈韵成吟,一时朝野名公莫不争诵之。[1]"万历十八年(1590),叶梦熊巡抚陕西。叶梦熊的咏陕诗为怀古诗。

《谒太史公墓》

大河东去世茫然,司马残碑记汉年。狐史是非犹白日,龙门踪迹已浮烟。玉书神护空遗穴,石室云藏有剩编。国士漂零同感慨,一抔和泪滴重泉。

黄河向东奔流,时光飞逝,令人惘然。太史公墓前的断碑上是汉代的纪年。司马迁像董狐一样,秉笔直书,是非分明,其功业如太阳一般光耀千秋,司马迁的踪迹已无处可觅。《史记》有神明护佑得以流

---

① 陈友乔、颜婷《试论叶梦熊的"三不朽"功绩》,《惠州学院学报》,2015年第5期,第4页。

传,如今只剩下藏《史记》手稿的洞穴。传说司马迁墓内藏有《史记》的残稿。诗人为太史公的遭遇而悲伤,也自悲身世,奉上一抔黄土和热泪祭奠九泉之下的前贤。此诗抚今追昔,意境苍凉,类比巧妙,情绪感伤。

五十六、沈一贯,(1531—1615),字肩吾,号龙江,浙江省宁波市人。隆庆二年(1568)进士。沈一贯著有《敬事草》19卷、《喙鸣文集》21卷、《喙鸣诗集》18卷、《易学》12卷等,存世诗歌1200余首。钱谦益评价:"其于诗学有所指授,风华词藻,与嘉则略相似。①"陈田评价:"诗笔颇擅丽藻。②"沈一贯的咏陕诗为怀古诗。

《沔南怀古》

曾向齐门歌二桃,因从帝子说三刀。两朝涕泣吹余烬,五月踉跄渡不毛。鼎足已知天意定,江心犹隐阵云高。沔南祠庙终今古,蛇虎纵横护六韬。

诸葛亮躬耕隆中时好歌《梁父吟》,跟随刘备,分析三分天下的局势。鞠躬尽瘁辅佐先主、后主,兴复濒临衰亡的汉室,不辞艰辛南征平叛。明知三足鼎立是天意,知其不可为而为之。八阵图上空云气缭绕,护佑蜀汉社稷。武侯祠永远矗立在人间,八阵图使诸葛亮的兵法出神入化。此诗直抒胸臆,立意高远,高度概括,用典精当,比喻生动。

五十七、曾省吾(1532—1581),字三省,号确庵、恪庵,湖北省钟祥市人。嘉靖三十五年(1556)进士。著有《重刻确庵曾先生西蜀平蛮全录》15卷、《曾确庵三种》4卷等。曾省吾的咏陕诗为游览诗。

《将游辋川阻雨署中与客怅然》

何处王溪曲,迢迢白石村。寒藤蔓孤壑,独树因高原。可望不可到,一朝复一昏。空知多胜事,风雨坐中论。

蜿蜒曲折的王溪,发源于遥远的小山村,深沟里长满枯藤,高原上

---

① 钱谦益《列朝诗集小传》下册,上海古籍出版社,2008年,第550页。
② 王云五主编,陈田辑《万有文库·明诗纪事》,商务印书馆,1936年,第2280页。

树木稀少。辋川就在眼前却无法到达,时间过去了一天又一天。虽然熟知辋川的名胜,由于风雨的阻挡,只能静坐闲谈,打发时间。此诗构思新颖,对比巧妙,笔墨淡雅,意境闲适。

五十八、艾穆(1534—1600),字和甫、纯卿,号熙亭,湖南省平江县人。嘉靖三十七年(1558)举人。著有《熙亭集》10卷。朱彝尊评价:"西崦之后,诗律颇效空同,自公而后,南风多死声矣。①"陈田评价:"公诗摹杜,特挟奇气,盖有伟抱者自无凡响也。②"万历初,艾穆曾到陕西录囚。艾穆的咏陕诗为游览诗。

《登南五台后次早复登东五台盖皆终南第一峰而东峰尤险绝称胜纪兴》

岚光空色相缤纷,白动天门曙欲分。路经碧涧失三伏,人在瑶空低五云。青山此日吊藜杖,白昼元气坐氤氲。卧来忽作游仙梦,看遍洞中赤霞文。

山间的雾气在日光下发出的光彩与天空的颜色交织,五光十色。黎明时分,天空发白,太阳即将升起。走在山间碧绿的溪水旁,忘掉三伏天的暑热。站在山顶,如同置身仙境,脚踏五色祥云。挂杖游赏青山绿水,坐看天地阴阳之气交会合和。晚上忽然梦游仙界,遍览成仙得道的秘笈。此诗虚实相生,构思新颖,想象奇特,意境雄奇。

五十九、许孚远(1535—1604),字孟中,号敬庵,浙江省德清县人。嘉靖四十一年(1562)进士,著有《敬和堂集》8卷、《论语述》《大学述》《中庸述》等。万历十三年至十六年(1585—1588),许孚远任陕西提学副使。许孚远的咏陕诗为游览诗。

《游辋川》

辋川不似唐朝胜,空费文人自远来。画上诗篇虽不改,图中景致已难猜。风生母塔摇青草,雨润丞祠长绿苔。惟有当时鹿苑在,游人到此叹徘徊。

---

① 朱彝尊《静志居诗话》下册,人民文学出版社,1990年,第519页。
② 王云五主编,陈田辑《万有文库·明诗纪事》,商务印书馆,1936年,第1985页。

辋川已经今非昔比，远道而来的文人大失所望。王维的诗依然流传，但诗、画中描绘的景致难觅踪迹。思母塔上的荒草在风中摇曳，雨水浸润，王维祠的台阶上长满青苔。鹿苑寺尚在，游客到此徘徊叹息，不胜悲伤。此诗抚今追昔，对比鲜明，意境苍凉，情绪感伤。

六十、陈文烛（1535—1594），字玉叔，号五岳山人，湖北省仙桃市人。明嘉靖四十四年（1565）进士。陈文烛著有《二酉园文集》14 卷、《二酉园诗集》12 卷、《五岳山房集》等，存世诗歌 1400 余首。胡应麟评价："诗文清婉典饬，居然汉唐间名家。所著《二酉园集》，制作甚富，两司马咸有序，盛行于时。①"陈文烛的咏陕诗为山水诗。

《游辋川二首》

石门精舍辋川东，卜筑高人咏独工。指点玉山归画里，潺湲蓝水在诗中。田间飞鹭千秋白，花下流莺二月红。一坐清凉无限境，随缘聊得悟禅空。

人间何处避干戈，幽胜无如此地何。水尽山头人迹少，云深树杪鸟声多。良田数倾浮青霭，怪石千峰长绿萝。况是知心有裴迪，风流允许右丞过。

第一首诗，描写辋川东边有石门精舍，王维曾在此居住，他的诗千古传唱。王维诗中把蓝田山水描绘得优美如画。秋天，白鹭在田间飞翔，春天，黄莺在花间歌唱。身处如此清静之地，顺应机缘，了悟佛家真谛。

第二首诗，描写辋川是躲避战乱的最佳之处，人间没有哪里像辋川一样幽静而优美。山巅水穷之处，人迹罕至，云深树高，鸟鸣声此起彼伏。广阔田野云气缭绕，奇峰罗列，郁郁葱葱。有知己陪伴，世间没有人比王维更潇洒自在。这两首诗笔墨淡雅，意境清幽，思致超然，化用巧妙，虚实相生，浑然天成。

六十一、温纯（1539—1607），字希文、景文，号一斋、亦斋，陕西省

---

① 胡应麟《诗薮》，中华书局，1958 年，第 344 页。

三原县人。嘉靖四十四年(1565)进士。著有《温恭毅公文集》30 卷、《二园诗集》4 卷、《二园学集》3 卷、《杜律一得》2 卷。"其奏疏皆切中情事,字句或失之太质,而明白晓畅,易于观览,盖期于指陈利弊,初不以文字为工。其他序记铭传诸体,则多雅饬可诵。诗凡八卷,大抵沿溯七子之派而稍失之粗。尺牍五卷,亦多关时政。[1]"温纯的咏陕诗为纪行诗、游览诗。

(一) 纪行诗

《过武关》

关塞定秦汉,风尘感岁华。猿啼惟鸟道,犬吠有人家。孤嶂天疑近,穷途日易斜。高山知不远,吾欲了生涯。

武关是秦汉时期拱卫关中的重要关隘,历史的尘烟让人感慨岁月沧桑。在陡峭狭窄的山路上听到猿啼声,深山中传来犬吠声。危峰高耸入云,路的尽头夕阳西下。目的地就在前方,诗人想了结劳碌奔波的生活。诗人在山路上反思自己的人生。此诗笔墨冲淡,意境旷远,联想巧妙,思致超然。

(二) 游览诗

《同子成游说经台》

为结烟霞侣,因过尹喜门。停车逢白鹤,挥麈听玄言。瑶草经春长,琪花冒雨繁。真源如可问,待月坐黄昏。

从君探世业,道德五千存。紫气烟云合,丹崖日月屯。有无观妙徼,恍惚尽乾坤。似得真常脉,先天可细论。

第一首诗,描写为了与隐士高人交友,来到说经台。在路上遇到仙鹤,听到仙人谈论高深的道理。春天瑶草生长,雨后琪花盛开。为了发现本性,从黄昏一直等到月出。

第二首诗,描写诗人为探究安身立命之本跟随朋友来到说经台,几千年前《道德经》诞生于此。这里紫气缭绕,日月照耀着丹崖。观察

---

[1] 永瑢《四库全书总目》,中华书局,1965 年,第 1511 页。

微妙的变化,感知有无,瞬间把握宇宙的规律。领悟真常的来龙去脉,讨论万物的本源。

这两首诗长于说理,立意高深,思致超然,语言玄奥,格调古雅,耐人寻味。

六十二、金献民(?—1528),字舜举,号蓉溪,四川省绵阳市人。成化二十年(1484)进士。明世宗即位,命金献民总制陕西四镇军务。金献民的咏陕诗为纪行诗。

《元日寓邠州有感》

仗钺东还岁已终,捷书先报大明宫。邠州暂住貔貅队,铁骑频嘶雪夜风。入梦忽惊梅放白,回京须待杏纾红。而今西徼应无事,谅在天颜一笑中。

诗人带兵回来已经到年末,胜利的喜报传到都城。骁勇善战的军队暂时驻扎在邠州,风雪夜,战马不停地嘶鸣。诗人从梦中惊醒,此时梅花吐蕊,回到京城就是红杏初绽的春天了。如今西边平静无事,料想皇帝可以放心而笑。诗人表达了胜利的喜悦和为国分忧的忠诚。此诗构思巧妙,想象生动,意境雄奇,笔力遒劲,气势豪迈。

六十三、何天衢(?—1527),字道亨,号潇川,湖南省零陵县人。弘治九年(1496)进士。著有《潇川谏草》。何天衢曾任陕西按察副使。何天衢的咏陕诗为游览诗。

《登潼关楼》

层冈叠翠拥城楼,俯瞰真如在十洲。天作周秦从此限,河通伊洛至今流。不夸形胜藏金陡,全藉经纶运幄筹。却笑鸡鸣台上客,空将说剑觅封侯。

诗人登上雄踞于层峦叠嶂中的潼关城楼,俯视城下,如同身处仙界。潼关成为周秦的天然屏障,黄河奔腾向东流去。潼关虽然地势险要,但是克敌制胜,还要依靠有治国才干者运筹帷幄。可笑孟尝君依靠鸡鸣狗盗之徒,他们奔走游说追求显赫功名。诗人先描写潼关的雄奇,再抒发远大志向。此诗笔力遒劲,善于说理,见解精

267

辟,讽刺冷峻。

六十四、程诰(弘治年间在世),字自邑,号浒溪山人,安徽省歙县人。著有《霞城集》24 卷。其诗"卷帙虽多,亦瑕瑜互见。①"钱谦益评价:"北学于空同者,皆以自邑为介,然其诗殊有风调。②"朱彝尊评价:"气格专学空同,第才情稍钝,色泽未鲜,五言庶称具体。③"程诰的咏陕诗为怀古诗。

《过未央宫遗址》

木落汉宫秋,寒虫苦悲咽。君看草色丹,犹染淮阴血。

树叶在秋风中飘落,寒虫的悲咽格外凄切,未央宫外的荒草是红色的,因为是韩信的鲜血染红的。此诗构思新颖,联想巧妙,意境凄清,情绪悲凉。

《关西杂咏》

千年回磴绝鸣銮,太乙祈灵有汉坛。一夜悲风铜柱折,仙人垂泪下金盘。

在古老漫长的登山石径上再也听不到銮铃声,太乙山还遗留着汉代的祭祀坛。建章宫的铜柱倒了,仙人的眼泪流进承露盘。此诗抚今追昔,驰骋想象,拟人生动,意境苍凉,对比巧妙,情绪感伤。

六十五、黄臣,字伯邻,号安厓,山东省济南市人。正德六年(1511)进士。王璞称赞:"中丞生平著述见许于康对山,而稿散逸,仅得诗数十篇及《过太真墓》绝句五十首而已,绚烂锦花,凄凉风月,亦极才人之致。④"《山左明诗钞》存其诗四首。黄臣的咏陕诗为怀古诗。

《秦中古意二首》

蠢蠢西华岳,作镇为秦雄。俊岩悬天锁,危磴临青空。引此八千丈,始见元元宫。洞底觅残芝,山腰拾断虹。盛夏寒凛凛,晴昼云濛

---

① 永瑢《四库全书总目》,中华书局,1965 年,第 1570 页。

② 钱谦益《列朝诗集小传》上册,上海古籍出版社,2008 年,第 321 页。

③ 朱彝尊《静志居诗话》上册,人民文学出版社,1990 年,第 310 页。

④ 单明川《明代济南府作家研究》,上海师范大学硕士学位论文,2011 年,第 45 页。

濛。所以希夷子,来此完真功。乾坤万古事,俱付黑甜中。试问不睡人,谁是古偓佺?

老我倦商山,商山多紫芝。岂无好松桂,养生非所资。但恐秦岭险,杖履胡能随。地僻神每交,梦寐常见之。绮角是何人,能抱避世奇。担石少储蓄,仗此以为资。渴饮洞潺湲,朝夕免调饥。吾欲将商山,移至东海湄。紫芝随吾收,安贫忘藋藜。

第一首诗,描写华山高耸入云,是镇守陕西的最险要之处。高大的岩石凌空而立,陡峭的石级直插云霄。在八千丈的山顶上有老君庙,洞底有灵芝,山腰上摸得到彩虹。盛夏寒意袭人,晴天云雾迷蒙。陈抟到此修炼,放下天地间一切事物,酣然大睡。请问那些忙碌之人,谁能成为神仙?诗人表达了对成仙得道的憧憬。此诗视角多变,意境神奇,对比巧妙,设问精警。

第二首诗,描写老人厌倦尘世,隐居商山,山中有灵芝,松桂不能满足养生的需求。只担心秦岭险峻,谁能一同前往。距离遥远,神交已久,常在梦中相见。绮角非同寻常,能够隐居避世。家中仅有少量粮食,以此为生。渴了喝泉水,早晚不饿肚子。诗人想把商山搬到东海边,随意采灵芝,安贫乐道,忘却世事。诗人表达了对隐居避世的向往。此诗用典精当,类比巧妙,思致超然,想象奇特。

六十六、王旌,号飞泉,陕西省西安市人。为明嘉靖年间的理学家。著有《王旌语录》。王旌的咏陕诗为山水诗、纪行诗。

(一) 山水诗

《锡水洞》

山下泉从山外来,九环锡杖巧通开。仙人纱纱留陈迹,洞口阴阴长绿苔。瀑布一条飞漱瀲,烧峨万丈俯蓬莱。阿翁曾炼丹砂处,树挂啼猿晓夜哀。

锡水洞,位于今陕西省蓝田县辋川。

高僧用锡杖捅开山洞,水流到山下形成泉水。神仙远去只留下了锡水洞,洞口阴凉,布满青苔,飞流直下,冲刷着石壁,溅起水珠。辋川山岭巍峨,胜过蓬莱,神仙曾在锡水洞炼丹。猿猴挂在树上,夜晚发出哀鸣。此诗想象新奇,思致超然,笔墨冲淡,意境清奇,类比巧妙,拟人生动。

(二) 纪行诗

《七盘坡》

行尽一盘又一盘,七盘都尽到平巅。樵携秦岭新刍过,客为长安名利还。半积半消沙路雪,乍阴乍晴晚峰天。盘桓回首生离思,高处临风一怅然。

转了一个弯又一个弯,走过七道弯,终于到了平坦之处。樵夫背着从秦岭砍来的新柴走过七盘坡,客人为了名利而前往长安。路上的积雪有一半融化了,山上,天气阴晴不定。回首远望,不禁兴起乡关之思,迎风站在高处,心中怅然若失。诗人以道路的曲折喻人生的艰难。此诗构思新颖,联想巧妙,笔墨清新,对比鲜明,寓意深刻,韵味隽永。

六十七、程轼,号古川,山东省临清市人。嘉靖十七年(1538)进士。曾任陕西提学副使、陕西总督。程轼的咏陕诗为赠答诗。

《入栈奉寄刘白厓台长》

汉阳气暖如春晚,谷口风高似暮秋。水合南江分燕尾,山盘七曲下鸡头。百年事业惭虚度,二月莺花喜胜游。霜节孤城应早发,吴峰高处待赓酬。

汉水北岸气候温暖,如同暮春,山谷的出入口风大,如同晚秋一般寒凉。河水流入南江分为两支,山路盘旋曲折直达鸡头关。诗人因虚度光阴,事业无成,而深感惭愧。在莺啼花开的二月,快意游览,心情为之舒畅。汉中的竹子应该已经萌发新笋,登上吴峰顶,用诗歌赠答友人。此诗移步换景,对比鲜明,笔墨冲淡,意境闲适,想象生动,联想巧妙,触景生情,悲喜交加。

六十八、王鹤,字子皋,号薇田,陕西省西安市人。嘉靖二十三年(1544)进士。著有《见薇堂集》8卷、《王薇田滑稽杂编》1卷。王鹤的咏陕诗为山水诗。

《游终南山》

势拔群山净拥螺，声传空谷听樵歌。紫芝满地云长护，翠碧撑天雨乍过。虎豹洞深千嶂合，蛟龙潭古万年多。灵踪望彻迷前路，断臂悬崖尽薜萝。

终南山势压群峰，山色明净，山形秀美，樵夫的歌声在空谷中回响。山间云雾缭绕，灵芝遍地，翠绿茂盛的树木遮天蔽日，风雨不透。群山险壑中虎豹出没，万年深潭中潜藏着蛟龙。山路曲折，一眼望不到头，悬崖峭壁上长满薜萝。此诗笔力遒劲，意境雄奇，虚实结合，想象新奇，比喻生动，言近旨远。

六十九、李进思，陕西省西安市人。嘉靖七年（1528）举人，参与撰修《蓝田县志》。李进思的咏陕诗为山水诗。

《辋川烟雨》

柳烟桃雨辋川天，诗书千年自宛然。莫道右丞遗迹远，看来只在小亭前。

春雨霏霏，轻烟飘浮在柳梢上，桃花在雨中绽放，眼前的景色仿佛王维诗画中所描绘的那般。不要说王维留下的遗迹今非昔比，小亭前面的景致与当年一样美。此诗构思新颖，见解独到，笔墨清新，意境恬淡，对比巧妙，言近旨远。

七十、白桂，贵州省贵阳市人。嘉靖二十四年（1545），白桂任陕西略阳知县。白桂的咏陕诗为游览诗。

《游灵岩》

一佛卧空天，三棕佛殿前。陵江浮北斗，药水引长年。曲径花容笑，丛林鸟语喧。蓬莱何处是，身世倚云天。

一尊佛像高卧辽阔的天宇，佛殿前长着三棵棕树。北斗星倒映在嘉陵江中，泉水让人长寿。曲折的小路边花儿微笑，树林里鸟儿鸣唱。此处就是蓬莱仙山，让人忘掉自己与尘世，飞升天外。此诗笔墨冲淡，意境清奇，拟人生动，思致超然，言近旨远。

七十一、乔因阜，字思绵，号寿斋，陕西省铜川市人。隆庆二年

(1568 年)进士。著有《远志堂集》13 卷。乔因阜的咏陕诗为山水诗。

《望终南山》

每说山如画,近看画不如。岧峣盘地轴,晴翠塞天衢。陆海开王会,神皋奠帝居。由来雄百二,定鼎万年余。

人们常说山像画一样,身临其境才发现真实的景色比画像里美得多。终南山巍峨雄伟,拔地而起,山色青翠,绵延不绝,横亘天际。终南山地处物产富饶、土地肥沃的帝都。关中地理位置险要,千余年,无数王朝在此定都建国。此诗由今及古,联想自然,衬托巧妙,构思新颖,气势恢宏,意境雄壮。

七十二、张正蒙,字子明,江苏省南京市人。著有《蓬蒿集》。《列朝诗集小传》记载:张正蒙创作"今体诗几万首①"。顾起元评价:"诗法盛唐,饶王、孟、韦、柳之趣。②"张正蒙的咏陕诗为怀古诗。

《拜将坛》

拜将台高此暂存,英雄千载属王孙。炎刘未帝心先诈,强楚方张气已吞。拒彻数言恩不倍,王齐一策祸为门。闲来不尽登临意,汉水秦山草木昏。

拜将坛的遗迹高高耸立,韩信是扬名千秋的英雄。刘邦未为皇帝时,已心存除掉韩信等人的念头,在项羽的势力逐渐壮大时,韩信预言他必定灭亡。韩信不愿背叛刘邦,拒绝了蒯越的建议,韩信请封齐王之事为其被害埋下了祸端。登上拜将坛,感慨万端,流连忘返,山上、水边的草木在暮色中变得模糊不清。此诗抚今追昔,直抒胸臆,立意新颖,见解独到,情韵深永,耐人寻味。

第三节　明代后期咏陕诗

明代咏陕诗创作的后期为万历元年(1572)至崇祯十七年(1644),

---

① 钱谦益《列朝诗集小传》下册,上海古籍出版社,2008 年,第 463 页。
② 顾起元《元明史料笔记丛刊·客座赘语》,中华书局,1987 年,第 314 页。

这一时期 23 位作者创作了 52 首咏陕诗。题材上,山水田园诗数量最多,为 20 首,其次是咏史怀古之作 18 首。另外,赠答诗 4 首,怀人诗 4 首,咏物诗 2 首,题画诗 1 首,游览 1 首、纪行诗 2 首。从中可见,这一时期咏陕诗题材较为狭窄,主要集中在咏史怀古与山水田园两类。诗人之中,袁宏道创作的咏陕诗数量较多,题材丰富,艺术性强,在文学史上占有重要地位。

一、屠隆(1543—1605),字长卿、纬真,号赤水、鸿苞居士、婆罗主人、一衲道人、由拳山人、冥寥子等,浙江省宁波市人。万历五年(1577)进士。与同里沈明臣、余寅、沈一贯并称"甬上四杰"。屠隆著有《由拳集》23 卷、《栖真馆集》31 卷、《白榆集》28 卷、《鸿苞集》48 卷、《考槃余事》4 卷、《娑罗馆逸稿》2 卷等,存世诗歌约 2000 首。王世贞评价:"长卿诗语秀逸,有天造之致,的然大历以前人,文尤瑰奇横逸。[1]"陈田评价:"长卿才气纵横,长篇尤极恣肆,惟任情倾泻,不自检束,未免瑜为瑕掩。[2]"屠隆的咏陕诗为咏史诗。

《长安明月篇》

长安明月正秋宵,桂树扶疏香不销。初悬碧海生华屋,渐转朱城隐丽谯。白露玉盘流素液,丹霞宝镜拂轻绡。明浮汉殿凉仙掌,暗入秦楼湿紫箫。魄满中秋天浩荡,光圆三五夜迢遥。参差玉叶披香树,宛转金波太液桥。披香太液纷相属,玉叶金波寒簌簌。万户平临不夜城,六街尽在清凉国。洞庭湖中木叶稀,姑苏台上城乌宿。灵妃鼓瑟湘江头,神女弄珠汉水曲。朱弦的的泛崇兰,翠袖娟娟映修竹。既从天汉掩疏星,亦与君王代银烛。君王对此秋漫漫,龙楼鱼钥开长安。闪闪鸳鸯香雾绕,溶溶鹓鹊玉华溥。风飘绰约双鬟女,花近葳蕤七宝栏。新出蛾眉插正似,圆来娇面借同看。昭阳粉黛生香暖,长信梧桐照影寒。飞燕单衫初舞罢,班姬双泪欲啼干。自以光辉荐寒暖,每逢

---

① 王云五主编,陈田辑《万有文库·明诗纪事》,商务印书馆,1936 年,第 1869 页。
② 王云五主编,陈田辑《万有文库·明诗纪事》,商务印书馆,1936 年,第 1870 页。

佳节助悲欢。有时照入空闺里,萧瑟流黄夜惊起。能于瓦上白如霜,复遣床前凉似水。情到鸾笺泪万行,梦回鸳帐人千里。有时照向边塞头,黄沙茫茫白草秋。已伤长夜吹边觱,又奈寒光照戍楼。归兴三秋度辽水,愁心一夜满并州。古来一片长安月,对之万种人情别。月圆月缺如循环,秋去秋来无断绝。遂令皎皎地上霜,都作星星鬓边雪。从他人世换春秋,不向中天数圆缺。且因光景及芳年,乘兴先开歌舞筵。同酬彩笔邀希逸,自举金杯呼谪仙。佳会于人既不易,良宵顾影亦堪怜。兴来坐到星河晓,醉后还操《明月篇》。最爱《霓裳羽衣》曲,乘风便欲问婵娟。

　　长安的秋夜明月皎洁,桂花树枝叶茂盛,高低、疏密有致,芬芳四溢。月亮初升,高悬青天,照耀华美的屋宇,月亮在京城慢慢移动,隐没于华丽的高楼。月亮像光洁圆润的白玉盘,又像笼罩薄纱的色彩鲜艳的宝镜。月亮照到汉宫,承露仙人顿觉清凉,隐藏在秦楼后面,箫声呜咽。中秋月满,天空辽阔无垠,十五月圆,长夜漫漫。披香殿疏影错落,太液池波光粼粼。披香殿与太液池相连,月下,树叶与池水寒光熠熠。月光照耀,千家万户一片光明,大街小巷笼罩在清晖中。洞庭湖边草木凋零,姑苏台上乌鸦栖息。灵妃在湘江源弹瑟,神女在汉水畔玩珠。朱弦演奏美妙的音乐,美人如同丛生的兰草,身姿绰约,如修竹一般柔韧挺拔。月光遮盖了银河稀疏的星光,又替代了烛光。漫长的秋夜,君王在长安的宫中没有休息。光明四射的鸳鸯殿香气弥漫,轩敞的鸡鹊殿精美宏伟。轻盈柔美的双鬟女子,像盛开的鲜花。眉毛如同弯弯新月,姣美的面庞如同满月。昭阳殿香气袭人,温暖舒适,受宠美人千娇百媚。长信宫梧桐叶落,冷清凄凉,失宠女子悲伤寂寞。赵飞燕起舞邀宠,志得意满,班婕妤泪流满面,泣不成声。月光照出人间冷暖,每逢佳节,月光使悲欢之情更加强烈。月亮照到思妇独居之处,冷清昏黄的月光令梦中人惊醒。月光洒在屋顶如同寒霜,落在床前清凉似水。思妇情牵意惹,泪湿彩笺寄托相思,远隔千里,梦中相会,辗转难眠。月亮照到边塞,黄沙无际,野草枯萎,秋风萧瑟。夜晚的寒风中边稽的悲声已令人心碎,戍楼上清冷的月光更添无限愁怨。乡愁难遣,度日如年,归心似箭;天各一方,心中忧伤,彻夜难眠。月亮照耀长安,月下的人各怀心事,古往今来月光如旧,人已不同。月亮的圆缺循环往复,季节的更迭周而复始。地上皎洁的月光,染白了鬓角的发丝。不关心春去秋来的变化,不在乎月亮的阴晴圆缺。良辰美景,风华正茂,趁着高兴,及时享乐。赋诗赠答,邀请希逸,举杯呼唤李白。高雅的聚会极为难得,景色美好的夜晚,独自欣赏也值得珍惜。兴致高昂坐到天光放晓,酒酣创作《明月篇》。最喜欢《霓裳羽衣曲》,乘风上天寻找嫦娥。此诗先描写月色皎洁、街市繁华的长安夜景,再写或得意或失落的长安人,最后写征人望月思乡之情。月有阴晴圆缺,人有悲欢离合,时光流逝,物是人非,只有长安的月色依旧。诗人感叹人生短暂,荣华无常,何不及时行乐。此诗铺叙详尽,层次井然,想象新奇,对比鲜明,笔墨清丽,意境缥缈,化用巧妙,浑然天成,感悟深刻,富有哲理,虚实结合,气韵生动。

二、陈于陛(1545—1596),字元忠,号玉垒,四川省南充市人。隆庆二年(1568)进士。陈于陛著有《万卷楼稿》1 卷、《意见》1 卷,存世诗歌 77 首。陈于陛的咏陕诗为山水诗。

《华山纪游》

名山缥缈閟灵踪,路入金霄瑞气封。箭栝通天青一径,莲花拔地翠千重。日华东映标仙掌,山势西来带雪峰。欲驭长风理瑶策,更携三秀跨茅龙。

华山隐隐约约,难见真容,登山的道路伸向西天,祥云笼罩。箭栝险峻,只能看到一线天,华山拔地而起,苍翠的峰峦层层叠叠。太阳照在东峰上,仙人掌显现出来,西峰白雪皑皑。诗人欲乘长风上天,食灵芝骑茅龙成为神仙。此诗移步换景,视角多变,笔力遒劲,意境瑰奇,气势雄壮,思致超然。

三、王士性(1547—1598),字恒叔,号太初、元白道人,浙江省临海市人。万历五年(1577)进士。著有《五岳游草》10 卷、《广游志》2

卷、《广志绎》6 卷。万历十六年（1588），奉命入川，途经陕西，游历华山，创作《华游记》。邢侗评价王士性"赋如相如，文如班固，诗如甄城、平原、李白、王维。[①]"王士性的咏陕诗是山水诗。

《太华山》

巨灵挟气母，太素荡元精。突兀百里内，遥见三峰明。屹立五千仞，面面如削成。飞蹬着阴崖，风雨昼夜鸣。黄河渺天末，秦川掌上平。振衣最高顶，恍惚到层城。白帝集群真，驾鹤吹紫笙。遗我九节杖，邀我游太清。咄嗟汉武帝，履险求长生。奈何快一言，甘失卫叔卿。

巨灵神借助元气辟开巨石，形成华山，华山得天地之精气，钟灵毓秀。眺望远方，华山格外显眼，高低起伏，绵延百里。华山高耸挺立，山峰如刀削一般陡峭。在北面的悬崖上，风雨昼夜呼啸。黄河如在天边，小得看不清，关中平如手掌。站在山顶，抖掉灰尘，仿佛身处仙境。西方之神召集众仙，神仙乘鹤而来，欢聚一堂。仙人送给诗人仙杖，邀请他遨游仙界。可叹汉武帝，为了长生不惜冒险，因为言语傲慢，冒犯卫叔卿而错失良机。此诗虚实相生，意境神奇，联想丰富，思致超然，笔墨清新，格调高雅。

四、邢云路（1549—1626?），字士登，号泽宇，河北省徐水县人。万历八年（1580）进士。著有《古今律历考》72 卷、《戊申立春考证》1卷、《太乙书》10 卷等。万历三十六年，任陕西按察司副使。邢云路的咏陕诗为山水诗。

《辋川》

暖谷晴关腊月春，绿苔碧草自鲜新。两峰削玉寒相向，一水流云画入真。砂碛微茫留鹭鸶，烟岚明灭出松筠。西风落日生幽思，何处渔郎可问津。

冬天的辋川温暖、晴朗如同春天，小草清新碧绿。对峙的两峰，如

---

① 王士性撰，吕景琳点校《广志绎》，中华书局，1981 年，第 138 页。

刀削一般陡峭,山石坚硬寒冷,河水像漂浮的白云一样缓缓流淌,景色如画。河滩上隐约可见白鹭和野鸭的身影,云气笼罩着松竹,若隐若现。西风中的落日引人遐想,哪里有渔人可询问渡口。诗人身处辋川,不禁产生归隐之情。此诗遣词精妙,比喻新颖,笔墨淡雅,意境清幽,言近旨远,韵味隽永。

五、汤显祖(1550—1616),字义仍,号海若、若士、清远道人,江西省抚州市人。万历十一年(1583)进士。汤显祖著有《红泉逸草》1 卷、《问棘邮草》10 卷、《玉茗堂文集》16 卷、《玉茗堂诗集》18 卷、《玉茗堂赋》6 卷、《玉茗堂尺牍》6 卷、《玉茗堂四梦》,存世诗歌 2200 余首。陈田评价:"义仍才气兀傲,不可一世。集中五古,清劲沉郁,天然孤秀,而时伤寒涩,则矫枉之过也。①"汤显祖的咏陕诗为咏史诗、赠答诗、咏物诗。

(一) 咏史诗

《读张敞传》

长安多偷儿,数辈老为酋。居家皆温厚,出从僮仆游。遂有长者名,闾里咸见优。小偷时转轮,酋长日优游。安知画眉人,一朝来见收。

长安盗贼甚多,几个年纪大的成为贼首。贼首家境富裕,外出时有奴仆跟随。贼首有德高望重的好名声,深受邻里的尊重。小偷时常出没,贼首每天悠闲自得。谁知张敞上任后,一个早晨就把盗贼抓完了。诗人描写了长安治安情况的转变,赞赏张敞治理有方。此诗构思巧妙,立意新颖,白描生动,对比鲜明,讽刺冷峻,妙趣横生。

《长安道》

侠窟长安道,旗亭当市楼。分曹来跳剑,挟妓与藏钩。翠眊连钱马,香车玳瑁牛。时来开细柳,那直斗长楸?

长安道上游侠横行,酒楼盖在当街。游侠两两分组耍剑,携妓猜物做游戏,连钱马装饰着翠毛,玳瑁色的牛拉着华美的车。时机到来,前往细柳营从军,比在长着楸树的大道旁斗殴更有价值。诗人描写了

---

① 王云五主编,陈田辑《万有文库·明诗纪事》,商务印书馆,1936 年,第 2157 页。

长安的繁华以及侠客、艺妓、王公等三教九流的生活。此诗用典精当，先扬后抑，对比巧妙，设问精警。

（二）赠答诗

《华西四绝寄王道服岳伯四首》

百二河关紫气重，垂阑蹴蹬度苍龙。无缘便看明星出，露洗笙箫云外峰。

昊气金河静郁盘，峰中人语白云端。初窥玉井楼头坐，十丈莲花掌上看。

西峰瀑溅雨廉纤，星宿窗摇上玉帘。落日满山松色动，倒吹苍岭作龙髯。

西望白云乘帝乡，一时忘却在车厢。莲花别起清寒色，玉女头盆下玉浆。

第一首诗，描写关中山川险要，瑞气笼罩。胆战心惊攀援绝壁，登上苍龙岭。没有看到仙女踪影，待到清晨，听到云外山间传来笙箫声。

第二首诗，描写清气笼罩银河，华山岌峙险固，在山上听到云端有人说话。登上玉井楼，想俯瞰玉井，传说中，井内花开有十丈，登得高些，就能遥遥把花放在掌心把玩。

第三首诗，描写西峰的瀑布溅起细小的雨珠，打开窗户，星宿就落在窗帘上。夕阳下，满山的松树在风中起舞，松树倒挂苍龙岭，好像龙髯一样。

第四首诗，描写诗人眺望西方，欲乘白云上天，忘记了身在车厢谷。莲花峰清朗而有寒意，玉女洗头盆中流下甘露。

这组诗描写华山苍龙岭、玉井、西峰、车厢谷、玉女洗头盆的壮丽景色，笔墨清丽，意境雄奇，想象奇妙，思致超然，拟人生动，比喻新颖。

（三）咏物诗

《谢赵仲一远贶八绝》之《汉未央宫瓦砚》

铜雀台知岁月深，未央宫瓦更难寻。风漪欲动洮河绿，云气长滋汉殿阴。

铜雀台岁月悠久,未央宫的汉瓦更难寻觅。微风吹拂,水面泛起涟漪,洮河水碧绿清澈,云气流动,未央宫的汉瓦吸收了日月的精华,充满灵气。诗人赞美汉代未央宫瓦砚为稀世珍宝,不仅具有洮砚的优点,而且具有独特的历史文化价值。此诗层层对比,构思巧妙,意境淡远,韵味隽永。

六、冯从吾(1556—1625),字仲好,号少墟,陕西省西安市人。万历十七年(1589)进士。冯从吾著有《元儒考略》4卷、《语录》6卷、《冯从吾疏草》1卷、《少墟文集》22卷等,存世诗歌55首。冯从吾"讲学诗,主于明理;论事诗,主于达意,不复以辞采为工。然有物之言,笃实切明。虽字句间涉俚俗,固不以弇陋讥也。①"冯从吾的咏陕诗为山水诗、怀人诗。

(一) 山水诗

《太华书院》

青柯高榭依山隈,喜见儒冠济济来。心性源头须有辨,睹闻起处岂容猜?三峰直欲凌霄汉,九曲常看满草莱。此会无言闲眺玩,百年道运自今开。

太华书院坐落在华山的青柯坪,诗人欣喜地看到众多儒生到此求学。治学时,应辨析心性,探索本源,眼见耳闻有关人性本源的事物,不容猜疑。华山的三峰高耸云端,在山顶俯视黄河,一片荒芜。无需多言,悠闲眺望远方,观赏景物,儒学的百年大计从此开创。冯从吾曾在华山讲学,诗人登临远眺,不是抒发徜徉山水的闲情逸致,而是思考对道统的传承光大,为华山的雄奇注入文化内涵。此诗即景抒怀,立意高远,构思新颖,对比鲜明,拟人生动,联想巧妙。

(二) 怀人诗

《关中四先生咏》之《泾野吕先生》

泾野吕夫子,矫矫崇正学。挟册游成均,马、崔同切琢。射策冠时

---

① 永瑢《四库全书总目》,中华书局,1965年,第1513页。

毫,声华何卓荦。慷慨批龙鳞,封章凌五岳。讲学重躬行,乾坤在其握。吁嗟横渠后,关中称先觉。

吕柟先生,不同凡响,推崇理学。勤奋读书游学太学,与马理、崔铣等同仁相互切磋。应试超越当时的杰出人物,为一时之冠,超凡出众,美名天下传扬。情绪激昂直言劝谏,触犯皇帝,上呈的奏章气势压倒五岳。讲学注重身体力行,宇宙在其掌控之中。张载之后,吕柟是关中觉悟早于常人者。

《溪田马先生》

卓彼马光禄,声望高山斗。弱冠崇理学,平川称畏友。立朝无多日,强半在畎亩。富贵与功名,视之如敝帚。垂老学愈虚,一步不肯苟。吁嗟如先生,百代名难朽。

马理成就卓越,声望超越泰山、北斗。青年时推崇理学,王承裕称其为畏友。在朝为官时间短暂,大多数日子生活在家乡。把功名富贵看成敝帚。暮年,治学态度更加谦虚,丝毫不肯马虎。马理先生的伟业永世不朽。

《苑洛韩先生》

伟矣韩司马,造物钟奇异。读书探理窟,著作人难企。生平精乐律,书成双鹤至。立朝著伟节,居乡谭道义。系有五泉子,孝弟称昆季。嗟余生也晚,景行窃自愧。

韩邦奇是造化创造的奇迹,读书,穷究义理的奥妙,著作,他人望尘莫及。韩邦奇精通乐律,作品完成后,吸引来双鹤。在朝为官时坚守高尚的节操,乡居期间讲道义。韩邦奇的弟弟是韩邦靖,兄弟俩兄友弟恭。诗人遗憾自己出生太晚,对韩邦奇的高尚品德充满景仰,自愧不如。

《斛山杨先生》

挺挺杨侍御,直节高今古。人知直节难,不知学问苦。狱中究理学,周钱日挥麈。岁寒节弥坚,不茹亦不吐。之死誓靡他,渊源接邹鲁。嗟彼虚骄人,敢与先生伍?

杨爵刚正不阿,古今罕有。世人知道刚正不阿难能可贵,却不知道钻研学问极为辛苦。他在狱中研究理学,每日与周怡、钱德洪探讨学问。在逆境中意志更加坚定,正直不阿。到死坚贞不渝,学术思想继承孔孟之道。那些浮华不实、骄傲自大之徒,岂敢与杨爵先生为伍。

这四首诗分别赞美吕柟、马理、韩邦奇、杨爵,他们对理学做出重要贡献,诗人表达了对他们的景仰。这组诗直抒胸臆,立意高远,笔致雄深,感情真挚。

七、黄辉(1558—1620),字昭素、平倩,号慎轩、铁庵居士,四川省南充市人。万历十七年(1589)进士。黄辉著有《平倩逸稿》36 卷、《贻春堂集》6 卷、《铁庵诗选》1 卷,存世诗歌 180 余首。王夫之评价:"真韵不损,平倩诗除却入中郎队下作,犹有矩矱,仅于绝句见。①"钱谦益认为:"伯修诗稳而清,平倩诗奇而藻,两人皆为中郎所转,稍稍失其故步。②"黄辉的咏陕诗为怀古诗。

《沔县武侯祠》

丞相棠阴此地偏,几人挥泪定军前。千秋信史犹生气,六尺寒碑自暝烟。栈阁经残流马路,干戈愁绝卧龙年。杂耕呕血成何事,重为英雄一慨然。

沔县武侯祠位置偏僻,少有人在定军山下凭吊诸葛亮。《三国志》记载诸葛亮的丰功伟绩真实可信,充满生命力。武侯祠的石碑孤零零地立在山隅,傍晚,旷野中寒烟弥漫。由于连年北伐,木牛流马经过的栈道已经残损,为兴复汉室,诸葛亮殚精竭虑,病逝五丈原。诸葛亮为了北伐,分兵屯田,呕心沥血,但终未成功,世人为这个出师未捷的英雄深感惋惜。此诗抚今追昔,设问精警,立意高远,用典精当,情绪感伤。

八、陈于庭,陕西省礼泉县人,天启辛酉(1621)进士。陈于庭的咏陕诗为怀古诗。

---

① 王夫之《明诗评选》,上海古籍出版社,2011 年,第 362 页。

② 钱谦益《列朝诗集小传》下册,上海古籍出版社,2008 年,第 622 页。

《登唐陵》

望中唐室旧山河，胜日登临感兴多。三辅于今长带砺，九嵕谁为屹嵯峨。云开秀嶂连屏敞，风涤泾流一剑磨。缓步徘徊千古迹，横空骏影自婆娑。

映入眼帘的是唐朝的故土，诗人在佳日游览昭陵，感慨良多。关中如今长治久安，九嵕山巍然屹立。天气晴朗，层峦叠嶂如同展开的画屏。微风吹过，泾河波光粼粼，如同一把寒光四射的宝剑。诗人在千年古迹前漫步，腾空奔驰的六骏石雕始终停留在脑海中。此诗抚今追昔，笔力遒劲，意境雄浑，比喻新奇，言近旨远，韵味隽永。

九、谢肇淛（1567—1624），字在杭，号武林、小草斋主人、山水劳人，福建省长乐市人。万历二十年（1592）进士。谢肇淛著有《小草斋文集》28 卷、《小草斋诗集》30 卷、《小草斋诗话》6 卷、《五杂俎》16 卷、《麈余》4 卷、《史觿》17 卷等，存世诗歌 3000 余首。陈田评价："在杭近体与徐惟和兄弟相抗，古体爽健，在晋安诗派中特高一格。①"谢肇淛的咏陕诗为咏史诗。

《焚书坑》

骊山渭水起秋波，山下坑灰白骨多。诸子百家都禁却，却留图籍与萧何。

焚书坑，故址位于骊山。

骊山之畔的渭水在秋风中微波荡漾，骊山下的焚书坑里埋葬着无数尸骨。诸子百家的学说都被禁止，却把地图和户籍留给萧何。诗人谴责秦始皇焚书坑儒的暴行，讽刺秦始皇焚书的目的落空，其暴行最终导致秦朝灭亡。此诗构思巧妙，立意新颖，讽刺辛辣，见解独到。

十、袁宏道（1568—1610），字中郎、无学，号石公、六休，湖北省公安县人。万历二十年（1592）进士，公安派领袖。袁宏道著有《敝箧集》

---

① 王云五主编、陈田辑《万有文库·明诗纪事》，商务印书馆，1936 年，第 2135 页。

2卷、《锦帆集》1卷、《解脱集》2卷、《广陵集》1卷、《瓶花斋集》4卷、《潇碧堂集》10卷、《破研斋集》3卷、《华嵩游草》1卷等,存世诗歌1600余首。袁中道评价:"出自灵窍,吐于慧舌,写于铦颖,萧萧泠泠,皆足以荡涤尘情,消除热恼。①"钱谦益评价:"中郎之论出,王、李之云雾一扫,天下之文人才士始知疏瀹心灵,搜剔慧性,以荡涤摹拟涂泽之病,其功伟矣。机锋侧出,矫枉过正,于是狂瞽交扇,鄙俚公行,雅故灭裂,风华扫地。②"万历三十七年(1609),袁宏道到陕西主持乡试,在陕西期间的诗文辑成《华嵩游草》。袁宏道的咏陕诗为山水诗、怀古诗、咏物诗。

(一)山水诗

《登华》(六首)

山荪亭上挂头巾,便作参云礼石人。流水有方能出世,名山如药可轻身。眼中华岳千寻壁,衣上咸阳一寸尘。逢着棋枰且休去,等闲看换野花春。

瀑布声中洗面尘,洞花芷草自然春。欲攀绝壁无根地,且趁孤云未老身。堕险啼厓皆韵事,倚松坐石想幽人。飞仙已蜕茅龙死,留得青山一鏊麟。

艰危历尽到岩居,可有丹梯上碧虚。玉女烟中频索梦,莲花叶上细题书。补填积雪成新径,展拓闲云架小庐。别院棋枰声隐隐,微风恍惚动仙裙。

洗头盆下撷芝苗,古洞深松话寂寥。仙迹久湮无后辈,游人逆数即前朝。身轻眼豁肠皆换,月冷烟清梦亦遥。见说乳泉甘似酒,扪萝亲与试云瓢。

杖底诸山似浪纹,舞青摇绿亸纷纷。半规影里江河合,一尺烟中晋楚分。未有因缘离下界,虚将名字列高台。松风破梦丹炉冷,惭愧

---

① 蔡景康编选《明代文论选》,人民文学出版社,1993年,第340页。

② 钱谦益《列朝诗集小传》下册,上海古籍出版社,2008年,第567页。

琼田碧草芬。

玉井前头乳穴重，奚儿聊以一瓯从。空崖壁冷长留雪，古屋云昏尚锁龙。明月自升千尺岭，道人闲说五株松。瀑帘洞下真官老，占断林泉是此峰。

第一首诗，描写诗人把头巾挂在山荪亭上，做个参拜云霞顶礼山石的游人。看到流水产生隐居的想法，名山如仙药一般让人轻身健体。眼前是世外华山的千丈山壁，身上背负的却是从咸阳带来的世间尘事。到了神仙下棋处不要马上离开，对山花烂漫的春天的消逝寻常看待。

第二首诗，描写诗人在瀑布边洗脸，山中的奇花异草自由生长。想攀登超然世外的陡峭山峰，跟随仙人修炼长生不老。韩愈在苍龙岭遇险大哭是风雅之事，诗人坐在山石上背靠松树想念隐士。飞仙羽化升天，茅龙隐遁，把龙鳞留在华山的山谷里。

第三首诗，描写诗人历尽艰险到了隐居处，看看是否有上达青天的丹梯。在云雾缭绕的玉女峰寻梦，在莲花峰上仔细题诗。在积雪中踏出新路，在云雾中架设小屋。幽静的院落隐隐传来下棋声，仿佛看到衣袖在微风中飘动的神仙。

第四首诗，描写诗人在玉女洗头盆采灵芝，隐藏在茂密松树后面的古洞极为冷清。神仙的踪迹湮灭，无人在此修炼，游人追溯前朝往事。身体轻松，眼睛明亮，脏腑更新，月光清冷，云雾凉爽，神游世外。听说泉水像美酒一样甘洌，抓住藤萝，舀一瓢品尝。

第五首诗，描写脚下的山峰如同起伏的波浪，深青浅绿的树木在风中摇曳。落日下，渭河与黄河在天际交汇，耸入云霄的山峦横跨晋楚之间。没有机缘离开尘间，在京城为官徒有虚名。松涛阵阵惊醒美梦，神仙难觅，炼丹的炉火熄灭，找不到绿草芬芳的琼田。

第六首诗，描写玉井前的石钟乳洞极为幽深，僮仆舀起一碗水，聊以解渴。凌空的山崖石壁冰冷，常年积雪，昏暗的石屋里锁着龙。明月在山岭上慢慢升起，道人在五株松下闲话。飞瀑掩映的洞中道士老迈,拥有这座山峰作为隐居之所。

这组诗描写了华山山苏亭、洗头盆、玉女峰、玉井、苍龙岭等景观,景色秀丽壮观,充满神奇色彩。诗人表达了隐居华山,修炼成仙的愿望。这组诗虚实结合,想象新奇,拟人生动,笔墨清丽,意境雄奇,思致超然。

《偕朱非二、汪以虚、段徽之雨中投兴教寺,望南山口占》三首

树古积苔痕,山高昼易昏。袖中云气出,阶下水声喧。断鼎残碑寺,青螺紫涧村。倚阑叩京尹,还我玉峰轩。

迹往休寻记,台倾莫问年。风香来韦曲,雪色照樊川。野寺遍红叶,人家住翠莲。隔溪山更好,驱马入苍烟。

槛外即危岭,烟中跨楚秦。石留前劫字,洞老别朝人。夏月莲花雪,东风暖谷春。云深无隙地,千里瘦龙鳞。

第一首诗,描写古树上长满青苔,高山遮挡,白天光线昏暗。身处云雾间,台阶下有潺潺的流水声。寺中有破鼎断碑,青山绿水环抱村庄。凭栏询问京兆尹,得知此处是玉峰轩。

第二首诗,描写不要追寻这些遗迹的历史,不要询问倾斜高台的年代。韦曲吹来芬芳的清风,白雪映照着樊川。寺庙掩藏在红叶之中,村庄周围是荷塘。溪水那边的风景更美,策马融入苍茫的云雾。

第三首诗,描写栏杆外就是峻岭,烟雾笼罩的终南山跨越秦楚。石头上留下劫后的字迹,山洞里住着前朝的遗老。夏天山上有积雪,东风吹拂,山谷温暖如春。白云深处,满山遍野是挺拔的松柏。

这组诗抚今追昔,意境淡远,笔墨清丽,白描生动,衬托巧妙,韵味隽永。

《宿华州公署》

古槐修柏琅玕竹,晓日晴岚翡翠山。疏影半窗鸠忽语,湘南烟水梦初还。

槐树苍老,柏树高大,修竹挺拔。清晨,太阳升起,山中雾气缭绕,

山峰如同翡翠。树木的疏朗影子映在窗纸上，斑鸠的叫声从远处传来，诗人从雾霭迷蒙的湘南美景中惊醒。诗人描写了华州公署秀美的景色，既有眼前景，又有梦境。此诗虚实相生，对比巧妙，笔墨淡雅，意境空灵，言近旨远，情韵深永。

（二）怀古诗

《过华清宫浴汤泉》

镜澈古苔光，溪风湛碧香。花犹知世代，水不解兴亡。粉黛山川俗，烟泉岁月长。而今正好景，石滑照苍凉。

十六长汤院，阿谁似玉环。故宫秋草里，小邑水声间。童子驱羊去，村姑赛庙还。教他杨广笑，破国只骊山。

羯鼓弄伊凉，露花石火光。山余绣岭字，云染碧螺香。芍药留妃子，鹦哥说上皇。难将脂粉水，傲我白云乡。

第一首诗，描写汤池四周的苔痕岁月悠久，温泉水清澈平静，像镜面一样光亮。溪水清绿，微风吹拂，送来缕缕芳香。山花知道时移世易，流水不懂兴衰巨变。美人使山川庸俗，轻烟缭绕的温泉历经沧桑。眼前，风景美好，石板光滑，月下的景象苍茫凄凉。

第二首诗，描写华清宫有长汤十六所，无人能与杨玉环相比。废弃的华清宫被荒草掩埋，小地方的繁华随流水而逝。牧童在这里放羊，村姑在这里赶庙会。杨广笑逐颜开，唐明皇在骊山享乐，埋下唐朝衰亡的祸根。

第三首诗，描写羯鼓演奏伊州、凉州乐曲，繁华如露水、石火一样转瞬即逝。骊山仅剩秀岭的美名，白云缭绕的山峰散发出阵阵幽香。杨贵妃观赏牡丹，鹦鹉报告唐明皇临幸。被脂粉污染的温泉水，难以与诗人向往的仙乡相提并论。

诗人经过华清宫，目睹温泉清澈如镜，山川草木依然如旧，但昔日的辉煌烟消云散。诗人凭吊历史遗迹，反思历史悲剧，批评帝王荒淫误国，感叹沧桑巨变。这三首诗抚今追昔，对比巧妙，笔墨清丽，意境凄迷，想象丰富，拟人生动，讽刺委婉，韵味隽永。

《秦中杂咏,和曹远生》

荒草披秦殿,秋花缀汉城。我行南山道,如阅古图经。遗迹依稀是,长老失其名。一步一伫思,断垒谁缔营。又如稽蠹简,冥搜损心精。虽以意推求,边傍非故形。西都赋所载,一一尽歌倾。飞燕旧舞处,田夫扶耒耕。沉香旧亭子,湖石尚婷婷。清风发虚窍,其中有性灵。

吊古意不禁,披榛倚断枝。道逢雪岭叟,笑我真情痴。尔从京师来,习见汉官仪。未央即宫阙,金马即铜墀。团营即细柳,绮陌即庄逵。西山千万髻,终南同崔嵬。下有高梁河,即古曲江池。瑶台与金屋,所贮即妖姬。残棺断火垄,即今金紫儿。辟彼膏烛光,前者已灰飞。后火续新火,焰焰同一辉。若以天眼观,青草生蛾眉。飘风遇轻云,无事哭荒碑。

第一首诗,描写荒草覆盖了秦宫,野花布满汉城。诗人行走在南山的道路上,如同阅读古老的图志。遗址尚存,年长者也不知道它的来历。边走边沉思,这些断壁残垣是谁营造的。考索虫蛀的断简,苦思冥想损耗心血。根据意思推断,偏旁不是原来的形态。《西都赋》所描写的景象,一一题咏。赵飞燕昔日歌舞之地,农民扶犁耕种。沉香亭的假山依然姿态优美。凉爽的风从空洞吹来,充满灵性。

第二首诗,描写凭吊古迹,情不自禁,砍掉杂草和枯枝去寻幽览胜,路上遇到白发老人,嘲笑诗人痴情。称诗人从京城来,看惯了朝廷礼仪。宫殿为未央宫,金马即铜阶。细柳营相当于如今的京军三大营,繁华的街道称作庄逵。西山层峦叠嶂,南山巍峨耸立。曲江池如同高梁河,瑶台与金屋曾经住着妖艳的嫔妃。荒野的残棺属于金印紫绶的达官贵人,点亮烛光,棺木已经化成灰。旧火加上新火,火焰炽烈。如果在月下看,青草仿佛蛾眉。风吹散浮云,诗人对着废弃的残碑哭泣。

诗人游览沉香亭、未央宫、细柳营、曲江池等名胜古迹,抒发思古幽情,领悟兴衰更迭是永恒不变的规律,展示了诗人的理性和睿智。这两首诗抚今追昔,对比鲜明,想象丰富,虚实相生,感悟深刻,富有哲理,情绪感伤,韵味隽永。

（三）咏物诗

《华州公署古槐大可四十围，盖二百余年物也，余题之曰国槐，诗以记之》

孙枝郁郁遍三秦，溜雨笼烟不记春。若论花黄忙举子，已曾忙过九朝人。

古槐根深叶茂，其后代遍及三秦，雨水滋润，云雾笼罩，岁月悠久。年轻勤奋的书生为科举而奔忙，这样的情形已持续了九个朝代。诗人途经华州，目睹硕大古槐，由树及人，追怀科举考试的历史。此诗以物喻人，构思新颖，借物抒怀，联想巧妙，言近旨远，耐人寻味。

十一、傅振商（1573—1640），字君雨，号星垣，河南省汝阳县人。万历三十五年（1607）进士。著有《爱鼎堂集》20卷、《杜诗分类》5卷、《古论元箸》8卷等。万历四十六年（1618），傅振商典监陕西乡试。傅振商的咏陕诗为怀古诗、田园诗。

（一）怀古诗

《重过昭陵》

九嵕山色隐龙蟠，犹想松楸古殿寒。七德不闻弓剑地，一抔聊当鼎湖看。嘶风六骏苍苔没，扈殡元勋片碣残。神武更摧安史乱，御营生气自桓桓。

唐太宗埋葬在九嵕山，昭陵周围，松楸参天，古殿阴凉。再也听不到《秦王破阵乐》，此处只有唐太宗的陵墓。昂首嘶鸣的昭陵六骏石刻已被苍苔埋没，陪葬墓前的碣石已残破不全。昭陵威武的石人、石马在安史之乱中与叛军厮杀，护卫陵墓，展现了神勇气概。此诗抚今追昔，感慨遥深，想象新奇，拟人生动，笔力遒劲，意境苍凉。

（二）田园诗

《凤翔道中山家》

径仄疑无地，山回远岸奢。白云闻犬吠，流水见人家。板屋吹烟小，柴门竹影斜。狂狂饶古意，不晓市朝哗。

山路狭窄难以行走，峰峦重叠环绕，看不到边际。白云深处传来犬吠之声,河流尽头有人居住。茅舍上浮动的云烟细弱,柴门外竹影浓密。村落外野兽奔走,富有荒古色彩,此处与喧哗的市井隔绝。此诗笔墨淡雅,意境清幽,动静相衬,对比鲜明,化用巧妙,浑然无迹,白描生动,韵味隽永。

十二、李流芳(1575—1629),字长蘅、茂宰,号檀园、香海、泡庵、慎娱居士、六浮道人,上海市人,祖籍安徽省歙县。万历三十四年(1606)举人,与唐时升、娄坚、程嘉燧合称"嘉定四先生"。李流芳著有《檀园集》12卷,收录其诗366首。李流芳"虽才地稍弱,不能与其乡归有光等抗衡。而当天启、崇祯之时,竟陵之盛气方新,历下之余波未绝。流芳容与其间,独恪守先正之典型,步步趋趋,词归雅洁。二百余年之中,斯亦晚秀矣。①"钱谦益评价:"其于诗信笔书写,天真烂然,其持择在斜川、香山之间,而所心师者,孟阳一人而已。……晚尤逊志古人。②"李流芳的咏陕诗为题画诗。

《为陈维立题辋川画》

吾爱华子冈,辋川流日夕。如何舍此去,伤心赋凝碧。

诗人喜爱华子冈的景色,夕阳下,辋川的溪水汩汩流淌。王维被迫离开辋川,得知安禄山的暴行后,伤心落泪,写下《凝碧池》。此诗驰骋想象,虚实相生,构思巧妙,笔致灵动,言近旨远,韵味隽永。

十三、张铨(1576—1621),字宇衡,号见平,山西省沁水县人。万历三十二年(1604)进士。张铨著有《张忠烈公存集》35卷、《国史纪闻》12卷、《鉴古录》6卷、《南燕录》5卷,存世诗歌185首。张铨曾巡视陕西茶马。张铨的咏陕诗为山水诗、纪行诗。

(一)山水诗

《华山登眺》

独上高楼倚栏看,岧峣太华碧云端。莲峰直界青天断,仙掌高擎

---

① 永瑢《四库全书总目》,中华书局,1965年,第1515页。
② 钱谦益《列朝诗集小传》下册,上海古籍出版社,2008年,第582页。

白日寒。百代登封隆上祀，千秋险隘抱长安。平生剩有探奇志，只待秋风生羽翰。

诗人在高楼上眺望，只见华山高耸入云，莲花峰刺破青天，高峻的仙掌遮住太阳。历代帝王登华山祭祀，祈求平安，千百年来，华山作为险关保卫长安。诗人素有探险的兴趣，希望长出双翅，乘秋风飞上华山。此诗畅想古今，大笔勾勒，夸张传神，拟人生动，想象新奇，意境雄壮。

（二）纪行诗

《宿凤县》

鸣凤山头落日残，嘉陵江上北风寒。怪来不作还家梦，应畏千重栈道难。

太阳下山，鸣凤山顶留下最后一抹余晖，嘉陵江上北风凛冽。令人奇怪的是许久不做回家的美梦，一定是害怕走过层层叠叠的艰险栈道。此诗立意新颖，构思巧妙，白描生动，意境幽远，韵味隽永。

十四、尹伸（1578—1646），字乾范、子求，号越溪，四川省宜宾市人。万历二十六年（1598）进士。著有《康乐堂集》《和雪亭集》《越溪诗集》。朱隗评价："先生五古刻削奥折，无一字近人，然刻而能亮，奥而能浑，一片清淳古澹之气流贯其中，非古非今，不袭不滥，可称独绝矣。七古坚响练色，别成一家。近体凭秀，脱尽庸熟，于此道开蚕丛之险，良是间代津律。①"尹伸曾任西安知府、陕西提学副使。尹伸的咏陕诗为怀古诗、纪行诗。

（一）怀古诗

《和乾陵壁上作》

荒原落日草凄然，陵墓犹称武则天。太白早占诸李尽，晋阳遗累一丝悬。生前只合愁为鼠，地下重开不是莲。数局赌回唐社稷，只令

---

① 《中华大典》编纂委员会编《中华大典·文学典·明清文学分典》，凤凰出版社，2005年，第1037页。

人道翠表鲜。

夕阳下乾陵荒草萋萋，令人悲伤，这里埋葬着武则天。太白预言李氏子孙被一一翦除，李唐江山危在旦夕。生前本应担心成为老鼠，打开墓穴没有莲花。几番较量，最终恢复唐朝社稷，身后由人谈论。诗人批评武则天谋权篡位，对女人干政深为不满。此诗抚今追昔，用典频繁，言辞艰深，讽刺尖刻，直陈己见，对比巧妙，情绪感伤。

（二）纪行诗

《凤岭歌》

风猎猎兮云鳞鳞，秦山万迭银海青。轻车超忽三十里，峰回谷转成字形。野花飘香薄烟生，凤皇无声山鸟鸣，吁嗟！西方美人长冥冥。流尘万古咸阳树，著草裁知西伯墓。髫年误解朝阳诗，毕生困顿岐周路。

风呼呼作响，云层像鱼鳞一样，层峦叠嶂，云、水与日光相互辉映，秦岭笼罩在青紫色的雾气中。车子轻快，转眼行驶 30 里，峰峦重叠环绕，山路蜿蜒曲折。山花散发出芬芳，轻烟缭绕，看不见凤凰的踪影，只听到山鸟的鸣叫。周文王时期的盛世高远难求。飞扬的尘土年复一年落在咸阳古道边的树木上，周文王的墓地上长满荒草。年少时，错误地理解朝阳诗的涵义，一生都没有找到正确的道路，境遇艰难窘迫。诗人理想破灭，奔波劳碌，心情沉重。此诗立意高远，化用巧妙，意境雄奇，笔力雅健，寄托遥深，顿挫有致。

十五、左懋第（1601—1645），字仲及，号萝石，山东省莱阳市人。崇祯四年（1631）进士。著有《萝石山房文钞》4 卷、《梅花屋诗草》1 卷、《左忠贞公剩稿》4 卷。陈济生评价："公诗文遒劲可观。[①]"崇祯五年至十二年（1632—1639），左懋第在陕西韩城任知县。左懋第的咏陕诗为怀古诗、游览诗。

---

① 王云五主编，陈田辑《万有文库·明诗纪事》，商务印书馆，1936 年，第 2745 页。

（一）怀古诗

《温泉》

华清宫殿傍兰汤，人指骊山说盛唐。老柏危巅霜雪杆，却怜当日浴鸳鸯。

华清宫有温泉，身处骊山，人们情不自禁地追忆开元盛世。山顶上苍老的柏树在雪中只剩下树干，李、杨当年曾在温泉洗浴。诗人凭吊天宝遗事，抒发思古幽情，对李、杨悲剧充满同情。此诗抚今追昔，对比巧妙，言近旨远，耐人寻味。

（二）游览诗

《浴温泉已登骊山》

骊山下有泉，其气作蕙兰。亲彼泓洁色，如掬碧琅玕。吾体为之轻，仰睇古虬蟠。耸身石柏路，天风吹腋寒。幽香接素息，柏枝叶可餐。耳目恣所阅，如欲生羽翰。

骊山下的温泉，散发着兰花的幽香。触摸清澈泉水，如同手捧绿宝石。沐浴温泉，身轻体健。仰视古松，在生长着石柏的山路间挺直腰身，清风吹过，两腋生寒。呼吸着清新的空气，柏树的枝叶可以食用。眼睛纵情观赏，似乎要长出翅膀。诗人描写了骊山的温泉、周围环境以及沐浴后登山的愉悦之情。此诗思致超然，比喻生动，笔墨冲淡，意境闲适，格调高雅。

十六、张煌言（1620—1664），字玄著，号苍水，浙江省宁波市人。崇祯十五年（1642）举人。张煌言著有《冰槎集》4 卷、《奇零草》12 卷、《采薇吟》等，存世诗歌 350 首。徐孚远评价："玄著之诗，其气昌明而宏伟，其辞瞻博而英多。盖明堂之圭璧，清庙之贲镛也。①"张煌言的咏陕诗为咏史诗。

《鸿门歌》

项王怒、汉王畏，鸿门宴罢鸿沟溃；汉人喜、楚人恚，玉玦谋空玉斗

---

① 王云五主编、陈田辑《万有文库·明诗纪事》，商务印书馆，1936 年，第 2800 页。

碎。重瞳、隆准两英雄,天意有兴必有废;成岂哙也一彘肩,败或亚父疽在背。不杀沛公岂云误,此事却有霸王度。当时长者号汉王,俎上老翁不相顾;既无父子况君臣,三军缟素为何人。

项羽发怒,刘邦害怕,鸿门宴结束后鸿沟崩溃。刘邦高兴,项羽生气,范增以玉珏示意项羽,范增的计谋落空,撞碎玉斗。项羽、刘邦都是豪杰,天意主宰着兴废。成就刘邦者不是樊哙生啖猪肩,项羽失败也不是范增背疮发作。不杀刘邦不是项羽的失误,恰恰显示了项羽的气度。当时德高望重的汉王,不顾身为人质的父亲的生命。不讲父子之情何谈君臣之义,三军为谁服丧。诗人认为项羽的失败是天意,项羽不杀刘邦表现出王者气度。刘邦为实现其野心不顾父亲的安危,众人为一个不孝无义之人卖命毫无价值。此诗层层对比,直抒胸臆,见解独到,讽刺辛辣。

十七、吴骐(1620—1695),字日千,号铠龙、九峰遗黎,上海市人。吴骐著有《颅颔集》8 卷、《杜鹃楼词》1 卷等,存世诗歌 190 首。朱彝尊评价:"日千力崇正始,其诗沈厚不佻。①"吴骐的咏陕诗为怀古诗。

《茂陵》

茂陵枯柏自巑岏,露重珠襦马上寒。独与铜人相对哭,三更残月下金盘。

茂陵的柏树枯死,耸立风中,穿着珠襦的汉武帝在露重天寒的夜晚骑马去看铜人,汉武帝与铜人相对而泣。三更天,一钩残月,汉宫的铜人走下金盘,与汉武帝泣别。此诗虚实结合,想象奇特,构思巧妙,拟人生动,意境凄凉,情韵深永。

十八、范文光(?—1651),字仲闇,号雨石,四川省内江市人。天启元年(1621)举人。著有《居邠集》10 卷、《豳风考略》3 卷、《峨眉集》《石鼓山房诗集》等。"范文光《续花间集》,皆画船歌席题赠之作,……

---

① 朱彝尊《静志居诗话》下册,人民文学出版社,1990 年,第 679 页。

情致昵人，不减前辈风流。志之，可当《东京梦华录》也。①"崇祯五年，以邠州学官署礼泉知县。范文光的咏陕诗为怀古诗。

《首夏上乾陵》

薄游驱老马，暇日此追随。麦熟黄垂地，苔深绿绕碑。妒风腥草木，妖气染熊罴。自丑生前事，难题石上辞。

诗人闲暇之日骑着老马出外游玩，田野里，沉甸甸的金黄麦穗垂到地上，碑石上长满青苔，乾陵的草木被武则天的嫉妒之风染得腥臭，石人、石兽被她的妖气侵蚀变成妖怪。武则天知道自己平生的丑事太多，因此难以在墓碑上撰文。此诗想象新奇，言辞犀利，讽刺辛辣，见解独到。

十九、周梦旸，字启明，湖北省南漳县人，万历二年（1574）进士。著有《水部备考》10 卷、《常谈考误》4 卷。周梦旸的咏陕诗为山水诗。

《同友游灵岩》

岩开幽洞自何年？独倚江头清可怜。一水远联秦蜀路，两峰高峙并参边。穴中不见通仙路，壁上空存览胜篇。酒兴有余聊更酌，与君同醉芰荷天。

灵岩不知何时被人开凿，独立江边，环境清幽，令人喜爱。嘉陵江联通了秦蜀，玉文山与灵岩耸入云端，遥相对峙。洞中找不到通往仙界的道路，岩壁上留下历代吟咏灵岩的诗文。诗人酒兴勃发，畅饮不辍，与好友一同沉醉于芰荷田田的时节。此诗设问巧妙，引人遐想，笔墨冲淡，意境雄浑，言近旨远，韵味隽永。

二十、沈国华，字泽腴，山西省长治市人。万历四十一年（1613）任蓝田知县。续修《蓝田县志》4 卷。沈国华的咏陕诗为山水诗。

《辋川烟雨》

右丞已去白云留，时有高人续胜游。花洗红妆春雨过，树连轻霭

---

① 徐钪《词苑丛谈》，上海古籍出版社，1981 年，第 88 页。

晓烟浮。川原掩映山阴道，洲渚萦回巫峡流。松竹人家鸡犬寂，一声金磬落林丘。

　　王维远逝，白云悠悠，经常有高士前往辋川寻幽览胜。春雨过后，红花褪色，清晨，树林间薄雾飘浮。原上有林荫小路，小溪环绕沙洲。竹林深处听不到鸡犬之声，佛寺的磬声在山间、林中回响。此诗抚今追昔，笔墨清丽，意境闲适，衬托巧妙，言近旨远，韵味隽永。

　　二十一、来复，字阳伯，号星海，陕西省三原县人。万历四十四年(1616)进士。来复著有《来阳伯集》20 卷，收录其诗 1140 余首。钱谦益评价："阳伯性通慧，诗文书画之外，琴棋剑器百工伎艺无不通晓。……能诗而不能工，亦多能累之也。①"来复的咏陕诗为山水诗。

《蓝田郊望》

　　雨凉悦霁垲，出郭散幽步。秋成众禾垂，川原莽回互。巀嶭王顺峰，旖旎辋川谷。路日岚气生，千林各成趣。城堞带岭长，俯瞰激湍赴。边山亘路通，西与户杜遇。迎面七盘开，奠兹武关固。谁知深官中，井亩尚无数。谖谖岩松声，登登山寺暮。石庐寸穴封，人烟绝顶露。念当遗尘纷，一瓢采真去。

　　雨后天气凉爽，高地的景色赏心悦目，诗人出城散步。秋天，庄稼成熟，谷穗饱满低垂，原野辽阔，回环交错。王顺山高峻雄壮，辋川风光秀丽。山林间雾气缭绕，树木千姿百态。城墙沿着山岭延伸，从高处往下看，急流奔腾不息。山岭连绵不断，道路贯通，西边与户县、杜曲相连。七盘岭映入眼帘，使武关成为险固之地。在幽深的山谷中，有大片耕地。挺立山岩的松树在风中呼呼作响，暮色中，山寺的鼓声悠远。石屋的门狭窄，山顶上有人家。诗人产生逃避纷乱尘世的想法，追求简单清苦的生活，求仙修道。此诗移步换景，视角多变，笔墨淡雅，意境清奇，思致超然，情韵深永。

　　二十二、梁建廷，陕西省岐山县人。万历四十四年(1616)进士。

---

① 钱谦益《列朝诗集小传》下册，上海古籍出版社，2008 年，第 652 页。

崇祯十五年(1642)尚在世。梁建廷的咏陕诗为怀古诗。

《谒周公庙》

周公庙宇贮卷阿,古木参天煮凤窠。德备先朝光日月,道流后世配山河。精忠昭感风雷护,达孝默通神鬼呵。甚矣吾衰劳孔梦,衮衣难见思如何。

周公庙深藏于卷阿,飞翔的凤凰曾在此处的参天古木上栖息。周公品格高尚,像日月一样光明无私,周公之道泽被后世,与山河永存。周公无比忠诚,向祖先祷告保佑武王。周公去世时,刮风打雷,彰显周公之德。周成王深受感动,以天子礼仪祭祀周公。诗人感叹此生难见周公建立的盛世,心中不胜怅然。此诗立意高远,笔力雄健,拟人新奇,格调高古。

二十三、吴玉,山西省寿阳县人。天启进士。吴玉的咏陕诗为山水诗。

《望太白》

太白高何极,金方气独收。古今长积雪,天地更无秋。迷壑阴云变,连空冷翠浮。登临虽未得,人望已思裘。

太白山高不可及,独占了西方的灵气。古往今来常年积雪,秋冬漫长,春夏短暂。幽深的山谷阴云密布,变化莫测,清冷翠绿的山色与远天相接。还没有登上太白山,只在远处眺望,便寒气袭人,想穿上皮衣取暖。此诗对比鲜明,联想巧妙,笔力遒劲,意境雄浑。

二十四、康万民,字无涊,陕西省武功县人。著有《璇玑图诗读法》2卷。康万民的咏陕诗为山水诗。

《秋日登西城望终南诸峰》

岸帻凭栏眺远峰,氤氲佳气散芙蓉。欲登瀛海三山岛,安得仙人九节筇。紫塞夜寒归候鸟,昆明秋老隐游龙。家贫性癖唯耽酒,痛饮能追五柳踪。

诗人潇洒地凭栏远眺终南山,形如莲花的山峰上云雾弥漫。诗人想登上海外仙岛,寻找仙人的踪迹。边塞的夜晚寒意袭人,候鸟归去,昆明池水冰凉,游龙潜藏水底。诗人家境贫寒,嗜好美酒。开怀畅饮,追慕陶渊明隐逸避世。此诗虚实相生,想象新奇,笔力雄健,意境壮丽,气魄豪放,思致超然。

第四节　生平事迹不详诗人的咏陕诗

明代,创作咏陕诗的作者,有 4 位生平事迹不详,有待进一步研究。这几位诗人创作了 5 首咏陕诗,其中,山水诗 2 首,纪行诗 2 首,怀古诗 1 首。

一、侯居坤,生平事迹不详。侯居坤的咏陕诗为怀古诗。

《拜将台》

汉水城南万木丛,高皇曾此拜元戎。兴刘赤帜多多善,拒彻丹心耿耿忠。项蹶乌江功已最,身擒云梦计何穷?登坛旧迹今犹在,千古人怀国士风。

拜将台坐落在汉中城南的万木丛中,刘邦曾在此拜韩信为大将。韩信善于用兵,辅佐刘邦打天下,他对刘邦赤胆忠心,拒绝蒯彻的建议。韩信打败项羽,项羽自刎乌江,功勋卓著。刘邦以游云梦泽为名擒获韩信,心机难测。拜将台的遗迹犹存,千百年来,世人一直追怀韩信。此诗抚今追昔,对比鲜明,直抒胸臆,见解独到,设问精警,发人深省。

二、江时用,生平事迹不详。江时用的咏陕诗为山水诗。

《武关》

匹马驰驱上七盘,扪参历井豁酡颜。藤萝倒挂三千丈,瀑布飞流数百弯。残雪已消天汉路,浮云不散古梁山。如今更觉岩廊险,几度逢人叹武关。

诗人独自策马疾驰上七盘,山势高峻,道路险阻,脸上酒后的红色消散。藤萝悬挂在望不到顶的绝壁上,瀑布倾泻而下,溪流蜿蜒曲折。汉中的道路上残雪融化,古梁山白云缭绕。与之相比,官场更加危险,逢人便感叹过武关的经历。此诗视角多变，笔力遒劲，意境雄奇，联想巧妙，对比鲜明，感慨遥深。

三、张光宇，生平事迹不详。张光宇的咏陕诗为纪行诗。

《提兵过金州》

小雨润行装，迢迢去路长。绿迷村树暗，红湿野花香。断霭开晴晓，春风送晚凉。一钩新月上，马首弄清光。

金州，即今陕西省安康市。

细雨蒙蒙，诗人踏上旅途，前程长路漫漫。绿树茂密，浓荫匝地，看不到路，野花被雨打湿，散发着芬芳。清晨，天空初晴，雾霭飘散，傍晚，春风吹拂，天气凉爽。一弯新月初上，在马前欣赏清亮的光辉。此诗笔墨清丽，意境空灵，遣词精妙，言近旨远。韵味隽永。

《驻防任河口》

江柳依依江水流，风帆一夜过金州。白苹吹尽秋光暮，两岸芦花相对愁。

任河口，位于今陕西省紫阳县。

江边的柳丝在风中摇曳，江水悠悠东流，小船顺风而行，一夜驶过金州。傍晚，秋风吹散白萍，两岸的芦花低垂，似有无限清愁。此诗笔墨淡雅，意境清幽，拟人传神，言近旨远，情韵深永。

四、李会心，陕西省铜川市人，生平事迹不详。著有《臆编》1卷、《謷天斋诗存》。李会心的咏陕诗为山水诗。

《太元洞同蜀寋子晋分韵》

偶迹麏麚迹，相将采药行。丹梯通古洞，书阁对孤城。风拍时惊瀑，山岩乍放晴。黄冠不喜客，香火素无情。

太元洞，位于今陕西省耀县药王山。大像阁，在耀县步寿原。

高人追踪野兽的踪迹，相伴上山采药。山路通往太元洞，大像阁遥对耀县城。飞流一泻千里，山风吹散了阴云，山上突然晴朗。道士喜欢清静，他们远离尘世，不食人间烟火。此诗笔墨淡雅，白描生动，意境闲远，思致超然。

第三章　清代咏陕诗

　　本章选取了清代 101 位诗人创作的 415 首咏陕诗，探讨清代咏陕诗的内容及特点。

　　清代诗歌流派纷呈，创作咏陕诗者，各大流派的诗人皆有，如虞山派的钱谦益、娄东派的吴伟业、神韵派的王士禛、性灵派的袁枚等。101 位诗人中，除去籍贯不明的 7 人，陕西籍诗人有 27 位，占比 29％，其中，尤以前期为多，共 16 人，此为明代陕西文化繁荣之余绪。虽然，李因笃、李柏、屈复等在清代诗坛占据一席地位，但缺乏具有广泛影响力的诗人。

　　清代的咏陕诗，题材丰富，有咏史怀古、山水田园、纪行、丧乱、时事、民生、赠答、赠别、游览、风俗、怀人、思乡、音乐、题咏、友情、讽刺诸多类型。众多题材中，数量最多的是咏史怀古之作，为 158 首；其次是山水田园之作，为 122 首；再次为纪行之作，为 36 首。

　　在清代前期、后期，咏史怀古与山水田园题材的作品，数量相差甚微，中期，两者相差悬殊。清中期，"堪称清代咏史创作的高潮繁荣时期，作家众多，众若繁星，作品车载斗量，汗牛充栋，尤其是大型咏史专集极盛。①"其原因主要有四个方面：一是，乾隆时期，文禁森严，文字狱残酷，士人为了逃避打击与迫害，不敢直接描绘现实世界，而是借古喻今；二是，乾嘉时期，朴学考据盛行，士人专注于典籍的整理与经书的阐释。同时，程朱理学受到尊崇，复古意识增强；三是，诗人才兼经史，钻研学问，其诗学观念强调才情与学识并重；四是，宋诗的影响扩

---

① 　张海燕《清代咏史创作论稿》，陕西师范大学博士学位论文，2014 年，第 17 页。

大,如钱谦益、朱彝尊、查慎行、厉鹗等标举宋诗,随着宋诗的流行,宋人以学问为诗的主张获得认同。

咏陕诗中的山水田园诗少有单纯从艺术和审美的角度观照自然,或寄寓反清复明的理想,或抒发黍离之悲,或展现经世致用的抱负。顾炎武"通过山水与怀古或时局相连,来表达爱国的思想。①"魏源"创作山水诗的一个重要原因,就是希望通过灌输其'经世致用'的思想来达到强国富民的目的。②"谭嗣同"出于一种经世致用的目的去观察他游历过程中所遭遇到的山川形势。③"即使王士禛的部分山水诗作也"登临凭吊,遥集兴怀④",格调苍凉。

咏陕诗中丧乱诗、时事诗的数量超过元、明时期,这两类作品主要集中在前期、后期。前期,改朝换代,社会剧变;后期,清朝由盛转衰,时局的变化,令诗人伤感、忧虑、悲愤。因此,反映战乱造成的巨大创伤、满怀悲愤感叹兴亡和发自肺腑关心民众疾苦,成为了诗歌的重要主题。

第一节　清代前期咏陕诗

清代咏陕诗创作的前期为顺治元年(1644)至雍正十三年(1735),这一时期有 47 位诗人创作了 213 首咏陕诗。题材上,山水田园诗最多,为 78 首;其次,是咏史怀古诗,为 72 首。此外,纪行诗 22 首,丧乱诗 15 首,赠别诗 4 首,思乡诗 3 首,风俗诗 4 首,怀人诗 4 首,游览诗 4 首,赠答诗 3 首,民生诗 2 首,题咏诗 1 首,伤悼诗 1 首。诗人之中,陕西籍作家较多,有 16 人,这些诗人在诗歌史上有一定地位。外地作家中王士禛创作的咏陕诗数量最多,有 54 首,这些诗作是王士禛诗歌

---

① 王英志《顾炎武山水诗简论》,《南京师大学报》,1996 年第 3 期,第 102 页。
② 李金涛《论魏源山水诗的近代特征》,《湖北民族学院学报》,2001 年第 4 期,第 56 页。
③ 时志明《谭嗣同和他的山水诗》,《苏州大学学报》,2003 年第 2 期,第 57 页。
④ 王利民《王士禛纪游诗简析》,《中国韵文学刊》,1994 年第 2 期,第 32 页。

的别调,具有很高的艺术价值和学术价值,在文学史上产生了重要影响。

一、钱谦益(1582—1664),字受之,号牧斋、蒙叟、东涧老人,江苏省常熟市人。明万历三十八年(1610)进士,与吴伟业、龚鼎孳并称江左三大家。钱谦益著有《初学集》110 卷、《有学集》50 卷、《投笔集》2 卷、《苦海集》1 卷、《列朝诗集》81 卷、《杜诗笺注》20 卷等,存世诗歌2460 余首。沈德潜评价:钱谦益诗"工致有余,易开浅薄,非正声也。五言平直少蕴①"。钱谦益的咏陕诗为题咏诗。

《华山庙碑歌题华州郭胤伯所藏郭香查书西岳华山庙碑》

关中汲古有二士,郭鬐赵崏俱嵯峨。伊余南冠系请室,摊书昼卧如中魔。郭生示我《华山碑》,欲比《七发》捐沉疴。展碑抚卷忽起坐,再三叹息仍摩挲。桓灵之际文颇盛,六经刻石正缪讹。开阳门外讲堂畔,车辆观写肩相摩。鸿都学生竞虫鸟,宣陵孝子群鹪鹅。石渠白虎事已远,《皇羲》虽成世则那。此碑传自延熹载,石经未立先镌磨。丈人行可逼秦相,一饭礼本先光和。郭香香察未遑辨,但见浓点兼纤波。锋刃屈折陷铁石,巀嶭高下连嵯峨。古来书佐擅笔妙,后代学士徒口呇。久嗟石跌毁赑屃,却喜纸本缠蛟蛇。墨庄旧物落鬐手,如出周鼎获晋牺。身领僮奴杂装治,手与心眼争烦挪。灵偓湘帙巧纯缘,史明牙签细刮磋。收藏定可厌邺架,鉴赏况复穷虞戈。我昔遣祭入太学,肃拜石鼓拂白科。依稀二百七十字,维鲔贯柳存无多。晴窗归樵古则卷,按节自诵昌黎歌。去年登岱访古迹,开元八分半齾齼。俗书刊落许公颂,斓班漫漶余蜎蜗。风霜兵火态残蚀,此本疑有神护诃。圣世文章就熠熄,珠囊儒雅失网罗。舞书不顾经若典,破体岂论隶与蝌。《兔园》村老议轩颉,乳臭儿子评丘轲。蹐驳指日还见斗,罿凌祀海宁先河。少小亦思略识字,沉沦俗学悲喁唆。况闻中原战群盗,盗窃名字纷么麽。搜金剔玉瘅屋壁,崩崖焚阙倾山河。汲冢书门遍烽燧,祈

---

① 沈德潜《清诗别裁集》上册,上海古籍出版社,1984 年,第 1 页。

年岣嵝难经过。每怜耆旧委榛莽,谁集金石凌坡陁? 郭聵连骞赵嵋死,老夫头白空吟哦。还碑梯几意惝恍,聵乎聵乎奈尔何!

关中善于钻研、收藏古籍、古物的人中,以郭胤伯和赵嵋两人最为著名。诗人和郭胤伯在狱中时,夜以继日地钻研古籍,达到痴迷程度。郭胤伯让诗人欣赏《华山碑》,如同《七发》一样让人治愈顽疾。打开《华山碑》抚摸卷轴,精神振奋,感叹称奇,不忍释手。桓、灵时期,文化繁荣,传播六经以纠正错误。开阳门外的教室外,车水马龙,来此听讲的人摩肩接踵。鸿都门的学校里学生比赛虫书,追名逐利之徒络绎不绝。在石渠阁、白虎殿讲论五经的盛况,难以寻觅。《皇羲》虽然完成,但世界的法则已经改变。《华山碑》传自汉桓帝延熹时期,它镌刻于熹平石经之前。郭胤伯的功劳比肩李斯,他的《华山碑》早于汉灵帝光和时期。对于郭香查来不及考证,《华山碑》的字迹点重横细,边角弯曲,笔画刚硬有力。鋻刻在险峻的岩石上。古代主办文书的佐吏擅长书法,令后世的学士赞叹不已。为石碑的毁坏而嗟叹,幸运的是拓本保留传世。典籍藏书到了郭胤伯手里,如同用周鼎祭祀,格外珍惜。亲自带领僮仆,聚精会神地拓印,用精美的绢巧妙装裱,用象牙的签牌系在书卷上作为标识。他藏品众多,超越前人,尽其所能,鉴赏大家之作。诗人曾经到太学遣祭,恭敬地祭拜石鼓,拂拭放鼓的臼形坑。模糊记得有 270 字,字迹湮灭所剩不多。在明亮的窗户下读书,打着节拍吟诵韩愈的诗。去年登泰山寻访古迹,唐代的八分书大多残缺。通俗流行的书体删除了许公颂,字迹不清,笔法潦草,如同爬虫。经过风雨侵蚀,战火焚毁,《华山碑》仿佛得到了神灵的保护,留下了拓本。圣代的礼乐法度趋向毁灭,汉代重兴儒雅,难以多方面地搜求。舞书不遵循规则,破体不分隶、篆。村夫野老议论轩辕、仓颉,无知小儿评价孔孟之道。错乱驳杂,日中见斗,昏暗不明;嚣张气盛,祭川不是先河后海,分不清源流。诗人小时候也学习书法,沉溺世俗流行之学,人云亦云。中原战乱不断,盗贼猖獗,小人纷纷欺世盗名。搜刮钱财,抢掠一空,焚烧宫阙,天崩地裂,山河破碎。收藏《汲冢书》之处战火连天,埋藏《岣嵝碑》的祈年观难以到达。可怜年高望重者被委弃于荒野,谁能上山坡收集金石。郭胤伯遭遇坎坷,赵崡身亡,诗人头发雪白,徒然感叹。把华山碑归还主人,内心失落,诗人不知道如何安慰郭胤伯。诗人回忆在狱中爱不释手欣赏郭胤伯所藏西岳华山庙碑文的情景,感慨汉代文化鼎盛,为华山庙碑文保存完好而欣喜。诗人同情郭胤伯落魄失意,感叹自己生不逢时。面对明朝的衰亡趋势,诗人深感绝望和无奈。此诗叙述详尽,层次井然,联想巧妙,用典频繁,遣词古雅,笔墨酣畅。

二、王铎(1592—1652),字觉斯,号痴庵、烟潭渔叟、痴仙道人等,河南省孟津县人。明天启二年(1622)进士。王铎著有《拟山园初集》300卷,存世诗歌4720余首。侯朝宗评价:"孟津材极情厚,气极雄拔,求之章法,不能无间。①"沈德潜评价:"文安诗名甚著,然每入荒幻②"。王铎的咏陕诗为山水诗。

《咏潼关》

青冥铁壁险,干羽俯空壕。自古泥丸壮,反令虎豹号。

山岭青苍幽远,石崖坚黑如铁,山川险要,守卫森严,万夫莫开。泥丸虽小也能让虎豹豺狼受伤。诗人描写潼关巍然屹立,地势险要,表达了对时局的深切忧虑。此诗笔力遒劲,意境雄奇,对比鲜明,比喻生动,寓意深刻,见解独到。

《欲卜居华山顶》

想尔华山何日到,旧曾许我莲花东。高霞不觉飞人外,一屋自然出石中。欲跨金龙扪北斗,还吹铁笛引南鸿。白头云卧更名姓,倘是无言炼药翁。

诗人盼望登华山,曾经与朋友相约游览莲花峰。云彩从身边飘过,石屋天然形成。诗人想乘龙上天,伸手可触摸北斗星,吹奏铁笛吸

---

① 钱仲联《清诗纪事》(三),江苏古籍出版社,1987年,第1349页。
② 沈德潜《清诗别裁集》上册,上海古籍出版社,1984年,第10页。

引南飞的鸿雁。隐姓埋名于白云深处，做一个炼丹修道之人。诗人神游华山，欲隐居避世，表达了对现实的厌倦。此诗想象生动，思致超然，笔墨冲淡，意境神奇。

《欲游秦约薛行堃先呈胤伯》

画中记省画中山，远梦牵人何来闲。散寄好诗收拾得，芙蓉时节入秦关。

太白以南路欲迷，杖藜所过草萋萋。何巅可占结松屋，莫不泉多华岳西。

华清宫里楼不见，金粟堆边鸟又飞。为语山僧候我去，满林明月一棕衣。

秦川商岭碧氤氲，流水声中吊古痕。白发未来安顿早，莫教垂老哭高云。

山临周至尽嵚崟，久系青岚物外心。住在世间余半世，松花潭水古烟深。

第一首诗，描写诗人曾在画中欣赏陕西的山水，对那里魂牵梦绕，但没有空闲游览。诗人把朋友所寄诗歌加以整理，将在芙蓉盛开时节入陕。

第二首诗，描写诗人迷失在太白山以南的路上，拄杖行走，所到之处草木茂盛。不知哪座山可以结庐修炼，考虑可以去华山以西泉水多的地方。

第三首诗，描写华清宫人去楼空，金粟堆荒凉冷落。诗人捎话让山僧等候，他将披着襄衣在月下漫步林中。

第四首诗，描写秦川的山岭青翠，烟云弥漫。流水声触发了诗人的思古幽情。趁早作决定归隐，不要等到老了后悔，望天痛哭。

第五首诗，描写周至的山峰高大险峻，诗人一直想过超然物外的隐居生活，但半生混迹尘世，眼前青松环绕，古潭幽深，云雾缭绕。

这组诗虚实相生，构思巧妙，笔墨淡雅，意境清幽，思致超然，言近旨远。

三、阎尔梅(1603—1679),字用卿,号古古、白耷山人、蹈东和尚,江苏省沛县人。明崇祯三年(1630)举人。阎尔梅著有《白耷山人集》12卷、《蹈东集》1卷,存世诗歌1790余首。沈德潜评价:"诗有奇气,每近粗豪①"。顺治十六年至十七年,阎尔梅曾在陕西生活。阎尔梅的咏陕诗为咏史诗、山水诗。

(一) 咏史怀古诗

《谒茂陵》

武帝陵园俯渭阳,亭亭贔屃满原霜。三山八水环京兆,万户千门毁建章。骠骑北铭沙漠石,楼船南系粤瓯王。临终悔下轮台诏,何得人言续始皇? 嶵嶵堂封巖四隅,茂陵南向拱天都。表彰先圣开文苑,付托元良写衮图。出塞常嫌高帝困,求仙不似祖龙愚。悲歌兼带风流意,毁谤英雄是宋儒。

汉武帝的陵墓踞于渭河北岸,挺立陵前的贔屃饱经风霜。三山八水环绕长安,建章宫的千门万户毁于战火。霍去病平定匈奴在大漠中立碑,战船南下,俘虏粤瓯王。放弃在轮台屯田的策略,临终之际下罪己诏。为什么说他步秦始皇后尘? 高耸的坟墓屹立中央,茂陵朝南护佑长安。显扬孔子,尊重儒学,开创文化繁荣局面,托付太子,让画工画周公背成王朝诸侯图给霍光。出塞没有像刘邦那样被匈奴围困,求仙不像秦始皇那样愚蠢。慷慨悲歌富有文采,宋儒无端诽谤英雄豪杰。诗人歌颂汉武帝北伐匈奴、南诛百越的文治武功,赞美他尊崇儒术,重用贤臣,善于改过,对宋儒的偏见深表不满。此诗抚今追昔,意境苍凉,对比鲜明,衬托巧妙,见解独到,寄寓深刻。

《定军山谒丞相墓》

梁甫吟曾诵武侯,今来沔上抚松楸。天威振旅乘金马,名士临戎驾木牛。贼指操丕真有见,功兼伊霍迥无俦。试看兵火千余载,谁敢樵苏傍垄头?

---

① 沈德潜《明诗别裁集》,上海古籍出版社,2013年,第275页。

诸葛亮作《梁甫吟》时踌躇满志,诗人抚摸武侯墓前的松楸凭吊先贤。诸葛亮威震四海,整队班师,凯旋还朝;从容镇定,亲临战阵,发明木牛流马。指斥曹操、曹丕为汉贼,见识卓越,功劳堪比伊尹、霍光,无人可以匹敌。尽管千百年来兵火战乱不断,但是,没有人敢在武侯墓旁砍柴刈草。诗人歌颂诸葛亮南征北战,运筹帷幄,辅佐刘备建立蜀汉,功勋盖世。呼唤英雄出世恢复明朝江山社稷,表达了对故国的怀念。此诗借古喻今,立意高远,笔力雄健,寄托遥深,设问精警。

《汉中题汉高帝拜将坛》

约王关中徙汉中,诸侯以此叛重瞳。庸人设策常相似,大将登坛独不同。父老依光生日月,山河易主待英雄。秦皇欲厌东南气,可得西南厌乃公?

刘邦与项羽约定,先入关中者为王,但刘邦被迫转入汉中,诸侯因此背叛项羽。平庸者的策略常常相似,韩信登坛拜将却不相同。父老靠近火光,盼望看到光明,等待英雄出世改朝换代。秦始皇想镇服东南的天子气,却未能镇压西南方向的刘邦。诗人讽刺项羽和秦始皇想要消灭对手的企图未能得逞,借楚汉战争的史实,寄托反清复明的愿望。此诗借古喻今,讽刺辛辣,衬托巧妙,寄寓深刻,见解独到,耐人寻味。

《叹始皇》

览胜西京考旧图,古今还有祖龙无?曾闻我里先亭长,纵观咸阳大丈夫。贵盛难消生妄诞,聪明太尽转疾愚。当时少子亲从幸,岂料亡秦是此胡。

诗人游览西安观赏美景,考察历史,想知道此处是否还会诞生秦始皇这样的英主?诗人的乡亲亭长刘邦目睹秦始皇的威仪,羡慕之情溢于言表。盛而不衰虚妄不合理,过于聪明反而愚蠢。当年秦始皇东巡时胡亥跟从,不料毁灭秦国的正是胡亥。诗人讽刺秦始皇渴望长生不老、基业永固,可惜事与愿违。此诗借古喻今,见解精辟,感悟深刻,富有哲理,语意双关,耐人寻味。

(二)山水诗

《题苍龙岭》

凌空一缕削丹梯,旁视无根万丈溪。星海欲通云汉上,天台犹恨石梁低。烟云散渡羚羊挂,雷雨惊风蜩蛇啼。踞坐投书皆戏弄,华山声价起昌黎。

刀削斧劈的陡峭山峰耸立空中,从侧面看,绝壁像没有源头的溪水一样流向深谷。山峰直插繁星璀璨的天空,神仙居住的天台没有苍龙岭高。羚羊攀登在云雾缭绕的绝壁上,蜩蛇在电闪雷鸣、狂风暴雨中哀啼。韩愈蹲坐在此大哭、投书求助是传说,华山因韩愈而名声大噪。诗人描写苍龙岭的景色以及攀登险峰的感受,惟妙惟肖。此诗用典精当,夸张新奇,比拟生动,衬托巧妙,气势豪迈,意境雄奇。

《秦岭》

神禾春秀千原紫,鬼草秋华万壑青。来去地痕都不见,风烟遥隔雨冥冥。

春天百花盛开,群峰万紫千红,秋天草木茂盛,万山青翠。冬去春来,四季常绿,看不到土地的颜色。山间烟霞缥缈,雨雾迷蒙。诗人笔下的秦岭层峦叠嶂,景色四季不同,雄奇壮观,充满神异色彩。此诗气势磅礴,意境瑰奇,言近旨远,情韵深永。

《连云栈》

崔嵬凤岭障河池,折下柴关险更奇。树绣云霞光映远,峰函日月影来迟。当垆珠钏辽东妇,打弹花裘渭北儿。荒驿初开耕种少,几回银鞘插镶旗。

高峻的凤岭阻挡了河流,绵延曲折的柴关更为险峻奇异。远处天边的彩云映照山上的树木,巍峨的高山遮挡了日月。装扮华丽的辽东妇卖酒,穿着时髦的渭北儿用棒打球。荒僻的驿站人烟稀少,何时,银质的刀鞘上饰以镶嵌的旗。连云栈位置偏僻,景色奇特。此诗移步换景,层层对比,衬托巧妙,笔力遒劲,意境雄奇,设问精深。

《登七盘关望汉中》

晓上鸡头尽七盘,望来巴岭簇烟峦。雍梁四塞名天狱,井鬼双高结将坛。沙濯犟川唐鼠净,冰澌褒穴丙鱼寒。此间多有吾乡裔,流杂西城独汉冠。

走脱连云栈外悲,西风摇落汉江湄。韩侯此地曾亡命,蜀相何年更出师? 天上星非无聚处,人间路会有平时。当年丰沛从迁者,南郑于今看是谁?

第一首诗,描写诗人早上来到七盘岭,登上鸡头关,放眼望去,云雾缭绕的大巴山层峦叠嶂。雍梁地形险恶,四境皆有天险,可作屏障。井、鬼二宿高悬上空,刘邦在这里拜韩信为帅。惊涛骇浪,唐鼠无处藏身,河水解冻,丙鱼受寒。诗人乡亲的后人大多在这里生活,南郑县至今保留着汉人的传统。诗人触景生情,呼唤英雄救世。此诗造语奇崛,意境奇特,笔力雄健,寄寓深远。

第二首诗,描写逃离连云栈,心中悲伤,汉江边,秋风萧瑟,草木凋残。韩信曾逃亡至此,诸葛亮又出兵汉中。天上的星辰并非无法聚在一起,世上的道路会有平坦之际。当年跟随刘邦迁徙此处者,如今在南郑还有谁呢? 此诗抚今追昔,情绪感伤,联想巧妙,寄托遥深。

四、万寿祺(1603—1652),字年少、介若、内景,号明志道人、寿道人,入清后为僧,法名慧寿,江苏省徐州市人。崇祯三年(1630)举人。万寿祺著有《隰西草堂诗集》5 卷、《隰西草堂文集》3 卷、《隰西草堂集拾遗》1 卷、《遁渚唱和集》1 卷,存世诗歌 470 余首。陈田评价:"诗壮丽,有芒砀猛士之风,国变后,尤多激楚之音。①"顺治八年,万寿祺为了避难,曾到陕西,与王弘撰、李因笃等交往。万寿祺的咏陕诗为纪行诗。

《华阴书王山史斋中》

海内征文献,西京两次来。麦田经雨润,山色喜云开。自可刘琨

---

① 王云五主编,陈田辑《万有文库·明诗纪事》,商务印书馆,1936 年,第 2990 页。

啸,何劳庾信哀。登高齐拍掌,秦岭亦东回。

诗人在天下寻找典籍与宿贤,两次来到西安。雨后,麦苗绿油油,
云雾消散,山色青翠。自有刘琨高歌,庾信不必哀伤。登高拍手,惹得
秦岭回头东望。关中景色宜人,诗人与志同道合的友人相交甚欢,表
达了抗清的坚定意志以及对故国的怀念。此诗笔墨清新,拟人生动,
对比鲜明,借古喻今,言近旨远。

五、李楷(1603—1670),字叔则,号河滨、岸翁,陕西省大荔县
人。天启甲子(1624)举人。李楷著有《河滨全书》100 卷,存世诗歌
2270余首。李元春评价:"其生平著述之意,固非肯漫然操觚者,又
况才大于海,学富于山,世历三亦而身经百,于人情物理随在人目而
验之于心,故其为诗也,一有所触,直抒胸臆,不屑屑于结构,不竞竞
于雕琢,而深邃之思,豪迈之气,苍茫之色,俱令人不可摩拟,犹之乎
其文也。①"顺治十五年,李楷从流寓地回到关中。李楷的咏陕诗为赠
答诗、民生诗。

(一)赠答诗

《咏独鹤亭为王山史作二首》其一

鹤声落人间,相怜始相呼。孤鹤反脱累,不受雌雄愚。地上即云
霄,何必翔虚无。小亭邻高山,湿翠时一铺。池鳞多文锦,相望如江
湖。此生苟自得,岁月听肥癯。他人或未解,主者情允符。

王弘撰孤介耿直,在关中大名鼎鼎,建独鹤亭以明志。

鹤鸣声传到人间,相互怜惜而呼唤彼此。孤独的鹤没有拖累,不受
同类的愚弄。人间就是天上,何必在天空翱翔。独鹤亭依山而建,湿润
的云霭弥漫,山色青翠,像一幅展开的画卷。池中的鱼像色彩斑斓的织
锦,如同身处江河湖海。人生能够怡然自得,不必在意贫与富。别人或
许难以理解,符合自己的心意即可。诗人称赞王弘撰超脱凡俗,卓然不
群,禀性高洁。此诗托物言志,比兴巧妙,比喻生动,寓意深刻。

---

① 冉耀斌《清代三秦诗人群体研究》,南京师范大学博士学位论文,2012 年,第 161 页。

（二）民生诗

《土肤歌》

土肤燥，麦芒枯。三尺之下泉有无。妻忧其夫，妇忧其姑。饘粥焉所出，天田之星何为乎？廿年之前人食人，千里之外人市人。人其余几，天多怨嗔。夏之日不忧寒，但愁饥。一日必三饭，八口乃同时。

土地干旱，麦苗枯萎，泉水干涸。妻子为丈夫担忧，媳妇为婆婆忧愁。没有稀饭喝，出现天田之星预示着什么？二十年前人吃人，千里之外买卖人口。没有几个人活下来，老天对人间充满埋怨责怪。夏天不用担心寒冷，却发愁没有饭吃。一天三顿饭，八口之家要吃饭。诗人描述了人吃人、卖儿鬻女的惨象，体现了伤时悯乱的仁者情怀。此诗语言朴素，拟人生动，句式多变，叙述平实，情绪悲愤，格调沉郁。

六、王庭（约 1607—1693），字言远、监卿，号迈人，浙江省嘉兴市人。顺治六年（1649）进士。著有《理学辨》1 卷、《秋闲词》1 卷及《王迈人稿》。丁澍评价："其小词，意旨超远，有睥睨古今气概，一似挥麈家言。①"王庭的咏陕诗为山水诗。

《潼关》

关门高镇处，飞鸟不能过。雉堞连群嶂，风烟俯大河。代更千战少，势在一夫多。入夜闻刁斗，军声壮若何？

潼关雄踞险要之处，飞鸟难以逾越，城墙修建在崇山峻岭之中，站在城上俯视黄河，美景尽收眼底。朝代更迭，战火烽烟频仍，潼关地势险要，"一夫当关，万夫莫开"。刁斗之声打破夜晚的宁静，彰显了军队的雄壮声势。此诗意境雄浑，气势豪迈，笔力遒劲，言近旨远。

七、吴伟业（1609—1672），字骏公，号梅村、鹿樵生、灌隐主人、大云道人，江苏省太仓县人。崇祯四年（1631）进士。与钱谦益、龚鼎孳并称"江左三大家"，为娄东诗派开创者。吴伟业著有《梅村家藏稿》60 卷、《梅村诗馀》1 卷、《绥寇纪略》12 卷、《春秋地理志》16 卷、《秣陵

---

① 冯乾编校《清词序跋汇编》，凤凰出版社，2013 年，第 281 页。

春》2卷、《通天台》1卷、《临春阁》1卷等,存世诗歌1090余首。沈德潜评价:"梅村七言古,专仿元、白,世传诵之。然时有嫩句、累句。五七言近体,声华格律不减唐人,一时无与为俪①"。吴伟业的咏陕诗为咏史诗。

《和杨铁崖天宝遗事诗》

汉主秋宵宴上林,延年供奉漏沈沈。给来妙服裁文锦,赏就新诗赐饼金。鸧鹊风微清笛迥,葡萄月落画弦深。明朝曼倩思言事,日午君王驾未临。

复道笙歌几处通,博山香袅绮疏中。檀槽岂出龟兹伎,玉笛非关于阗工。浩唱扇低槐市月,缓声衫动石头风。霓裳本是人间曲,天上吹来便不同。

第一首诗,描写秋夜更深,汉武帝在上林苑宴乐,李延年御前侍奉。赏赐精美织锦制作华服,欣赏新诗赐予金饼。鸧鹊宫外微风吹拂,清亮的笛声悠远,品尝葡萄美酒,月亮隐没,琴声低沉。第二天一早,东方朔想劝谏,但等到中午时分,汉武帝也没有上朝。

第二首诗,描写宫殿内处处听到奏乐唱歌,香炉里的袅袅青烟,从雕成空心花纹的窗户飘散。琵琶不是龟兹艺人演奏,玉笛并非于阗人吹奏。尽情高歌,直到月亮隐藏起来,手中的扇子低垂,乐曲柔缓,清风吹动衣衫。《霓裳羽衣曲》是人间的乐曲,此时却如仙乐下凡,别有一番滋味。

汉武帝宠幸李夫人,沉溺声色,骄奢淫逸;唐明皇与杨贵妃夜夜笙歌,导致国危人亡的悲剧。诗人回顾历史,总结教训。这两首诗笔墨含蓄,讽刺委婉,意境迷离,言近旨远,韵味隽永。

八、冒襄(1611—1693),字辟疆,号巢民、朴庵、朴巢、醉茶老人,江苏省如皋县人。与方以智、陈贞慧、侯方域并称复社"四公子"。冒襄著有《同人集》12卷、《巢民文集》7卷、《巢民诗集》6卷、《朴巢文选》

---

① 沈德潜《清诗别裁集》上册,上海古籍出版社,1984年,第17页。

4 卷、《影梅庵忆语》2 卷、《寒碧孤吟》《香俪园偶存》《集美人名诗》《兰言》《芥茶汇钞》《宣炉歌注》《朴巢诗选》各 1 卷，存世诗歌 1000 余首。龚芝麓评价冒襄诗"如理么弦，如扣哀玉，如幽兰之过雨，如秋城之送砧。盖其结习豪情，铲除净尽，……故能拨弃一切，披写天真。[1]"冒襄的咏陕诗为伤悼诗。

《烈女诗为王幼华进士幼妹赋》

夏阳女子胜男儿，树节全身事亦奇。岂畏金刀悬虎气，故从鸳井葬蛾眉。百年未遂红丝愿，一代看垂黄绢碑。遥望秦川三尺土，不因青冢使人悲。

陕西韩城的女子胜过男子，其树立节操、保全名节的事迹罕见。烈女不畏刀剑，气概悲壮，投井结束年轻的生命。烈女未能如愿成就终身大事，却赢得人们对她的歌颂和纪念。遥望秦川，烈女被埋葬在深厚的黄土下，隆起的坟墓令人悲伤。王又旦的幼姊在战乱中跳井自杀，诗人歌颂她宁死不屈的精神，同情其红颜薄命的悲剧，控诉战争的残酷。此诗直抒胸臆，笔力遒劲，言辞慷慨，情绪悲愤。

九、李渔（1611—1680），初名仙侣，字谪凡，号笠翁，浙江省金华市人。李渔著有《笠翁一家言全集》16 卷、传奇《笠翁十种曲》、小说《十二楼》《无声戏》等，存世诗歌 1100 余首。杨际昌评价："李笠翁（渔）工度曲，诗则游戏耳。[2]"徐世昌评价："其诗规橅香山，真率而近俚。[3]"阮元评价："所作率胸臆，构巧思，不必尽准于古，最著者词曲，其意中亦无所谓高则成、王实甫也。[4]"康熙五年（1666），李渔曾到陕西，在西安游历四个多月。李渔的咏陕诗为山水诗、纪行诗。

（一）山水诗

《登华岳》(四首)

不必曾游过，名山故友同。终朝书卷上，彻夜梦魂中。思熟苍龙

---

①　钱仲联《清诗纪事》(一)，江苏古籍出版社，1987年，第316页。
②③④　钱仲联《清诗纪事》(四)，江苏古籍出版社，1987年，第2372页。

径,题残玉女松。兴由龆龀始,相对巳成翁。

华岳多奇峦,以莲花、明星、玉女三峰为最。

五丁非爱力,妙在不须平。地是云铺就,山由天削成。三峰奇入格,四岳幸齐名。自有昌黎哭,巉岩愈著声。

其三序:顶有落雁峰,家太白谓"恨不携谢朓惊人句来,一问青天",即其所也,希夷峡,为陈抟蜕骨处。

谁设扶人索,功高实可讴。升腾犹鸟捷,轻便若云浮。太白携诗未,希夷入梦不? 问天须及早,去此便无由。

其四序:时家姬四人随游,颇娴竹肉,予令至青柯坪而止。诸姬目痒不肯息,视予所在,尾而从之。予上二索,彼上一索,相去只一间,虽怒诃不止。予嗔其顽劣,亦复许其清狂,遂听偕行。袜敝鞋穿,无可更替,乃裂裙幅补缀复行。至谿壑稍平处,铺毡坐饮,使之度曲。昔韩昌黎痛哭不得下,投书与家人永诀处,即予挟诸婢子高歌处也。及今三秦好事者,犹传为话柄云。

怪杀登山勇,谁堪奈尔何。前贤犹痛哭,我辈却高歌。鸟过停飞翼,樵听罢斧柯。主人游兴癖,从者尽成魔。

第一首诗,描写名山如同诗人的朋友,并非一定要登临游览。白天在书上看到,晚上在梦中出现。对苍龙岭的山路极为熟悉,在玉女峰的松树上题满诗句。孩童时便对华山充满兴趣,直到成为老翁才看到华山。

第二首诗,描写传说中的五丁并非喜欢出力气,美妙的景色不需要铲平。人行走在云中,山是天神用刀削就。三峰以雄奇著称,四岳有幸与华山齐名。自从传说韩愈投书大哭,华山的名声更加显赫。

第三首诗,描写华山的铁索不知何人设置,功劳值得赞美。向上攀登,犹如鸟飞翔一般敏捷,轻松自在如同在云中飘浮。李白徒然感叹,无法用诗描绘,陈抟是否能安然入眠。问天要趁早,离开华山便无处登天。

第四首诗,描写诗人登山勇气可嘉,他人望尘莫及。前贤登华山因畏惧而痛哭,诗人却放声歌唱。鸟飞到此需要停歇,樵夫不敢到此砍柴。诗人游玩的兴致高涨，甚至成瘾，跟随者也痴迷着魔。

诗人视华山为友，对华山名胜极为熟悉，不畏艰险攀登华山，兴致盎然，流连忘返。这组诗把神话、传说、典故、景物融为一体，诗序互补。这四首诗构思新颖，对比鲜明，联想巧妙，比喻生动，想象新奇，感受独特。

（二）纪行诗

《潼关阻雨》

陆行何异在舟中，行止难凭计亦穷。莫德青山徒怨水，车轮也阻石尤风。

在瓢泼大雨中赶路如同行舟一般，诗人进退两难，无计可施。不要感激青山而埋怨流水，车轮也能像石头一样阻挡狂风。诗人描写了在潼关遭遇疾风骤雨的情形，认为任何事物都有好坏两面。此诗构思新颖，联想巧妙，比喻新奇，富有哲理，意趣盎然。

《秦游家报》

此番游子橐，差胜月明舟。不足营三窟，惟堪置一丘。心随流水急，目被好山留。肯负黄花约，归时定及秋。

诗人的背囊很轻，稍微胜过月下的小船。所得不能高枕无忧，只能买一块地。诗人心情像流水一样急迫，眼睛却被美景吸引。辜负了菜花盛开的春天，归去时已是秋天。诗人游历陕西，物质上收获颇少，由于无法如期返回家乡，便写信安慰家人。此诗虚实结合，构思巧妙，拟人生动，比喻新奇，情绪起伏，直言不讳。

十、顾炎武（1613—1682），本名绛，字忠清，明亡后，改名炎武，字宁人，江苏省昆山市人。顾炎武被称为"开国儒师"、"清学开山始祖"。顾炎武著有《日知录》32卷、《天下郡国利病书》100卷、《肇域志》100卷、《音学五书》38卷、《亭林诗文集》等，存世诗歌380余首。朱彝尊评价："宁人诗无长语，事必精当，词必古雅。①"

---

① 朱彝尊《静志居诗话》下册，人民文学出版社，1990年，第672页。

沈德潜评价:"韵语其余事也。然词必己出,事必精当,风霜之气,松柏之质,两者兼有。就诗品论,亦不肯作第二流人。①"康熙二年(1663)、十六年、十七年、十八年、二十年,顾炎武五次到陕西。在西安、华阴、富平、周至、延安、铜川等地考察,结交了一批志同道合的好友。顾炎武的咏陕诗题材丰富,有咏史诗、山水诗、赠别诗、丧乱诗、纪行诗。

(一)咏史怀古诗

《长安》

东井应天文,西京自炎汉。都城北斗崇,渭水银河贯。千门旧宫披,九市新廛开。云生百子池,风起飞廉观。呼韩拜殿前,颉利俘桥畔。武将把雕戈,文人弄柔翰。遗迹俱烟芜,名流亦星散。愁闻赤眉入,再听渔阳乱。论都念杜笃,去国悲王粲。积雨乍开寨,凄其秋已半。惆怅远行人,单衣裁至骭。

杜笃是东汉学者,今陕西省西安市人,曾作《论都赋》。百子池,即汉代宫中池名。飞廉观,即汉代上林苑中楼台。

刘邦入关,五星聚东井,汉朝应运而生,建都于长安,以北斗之形规划长安城,渭河像银河一样横穿长安。长安的宫殿宏伟,市井繁华。百子池云烟浩淼,飞廉观巍峨高大。匈奴的单于朝拜天子,突厥的可汗被俘至长安。武将勇猛善战,文臣精通文墨。如今残垣断壁荒草丛生,杰出人才凋零四散。长安城几经战火破坏,先有赤眉横行,后有安史之乱。身处长安,想起杜笃的《论都赋》,感慨万千;离开故园,想起王粲的《登楼赋》,心中悲伤。连绵阴雨停歇,时至中秋,深感凄凉。伤心的游子,还穿着才到小腿的单衣。长安的兴废,触动了诗人的亡国之痛,盛世的长安繁华富丽,战乱中的长安满目疮痍。诗中忧国忧民的志士形象感人至深。此诗抚今追昔,意境苍凉,对比鲜明,联想巧妙,寄寓遥深,情绪伤感。

---

① 沈德潜《明诗别裁集》,上海古籍出版社,2013 年,第 300 页。

《乾陵》

代运当中绝,房帏召女戎。诛锄宗子尽,罗织庶僚空。典祜迁新主,司筵扫故宫。贞符疑改卜,大礼竟升中。复子仍明两,登遐获令终。弥缝由密勿,回斡赖元功。祔庙尊亲并,因山宅兆同。至今寻史传,犹想狄梁公。

兴衰交替运行,唐朝嗣续中断,唐高宗夫妻恩爱,招致女祸。武则天残忍杀害宗子,罗织罪名打击大臣。掌管宗庙神主的官员换了新主人,六司的长官被贬。另行选择受命之符,举行隆重的礼仪祭天。武则天还政太子,去世时保持善名而死。凭借勤勉努力补救过失,依靠功臣处理国事。唐中宗把父母一起祔祭于先祖之庙,依山修建坟墓合葬。至今探究历史时,对狄公充满敬佩之情。诗人拜访乾陵,追忆历史。谴责武则天损害唐朝的国运,歌颂狄仁杰延续了唐朝的社稷。诗人呼唤贤能之士出世,恢复明朝的江山社稷。此诗借古喻今,见解独到,褒贬鲜明,笔调古雅,言外之意,耐人寻味。

《骊山行》

长安东去是骊山,上有高台下有泉。前有幽王后秦始,覆车在昔良难纪。华清宫殿又何人?至今流恨池中水。君不见天道幽且深,败亡未必皆荒淫。亦有英君御区宇,终日忧勤思下土。贤妃助内咏《鸡鸣》,节俭躬行迈往古。一朝大运合崩颓,三宫九市横豺虎。玄宗西幸路仍迷,宜臼东迁事还沮。我来骊山中哽咽,四顾彷徨无可语。伤今吊古怀坎坷,呜呼其奈骊山何。

长安的东边有骊山,山上有烽火台,山下有温泉。前有周幽王,后有秦始皇,昔日失败的教训实在难以记录。华清宫如今人去楼空,温泉水洗刷不掉千古遗恨。天意高深莫测,衰败并非都是由于荒淫。英明的君主统治天下,操劳国事,勤政为民。内有贤惠的妃子帮助,时时以《鸡鸣》提醒。生活节俭,身体力行,超过前人。一旦天命注定国家衰亡,朝野中豺狼虎豹横行。唐玄宗逃亡西蜀,往返蜀道,仍然执迷不悟。周平王东迁后,国家日益衰败,难以挽回。诗人站在骊山,心中悲伤,茫然四顾,不知向何方去,不知道说什么。诗人伤今吊古,内心失落,不知道如何是好。骊山有周幽王墓、秦始皇陵、华清宫,上演过一幕幕历史悲剧,诗人由此探索兴衰易代的原因,认为亡国取决于天命,并非都是君主骄奢淫逸。诗人对崇祯皇帝充满同情,对明朝的灭亡痛心疾首。此诗抚今追昔,指点兴亡,联想巧妙,对比鲜明,情绪悲愤,见解独到,发人深省。

《楼观》

颇得玄元意,西来欲化胡。青牛秋草没,日暮独踟蹰。

诗人能够体会老子的用意,他西出函谷关,到西域对外国人进行教化。青牛倒卧在秋天的荒草中,傍晚太阳下山,诗人独自徘徊。诗人游览楼观,感触颇深,歌颂老子修炼传道,拯救世道人心。诗人伤感日暮途穷,担忧恢复无望。此诗抚今追昔,意境苍凉,隐喻巧妙,寄托遥深,情绪悲凉。

(二)山水诗

《华山》

四序乘金气,三峰压大河。巨灵雄赑屃,白帝俨巍峨。地劣窥天井,云深拜斗阿。夕岚开翠巘,初月上青柯。欲摘星辰堕,还虞虎豹诃。正冠朝殿阁,持杖叱羲和。势扼双崤壮,功从驷伐多。未归桃塞马,终负鲁阳戈。山鬼知秦帝,蛮王属赵佗。出关收楚魏,浮水下江沱。老尚思三辅,愁仍续九歌。唯应王景略,岁晚一来过。

四季交替秋天来临,华山镇住黄河。巨灵神威吓赑屃,西方之神恭敬地对待华山。地劣窥视天井,华山耸入云端拜访北斗星。晚上雾气散开,露出苍翠山峰,一弯新月爬上青柯坪。想摘下星星,担心被虎豹怒责。端正帽子来到关闭的大殿门前,手拿神杖叱责羲和。强势扼制东、西崤山,对于征伐功不可没。没有到周武王牧牛处,辜负期望,无法力挽危局。山鬼了解秦帝,蛮王属意赵佗。出潼关收复楚、魏,乘船而下到达沱江。年纪大了,还想着长安,忧伤仍在,续写九歌。仿效王景略,九月到此一游。诗人先描写华山的景色,赞美华山险峻奇异,雄伟壮丽,是维系天下安危的重要屏障。再抒怀言志,痛心于明朝的灭亡,矢志反清复明。然而,诗人对前途充满忧虑。此诗想象新奇,虚实结合,意境雄奇,拟人生动,造语奇崛,寄托深远,情绪起伏。

《关中杂诗》

文史生涯拙,关河岁月劳。幽情便水竹,逸韵老蓬蒿。独雁飞常迅,寒鸡宿愈高。一窥西华顶,天下小秋毫。

皇汉山樊久,兴唐洞壑余。空嗟衣剑灭,但识水烟疏。寥落三都赋,栖迟万卷书。西京多健作,傥有似相如。

谷口耕畬少,金门待诏多。时情尊笔札,吾道失弦歌。夜月辞鸡树,秋风下雀罗。尚留园绮迹,终古重山阿。

徂谢良朋尽,雕伤节士空。延陵虚宝剑,中散绝丝桐。名誉荪兰并,文章日月同。今宵开敝箧,犹是旧华风。

缅忆梁鸿隐,孤高阅岁华。门西吴会郭,桥下伯通家。异地情相似,前期道每赊。请从关尹住,不必向流沙。

第一首诗,描写诗人著书研史的生活清苦,在长安的活动充满艰辛。竹子寄托深远的情思,蓬蒿具有高逸的风韵,独雁飞得更快,寒鸡栖息在高处。站在华山放眼望去,天下小如秋毫。

第二首诗,描写山中的茂林岁月悠久,仙人居住的洞穴众多。徒叹文武毁灭,只知道纵情山水。冷落《三都赋》,遗弃万卷书。长安有众多才华横溢的能手,或者其中有像司马相如者。

第三首诗,描写山中的隐士少,在金马门等待诏命者多。时下世情看重文章,轻视礼乐教化。夜晚,月亮离别宰相府的树,秋风瑟瑟,门庭冷落。关中仍然保留着商山四皓的遗风,尊重山野之人。

第四首诗,描写好友去世,品行高尚之士死亡。季札的宝剑无用,嵇康的琴曲失传。名声像幽兰一样馨香,文章与日月同辉。晚上打开旧书箱,过去的时光历历在目。

第五首诗,描写缅怀梁鸿归隐的故事,性情孤特高洁,经历岁月变迁。西边是吴郡的外城,桥下是皋伯通家。地域不同人情相似,对未来感到渺茫。和关尹一起留在关中,不必前往西域。

诗人自述遗世独立的生活,不满世风日下,人心不古,字里行间表露出不屈的民族气节、忧国忧民的精神。这组诗用典频繁,比喻生动,对比巧妙,寄寓深远。

《潼关》

黄河东来日西没,斩华作城高突兀。关中尚可一九封,奉诏东征苦仓卒。紫髯岂在青城山,白骨未收崤渑间。至今秦人到关哭,泪随河水无时还。

黄河东流,太阳西下,截断华山建造城楼,关隘巍峨雄伟。一夫当关,可以保障关中安全,孙传庭奉命东征,仓促出战。英雄没有逃到青城山去修道,他的尸骨暴露在崤山、渑池的战场上,无人埋葬。至今,秦人到了潼关,仍会失声痛哭,含泪目送黄河一去不返。诗人途经潼关,看到长河落日的壮丽景象以及潼关城池坚固、巍然耸峙的情形,感慨万千,抒发了对明朝的思念之情。此诗抚今追昔,寄托遥深,大笔勾勒,意境雄奇,情感悲凉,格调沉郁。

(三)纪行诗

《雨中至华下宿王山史家》

重寻荒径一冲泥,谷口墙东路不迷。万里河山人落落,三秦兵甲雨凄凄。松阴旧翠长浮院,菊蕊初黄欲照畦。自笑漂萍垂老客,独骑羸马上关西。

华下指华山下,王山史即王弘撰。

诗人再次在荒凉的小路上踏泥而行,不畏风雨。对于王山史隐居之处的道路格外熟悉。幅员广阔的大地,人烟稀少,三秦几经战火,景象凄凉。庭院中,苍翠的松树枝叶茂密,浓荫匝地。田园里,菊花乍开,露出嫩黄的花蕊,带来一片生机。诗人自叹东奔西走,行止无定,流落异乡,垂暮之年独自骑着一匹瘦马来到陕西。诗人记述了冒雨访友的过程,表达了与老友重逢的喜悦,对时事充满忧虑,对流亡生涯无可奈何。此诗笔致冲淡,意境凄清,对比巧妙,悲喜交

319

加,跌宕起伏。

(四) 赠别诗

《将去关中别中尉存杠于慈恩寺塔下》

廓落悲王子,栖迟爱友朋。荒郊纡策马,猎径傍韝鹰。土室人稀到,衡门客少应。倾壶频进酒,散帙每挑灯。叹昔当忧患,先人独战兢。薄田遗豆面,童阜剩薪蒸。疾病嗟年老,虔恭尚凤兴。芋魁收蜀郡,瓜种送东陵。世业为奴有,空名任盗憎。幸余忠厚福,犹见子孙承。渭水徂年赤,岐山一夜崩。低头从灶养,脱迹涸林僧。毒计哀坑赵,淫刑虐用鄪。忠魂依井植,碧血到泉凝。困兽时防罟,惊禽早避矰。屡扪追驷舌,莫运击蛇肱。谬忝师资敬,多将气谊凭。深情占复始,积德望高升。子建工诗早,河间好学称。堂垣逾旧大,国邑与前增。九鼎知犹重,三光信有徵。沈埋随剑玺,变化待鲲鹏。树落龙池雪,风悬雁塔冰。更期他日会,拄杖许同登。

诗人心中为王子而悲伤,漂泊失意,更珍爱朋友。在荒郊,让奔跑的马缓行,狩猎的路上有猎鹰陪伴。土屋中很少有人来,简陋的房舍中没有什么客人。朱存杠斟酒,频频向诗人敬酒,自诉常常点灯读书。感叹往昔,面对忧患,比其他人更早感到畏惧而戒慎。贫瘠的土地只有豆子,光秃秃的山上只剩下柴火。年老又多病,诚敬且勤奋。种植芋和瓜,自食其力。世代相传的基业被奴才占有,只剩下虚名让盗贼憎恨。幸运的是因忠厚而得到善报,子孙承袭了先辈的福气。渭河水被染红,岐山一夜崩塌。卑顺地听命于无能之辈,脱略行迹,与山林古寺的僧人一起苟且过活。施诡计杀害降卒,令人悲哀;用酷刑对待鄪子,让人心痛。忠烈者的英魂与世长存,烈士的鲜血化碧。困兽时刻提防罗网,受惊的鸟提前躲避箭。常常捂住嘴,以免忍不住脱口而出,控制住强壮有力的臂膀,以免忍不住动手。有愧于被人尊为老师,讲义气重情谊。感情深沉,揣度重新开始,积德行善,希望获得提升。曹植很早便擅长写诗,河间王以好学著称。城市比以前大,封地比以前增多。问鼎者知晓九鼎仍然沉重,日、月、星确实灵验可信。随同剑玺

320

一起埋藏，等待发生变化，期待鲲鹏出世。树上的积雪掉落在兴庆宫的龙池里，寒风中，大雁塔上结了冰柱。期待日后再相见，一起登上大雁塔。诗中刻画了朱存杠劫后余生，流落民间、隐姓埋名、自食其力的凄惨生活。诗人赞美朱存杠忠贞不屈，才德兼备，安慰他卧薪尝胆，等待复兴社稷的时机。表达了依依惜别之情，希望再次重逢。诗人把叙事、写景、抒情融为一体，感时伤世。此诗抚今追昔，夹叙夹议，如泣如诉，用典精当，类比巧妙，造语奇崛，借古喻今，寄托遥深。

十一、宋琬（1614—1674），字玉叔，号荔裳、无今、二乡居士、二乡亭主人，山东省莱阳市人。顺治四年（1647）进士。宋琬著有《安雅堂诗》8 卷、《安雅堂文集》2 卷、《重刻安雅堂文集》2 卷、《安雅堂书启》1 卷、《安雅堂末刻稿》8 卷、《入蜀集》2 卷、《二乡亭词》3 卷、《祭皋陶》1 卷，存世诗歌 1330 余首。吴伟业评价："才情隽丽，格合声谐，明艳如华，温润如璧，而抚时触事，类多凄清激宕之调。又如秋隼盘空，岭猿啼夜，境事既极，亦复不戾于和平，庶几乎备文质而兼雅怨者。……窃幸典型之未沦，希《大雅》之复作。[①]"顺治十四年（1657），从天水返京途中，路过陕西，游览名胜。宋琬的咏陕诗为山水诗、怀古诗。

（一）山水诗

《登华岳作》

独上钩梯览大荒，秦关终古气苍苍。天开阊阖才寻尺，地界雍梁入渺茫。五粒松摇群帝佩，三浆露挹百神觞。仙人方罫青冥上，更欲凌风度石梁。

松风谡谡步虚声，策杖高寻卫叔卿。星近祠坛光欲堕，月临仙掌夜偏明。扶桑万里天鸡曙，箭括三更石马鸣。谁信扬雄擅词赋？不将彩笔记层城。

遥遥青黛削芙蓉，此日登临落雁峰。霄汉何人骑白鹿？天门有路跨苍龙。流沙弱水真杯勺，太白终南尽附庸。却忆巨灵开辟日，神功

---

① 钱仲联《清诗纪事》（三），江苏古籍出版社，1987 年，第 1671 页。

橐籥赍陶熔。

石楼玉井绝攀缘,呼吸分明尽五天。丹嶂似疑神禹凿,苍松犹是武皇年。九霄唳鹤明星馆,百道飞虹瀑布悬。近日君王征禅草,小臣欲奏《白云篇》。

第一首诗,描写诗人登上华山放眼望去,原野空阔辽远,山河险要,气势雄浑。距离西边的天门近在咫尺,与雍梁为邻,极其辽阔。松树在风中飒飒作响,如同众神的玉佩发出的清脆声音,舀一杯清泉,如同神仙杯中的琼浆。仙人在浩淼的天空,想乘风飞过山顶。

第二首诗,描写风吹动松树呼呼作响,宛如众仙在空中行走,诗人拄杖在山中寻找卫叔卿。流星闪烁着光芒从天空划过祭场,月光照耀在仙掌上亮如白昼。太阳从遥远的地方升起,天鸡报晓,曙光乍现,三更时分,箭筈的石马昂首嘶鸣。没有人相信扬雄擅长词赋,因为他未用词藻富丽的文笔描绘过华山。

第三首诗,描写诗人登上落雁峰,看到远处形似芙蓉的青山如同刀削而成。云中神仙骑着白鹿,可以骑在苍龙背上到达天界。流沙、弱水如同杯勺,毫不起眼,太白山、终南山像仆从一样恭顺。追忆巨灵劈开华山的时候,施展神功冶炼,花费气力熔化石头。

第四首诗,描写石楼玉井无法攀登,顷刻之间已经到达天外。景色秀丽的层峦叠嶂是大禹开凿而成,苍劲的松树是武皇时期栽种的。星斗满天,仙鹤鸣叫,声闻九天,飞流直下,水汽在阳光下形成色彩绚烂的虹霓。皇帝寻找封禅文,诗人想上奏归隐之诗。

这组诗描写华山的壮丽景色以及作者登山的奇妙感受。这4首诗虚实相生,想象新奇,比喻新颖,笔力遒劲,气势恢宏,意境雄奇,思致超然。

（二）怀古诗

《岐山谒周公庙》

元圣宫墙枕凤州,玄裳赤舄貌依然。金滕北面铭书日,衮绣东山破斧年。古柏萧萧留晚照，周原膴膴润流泉。丹青半落还堪拂，犹绘《豳风·七月》篇。

大圣周公庙毗邻凤州，塑像穿黑衣着红鞋，栩栩如生。周公北面而立为武王祈祷，愿代其死，祝告的册书收藏在金丝缠束的柜中。成王得知此事，消除了对周公的误解，史官记录了此事。周公东征胜利，成王以上公冕服相迎。落日的余晖洒落在周公庙的古柏上，古柏在风中飒飒作响，泉水滋润着土地肥沃的周原。周公庙里残旧的图画上描绘着《豳风·七月》的景象。此诗抚今追昔，立意高远，拟人生动，意境苍凉，寄托遥深。

《马嵬》

何事渔阳动鼙鼓，香魂不逐六龙西。可怜杜宇声声血，只在长生殿里啼。

渔阳鼙鼓惊天动地，不知发生了什么事？杨贵妃魂断马嵬，没有跟随李隆基逃往西蜀。长生殿里，杜鹃鸟叫声凄厉，嘴里流出鲜血。此诗设问精警，意境悲凉，言近旨远，情韵深永，耐人寻味。

十二、张恂（1617—1689？），字稺恭，号壶山，陕西省泾阳县人。崇祯十六年（1643）进士。著有《樵山堂诗》《西松馆诗》《雪鸿草诗》《绣佛斋诗余》《张泾阳画识》等。计东评价："其格律整暇，才调高华，卓然可以轶宋元而媲三唐，其前之见于天下者无论己。……凡一千一百余首，于身世阅历可喜可愕之情状，毕见之于诗，而其温厚恻怛，原本忠爱，缠绵于格律，洋溢于篇章，使读者莫不兴起其性情，而思笃乎仁义，诚有如朱子所云者。[①]"张恂的咏陕诗为丧乱诗。

《述往五首》其一

天险潼关亦可哀，只轮匹马未归来。悲慨金汤空留俗，丧弃同袍未易才。军覆沐猴汙汉苑，患深跃马望蓬莱。谁令自兹嗟离黍，草木川原痛劫灰？

---

① 冉耀斌《清代三秦诗人群体研究》，南京师范大学博士学位论文，2012年，第231页。

地势险峻的潼关也为之悲哀,一辆车、一匹马都没有返回。城池险固徒有虚名,令人悲伤感慨,同僚自以为是,令人沮丧。全军覆没,致使猢狲玷污了汉宫。忧患深重,策马驰骋腾跃,遥望京师。是谁让人们从此感叹亡国之痛,山河原野成为劫后余灰,让人悲痛欲绝。作者表达了对骄兵悍将误国的愤慨。此诗直抒胸臆,见解独到,言辞犀利,讽刺辛辣,设问精警,情感悲愤。

十三、施闰章(1619—1683),字尚白,屺云,号愚山、媿萝居士、蠖斋、矩斋,安徽省宣城市人。顺治六年(1649)进士。施闰章著有《施愚山先生学余文集》28 卷、《诗集》50 卷、《别集》4 卷、《遗集》6 卷、《矩斋杂记》2 卷、《蠖斋诗话》2 卷、《砚林拾遗》1 卷、《试院冰渊》1 卷、《施氏家风述略》1 卷、《拟明史》5 卷,存世诗歌 3400 余首。沈德潜评价:"南施北宋,故应抗行,今就两家论之,宋以雄健磊落胜,施以温柔敦厚胜,又各自擅场。"①施闰章的咏陕诗为赠别诗。

《华山歌赠王山史》

华山突兀凌八荒,仙掌擘画摩青苍。洗头盆水泻银汉,斜挂星辰森在旁。攀缘直上几千仞,俯看海日生扶桑。韩愈当年惊眩处,昔为绝险今康庄。谁能罗致归户牖,琅琊先生有草堂。霞举烟霏何烂漫,杖藜散帙随昏旦。奔腾腕下走钟王,研索床头穷系彖。安车强起栖僧阁,夜夜山中梦红药。蹀躞金门懒上书,公卿缊绋还垂橐。先生岂是尘中人,披帷惺就多逸民,所欢顾况尤比邻。华山不作终南径,看尔三峰顶上身。

华山高耸,凌驾于天下众山之上,仙掌峰仿佛伸开手掌触摸青天。洗头盆的水从银河倾泻而来,满天星斗闪烁,如在身边。抓住绳索垂直而上,高有千丈,俯视山下,太阳从遥远的大海上冉冉升起。韩愈当年被吓得眩晕之处,曾经异常险峻,如今却变得宽阔平坦。谁能招纳人才到自己门下,琅琊先生隐居茅庐。云蒸霞蔚,色彩鲜明而美丽,挂

---

① 沈德潜《清诗别裁集》上册,上海古籍出版社,1984 年,第 83 页。

杖而行,夜以继日读书。提笔写字,比肩钟繇、王羲之,钻研思考,探究《周易》的奥秘。勉强坐车到寺院,在山里每晚梦见红药。徘徊于金明门,懒于陈述意见,拒绝接受达官贵人的馈赠。王弘撰不是追名逐利之徒,与他交往的都是隐逸之士。王弘撰喜欢贤人,亲近他们如同邻居。隐居华山不是终南捷径,王弘撰站在华山顶上的形象高大伟岸。诗人先写华山的雄奇险峻,再写王山史隐居以及被迫上京的情景,最后赞美王山史淡泊名利、高蹈尘外的高洁品格。此诗由山及人,构思巧妙,比喻新颖,类比巧妙,笔力雅健,意境雄奇。

十四、孙枝蔚(1620—1687),字叔发,号豹人,陕西省三原县人。孙枝蔚著有《溉堂集》28 卷,存世诗歌 2670 余首。沈德潜评价:"溉堂诗辞气近粗,然自有真意,称其人品之高。[1]"孙枝蔚的咏陕诗为丧乱诗、思乡诗。

(一) 丧乱诗

《潼关》

潼关已失守,南北势仓皇。养寇诛何及,求贤诏可伤。有家惭里社,无用悔词章。胆略归年少,吾初爱子房。

久失中原势,长忧臂指连。蒙恩非一将,酿祸到今年。竟忍欺明主,谁令拥重权。京师根本地,谁只哭秦川。

第一首诗,描写潼关失守,国势危在旦夕。贼寇猖獗,难以消灭,国君下诏求贤,此情令人悲伤。诗人自责无力保卫家乡,后悔专心读书,如今百无一用。诗人寄希望于青年,呼唤像张良一样智勇超凡的豪杰出世,拯救危机。

第二首诗,描写中原失陷,局势难以控制,令人担忧。那些蒙受国恩的将领酿成祸患,他们欺骗国君,大权在握,昏庸无能。首都是国家的根本,不能只关注关中的安危。

这两首诗感时伤世,直抒胸臆,言辞犀利,褒贬鲜明,情感悲愤。

---

① 沈德潜《清诗别裁集》上册,上海古籍出版社,1984 年,第 495 页。

（二）思乡诗

《夏日寄题渭北草堂》

终南太华咫尺间，我昔年少美容颜。房杜诸孙正来往，偓佺一辈徒等闲。客来日暮休回首，家僮颇足供奔走。痛饮还余蜀酒筒，高歌请击秦人缶。

终南山、华山如在眼前，诗人曾经年轻英俊。与房玄龄、杜如晦的后人交往密切，把仙人之类看得平常。有客到来，傍晚不必着急回家，有僮仆服侍，一切都不用操心。畅饮蜀中美酒，敲击秦缶放声高歌。诗人漂泊异乡，思念家乡与友人，回忆年少时在家乡的美好生活。此诗今昔对比，虚实相生，情绪感伤，笔力雄健，气势豪迈。

十五、魏际瑞（1620—1677），初名祥，字善伯，号东房，江西省宁都县人。与魏禧、魏礼，号称"宁都三魏"。魏际瑞著有《魏伯子文集》10 卷、《四此堂稿》10 卷、《杂俎》5 卷，存世诗歌 440 余首。沈德潜评价："魏氏兄弟工古文，韵语非其所长，伯子虽多败阙，然时有生气。①"魏际瑞的咏陕诗为怀古诗。

《诸葛公墓》

定军山下柏蒙茸，旷古精诚在此中。三尺孤坟犹汉土，一生心事毕秋风。孙曹未灭成何世，天地无知丧此公。千载伤情惟杜宇，年年啼血树头红。

定军山下的柏树茂盛浓密，诸葛亮鞠躬尽瘁的精神自古未有，他的忠魂安葬于此。三尺孤坟修筑时，这里还是蜀汉之地，他兴复汉室的愿望在萧瑟的秋风中完结。没有消灭曹魏、孙吴，世道混乱，天地昏昧使诸葛亮壮志未酬而逝。历经千年，只有悲伤的杜鹃，年复一年啼血枝头。诗人抒发了亡国之痛以及壮志难酬的悲哀。此诗抚今追昔，意境凄凉，寄托遥深，格调沉郁。

十六、王弘撰（1622—1702），又作宏撰，字文修、无异，号太华山

---

① 沈德潜《清诗别裁集》上册，上海古籍出版社，1984 年，第 294 页。

史、鹿马山人,陕西省华阴县人。王弘撰著有《砥斋集》12 卷、《山志》12 卷、《周易筮述》8 卷,其诗作散见于《待庵日札》1 卷、《西归日札》1 卷、《北行日札》等札记中,存世诗歌 40 余首。《华阴县志》记载:王弘撰"单心洛、闽之学,而尤邃于易。以其余为诗歌古文,清健高超,一时三辅隐贤莫不趋赴华阴之市。①"王弘撰的咏陕诗为田园诗。

《抵潜村旧居》

犹是后山路,依然流水村。荒墟遗败灶,宿莽翳颓垣。不见桑麻长,何知雨露存? 迟徊拜家庆,洒泪到黄昏。

少陵悲道路,元亮即园田。凉月四松下,疏风五柳前。心苏灵武事,诗记义熙年。希迹怀之子,余生枕石眠。

第一首诗,描写还是之前的山路,依然是流水潺潺的村庄。荒凉的废墟上只剩下破灶,野草遮蔽了倒塌的院墙。田里看不到长势旺盛的庄稼,长久没有雨露的滋润。犹豫徘徊,不敢归家省亲,痛苦落泪,一直滞留到黄昏。诗人回归故里,看到熟悉的景物倍感亲切,然而家园荒芜,人事沧桑,内心悲喜交集。此诗今昔对比,情绪悲伤,笔墨淡雅,意境凄清。

第二首诗,描写杜甫满怀悲愤,颠沛流离,陶渊明毅然回归田园。松下秋月皎洁,柳前清风送爽。杜甫心系国事,投奔灵武,陶渊明在诗中描写义熙年的生活。诗人缅怀前贤的高风亮节,心中充满景仰之情,自己的有生之年将隐居深山。面对沧桑巨变,诗人表达了忧国忧民之情和坚贞不渝的气节。此诗笔墨冲淡,用典精当,类比巧妙,言近旨远,韵味隽永。

十七、费密(1623—1699),字此度,号燕峰,四川省新都县人。费密著有《弘道书》10 卷、《荒书》4 卷、《燕峰诗钞》1 卷等,存世诗歌310 余首。孙桐生评价:"吾蜀诗人自杨升庵先生后,古风凌替,得费氏父子起而振之。其诗以汉、魏为宗,遂为西蜀名家。②"顺治十年至十

---

① 　王弘撰著,何本方点校《山志》,中华书局,1999 年,第 312 页。
② 　孙桐生《国朝全蜀诗》,巴蜀书社,1985 年,第 11 页。

四年,费密一家在勉县避难。费密的咏陕诗为田园山水诗。

《沔县村居》

故国不可到,春风吹闭门。云移峰顶寺,花落雨中村。事简人过少,山深褐自尊。无书传弟子,耕凿任乾坤。

故园无法回去,春风吹到关闭的门户。山顶的寺庙白云缭绕,山村下起小雨,鲜花凋零。事情简单,少有人来,山野之人不向人卑躬屈节。无书可以传授学生,一心务农,任由日月变化。此诗笔墨冲淡,意境闲适,对比巧妙,言近旨远。

《洋县二首》

春山青复青,春水绿复绿。花开不见人,何处沧浪曲。

微风度城上,满城花尽开。闲携一壶酒,花落满苍苔。

第一首诗,描写春天,山青水绿,山花开放,无人欣赏,知己在何处。

第二首诗,描写城楼上微风吹拂,满眼都是盛开的鲜花。闲来无事,带上一壶酒,自斟自饮。花瓣飘落在长满青苔的幽径上。

这两首诗笔墨清新,白描生动,诗中有画,意境清空,遣词精妙,韵味隽永。

《移家定军山下》

移家接村舍,地僻好烟光。藏此新图画,仍其旧草堂。白来嶓冢雨,青入陆浑庄。久住随风俗,悠悠野兴长。

举家搬到山村,地方偏僻,春天的风光美好。隐居于优美如画之处,保留了旧居的风貌。雨中的嶓冢山云雾缭绕,陆浑庄绿树环绕。居住此地,入乡随俗,悠闲自在,对自然景物的兴致不衰。此诗笔墨冲淡,意境清幽,白描传神,言近旨远。

十八、汪琬(1624—1690),字苕文,号钝庵、钝翁,江苏省苏州市人。顺治十二年(1654)进士。著有《尧峰文钞》50 卷、《说铃》1 卷、《读书正伪》1 卷、《震川先生年谱》1 卷、《归文辩诬录》3 卷等。沈德潜评价:"风格原近唐人,中年后以剑南、石湖为宗,后则颓然降格矣。……

生平穿穴经史,议论俱有根柢,虽被其齮龁者,终称许焉。[①]"汪琬的咏陕诗为咏史诗。

《长门怨》

长门寂寞地,独坐易惊秋。罗幌金风起,纱窗碧月流。残妆销翡翠,艳曲罢空侯。玉辇游何处,君恩不可留。

长门宫十分冷清,独坐时发觉秋天蓦然到来。丝罗帷幔被秋风掀起,绿纱窗前冷月如水。妆容憔悴,脂残粉落,眉黛褪色,箜篌演奏的艳冶之曲停歇了。天子所乘之车不知停在何处,君恩逝去难以挽回。诗人不满皇帝薄情,同情宫人不幸,借乐府旧题表达了怀才不遇的哀伤。此诗借古喻今,寄托遥深,笔墨淡雅,意境凄美,虚实相生,今昔对比,情绪感伤。

十九、屈大均(1630—1696),字介子、翁山、冷君等,为僧时曾改名今种,字一灵,广东省广州市人。为"岭南三大家"之一。屈大均著有《翁山诗外》15 卷、《翁山文外》20 卷、《翁山易外》71 卷、《广东新语》28 卷,创作诗歌 6000 多首。陈田评价:"翁山五言咏古诗,突兀奇崛,多不经人道语。七律雄宕豪迈。五律隽妙圆转,一气相生,有明珠走盘之妙,与区海目后先合辙。[②]"顺治九年(1652)、康熙四年(1665)、五年,屈大均三次来陕西,曾到西安、华阴、三原、泾阳等地,结交王弘撰、李因笃等人。屈大均的咏陕诗有山水田园诗、怀古诗、赠答诗、赠别诗、友情诗、风俗诗。

(一)山水田园诗

《渡渭》

秦川涵帝泽,渭水像天河。襟带雄三辅,朝宗鼓大波。含泾清自在,宜黍力偏多。有客扁舟渡,苍茫发棹歌。

皇帝的恩惠滋润着秦川,渭水像银河一样浩森。渭水环绕长安,关中地理位置险要,渭河注入黄河,翻起巨浪。清澈的泾河自然汇入

---

① 沈德潜《清诗别裁集》上册,上海古籍出版社,1984 年,第 143 页。
② 王云五主编,陈田辑《万有文库·明诗纪事》,商务印书馆,1936 年,第 2881 页。

渭河,渭河滩有益于谷物的生长。有客人乘小船过河,在广阔无边的河上响起渔歌。此诗大笔勾勒,白描传神,气势磅礴,意境壮阔,言近旨远,韵味隽永。

《太华作》

仙掌三峰立,天门半壁扃。莲花围白帝,玉井出明星。横度苍龙磴,高歌落雁亭。河山襟带尽,两戒据天经。

昨夜闻长笛,依稀鸾凤音。三峰吹落月,一半驻空林。人道水帘里,玉姜时弄琴。神仙不可接,怅望白云深。

第一首诗,描写仙掌崖矗立在华山,天门在半山腰挡住去路。莲花峰坐拥白帝祠,夜登玉井观赏五粒松下闪亮的琥珀或者琥珀似的星光。攀登苍龙岭的石阶,在落雁亭高歌。依山绕河形势险要,依据天象成为南北的界限。

第二首诗,描写晚上听到笛声,仿佛鸾凤鸣叫之声。直到月亮隐没在三峰外,声音在渺无人迹的树林中回荡,传说在瀑布遮挡的洞穴里,毛女时常弹琴。神仙难以接近,眺望白云深处,令人伤感失落。

诗人描述了天门、玉井、苍龙、落雁亭等华山的著名景观,突出了华山的雄奇秀丽,表达了诗人对理想世界的向往。这两首诗虚实结合,想象生动,意境雄奇,笔力遒劲,衬托巧妙,言近旨远。

《登潼关怀远楼》

山挟洪河走,关临隘地开。八州高仰屋,三辅迥当台。戍晚栖乌乱,城秋班马哀。茫茫王霸业,抚剑独徘徊。

黄河穿越崇山峻岭奔腾向东,雄关扼守险隘之处,令敌人望而兴叹,无计可施。潼关居高据守,拱卫关中。日暮,晚宿的乌鹊惊慌,深秋,离群之马哀鸣。立足关中,图谋霸业,任重道远,按剑四顾,独自前行。诗人表达了对反清复明事业的忧虑。此诗笔力遒劲,意境雄浑,情绪悲凉,言近旨远。

《三原题杜子草堂》

从君来谷口,日夕赋闲居。田傍池阳薮,门临郑国渠。峰高先积雪,花落细沾书。太华劳相导,游仙驾鹿车。

杜子即杜恒灿,杜恒灿为陕西三原人,一生落拓江湖,终身为幕客。

诗人跟随友人来到谷口,傍晚,赋诗歌咏闲适的生活。土地在三原泽边,门前是郑国渠。高山上已经积雪,飘落的雪花打湿了书。烦劳朋友引导上华山,驾小车漫游仙界。诗人欣赏田园风光,赞美隐居生活。此诗笔墨冲淡,白描生动,意境闲适,思致超然。

《泾阳访王大春》

之子复何事,泾阳方灌园。三峰开瓠口,二水出寒门。薇蕨先公节,桑麻郑子村。相过秋色好,清绝似仙源。

王大春在干什么呢,他正在泾阳种地。华山矗立在瓠口前,冶峪、清峪流经门前。他像不食周粟的先贤一样矢志不渝,在郑国修渠的村庄种庄稼。秋天是景色最美的时节,诗人去拜访朋友,眼前的景致美妙至极,仿佛世外桃源。诗人表达了对坚守气节的遗民的敬佩。此诗类比巧妙,笔墨淡雅,意境清幽,言近旨远,耐人寻味。

（二）风俗诗

《三原人日作》

春水流渐满,双渠接瓠中。桥横清峪阔,城倚仲山雄。游女骄人日,新妆俨汉宫。藏梅犹冻雪,著柳已光风。

春天,河面上布满流动的冰块,双渠流入像葫芦一样的深谷中。一桥横跨宽阔的清峪河,城楼依仲山而建,气势雄伟。人日,妇女无拘无束地出外游玩,时尚的妆容宛如汉宫的美人。梅花还在傲霜斗雪,柳树已经在阳光与和风中吐芽。此诗笔墨清新,对比鲜明,联想巧妙,比喻新颖,寓意深刻,韵味隽永。

（三）怀人诗

《有怀富平李孔德》

我忆西秦客,蒹葭白露中。虎狼天府国,鸡鹢少年风。关自阌乡入,门开华岳通。高堂春酒熟,桑落是蒲东。

诗人回忆客居陕西的生活，不禁思念那里的友人。秦人勇猛，关中是天府之国，年轻人喜好斗鸡和蹴球。从阌乡进入潼关，门前的道路通往华山。过年期间在轩敞的房屋饮宴，喝的是蒲东的桑落酒。此诗联想丰富，虚实相生，文笔洒脱，风格豪迈。

《寄华阴王山史》

都门一别廿余霜，两地幽居白发长。皇甫首裁巢父传，孔明惟拜鹿门床。梦随秋月过西岳，愁作春云黯渭阳。坚卧未教猿鹤笑，书传却聘有余芳。

在京城分别后已经二十余年，彼此天各一方，隐居乡间，如今已满头白发。皇甫谧为许由作传，庞德隐居鹿门，诸葛亮拜见庞德于榻前。梦中来到华山，把思念托付一轮秋月，伤别渭阳，愁绪像春云一样难以驱散。坚决不出仕，不被隐士嘲笑，拒绝征聘，流芳后世。此诗借古喻今，类比巧妙，笔墨冲淡，情韵深永。

（四）赠答诗

《吴门逢京兆杜子赋赠》

我爱秦风劲，无衣不自谋。美人居板屋，女子解戎辅。岳走三峰势，河吞八水流。君从关内至，意气正横秋。

诗人喜爱秦风刚劲，与杜恒灿患难与共。人们居住在木板屋中，女子懂得军事。华山气势雄伟，八水汇入黄河，杜恒灿来自关中，气概强盛。诗人描绘了陕西的风土人情，赞美秦人勇武、重义，关中山川壮丽雄奇。此诗直抒胸臆，笔力雄健，气势豪迈，地域色彩独特鲜明。

（五）怀古诗

《杜曲谒杜工部祠》

城南韦杜滈川滨，工部千秋庙貌新。一代悲歌成国史，二南风化在诗人。少陵原上花含日，皇子陂前鸟哢春。稷契平生空自许，谁知词客有经纶。

诗人拜谒位于长安城南杜曲、滈水之滨的杜工部祠，眼前所见杜工部祠修葺一新。杜甫反映社会现实和民生疾苦的诗歌成为诗史，杜甫继承《周南》和《召南》的写实精神,用诗歌感化教育民众。少陵原上,鲜花在阳光下开放,皇子陂前,鸟儿在春风中鸣叫。杜甫以稷、契自许,但他辅佐明君建功立业的理想破灭,杜甫只能以诗人闻名于世令人惋惜,他治国理政的才干却被埋没。此诗抚今追昔,对比鲜明,感慨遥深,意境苍凉,情绪感伤。

(六) 赠别诗

《送人之延绥》

延绥此去谒将军,市口西驱马几群。地近盐池多渴水,天含沙碛一愁云。赫连山势榆台合,无定河声圁水分。紫兔黄羊红黍酒,醉来笳鼓不曾闻。

延绥为明朝九边之一,圁水即秃尾河,流经今陕西省神木市、榆林市、佳县。

此行到延绥拜谒将军,在市镇的出入处向西行进,渐渐看到马群。延绥多盐碱地,土壤干燥,天地相接处一望无际的沙漠令人发愁。从榆台望去,四周是匈奴占据的绵延起伏的山脉,无定河与圁水是胡汉的分界。延绥出产紫兔、黄羊、红黍酒,喝醉之后听不到军乐的声音。此诗移步换景,大笔勾勒,意境雄浑,言近旨远,地域色彩,独特鲜明。

二十、李柏(1630—1700),字雪木,号太白山人,陕西省眉县人。与李颙、李因笃并称"关中三李"。李柏著有《槲叶集》5 卷、《南游草》1 卷,存世诗歌 590 余首。邓之诚评价:"诗文皆极险怪通峭,盖心伤故国,歌哭行吟,通天入地,以寄其悲愤无穷之感。若加以绳墨,则为不知柏者也。①"李柏的咏陕诗为山水田园诗、怀古诗。

(一) 山水田园诗

《山居》

群籁无声夜未央,青山入梦是蒙阳。觉来依旧终南月,万壑千峰似水凉。

---

① 邓之诚《清诗纪事初编》上册,上海古籍出版社,1984 年,第 171 页。

夜半,万籁俱寂,青山进入梦乡,诗人一觉醒来,看到月亮挂在终南山上,如同秋水一般的月光照亮群山。故国沦亡,江山易主,诗人心境悲凉。此诗虚实相生,笔墨清新,意境缥缈,拟人传神,言近旨远,韵味隽永。

《秋兴》

终南木落千峰瘦,蓟北草枯万里秋。汉柝击霜惊旅梦,芦笳吹月动边愁。谁家沽酒黄花径,何处敲诗燕子楼。七贵繁华成底事,沧江满眼一浮沤。

终南山树叶凋零,山石峻嶒,蓟北草木枯萎,神州大地满目秋色。夜晚霜落,柝声惊醒旅人思乡之梦,月下芦笳声声,引发征人的乡愁。诗人想起在菊花盛开的小路上去打酒、在燕子筑巢的小楼上推敲诗句的情景。权贵的荣华不值一提,浩浩江水不过是一个泡沫。万物凋零的惨淡景象令人忧伤,诗人抒发了故国之思与离乱之悲,情不自禁地感叹荣华易逝、人生短暂。此诗对比巧妙,拟人生动,笔墨冲淡,意境苍凉,感悟深刻,富有哲理。

《太白山月歌》

我在山中见白雪,白雪之白白于月。须史月出白雪上,白月之白更皎洁。

我爱月下雪,我爱雪上月。月光荡雪花,乾坤胥白彻。

第一首诗,描写诗人在山里看雪,雪比月亮白。很快,月亮挂在白雪覆盖的山顶,月光比雪更明亮洁白。诗中描写在山中踏月赏雪的情景。此诗构思新颖,衬托巧妙,笔墨清新,意境空灵,造句独特,韵味隽永。

第二首诗,描写诗人在月夜赏雪,在雪夜赏月,雪花在月光下飘荡,整个世界一片雪白。诗中雪、月相互辉映,银装素裹的景象营造出高洁、静谧的氛围。此诗意境奇幻,衬托巧妙,造句新颖,思致超然,富有理趣。

(二)怀古诗

《拜将台》

无情风雨入荒台,黯淡愁云锁不开。一统山河平上将,万邦奠定

334

忌雄才。天怜国士存韩半,地显丹心赤草莱。莫怪子房耽避谷,良弓高鸟正堪猜。

凄风苦雨、愁云惨雾笼罩着拜将台,刘邦依靠韩信统一四方,天下太平却残杀功臣。苍天怜悯才能卓异的韩信,韩信被害处的红草彰显了他的忠诚。世人不要奇怪张良为何求仙学道,因为他深知"高鸟尽,良弓藏"的规律,借学道避祸全身。此诗抚今追昔,见解独到,对比巧妙,拟人生动,笔力雄健,寄托遥深。

《古汉台》

紫台绛阙太微连,汉业先开四百年。王气光吞秦日月,龙文云卷楚山川。地连西蜀安刘鼎,水绕南阳启货泉。帝里皇居星聚处,风华遥带五陵烟。

汉台高耸入云,气势雄伟,刘邦在此开创汉室四百年基业。诗人赞美刘邦气吞山河,雄才大略,消灭暴秦,打败项羽,统一天下。汉中连接西蜀,刘备建立蜀汉,图谋兴复汉室。汉水流经南阳郡,光武帝兴兵消灭王莽,恢复汉室江山。昔日,帝王所居之处无比繁华,五陵的遗迹依稀可见当年的风采。此诗抚今追昔,对比巧妙,气势恢宏,意境雄浑,用典频繁,言近旨远。

二十一、李因笃(1631—1692),字子德、天生、孔德,号中南山人。其祖上为山西洪洞人,后迁居陕西省富平县。李因笃著有《受祺堂诗集》35卷、《受祺堂文集》4卷、《续集》4卷、《汉诗评》10卷、《古今韵考》4卷等,存世诗歌2650余首。沈德潜评价:"诗品似李北地之宗杜陵,骨干有余,而神韵或未副焉。[①]"李因笃的咏陕诗为咏史诗、山水诗、丧乱诗、怀人诗。

(一)咏史怀古诗

《寄题子长先生墓》

六经删后已森森,几委秦烟不可寻。海岳飘零同绝笔,乾坤一半

---

① 沈德潜《清诗别裁集》上册,上海古籍出版社,1984年,第433页。

到斯岑。尚余古柏风霜苦,空对长河日夜深。故国抚尘迟缩酒,天涯回首漫沾襟。

孔子删定六经,经史蔚然兴盛。秦始皇焚书坑儒,文献典籍大批丧失,世间几乎难以寻觅六经的踪影。山河破碎,文禁森严,士人停笔不再著述。司马迁撰写《史记》,保存了大量文献,世间一半的精神财富就集中在这座小山上。太史公已去,唯有饱经风霜的古柏空对日夜奔流的黄河。故国沦丧,无处把酒祭祀,在这偏僻的角落,诗人回首遥望,不禁热泪沾襟。诗人凭吊司马迁墓,歌颂司马迁的丰功伟绩,对明朝的灭亡深感悲愤。此诗抚今追昔,借古讽今,对比鲜明,意境苍凉,情绪悲愤,寄托深远。

《五丈原怀古》

凭吊遗祠讬乘游,卧龙龙卧已千秋。遥驰绝壑冲炎景,忽望高原起暮愁。松柏自吟丹嶂外,凤凰空叫碧山头。平居掩卷悲时数,指点行云涕泗流。

星落天空里尚存,誓师原上想云屯。徐兴礼乐封梁甫,久驻樵耕控益门。羽扇潜挥南向泪,云山长守北征魂。沙明草偃今犹昨,仿佛回车有旧痕。

第一首诗,描写诗人乘车来到五丈原,凭吊武侯庙,诸葛亮逝世已经千年。向远方奔驰的深谷,迎着夕阳。日暮时,瞻望五丈原,心中涌起无限伤感。夕阳映红山峰,松柏在风中飒飒作响,凤凰在青山之巅独自悲鸣。平日常常合起书为蜀汉的命运悲伤,品评行云流水的《出师表》石刻,流下热泪。

第二首诗,描写诸葛亮这颗巨星虽然陨落,但他屯兵之处犹在。诗人来到五丈原,眼前浮现出当年阵容强大的蜀兵在此誓师的情景。诸葛亮逐步振兴蜀汉,矢志一统天下,举行封禅大典。为了控制益州的门户,驻军五丈原时,实施屯田之策。诸葛亮带病巡视军营,面向南方的蜀汉,流下眼泪,他出师北伐统一天下的愿望最终落空。五丈原上闪亮的沙砾和倒伏的草上,仿佛还有蜀军撤退时的车辙印迹。

这两首诗抚今追昔，触景伤情，联想巧妙，想象新奇，拟人生动，寄托深远。

（二）山水田园诗

《望岳》

太华三峰列峻屏，晴霄飞翠下空溟。晓云东抱关河紫，秋色西来天地青。玉女盆中寒落黛，仙人掌上接明星。乱余林壑怀遗客，缥缈幽栖赋采苓。

华山的三座山峰像展开的高大屏风，华山从晴空飞降而下，如同从天上垂下的绿色瀑布。朝霞向东飘动，笼罩函谷关与黄河，给山川涂上一抹紫色，无边秋色向西铺展开来，天地浑然一色。玉女洗完头发，盆中留下碧绿清冽的泉水，仙人掌伸向云端，擎起璀璨星辰。乱离之人遁入山林，超然世外，隐居深山，放声歌咏《采苓》诗。诗人笔下的华山巍峨壮观，景色瑰丽，充满神话色彩，令人产生无限遐想。此诗视角多变，笔力遒劲，意境雄奇，思致超然，比喻新颖，拟人生动。

《田家诗，暇日用杜拟陶得近体二十首》其五

早起衡门下，天晴布谷啼。耕人已尽出，吾亦扶其犁。流水新渠至，炊烟古社齐。牛羊驻旁阜，馌彼候山妻。

清晨起来，天气晴朗，简陋的屋舍外，布谷啼叫。农民已经出外劳作，诗人也开始扶犁耕地。从新挖的水渠里引来水，炊烟袅袅，人们聚集在古老的土地庙。牛羊在山坡上吃草，在田间等待妻子来送饭。诗中描写在田间劳作的景象，充满闲适自得的田园乐趣。此诗笔墨清新，化用巧妙，意境淡远，浑然天成。

《潼关》

云薄关河紫气长，帝枢曾此撼严疆。河经百二开天地，华枕西南锁雍梁。戍火忽移函谷月，征车多带灞亭霜。旧京萧索垂千载，飞挽何由接巨航。

黄河之上的潼关云雾笼罩，祥瑞之气长存，潼关是长安的门户，据此震慑边疆。黄河流经潼关，形成天险，令人称奇，华山在潼关西南，

扼守雍州和梁州。夜晚,烽火向函谷关传递,深秋,远行人乘车离开灞桥驶向潼关。长久以来,古都长安荒凉,冷落,萧条,为何潼关车马疾行,大船飞驶。此诗笔力遒劲,对比鲜明,想象生动,设问巧妙,寄托深远。

(三)丧乱诗

《秋兴八首》

长安四代提封地,指顾中原据上游。乱水遥纷飞雪幕,清歌旧识采莲舟。园陵翠柏填薪市,帝子朱门起战楼。转饷江天频告瘁,南方征调几时休。

芙蓉苑北驻新军,羯鼓悲声剧夜分。邸道遗坊浅下马,王家故老凤能文。重闱寂寞千门月,绝戍纵横万磊云。碧竹香兰消歇甚,昔游无路结同群。

三川北拱帝城开,古殿阴移万树哀。地老黄蒿通作柱,霜浸白骨半生苔。临城猎骑櫜弓入,带郭渔舟击棹回。近说西羌诸部劲,秋深牧马过边来。

终南太华古林坰,更使长河绕户庭。落日夕熏三辅紫,多时秋色五陵青。门空光禄(自注:文少卿太青)群游榻,院冷尚书(自注:冯宗伯少墟)旧讲经。何处笛翻杨柳夜,故园风雨忆飘零。

西来宛马络青丝,万炬围城罢猎时。黍逼故宫秋自满,鸿号中泽暮何之。浮云回首悲关塞,返照经心望崦嵫。一滞双洲情不惬,蒹葭摇落好谁思。

咸阳佳气郁难消,渭水时通汉苑潮。皎月犹悬京兆驿,黄沙已合灞陵桥。寒催霜露鸣砧急,使出昆仑荷节遥。戍楚窥潜多不返,游魂旅旌日相招。

曲江池水已成墟,江岸篱花傍客车。采地纵观周召邑,沧波高枕汉唐渠。邸春寥落斜阳里,野哭分明旧创余。咫尺杜陵连郑谷,抚时怀古一踌躇。

荒台出日未央东,浩劫曾扳宿雾丛。羁客草虫迷画阙,健儿哀角和秋风。金门想象长杨下,粉堞凄凉暮雨中。汉世人才循吏苦,麒麟不独纪边功。

　　第一首诗,描写长安是周秦汉唐的国都,占据控制中原的有利位置。河流纵横交织,飘雪迷漫如幕障,采莲舟上歌声嘹亮,歌者是故人。陵墓前的翠柏被当作柴火卖到集市,王孙的府邸成为堡垒。广阔的江面上,船只穿梭运送军粮,频繁传来令人忧愁的消息,往南方征集和调用人力、物资何时停止。

　　第二首诗,描写芙蓉苑北面驻扎着军队,深夜,悲壮的羯鼓声急骤。在官道的牌坊处下马,短暂停留,前朝遗老平素擅长文墨。重门紧闭的深闺里,美人孤独寂寞,望月伤怀,崇山峻岭阻隔的边塞,云中难寄鱼书。翠竹减色,兰花香消,昔日的朋友无法再次结伴同行。

　　第三首诗,描写泾河、渭河和洛河环绕长安,古老宫殿的阴影随太阳的移动而变化,树木低垂,仿佛充满哀伤。年深日久,黄蒿长得高大茂盛,风霜侵蚀,白骨上布满青苔。猎罢,背着弓箭骑马进城,收网,渔船打桨而回,驶向城郭。传说西羌几个部落气势强劲,深秋时节跨越边界来放牧。

　　第四首诗,描写终南山和华山亘古以来耸立在郊野外,黄河绕家门而过。落日的余晖下,三辅瑞气笼罩,秋天,五陵原一片青苍。文太青与众人游玩下榻的地方空无一人,冯少墟讲学之处门庭冷落。春夜听到笛声,诗人想起被狂风暴雨摧残的故园,追忆漂泊流落的故人。

　　第五首诗,描写西域的大宛马带着青丝络头,贵人打猎归来,城门四周无数火把闪烁。秋天,故宫外长满谷子,鸿雁在沼泽中哀鸣,不知晚上到何处栖息。回望云彩飘动的远方,那里是令人悲伤的边塞,夕阳下,眺望远山,心烦意乱。停留在双洲,诗人心情郁闷,不知水中的芦苇因思念何人而凋残。

　　第六首诗,描写咸阳瑞气笼罩,渭河连通汉宫的湖水。皎洁的月光照亮长安的驿站,黄沙已经掩埋了灞陵桥。露水凝结成霜,天气寒冷,捣衣声变得急促。大臣带着符节出使昆仑山外,此行路途遥远。

戍卒偷跑,但多数没有回到故乡,人们为那些游荡的亡灵招魂。

第七首诗,描写曲江池已经成为废墟,游客乘坐的车停靠在岸边长满野花的篱笆旁。放眼望去都是周、召的封地,汉、唐时开挖的水渠里碧波荡漾。夕阳下,春天的乡村显得衰败,荒野的哭声提醒人们,这是离乱之后。杜陵与郑谷相距咫尺,抚今追昔,诗人心中失落。

第八首诗,描写未央宫东边的荒凉台基是日出之处,诗人曾在浓雾中攀登大台阶。旅人和草丛里的昆虫迷恋雕绘华丽的宫阙,健儿吹奏的悲壮的角声与秋风相应和,越发凄凉。金马门外的杨柳,引人遐想,粉墙在傍晚的雨中显得孤寂、冷清。汉朝的大臣中循吏最为辛苦,麒麟阁不止为在边塞建立功勋者记功。

诗人描写了长安、咸阳、芙蓉苑、京兆驿等故都名胜的残破景象,记录了明清之际关中饱受战争摧残的衰败面貌,抒发了深沉的亡国之痛。这组诗抚今追昔,想象生动,虚实相生,对比巧妙,意境凄清,笔力雄健,情绪悲凉,言近旨远。

(四)怀人诗

《秦台古意兼怀茹明府》

蕲年门逐渭川开,弄玉吹箫旧有台。一曲自凌霄汉去,三峰曾引凤凰来。云移别馆秋长阖,月满空山夜不回。逝水无情仙佩杳,闻笛却想故人才。

蕲年宫建在渭河畔,此处有弄玉吹箫的凤台。弄玉在华山吹箫引来凤凰,一曲吹罢升天而去。云雾散开,行宫的门紧闭,圆月照亮幽静的山林,夜深无人归来。流水无情,仙女难觅踪影。听到笛声,引起对友人的思念之情。诗人游览凤台,秋意萧索,月夜凄清,心中充满对故人的怀念。此诗抚今追昔,对比巧妙,虚实相生,想象新奇,意境清空,感慨遥深。

二十二、陈恭尹(1631—1700),字元孝,号半峰、独漉子、罗浮布衣,广东省顺德市人。与屈大均、梁佩兰并称为"岭南三大家"。陈恭尹著有《独漉堂集》30卷,存世诗歌1950余首。陈恭尹自评其诗:"意有所感,复不能已于言,故于文辞取于胸臆者为多,而稽古之力不及。①"陈恭尹的咏陕诗为怀古诗。

《怀古·咸阳》

关门一夜柳条春,今古芒芒草色新。龙虎有云终王汉,诗书余火竟烧秦。瑶池西望犹通鸟,渭水东流不待人。最是五陵游侠客,年年磨剑候风尘。

关中一夜之间柳树发芽,春天来临,春风吹绿了咸阳古道边一望无际的野草。楚汉战争中龙争虎斗,最终刘邦获胜,秦始皇焚书坑儒的余火烧毁了秦的基业。帝王幻想成为神仙,长生不老,但渭水东流,人生短暂。渴望建功立业的英雄豪杰怀才不遇,其雄心壮志在年复一年的等待中被平庸世事消磨殆尽。诗人追忆历史,寄托家国之恨,表达矢志抗清的决心。此诗吊古伤今,指点兴亡,笔力刚健,意境苍凉,情绪悲壮,寄托深远,见解精辟,富有哲理。

二十三、郑日奎(1631—1673),字次公,号静庵,江西省贵溪县人。顺治十六年(1669)进士。著有《静庵集》12卷、《醒世格言》1卷。郑日奎的咏陕诗为怀古诗。

《拜武侯墓》

丞相今何处? 遗坟汉水滨。鹤归知几代,龙去已千春。气并山河古,魂依日月新。瓣香瞻拜处,忠义激劳人。

诸葛亮魂归何处,他的坟墓留在汉水边。诸葛亮逝去几个朝代了,距今已经千年之久,但他的浩气与山河共存,英灵与日月同辉。人们到武侯墓表达对诸葛亮的崇敬之情,他的忠义精神激励着忧伤的人。此诗抚今追昔,立意深远,设问精警,比喻生动。

《拜将坛》

汉皇拜将处,突兀但荒台。王气芙蓉冷,秋城鼓角哀。秦山日浩渺,炎鼎久尘霾。缅想风云际,凭高首重回。

---

① 朱彝尊著,黄君坦校点《静志居诗话》下册,人民文学出版社,1990年,第712页。

汉高祖刘邦当年拜将之处，如今只剩一个高耸的荒凉土台。帝王之气消失，芙蓉花失色，秋意笼罩的城中，鼓角声声，令人悲伤。秦地山川依旧辽阔，汉王朝已成历史遗迹。遥想当年君臣遇合，时势造就英雄。诗人登高远眺，频频回首，依依不舍。诗人于寻幽览胜中表达了故国之思。此诗吊古伤今，寄托深远，意境苍凉，言近旨远，韵味隽永。

二十四、徐嘉炎（1631—1703），初名焉，字胜力，号华隐，浙江省嘉兴市人。著有《抱经斋集》集 64 卷、《周易经言拾遗》14 卷以及《古今诗话》《唐诗辑佚》等。邓之诚评价："诗文颇富才情，诗摹初唐四杰，后乃学韩、苏。自谓不难为之，其实痕迹未泯。文有笔势。①"徐嘉炎的咏陕诗为赠别诗。

《赠别华州王山史兼呈秦晋诸同学》

东南称才薮，不如西北士。西北崇朴学，东南尚华靡。朴学必朴心，华靡徒为耳。此固地气然，人情亦复尔。

东南是人才聚集的地方，但东南之士比不上西北之士。西北士人崇尚儒学与经学，东南士人追求辞藻华丽。儒学、经学使人思想淳朴，辞藻华丽只能悦耳。这种差别是地理、气候造成的，人的性情也是如此。此诗对比鲜明，见解独到，寓情于理，直抒胸臆，顶针精巧，妙趣横生。

二十五、汪灏（约 1633—1709），字文漪，号畏庵、天泉，山东省临清市人。康熙二十四年（1685）进士。汪灏著有《倚云阁诗集》1 卷。"灏诗一以士祯为法，集中有《读〈唐贤三昧集〉》二绝句，殆于铸金呼佛，然姿韵略同，而近体多凑泊语，不及士祯之天然也。②"康熙三十二年（1693），汪灏典试陕西，康熙四十二年（1703），督陕西学政。汪灏的咏陕诗为山水诗。

---

① 邓之诚《清诗纪事初编》下册，上海古籍出版社，1984 年，第 752 页。
② 永瑢《四库全书总目》，中华书局，1965 年，1663 页。

《栈道杂诗》

煎茶初耸目,缥缈栈云通。密树争峰竦,奔流触石礁。人行鸟道外,天在水声中。可惜春还浅,繁花未放丛。

回互峰峦远,纵横涧壑纷。蚁缘千仞壁,马踏半空云。鸟影垂鞭看,林风隔水闻。险夷无定势,忧喜亦平分。

突兀凌霄上,惊心首重回。轻身依鸟过,挥手拔云开。风向空中御,人从天际来。连山飞一瞬,腾跃倚龙媒。

两日微平道,万山围一身。杉枫深结雾,熊虎乱窥人。峰暗天愁幕,桥多水仄频。稍欣山驿近,顿递减劳辛。

留候旧隐处,紫柏秀参差。山自何年买,官能决志辞。皇华垂老厌,丹药大还期。日者数前定,春风劳梦思。

蜀秦分几代,云栈久经年。危险还终古,苍茫只一天。陈仓空蔓草,紫柏亦荒烟。觑破人间世,浮名尽可怜。

绝巘沉渊上,盘纡势易倾。山舆劳辛挽,崖树护人行。几处水桃绽,数声黄鸟鸣。惊魂方未定,耳目忽添清。

秀绝观音碥,围天紫翠宽。江侵崩堰涌,马逼突岩盘。高峡奔雷转,浮岚闭日寒。不因于役迫,尘卧饱一观。

磴傍青云起,旌从碧汉悬。峰回无浅地,路折渐低天。失足惊猿落,高飞美鸟还。悬崖能撒手,猛欲学逃禅。

褒城城下路,砥矢慰劳筋。南北峰远接,巴秦界已分。近收来汉旌,遥谢入川云。酹酒酬前栈,高岭醉夕曛。

第一首诗,描写煎茶坪动人眼目,栈道高与云连,若隐若现。茂密的树木挺立,仿佛与山峰争高,河水撞击着石头奔腾而去。人紧贴狭窄陡峭的山间小道前行,高处传来流水声,循着水声,抬头看见天空。早春时节,山花还未开放。

第二首诗,描写群山连绵不绝,沟壑纵横交错。人像爬行的蚂蚁一样在绝壁上攀援,马走在云雾缭绕的半空里。飞鸟掠过,触碰到垂下的马鞭,树木在风中飒飒作响,隔着流水声,传到耳边。人生顺逆无常,喜忧参半。

第三首诗,描写身处云端,回头望去,惊心动魄。鸟儿擦肩而过,挥手拨开云彩。如同乘着长风,人从天边走来。仿佛骑着腾空的天马,一眨眼飞过一座又一座山峰。

第四首诗,描写连续两天走在崎岖不平的路上,被崇山峻岭包围,树木笼罩在云雾之中,熊虎肆意窥视行人。天气阴沉,山间看不见太阳,频繁过桥涉水。接近驿站时,稍感欣慰,用餐、休息后,减轻了疲劳。

第五首诗,描写张良曾在这里隐居,紫柏山树木茂盛,姿态万千。不知何时归隐山中,下定决心辞官。使臣年老被人嫌弃,不如入道修炼。人的命运前世注定,日思夜想享受春风。

第六首诗,描写蜀秦分隔了几代,连通彼此的栈道也年深日久,苍茫天地之间,古往今来,危险一直存在。陈仓的古道上长满野草,紫柏山也很荒凉。看破红尘后,深感追逐虚名实在可怜。

第七首诗,描写危峰耸立在深渊之上,走在盘旋曲折的山路上,身体前倾,轿夫们尽力拉着轿子,悬崖边的树木保护着行人。水边山桃花绽放,传来几声黄鸟的鸣叫。惊魂未定之际,眼前忽然明朗。

第八首诗,描写观音碥的景色秀美绝伦,四周是一望无际的紫翠山峦。江水冲垮河岸,奔涌而下,马靠近危岩而徘徊不前。峡谷中奔腾咆哮的河水形成漩涡,山林里飘动的雾气遮挡住太阳,寒气逼人。如果不是公务在身,便高卧此处,饱览无限风光。

第九首诗,描写依山势上升的石阶隐没在云雾中,旌节好像悬挂在天空。山峰回环,地势陡峭,道路曲折盘旋,离天越来越近。惊恐于猿猴踏空掉下,无比羡慕鸟儿在高空飞翔。身处险境时放下一切,想归隐而参禅悟道。

第十首诗,描写汉中城下道路平坦,疲劳的筋骨得到放松。南北峰遥相呼应,秦蜀在此分界。收好旌节,遥谢蜀道白云。以酒浇地,给走过的栈道敬酒,夕阳下,高山醉意朦胧。

这十首诗描写诗人从煎茶坪至襄城途中的所见所感。诗人生动地描绘了栈道的险峻、沿途的美景、内心的感受,栩栩如生,有身临其境之妙。这组诗移步换景,衬托巧妙,想象新奇,拟人生动,笔墨清新,意境雄奇,感悟深刻,耐人寻味。

二十六、王士禛(1634—1711),字子真、贻上、豫孙,号阮亭、渔洋山人,山东省桓台县人。顺治十二年(1655)进士。创立神韵说。王士禛著有《渔洋山人精华录》10卷、《渔洋山人诗集》22卷(《续集》16卷)、《蚕尾集》10卷(《续集》2卷《后集》2卷)、《渔洋山人文略》14卷、《池北偶谈》26卷、《香祖笔记》12卷、《秦蜀驿程后记》2卷、《浯溪考》2卷、《带经堂集》92卷、《渔洋诗话》3卷、《衍波词》2卷等,创作诗歌5000余首。钱谦益评价:"贻上之诗,文繁理富,衔华佩实,感时之作,恻怆于杜陵,缘情之什,缠绵于义山。①"康熙十一年(1672),王士禛主持四川乡试,途径陕西。康熙三十五年,王士禛奉旨祭祀华山、西镇、江渎。王士禛的咏陕诗数量多,题材为山水诗、纪行诗、咏史诗、游览诗。

(一) 咏史怀古诗

《秦穆公墓》

雨霁陈仓晓日红,杖藜来访橐泉宫。千年断碣荒烟里,一片残春秀麦中。黄鸟哀时良士尽,碧鸡飞去霸图空。子车遗冢犹邻近,长与坑儒恨不穷。

秦穆公墓在今陕西省凤翔县。秦穆公死后,子车氏三子被迫为他殉葬。

雨后的宝鸡艳阳高照,诗人拄杖游览橐泉宫。古老的断碑被弃置荒野,春天即将过去,麦苗生长茂盛。黄鸟哀鸣,贤士逝去,神鸡飞走,霸业成空。子车氏的墓就在橐泉宫附近,他们以及被坑杀的儒士心中的怨恨永难消除。诗人目睹秦穆公墓破败荒凉,对贤良之士的遭遇充满同情,谴责帝王的冷酷残忍。此诗抚今追昔,意境凄清,虚实相生,

---

① 钱仲联《清诗纪事》(四),江苏古籍出版社,1987年,第1977页。

对比巧妙,情绪感伤,耐人寻味。

《秦始皇冢》

下锢三泉银作池,一朝祸发牧羊儿。不知地底连机弩,曾射周章百万师。

秦始皇陵的地宫极深,以水银为江海,一个牧羊儿意外走入秦始皇陵,失火烧了棺椁。秦始皇陵的机关重重,埋藏着射死周章百万人马的连机弩。秦始皇陵的地下宫殿神秘而奢华,诗人讽刺秦始皇劳民伤财,不得人心。此诗构思新颖,联想巧妙,讽刺冷峻,言近旨远,发人深省。

《说经台》

台高频纵目,地迥足忘情。药草春秋润,丹砂昼夜明。龙归云似昔,客到鸟如迎。徘徊尽白日,神爽入诗清。

诗人站在高耸的说经台上频频远眺,天地悠远辽阔,顿时忘却烦恼。这里药草四季鲜嫩,丹炉日夜不息。老子逝去,白云舒卷自如,游客到访,鸟儿鸣叫欢迎。诗人流连忘返,神清气爽,诗作也变得清新。此诗比喻生动,拟人传神,笔墨冲淡,思致超然。

《长陵》

日照长陵小市东,依然踪迹逐飞蓬。未央宫阙悲歌里,鄠杜莺花泪眼中。已见铜人辞汉月,空留石马卧秋风。多情最有咸阳草,暮霭和烟岁岁同。

太阳照耀着长陵东边的小集市,诗人长途跋涉,行踪漂泊不定。目睹未央宫的残砖断瓦,放声悲歌,面对鄠、杜的春景,伤心落泪。铜人为离别汉宫而潸然泪下,只有长陵前的石马在凄风中守护着陵墓。咸阳旷野上的荒草痴情不改,年复一年陪伴着淡烟暮霭。诗人感慨历史兴亡,抒发了物是人非、盛衰无常的愁绪。此诗吊古伤今,意境悲凉,拟人传神,情绪感伤,言近旨远,韵味隽永。

《茂陵》

武帝乘龙久上升,集灵台古几人登。晴川森森通槐里,秋草萋萋入茂陵。天马歌成愁出塞,泉鸠事去涕沾膺。谁知一代孙弘阁,惟有东方谏猎能。

集灵台为皇帝祀神、求仙之所,在今陕西省华阴县。

汉武帝去世后,很少有人登临集灵台求神,浩浩汤汤的渭水蜿蜒流过槐里,秋天,茂陵的草木衰飒。《西极天马歌》慷慨豪迈,令匈奴丧胆。巫蛊之祸,太子死于泉鸠,汉武帝闻之,泪水浸湿前胸。公孙弘为相,广开言路,招纳贤才,之后只有东方朔敢于直言。诗人评价汉武帝的功与过,歌颂他雄才大略,批评他迷信神仙。此诗虚实相生,对比鲜明,意境苍凉,言近旨远,发人深省。

《杜曲西南吊牧之冢》

两枝仙桂气凌云,落魄江湖杜司勋。今日终南山色里,小桃花下一孤坟。

杜曲在今陕西省西安市南郊。

杜牧进士及第、制举授官,意气风发,志向远大,为官后外放,潦倒失意。如今终南山下,桃花树下有杜牧的孤坟。诗人凭吊杜牧冢,感慨万千,穷通荣辱,难以预料,时过境迁,烟消云散。此诗抚今追昔,意境苍凉,化用巧妙,对比鲜明,情绪感伤,言近旨远。

《谒郭忠武王祠》

便桥蕃部拥风雷,单骑才临铁骑摧。回纥万人齐下拜,传呼天上令公来。

郭子仪,谥号为忠武,华州有郭忠武王祠。

吐蕃军已过便桥,力量威猛,局势急剧变化,郭子仪为副帅,领兵拒敌,吐蕃精锐的骑兵土崩瓦解。吐蕃、回纥围攻泾阳,郭子仪前往敌营劝说回纥罢兵,让人传呼令公来了,回纥首领大惊,跪拜郭子仪。诗中描写郭子仪劝敌罢兵的事迹,诗人赞扬郭子仪临危不惧,智勇双全,化险为夷。此诗烘托巧妙,对比鲜明,夸张传神,比喻生动,构思新颖,不落窠臼。

《谒寇忠愍公祠》

柘枝舞罢蜡成堆,千束吴绫夜宴开。不是魏三诗句好,谁知无地起楼台。

寇准是今陕西省渭南市人,忠愍是寇准的谥号。渭南市华州区西门外,有寇忠愍公祠。

寇准曾通宵达旦宴饮享乐,烧尽成堆蜡烛,赏赐整匹吴绫,生活放纵奢侈。如果不是魏野写诗赞美他,没有人知道寇准清正廉洁,无钱建造楼台。此诗欲扬先抑,构思巧妙,运笔曲折,对比鲜明。

《凤女台》

弄玉空祠锁寂寞,碧云天际水迢迢。丹青不画乘鸾女,夜夜月明闻洞箫。

凤女台,故址在今陕西省凤翔县东南。

弄玉祠锁着门,极为冷清,眺望天际,银河水流绵长。祠中没有弄玉乘凤的画像,每天晚上月亮升起时,都能听到洞箫声。诗人感慨弄玉、箫史乘凤归去,羡慕箫史与弄玉情投意合,羽化登仙。此诗虚实相生,想象新奇,意境缥缈,韵味隽永。

《骊山怀古八首》

鹡鸰何年问上皇,野棠风折缭垣长。销魂此日朝元阁,亲试华清第二汤。

满路香尘拾坠钿,诸姨五队夹城边。花开绣岭看调马,雪下离宫有赐钱。

舞罢惊鸿岁月徂,长门深闭长青芜。君王自爱霓裳序,不记楼东一斛珠。

内殿传呼菊部头,梨园弟子按梁州。善才零落龟年老,渭水犹明羯鼓楼。

蜀王音信渺天涯,青鸟西飞日又斜。断粉残香谁得见,承恩只有玉莲花。

凤凰原下鹿槽旁,虢国夫人有赐庄。无数青山学眉黛,当年谁入合欢堂。

不复黄衫舞马床,更无片段荔枝筐。只余今古青山色,留与诗人吊夕阳。

空城几曲水潺潺,松柏凄凉满旧山。辇道无人秋草合,年年鸣咽到人间。

第一首诗,描写鹦鹉问候唐明皇的故事已经遥远,长长的围墙里野棠树被风吹断。此时的朝元阁令人哀愁,诗人体验在华清池的温泉沐浴的感受。

第二首诗,描写人们在杨贵妃经过的路上捡拾掉落的钗钿,杨氏姊妹列队出行,长安城外道路拥挤。春天,骊山繁花似锦,贵人闲看驯调马匹,冬天,她们在离宫赐钱玩耍。

第三首诗,描写美女的舞姿轻盈优美,歌舞消歇,岁月逝去。如今大门紧锁,乱草丛生。唐明皇喜欢霓裳羽衣曲,忘记了在花萼楼赐江妃珍珠之事以及"一斛珠"曲。

第四首诗,描写皇帝在内殿传唤乐工的班首,梨园弟子演奏梁州曲。琵琶师死了,李龟年老了,羯鼓楼依然矗立在渭河边。

第五首诗,描写唐明皇流落西蜀,音信阻隔。青鸟西飞,太阳下山,粉残脂落的宫人不见踪影,蒙受恩泽的只有温泉中的白玉莲。

第六首诗,描写凤凰原下饮鹿泉外有虢国夫人的庄园。苍翠的骊山如同美女的眉毛,当年在长生殿享乐的人已逝。

第七首诗,描写着黄衫的乐工、舞马的板床毫无踪影,更听不到《荔枝香》曲,看不到盛放荔枝的筐。只剩下苍翠的骊山,让诗人在夕阳下凭吊。

第八首诗,描写人去楼空,逝水缓慢流淌,山上只剩松柏,景象孤寂、冷清。辇道上人迹罕至,长满荒草,每年秋天,荒草在凄风中发出低沉悲戚的声音。

骊山的遗迹,引发了诗人的兴亡感慨。唐明皇恣意享乐,奢靡之极,轻歌曼舞、赐浴寻欢、游戏宴赏的情景历历在目。然而,乐极生悲,好景不长,荣华富贵转瞬即逝。这组诗抚今追昔,想象丰富,虚实结合,对比巧妙,拟人传神,比喻生动,笔墨清丽,意境凄迷,情绪感伤,韵味隽永。

《渭桥怀古》

秦川夕澄霁,沣水明如练。西上中渭桥,飒然秋气变。嬴政昔搆造,作此象天汉。美人与钟鼓,流连恣荒宴。徐市期不来,山鬼璧已献。我昨骊山行,徘徊吊中美。荆榛蔽银海,樵牧罗金雁。麒麟折其股,冷落青梧观。后代复何王,绣岭明珠殿。唯有终南山,兴亡几回见。

中渭桥初称渭桥,始建于秦,西汉时称横桥,位于长安北,横跨渭水。

夕阳下,秦川天色清朗,沣水清澈,闪闪发光。诗人站在桥上,秋天的景色萧索冷落,不禁感慨时移世易。秦始皇当政时期,修造了如同银河一样的中渭桥。秦始皇沉湎声色,骄奢淫逸,妄想长生不老,然而徐福一去不返,山鬼拦路献璧。诗人游览骊山,凭吊秦始皇陵,丛生的灌木遮蔽了陵墓,乡野之人在此收罗陪葬的金雁,陵前的麒麟断了腿,被遗忘在青梧观。后代谁人为王,骊山的行宫成为瓦砾,只有终南山见证了朝代的更迭。此诗抚今追昔,指点兴亡,讽刺冷峻,比喻生动,意境凄清,情绪感伤。

《马嵬怀古二首》

何处长生殿里秋,无情清渭日东流。香魂不及黄幡绰,犹占骊山土一丘。

巴山夜雨却归秦,金粟堆边草不春。一种倾城好颜色,茂陵终傍李夫人。

第一首诗,描写杨贵妃与唐玄宗海誓山盟的长生殿荒芜破败,无情的渭水向东流去,杨贵妃在马嵬坡香消玉殒,她的下场不如黄幡绰,黄幡绰死后葬在骊山。

第二首诗,描写夜雨绵绵,唐玄宗从蜀道还京,唐玄宗坟前的草木看不到春光。杨贵妃和李夫人都是倾国倾城的宠妃,但李夫人最终葬在茂陵附近,杨贵妃却不能葬在泰陵旁。

这两首诗抚今追昔，对比鲜明，笔墨冲淡，意境苍凉，见解独到，言近旨远。

《华州齐云楼》

齐云楼上望京师，渭水东流无尽时。父老尚传行幸日，教坊曾谱断肠词。城空只见双飞燕，劫败犹争一局棋。莫问寒烟十六宅，土花凝碧至今悲。

齐云楼在今陕西省华县城内。十六宅，位于唐长安城，是诸王聚居的宅邸。昭宗时，华州节度使韩建杀害诸王，十六宅废弃。

诗人站在齐云楼上遥望长安，渭水永不停息地向东流去。当地父老还在传说唐昭宗登齐云楼令乐工唱《菩萨蛮》的故事。如今人去楼空，只有燕子守着旧巢，大势已去，还在争一时的胜负。不要再问起寒烟笼罩的十六宅，浓绿的苔藓至今难忘那场悲剧。诗人回顾历史，感慨万千。此诗抚今追昔，意境苍凉，比喻生动，言近旨远。

《紫柏山下谒留侯祠》

万木萧萧风昼吹，深山忽见留侯祠。清流白石阅今古，雪柏霜筠无岁时。辟谷真从赤松隐，授书偶作帝王师。也知鸟喙逃勾践，未屑鸱夷学子皮。

白天，清风吹拂，紫柏山上茂密的树木发出飒飒的响声，诗人在深山中意外发现留侯祠。山间的溪水古往今来奔腾不息，苍松翠竹四季常青。张良服气辟谷，跟随赤松子隐居修炼，黄石公授书，张良偶然成为帝王师。张良深知刘邦像勾践一样猜忌功臣，选择急流勇退，但他不屑于像范蠡那样隐姓逃亡。诗人赞美张良善于避祸全身。此诗联想巧妙，对比鲜明，意境淡远，见解精辟。

《沔县谒诸葛忠武侯祠》

天汉遥遥指剑关，逢人先问定军山。惠陵草木冰霜里，丞相祠堂桧柏间。八阵风云通指顾，一江波浪急潺湲。遗民衢路还私祭，不独英雄血泪斑。

剑门关的山峰指向遥远的星空，诗人一路上向人打听定军山的位置。刘备的陵墓被草木掩埋,景象冷落。诸葛亮的庙桧柏环绕,庄严肃穆。八阵图变化莫测,诸葛亮指挥自如。江水波涛汹涌,奔腾不息。诸葛亮去世,不仅英雄豪杰为其壮志未酬而伤心落泪,至今,蜀地百姓仍自发在道路边祭祀他。诗人表达了对诸葛亮的景仰之情。此诗抚今追昔,立意高远,笔力遒劲,意境雄壮。

《汉台》

绛灌当时伍,黥彭异代看。竟成隆准帝,不屑沐猴冠。磊落真王气,苍茫大将坛。风云今寂寞,江汉自波澜。

刘邦视周勃和灌婴为同伙,对英布和彭越却区别对待。他们帮助刘邦登上皇帝宝座,看不起胸无大志的项羽。刘邦胸怀坦荡,具有帝王气概,拜将台空旷辽远。历史远去,风流云散,汉水依旧波浪翻腾。此诗对比鲜明,比喻生动,讽刺辛辣,见解独到,意味深长。

(二)山水诗

《望华山》

关中八水汇,清渭独朝宗。黄河西北来,交会船司空。河流挟底柱,岳势分弘农。山河两戒首,气压崤函东。金天正肃杀,屹然白帝宫。削成五千仞,真宰散鸿蒙。及关见发蘂,元精罗心胸。倏忽云气生,西接终南峰。诸峰忽已失,俯首趋河潼。峨峨司寇冠,独立青云中。苍茫望三辅,秋气去安穷。荒唐秦皇腊,寂寞希夷踪。何当驾白鹿,还共骖茅龙。

关中的八条河流,只有渭河汇入黄河,黄河从西北发源,渭河与黄河在华阴交汇。华山作为中流砥柱,把弘农一分为二。南北两戒在华山相会,势压崤、函二关。秋天,万木凋零,寒气逼人,华山巍然屹立于西天。华山如刀削一般险峻峭拔,主宰宇宙。在关口看到高峻的华山,天地的精气充满心中。瞬间,云雾缭绕,绵延至终南山。周围诸峰忽然消失,低头赶往河潼。高大陡峭的华山,庄重严肃地独立于云霄之间。眺望广阔无边的关中大地,秋天的肃杀之气何时穷尽?秦始皇曾在华山举行荒谬的祭祀,陈抟修炼之处格外冷清。何时驾驭白鹿,与茅龙一起飞升。诗人描写了华山的气势以及内心的感受,表达了对华山的向往之情。此诗意境雄奇,笔力苍劲,气势豪迈,拟人生动,视角多变,思致超脱。

《望终南》

青绮门边路,终南积翠阴。山河三辅壮,烟树五陵深。朝市几迁改,白云无古今。何如归辋口,水石好园林。

诗人站在青门外的道路上,遥望苍翠葱茏的终南山。关中的山川雄奇壮丽,五陵云烟缭绕,树木浓密。尽管朝代更迭,世事变迁,但山间的白云古往今来舒卷自如。诗人欲像王维一样归隐辋川,享受山水田园之乐。此诗笔墨淡远,意境清奇,联想巧妙,韵味隽永。

《潼关》

潼津直上势嵯峨,天险初从百二过。两界中分蟠太华,孤城北折走黄河。复隍几见熊罴守,弃甲空传犀兕多。汉阙唐陵尽禾黍,雁门司马恨如何。

潼关山势高峻,气势雄壮,为天然屏障,地势险要,易守难攻。以华山为界将天下分为南北,黄河至潼关从北折转向东流。城楼倒覆于隍上,何曾见勇士力挽狂澜,铠甲虽多却战败而逃。汉唐灭亡,宫阙破败,明代的守将死不瞑目。诗人反思前代的亡国史实,认为兴亡的关键不在于地势是否险要。此诗抚今追昔,感慨兴亡,意境雄浑,笔力遒劲,比喻生动,拟人传神。

《登吴岳》

名岳标西极,金天作镇雄。东看连太白,北望尽回中。日出横秦畤,烟消指汉宫。导岍思禹迹,北地凿鸿濛。

吴岳为西方边境的标志,是西方的镇山。向东看,远接太白,朝北看,回中尽收眼底。日出时,可见秦代祭天地、五帝之所,云雾消散时,汉宫显露。大禹曾在岍山导流、在北地开凿原始山川地形,后人至此,情不自禁追思大禹的功绩。诗人登吴岳欣赏壮丽景象,赞美大禹开山治水的不朽功业。此诗视角多变,联想巧妙,意境雄浑,气势奔放,遣词工稳,笔力遒劲。

《七盘岭》

七日行褒斜,目瞆耳亦聋。浊浪崩崖垠,征衣碎蒙茸。不知天地阔,讵测造化功。岌然土囊口,鸡帻摩苍穹。镫道上七盘,大翩排天风。绝顶忽开阔,白日当虚空。褒水出谷流,汉江绕其东。巴山跨秦蜀,蜿蜒连上庸。川原尽沃野,天府如关中。橘柚郁成林,稻苗亦芃芃。襄阳大艑来,千里帆樯通。当年号天汉,运归隆准公。将相得人杰,驱策荬群雄。一战收三秦,遂都咸阳宫。智勇久沦没,山川自巃嵸。跋马向褒国,日落烟濛濛。

连日行走在褒斜道上,令人眼花耳聋。浑浊的波浪使山崖的边际崩塌,旅人的衣服破烂杂乱。不知天地有多么开阔,难以计算自然的功劳。山高耸,洞穴像血盆大口,鸡冠一样的山峰挨着天空。策马上七盘岭,如同鸟乘风振翅高飞。站在最高峰,眼前豁然开阔,太阳悬挂在天空。褒水从深谷中流出,汉江从东边绕过。巴山横亘于秦蜀之间,曲折延伸,连接上庸。土地肥沃,物产富饶如同关中一样。橘林茂盛,禾苗苗壮。大船从襄阳而来,舟楫一望无际,川流不息。汉中曾经号称天汉,刘邦鸿运高照,在此称王。萧何、韩信是英雄豪杰,为刘邦效劳,消灭群雄。刘邦占领关中,定都长安。智勇双全的英豪久已湮没,山川依旧高峻。诗人骑马驰逐,奔向汉中,夕阳西下,景物迷蒙。诗中描写攀登七盘岭的艰难以及站在七盘岭上尽览汉中风光的情景。此诗视角多变,联想巧妙,虚实相生,意境雄奇,笔力遒劲,气韵浑成。

《凤岭》

南岐地何高,凤岭踞其右。路绝无钩梯,直上若悬溜。日月互蔽亏,光明错昏昼。云雾四荡漰,雷车中杂糅。飞龙何衔衔,天矫出岩窦。俯瞰两当水,奔流下腾凑。转石类搏搣,画沙成篆籀。初疑饥蛟蟠,更作外蛇斗。闻昔周文王,盛德及灵囿。凤鸟此来集,世远事悠谬。末季重边防,戎马几驰骤。秋风吹散关,一夕惊老瘦。

凤岭,在今陕西省凤县东南。

南岐地势险峻,凤岭雄踞于它的东边。没有攀援器械,无路可走,山势陡峭,几乎与地面垂直,如同屋檐上流下的水一样。山峰遮挡了日月,光线昏暗,分辨不出昼夜。云雾密布,涌腾起伏,涛声像巨雷轰鸣。瀑布从岩洞中伸展屈曲而出,如同飞龙行走一样流下山崖。山下河水奔流聚合,仿佛揪住石头要推开它,激流冲刷着沙土好像书写篆籀,又如蛟龙盘结,毒蛇角力。据说周文王的美德惠及灵囿,凤凰聚集在此。传说久远,真假难辨。末世重视边防,战马驰骋疆场。秋风吹过散关,惊醒了老弱之人。诗人把山高路险、水流奔腾的景象刻画得惟妙惟肖。此诗想象新奇,比喻生动,造语奇崛,意境神奇,抚今追昔,寄寓深刻。

《五丁峡》

南穷石牛道,嵒嵒下云栈。三日招我魂,足踔目犹眩。岂知东益州,耳目益奇变。始过金牛驿,樛嶬已凌乱。漾水从北来,屶足泛凫雁。举头嶓冢山,峨冠倚天半。大哉神禹功,从此导江汉。渐入五丁峡,谲诡骇闻见。斗壁何狰狞,十万磨大剑。攒罗列交戟,茫昧通一线。乱水殷峡中,蛟蜃喜澜汗。仰眺绝圭景,俯聆虩雷拃。九鼎铸神奸,到此百忧患。东方牧犊儿,竟使蚕丛判。我行忽万里,风土异乡县。身落大荒西,终赖皇天眷。呫呫复何言,艰虞一身贱。

五丁峡位于今陕西省勉县西南。

诗人穿越石牛道,小心翼翼走过悬于半空中的栈道,魂飞魄散,脚跛目眩。哪里知道到了益州以东,看到的景象更加奇异。才过金牛驿,层峦叠嶂纷至沓来,漾水由北向南,河水清浅,野鸭在水中游弋。抬头望见嶓冢山像高冠一样耸入云端。大禹开山导流功绩伟大,疏通汉江。渐渐进入五丁峡,变化多端的景象震撼视听。陡峭的石壁形状可怕,仿佛十万把锋利的巨剑。聚集的群峰如同摆开的相互交错的戟,不可揣测的命运系于一线。峡谷中奔腾的流水震耳欲聋,蛟蜃在水中嬉戏。仰视,看不到太阳,俯听,涛声如雷,令人心惊胆战。面目狰狞如同鬼怪一样的山峰,让人心神不宁。秦人欺骗蜀王打通蜀道。诗人行走了万里路,所到之处,风俗习惯和自然环境与家乡迥异,思乡之情油然而生。诗人身处边远荒凉的西部，祈求皇天保佑。身处险境，危在旦夕，又有什么可说的。诗人笔下五丁峡的险峻跃然纸上，旅人的心理惟妙惟肖。此诗移步换景，视角多变，想象新奇，比喻生动，虚实相生，意境神奇，触景伤怀，对比巧妙。

《观音碥》

观音碥绝险，连山列天仗。奔峭汹波涛，大石蹴龙象。造物郁磊砢，及兹乃一放。急瀑何砰訇，磐石成巨防。渟为千丈湫，潭潭不流宕。怪物中屈蟠，岂无锁纽壮。恍然牛渚犀，穷此精灵状。颇闻贾中丞，于此铲叠嶂。故人推沈宋，诗笔各雄长。星宿森光芒，虬龙怒倔强。解鞍苔石滑，高歌一神王。更须巨灵手，运斤出天匠。镌我郙阁铭，敌彼小海唱。

观音碥位于今陕西省皋岚县西北。

观音碥极为险要，层峦叠嶂如同天子狩猎的兵杖器械。山峰巍峨陡峭，崩坍的崖岸边波涛汹涌，巨石蹲在那里如同飞龙、大象。大自然郁集的不平之气，在这里得到释放。飞瀑声音巨大，磐石阻挡去路。潭水清澈，深不可测，水面平静。潭中有怪物盘曲，难道没有枷锁束缚。如果有洞察奸邪的本领，就可看清水中隐藏着多少精灵。贾中丞曾在此开山修路。古人推崇沈、宋，他们的诗各有所长。星宿光芒幽暗，虬龙发怒，难以驯服。下马行走在长满青苔的石头上，高歌一曲，精神旺盛。借助河神之手，让天工神匠挥动斧头，凿刻郙阁铭，与吴人悼念伍子胥的歌曲一较高下。此诗想象新奇，比喻新颖，笔力雄健，意境奇异，联想巧妙，寓意深远。

《遇仙桥即事》

浮云收渭北，初日照终南。驰道连秋水，宫桥渡晓骖。人烟生浦树，鸟语入晴岚。欲访渔川隐，芦中有钓庵。

遇仙桥在今陕西省西安市鄠邑区，始建于元代，相传为王重阳遇钟离权、吕洞宾悟道之处。

云彩飘向渭北，初升的太阳照耀终南山。大路的远方是渭水，遇仙桥上走过晓行者的车马。水边的树梢上炊烟袅袅,鸟儿在薄雾中欢快鸣叫。芦苇丛遮掩着草庵,可以去那里寻访隐者。诗人描绘了浮云、初日、秋水、浦树、晴岚等景物,表达了对隐逸闲适生活的向往。此诗笔墨淡雅,意境清幽,格调闲适,言近旨远。

《晚渡沣渭》

清川生暝色,鼓楫囷中流。返照红将敛,终南紫翠稠。遥看云际寺,欲放渼陂舟。故国东溟上,茫茫清渭楼。

清渭楼位于今陕西省咸阳市,始建于秦,称咸阳东楼,汉唐时称"秦楼"、"咸阳楼",北宋时更名"清渭楼"。云际寺在今陕西省西安市鄠邑区境内。

山川美景笼罩在暮色中,船划到中流,太阳将要落山,终南山呈现出浓重的翠紫色。遥看远处的古寺,诗人想放舟渼陂。家乡远在东海之滨,清渭楼的身影朦胧缥缈。诗人晚渡沣渭,美景触发了思乡之情。此诗笔墨苍劲,意境壮丽,联想巧妙,韵味隽永。

《丰原》

丰原高不极,原上行人度。秋晴渭川望,遥见蓝田树。

丰原位于今陕西省渭南市。

丰原巍峨壮观,原上有人走过。秋高气爽,晴空万里,眺望远方,渭水东流,远处山上树木,隐约可见。此诗白描生动,意境淡远,气势恢宏,浑然天成,言近旨远,余味无穷。

《鄠人王明府十洲酒间述渼陂高冠潭古淙之胜,因赋二绝句》(二首选一)

百里皆修竹,阴森入渼陂。朝朝看紫阁,倒影散凫鹥。

四周是一片茂盛高大的竹林,穿过竹林来到绿树成荫的渼陂。每天在此仰望紫阁峰,山峰的倒影被戏水的野鸭碰碎。此诗笔墨淡雅,意境清幽,白描如画,言近旨远。

(三) 纪行诗

《雨趋留坝》

急雨下乌栊,千峰一线通。路遥洋水北,天尽武关东。峡逼风雷气,人穿虎豹丛。谁知星使节,今夜托牛宫。

诗人行至乌桦,暴雨倾泻而下,雨中的栈道像一条线缠绕在群山之间。西乡河以北长路漫漫,武关以东一望无际。峡谷中响声巨大,狂风几乎把人卷走。旅人在林立的怪石中穿行。谁能想到,皇帝的使臣今夜却要借宿在牛圈里。此诗笔力遒劲,意境雄壮,比喻新奇,构思巧妙,反差强烈,妙趣横生。

《凤县》

险绝岐南路,岧峣蜀北门。千峰围邸阁,一线望中原。城下嘉陵水,林间谢豹村。衰迟惭凤德,愁向接舆论。

凤县位于岐山之南,地势极为险要,崇山峻岭充当蜀地的北大门。群山环绕,有栈道通往中原。县城依傍嘉陵江,树林深处的村落里有子规啼叫。诗人衰年迟暮,自惭缺少士大夫的德行名望,反思楚狂接舆的言论,满怀愁绪。诗人表达了有意隐居而又无法隐居的愁闷。此诗笔力遒劲,意境雄奇,联想自然,对比巧妙,言近旨远。

《宁羌州》

威迟辞北阙,浩荡赋西征。天险金牛峡,悲歌猛虎行。岷峨连雨气,沔汉走江声。三户遗民少,萧条见废城。

诗人依依不舍辞别京城,激情澎湃地踏上西行之路。经过天险金牛峡,在猛虎出没的路上悲壮地放歌。岷山和峨眉山云雾笼罩,沔水、汉江波涛汹涌。战乱之后,楚地人烟稀少,城市破败,景象衰微。此诗移步换景,对比巧妙,笔力雄健,意境凄清,情绪多变,跌宕起伏。

《宝鸡县》

险绝古陈仓,停车落日黄。霸图今寂寞,陈宝亦销亡。城郭秋云里,人家清渭旁。回看三辅远,秦树但苍苍。

古代的陈仓地理位置极其险要,诗人在金黄色的夕阳下停车,感慨万千。霸业已经被遗忘,宝鸡神也消亡无迹。古城笼罩在秋云中,人们依渭河而居。回望远方的长安,古树依然茂盛。诗人有感于朝代更迭,为今非昔比而神伤。此诗抚今追昔,对比鲜明,笔力雄深,意境苍凉,情绪感伤,言近旨远。

《凤翔府》

城边汧渭两交流,陇蜀中分第一州。西雍横当斜谷路,南山高接杜陵秋。雌鸣尚忆秦人霸,星陨难销汉相愁。形势依然身万里,扶风歌罢拂吴钩。

清代,凤翔府治所在今陕西省凤翔县。

汧水与渭河在凤翔交汇,这里是陕西与陇蜀分界之处。斜谷横亘于雍州,终南山耸立,杜陵秋色无边。雌鸡的传说令人想起秦王的霸业,诸葛亮病逝,壮志未酬的遗憾,令人难以释怀。局势依旧,杜甫流落万里之外,壮士慷慨悲歌,擦亮利剑。此诗笔力苍劲,意境雄浑,抚今追昔,联想巧妙,用典频繁,寄寓深永。

《益门镇》

天险当秦凤,提封界雍梁。栈云高不落,陇树晓还苍。古燧催征骑,秋风吊战场。山南明日路,渐入武都羌。

益门地势险要,为秦凤的屏障,所处疆域是雍州和梁州的分界线。栈道高耸入云,陇山的树木即使清晨也苍茫一片。古老的烽火台让人想起驱马征战的情景,秋风萧瑟,诗人在古战场凭吊。即将踏上山南的道路,渐渐进入武都羌人的领地。诗人将眼前景物与历史联系起来,抒发了思古幽情。此诗联想巧妙,抚今追昔,笔力雅健,意境雄奇,言近旨远,耐人寻味。

《汉中府》

路绕褒斜梦故园,今朝风物似中原。平芜踯躅连栈马,近郭参差橘柚树。万叠云峰趋广汉,千帆秋水下襄樊。只愁明日金牛路,回首兴元落照昏。

诗人走在弯曲迂回的褒斜道上,梦中回到家乡,眼前的风光景物与中原相似。平旷的原野草木丛生,马在栈道上小步行走。接近市镇之处出现高低错落的橘树。云雾笼罩的层峦叠嶂奔向广汉,清秋时节,江面上千帆竞渡,南下襄樊。即将开始金牛道上艰险的旅程,诗人心中不免畏惧,回望汉中府,落日的余晖渐渐昏暗。诗人登高眺远,触动乡关之思。此诗移步换景,类比巧妙,笔墨冲淡,意境清远,拟人生动,引人遐想。

《武功道中》

武功回首望金城,古迹萧条感乍生。秃节尚怜苏属国,党人终赖窦游平。白头郁郁身前事,青史悠悠世上名。千里终南山色好,一枝筇竹万缘轻。

窦武,东汉扶风平陵(今陕西省咸阳市)人,为外戚、学者。

在武功回望长安,破败的古代遗迹映入眼帘,诗人感慨万千。苏武忠贞不屈,窦武解救党人之祸,与其生前苦闷于个人得失,不如死后青史垂名。终南山风景优美,诗人渴望放下一切,拄杖远游。此诗抚今追昔,用典贴切,对比巧妙,见解独到,思致超然。

《扶风道中》

北望回龙薄,西行过马嵬。侠游无柳市,史笔阙兰台。老鬓愁中改,秋风陇上催。田园情话好,何事不归来。

扶风,即今陕西省扶风县。

诗人向北眺望,迫近回龙,向西行经马嵬驿。如今在柳市看不到游侠,兰台也缺少史官。因为忧愁,诗人两鬓由黑变白。秋风萧瑟,在路上疾行。田园生活那样美好,为何还不归去。诗人感慨无侠客扶危济困,无忠臣直言进谏,渴望回归田园。此诗抚今追昔,虚实相生,对比鲜明,设问巧妙,感慨遥深。

《华州道中》

地古弘农郡,云峰去不穷。泉飞名岳雨,稻熟野塘风。漕挽通河渭,雄关界华嵩。唐家传七世,何事失山东?

华州地处古代的弘农郡,高耸入云的山峰绵延不绝。瀑布从华山飞泻而下,远望如同下雨,风从野外的池塘吹过,稻花飘香。水路到达黄河与渭河,潼关把华山和嵩山分开。唐朝传至七代,因何失去了华山以东的地盘?诗人在华州抒发思古幽情,探索兴亡原因。此诗抚今追昔,设问精警,笔墨冲淡,意境雄浑,言近旨远,耐人寻味。

《华阴道中》

平田漠漠稻花香,百道清泉间绿杨。二十八潭天上落,无人知是帝台浆。

广阔的田野上稻花飘香,纵横交错的清泉流淌在绿杨间。华山的二十八潭是天上的二十八宿降落人间,泉水清莹,是神仙赏赐的琼浆玉液。诗人描述了途中所见所感,勾勒出一幅优美的图画。此诗想象新奇,意境清新,白描生动,比喻新颖。

《渭南道中》

秦川秋色迥,四望极风烟。树隐金椎密,花开玉井鲜。水光浮莲勺,山翠入蓝田。往昔长安道,孤城近日边。

莲勺,即莲勺县,故址在今陕西省渭南市临渭区。

关中秋日的景色与别处截然不同,四顾,远处的景色极其秀美。以铁锤修筑的道路两旁树木茂盛,玉井的莲花鲜艳。河水清澈,光影浮动,流向莲勺;远山青翠,蜿蜒起伏,连接蓝田。脚下的道路在昔日通往长安,眼前的孤城是京师附近的繁华之处。诗人行走在渭南的古道上,眼前浮现出往昔繁华的景象,不禁怅然若失。此诗抚今追昔,对比巧妙,笔墨淡雅,意境雄奇,言近旨远,韵味隽永。

《南郑至沔县道中》

黑水梁州道,停车问土风。沔流天汉外,嶓冢夕阳东。处处棕榈绿,村村穄稊红。更须参玉版,修竹贱如蓬。

南郑,即今陕西省南郑县。

诗人行至黑水流经的梁州,停下车,询问当地的风土习俗。沔水流向远方,望不到尽头,夕阳移到嶓冢山西边。到处可见翠绿的棕榈树,村村都有金黄的稻谷。至此一定要品尝竹笋,细长的竹子像蓬草一样不值钱。诗中生动描述自南郑至沔县途中所见景色与风物。此诗笔墨清新,意境雄奇,化用巧妙,对比鲜明,地域色彩独特鲜明。

《灞桥寄内二首》

长乐坡前雨似尘，少陵原上泪霑巾。灞桥两岸千条柳，送尽东西渡水人。

太华终南万里遥，西来无处不魂销。闺中若问金钱卜，秋雨秋风过灞桥。

长乐坡，位于今陕西省西安市城东。少陵原位于今陕西省西安市长安区。

第一首诗，描写长乐坡细雨濛濛，诗人行至少陵原，眼泪打湿衣襟，灞桥两岸烟柳依依，目送来来往往渡河的人远去。

第二首诗，描写华山、终南山距离家乡万里之遥，西行途中，所到之处，无不令人悲伤。妻子在家用金钱占卜丈夫的行踪，诗人正冒着凄风苦雨走过灞桥。

诗中描写长乐坡、少陵原、灞桥、太华山、终南山等关中名胜，借景抒写思乡离别之情。这两首诗笔墨冲淡，想象生动，意境凄清，拟人传神，比喻新奇，情绪悲伤。

（四）游览诗

《骊山温泉》

曾过绣岭吊开元，廿载华清役梦魂。老大不关兴废感，重来只似洗肠源。

诗人追忆曾到骊山凭吊开元遗迹的情景，诉说自己二十年来一直对华清宫魂牵梦绕。如今垂老之年重游此地，不再有寻幽览胜、感慨兴亡的热情，此行只是让自己洗去烦恼。诗人表达了对青春逝去、诗兴阑珊的无奈。此诗层层对比，构思巧妙，言近旨远，情绪感伤。

二十七、王又旦（1636—1686），字幼华，号黄湄，陕西省合阳县人。顺治十五年（1658年）进士。与王士禛并称"二王"。著有《黄湄诗选》10卷，收录其诗530余首。邓之诚评价："诗才清丽，不矜唐宋，自具品格。篇章不若孙枝蔚之富，而蕴藉过之。……其诗多山水友朋之思,时有幽情。伤时念乱,偶一流露,颇极刻画,而不失之于漓。①"王又旦的咏陕诗为山水诗。

《苍龙岭》

削壁突断绝,微径始跻攀。长虹驰远影,飞落青冥间。迅飙两崖起,猎猎云气还。连峰若动摇,我行亦孔艰。天色扑莲花,瑶草何斑斓。陟危千万虑,旷望忽开颜。璇宫应不遥,从此排天关。

刀削一般的绝壁突然阻挡去路,只能从狭窄的小路向上攀登。远望苍龙岭如同一座拱桥,飞跨青山之中。疾风从两边的悬崖间穿过,云雾随风飘浮。山峰似乎在风中摇晃,诗人行进极为艰难。莲花峰直插云霄,香草色彩斑斓。身处险境,十分忧虑,极目眺望,心情开朗。仙境近在咫尺,由此可以到达天门。诗人描绘了苍龙岭的奇险景色以及登山的心理活动。此诗比喻生动,笔力遒劲,意境雄奇,言近旨远,情绪变化,跌宕起伏。

《龙门》

清晓望陉岘,褰裳越沟壑。丛薄远难识,云水势相错。逐登龙门山,双崖横大漠。怒涛如奔驷,百折天外落。初秋气渐爽,高风亦间作。秦野忽黯惨,坤轴失寄托。倾耳聆喧豗,登临翻石乐。吾家大河滨,临流看寥廓。岂期石径转,一缕自喷薄。行矣重回首,三叹念疏凿。

晴朗的早晨,诗人眺望远处的山谷与山岭,提起衣裳翻山越岭。草丛茂密,看不清远方,白云与流水交相映衬。一步一步登上龙门山,河岸边是一望无际的沙漠。汹涌的波涛如同奔腾的野马,蜿蜒曲折的河水流向天际。初秋,天气渐渐凉爽,偶尔刮起强劲的风。关中的原野忽然昏暗惨淡,地轴失去依靠。侧耳聆听黄河的轰鸣声,登山攀岩,其乐无穷。诗人的家乡在黄河边,常常站在水边,仰望辽阔的天空。没有想到,在山间石路的转弯处,汹涌激荡的黄河奔腾而过。诗人边

---

① 邓之诚《清诗纪事初编》下册,上海古籍出版社,1984年,第874页。

走边回头看,追思大禹开山治水的功绩,赞叹不已。此诗笔致灵动,感受奇特,意境雄奇,气势壮观。

二十八、许孙荃(1640—1688),字荪友、生洲,号四山,安徽省合肥市人。康熙九年(1670)进士。著有《慎墨堂诗集》。沈德潜评价:其诗"激昂悲壮,多燕、秦之声。①"康熙二十四年(1685),许孙荃督学陕西。许孙荃的咏陕诗为怀古诗、山水诗。

(一)怀古诗

《五丈原次大复韵》

荒原淡斜日,古戍黯层阴。五丈空留迹,三分不死心。地随营垒没,星与阵云沉。薄暮秋风急,如闻梁甫吟。

荒凉的原野上落日黯淡,古老的营垒阴云密布,五丈原上留下诸葛亮的足迹。虽然三分天下,诸葛亮没有放弃兴复汉室的希望。军队消失,天星陨落,八阵图前战云低垂。傍晚,秋风呼啸,似乎听到诸葛亮吟诵梁甫吟的声音。诗人途经五丈原,感慨诸葛亮出师未捷身先死,表达了对诸葛亮鞠躬尽瘁的高风亮节的无限景仰。此诗笔力雄健,意境苍凉,联想新奇,情绪感伤。

《武功春日谒后稷祠》

当时教稼无先圣,万世黎民定阻饥。词客古今瞻庙貌,村农伏腊走轩墀。邰封麦秀垂垂遍,禹甸岷歌处处随。文德配天真不忝,独从含哺有余思。

如果圣人后稷当年没有传授稼穑技术,千秋万代的百姓就会忍饥挨饿。古往今来,文人到此瞻仰后稷祠及神像,岁时节日,村民们到庙里祭祀后稷。武功一带的田野里麦穗饱满,百姓的欢歌不绝于耳。周公郊祀后稷以配天,后稷当之无愧,后人享受着太平时代无忧无虑的生活,后稷的功德令人无限思念。诗人拜谒后稷祠,歌颂后稷造福万代的丰功伟绩,表达了对先贤的景仰与感激之情。此诗抚今追昔,直

---

① 沈德潜《清诗别裁集》上册,上海古籍出版社,1984年,第381页。

抒胸臆,立意高远,用典精当,笔墨平实。

《谒周公庙》

召主陕之西,唯公主陕东。甘棠记古柏,千祀青芃葱。白首垂钓叟,鹰扬接雄风。俎豆幸不隔,遗碑摩苍穹。

陕以西归召公管理,陕以东由周公治理。周公庙里的古柏像召公的甘棠树一样受到保护,千余年来一直郁郁葱葱。白发苍苍的姜子牙辅佐周文王、周武王兴周灭商,大展雄才,威名远扬。周公庙的祭祀世代相沿,庙里高大的碑石几乎触到天空。此诗抚今追昔,联想巧妙,立意高远,寄寓深刻。

《无字碑题诗》

突突孤孤插太清,行人遥指是乾陵。则天虐焰今何在,台殿焚烧石兽崩。

乾陵松柏遭兵燹,满野牛羊春草齐。惟有乾人怀旧德,年年麦饭祀昭仪。

第一首诗,描写无字碑突兀而立,刺入天空,路上的行人向远处指点乾陵的位置。武则天的残暴气焰无处寻觅,乾陵的建筑被烧毁,墓前的石兽倒塌。此诗抚今追昔,虚实相生,讽刺冷峻,发人深省。

第二首诗,描写乾陵的松柏在战火中被焚毁,春天,陵墓四周牛羊遍野,荒草萋萋。当地人怀念武则天的恩德,每年用麦饭祭祀她。此诗抚今追昔,对比巧妙,立意新颖,耐人寻味。

(二) 山水诗

《潼关》

百二初经得大观,严关高峙碧云端。两边峡束黄河去,万仞根连太华蟠。天险西来凌绝巘,地形北折巩长安。如今圣德能怀远,犹作当时要处看。

诗人初次来到地势险要的关中,目睹了盛大壮观的景象,险要的关隘高耸入云。两边的峡谷阻挡黄河向东流,潼关与高达万仞的华山根脉相连。潼关的西边迫近华山,黄河在此向北回转,保卫长安。如今皇帝的恩德能安抚边远之人,但仍须把潼关看成险要之地。潼关依山傍河,无比险要,维系长安的安危。尽管天下太平,但潼关的重要性不容忽视。此诗笔力遒劲,意境雄浑,遣词工稳,拟人生动,抚今追昔,见解独到。

二十九、康乃心(1643—1707),字孟谋、太乙,号莘野,陕西省合阳县人。康乃心著有《三千里诗》1 卷、《莘野集》1 卷、《莘野诗集》1 卷、《华游杂记》1 卷、《和李柏述怀诗》1 卷、《河山耕牧录》2 卷、《河山诗话》2 卷、《太乙子》3 卷、《五台山记》1 卷、《华清志》1 卷、《毛诗笺》3 卷、《学统辨》4 卷等,《莘野诗集》抄本,收录其诗 330 余首。李因笃评价:"孟谋诗数百首,诸体略具,雄姿逸气,不受羁衔,故皆直抒性灵,磊落壮凉,得秦风本色。①"康乃心的咏陕诗为怀古诗、风俗诗、友情诗、丧乱诗。

(一)怀古诗

《华清池》二首

开元天子幸温泉,万乘旌旗拥渭川。一自马嵬铃雨后,华清清梦杳如年。

按歌台上新声歇,羯鼓楼边夕照红。莫向行人频问古,杏花零落旧离宫。

第一首诗,描写开元年间,唐玄宗临幸温泉,跟随天子出行的队伍浩浩荡荡,渭河两岸旌旗招展。马嵬坡杨贵妃缢亡,唐玄宗逃亡西蜀,一曲《雨霖铃》寄托哀思。曾经在华清池度过的美好时光远逝,每当想起,恍然如梦。

第二首诗,描写舞榭歌台上新颖美妙的乐曲消失,夕阳映照羯鼓楼。不要向当地人频繁打听陈年旧事,昔日的行宫旁,杏花凋残。

这两首诗抚今追昔,对比鲜明,想象生动,虚实结合,笔墨蕴藉,意境苍凉,言近旨远,韵味隽永。

---

① 高春艳《李因笃文学研究》,中国社会科学出版社,2011 年,第 127 页。

《太史公司马子长墓》

夏阳三晋地,东去向黄河。大壑开平野,高原莽薜萝。一丘司马墓,终古少梁阿。几度寒榛里,客来感慨多。

夏阳,即今陕西省韩城市。

韩城曾是韩、晋、魏的属地,东边濒临黄河。黄河出龙门进入开阔平坦的原野,隆起的太史公墓薜萝密布。太史公墓历尽千年,耸立在韩城的塬上。目睹萧瑟秋风中被荒草掩埋的太史公墓,令人感慨万千。此诗抚今追昔,笔力遒劲,意境雄浑,言近旨远。

(二) 丧乱诗

《郡中感怀》二首

孤城萧索戍楼空,故苑荒台一望中。何处蓬蒿生里巷,谁家井臼冷西风。飞花忍别墙头去,断草应怜落照红。最是旧巢双燕子,归来难认主人翁!

左辅提封翊汉家,谁教劫火冷繁华?嗷嗷鸿雁中原满,落落晨星四野赊。开府旧事传雨露,院田新鬼哭桑麻。只今圣主频西顾,漫向荒村数寒鸦。

康熙十二年,吴三桂反清,朝野震动。康熙十三年,王辅臣响应吴三桂而反,关中陷入兵乱,百姓处于水深火热之中。

第一首诗,描写孤城冷落萧条,驻军的瞭望楼空无一人。放眼望去,故园破败不堪。街巷里长满蓬蒿,屋舍、庭院里秋风呼啸。落花飘过墙头,枯草伴随夕阳。去年离巢的双燕,春天归来已换了主人。

第二首诗,描写京东的疆域是保卫汉室的重镇,兵火毁灭了繁荣热闹的景象。中原到处大雁哀鸣,清晨,稀疏的星星离人间如此遥远。高官曾经播撒恩泽,新死者的鬼魂为荒废的农事、破败的家园而哭泣。圣明的君主格外关注西北,诗人随意在荒凉的山村点数寒鸦。

这两首诗今昔对比,意境凄清,比拟传神,笔墨冲淡,情绪悲凉,别有深意。

《终南野望》

渐觉民生瘁,流亡见几家。中原疲战戍,万井断桑麻。绝塞生秋气,长林带晚霞。河汾吾道在,倚剑向天涯。

百姓的生活受到破坏,人们逃离家园,人烟稀少。中原饱受战火的摧残,疲敝不堪。众多人家失去生活来源。秋日,凄清、肃杀之气来自极远的边塞地区,隐者的居所笼罩在晚霞中。胸怀儒学正道,仗剑遥望天边。家园破败、民生凋敝,诗人表达了对战乱的厌倦,充满救世济民的豪情。此诗笔墨冲淡,意境苍凉,气概悲壮,格调沉郁。

(三)怀人诗

《玉女峰阻雪有怀顾亭林、王山史二征君》

倏忽风云起,缤纷洞壑余。开轩重岭隔,掩户石林居。万古匡山业,千秋白岳书。传经今日事,搔首一踌躇。

天气突然变化,纷飞的雪花落满深谷。打开窗户,重峦叠嶂挡住视线,关起门隐居山林之中。成就扬名后世的大业,撰写藏之名山的巨作。传授儒家经典是目前的大事,诗人深感焦急和彷徨。诗人表达了对著述隐居生活的热爱,抒发了渴望担当大任、成就伟业的壮志。此诗触景生情,联想巧妙,立意高远,寄寓深刻。

(四)风俗诗

《九日游龙门》

大野苍山断,洪波两岸开。石岩惊立壁,河势似雷奔。俗自唐虞古,功从忠孝来。居人传禹墓,是否漫相猜。

为爱登高节,秋深览胜游。村村红树黯,涧涧菊花稠。鸡犬疑王世,桑麻仰甸畮。荒山风雨急,灯火宿林丘。

第一首诗,描写广阔的原野被龙门山截断,汹涌的黄河冲破阻挡。陡峭的山崖像墙一样兀立,令人惊恐,河水奔腾,咆哮如雷。龙门古朴的风俗传自唐虞时代,大禹的功绩源于忠孝。龙门山建有大禹墓,其真实性难以断定。此诗笔力遒劲,气势豪迈,意境雄壮,比喻生动,设问巧妙,耐人寻味。

第二首诗,描写诗人喜爱登高,深秋时节出游观赏美景。随处可见色彩浓重的红叶,山谷边的菊花盛开。鸡犬之声相闻,让人以为身处上古盛世。田野里桑麻茂盛,偏僻的野山中风大雨骤,诗人点起灯火,在山林里休息。此诗笔墨冲淡,意境闲适,类比巧妙,言近旨远。

三十、查慎行(1650—1727),初名嗣琏,字夏重,号查田;后改名慎行,字悔余,号他山、烟波钓徒、初白,浙江省海宁市人。康熙四十二年(1703)进士。查慎行著有《敬业堂诗集》56 卷、《敬业堂文集》3 卷、《余波词》2 卷、《得树楼杂抄》15 卷、《周易玩辞集解》10 卷、《初白庵诗评》3 卷、《词综偶评》1 卷、《黔中风土记》1 卷、《人海记》2 卷等,存世诗歌 5100 余首。沈德潜评价:"所为诗得力于苏,意无弗申,辞无弗达,或以少蕴藉议之,然视外强中乾,袭面目而失神理者,固孰得而孰失耶。①"查慎行的咏陕诗为赠答诗。

《甘泉汉瓦歌为侯官林同人赋》

林生老立专门学,金石遗文卷盈握。曾经从宦走长安,断碣残碑薜亲剥。昭陵迹废补亡阙,磨石山高穿硌硞。冰霜裂面虎豹嗥,沙砾堆中拾完璞。摩挲铜狄自何年,万栋灰飞片瓦全。为按黄图考宫殿,始知地是汉甘泉。底平面正规而圜,肖形似镜还如钱。其高半寸径三寸,旁具轮郭中不穿。土花蚀后文留识,上有长生未央字。龙拏凤攫结撰奇,肉厚肌疏形体异。与人作砚不中用,抱质如初无变置。吁嗟乎杨(南仲)刘(敞)不作识者希,时俗谁能辨真伪。巧多滋伪朴者真,此瓦人间盖无二。岂同冰井香姜阁,埏埴纷纷托疑似。劝生勿更加砻磨,本色须教存古意。生领此语索我诗,我诗质直无姱辞。请烦拓致数十本,遍乞羊何共和之。或恐流传落人口,陶甄又复成今手。

林生晚年钻研一门学问,对金石遗文手不释卷。林生曾经在陕西为官,亲自除去断裂残破碑石上的苔藓,仔细研究。考察昭陵的遗址,

① 沈德潜《清诗别裁集》下册,上海古籍出版社,1984 年,第 785 页。

修补散失残缺之处。山高路险,磨破鞋,天气严寒,冻破脸颊,环境险恶,虎豹嚎叫。在沙砾中找到完好的璞玉。抚摸铜人,无数雕梁画栋消失,仅存瓦片。根据《三辅黄图》考察宫殿,得知此瓦确实为汉甘泉宫的瓦。瓦片底部平整,表面规整,圆弧流畅,形状像镜子又像铜钱。高半寸,直径三寸,边缘有花纹,中间没有孔。苔藓覆盖了文字,上面有长生未央的字迹。瓦片上描绘龙凤搏斗的景象,构思奇妙,身躯丰满,线条简洁,形体奇特。瓦片不能做砚台,保持其质朴本色,不要另行改变。可叹宋人杨南仲和刘敞,瓦上不题识者的情况罕见,世人难以辨别真伪。精巧增加了作伪的嫌疑,质朴反而更加真实。甘泉汉瓦人间无二,不同于冰井台、香姜阁的瓦,众多陶器的真伪似是而非。希望林生不要对此瓦进行加工打磨,以其原貌保留古人的思想意趣。林生同意诗人的看法,向其求诗,诗人自谦作品质朴平实,无夸饰之辞。诗人请林生拓印几十本,遍请大家酬和。又担心流传中落人口实,今人模仿烧制,以假乱真。诗中描绘了林生对金石的热爱,汉瓦的精美珍贵,收藏的鱼龙混杂。此诗夹叙夹议,笔致灵动,见解独到,语言朴素,比喻新颖,对比鲜明。

三十一、严虞惇(1650—1713),字宝成,号思庵,江苏省常熟市人,康熙丁丑(1697)进士。著有《严太仆先生集》12 卷、《读诗质疑》31 卷(《附录》15 卷)。沈德潜评价:"古今体诗略为寄兴,然亦不苟同于人。①"严虞惇的咏陕诗为怀古诗。

《咸阳怀古》

六王毕后霸图空,三百离宫一炬中。八水凄清秋色早,九嵕薜荔夕阳红。车回博浪沙中客,舟引蓬莱海上风。自料骊山万年计,岂知遗恨在樵童。

秦始皇消灭六国,转眼秦朝覆亡,霸业成空,宏伟的宫殿被一把火烧光。关中的秋天来得早,长安的八水凄凉冷清,夕阳染红了巍峨的

---

① 沈德潜《清诗别裁集》下册,上海古籍出版社,1984 年,第 724 页。

九嵕山。秦始皇东巡的车驾在博浪沙遭遇刺客,到蓬莱寻找不死药的船被风刮走,秦始皇长生的愿望落空。秦始皇自以为在骊山营造的陵墓,可以让他永远安息,谁料棺椁被牧童失火烧毁,若秦始皇地下有知,一定悔恨不已。此诗抚今追昔,对比巧妙,意境苍凉,讽刺辛辣。

三十二、张潮(1650—约1707),字山来,号心斋,安徽省歙县人。张潮著有《心斋诗钞》4卷、《诗幻》2卷、《心斋诗集》1卷、《尺牍偶存》11卷、《笔歌》2卷、《心斋杂俎》4卷等,编辑《虞初新志》20卷、《昭代丛书》150卷、《檀几丛书》50卷,存世诗歌420余首。倪匡世评价:"山来诗五古如壮夫叫月;七古如老蛟泣珠;绝句之妙,又如百尺楼头,秋风铁笛。读其近体,爽气秀色,十指淋漓。气则豹雾龙云,局则雁字鸦阵,色则彩索花球,声则黄钟大吕,宜其名噪一时也。①"张潮的咏陕诗为怀古诗。

《武侯庙》

丞相遗迹不可寻,汉南沔水气萧森。云霞树绕旌旗色,风雨江传鼓吹音。据鼎三分非本计,出师二表见初心。独怜星陨荒祠庙,千古忠怀激素襟。

诸葛亮的遗迹无处寻找,汉南沔水景象萧条衰飒。晚霞像飘扬的旌旗,把树木染红,风雨中江水轰鸣,如同雄壮的军乐。三分天下并非诸葛亮原本的计谋,前、后《出师表》透露了他统一天下的初衷。诸葛亮逝世令人悲伤,此地只留下荒凉的祠庙,千百年来诸葛亮鞠躬尽瘁的精神激励人心。此诗想象新奇,比喻生动,笔力雄深,意境悲壮,见解独到。

《拜将坛》

不见将军登古台,空谋相国为雄才。五年筹策数言定,万里烟尘百战开。猛士计成夸善将,《大风歌》起动悲哀。闲亭独倚江城外,惆

---

① 潘承玉《张潮:从历史尘封中披帷重出的一代诗坛怪杰》,《苏州大学学报》,2002年第1期,第55页。

怅斜晖满绿苔。

没有看见韩信登上拜将坛,萧何为了挽留杰出人才而费心,却是徒然。韩信的几句话决定了持续五年的楚汉争霸的结局,他驰骋沙场,身经百战,结束了漫天战火。韩信用兵如神,打败项羽,他自夸善于领兵。刘邦杀害韩信,却在《大风歌》中悲叹没有猛士镇守四方。诗人独自站在城外的亭子上,望着夕阳下布满青苔的拜将坛,内心充满惆怅。此诗用典精当,意境苍凉,衬托巧妙,讽刺委婉,言近旨远,韵味隽永。

三十三、吕履恒(1650—1719),字元素,号坦庵,河南省新安县人。康熙三十三年(1694)进士。吕履恒著有《梦月岩诗集》20卷、《冶古堂文集》5卷、《使滇草》1卷、《洛神庙传奇》2卷,存世诗歌1430余首。沈德潜评价:"言诗者多欲尊宋祧唐,而作者志趣不但不落唐以下,并祈追六代以上而从之,可云特立独行者矣。①"吕履恒的咏陕诗为山水诗、纪行诗。

(一)山水诗

《观华山瀑布》

银河天半落,玉女望中浮。高注三秦塞,平吞八水流。轰雷奔鸟道,掣电入龙湫。万仞青霄上,罡风吹未休。

银河从天空垂落,玉女峰仿佛漂浮在星河中。飞流从高处灌入关中大地,形成险要屏障,似乎要把秦川的河流一口吞没。瀑布发出雷鸣一般的声音,在险峻的峭壁上奔泻而下,风驰电掣一般跌入深潭。山峰耸立青天,强劲的风呼啸不止。此诗气势恢宏,意境雄壮,想象新奇,比喻生动。

(二)纪行诗

《早发褒城》

旅客闻鸡早,征车发驿亭。江城摇落月,石栈出寒星。林启前村

---

① 沈德潜《清诗别裁集》下册,上海古籍出版社,1984年,第696页。

白,天回远岫青。七盘关下水,幽咽不堪听。

黎明,住在客店的人听到鸡鸣,远行人乘的车从驿站出发。月亮缓缓隐没在江畔的城楼外,在山间的木石通道上,仰望天空,启明星闪烁。走出树林,前方露出村庄的白墙,放眼四顾,天空辽阔无垠,远处的山峰苍翠。七盘关下的河水发出呜咽声,令人心酸,不忍再听。此诗笔墨淡远,白描传神,意境清幽,拟人生动。

《凤县》

四面青山作幅员,孤城蜿蜒入高天。裹粮客就亭边火,夹犊人耕屋上田。江水夜潮鸣戍角,岭云朝起杂炊烟。部民土著浑忘险,村落依然似汉年。

凤县四周都是高山,在绵延曲折的山峦间一座孤零零的城楼高耸入云。远行人在驿亭边烤火,农民牵牛在高于屋顶的半山腰耕田。夜晚,江水涨潮的声音和号角声共鸣,清晨,山间的云雾与炊烟融为一体。当地的百姓对险峻的环境浑然不觉,村庄一直保留着古老的风俗。此诗白描生动,意境淡远,地域色彩鲜明独特。

《梁州》

蜀道天难上,梁州路已遥。岷嶓蟠北戒,江汉导南条。落日七盘岭,晴天万里桥。独留怀古意,歌哭未能销。

梁州为古代行政区划名称,治所在今陕西省汉中市。

蜀道崎岖如同登天一样困难,诗人距离汉中越来越遥远,岷山与嶓冢山像蟠龙一样守卫着北方,汉水连通南方的崇山峻岭。夕阳西下,七盘岭在晴空之下就像一座气势宏伟的长桥。诗人走在七盘岭上,激发了思古幽情,心潮澎湃,难以平静。此诗视角多变,笔力遒劲,意境雄奇,比喻生动,情韵深永。

三十四、赵于京(1652—1707),字静立、丰原,号香陂、客亭,北京市人。著有《客亭诗集》。王士禛的《蚕尾集》记载:"丙寅、丁卯间,予方里居,钟子圣舆与赵子丰原、王子秋史先后来从游。三子之才,颉颃上下,类能复然自拔于流俗,予甚异之,非济南山水之奇旷,百年一发之,而何以有是?①"康熙三十七年至四十年(1698—1701),赵于京任临潼知县,康熙四十一年(1702),任绥德州知州。赵于京的咏陕诗为怀古诗。

《太史公墓》

汉代文章贵,龙门气象雄。天才均独洁,史学世能工。丘垄黄河护,英灵华岳空。救陵千载事,慷慨有余风。

《史记》流传千古,龙门气象雄奇。司马迁的才华举世无双,其史学造诣空前绝后。太史公墓被黄河护佑,其英魂长存于华山。司马迁为救李陵而招祸,其正直勇敢的品格流芳百世。此诗直抒胸臆,衬托巧妙,笔力雄健,拟人生动。

《华清宫怀古》三首

羯鼓声匀绣岭间,潼门六扇不须关。细窥物理元如此,无怪西来阿荦山。

蜀道归时听雨铃,故宫空闭万松青。按歌赐浴浑闲事,悔在中朝失九龄。

管领华清第二汤,暮山宫树正苍茫。所惭磬折舟旋下,不若吾家乐上凉。

第一首诗,描写羯鼓声在骊山回荡,行宫的大门敞开。仔细研究事物的内在规律,本来就是这样,从西域而来的安禄山不足为奇。

第二首诗,描写唐明皇从蜀道返回长安,在骊山停留,听到《雨霖铃》曲,倍感伤心。旧日的宫殿空寂无人,大门紧闭。按乐而歌、赐浴温泉都是平常事,令人惋惜的是自从张九龄之后,朝中没有贤相。

第三首诗,描写领受华清的著名温泉,日暮时分,骊山的树木变得朦胧不清。与其谦恭地交际应酬,令人惭愧,不如归隐田园。

这组诗抚今追昔,反思兴亡,抒写怀抱,见解独到,想象生动,笔墨蕴藉,言近旨远,韵味隽永。

---

① 孙启新《〈聊斋志异校注〉人物补注》,《蒲松龄研究》,2016年第4期,第44页。

三十五、屈复(1668—1745),初名北雄,字见心,号悔翁、通翁、金粟老人,陕西省蒲城县人。屈复著有《弱水集》22卷、《楚辞新注》8卷、《唐诗成法》12卷、《百砚铭》1卷等,存世诗歌2200余首。沈德潜评价:"诗虽未纯,亦吐露奇气,惟过自矜许,好为大言,而一二标榜之人,至欲以一悔翁抹倒古今诗家,于是学者毛举疵瘢而苛责之,悔翁无完肤矣。①"屈复的咏陕诗为咏史诗、山水诗、风俗诗、丧乱诗、民生诗。

(一)咏史怀古诗

《王母庙》

七日龙鸾未可凭,终南遗庙白云层。阶前古柏寒无叶,门外璃池积有冰。秦地山河留落日,汉家宫阙见孤灯。如今应是蟠桃熟,寂寞何人荐茂陵?(见求仙之无益,茂陵有知,亦哑然失笑。)

西王母与汉武帝七月七日会面之事不可信,终南山的王母庙被遗忘在白云深处,天寒地冻,阶前的柏树不长叶,池中的积水结成冰。夕阳洒落秦朝故地,汉朝的宫殿只剩下一盏孤灯。蟠桃成熟了,可是汉武帝却躺在茂陵无法享用。这首诗表面上讽刺汉武帝求仙问道的荒诞不经,实际上暗示清朝的统治难以长久。此诗借古喻今,寓意深刻,立意新颖,讽刺巧妙,见解独到,发人深省。

《五丈原星陨》

师六出,三分一。军营星陨何太急!大如斗,赤如日,千军望之皆雨泣。渭水东流剑阁深,从此中原无消息!愁外山青,意中水碧。

诸葛亮六出祁山,辅佐刘备建立蜀汉,三分天下。天星急速坠落五丈原,大如斗,像红日。诸葛亮病逝,将士们泪如雨下。渭水东流,剑阁险峻,从此恢复中原无望。青山忧愁,绿水伤心。诗人慨叹诸葛亮出师未捷身先死,表达了对反清复明失败的无奈。此诗隐喻巧妙,意境奇异,情绪悲凉,言近旨远,句式多变,散中见饬。

---

① 沈德潜《清诗别裁集》下册,上海古籍出版社,1984年,第1157页。

《杜少陵祠》

初日少陵路,清秋工部祠。苔移风雨座,树老凤凰枝。金粟堆云乱,锦城江水悲。生平愁饿死,椒酒竟何时?

杜少陵祠,位于陕西省西安市长安区的少陵原。

朝阳初升,诗人踏上通往少陵原的道路,在深秋时节拜谒杜少陵祠。祠中,杜甫的神座因风吹雨淋而长满青苔,梧桐树枝枯叶落。金粟山的积云变幻莫测,锦城的江水悲伤鸣咽。杜甫一生穷愁潦倒,何时用椒酒祭神?诗人对杜甫的遭遇充满同情,抒发了对杜甫的无限景仰。此诗笔致灵动,联想丰富,化用巧妙,拟人生动,意境凄清,情绪悲伤。

(二)山水诗

《潼关》

重关束云起,得得此闲行。果扼中原险,空连四塞横。日华寒岳色,风势壮河声。驱马暮归去,谯楼茄声鸣。

潼关雄踞云间,诗人骑马悠闲入关。潼关占据险要位置,拱卫中原,四境皆有天险,可作屏障。阳光黯淡,山色寒意袭人,风声与黄河的咆哮交织在一起,声势雄壮。诗人在暮色中策马而去,谯楼上传来胡笳的鸣咽。诗人善于选取富有特色的意象写景抒情。此诗意境苍凉,气势壮观,笔力雄深,言近旨远。

(三)风俗诗

《清明日长安郊外作》

春游佳丽地,新火粲云霞。又值清明日,相将赵李家。绿杨村外径,红杏酒边花。独向东陵去,邵生此种瓜。

长安郊外风景秀丽,是春游的好去处。寒食之后的新火像云霞一样璀璨。清明时节,相伴来到能歌善舞的赵李家。走在绿杨掩映的乡间小路上,看到杏花深处的酒家。独自到东陵凭吊,邵平曾在长安城外种瓜。诗中描写长安郊外景色优美,诗人心中忧伤,表达了对故国的怀念之情。此诗笔墨清丽,意境淡远,以乐衬哀,对比巧妙,用典精当,寄寓深远。

（四）丧乱诗

《过流曲川》

序:予闻诸父老云,顺治六年,大同总兵官王永强、高有才叛,自延安下蒲城,二叛本前副戎,以恢复愚民,民壶浆香花,但云迎王将军,不知有高也。明伦堂设思陵位,补行丧礼,父老白衣冠痛哭毕,大宴,曰:"不图今日复睹汉官威仪。"吴三桂兵至,战于流曲川,烟尘蔽日,呼声雷动,城中屋瓦皆震,父老意必胜,举酒相贺,时王新募皆三边劲卒,衣布衣,削枣梃为兵,一击则人马俱毙。是日,吴军败,诘朝再战,佯北,散甲马军器盈野。王士卒争利,阵乱,即纵兵急击,高竟拔营去,王大败,走死。城中守益力,吴围城不攻,亲语守者云:"汝不闻梁晋交兵乎? 姑降我,彼果至,又降未晚。"父老始知是三桂,指名面数曰:"逆贼,国家何负汝,而汝如是?"詈甚毒且俚,发大炮击之几中,吴怒,力攻屠之,死者十余万人。康熙丙寅,予始经行此川,川在邑城西六十里,属富平县。

回风陷日天如梦,流曲川平暮尘涌。行人马嘶古道傍,离离禾黍旌旗动。杀气腾凌古战场,前啼鹈鹕后鹜鸽。降将云台曾未闻,三边侠骨空自香。岂知到海泾渭血,寒潮不上天山雪。井底蛙声竟何在,十万游魂哭夜月。满地闲花落新愁,至今河汉皆东流。同入蒲城化为碧,仙人掌上芙蓉色。

旋风遮蔽了太阳,天空昏暗。黄昏时,尘土飞扬,古道旁人喊马嘶。田野里旌旗飞扬,杀伐的气氛笼罩在古战场上。鹈鹕鸣声凄厉,秃鹜紧随其后。在纪念功臣名将之所没有降将的位置,边陲英武刚强的勇士流芳百世。流归大海的泾水、渭水被血染红,天山的大雪无法覆盖寒冷的潮水。听不到井底的蛙鸣,十万幽灵在夜月哭泣。满地落花增添了新的愁绪,如同东流的逝水。蒲城死难者的鲜血化为碧,与华山芙蓉峰的颜色一样。此诗描述顺治六年蒲城惨遭屠戮之事,表达了对吴三桂的痛恨,对死难者的同情,以及对反清失败的遗憾。此诗想象出奇,意境凄迷,造语奇崛,比喻新颖,笔墨冷峻,情感悲凉,寄托深远,耐人寻味。

(五) 民生诗

《送从侄敬止携家之襄阳》

三秦五载饥,富者日以贫。贫者半沟壑,生者鬻儿孙。一冬无雨雪,旱魃又三春。晴日犹困顿,凄凄风雨天。风雨天难测,米贱人多慕。近闻半秦民,尽下邓汝去。清流凛不鸣,积雪冬无路。斗米即百钱,百钱来何处!

康熙三十一年(1692),关中发生大饥荒和瘟疫,民不聊生,诗中描述了饿殍遍野、卖儿鬻女、流离失所的悲惨景象。

关中连续五年出现饥荒,曾经富裕者日渐贫穷,贫穷者多半饿死荒野,苟活者卖儿鬻女。整个冬天几乎没有雨雪,春天又遇干旱。晴天已难以维持,阴雨天更加凄惨。老天阴晴不定,难以预测,粮食便宜,人们充满羡慕之情。最近听说一半陕西人都逃往邓州、汝州。难民流离失所,无米下锅,冬天积雪封山,无路可走。即使米价不贵,也无钱买米。此诗层层递进,对比鲜明,白描生动,语言朴素,夹叙夹议,情感悲愤。

三十六、任兰枝(1677—1746),字香谷,号随斋,江苏省溧阳市人。康熙五十二年(1713)进士。著有《见南集》4卷。沈德潜评价:"诗亦典重有体①"。任兰枝的咏陕诗为怀古诗。

《武侯祠》

丞相祠堂沔阳浒,松柏森森铁干古。行人指点定军山,月黑天阴闻战鼓。三分炎祚鼎终存,万马中原气已吞。五丈原头将星落,此间终古藏忠魂。浃溱寒流向东去,霜郊谿见平芜路。南通剑阁北褒斜,想见当年运筹处。我来下马拜荒丘,三代而还第一流。绵竹战余瞻尚死,一门忠烈壮千秋。

---

① 沈德潜《清诗别裁集》下册,上海古籍出版社,1984年,第930页。

诸葛亮祠建在沔阳水边,武侯祠里,松柏茂盛,枝干虬劲。路人遥指定军山,传说在晦暗的雨夜,能听到定军山的战鼓声。在诸葛亮的谋划下,天下三分,蜀汉与魏、吴鼎足而立。诸葛亮北伐中原的壮举,气吞山河。诸葛亮病逝五丈原,他的英灵永驻武侯祠。宽广无际的冰冷江水奔腾向东,在秋天的郊外,顿然看见草木丛生的平原旷野上有一条路。诸葛亮驰骋于剑阁和褒斜道,他当年在这里谋划布局。诗人下马拜谒荒凉的武侯墓,诸葛亮是三代以来第一流的杰出人物。在绵竹之战中诸葛瞻牺牲,诸葛氏一门英烈,光耀千秋。此诗抚今追昔,想象新奇,笔力雄深,意境苍凉。

三十七、李重华(1682—1755),字君实,号玉洲,江苏省苏州市人。雍正甲辰(1724)进士。著有《贞一斋集》10卷、《贞一斋诗说》1卷、《三经附义》6卷。乾隆十一年(1746),李重华曾在关中书院讲学,游览西安、咸阳、武功、潼关、华山、终南山等名胜古迹。沈德潜评价:"登临凭吊,发而为诗,嵚崎历落,俱得江山之助,宜足继匠门而兴起也。①"李重华的山水诗为游览诗、怀古诗。

(一)游览诗

《登万寿阁》

四眺全秦眼界宽,五千仞岳正平看。拍肩便印仙人掌,对面能弹司寇冠。映牖飞霞纷绮丽,扑帘空翠乍森寒。梦游旧记悬宸笔,读罢天风振羽翰。

万寿阁又叫"藏经阁",在西岳庙后面。

诗人在万寿阁环视四周,三秦的美景尽收眼底,在此与华山正面平视。抬手就能触及仙掌峰,面对面就能摸到华山顶。美丽的云霞映在窗户上,掀开门帘,青色的潮湿雾气迎面而来,寒意袭人。万寿阁悬挂着明太祖亲笔题写的《梦游西岳文》,读完此文,如同乘着天风羽化成仙。此诗笔力遒劲,夸张新奇,比喻生动,意境雄奇,气势恢宏,思致

---

① 沈德潜《清诗别裁集》下册,上海古籍出版社,1984年,第1109页。

超然。

（二）怀古诗

《谒武侯祠》

大将星芒压定军，古祠乔木傍高坟。指挥却敌威犹在，泣涕陈言响若闻。天命那知穷六出，帝图谁许限三分。可怜孟起英雄魄，坐对灵山翼阵云。

诸葛亮病逝后安葬在定军山，武侯祠里种植着高大挺拔的树木，武侯祠靠近诸葛亮墓。诸葛亮指挥若定，打败司马懿，其神威犹存，《出师表》中感人肺腑的陈情在耳畔回响。六出祁山无功而返是天不佐汉，三分天下非人力所能左右。马超的墓与诸葛亮的墓遥相对望，他的英魂保护众生免受战争之苦。诗人抒发了对诸葛亮的景仰之情，对他壮志未酬深表遗憾。此诗直抒胸臆，想象新奇，笔力雄健，情绪感伤。

三十八、岳礼（1687—1771），姓那木都鲁氏，字会嘉，号蕉园。著有《岳蕉园诗文全集》。乾隆三年（1738），岳礼任职陕西汉兴兵备道。岳礼的咏陕诗为怀古诗。

《汉台怀古》

俯首逢漂母，扬眉见汉王。如何成帝业，不肯念云乡。钟室怨芳草，将台犹夕阳。临江春欲暮，古色日苍苍。

韩信落魄时得到漂母的帮助，他拜见刘邦，希望受到重用。韩信帮助刘邦成就了帝王功业，却不愿功成身退。等到束手待毙时，才悔恨自己对刘邦过于忠心。夕阳洒落拜将坛，春天将尽，在灰白的日光下，汉台的色调如此古雅。此诗抚今追昔，对比鲜明，意境苍凉，气韵浑成，言近旨远，耐人寻味。

三十九、杨在阶，陕西三原人。顺治三年（1646）进士。杨在阶的咏陕诗为游览诗。

《五台山太元洞》

太元洞外太元山，万壑苍莽古柏阗。空有莓苔封洞石，已无药鼎护丹铅。香飘远磬声声递,鹤惹闲云片片旋。长啸陡生千古兴,登临谁个觅真诠。

药王山,本名五台山,位于今陕西省铜川市。药王山的太元洞为孙思邈隐居处。

太元洞深藏于五台山,群山遍布古柏,一望无际。长满青苔的石头封堵了洞口,已经找不到炼丹的道人了。远处寺庙的钟磬声不绝于耳,仙鹤在云间翩翩飞翔。寻访太元洞产生思古幽情,到此游玩者并非来寻求真理。此诗抚今追昔,笔墨冲淡,意境清幽,思致超然,讽刺委婉,耐人寻味。

四十、田元恺,字卧山,陕西绥德人。顺治八年(1651)拔贡。田元恺的咏陕诗为怀古诗。

《过蒙将军墓》

勋名弈叶事嬴秦,父子诸昆宠遇均。总是君残仍故主,敢因命乱不忠臣。防边自藉戈茅辈,造笔还资翰墨伦。仰药甘心归视死,将军大节振儒绅。

蒙氏功名卓著,代代效忠于秦,蒙恬父子、兄弟深受君王厚爱。虽然国君残暴,但他们始终忠于旧主,不敢因为命运多舛而背叛国君。保卫边疆依靠军队,制造毛笔需要读书人。喝药自尽心甘情愿,视死如归,蒙恬的高贵操守让儒生、士绅震惊奋起。此诗抚今追昔,直抒胸臆,高度概括,对比鲜明,立意深远,语言朴素。

四十一、刘仑,字河源,自称波吟洞主人,陕西省麟游县人。顺治年间贡生,著有《林陵遗事》《波吟洞诗》,存世诗歌 120 余首。刘仑的咏陕诗为山水诗、怀古诗。

(一)山水诗

《龙门》

曾经积石睹神功,谁信龙门势更雄。水绕华夷千地转,山横秦晋一流通。惊涛乱卷暗天雪,断壁长披尽日风。劈凿遗痕今尚在,万年明德祀无穷。

诗人曾经在大雪山目睹了大禹的神奇功劳,到了龙门更加为其壮观气势而震撼。黄河蜿蜒曲折,流经不同地域,龙门山横亘在山、陕之间,黄河从龙门山中间穿过。汹涌的波涛卷起雪白的浪花,陡峭的绝壁上狂风呼啸不止。大禹凿山治水的痕迹犹在,当地百姓铭记大禹的丰功伟绩,年年祭祀他,这一习俗代代相传。此诗气势豪迈,笔力遒劲,意境雄奇,衬托巧妙。

《咏吴双山》

吴双几向画图移,浓淡何能尽险巉。两两眉齐真匹配,峰峰环对巧雌雄。三姑不偶迟言嫁,五老无媒叹数奇。落照未穷千里影,太华搔首比参差。

吴双山,位于今陕西省麟游县南。

想用画笔描绘吴双山的美景,但色彩的深浅无法呈现吴双山的险峻。四座山峰巧妙成对,像夫妻一样佳偶天成。三姑命运不佳难以出嫁,五老没有媒妁,感叹命运不好。夕阳下,浮现出远山的剪影,华山焦急地想与吴双山一比高低。此诗想象出奇,比喻新颖,拟人生动,言近旨远,韵味隽永。

(二)怀古诗

《寄题九成宫》

隋唐宫阙暮云深,断碣凝尘藓米侵。细草寒花填辇路,纫兰被荔易缨簪。松头犹带苍龙色,台上绝闻瑞凤音。彼黍离离野恨恨,毁观何必马周箴。

黄昏时云彩浓重,九成宫建于隋唐时期,断碑上布满灰尘,被苔藓侵蚀。昔日的辇道上长满小草,野花在寒风中摇曳,达官贵人不见踪影,高士在此凭吊。松树依然青翠苍劲,高台上听不到凤鸣之声。黍苗长得茂繁,令人抱恨不已,九成宫毁坏,不需要马周劝谏。诗人游九成宫,感叹兴亡。此诗抚今追昔,对比巧妙,白描生动,用典精当,意境苍凉,寄托深远。

四十二、高璜,字渭师,辽宁省沈阳市人。康熙庚戌(1670)进士。

高璜的咏陕诗为怀古诗。

《马嵬驿》

三郎底事太郎当,埋玉伤心傍佛堂。莫谓红颜真误国,曾将一死报君王。

杨贵妃缢死在佛堂外的梨树前,埋葬在马嵬驿道旁。唐玄宗因伤心而精神颓唐。不要指责杨贵妃误国,她牺牲性命报答了皇帝。诗人对李、杨的悲剧充满同情。此诗设问巧妙,直抒胸臆,见解独到,立意新颖。

四十三、吴廷芝,字卉长,福建省永定县人。康熙二十六年(1687)举人。康熙五十一年(1712),吴廷芝任户县知县。吴廷芝的咏陕诗为游览诗。

《草堂烟雨》

烟雨空濛障草堂,毗卢古刹现毫光。一乘慧业超千界,万斛明珠照十方。炉篆氤浮岚雾合,林岩香散野风凉。回廊细读圭峰记,遥忆当年翰墨章。

草堂寺笼罩在迷茫的细雨中,古寺佛光四射。鸠摩罗什的智慧和学问超然于大千世界,他的德望如同万斛明珠照耀十方。寺院的香烟和山林的雾气融为一体,凉爽的山风吹散了香气。诗人在草堂寺的回廊上细读《圭峰定慧禅师传法碑》,不禁由衷赞美唐人精妙的文章和精美的书法。此诗遣词精妙,笔墨清奇,比喻新颖,格调闲适。

四十四、康行偘,字锷霖(霜),号韩园,山西省夏县人。康熙三十三年(1694)进士。康熙三十八年(1699),康行偘任陕西韩城县令。康行偘的咏陕诗为山水诗。

《登龙门》

庙纪平成迹,山寻斧凿痕。双崖真壁立,万浪似雷奔。直下天南阔,回澜地北翻。可知烧尾者,腾跃即天门。

后人为纪念大禹凿山治水的功绩修建了禹王庙,游人到此寻找大禹开山时刀削斧凿的痕迹。龙门两岸,陡峭的绝壁耸立,波涛汹涌的黄河如雷之奔行。水流从天而降,一泻千里,回旋的波涛翻滚激荡。

鲤鱼跳龙门的故事让人想起士子登科。此诗意境雄浑,笔力遒劲,气势豪迈,比喻生动,联想巧妙。

四十五、魏毓翁,陕西省咸阳市人,康熙年间人。魏毓翁的咏陕诗为怀古诗。

《文陵蓊郁》

灵芝翠柏拂佳城,不比空悬秦汉名。殿宇仙狐时御火,猎人从未角弓鸣。

文陵为咸阳原上的周文王、武王、成王、康王诸陵。一说非周陵,为秦陵。

陵墓四周灵芝茂盛,翠柏蓊郁,与之相比,秦汉帝王的陵墓荒芜破败。庙堂里有狐狸出没,可避火灾,没有猎人拉弓放箭去捕获它。此诗对比鲜明,意境奇异,言近旨远,耐人寻味。

四十六、韦束易,陕西省西安市人,雍正年间贡生。韦束易的咏陕诗为山水诗。

《辋川烟雨》

地偏人踪少,山阴石径斜。轻烟笼竹笋,细雨湿松花。水浅鱼喷浪,风平鹭宿沙。再行三五里,步入右丞家。

辋川位置偏僻,人烟稀少,山坡北面,石板小路蜿蜒曲折。轻烟缭绕的竹林里冒出新生的竹笋,小雨打湿了才萌发的松芽。浅溪中鱼儿激起水花,没有风浪时,白鹭栖息在沙滩上。再往前走三五里路,就到了王维故居。此诗移步换景,笔墨淡雅,遣词精妙,意境清幽,言近旨远,韵味隽永。

四十七、黄作棣,生活于明末清初,陕西省汉中市人。黄作棣的咏陕诗为怀古诗。

《汉高皇拜将坛》

几丈荒坛阅雨风,残碑断碣已全空。汉家四百灵长祚,犹在城南夕照中。

高大、荒凉的拜将坛经受着风雨的侵蚀,残缺断裂的石碑上字迹磨灭。汉朝延续四百年之久的国运,是汉中城南立于夕阳中的拜将坛所奠定的。此诗抚今追昔,意境苍凉,笔墨雄深,言近旨远,韵味隽永。

第二节　清代中期咏陕诗

清代咏陕诗创作的中期为乾隆元年(1736)至道光二十年(1840),这一时期有 36 位诗人创作了 164 首咏陕诗。这一时期的咏陕诗题材多样,几乎无所不包,但集中于咏史怀古诗和山水田园诗两大题材。其中,咏史怀古诗最多,为 74 首,山水田园诗居次,为 34 首。另外,纪行诗 11 首,风物诗 12 首,游览诗 18 首,时事诗 4 首,讽刺诗 3 首,风俗诗 2 首,咏物诗 2 首,音乐诗 1 首,题画诗 1 首,思乡诗 1 首,怀人诗 1 首。在诗人之中,袁枚、张问陶创作的咏陕诗数量较多,文学价值较高。

一、钱载(1708—1793),字坤一、魭尊,号箨石、万松居士,浙江省嘉兴市人。乾隆十七年(1752)进士。钱载著有《箨石斋诗集》50 卷、《箨石斋文集》26 卷,存世诗歌 2630 余首。王昶评价其诗"率然而作,信手便成,不复深加研炼[1]";洪亮吉称赞"钱宗伯载诗,如乐广清言,自然入理。[2]"陈衍认为"箨石斋诗造语盘崛,专于章句上争奇而罕用僻字僻典,盖学韩而力求变化者。[3]"乾隆四十五年(1780),钱载入陕西,祭祀西岳及历代帝王陵。钱载的咏陕诗为怀古诗。

《谒留侯祠》

祠屋近柴关,高峰四面环。犹传赤松子,相望定军山。事业兴衰际,英雄气数间。洞门七十二,唯有白云还。

张良庙邻近柴关岭,被群山环抱,传说张良欲从赤松子隐居,张良庙遥对定军山。英雄的功业成败取决于命运。紫柏山的七十二洞白

---

①　王昶著,周维德校点《蒲褐山房诗话新编》,齐鲁书社,1988 年,第 56 页。

②　洪亮吉《北江诗话》,中华书局,1985 年,第 3 页。

③　陈衍《石遗室诗话》,辽宁教育出版社,1998 年,第 43 页。

云缭绕,却难觅张良的踪迹。此诗抚今追昔,用典精当,见解独到,富有深意。

二、胡釴(1709—1771),字鼎臣,号静庵,甘肃省秦安县人。与吴镇、杨鸾并称"关陇三诗杰"。胡釴著有《胡静庵先生文》1卷、《静庵诗钞》5卷等,创作诗歌 4000 余首,存世诗歌 500 余首。董秉纯评价:"诗清而腴,曲尽情事,虽刻苦烹炼而自然流转,如脱口出,使人一见想望其性情丰采。①"杨鸾称赞其诗"性情真挚,所谓渐老渐熟,天然去雕饰矣②"。胡釴的咏陕诗为纪行诗。

《苏武故里》

月如霜,天如洗,鸡鸣天晓行人起。长安古道何莽苍,道旁大书苏武里。苏武秃节单于营,垂老甫得归神京。麟阁诸俊何峥嵘,幸附骥尾犹称荣。千古咄嗟李少卿,送君河梁泪满缨。家室灰灭声名并,陇西故居横棘荆。纵复标识宁为旌,慎哉男子毋偷生。

苏武故里,位于今陕西省西安市东南。

月光如霜,天空如水洗一般清朗,鸡叫了,天亮了,远行者上路。长安古道空旷无际,路旁用大字书写着苏武故里。苏武出使匈奴被长期囚禁,将近暮年才回到长安。功勋卓越获得最高荣誉的诸位俊杰何等超凡,苏武有幸成为被表彰者而感到光荣。千百年来,人们为李陵而叹息,李陵送别苏武时,眼泪打湿了前胸。李陵家破人亡,身败名裂,陇西的故居棘荆丛生,破败不堪。即使重新标示,难道能得到表扬吗?大丈夫切勿苟且偷生,要谨慎小心啊。此诗抚今追昔,对比鲜明,立意高远,直抒胸臆,设问精警,发人深省。

三、杨鸾(1711—1778),字子安,号迁谷、可诗老人,陕西省潼关市人。乾隆四年(1739)进士。杨鸾著有《邈云楼集六种》11卷,存世诗歌 720 余首。薛宁廷评价:"君诗工于言情,密于律法。平生宦游半天

---

① 王广林编著《秦安历代县令》,三秦出版社,2014 年,第 229 页。
② 冉耀斌《清代三秦诗人群体研究》,南京师范大学博士学位论文,2012 年,第 328 页。

下,身所阅历,学与之进,一切感事怀人,荣悴悲愉皆以发之于诗。①"徐世昌称其诗"高亮明秀,不为伉厉之声②"。杨鸾的咏陕诗为怀古诗、思乡诗、怀人诗。

(一)思乡诗

《宿潼关东郊》

常时来往惯,旅宿倍牵情。岳色分新梦,河流只旧声。前途方浩浩,乡思已怦怦。好在西窗月,依依两处明。

诗人频繁奔波于潼关内外,羁旅令人更加思念故乡。梦境不同,山色依旧,黄河水流的声音如此亲切。前途茫茫,但思乡之情澎湃。西窗外的月光,照亮了此处,也照亮了故乡。诗人的喜悦与伤感溢于言表。此诗语言清新,意境旷远,虚实相生,悲喜交加,对比巧妙,余味无穷。

(二)怀人诗

《奉别屈悔翁夫子》

冥鸿何日返高林,拜别翻教百感深。绛帐有时同夜月,白云无处认遥岑。半生踪迹超恒劫,千载诗名负夙心。从此函关须望气,英灵河岳许招寻。

高飞的鸿雁何时返回高大的树林,告别屈复后令诗人百感交集。夜晚,月亮照耀着师门,也照耀着诗人;看不到白云深处远方陡峭的小山。半世经历了持续不断的劫难,善于作诗的名声流芳后世,却辜负了平素的心愿。函谷关紫气东来,圣人出世,英明灵秀之才使山川增色。诗人对屈复的才华和品德极为钦佩,为其坎坷遭遇鸣不平,表现了师生之间的深情厚谊。此诗比兴巧妙,寄寓深远,用典精当,类比贴切。

(三)怀古诗

《秦中怀古次建中韵》

秦岭西望接周原,千古云雷遇未屯。鱼水无猜思景略,星芒有兆

---

① 冉耀斌《清代三秦诗人群体研究》,南京师范大学博士学位论文,2012年,第303页。
② 徐世昌《晚晴簃诗汇》,中华书局,1990年,第3134页。

怨公孙。人间佳气金精郁，天上河源白书昏。欲拜汾阳旧祠庙，数峰残照正当门。

秦岭向西连接着周人的发祥地，千古难得的经天纬地之贤才崛起于艰难之时。君臣相得没有猜忌，令人追思王猛，彗星出现有先兆，让人怨恨公孙。人间的祥瑞之气集结在西方，黄河的源头远在天边，写在白色树干上的字迹已经模糊。诗人想去拜谒郭子仪的祠庙，夕阳下，门前的几座山峰挡住去路。作者吊古伤今，抒发了怀才不遇的苦闷。此诗抚今追昔，笔力遒劲，对比鲜明，用典频繁，寓意深远。

四、储麟趾（约1715—1796），字梅夫、履醇，号绂斋，江苏省宜兴市人。乾隆四年（1739）进士。著有《双树轩诗集》15卷。储麟趾的咏陕诗为怀古诗。

《太玄洞》

壬午春日过耀州，偕州刺史汪涵斋游五台山太玄洞。

橐籥灵扃启太玄，还因避世得升仙。丹头远绍轩皇代，碑迹多从嘉靖年。云笋五台齐拔地，松排万壑尽生烟。征轺偶憩缘山麓，鸿爪他时意惘然。

太玄洞因孙思邈在此修炼而闻名于世，孙思邈隐居，无疾而终，成为神仙。碑上刻的字远承轩辕黄帝时代，太玄洞的石碑多是嘉靖后所立。五台山高耸入云，崇山峻岭遍布松树，山间云烟缭绕。诗人出使时，偶然在山里停车休息，目睹往昔的遗迹，心中若有所失。此诗抚今追昔，笔力刚健，感慨遥深，耐人寻味。

五、袁枚（1716—1797），字子才，号简斋、仓山居士、随园主人、随园老人，浙江省杭州市人。乾隆四年（1739）进士。袁枚与赵翼、蒋士铨合称"乾隆三大家""江右三大家"。袁枚著有《小仓山房文集》35卷、《小仓山房外集》8卷、《小仓山房诗集》37卷、《小仓山房诗集补遗》2卷、《随园诗话》16卷、《补遗》10卷、《小仓山房尺牍》10卷、《随园随笔》28卷、《新齐谐》24卷、《续新齐谐》10卷等，存世诗歌约7000首。

姚鼐评价:"君古文、四六体皆能自发其思,通乎古法。于为诗尤纵,才力所至,世人心所欲出不能达者,悉为达之,士多效其体。故随园诗文集,上自朝廷公卿,下至市井负贩,皆知贵重之,海外琉球有来求其书者。①"乾隆十七年,袁枚出仕陕西,因其父病故归乡。袁枚的咏陕诗为怀古诗、山水诗。

(一) 怀古诗

《秦始皇陵》

生则张良椎之荆轲刀,死则黄巢掘之项羽烧。居然一抔尚在临潼郊,隆然黄土浮而高。祖龙邯郸儿,奇货居大贾。鸢目而豺声,横绝万万古。既灭周家八百年,更扫三皇五帝如灰土。长城一带中华墙,金人闪烁青铜光。虎视六合内,自非天崩地坼何所妨。只恐悠悠白日沉扶桑。高登泰岱山,大呼海船来。童男童女三千人,寻花采药金银台。赭山鞭石鼋鼍走,惟有蓬莱宫阙无人开。归来不作神仙游,转身翻为白骨愁。上象三山,下锢三泉,凿之空空如下天。百夫运石千夫舂,鱼膏蠹炭楩柟封。美人如花埋白日,黄泉再起阿房宫。水银为海卷身泻,依然鲍鱼之臭吹腥风。骊山之徒一火焚,犁耙楄杆来纷纷。朱襦玉匣取已尽,至今空卧牛羊群。乾隆壬申岁五月,诏遣牲牢祀百王。大官骑马踏冢过,不置天家一炷香。

秦始皇生前受到张良的椎击和荆轲的刺杀,死后,其墓被黄巢挖掘、被项羽焚烧。但是,他的陵墓仍存留在临潼郊外,黄土高高隆起。秦始皇是在邯郸作质子的子楚之子,子楚被吕不韦当作奇货。秦始皇的眼睛像鹰,声音如豺狼,超绝古人。他毁灭了有八百年历史的周,把三皇五帝如同灰尘一般扫除,长城成为中国的铜墙铁壁,铜人闪烁着光芒。秦始皇威严地注视着天下,除非天塌、地裂,没有什么可以妨碍其统治。担心太阳沉没于东方,登上泰山,呼唤海船驶来。安排三千童男童女,到神仙之处去寻找长生不老之药。伐尽山上的树木,神仙

---

① 姚鼐《惜抱轩诗文集》,商务印书馆,1936年,第171页。

鞭石相助,吓跑鼋鼍,却进不去蓬莱宫的大门。东巡回来,没有求仙访道,而是担心死后的事情。秦始皇陵的地上部分像三山,地下部分极深,用铜水浇灌,空间巨大。让囚犯搬运石头、舂米,服苦役。用鱼膏蜃炭涂抹墓室,以楄柟树为墓室的梁、椽。把美貌如花的佳人活埋,在地下再建阿房宫。用水银仿造大海,但秦始皇死后,用鲍鱼的腥臭掩盖尸体散发的气味。骊山的刑徒一把火烧毁陵墓的建筑,其他种地、赶车的纷纷响应。墓中的红色短袄和玉匣被盗,如今只剩一座空墓,墓地牛羊成群。乾隆十七年五月,皇帝下诏以牺牲祭祀历代帝王,达官骑马踏过陵墓而去,没有在墓前代天子烧一炷香。秦始皇陵历经兵燹,荒凉破败,诗人反思历史,感慨兴亡。回顾秦始皇的生平,对其功过予以评价,赞颂他统一天下、剪除外患,嘲讽他迷信神仙,谴责他劳民伤财。此诗抚今追昔,意境苍凉,叙事详尽,层次井然,对比鲜明,讽刺辛辣,节奏多变,气韵生动。

《昭陵》

　　一卷兰亭送鼎湖,风云犹自护金凫。九原葬礼君臣盛,异代灵旗石马趋。家合华夷春酒煖,老伤骨肉圣心孤。佳儿佳妇凭谁托,青雀终当胜雉奴。

　　唐太宗去世,以兰亭集序陪葬,苍天尚自保护唐太宗的陪葬品。君臣在墓地为唐太宗举行了隆重的葬礼,后世进行祭祀,灵旗招展,石马奔跑。唐太宗时期,天下一统,华夷融合,欢聚一堂,品尝春酒。儿子们为争夺皇位而骨肉相残,暮年的唐太宗深感悲伤,内心充满孤独。难以决断把社稷托付给哪个好儿子和好媳妇,在唐太宗的心目中李泰胜过李治。诗人歌颂唐太宗开创了大唐盛世,对他晚年的遭遇充满同情,否定了争权夺利的血腥和残酷。此诗立意新颖,对比鲜明,拟人生动,讽刺委婉,见解独到,发人深省。

《武后乾陵》

　　高卷珠帘二十年,女人星换紫微天。明堂黜配无光武,本纪开端有史迁。鹤监尽容才子住,南衙不放阿师颠。莲花霜折宫妆冷,犹见金轮荡晚烟。

武则天垂帘听政长达二十年,太阴星取代紫微星,妇人夺取了皇位。武则天像吕后一样篡权,但没有人像光武帝一样把她从宗庙中逐出。司马迁首次在本纪中为吕后立传。武则天设控鹤府招纳风流潇洒的文人学士,宰相苏良嗣没有放任薛怀义的傲慢无礼。面似莲花的张昌宗兄弟被杀,如今还能看见武则天的魂在暮霭中游荡。诗人高度概括了武则天的传奇人生。此诗类比巧妙,想象新奇,用典精当,比喻生动,见解独到,不落俗套。

《杜牧墓》

萧郎白马远从军,落日樊川吊紫云。客里莺花逢杜曲,唐朝春恨属司勋。高谈泽潞兵三万,论定扬州月二分。手折芙蓉来酹酒,有人风骨类夫君。

萧郎骑白马到远方从军,夕阳下,杜牧凭吊紫云。在莺啼花开的春天,客居他乡的诗人来到杜曲。在唐代,善于书写春愁的诗人非杜牧莫属。杜牧献良计平定泽潞的三万叛军,天下的三分月色扬州独得二分成为定论。摘一朵芙蓉花献上,在坟前以酒浇地祭奠杜牧,自己的品格和性格与杜牧相似。诗人高度赞扬杜牧的才干,极为欣赏他的为人,表达了对杜牧的景仰之情,对他的失意落拓充满惋惜。此诗抚今追昔,想象生动,笔墨清丽,意境凄美,虚实结合,类比巧妙。

《汾阳王故里》

甲第曾将永巷收,千年华屋感山丘。功名远扫萧曹局,歌舞长消蠡种愁。一代侯王供仆役,半房儿女任啁啾。我来难觅亲仁里,暮雨潇潇过华州。

郭子仪的府邸在深巷中,昔日的华美屋舍成为一堆土。郭子仪定国安邦的功勋远超萧何、曹参,在险恶的官场上全身远害的智慧超过范蠡、文种。一代王侯像仆从一样被驱使,任凭妇人叽叽喳喳。诗人在长安难以寻觅亲仁坊的踪影,傍晚,风急雨骤,诗人经过华州。诗人赞美郭子仪力挽狂澜,智慧超群,感慨今非昔比,浮生若梦。此诗抚今追昔,对比鲜明,想象新奇,感悟深刻,言近旨远。

《骊山》

骊戎之山五里高,古柏苍苍绣绿毛。下瞰潼城似棋局,春树高枝青出屋。忆昔始皇初建都,七十二万骊山徒。百夫运石千夫唱,水银江海黄金凫。一朝火起咸阳宫,白骨无灵怨牧童。后王不鉴前王失,复道离宫重郁郁。朝元阁下洗花枝;丹凤楼中吹玉笛。可怜鼙鼓动渔阳,白发三郎号上皇。衾枕人亡花寂寞,笙歌梦醒月凄凉。两朝全盛不终朝,身后身前共寂寥。况复千年成故国,几番战血洗寒潮。惆怅人间万事非,青山寒雨鹧鸪飞。秦宫汉殿知何处?指点虚无泪满衣。

骊山巍峨,古柏苍翠。俯瞰临潼县城如同棋盘,春天,树木的绿枝高出屋顶。回忆秦始皇最初建都时,向骊山征调七十二万士卒。劳工们一边搬运石头一边唱号子,在墓室里,用水银仿造大海,以珍宝陪葬。项羽一把火烧毁咸阳的宫殿,秦始皇死后没有神灵保佑,陵墓被焚,归咎于牧童。之后的皇帝没有对秦始皇的过错引以为戒,仍然修建规模宏大的豪华行宫。朝元阁下美人出浴,丹凤楼上夜夜笙歌。渔阳鼙鼓惊天动地,安史之乱后,白发苍苍的唐明皇失去皇位成为太上皇。杨贵妃死去,罗衾寒冷,孤枕难眠,无人欣赏的花草增添了唐明皇心中的寂寞,从美梦中惊醒,清冷的月光让人倍感凄凉。秦和唐都创造了鼎盛的局面,但好景不长,一个死后萧条,一个生前孤独。历经千年的古都,遭受无数战火的摧残,一次又一次,鲜血染红冰冷的河水。失望和伤感让人感到人世间的一切都没有价值,寒冷的雨中,苍翠的山里传来鹧鸪凄惨的叫声。秦宫汉阙成为瓦砾,踪迹难觅,评说历史,感慨兴亡,诗人不禁泪湿衣襟。诗人批评秦始皇劳民伤财,大兴土木,导致秦末战乱,死后被人遗忘,唐玄宗骄奢淫逸,引发安史之乱,晚景悲惨。历史的悲剧一再上演,令人惋惜。此诗抚今追昔,意境苍凉,想象丰富,类比巧妙,笔墨哀婉,韵味隽永。

《温泉》

华清宫外水如汤,洗过行人流出墙。一样温存款寒士,不知世上有炎凉。

华清宫外面的泉水像热水一样温暖，使者曾在温泉洗浴，泉水流出宫墙。泉水殷勤招待清寒的书生，让他们忘掉了人世间的势利浇薄。诗人赋予温泉以生命和情感，揭示现实的冷酷。此诗立意新颖，对比鲜明，拟人新奇，寓意深刻。

《再题马嵬驿》

不须铃曲怨秋声，何必仙山海上行。只要姚崇还作相，君王妃子共长生。

到底君王负旧盟，江山情重美人轻。玉环领略夫妻味，从此人间不再生。

第一首诗，描写唐玄宗入蜀途中于雨中闻铃声，绵绵秋雨触发他的愁绪，作《雨霖铃》曲寄托哀思。唐玄宗思念杨贵妃，让道士招魂，在东海蓬壶仙山找到杨贵妃。唐玄宗如果能重用姚崇这样的贤相，他和杨贵妃就能白头偕老。

第二首诗，描写唐玄宗辜负了七夕长生殿上的海誓山盟，他为了江山社稷牺牲了杨玉环。杨玉环虽然曾赢得唐玄宗的宠爱，但是却魂归黄泉，离开人世。诗人嘲讽唐玄宗薄情自私，同情杨玉环下场悲惨。

这两首诗对比巧妙，讽刺冷峻，韵味隽永，发人深省。

《秦中杂感》

百战风云一望收，龙蛇白骨几堆愁。旌旗影没南山在，歌舞台空渭水流。天近易回三辅雁，地高先得九州秋。扶风豪士能怜我，应是当年马少游。

天府长城势壮哉，秋风落叶满章台。一关开闭随王气，绝顶河山感霸才。安石本为江左出，贾生偏过洛阳来。汉朝宣室知何处？金马门前月更哀。

高登秦岭望褒斜，钟鼓楼空噪暮鸦。古井照残宫殿影，书堂吹入战场沙。贺兰风信三边笛，杜曲霜痕九塞花。每欲凭栏怕惆怅，二千年是帝王家。

三层雁塔耸秋霜,一过摩挲一自伤。倭国不求萧颖士,都门谁饯贺知章。空教阊阖来天马,是处阿房集凤凰。欲赋西京无底事,玉鱼金碗尽悲凉。

第一首诗,描写饱经沧桑的关中尽收眼底,杰出人物的陵墓令人忧伤。看不到金戈铁马、旌旗飘扬的情景,终南山巍然屹立。轻歌曼舞的繁华之地人去楼空,渭水东流。如大雁回归一样,人们纷纷来到距离天子最近的长安,这里地势高峻,最先感受到秋天的肃杀。扶风的豪杰能理解诗人的意愿,像当年的马少游一样无意于功名。

第二首诗,描写关中土地肥沃、物产丰饶,长城使关中的形势更加险要,眼前的山河如此雄壮,秋风中,长安的大街小巷铺满落叶。潼关的得失关系到一个王朝的兴衰。关中有最美的自然景物,有称雄一世的人才。谢安出世就是为了保卫东晋在江东能够存续,贾谊任梁怀王太傅是不受重用。汉朝未央宫的宣室早已不见踪迹,金马门前月光凄凉,令人悲伤。

第三首诗,描写登上秦岭眺望褒斜道,傍晚,乌鸦在钟鼓楼上空鸣叫。宫殿破败的影子倒映在古井中,文物之邦成为战火纷飞的边地。贺兰山的风送来三边凄凉的笛声,杜曲的月光照亮要塞的野花。想凭栏俯瞰却害怕引起伤感,这里是历史悠久的帝王之都。

第四首诗,描写雁塔披上秋霜耸立于寒风中,诗人一边抚摸栏杆一边伤心。倭国派遣使臣聘请萧颖士为师,贺知章告老还乡,太子率百官为其饯行,这些佳话成为历史。天马从西天门而至,凤凰栖息在阿房宫,这种盛况杳无踪迹。没有什么事能激发诗人创作西京赋的热情,陪葬的珍宝寄托着无尽的悲哀与凄凉。

诗人触景生情,感慨物换星移,今非昔比。这组诗抚今追昔,对比鲜明,比喻新奇,想象生动,笔墨淡远,意境苍凉,感慨遥深,韵味隽永。

(二)山水诗

《登华山》

太华峙西方,倚天如插刀。闪烁铁花冷,惨淡阴风号。云雷莽回护,仙掌时动摇。流泉鸣青天,乱走三千条。我来蹑芒屩,逸气不敢骄。绝壁纳双踵,白云埋半腰。忽然身入井,忽然影坠巢。天路望已绝,云栈断复交。惊魂飘落叶,定志委铁镣。闭目谢人世,伸手探斗杓。屡见前峰俯,愈知后历高。白日死厓上,黄河生树梢。自笑亡命贼,不如升木猱。仍复自崖返,不敢向顶招。归来如再生,两眼青寥寥。

华山耸立于西边,如同一把刀插入天空。坚硬的岩石闪烁着寒光,阴冷的山风在耳边呼啸,景象悲惨凄凉。云雾笼罩,雷声在山间回荡,仙掌摇摇欲坠。瀑布自天而降,发出轰鸣声,横冲直撞,跌入万丈深谷。诗人脚穿草鞋,小心翼翼。陡峭的山崖仅能容下双脚,白云吞没了下半身。一会儿像置身井里,一会儿被巨石遮蔽。通往天际的山路看上去已经走到了尽头,高入云端的栈道忽而断开忽而连接。诗人受到惊吓,魂魄如同树叶飘落,稳定心绪全靠一条铁链。吓到差一点闭目辞别人世,伸手触摸北斗。时时看到经过的山峰低下头,知道前面即将攀登的山峰更加高峻。太阳落在悬崖后,黄河悬在树梢上。自嘲不要命的登山者,不如善于爬树的猿猴。又从悬崖返回,不敢登上山顶。回来如同死而复活,两眼泛白,金星直冒。诗人描写登华山时的所见所感,从不同的角度描绘华山的险峻,把景物和心理刻画得栩栩如生,有身临其境之妙。此诗层层渲染,笔力雄健,比喻新奇,拟人生动,对比巧妙,意境奇异。

六、王庆澜(1718—?),字安之,河南省开封市人。著有《枕霞词》2卷、《镜虚词》1卷、《巢睫词》1卷、《和长吉全集诗》4卷等。王庆澜的咏陕诗为怀古诗。

《乾陵》

坤德乃乘乾,月魄辄掩日。其才虽足雄,毋乃太突兀。昔称则天后,遽谓天可则。宇宙创奇局,今古竟无匹。来自魔道中,帝亦莫之咈。六珈忽冕旒,廿年不巾帼。能用狄梁公,岂曰非圣哲。更喜独怜才,弗怒宾王檄。

皇后的功德胜过皇帝,月光掩盖了日光。武则天堪称雄才大略,但她当皇帝太特殊了。武氏为则天皇后,就说自己可以效法上天。武则天称帝,创造了宇宙的奇迹,古今无人能与之相比。武则天是妖魔出世,天帝也拿她没办法。武则天把女子的头饰换成皇冠,二十年不穿女子的衣服。她能重用狄仁杰,可谓圣贤,因为欣赏骆宾王的才华,而不怪罪他写讨伐檄文。此诗先抑后扬,构思巧妙,见解独到,比喻生动。

七、吴镇(1721—1797),字信辰、士安,号松崖、松花道人,甘肃省临洮县人。与杨鸾、刘绍攽、胡钊被称为"关中四杰"。袁枚称赞吴镇的诗"深奥奇博,妙万物而为言,于唐宋诸家不名一体,可谓集大成矣。[①]"吴镇著有《松花庵全集》12卷,存世诗歌860余首。乾隆二十七年至二十八年(1762—1763),吴镇为陕西耀州学正,乾隆三十一年至三十六年(1766—1771),为陕西韩城教谕。吴镇的咏陕诗为怀古诗。

《龙门》

粒食安居者,相忘大禹功。此间无斧凿,天下尽蛇龙。

那些衣食无忧者已经忘记了大禹开凿龙门、治理洪水的功劳。如果没有大禹开山治水,那么天下将洪水滔天,龙蛇横行。诗人热情歌颂了大禹治水的丰功伟绩。此诗立意高远,寄寓深刻,语言朴素,说理生动。

八、王昶(1724—1806),字德甫,号述庵、兰泉、琴德,上海市人。乾隆十九年(1754)进士。王昶著有《春融堂集》68卷,《春融堂杂记八种》16卷,编辑《金石粹编》160卷、《湖海文传》75卷、《国朝词综》48卷、《湖海诗传》46卷、《青浦诗传》36卷、《明词综》12卷等,存世诗歌2690余首。李慈铭评价王昶诗歌:"五古渊源《选》体,非不清婉,而意平语滞,故鲜出色。律诗殊有佳者,七绝尤多绮丽之作。晚年才情衰

---

① 赵越、段平选注《吴镇诗词选注》,甘肃人民出版社,1992年,第196页。

谢，又劳于官事，往往率意。惟论诗绝句四十六首，议论平允，诗亦蕴藉，可传。①"乾隆四十八年至五十一年（1783—1786），王昶任陕西按察使。王昶的咏陕诗为山水诗、怀古诗、题画诗。

（一）山水诗

《潼关》

鹑首星芒照九垓，规模百二自秦开。关山苍莽争天险，文武飞腾出将才。日软旌旗横戍逻，云连城堞抱峰台。登高立马休凭吊，看取三峰翠色来。

鹑首星的光芒照耀天空，从秦朝始，潼关便成为山河险固的军事要地。崇山峻岭一望无际，潼关是兵家必争的天然屏障，文臣武将在此飞黄腾达，这里将才辈出。阳光温和，旌旗在军营中飘扬，军队在潼关驻守、巡逻，白云缭绕，城墙和烽火台连绵不断。站在高处驻马远眺，不要吊古伤今，好好欣赏华山的美景。诗人途经潼关，感慨万千。此诗抚今追昔，浮想联翩，笔力遒劲，意境雄奇，气概豪迈，富有深意。

（二）怀古诗

《西安怀古》

两戒山河陆海尊，凯旋曾忆驻行轩。久称秦塞封疆大，谁念周京教化存？州合雍梁通地轴，度分井鬼近天垣。圣经石刻欣无恙，拟与群贤细讨论。

西安地处南北分界线，物产富饶，地位重要。昔日，诗人获胜而归时曾在西安停留。世人只知道此处是疆域广大的边塞，却忘了这里是西周的京城，保留着深厚的文化传统。西安连接东西，贯通南北，位居井鬼与天垣之间。值得欣慰的是西安的文物古迹保存完好，诗人将与同道切磋学习。诗人概括了在西安的见闻感受。此诗立意新颖，对比巧妙，语言质朴，笔力雄健。

---

① 蒋瑞藻编著《越缦堂诗话·续杜工部诗话》，浙江古籍出版社，2014 年，第 101 页。

（三）题画诗

《虢国夫人早朝图为张丈担伯题》

宁知轧荦来关心，长安楼殿旋成空。仓皇闻难走马去，马嵬遗恨将毋同。丹青千载泪痕在，对此太息陈仓东。

谁能料到安禄山心怀叵测，长安的宫殿立刻人去楼空。为了避难，唐玄宗仓皇而逃，杨贵妃魂丧马嵬，唐玄宗悔恨不已，形单影只入蜀。图画上残存着往昔的泪痕，不禁对唐玄宗的逃亡生活充满同情。此诗构思新颖，对比巧妙，讽刺委婉，韵味隽永。

九、蒋士铨（1725—1784），字心余、心畲、辛畲、星鱼、苕生，号藏园、清容居士、定甫、定翁、定庵、离垢居士，江西省铅山县人。乾隆二十二年（1757）进士。与袁枚、赵翼被称为"乾隆三大家"。蒋士铨著有《忠雅堂诗集》27卷，补遗2卷，《忠雅堂文集》12卷，《忠雅堂词》2卷，《清容居士行年录》1卷，《忠雅堂南北曲》1卷，《簪笔集》1卷，《铜弦词》2卷，存世诗歌4900余首。王昶评价："苕生诸体皆工，然古诗胜于近体，七古又胜于五古，苍苍莽莽，不主故常；正如昆阳夜战，雷雨交作；又如洞庭君吹笛，海立云垂，信足以开拓万古之心胸，推倒一时之豪杰也。"[①]蒋士铨的咏陕诗为山水诗。

《梦游西岳作》

万马西来野色宽，莲华开出古长安。仙人云卷为衣好，秦地鞭驱入海难。压地较他东岱重，倚天曾障夕阳寒。山灵未识文章伯，不放韩公到顶看。

群山如同万马从西边奔腾而来，原野一望无际。华山像一朵盛开在长安东边的莲花。仙人脚踏舒卷自如的白云，衣袂飘飘，令人羡慕，秦始皇东巡，神仙鞭石入海，夙愿终难实现。华山气势磅礴，比泰山更为壮观，山峰耸入云端，遮挡了夕阳，寒意袭人。山神不认识文章大家，不让韩愈到山顶欣赏美景。诗人描写自己梦游华山的情景，赞美

---

① 王昶著，周维德辑校《蒲褐山房诗话新编》，齐鲁书社，1988年，第82页。

华山雄伟险峻,举世无双,表达了对华山的无限憧憬。此诗虚实结合,意境神奇,拟人传神,比喻生动,衬托巧妙,用典精当。

十、赵翼(1727—1814),字云崧、耘崧、耘菘,号瓯北、三半老人,江苏省常州市人。乾隆二十六年(1761)进士,与袁枚、张问陶并称清代性灵派三大家。赵翼著有《瓯北集》53 卷,《瓯北诗钞》17 卷,《瓯北诗话》12 卷,《廿二史札记》36 卷,《陔余丛考》43 卷,《簷曝杂记》6 卷,《皇朝武功纪盛》4 卷,存世诗歌近 5000 首。钱大昕评价:"夫惟有绝人之才,有过人之趣,有兼人之学,乃能奄有古人之长,而不袭古人之貌,然后可以卓然自成为一大家。今于耘菘先生见之矣。[①]"赵翼的咏陕诗为怀古诗。

《莪洲以〈陕中游草〉见示,和其六首》之《骊山冢》

百万刑徒斫石砓,桥陵规制创尊荣。人间真有南山椁,地下几移北斗城。他日岂知开汲冢,千秋此亦一秦坑。祖龙原识长生假,正在求仙又筑莹。

秦始皇强迫百万刑徒凿石开山修建陵墓,其陵墓的规模形制创造了前所未有的尊贵与荣耀。以南山作为棺椁,仿佛把咸阳城转移到地下。日后若有人掘坟盗墓,会发现这里又是一个坑杀无数修墓者之处。秦始皇原来就知道长生不老是虚假的,所以他一边求仙一边修建坟墓。诗人谴责秦始皇大兴土木劳民伤财,揭露其虚伪狡诈。此诗立意新颖,见解独到,讽刺辛辣,笔力雄深。

《乾陵》

一番时局圮朝新,安坐妆台换紫辰。臣仆不妨居妾位,英雄何必在男身?林峦赭岂娲皇石,风雨阴疑妒妇津。同穴桥陵应话旧,曾经共辇洛阳春。

经过精心策划,局势发生变化,女人当上皇帝,气象更新。武则天

① 钱大昕《瓯北集序》,华夫主编《赵翼诗编年全集》第一册,天津古籍出版社,1996 年,第 69—70 页。

稳坐在梳妆台前，就获得了皇帝宝座。让张昌宗兄弟居于侍妾的地位，英雄豪杰不必是男子汉。树木干枯，山峦光秃，岂是因为妇人成为君主；狂风暴雨，船毁人亡，不能怀疑是武则天的罪过。让武则天与高宗合葬乾陵是为了让他们叙谈往事，他们在洛阳曾经同辇出行。诗人评价武则天的功过，反驳世人对武则天的污蔑，赞赏她治国理政的功绩。此诗构思新颖，见解独到，用典精当，设问巧妙。

《鸿门》

风急牙旗飚将坛，杀机危处托交欢。一杯酒竟将疑释，千载人犹代胆寒。目眦光浮屠狗盾，背疽病为沐猴冠。重瞳终是人君量，成败论人恐未安。

大风刮动旗帜，令点将坛颤动。项羽与刘邦在杀机显露、危机四伏的地方把酒言欢。一杯酒竟然化解了项羽的疑虑，千年之后人们还在替刘邦害怕。位卑却英豪的樊哙拥盾而入，怒目而视，项羽虚有其表，得意忘形，不听范增的建议，范增背部的痈疽发作而死。项羽具有明君的宽宏大量，以成败论英雄并不妥当。诗人先渲染鸿门宴上剑拔弩张的气氛，再写鸿门宴的结果。批评项羽刚愎、无谋，否定以成败论英雄的偏见。此诗衬托巧妙，说理形象，直抒胸臆，褒贬鲜明。

《定军山》

将星夜落蜀山云，丹旐归来葬定军。与贼势终难两立，斯人功竟限三分。丰碑曾堕居民泪，宰树犹森故相坟。志决身歼遗恨在，至今忍诵出师文。

将星划过夜空，陨落于蜀国的青山，铭旌竖于灵柩前，诸葛亮被安葬在定军山。蜀汉与曹魏势不两立，但诸葛亮的功绩被三分天下所限制。人们在他的墓碑前洒泪悼念，蜀汉已故丞相坟前的树木依然茂盛。诸葛亮意志坚定，献出生命，未完成的理想令后人无限惋惜，至今人们强忍悲痛吟诵《出师表》寄托对他的景仰之情。诗人设想诸葛亮葬礼的情景，歌颂诸葛亮鞠躬尽瘁，辅佐刘备建立蜀汉，痛惜他出师未捷身先死。此诗立意高远,比兴巧妙,想象生动,情绪悲伤。

《灞桥》

咸秦东去指临潼,旧有长桥似偃虹。诗思一天驴背雪,离情两岸柳条风。临流断础犹堪认,挽漕连樯已不通。曾是前人断肠处,酒旗还映夕阳红。

从咸阳向东到临潼之间有一座拱桥,看上去像卧虹。写诗的情致来自风雪中骑驴过灞桥,两岸的烟柳在风中摇曳,牵动离愁别恨。还能辨认出水中的石基,已经没有漕运的船只通过这里。这里曾是古人送别之处,夕阳映红了路边的酒旗。诗人描写了灞桥的地理位置、外部形态、轶闻典故、历史作用等,抒发了思古幽情。此诗笔墨冲淡,意境旷远,用典贴切,情绪怅惘,言近旨远,余味无穷。

《马嵬坡》

宠极强藩已不臣,枉教红粉委荒尘。怜香不尽千词客,召乱何关一美人?堠火自明孤驿夜,野花犹泣故宫春。谁知几点胭脂泪,别有生离江采苹。

深受唐玄宗宠信的安禄山已经反叛,白白令杨贵妃葬身荒凉的马嵬,悲剧引发无数诗人对她的同情,并非杨贵妃招致了安史之乱。路人宿营时点燃的火堆在马嵬驿的夜晚闪烁,春天到来,看到华清宫外的野花,仍然令人伤心落泪。江采苹生前被抛弃时,她的眼泪也曾洗掉脸上的胭脂。诗人否定红颜祸水的论调,认为不能把安史之乱的罪责归咎于杨贵妃,杨贵妃的遭遇固然可悲,江采苹的命运更值得同情。此诗立意新颖,见解独到,类比精当,设问巧妙,讽刺委婉,感慨遥深。

十一、毕沅(1730—1797),字纕蘅、秋帆,号灵岩山人,江苏省太仓市人。乾隆庚辰(1760)进士。毕沅著有《灵岩山人诗集》40 卷、《灵岩山人文集》8 卷、《关中胜迹图志》32 卷、《山左金石志》24 卷、《续资治通鉴》220 卷等,存世诗歌 2300 余首。洪亮吉评价:"毕宫保沅诗,如洪河大川,沙砾杂出,而浑浑沦沦处,自与众流不同,平生所作,歌行最佳,次则七律。^①"乾隆三十六年至五十年(1771—1785),毕沅任陕西按察使、布政使、巡抚等职,在陕西期间创作的诗歌收入《青门集》《终南仙馆集》。毕沅的咏陕诗为怀古诗、纪行诗。

(一)怀古诗

《马嵬咏古》

龙武空传仗钺威,延秋门启夜乌飞。若教郭李从西幸,肯舍强藩杀贵妃?

陈玄礼徒有虚名,执钺虚张声势,唐玄宗和杨贵妃像惊弓之鸟连夜逃出延秋门。如果由郭子仪、李光弼护驾西行,就会去征讨叛军,而不是去发动兵变杀死杨贵妃。诗人嘲讽陈玄礼无能,对杨贵妃充满同情。此诗比喻生动,对比巧妙,见解独到,讽刺冷峻,设问精警,耐人寻味。

(二)纪行诗

《灞桥》

碧柳千株惹客愁,日斜风细灞桥头。揭来自笑无诗思,走马匆匆向陇州。

太阳下山,微风吹拂,诗人来到灞桥,河岸边碧绿的柳树引起旅人的愁绪。尔时诗人自嘲没有写诗的灵感,骑马疾驰,急忙奔赴陇州。此诗构思新颖,笔墨清新,意境淡远,联想巧妙,言近旨远,韵味隽永。

十二、李调元(1734—1803),字羹堂、赞庵、鹤洲,号雨村、童山老人、童山蠢翁等,四川省绵阳市人。乾隆二十八年(1763)进士。李调元著有《童山诗集》42卷、《童山文集》20卷、《蠢翁词》2卷、《雨村赋话》10卷、《雨村诗话》2卷、《雨村词话》4卷、《雨村曲话》2卷、《雨村剧话》2卷等,存世诗歌2000余首。孙桐生评价:"诗文敏捷,天才横逸,不加修饰。少作多可存,晚年有率意之病。^②"程晋芳评价:"卓荦自负,于

---

① 洪亮吉《北江诗话》,中华书局,1985年,第8页。

② 孙桐生《国朝全蜀诗钞》,巴蜀书社,1985年,第130页。

书无所不读,发为诗,嶔崟磊落,肖其为人。①"乾隆三十四年(1769),李调元扶柩归川,途经陕西凤县;乾隆三十六年(1771),从家乡返回京师,再次路过凤县,"至陕署访毕沅②",有诗《呈陕西方伯毕秋帆二首》《方伯新署中垂毕秋帆沅留饮志别》。乾隆五十年(1785),从通州返川,经过西安,王昶为其饯行,有诗《过西京枭台王兰泉先生昶招饮署中留别四首》。李调元的咏陕诗为纪行诗。

《夜宿宁羌州》

万壑千岩里,萧条大斗城。三更惊虎入,四面尽猿声。雨骤林先啸,风狂涧亦鸣。晓来山水涨,何处向前程。

宁羌州坐落在崇山峻岭之中,寂寥冷落。诗人半夜被吓醒,担心有老虎闯入,却听得周围一片猿啼之声。大雨落在树林里,呼啸不已。狂风激起波浪,轰鸣之声震耳。天亮了,发现河水上涨阻断去路,不知前进的道路在何方。此诗笔力雄健,意境奇异,层层渲染,联想巧妙,寓意深远。

十三、严谦(1745—?),字抑之,号虚白,浙江省湖州市人。乾隆辛丑(1781)进士。严谦的咏陕诗为怀古诗。

《过扶苏墓》

荒台无树草芄芄,台下幽埋帝子宫。千古只留鸣咽水,涓涓长共泣西风。

扶苏墓,位于今陕西省绥德县境内。

荒凉的土台上没有树木,杂草茂盛,土台下埋葬着太子扶苏。从古至今,只有声音凄切的流水伴随扶苏墓,西风中细水缓缓流动,仿佛为扶苏而泣。此诗抚今追昔,笔墨冲淡,意境凄清,拟人传神,情绪悲凉,韵味隽永。

十四、洪亮吉(1746—1809),初名莲,曾改名礼吉,字君直、稚存,

---

① 李调元著,吴熙贵评注《李调元诗话评注》,重庆出版社,1989年,第222页。
② 杨世明《李调元年谱略稿》,《南充师院学报》,1980年第2期,第18页。

号北江、更生,江苏省常州市人。乾隆五十五年(1790)进士。洪亮吉著有《洪北江全集》66 卷,存世诗歌约 5500 首。王昶评价:"作文具体魏、晋,作诗五言古仿康乐,次仿杜陵,七言古仿太白,然呕心镂肾,总不欲袭前人牙慧。"[①]乾隆四十六年至五十五年(1781—1790),洪亮吉在陕西,在陕期间的诗作收入《仙馆联吟集》《官阁围炉集》。洪亮吉的咏陕诗题材丰富,有怀古诗、山水诗、纪行诗、咏物诗、讽刺诗、音乐诗。

(一)怀古诗

《华清宫》

秦皇坟上野火红,万人烧瓦急筑宫。筑宫须深剧山破,百世防惊祖龙卧。云暄日丽开元朝,祖龙此时庶解嘲。人间才按羽衣曲,地下未烬鲸鱼膏。前人愚,后人巧。工作开元逮天宝,离宫别馆卅里环,罗绮障眼如无山。红阑影向空中折,高处疑通广寒窟。仙妃天上坐无聊,玉笛一声飞上月。华清台殿工,欲访旧事无衰翁。泉流呜咽助凄思,冷暖曾无内官试。君不见,山前四月开海棠,早有野人来试汤。

秦皇坟上焚烧草木的火通红,上万人在此烧瓦修筑宫殿。修建宫殿要把山挖通,一直谨防惊醒沉睡很久的秦始皇。开元盛世,气候温暖,阳光明媚,被人嘲笑的秦始皇找到理由为自己辩解。人间奏响了霓裳羽衣曲,地下的鲸鱼膏还没有烧成灰烬。前人愚蠢,后人灵巧。工程从开元时期延续到天宝,行宫布局方圆三十里,丝绸的屏障遮挡了视线,看不到前面的山。红栏杆的影子弯曲,高楼与广寒宫相通。仙子在天上感到寂寞,玉笛声传到月宫。华清宫的楼台、殿宇精美,想找人了解历史,却看不到一个老人。泉水发出呜咽声,增添了凄凉的情绪。没有太监先感受水温是否合适。却没人发现,四月天海棠开放,早就有村民来此处洗浴过了。诗人感慨劳民伤财的秦始皇陵被人遗忘,富丽堂皇的华清宫拔地而起,帝王骄奢淫逸、昏庸贪婪,历史的悲剧不断上演。此诗抚今追昔,意境苍凉,想象新奇,类比巧妙,拟人

---

① 王昶著,周维德辑校《蒲褐山房诗话新编》,齐鲁书社,1988 年,第 162 页。

生动,讽刺辛辣,感悟深刻,耐人寻味。

《马嵬》

马嵬驿旁佛堂三楹,唐杨贵妃旧缢所也。今岁三月,余偕庄公子遂吉至郿县,二鼓抵此,以烛视壁间石刻断句约百余首,率无佳者,因相约出新意为之,至漏四下,各成六截句乃上马而去。

客程新自会昌回,刺眼灯光宿马嵬。错讶骊山旧烽火,一般红焰逼人来。

半晌匆匆决路歧,纵然死别不生离。他时金阙西厢约,天上仍悬会面期。

佛堂宵半剧凄凉,清露微茫月有光。漠漠紫藤牵一径,花开犹认旧香囊。

五家合队事全非,鞭马都看出近畿。犹胜宜阳诸姊妹,陈仓化作野鸡飞。

天教国色鉴兴亡,遗冢偏留官道旁。一片软红飞骑过,岂堪重问荔枝香。

茫茫蜀道返秦京,难遣君王日暮情。只有上阳头白女,不承恩泽竟长生。

第一首诗,描写诗人才从会昌返回,夜晚住宿马嵬,灯光刺目,深感惊讶,误以为是骊山昔日的烽火,灯光如火焰一样照射过来。

第二首诗,描写半天时间,匆忙赶路,之后在岔道分别,宁愿赴死,也不愿分开。日后相约在宫阙的西厢会面,在天上相逢的日期仍不确定。

第三首诗,描写杨贵妃在佛堂自缢,景象特别凄凉,月亮照在洁净的露水上发出微弱的光。茂盛的枝叶顺着一根藤延伸,紫藤花开时节,以为是旧香囊散发出芬芳。

第四首诗,描写杨氏姊妹五家一起出行,此事非杜撰,他们策马到郊外游玩,阵势浩大,引人注目。其奢华程度超过宜阳众姐妹,陈宝化成野鸡飞走。

第五首诗,描写苍天让美人成为观察国家兴亡的镜子,杨贵妃的墓被故意修葺在官道旁。飞驰的马扬起一片尘土,怎能承受再问荔枝是否香甜。

第六首诗,描写从遥远的蜀道返回长安,日暮时分,唐玄宗心中的愁绪难以排遣。上阳宫的白发宫女,虽然没有享受过皇帝的恩宠却能长寿。

诗人将马嵬兵变前后的史实加以对比,展现唐明皇与杨贵妃的悲剧及其原因。这组诗抚今追昔,虚实相生,构思新颖,对比巧妙,讽刺委婉,笔墨冲淡,言近旨远。

（二）游览诗

《慈恩寺上雁塔》

忆从初地擅名扬,阅劫来游竟渺茫。韦曲花深愁暮雨,终南山古易斜阳。高、张、岑、杜诗篇冷,天宝开元岁月荒。莫笑众贤名易朽,塔前杯水已沧桑。

诗人到慈恩寺游览,追忆这座寺院曾经享有的盛誉,看到历尽劫难的慈恩寺,感觉遥远虚无。韦曲的花木在暮雨中含愁,古老的终南山日复一日迎来夕阳。高适、岑参、杜甫的诗作被人冷落,天宝、开元,时间久远。不要嘲笑先贤的美名容易被遗忘,大雁塔下的曲江经历沧海桑田的变迁。诗人登上大雁塔,极目远眺,不禁想起唐代诗人登塔赋诗的佳话,感叹盛唐的繁华已成旧梦。此诗抚今追昔,意境苍凉,对比巧妙,拟人传神,情绪感伤,韵味隽永。

《九月初三日雨后偕黄二孙大游荐福寺》

荐福寺中秋气阴,寂寥一辈惬出寻。唐余旧碣苔文暗,僧老闲庭竹树深。金碧楼台清磬响,青苍岩谷暮鸦沉。眼中历历皆千古,留于诗人劫后吟。

秋天气氛凄清、肃杀,荐福寺的景物阴沉昏暗。一群淡泊之士快乐出游。唐代遗留的石碑上字迹被苔藓覆盖。宁静的庭院里竹林、树木茂密,老僧悠闲自在。金碧辉煌的楼台传来石磬悠扬的声音,暮色

中,乌鸦飞入树木青翠茂密的山谷中。眼前所见景物岁月悠久,留待
诗人在大劫难后吟咏。初秋雨后,诗人偕友人到荐福寺寻幽览胜,展
现了诗人脱俗的情趣以及闲适的心境。诗人描绘的画面生动逼真。
此诗抚今追昔,意境清幽,动静结合,衬托巧妙,笔墨冲淡,思致超然。

(三) 山水诗

《由车箱谷经十八盘诸险》

一松扶上天,一石绝入地。信哉云门堑,奇险久难闲。坡陀半日
上,直下复里计。飞腾挂枝猿,曲折施磨蚁。非徒镌镵工,迥出神鬼
意。坤灵信难戴,天意恍立异。排空刺日月,矗矗试锋利。仙人万间
厦,破碎忽被弃。岩东不开辟,拟以巨灵臂。十折复八折,草路入云
细。回瞻足几失,直视神乃悸。篮舆尚徐行,天路诚匪易。

车厢谷,位于华山东峰的北面。

一棵松树高耸入云,一块巨石拔地而起。谷口确实是天堑,极为
险峻,山势起伏,上山花费半天时间,又走了几里陡峭的下坡路。向上
攀登,如猿猴挂在树枝上,山路盘旋曲折,如蚁行磨石之上。山峰不是
人工砍凿而成,完全出于鬼神的意志。大地之灵秀实在难以承受,仿
佛背离了上天的意愿。山峰插入天空,刺破日月,山峦参差起伏,棱角
锋利。神仙居住的无数大房子破碎不堪,已被丢弃。山岩的东边无路
可走,像被巨灵的臂膀阻挡。拐了十八道弯,小路延伸到天际。回头
看几乎掉下山,朝前看心惊胆战。抬篮舆的轿夫缓慢行走,天路确实
艰难。诗人描写游览车厢谷至十八盘的经历,极力渲染山峰险峻、道
路崎岖、造化神奇,让人感到身临其境。此诗移步换景,视角多变,夸
张传神,比拟新颖,意境神奇,造语奇崛。

《潼关》

出险复入险,别山仍上山。河流五夜色昏黑,一片日红先射关。
壮哉龙门涛,至此始一折。惊流无风舟尚失,大鱼如龙欲迎日。风陵
津北起黑波,重舸经向中流过。河声渐远坡愈回,却控马首看全河。
君不见哥舒拒禄山,魏武破孟起。门开如云列千骑,喧声动天箭洒地。

时平云气亦卷舒,厮卒立门司启闭。关头饭罢客亦闲,早有太华开心颜。

才脱险又陷入险境,刚下山又上山。五更天,河水变得昏暗,黎明,太阳升起,照亮了潼关。至龙门,黄河波涛汹涌,转向东流,即使无风的日子,小船也能在惊涛骇浪中翻覆。河中的大鱼像龙一般迎着太阳飞腾而去。风陵渡口以北黑浪滔天,大船被卷向河中。离黄河渐远,地势变缓,诗人勒马观察黄河,回想哥舒翰在此抵抗安禄山、曹操大战马超的情景。两军对垒,厮杀声惊天动地,箭像雨点一般落在地上。太平时期,潼关上云气舒卷自如,只需老弱士卒守关。饭后闲暇,诗人远望华山,心中无比喜悦。此诗联想巧妙,想象奇特,虚实相生,意境雄浑,笔力遒劲,气势壮观。

(四) 咏物诗

《终南仙馆独游看山桃花作》

闲寻古廊日数回,人日已见山桃开。江南驿使昨传讯,破腊尚未舒江梅。原高树古春尤早,地稔年丰户均饱。终南山色对高斋,天放一株春色好。春风开帘日射棁,草根未青花已红。桥南冰判出潜鲤,墙脚气暖惊鸣虫。苦吟桃李二十年,绿蒉渐改花枝前。有情誓不负莺燕,箧底雾落诗千篇。山原气候殊南北,花亦因方异颜色。冶叶倡条岂共时,冰魂雪魄同高格,看花春首非偶然。出赏慨惬兼逃喧,园东容膝坐不厌。板屋总仿江南船,君不见,平原宾客春多暇,妙舞清游各消夜。三更歌吹殷地时,我亦闲来坐花下。

诗人闲来无事,每天几次在走廊上寻找春天的影子,人日时节,发现山桃花开放。江南的信使昨天传来消息,岁末还没看到梅花绽放。地势高,树龄老,却更早感受到春天的气息,庄稼成熟,五谷丰登,家家户户丰衣足食。高雅的书斋面向终南山,老天让这株树带来春天的美景。春风掀开门帘,太阳照在窗户上,草根尚未返青,花已开放。桥南的冰裂开了,藏在水中的鲤鱼跳出河面,墙角气温回暖,蛰居的虫子被惊动,开始鸣叫。寒窗苦读二十年,青春短暂,岁月流逝,如今赏花人两鬓的黑发变白。多情的诗人发誓不辜负美好春光,书箱底下放着千首诗。山陵与原野交错地方的气候南北不同,花也因为地方不同而色彩迥异。柳树枝叶婀娜多姿的景象并非各地同时出现,冰的透明,雪的洁白,同样格调高雅。在初春看到花并非偶然。出游赏花,既心情愉快,又可以逃避喧嚣。在花园东边的小屋里闲坐,并不感到厌倦。板屋仿佛江南的船,作为幕宾,春天有许多闲暇时光,美妙的舞蹈、清雅的游赏,以此消磨夜晚时光。三更天,歌声、乐声震耳,诗人偷闲独坐花下,享受良辰美景。这首诗抒发了惜春、怀乡、寻幽之情。此诗观察细致,文思灵动,笔墨清新,意境闲适,对比鲜明,联想巧妙。

(五）讽刺诗

《朝阪行》

一碑仅露尺,细视万历年。风吹河东沙,日没河西田。黄河身高田亦高,碑石九尺埋蓬蒿。君不见,居人耕沙沙没踵,子孙田尽高曾冢。

三门当黄河,门半以土室。惟开城西门,日夕车马出。居民防害愿筑堤,万钱鬻石兼运泥。君不见,河流已退催租急,堆土若山堤未立。

昨传黄流增,驿到八百里。官方坐早衙,失色推案起。白发吏人前执裾,官今勿惊安众愚。君不见,官无一言吏会意,日午传呼县门闭。

朝阪,在今陕西省朝邑县南,古河壖名。

第一首诗,描写一块碑露出地面一尺,仔细看是万历年间所立。风把河东的沙子吹来,掩埋了河西的农田。黄河河床抬高,农田地势也升高,碑石有九尺被野草覆盖。农民在沙土里耕种,沙子埋了脚后跟,子孙的土地占了祖先的坟地。

第二首诗,描写县城的三座城门面对黄河,城门大多用土垒成。只打开城西的大门,傍晚有车马出入。为了防治水灾,居民们希望修堤坝,花费大量钱买石头还要运输泥沙,水已经退去却催促上缴租税,堆积的泥土如山,堤坝却没有修。

第三首诗,描写昨天传说黄河涨水,驿马奔驰八百里传递消息。官员早上到衙门办公,一听到汛情,便惊慌地推案而起。白发苍苍的小吏上前拉着官员的衣襟,提醒他不要慌张,要稳住愚民。官老爷没有说一句话,小吏领会了他的意思,中午下令关闭了城门。

诗人描写官吏借治理黄河为名搜刮民脂民膏,地方官吏腐败,平时不筑堤,水患时关城自保,弃百姓于不顾。这组诗娓娓道来,引而不发,讽刺巧妙,入木三分,白描传神,栩栩如生,笔墨含蓄,耐人寻味。

(六)音乐诗

《八月十一日夜终南仙馆坐月听赵芝云弹琴作》

秋花黄,秋月凉。细布曲折行秋堂,秋堂美人琴思生,起唤静者弹秋清。南山月明一千里,北堂琴弦三四鸣。声响欲入月,弦和不惊秋。东西十五房,虫韵咽不流。一声何低,一声复扬。天宇湿微吹新霜,弦凄弦切四五声。此时秋声毕入城,江南梦远忽归去。听此柔橹空中行。茫茫神明区,杳杳不可攀,怪灵千年巢此山。有时白云成美人,青琐窥客垂双鬟,有时元鹤化童子,丹顶未脱遂人间。风车月驭,倏忽倘过此惊我,忽断忽续,一一空中弹。虚房无人素月团,飞雨入夜青苔寒。幽音欲乞紫府和,空腹冀得明霞餐。君不见,弹鸣琴,忆仙驾,月宜秋,琴宜夜。

菊花盛开,秋天的夜晚凉爽,月光如水。秋日的厅堂,衣裙的窸窣声由远而近,美人突发在厅堂弹琴的兴致,在清爽的秋日,琴声唤醒了超然恬静的人。明月笼罩南山,北边的大厅里琴弦拨动,声音清脆传入月宫,轻拨琴弦,怕惊动宁静的秋夜。屋外的秋虫不敢鸣叫。琴声忽而低忽而高,空气湿润,落下初霜,琴声变得凄切。整座城充满风声、落叶声、虫鸣声,仿佛回到梦中的江南,空中传来轻柔的橹声。神灵的所在如此辽阔、幽远,凡人难以到达。很久以前精灵就在南山筑巢。一会儿白云变成美人,梳着下垂的双鬟,从豪华富丽的天宫偷看人间。一会儿仙鹤变成童子,朱红色的头顶没有蜕去就遨游人间。月神驾着风车,极快驶过,令诗人吃惊。琴声忽断忽续,从空中飘来。房中无人,圆月皎洁。夜晚,突然下雨,地上的青苔透出寒意。清幽的琴声乞求得到神仙的应和,希望到达云霞灿烂的仙宫。弹琴,求仙,秋月最宜人,夜晚的琴声最美妙。此诗描述赵芝云琴技高超,诗人陶醉于美妙的琴声中,浮想联翩。诗人描绘出琴声和秋夜水乳交融的境界,令读者展开丰富想象。此诗感受细腻,想象新奇,思致超然,联想巧妙,笔墨冲淡,意境缥缈。

十五、王昙(1760—1817),又名良士,字仲瞿,号秋泾、穆湖,浙江省嘉兴市人。乾隆五十九年(1794)举人。与舒位、孙原湘并称"江左三君"。王昙著有《烟霞万古楼文集》44卷、《居今稽古录》20卷、《随园金石考》4卷、《烟霞万古楼诗选》2卷、《仲瞿诗录》1卷等,存世诗歌340余首。龚自珍评价:"其为文也,一往三复,情繁而声长;其为学也,溺于史,人所不经意,累累心口间①"。王昙的咏陕诗为怀古诗。

《茂陵》(四首)

祖龙而后事驱除,千古雄才断不如。一统早收南越地,六经始重圣人书。求言帝度容方朔,问道儒官用仲舒。五十四年文治日,天山犁得幕庭墟。

求贤初诏下金门,一榜贤良百十人。容得马迁留谤史,能成苏武作忠臣。张汤峻法刑名好,汲黯狂言譬谏真。明说赋才无用处,邹阳枚马任沉沦。

西域河沙古未开,鼇牛缴堠接轮台。扫空瀚海长城外,断得匈奴右臂来。和议终非中国计,穷兵才是帝王才。守文弱主书生见,难与英雄靖九垓。

壶关一悔奈匆匆,思子归来仅有宫。命将不曾封李广,爱才毕竟误江充。神仙大药无消息,方士招魂又凿空。不有茂陵遗恨事,怎教

---

① 龚自珍《龚自珍全集》,浙江古籍出版社,2014年,第326页。

人士哭秋风。

第一首诗,描写秦始皇之后从事征伐者,千百年来的杰出人物都比不上汉武帝。他收服南越,实现大一统,崇敬圣贤,独尊儒术。为广开言路而优待东方朔,为求教治国之道而重用董仲舒。在位五十四年,以文教礼乐治民。在天山,把匈奴营帐前的空地变成耕地。

第二首诗,描写汉武帝在金马门下诏,举荐贤良之士,一次获得一百八十位贤才。能容忍司马迁的《史记》,能让苏武忠心耿耿。支持张汤制定严苛法律制度,采纳汲黯的直言劝谏。明确表示诗赋无用,任由邹阳、枚皋、司马相如困厄。

第三首诗,描写西域与中原古代没有交往,张骞出使后相互往来。李广利缴获牦牛,设立瞭望敌情的土堡,征服西北边疆。平定长城外的戈壁沙漠,与西域诸国结盟,孤立匈奴。讲和的主张终究不是治国的良策,使用武力才能显示帝王的才干。固守先王法度的庸懦君主见识短浅,不能像雄才大略的汉武帝那样平定天下。

第四首诗,描写壶关三老上书,无奈汉武帝悔之晚矣,伤悼太子无辜而死,修建了思子宫。任命将帅时,李广未能封侯,江充被当成人才,最终为其所误。汉武帝派方士出海求长生不老之药,毫无结果,方士的招魂之术也是凭空胡说。汉武帝平生的遗憾事太多,后人在西风中凭吊时伤心叹息。

诗人追忆汉武帝的生平事迹,公允评价其功过。这组诗构思巧妙,先扬后抑,用典精当,对比鲜明,见解精辟,立意高远。

十六、舒位(1765—1816),又名佺,字立人、犀禅,号铁云、铁云山人,北京市人,寓居江苏省苏州市。乾隆五十三年(1788)举人,为"江左三君"之一。舒位著有《瓶水斋诗集》17卷、《瓶水斋诗别集》2卷、《瓶水斋诗话》1卷、《乾嘉诗坛点将录》1卷、《瓶水斋论诗绝句》1卷等,存世诗歌2100余首。舒位"为诗专主才力,每作必出新意。……所作合骚掩雅,矜奇洒落,虽极意驰骋,而无泛驾之虞。盖博涉群籍,性情根柢载之以出,非枵腹从事、拘牵格律者比也。①"舒位的咏陕诗为怀古诗。

《华清宫》

骊山汤殿古华清,只洗凝脂不洗兵。一自波澜流祸水,至今风雨作秋声。新蒲细柳江头闲,暮草幽花辇路平。别馆离宫三十六,不须烽火也倾城。

骊山行宫有华清池,唐玄宗只顾在温泉寻欢作乐,而不修整兵备。杨贵妃红颜祸水,招致安史之乱,从此华清宫变得萧条冷落。渡口被新蒲细柳遮蔽,荒草和野花掩盖了辇道。帝王大兴土木,骄奢淫逸,即使没有周幽王烽火戏诸侯之举,也会亡国。此诗抚今追昔,笔墨冲淡,意境凄清,类比巧妙,讽刺辛辣。

十七、张问陶(1764—1814),字仲冶、柳门、乐祖,号船山、老船、蜀山老猿、宝莲亭主、豸冠仙史、药庵退守等,四川省遂宁市人。乾隆五十五年(1790)进士。张问陶著有《船山诗草》20卷、《船山诗草补遗》6卷,存世诗歌3500余首。道嵘评价:"推其文体,不避危仄,皆由直寻。善自发诗端,感荡心灵,动无虚散,因物喻志,怀寄不浅,甚有悲凉之句,又巧构形似之言,无雕虫之功,而韵入歌唱,是众作之有滋味者也。至乎吟咏性情,羌无故实,言在耳目之内,寓目辄书,使人忘其鄙近。然奇章秀句,良有凿载,得景阳之諔诡,含茂先之靡漫,虽复千篇,犹一体耳。②"乾隆五十三年(1788)、五十四年、五十六年、嘉庆二年(1797)、三年,张问陶六过秦蜀栈道,沿途经过潼关、华州、西安、宝鸡等地。张问陶的咏陕诗为山水诗、纪行诗、时事诗、怀古诗。

(一)山水诗

《登华阴庙万寿阁望岳同亥白兄作》

车马年年太华西,几时结屋傍云梯。人宜玉女峰头老,天近莲花

① 舒位《瓶水斋诗集》,上海古籍出版社,1991年,第805页。
② 张问陶《船山诗草》上册,中华书局,1986年,第1页。

顶上低。地孽雍梁山自好,诗留李杜我何题。归将阅历夸邻叟,指点图经定不迷。

经常乘车路过华山以西,何时才能在华山建房。适合在玉女峰养老,站在莲花峰感觉天很低。大地在雍、梁分界,山川自然美好,李白的《西岳云台歌送丹丘子》和杜甫的《望岳》把华山的壮丽风光刻画得淋漓尽致,自己无需画蛇添足。回去向老邻居夸耀自己的经历,评说地理志时一定不会出错。诗人登上万寿阁眺望华山,赞美华山景色雄奇,惋惜自己无缘登上华山。此诗烘云托月,构思巧妙,联想丰富,笔力遒劲。

《望太白山》

形势抗西岳,尊严朝百灵。雪留秦汉白,山界雍梁青。鸟道欺三峡,神功怯五丁。峨眉可横绝,归梦记曾经。

太白山地形险要,可以与华山抗衡,地位尊贵,众神朝拜。山顶上秦汉的积雪至今洁白,作为雍、梁分界的山峰苍劲挺拔。山势陡峭超越三峡,山神的功力令武丁胆怯。气势磅礴胜出峨眉山,梦中犹记得看到的壮丽景象。诗人笔下的太白山雄伟神奇,令人难忘。此诗虚实结合,意境雄浑,笔力遒劲,气势壮观,层层对比,拟人生动。

《潼关》

时平容易度雄关,拍马河潼自往还。一曲纁黄瓜蔓水,数峰苍翠华阴山。登埤筑版丁男壮,呼酒烹羊守吏闲。最是绿杨斜掩处,红衫青笠画图间。

太平之际,经过雄伟险要的关隘轻松容易,可以打马自由出入潼关。脚下的黄河蜿蜒曲折像瓜蔓一样细,远处的华山数峰青绿。在城楼筑墙的男丁身体强壮,守吏悠闲自在地煮酒烹羊。绿杨半掩的小路,红衫青笠点缀其间,如同美丽的图画。诗人笔下的自然景色雄奇秀丽,生活场景丰富多彩。此诗视角多变,白描生动,意境闲适,比喻新奇,对比巧妙,言近旨远。

《雨后过五丁峡》

悬流争赴壑,轰若万马嘶。疲骡盘涧底,怒浪吞腰围。百指竞推挽，出没浮凫鹥。回梯真暗踏，肃肃如衔枚。急瀑奔大石，突兀来元龟。

雨后的五丁峡，瀑布争先恐后奔向深谷，轰鸣声如万马嘶鸣。疲惫的骡子在涧底盘桓，咆哮的河水淹没了骡子的腰。众人奋力拉扯，骡子就像野鸭和鸥鸟浮在水上。沿着梯子攀援而上，悄无声息如同衔枚行军。急流冲向形如大龟、突兀而立的磐石。这首诗描绘了五丁峡山高谷深、浪高流急的景象。诗人善于运用恰当的修辞手法，把景物刻画得气势逼人，惊心动魄。此诗意境奇异，比喻新颖，拟人生动，笔力遒劲。

《登凤岭绝顶俯看云气同亥白兄作》

朝发凤州郭，浓阴蔽千里。陟岭攀危梯，渐入层云里。隔手弥漫不见人，肩舆缥缈凌虚起。炎炎五月惊隆冬，苦将俗骨追仙踪。拟从世外招黄鹄，只恐眉间过白龙。披云突出如披絮，碧空影静开清曙。高低转眼变阴晴，回首尘寰渺何处？人境迷离太不经，来时鸟路愁冥冥。剑芒争割柔难分，吁嗟束手穷五丁。林壑无根欲浮动，翕然侧耳闻风霆。却似金焦南望海波涌，岛屿错杂微露尖山青。遥峰环拥满岩缺，欲覆神鳌气蓬勃。反映晨辉四照清，一堆晴雪真明瑟。翻怜下界雷雨黑，妄指精灵疑出没。闭门犹笋电光圆，那识征人在天阙！

诗人清晨从凤州城出发，浓密阴绿的树木遮蔽千里。沿着垂直的梯子攀登凤岭绝顶，渐渐进入聚集的云中，咫尺之内看不见人，轿子漂浮在云端，炎夏五月如同寒冬，俗人模仿神仙苦不堪言。想驾黄鹄升仙而去，却害怕眼前飞泻的瀑布。拨开云层冲出来，如同撕开棉絮，清晨，天空晴朗，周围格外宁静。云气变幻莫测，回头望去，尘世遥远不见踪影。人间的景象虚幻不实，上山时的险径令人忧愁。用宝剑劈开云雾，云气柔软难以分开，大力士五丁也束手无策。树木和山谷似乎在云中漂浮，耳畔茂密的树木在风中发出雷霆之声，仿佛置身金山、焦山，往下看，海浪汹涌，岛屿交错，微微露出青色的山尖。远处的山峰环抱，形成一个缺口，气势强盛，想要把神龟压住。晨曦透过云层的间隙照亮了四周,云雾如同日光下的白雪闪闪发光。反而可怜人间雷雨将至,天色昏黑,以为有精灵在云间出没。关起门来仍被闪烁的电光惊动,哪里知道远行人正身处天宫。诗人站在栈道的最高处俯瞰云海,变幻无穷的神奇景象令人神往。此诗虚实相生,意境壮丽,想象新奇,思致超然,对比巧妙,笔力雄健。

《七盘岭》

褒谷高于天,两崖互相啮。褒水犹飞龙,随山亦千折。攀藤遵蜿蜒,蛟螭出深窟。曲栏如层阶,羊肠上盘结。忽讶前旌回,穿林旋隐没。人行蚁堞间,纤瘦动毛发。望之摇心魂,自顾气亦夺。削壁孤根危,太古立积铁。累栈若附赘,欲踏疑溃决。侧首俯万仞,高林下蓊郁。惊涛自雷奔,但见涌微雪。时闻伐樵响,缥缈在仙阙。欬笑起云中,或是峰头鹘。雄关刺眼明,异境争狡黠。鸡帻昂然来,谁斫神龟骨?毫芒判生死,奇境真天设。矜慎乃全身,人谋胡可拙?

褒谷高耸入云,两边的悬崖交错,汉水如同飞龙,在山间曲折盘旋。长藤蜿蜒伸展,深窟中蛟螭出没。曲折的护栏如同一层层阶梯,羊肠小道旋绕而上。惊奇发现前面旌旗飘扬,随即又隐没在树林中,人行走在如蚂蚁窝一样的矮墙间,渺小如同毛发。放眼望去,让人心惊胆战,自顾,感到心神不宁。陡峭的山崖独自高耸,如同远古时代堆积而成的铁块。层叠的栈道就像附着在悬崖上的赘疣,脚踏在栈道上生怕它崩塌。侧头俯视万丈深壑,参天大树浓密茂盛。惊涛骇浪肆意狂奔,激起雪白的浪花。不时听到伐木的声音,清越悠扬之声好像来自仙宫。云中传来大笑声,可能是山鹰在鸣叫。雄伟的关隘令人惊心夺目,险象狰狞诡异。怪石千姿百态,大公鸡高傲走来,何人砍断神龟的骨头?极细微之处决定人的生死,如此神奇的景象乃天造地设。小心谨慎才能保全性命,人的谋略不能不高明。此诗想象新奇,比喻生动,意境奇异,联想巧妙,感悟深刻,富有哲理。

《望栈道作》

返照明汧渭,苍苍见益门。乱峰迎客舞,一水抱沙昏。峡仄牛羊细,林高虎豹尊。陈仓须尽醉,今日尚平原。

夕阳照在渭水上,波光粼粼,诗人在暮霭中遥望益门,只见连绵起伏的群山迎面而来,河水平静,清澈见底。山路逼仄,牛羊的身影渺小,树木参天,虎豹潜伏其中。到达陈仓,要一醉方休,可如今还在渭河平原。诗人归心似箭,站在渭河平原遥望蜀道,眼前的景物触动了乡关之思。此诗拟人生动,对比巧妙,遣词精当,形神毕肖,笔墨冲淡,意境雄奇。

(二) 咏史怀古诗

《骊山杂咏》

宝炬金莲照地光,山云犹自想衣裳。念奴憔悴龟年老,谁与诗人吊夜郎。

赐酒争怜塞上酥,销魂一斛旧明珠。不知清艳楼东赋,敌得霓裳小序无。

第一首诗,描写蜡烛和莲花灯把大地照得一片光明,看到灿烂的云彩联想到华美的衣裳。念奴色衰,龟年老了。有谁慰问被流放夜郎的诗人?

第二首诗,描写唐玄宗宠爱杨贵妃,安禄山与杨贵妃关系亲昵。唐玄宗迷恋声色,以一斛珍珠赐江采萍,并命乐工用新声谱曲。不知江妃清秀艳丽的《楼东赋》是否能与霓裳小序相匹敌。

诗人在骊山寻幽览胜,追怀往事,对李白怀才不遇、颠沛流离的遭遇充满同情,对唐明皇的薄情寡义、骄奢淫逸予以嘲讽。此诗化用巧妙,对比鲜明,笔墨含蓄,讽刺委婉,意境凄迷,言近旨远。

《咸阳怀古》

鄠杜莺花负好春,武皇遗迹已成陈。通天台观连云起,莫指阿房独过秦。

通天台为汉代甘泉宫中建筑,位于今陕西省淳化县。

诗人感叹鄠、杜的花鸟辜负了大好春光,汉武帝时期遗留的古迹被人遗忘。通天台拔地而起耸入云端,后人不要总是评说阿房宫,只指责秦始皇的过失。诗人感叹春光易逝,兴废无常,总结了历代帝王骄奢淫逸、劳民伤财的共性,揭示了兴亡成败的原因。此诗抚今追昔,意境苍凉,立意新颖,对比鲜明,见解独到,发人深省。

《重过马嵬》

儿女谁甘负好春?红闺几见可怜宵?三郎不合为天子,苦被江山误美人!

少年男女没有谁甘愿辜负美好时光,谁为闺中女子愁眉不展而心生怜惜?唐明皇不应该做皇帝,他为保全江山而牺牲杨贵妃深感痛苦。诗人感叹青春易逝、红颜薄命,对唐玄宗的痛苦抉择予以同情。此诗立意新颖,对比巧妙,设问精警,见解独到,耐人寻味。

《谒留侯祠》

数千年后访游踪,知在云山第几重?世乱奇书能早读,功成仙骨不争封。恩仇报尽寻黄石,戎马归来慕赤松。看遍汉家诸将相,斯人出没幻如龙。

诗人千年后寻访张良的踪迹,却不知道去哪里寻找。在动荡不安的乱世,张良得到《太公兵法》助其成功,建功立业后,超凡脱俗的张良不贪图荣华富贵。张良为韩国复仇后,寻找黄石公报答其恩。征战归来,仰慕赤松子,渴望成仙,遂隐居修道。汉朝众多的将相中,张良进退自如,神秘莫测。此诗设问巧妙,对比鲜明,笔力雄深,耐人寻味。

(三) 纪行诗

《咏怀旧游》

秦栈萦纡鸟道长,三年三度过陈仓。诗因虎豹驱除险,身为峰峦接应忙。雁响夜凄函谷雨,柳枝秋老灞桥霜。美人名士英雄墓,一概累累古道旁。

自秦入蜀的栈道盘旋曲折,崎岖艰险的道路漫长,三年之间三次经过陈仓。一路上,猛兽出没,不断排除艰难,因此诗情勃郁。行走在崇山峻岭之间,忙于应对,身心疲惫。函谷关的大雁在雨夜叫声凄凉,灞桥的柳树在秋霜中凋残。美人、名士、英雄的坟墓,在古道边排列成串。诗人为名利奔波劳碌,秋雨、归雁、落叶、坟茔,增强了失意、消沉的情绪。此诗意境凄清,造语奇崛,联想巧妙,言近旨远,情绪悲凉,感慨遥深。

《入秦栈》

风雪征途一剑寒,计程此日过长安。传闻羽檄驰三辅,或恐乡云阻七盘。何处淹留惊戍火,有人辛苦据归鞍。汉中形胜关秦楚,何止崎岖蜀道难。

诗人顶风冒雪在漫漫长路踽踽独行,计算行程,当天应该能到达长安。传闻长安一带军情紧急,诗人担心被阻留在七盘岭难以返乡。不知道要滞留在哪里?战事令人担忧,有人骑在马上,在归程中辛苦颠簸。汉中地理位置优越,地势险要,关系到秦、楚的安危,不只是崎岖艰险的入蜀通道。此诗立意高远,衬托巧妙,运笔曲折,情绪苦闷。

《雨后发黄牛堡》

夜雨汇众壑,溪涧吞江淮。怒涛奔西南,绕足争喧豗。喷沫漱奇石,宛然滟滪堆。山腰俯危栈,白日腾风雷。仿佛瞿塘游,孤舟落大洄。年时饱艰险,蛟螭狼与豺。片帆峡底出,一骑云中来。所遇无坦途,那得心颜开?

黄牛堡即黄牛铺,位于今陕西省凤县。

夜晚的大雨汇聚到纵横交织的山沟里,山间的河沟被长江、淮河一样的巨流吞没。汹涌的波涛奔向西南,脚下的河水打着旋涡发出轰响。喷涌着泡沫的河水冲击着怪石,景象如同滟滪堆。高险的栈道缠绕在山腰,惊涛骇浪气势威猛,发出巨大响声,似乎要冲入云霄。诗人仿佛在瞿塘峡游览,孤舟掉进漩涡。岁月充满艰难险阻,鬼怪横行,豺狼遍野。一只船从峡底浮出,一匹马从云中驰来。人生经历坎坷不平,怎么能够开心?诗人借旅途的艰险宣泄仕途蹭蹬的苦闷。此诗类比生动,拟人传神,意境雄奇,联想巧妙,寄寓深刻。

《西安客夜》

紫阁蓝田取次过,倦驱老马向山阿。貂裘易敝真愁绝,髀肉难生可奈何。诗入关中风刚健,人从灞上别离多。城南甲第夸韦杜,谁拨荒烟吊薜萝。

诗人依次经过紫阁、蓝田,疲惫不堪地驱使老马向山陵进发。貂裘磨破,极度忧愁,腿脚得不到休息,疲于奔命的境况令人无可奈何。在关中,诗的风格变得高雅刚健,走在灞桥上,离别之情油然而生。人们夸耀西安城南韦、杜二氏的宅第富丽堂皇,高士的住所荒凉破败,没有人去那里凭吊。诗人下第归乡,途中触景生情,引发离愁别恨以及世事无常的悲伤。此诗化用巧妙,对比鲜明,意境苍凉,心绪凄楚。

《华阴月夜》

夜月闲如此,劳劳又远游。春寒敷水静,天迥岳云收。照我无聊客,怀人何处楼。清晖凝片影,风露满秦州。

夜月如此安静,辛劳的人离家远行。春寒料峭,敷水平静无波,天空高远,华山的云雾收敛。月亮照在心情郁闷的诗人身上,心中怀念的人在何处倚楼望月。明净的光辉凝聚成一片影子,整个秦州笼罩在寒风清露之中。诗人旅途中,感到孤独寂寞,夜深人静之时,望月思乡。以华阴月夜的凄清景色,衬托离愁别绪。此诗笔墨冲淡,白描传神,虚实相生,意境清幽,言近旨远,情韵深永。

《宝鸡》

卖酒楼何处,荒台尚祀鸡。人烟汧水北,乡梦益门西。山入回中乱,天临剑外低。子规如识我,犹为尽情啼。

卖酒楼无处可寻,荒凉的土台还在祭祀石鸡。看到汧水北边的人家,想到益门西边日思夜想的故乡。置身山中,层峦起伏,山路盘旋,令人眼花缭乱。到了剑阁感觉天空变低了。杜鹃鸟好像认识诗人一般,纵情啼叫。人在旅途,孤独寂寞,所见景物触发了诗人的乡关之思。此诗笔墨清新,白描传神,意境凄清,拟人生动,联想巧妙,情绪感伤。

《华州》

城郭垂杨里,村墟少华前。年丰民气健,山近土膏坚。麦酒难疗渴,驼羹不取钱。可惜西去客,枵腹过秦州。

华州城掩映在垂柳之中,村庄背靠少华山。庄稼丰收,民众的精力充沛,山下肥沃的土地厚实。麦酒难以解渴,驼羹不要钱。可惜西行的客人,空着肚子经过秦州。张问陶落第归乡,途经华州,华州风光秀丽,五谷丰登,百姓安乐,民风淳朴,但诗人身心疲惫无心停留。此诗衬托巧妙,笔墨冲淡,白描生动,地域色彩鲜明独特。

《宁羌州》

不过金牛峡,安知此地平。乱峰犹簇拥,数亩忽纵横。柳暗鱼凫国,花明羊鹿坪。连朝山雨足,时有叱牛声。

没有去过金牛峡,怎么知道这里土地平坦。起伏的山峰还环抱在一起,突然大片纵横交错的田地映入眼帘。鱼凫国柳树叶茂荫浓,羊鹿坪鲜花夺目。接连几天山中雨水丰沛,不时听到吆喝牛的声音。诗人笔下的宁羌州美景如画,生活安乐,富有田园意趣。此诗移步换景,对比鲜明,白描生动,意境新奇,言近旨远,韵味隽永。

(四)时事诗

《戊午二月九日出栈宿宝鸡县题壁十八首》(选四首)

汉沔东流雪未消,军符络绎马蹄骄。仓皇鬼蜮来无定,破碎峰峦望转遥。地险不闻由我据,城危几度看人烧。商於何止关秦楚,陇蜀河潼路万条。

才过梁州又凤州,含情重问草凉楼。磨驴步步皆陈迹,风柳条条是别愁。花鸟三春禁雨雪,关河千里见戈矛。元戎谁有书生胆,快马轻刀自远游。

长途心绪久寒灰,蜀垒秦关去复回。两地有家离聚苦,连营无路梦魂猜。几人还唱从军乐,何日真逢拨乱才。行尽残山重叹息,年时已是贼中来。

夔万巴渠鸟路长,通秦连楚斗豺狼。天如有意屠边徼,我忍无情哭故乡。八口艰虞犹剑外,一身飘忽又陈仓。风诗已废哀重写,不是伤心古战场。

421

第一首诗,描写汉水、沔水向东奔流,雪未融化,传达重要军令的驿马连续不断,骄横狂妄。慌张离开鬼怪横行的地方,回首眺望,参差嵯峨的峰峦变得遥远。没有占据险要的地势,曾看到高大的城池几次被焚烧。汉中、安康一带不仅关系到秦、楚的安危,而且影响到其他地方,此处有众多道路通往陇、蜀、潼关。

第二首诗,描写才经过汉中又到了凤县,再次充满深情向草凉楼问好。毛驴走过之处遍布遗迹,风中的柳枝流露出离情别绪。春天,花鸟被雨雪禁锢,看不到鸟语花香的景象,艰难的旅途上,战火蔓延千里。三军统帅没有胆识,不如骑马挎刀独自远行的书生。

第三首诗,描写漫漫旅途,诗人心灰意冷,不断往返于秦、蜀之间的关隘。秦、蜀之间的栈道通往故乡,聚少离多,内心痛苦。连绵不绝的营寨阻断去路,魂牵梦绕,心神不宁。没有人唱从军乐的曲子,何时才能出现平定祸乱的贤才。走完旅程,目睹残破的山河,发出沉重的叹息,去年就已经遭遇过强盗了。

第四首诗,描写夔门、万县、巴山、渠江,艰险的道路漫长,栈道与秦、楚相连,一路上与野兽搏斗。老天仿佛有意在边境大肆屠杀,诗人强忍悲痛为故乡哭泣。战乱频繁的年月,八位亲人在剑阁内的蜀中生活,诗人漂泊在外,身处宝鸡。国风废弃,满怀哀伤重新书写,不是因为目睹古战场的遗迹而伤心难过。

1796 年,川、楚、陕、甘、豫爆发白莲教起义,历时 9 年,纵横五省,影响深远。1798 年,张问陶前往北京,途经宝鸡,目睹白莲教起义的动荡景象。

诗人如实描写了白莲教的声势以及生民涂炭的惨状,揭露了文官武将的贪婪残忍、腐朽无能,表达了对民生疾苦的同情,抒发了对亲人的深切担忧。这组诗比喻新奇,拟人生动,对比鲜明,笔墨犀利,讽刺辛辣,直抒胸臆,感情悲愤。

十八、李复心(约 1765—1830),号虚白道人,四川省成都市人。李复心著有《朗吟集》,编辑《忠武侯祠墓志》9 卷,存世诗歌 20 余首。

李复心在"陕西勉县任武侯祠主持长达三十余年①"。李复心的咏陕诗为游览诗、山水诗。

(一) 游览诗

《登汉武帝祈仙台》

武帝祈仙尚有踪,高台筑向翠微峰。金丹仿佛云中授,绛节虚无梦里逢。几见真人来跨鹤,犹闻羽士说攀龙。至今寂寞空山上,明月依然照古松。

汉武帝求仙的地方尚在,祈仙的高台建造在青翠的山上。神仙从天上送来长生的金丹,在梦里见到手持符节的神仙。仿佛看到真人骑鹤飞升成仙,好像听到道士说黄帝乘龙成神。如今山上难觅神仙的踪影,只有明月依旧照耀古松。此诗抚今追昔,立意新颖,想象出尘,虚实相生,意境神奇,思致超然。

(二) 山水诗

《七盘关》

不知秦蜀险,拨雾上云岚。万壑流川北,孤峰接汉南。山形盘作七,河派别成三。独立雄关上,高巅近蔚蓝。

不知道蜀道艰险,冲破云雾,登上云气缭绕的山顶,群山绵延至川北,孤峰连接着汉南。山势蜿蜒曲折,河水朝不同方向奔流。独自站在雄关之上,山顶仿佛挨着蔚蓝的天空。此诗视角多变,遣词精妙,笔力遒劲,意境雄浑。

十九、王志瀜(1765—?),字幼海,陕西省渭南市人。乾隆壬子(1792)举人。著有《澹粹轩诗草》4 卷。王志瀜的咏陕诗为山水诗。

《游韦曲饮牛头寺》

春融林麓快携尊,水绕山回第几村。燕子乍逢韦曲渡,桃花开过杜祠门。天涯旧雨怀芳草,寺壁前题认墨痕。莫更临风吹玉笛,远烟斜日已销魂。

---

① 冯岁平《虚白道人及其〈忠武侯祠墓志〉》,《文博》,2000 年第 6 期,第 63 页。

春气融和，诗人心情愉悦，携酒入山，山重水复，不知牛头寺藏身何处。韦曲渡口燕子飞来，杜祠门前桃花盛开。浪迹天下的游子怀念远方的友人，在牛头寺的墙壁上辨认之前题诗的墨迹。不用在风中吹笛，夕阳西下，远处的云烟浮动，令人伤情。此诗笔墨清新，白描生动，意境清幽，用典精当，悲喜交加，韵味隽永。

二十、杨芳（1770—1846），字通逵、诚村，贵州省松桃县人。著有《平平录》。杨芳的咏陕诗为怀古诗。

《谒留侯祠》

剑佩依然像设空，谁从辟谷讯丹宫？沿流露石长疑雨，尽日修篁不满风。同辈韩萧推俊杰，后来园绮识英雄。偏怜帝佐非常略，一击销沉博浪中。

张良已逝，只剩下佩剑的塑像屹立祠中，他离开庙堂，跟随何人隐居深山学习辟谷术？河水打湿了岩石，仿佛下过雨，修长的竹子在风中摇曳。张良向刘邦推荐才智杰出的韩信、萧何，让东园公、绮里季出山辅佐太子。世人一味赞美张良是王佐之才，具有非同寻常的谋略，他曾在博浪沙中椎击秦始皇之举却埋没无闻。此诗立意新颖，见解独到，设问精妙，引人遐想，用典贴切。

二十一、宋翔凤（1777—1860），字于庭，江苏省苏州市人。嘉庆辛酉（1800）举人。著有《忆山堂诗录》8 卷、《洞箫楼诗纪》24 卷、《朴学斋文录》4 卷、《香草词》2 卷、《碧云庵词》2 卷、《洞箫词》1 卷。李兆洛评价："于庭则间为诗文，其清无尘而思甚远……于庭之所造，复不得志于时，而一寄于诗，或者动乎无憀之境，激为过当之词，今玩其全文，又何和平坦夷，权衡轻重以出之，则其言终不离乎经生之言，而非徒事于词章者之所能。①"宋翔凤的咏陕诗为怀古诗。

《骊山汤泉怀古》

秦关百二暮烟昏，且取开天旧事论。鹑首度中人小劫，骊山宫下

---

① 朱惠国《论宋翔凤词学思想及其意义》，《复旦学报》，2005 年第 3 期，第 81 页。

水常温。涓流似泻当年泪,残甃难寻旧日痕。寂寞方池晚来浴,一瓯新茗坐云根。

关中雄伟险要的山川在暮霭中渐渐模糊,诗人不禁想起开元、天宝遗事。感叹秦地几经劫难,物是人非,骊山下的温泉却依然如故。温泉水涓涓流淌如同伤心人的眼泪,从残垣断壁难觅昔日的辉煌。寂静的夜晚,诗人于温泉沐浴后,坐在僧寺中品尝新茶。此诗抚今追昔,对比巧妙,比喻新奇,意境苍凉,韵味隽永。

二十二、胡超(1780—1849),字卓峰,重庆市人。著有《军余纪咏》1卷及《训兵要言》。胡超的咏陕诗为怀古诗。

《谒留侯祠》

山势嵯峨翠柏芳,留侯辟谷越寻常。忠心一点复韩国,义气千秋报汉王。妙算秘承黄石册,高风独托赤松藏。我来瞻仰钦遗范,借箸安刘仰子房。

山峰高峻,翠柏芬芳,张良在山中隐居修道,其见识超越凡俗。张良赤胆忠心,曾为韩国报仇,为伸张正义而报效刘邦。他的神机妙算得益于黄石公传授的《太公兵法》,张良情操高尚,欲从赤松子修炼。诗人瞻仰张良的遗像,敬佩他的风范。张良为刘邦谋划,具有兴国安邦的才干,令人景仰。此诗直抒胸臆,立意高远,笔力遒劲,格调肃穆。

二十三、林则徐(1785—1851),字元抚、少穆、石麟,号埃村老人、埃村退史等,福建省闽侯县人。嘉庆十六年(1811)进士。林则徐著有《云左山房文钞》4卷、《云左山房诗钞》8卷、《林文忠公政书》37卷、《荷戈纪程》1卷等,存世诗歌650余首。陈衍评价:"公勋业彪炳,而古今体稳惬流美,几欲媲美安阳、石湖矣。奉使滇中,过山厉水刻处,写景如画。[①]"道光七年(1827),林则徐任陕西按察使、代理布政使,道光二十六年(1846),任陕西巡抚。林则徐的咏陕诗为怀古诗、山水诗。

---

① 林则徐著,郑丽生校笺《林则徐诗集》,海峡文艺出版社,1987年,第703页。

（一）怀古诗

《题杨太真墓八首》

六军何事驻征骖，妾为君王死亦甘。抛得蛾眉安将士，人间从此重生男。

费尽金钱贾祸胎，猪龙谁遣入宫来。重泉尚听渔阳鼓，可有胡儿哭母哀。

才过生日咒长生，谁料生天促此行。六月佛堂凉似水，梵王挥手竟无情。

龙脑汤泉也自温，华清宫殿锁千门。红尘荔子来何晚，一嗅余香不返魂。

翻幸长门一斛珠，不随车骑委泥涂。报他寿邸群妃道，好是罗敷自有夫。

在地犹为连理枝，却因摇落正花时。秋风若待歌团扇，那得天恩辗转思。

金粟堆前独鸟呼，棠梨树下月轮孤。三郎不遣招同穴，空望香魂入梦苏。

籍甚才名长恨篇，先皇惭德老臣宣。诗家解识君亲义，杜老而还只郑畋。

第一首诗，描写禁军为何停车不行，杨贵妃为了唐明皇心甘情愿赴死。唐明皇为了安抚将士忍痛抛弃杨贵妃，世人从此重男轻女。

第二首诗，描写浪费金钱买来祸根，是何人让安禄山进宫的。九泉之下能听到惊天动地的鼙鼓声，是否有胡儿为母亲伤心痛苦。

第三首诗，描写杨贵妃才过了生日又祈求长生不老，不料此行促其升天。六月的佛堂极为阴冷，唐玄宗决然离开，冷漠无情。

第四首诗，描写龙脑温泉没有人洗浴，华清宫的大门紧闭。不见运送荔枝的驿马在尘土中奔来，闻一闻空气中的余香，无法让杨贵妃还魂。

第五首诗，描写失宠的江采苹反而是幸运的，没有跟随唐明皇出逃而被葬于路边。给寿王的众多嫔妃捎话，以罗敷为榜样，遵守妇道。

第六首诗，描写李、杨在人间是像连理枝一样的恩爱夫妻，然而，正在鲜花盛开时却被摧残凋零。如果杨贵妃像班婕妤一样，如同秋天的团扇被抛弃，唐明皇就不会思念她而难以入眠。

第七首诗，描写唐玄宗的陵墓前失伴的鸟儿哀啼，月光下，棠梨树的影子格外孤单。唐明皇没有让杨贵妃与自己合葬，徒然盼望能在梦中见到杨贵妃。

第八首诗，描写白居易凭借《长恨歌》而闻名，唐玄宗因错误行为而心怀愧疚，年老的臣子传扬其事。知晓君臣大义的诗人，杜甫之后就是郑畋。

这组诗描写唐明皇重用安禄山，骄奢淫逸，导致安史之乱，使杨贵妃命丧马嵬。诗人认为唐明皇自私自利，无情无义，批评白居易徒有虚名，称赞杜甫、郑畋关心国家命运和百姓疾苦。这组诗构思新颖，类比巧妙，比喻生动，想象新奇，笔墨含蓄，讽刺冷峻，情韵深永，耐人寻味。

《谒留侯祠》

除秦便了复仇心，勇退非关虑患深。博浪沙椎如早中，十年应已卧山林。

偶凭道力领三军，天汉通灵压楚氛。烧绝褒斜千古道，羽衣终占一山云。

漫将巾帼拟须眉，仙骨珊珊世岂知。赚煞英雄谈面背，藏弓烹狗悔未迟。

清泉瀌瀌竹娟娟，七十二峰青可怜。但借先生半弓地，不须避谷也登仙。

第一首诗，描写消灭了秦，了却了张良报仇的心愿，他急流勇退不是忧虑祸患。如果在博浪沙椎杀秦始皇成功，早在十年前张良就已经隐居山林。

第二首诗，描写偶然凭借修道的功力而统领三军，汉朝有神灵保佑而力压楚国。烧毁了历史久远的褒斜栈道,最终隐遁深山成为神仙。

第三首诗,描写不要把女子比作男子,世人不知道张良具有仙风道骨,高洁飘逸。欺骗英雄奢谈全身之术,良弓藏、走狗烹的悲剧发生时后悔也不晚。

第四首诗,描写清澈的泉水潺潺流淌,修竹在风中摇曳多姿。七十二座青翠的山峰美不胜收,张良只要有很小一块地方,不用练习辟谷就能成为神仙。

诗人拜谒留侯祠,思考张良功成身退的原因。这组诗立意新颖,见解独到,直抒胸臆,说理透彻。

(二) 山水诗

《华阴令姜海珊申璠招余与陈赓堂尧书、刘闻石建韶同游华山,归途赋诗奉柬》

神君管领金天岳,坐对三峰看未足。公余喜共客登临,恰我西行来不速。樱笋厨开浴佛时,暂辍放衙事休沐。灏灵宫殿访碑行(华岳庙旧名灏灵宫,昨于庙中同观石刻),清白园林对床宿(华岳麓有杨氏园林,题曰清白别墅,游山前一夕宿此)。凌晨天气半阴晴,昼永无烦宵秉烛。竹杖芒鞋结侪侣,酒榼茶铛付僮仆。云梦观里约乘云,玉泉院中闻漱玉。同侪各挟济胜具,初陟坡陀踵相续。嶂叠峰回路忽穷,谁料重关在山曲。微径蜿蜒蚁旋磨,绝蹬攀跻鮎上竹。箭镞依稀王猛台,丹砂隐现张超谷。莎萝坪与青柯坪,小憩聊寻道书读。过此巉岩愈危绝,铁锁高垂手难触。五千仞峻徒窘步,十八盘经犹骇目。恨无谢朓惊人诗,恐学昌黎绝顶哭。游人到此怪山灵,奇险逼人何太酷。岂知山更怪人顽,无端蹴踏穿其腹。兹山峭拔本天成,但以骨挺不以肉。呼吸真教帝座通,避趋一任人间俗。如君超诣迥出尘,上感岳神选民福。荡胸自有层云生,秀语岂徒夺山绿。希夷石峡应重开(谓赓堂),海蟾仙庵亦堪筑(刘海蟾修炼于华山,借谓闻石)。独惭塞外荷戈人,何日阴崖结茅屋。惟期归马此山阳,遥听封人上三祝。

神仙掌管着西岳华山,坐看三峰意犹未尽。虽然没有受到邀请,但恰逢我也要去,就在公务之余暇欣然与众人一起登山,浴佛之日朝宴时,暂时退衙休假。到灏灵宫看碑文,在杨氏园林清白别墅与友人对床而卧。凌晨时分天气多云,白昼漫长,无须晚上持烛照明。手持竹杖,脚穿草鞋,与朋友一起游玩,把酒器与茶具交给僮仆。在云梦观里相约一起修炼驾云,在玉泉院听泉流漱石,声若击玉。同伴都有攀越胜境、登山临水的好身体,前脚紧跟后脚登上山坡。山峰众多而险峻,峰峦重叠环绕,忽然看不到路径,不料层层险关出现在山势曲折隐蔽处。小路萦回屈曲,人行其间,像蚂蚁跟着磨盘转动一样。攀登陡峭的石阶,像鲇鱼上竹一般想前进反而后退。在王猛台依稀可见箭头上的金属尖,在张超谷隐约可见丹砂炼成的丹药。在莎萝坪与青柯坪短暂休息,阅读道家、佛家的典籍。经过一处险峻的山岩,前面有更加危险的地方。铁索高悬,手摸不到。极为高险之处,步履艰难,过了十八盘,眼前的景象仍然使人惊骇。惭愧自己写不出谢朓的惊人诗句,害怕像韩愈一样站在山顶痛哭。游人到了此处责怪山神,如此险峻,让人感到生命受威胁,何其残酷。哪知山神责怪人冥顽不灵,无故踩踏、打穿山神的肚腹。华山的高而陡是自然造就,华山山石峻嶒,以险著称于世,而非以圆润秀丽闻名天下。顷刻之间接触到天上的帝坐星,尽快离开庸俗的人间。像华阴令一样高超脱俗,去感动山神,造福于民。看着山间积聚的云气,心胸摇荡,秀美的语句何止于赞美苍翠的山峰。像陈抟一样在希夷谷修炼,如刘海蟾一般在华山隐居。自己深感惭愧,不知何时能在背阳的山崖上修筑茅屋隐居。只愿战争平息,在华山南面放牧,远远地听封疆之官的祝颂语。这首诗描述了与友人登华山的经过及感受,诗人笔下的华山,道路崎岖,山势险峻,令人胆战心惊,然而奇异的景色让诗人忘记烦恼,流连忘返。诗人表达了厌倦宦海浮沉,渴望归隐林泉的心愿。此诗想象奇特,拟人生动,比喻新颖,用典精当,意境雄奇,思致超然,笔墨酣畅,浑然天成。

二十四、张祥河(1785—1862),字符卿、元卿、诗舲,上海市人。

嘉庆二十五年(1820)进士。张祥河著有《小重山房初稿》24卷、《小重山房诗续录》12卷、《诗龄诗录》6卷、《诗龄词录》2卷等。李慈铭评价："今观其所作,实亦未足以致人言也,其工拙固不暇论。①"道光二十八年至咸丰三年(1848—1853),张祥河任陕西巡抚。张祥河的咏陕诗为怀古诗。

《汉台题壁》

突兀平沙最上头,登台一豁汉川眸。定军山接风云古,拜将坛分鼓角秋。天际何人攀老桂,江干到此见维舟。苍茫重读渔洋句,落照兴元啜茗留。

汉台高耸于广阔的沙地上,登上汉台,眺望汉川,眼界顿时开阔。仿佛看到定军山上豪迈激烈的场景,听到拜将坛的雄壮鼓角。天边月光皎洁,大船停靠在江岸边。在暮色中,重读王渔洋的诗句,夕阳下,在汉中城喝茶赏景。此诗想象新奇,虚实相生,笔墨冲淡,意境雄浑,言近旨远,韵味隽永。

二十五、魏源(1794—1857),原名远达,字默深、默生、汉士,湖南省邵阳市人。道光二十五年(1845)进士。魏源著有《古微堂文集》10卷、《古微堂诗集》10卷、《清夜斋文集》20卷、《诗古微》20卷、《海国图志》100卷等,存世诗歌910余首。郭嵩涛评价："人知其以经济名世,不知其能诗。而先生之诗顾最夥。游山诗,山水草木之奇丽,云烟之变幻,瀚然喷起于纸上,奇情诡趣,奔赴交会。盖先生之心,平视唐宋以来作者,负才以与之角,将以极古今文字之变,自发其欹崎历落之气。每有所作,奇古峭厉,倏忽变化,不可端倪。又深入佛理,清转华妙,超悟尘表,而其脉络之输委,文词之映合,一出于温纯质实,无有幽深扞格使人疑眩者。其于古诗人,冲夷秀旷,宕逸入神,诚有不足,然岂先生之所屑意哉!②"嘉庆二十四年(1819),魏源曾到潼关、华山、西

---

① 李慈铭《越缦堂读书记》,上海书店出版社,2015年,第1124页。
② 魏源《魏源集》下册,中华书局,2009年,第946页。

安、子午谷等地。道光八年(1828),魏源再到陕西。魏源的咏陕诗为山水诗、纪行诗、怀古诗。

(一) 山水诗

《华山西谷》(四首)

苍苍惟一色,不辨云树峰。浩浩惟一声,不辨风泉松。入谷几千曲,穿云将万重。时时乱石间,洄潭卷天容。寻源不得源,讵惜劳双筇。山荒人迹绝,猨鸟俱鸿蒙。谁知万壑响,出自微泉淙。万泉之上游,关键万峰中。出入石府藏,讵非龙所宫。空翠风不卷,气与诸天通。

溪山各无言,万云所酣醉。水石各无心,万松为映渍。松云几万重,浸得衣浑翠。身似鱼游空,何待生羽翼。仰视峡中天,古井澜不沸。咳唾不敢轻,谷响殷潮势。步步皆岳魂,息息通仙忾。莹然一寸心,苍苍照天地。诗难状碧空,梦亦浮元气。何人苍龙岭,俯瞷思飘坠。请谢世网尘,长枕秋云睡。仙犬守云扃,毋许渔樵至。

山穷水尽处,群龙天上来。泉泉云所化,石石星所胚。万丈芙蓉烈,中有银河洄。积此千仞水,郁为万古苔。想当开辟初,莲花面面开。花间万斛源,神物蟉其隈。见水不见石,所至无坚厓。从此万象归,昼夜冰雪豗。一潭一变化,一瀑一济淮。至今秋雨天,石破惊皇娲。出坎入坎龙,九地九天雷。我来但莹碧,光影涵三才。愿借玉女盆,酌此玉井杯;更借巨灵擘,劈驭片琼瑰。携归傲嵩岱,何独小黟台。

陟岳尽苦险,未得岳门阈。登山须问峡,谷则峡水脉。一岭划两谷,门户从此辟。谷穷峡乃出,源尽岭斯迫。试问秦蜀栈,阁道通千驿。矧此数里程,何暇五丁劈。凿栈八九重,避幢百千尺。鸟道绝蚁附,猱攀变蹇策。尽辟铁絙险,化为云水石。试问涛与松,可许青云屐。

第一首诗,描写满眼苍翠,一望无际,分辨不清云中的树与山峰。声音宏大,汇成一片,听不出水声、风声、松涛声。进入山谷,不停地盘旋而行,不断地穿入层层云雾。行走于乱石间,天空倒映在水中,水流湍急，形成漩涡。寻找不到水源，不惜费力拄双杖寻找。山间偏僻，人迹罕至，猿猴、飞鸟都是宇宙形成时就生活于此。山谷中的响声，源自泉水流动的声音。泉水的上游深藏于万山之中，泉水出入的石洞，难道不是龙宫。风吹不散青色的、潮湿的雾气，雾气弥漫于宇宙之间。

第二首诗，描写溪水与山峰静默不语，云彩沉醉。流水与石头各自无意，松树为其染上色彩。青松茂盛，白云浓密，衣服仿佛被染成绿色，身体仿佛在空中游动，不用长出翅膀。仰望峡谷中的天空，如同没有波澜的古井一般。轻轻咳嗽一声，山谷中的回声仿佛大潮的声势。处处都有山神的身影，时刻感受到神仙的存在。纯洁明亮的一片诚心，照耀广阔的天地。诗句难以描绘天空的神秘，在梦中遨游宇宙。谁站在苍龙岭，从高处往下看，想飘落人间。逃离人世的束缚，高卧山中。神犬守护天门，不让闲人到来。

第三首诗，描写在山和水的尽头，一群龙从天而降。白云变化为泉水，星星孕育出石头。万丈莲花裂开，山中瀑布仿佛银河倒流。千丈飞流直下，山石上郁积了厚厚的苔藓。回想开天辟地之初，莲花盛开。莲花心是巨大水流的源头，神灵盘曲于水边。能看到水却看不到石头，所到之处没有坚实的岸。把宇宙内外的一切景象纳入其中，水日夜不息，冲击成冰雪一般的浪花。潭水变化无穷，瀑布汇入大河。秋雨绵绵之际，炼石补天处，石破惊动女娲。龙脱险又遇险，雷霆响彻大地和九霄。置身水光山色之间，日光把天、地、人包容其中。借来玉女的洗头盆，以此为杯斟入玉井中的水。借助巨灵的手掌，劈开巨大的美玉，拾取一片珠玉。带上它向嵩山和泰山炫耀，为何只轻视黄山、天台山。

第四首诗，描写登华山历尽艰难险阻，却没有找到华山的门槛。上山要寻找峡谷，峡谷中有水流。一座山峰分开两个山谷，由此开辟了山的出入口。两山间夹道的尽头就是峡，走到水源的尽头便接近山峰了。秦、蜀之间有栈道，栈道通往无数驿站。况且这几里的路程，何须五丁劈山开路。挖栈道八九层，避开千尺瞳。险峻的山路上，蚂蚁也爬不过去。猿猴才能攀登的山峰,人行走艰难。在借助铁索才能攀登的险峻之处开辟道路,在山水之间漫游。询问波涛与松树,是否允许隐士上山修炼。

　　这四首诗,其一描写入谷道路艰难,乱石穿空,道路崎岖,人迹罕至;其二描写深谷当中的水、石、云、松等景物,山谷远离世俗尘嚣,极其清幽,是神仙之地;其三描写山穷水尽之后的豁然开朗,奇峰兀立,飞流千尺,潭水幽深,景象神奇;其四描写登山入谷的感受,总结找到登山路径的方法,感叹栈道尤其艰险。这组诗构思新颖,想象丰富,意境神奇,思致超然,对比巧妙,比喻生动,拟人传神,笔力遒劲,气势恢宏。

《骊山》

　　雪后汤泉冷,云浮往事空。至今泉上月,犹恋渭前宫。水尚柔人骨,山因吊古雄。郁葱烟树里,屋社百王同。

　　雪后的泉水不再温暖,白云飘散,往事成空。温泉上空的月亮,仍然对渭水边的宫殿充满留恋,流水让人产生柔情,骊山因为深厚的历史而雄浑。云烟缭绕的茂盛树木见证了无数王朝的倾覆。此诗抚今追昔,意境苍凉,拟人传神,笔墨冲淡,言近旨远,韵味隽永。

《关中览古》之《蓝田关》

　　终南自此终,华阳自此始。诸峰趋太华,皆作太华体。蓝田望武关,秦岭相首尾。辋水如车幅,谷口纵横潵。峰峦互开阖,山川相织绮。入深天渐高,人马盘空蚁。不觉水声微,但咽风云驶。回首灞浐城,斜阳万山紫。似缩秦川图,铺之马足底。云与地为一,天去山如咫。战垒复何存,征途谣匪儿。

　　蓝田关是终南山的终点,是华山以南区域的起点。众多山峰向华山聚拢,与华山组成一体。蓝田关与武关相望,是秦岭的起点和终点。辋水如车幅一般,在山谷的出入口分散开来,汩汩流淌。山峦或断开或绵延不绝,山峰与河流相互交错。走进山的深处,天空愈加高远,人和马在凌空的山路上盘旋,看上去像蚂蚁一样。没有感到水流声减弱,只是风声掩盖了水声。回望灞水与浐河环绕的城邑,夕阳下,群山笼罩在紫气中。仿佛把秦川缩小成一幅图,铺展于马蹄之下。云雾笼罩大地,山离天咫尺。战争中用以防守的堡垒消失,似乎听到征夫在远行途中感叹徭役的歌曲。诗人描写蓝田关地势险要,景色壮丽,站在蓝田关俯视关中,风光无限。此诗视角多变,意境雄浑,笔力遒劲,气势磅礴,联想巧妙,富有深意。

《南山龙湫》

雪然阳厓峥,呀然阴谷霤。桀然中台竦,森然五峰秀。大山宫小山,上帝开天囿。老龙宅其中,城郭环伺候。出入风雨从,黑云屯陇右。陟巅俯寒碧,仰被圆灵覆。窅然尘世绝,自辟幽深宙。南山亘华阳,蜿蜒嫌沓袤。自非奥天阍,奚以专地轴。梵呗殷牝谷,松涛琴岩岫。惟应大雄力,永镇神奸蟄。

水声轰鸣的向阳的山崖耸立,深广的背阳的山谷中水倾泻而下。高耸的中台翘首远望,树木茂盛的五峰景色秀丽,大山围绕小山,上帝开放天上的囿苑。老龙住在其中,有城郭环绕守候。龙出入水中,有风雨相伴,陇右黑云聚集。登上山顶,俯视清冷的水潭,抬头仰望,天空覆盖其上。四周一片岑寂,与尘世隔绝,自成一个幽僻的世界。终南山在华山之南,连绵不断,萦回曲折,层层叠叠,广袤无垠。既然不是幽深的天门,为何以地轴自居。溪谷之中充满诵经的声音,山上的松涛像琴声一样美妙。让释迦牟尼佛的力量,镇压害人鬼怪的迷惑。诗人描写南五台的险峰秀岩,气势恢宏,龙湫清澈深邃,环境清幽,俨然世外。此诗想象新奇,意境奇特,造语奇崛,比拟生动,寓意深远。

《龙门》

龙门之奇,终古所同。唯冬月冰合,至此,冰皆立积,不行者旬月,尤为奇绝。

万冰薄龙门,一一冰皆立。直积冰岳雄,重新天险辟。不分水清浊,并觉霆寥寂。从知世界奇,天意非人力。蛟龙蛰其下,万灵觇其侧。何必桃浪至,谬称鲤三级。

龙门的奇特,自古不变,冬天河水结冰,冰堆积得很高,一个月不能通行,令人称绝。

龙门结了厚厚的冰,一个个冰峰耸立,堆积成雄壮的冰山,形成新的天险。浑水、清水难以区分,雷霆般的黄河寂静无声。世界的奇迹,是老天造就,非人力所为。蛟龙蛰居于冰下,众生灵在一旁等候朝见。不用等到桃花盛开、河水上涨的时候,妄称鲤鱼跃龙门。诗人生动描写了龙门冬天的奇异景象,冬天的龙门,冰层极厚,冰峰耸立,气势雄壮。此诗想象新奇,意境神奇,对比巧妙,见解独到。

《玉华宫》

泉温使人春,泉瀑使人秋。如何玉华驾,不及骊山驺?无乃冰雪气,未称霓裳讴。嵯峨萧瑟间,栋牖松云浮。几见洞天内,频邀黄屋留。我来但高寒,万壑松涛飚。中夕风雨咙,尚恐渔阳桴。汾阳姑射访,空同广成谀。窅然丧南面,怅矣黄虞游。

玉华宫位于今陕西省铜川市玉华镇,是唐代皇帝避暑的行宫。

温泉让人感受到春天的气息,瀑布令人感受到秋意。为何玉华宫的车驾比不上骊山的马?岂不是清正高洁的操守,不如霓裳羽衣曲。山势高峻,环境冷清,窗前松树掩映,白云缭绕。经常看见这个神仙居住的胜地,吸引帝王频繁停留。诗人来到玉华宫,此处地势高而寒冷,山谷中大风急剧,松涛阵阵。半夜风雨交加,雷声轰鸣,以为是渔阳鼙鼓击响。去汾水之阳的姑射山寻访神仙,到崆峒山问道于广成子。失去帝位深感寂寞,黄帝、虞舜怅然出游。诗人描写玉华宫的石室、飞瀑、松涛,突出了玉华宫高寒清幽的特点,表达了对山水的热爱、对现实的关注、对历史的思考。此诗抚今追昔,对比鲜明,联想巧妙,意境神奇,用典精当,寄寓深刻。

《潼关》

晓日潼关启,云胸诀荡开。千秋河岳色,犹挟汉唐来。马带中原雨,车驱万壑雷。何须论德险,兴废一莓苔。

清晨太阳升起,潼关城门打开,眼前的景色令诗人胸襟开阔,横逸豪放。山川饱经岁月沧桑，散发出汉唐的气息。骏马驰骋，中原血雨腥风，战车奔驰，山谷中杀声如雷。后人不必争论天下治乱是凭借天险还是依靠仁德，兴衰不过是一片青苔。诗人面对潼关的壮丽山河，感叹兴衰无常。此诗抚今追昔，意境壮阔，笔力遒劲，比喻新奇，见解独到，耐人寻味。

《栈道杂诗》七首

陇山自此终，南山自此始。秦坤蜀艮吭，大断乃大峙。万山东一坪，沔渭分峡水。观山必观峡，左右万峰倚。雄关亘云际，联之一线耳。果然关之东，雪瀑半坡起。翠壁泻浪浪，万仞杳无底。陈仓大散关，一扼千夫垒。平世息龙战，窟穴犹虎虺。登高复何畏，一呼万山唯。前途大阆辟，造物意未已。

柴关号树海，州里青不断。并为大岭阴，曾无赫曦暖。树疏使人幽，树密使人惮。凛然大黑云，流出黑河浣。西来岫势长，北去川声短。逾岭紫柏祠，曾与赤松伴。不信仙隐地，当此尘鞿绾。定知云中君，俯笑征途栈。

山势日以高，日气日以横。俯首蟄前云，侧足身外径。陟岭知势积，薄霄畏身殉。俯视升氛劳，始知奔峭盛。身已陟云梯，前山犹万仞。风餐露宿中，更向前林进。昨宵最高峰，已在鸟底衬。中天腐骨轻，下界尘怀净。临深履薄中，涉险惟一敬。

舆夫贪径捷，直上万山砢。程虽十里近，险乃十倍过。何如遵通衢，饱受山水磨。五步一竚立，十步一憩坐。冈势审去留，峰情辨主佐。聊借目力舒，慰兹足力惰。寺古荒亦好，误行翻自贺。始知济胜具，美游究难卧。山熊引其子，千仞遥相和。掷石落深涧，顿惊岚翠破。

逼仄复逼仄，万山天地塞。数里百岭青，数岭一溪黑。东峰望西峰，咫尺眉睫即。及到穷朝昏，乃在飞鸟北。平生慕奇峭，及兹美平易。今朝地稍平，石笋森森立。似束万峰奇，成此千石崀。延赏未及遍，前山又登陟。杜韩畏大华，但赋《南山》什。岂知五岳尊，参天贵挺特。峰多乃成贼，徒然薮奸慝。阴箐冰条死，阳厓日车匿。蜗垒保嵖峨，鼠穴穷搜栲。得非核桃瓢，招此驯狐域。思划两戒雄，神丁万牛辟。扩开造化胸，永息蚩尤役。高厚信茫茫，我行殊恻恻。山驿星斗寒，凛矣蛮荒国。

山势到穷尽，豁然云水亮。人事坎坷历，夷然径路旷。今朝栈树底，俯视帆下上。右俯嘉陵江，潜流贯沔漾。石壁照澄潭，万千神佛状。如出罗刹窟，得瞻满月相。蜀驹小于犊，健绝何奔放，瞬息蹄百里，万山皆倒向。使入万马阵，腾蹴孰能抗。用材得时地，何代无跌宕。古今貉一丘，沽酒齐得丧。

在山不知奇，峰峦失向背。在山不知高，轩轾任持载。一出云中巘，顿失耳目碍。历阻得夷途，向明去荒怪。天公久好奇，至此如颇悔。驱开四面山，尽敛锋芒退。群女沙上汲，万竹水边黛。久曀如忽霁，回首烟岚晦。奥险半平淡，文章悟境界。沔汉信天府，乾坤分两戒。投放如到家，宵梦刚自在。未忍掷竹杖，险艰曾倚赖。

第一首诗，描写栈道起于南山，终于陇山，连接秦、蜀，是秦、蜀的咽喉要道，栈道修建之处，有深壑加上险峰。群山以东有一块平地，渭河与汉水在此分流。观赏奇峰与巨壑，峡谷两边群山耸立。雄伟险要的关隘横贯云中，联成一条线。雄关东边，雪白的瀑布悬挂在苍翠的石壁上，喷珠泻玉，坠入万丈深渊。一人扼守大散关，则千夫难敌。太平盛世没有战争，一个个洞穴如同虎狼一般张着血盆大口。站在山顶无所畏惧，大喊一声万山回应。前途存在巨大变化，神力难以意料。

第二首诗，描写柴关号称树木的海洋，浓密的绿色绵延不绝。大山的北面，见不到阳光，感受不到酷暑。树木稀疏让人感觉幽静，树木茂密让人感到恐惧。树林如同让人畏惧的浓密黑云，遍布黑河岸边。向西，山势高峻，向北，河流湍急。过了山岭，来到紫柏祠，张良在此曾与赤松子结伴而游。诗人不相信张良隐居就能断绝尘念，猜测云神俯身笑看人们在栈道上跋涉。

第三首诗，描写山势逐渐增高，太阳散发的热气逐渐增强，低头看

437

见山谷前涌起云雾,侧足于悬空的小路。登上山岭,知道要蓄积气势,接近云霄,担心丧命。俯视着雾气缓缓上升,才发现势若奔腾的山峰如此高大。已经身在云梯之上,前面的山峰犹高万仞。风餐露宿,向前面的山林前进,昨天看到的最高峰,已经被踩在脚底。成仙时觉得躯体不值钱,快死时才能断绝俗念。如临深渊,如履薄冰,置身险境只能心怀敬畏。

第四首诗,描写轿夫想走捷径,选择直线上山。路程虽然缩短了,但道路更加危险,不如走大路免受辛劳。走几步停一停,再走几步又坐下休息。依据山势选择路径,根据环境判断方向,沿途的风景赏心悦目,减轻了身体的疲劳。在荒僻之处观赏到美景,反而庆幸走错了路。攀登胜境需要好身体,登山临水终究辛苦。熊领着幼子,深谷中回荡着它们的叫声。把石头扔到深涧中,惊散了青绿色的雾气。

第五首诗,描写山路十分狭窄,群山阻塞天地之间。群山连绵数里,数峰环抱一潭幽深的溪水。双峰对峙,近在眼前。从清晨到傍晚,辛苦跋涉,前面的路依然望不到尽头。平时喜欢探险,此时渴望平凡。稍微平坦处,石笋林立。似乎把众多山峰的奇异之处集中到这些石头上。没来得及欣赏奇景,又开始攀登前面的山峰。韩愈害怕华山,所以创作《南山诗》。五岳之所以尊贵,是因为高耸于天空,超群特出。山峰太多便失去价值,只能成为奸恶之人的聚集地。阴面的山峰寒冷结冰,阳面的山峰也见不到太阳。像蜗牛壳一样的堡垒占据高峻的山峰,像鼠窝一样的洞穴布满层峦叠嶂。莫不是核桃瓢,招来这些控制怪物出没的地方。为了打通蜀道,天神的使者让万牛开路。排除艰难险阻,就可以摆脱苦差。天地辽阔旷远,诗人踽踽独行,特别凄凉。山野驿站的上空,寒冷的星光闪烁,如此偏僻荒凉,令人畏惧。

第六首诗,描写登上山顶,顿时云开水现,视野开阔。人生经历坎坷后,能平静处置遇到的各种困难,心境开阔。在栈道上俯瞰,江面上船只穿梭往来。右边卧着嘉陵江,小河流入汉水。山倒映在清澈的潭水中,千姿百态,变化莫测。如同走出魔窟,能看到一轮圆月。蜀地的马比牛犊小,但是十分强健,善于奔跑,转眼奔驰百里,群山都落在后面。这种马跑入万马群中,其奔腾跳跃的能力,一般的马难以匹敌。选材要符合特定的环境,哪个时代没有变化起伏。古今没有差别,放怀喝酒,把得失看得一样。

第七首诗,描写在山上不知道何为奇特,四面环山不辨东西,在山上不知道何为高,万物不分高低、轻重,任凭大地承载万物。走出云雾笼罩的山,眼前豁然开阔。经过险阻到达坦途,离开荒诞离奇之处奔向光明。老天爷好奇心强,到这里也会后悔。赶走四面环绕的群山,收敛了锐利的气势。少女在岸边汲水,水边翠竹茂密。天气一直阴沉,忽然好像晴朗,回头望去,山间雾气笼罩。历险境泰然处之,做文章领悟境界。汉中是天府,为南北分界线。歇脚休息如同回到家,身心舒畅,酣然入梦,不忍丢掉那根在艰险中曾依靠的竹杖。

诗人逼真地描述了栈道上绮丽而惊险的景色以及惊喜与恐惧交织的感受,具有身临其境之妙。这组诗想象新奇,意境雄壮,造语险怪,联想巧妙,见解精辟,富有哲理,笔墨酣畅,气韵浑成。

(二)怀古诗

《苏武墓》

青草明妃冢,南枝属国坟。并回沙塞月,同向茂陵云。冰雪千年气,河梁万里曛。牧羝来陇上,尚拟海边羵。

苏武墓,位于今陕西省武功县。

明妃冢青草萋萋,青冢周围的树枝都朝向南方。看到塞外大漠的月亮,遥望远在天边的茂陵。苏武忠贞不屈,品格高尚,精神永存。李陵送别苏武,落日的余晖照耀万里。在陇上放牧,使羝羊产乳,如同在海边得到羵羊。诗人歌颂苏武为了归汉忍辱负重,其高尚情操令人景仰。此诗造语奇崛,笔墨苍劲,意境雄浑,对比巧妙。

《太史公墓》

河岳高深气,离骚郁律膺。龙门神禹穴,马鬣李陵朋。萧瑟嵯峨地,牛羊樵牧登。茂陵云树接,同此夕阳凭。

太史公气概不凡,如黄河、五岳一般。遭遇忧患,心中悲愤不平。龙门由大禹开凿,墓中安葬着李陵的知己。高峻的墓地极为冷清,只有放牧牛羊和打柴的乡野之人到此。远方的茂陵,此时与太史公墓一样沐浴着夕阳。诗人赞颂太史公的伟大贡献和高尚品格,对他的悲惨遭遇深感痛心,对后人的遗忘和不敬充满悲伤。此诗抚今追昔,构思巧妙,笔墨含蓄,意境苍凉,言近旨远,韵味隽永。

《定军山诸葛武侯祠》

黄虞忽然远,盗贼干尧禅。不有君子作,孰令人极建。三顾起南阳,六出来渭岸。明夷自正志,艰贞蒙大难。仁人安有敌,王师本无战。道消小人长,运否苍生炭。虚抱倍丕才,竟贻微管叹。时来祖龙起,运阻卧龙憾。遽闻哲人萎,孰将昊苍谏。后死仰高山,百拜陈薄奠。执鞭九京慕,廉顽百世惋。垂李缅郑国,伐棠咏江汉。大运阴阳奔,何时麟凤旦。

黄帝、虞舜突然远逝,反叛者侵犯尧的禅让制。没有君子作为,谁能建立中正之道。刘备三顾茅庐,诸葛亮离开南阳,六出祁山来到渭河边。遭受艰难的贤人志向远大,处境艰危而守正不移者蒙受巨大困难。有德行者哪有敌人,天子的军队不滥用武力。正义的主张被压抑,不得伸张,人格卑下者气焰嚣张,国运衰微,百姓遭受涂炭。徒有超过曹丕的才干,却留下不如管子的叹息。运气来了,秦始皇可以称霸,运气受阻,诸葛亮留下终生遗憾。惊闻智慧卓越的人死亡,谁能挽救苍天。后人对诸葛亮高尚的道德景仰不已,虔诚祭拜并敬献祭品表达悼念。卑贱的差役对九泉下的诸葛亮产生敬佩,顽夫对诸葛亮出师未捷深感惋惜。李子结果,人们缅怀郑国,大臣未能如召伯那样建功立业而国灭身亡,人们歌咏《江汉》,呼唤明君贤相出世,建立盛世。天命迅速变化,何时有才智出众的人出世。诗人拜谒武侯祠,缅怀诸葛亮辅佐刘备建立蜀国的丰功伟绩,对他出师未捷身先死的悲剧深感痛惜。诗人认为诸葛亮壮志未酬是运气不好,他的早逝是天下苍生的不幸。此诗抚今追昔,对比鲜明,用典精当,说理透彻,见解独到,耐人寻味。

《关中览古》之《骊山》

此山讵尤物,何足亡人国?骊山与雷塘,万古共凄恻。烽何必此巅,浴何必此侧,葬何必此坑,一人万人瘠?万古逝堂堂,百代来驿驿。鹿争蕉中梦,柯烂斧边弈。传闻三神山,桃实今已核。玉女金银阙,富贵南山石。如何海上船,一去无消息。痛哭鞭烛龙,起照三泉夕。

这座山里如果没有绝色的女子,怎么能使人亡国?骊山与雷塘,历来都是让人触景伤情之地。为何在骊山顶点燃烽火,为何在骊山下沐浴,为何在骊山下修陵墓?为了一个人,令千百万人贫弱。逝去者已经遥远,后来者连续不断。鹿死覆蕉,得失荣辱,犹如梦中,棋局终了,斧柄朽烂,物是人非。传说蓬莱、方丈、瀛洲三神山,桃树的果实已经成熟。梦想成仙,长生不老,荣华富贵像南山石一样永远长久。为何漂洋过海的大船一去不返。痛哭着鞭打烛龙,让它晚上起来照亮坟墓。诗人描写周幽王烽火戏诸侯、秦始皇役使百姓修建陵墓、杨贵妃华清出浴等发生在骊山的历史事件,谴责昏庸帝王骄奢淫逸、误国殃民,嘲讽长生不老之说的虚妄。此诗层层设问,发人深省,对比鲜明,讽刺辛辣,见解独到,富有哲理。

(三)游览诗

《邠州大佛寺》

天龙千仞发,石厂万年峥。佛力英雄力,河声梵呗声。磨崖唐氏碣,流火古公城。日暮闻声省,霜钟吼石鲸。

邠州,所辖今陕西省彬州、长武、旬邑、永寿。大佛寺位于今陕西省彬州市。

大佛高千仞,石龛耸立,万世长存。佛力与英雄的力量融为一体,河水声与念经声合成一片。高大的摩崖石刻是唐朝建造,周王朝勃兴,在豳建古公城。日暮听到钟声,让人觉悟,钟声如同石鲸吼叫。佛像高大庄严,诗人沉浸在静穆空灵之美中。此诗构思巧妙,比喻新奇,笔力雄深,意境奇异。

《碑洞》

磨成千片石,已费万年心。不是碑渊海,真成鬼邓林。文章仓颉血,浩劫雍门琴。谁傲乾坤毁,堂堂自古今。

打磨成百千块碑石,花费了无数代人的心血。不是石碑的荟萃之处,而是神鬼聚汇之所。石刻文章是仓颉的鲜血凝成,碑林是大灾难之后的哀伤曲调。即使天地毁灭,碑林也傲然屹立,从古到今,气象盛大。诗人描写碑林的奇观,赞美历代作者为后人创造了宝贵的财富,这些石刻记录了历史,展现了书法艺术的魅力,其价值永不磨灭。此诗联想巧妙,比喻新奇,用典频繁,格调高古。

《秦中杂感》(十三首)

远游怀古六经前,不到豳岐信枉然。孔孟辙辕州未九,尹聃牛背策逾千。览辉威凤邦谁下,避弋溟鸿性自骞。《石鼓》未登《小雅》什,果然尼父有遗编。

每吟仙掌月舳棱,便觉身骞十二层。昨夜犹垂清渭钓,前身岂是华山僧。不知汉世何嬴晋,自读秦风笑桧滕。身世乾坤同逆旅,何须杨仆徙崤渑。

六国南崤控北函,几曾河华扼屏颜。至今汉月犹秦月,更觉潼关胜谷关。间道尚闻商县人,催军屡见禁坑还。书生读史谈形势,果否披图胜陕山。

宅京陇首俯山东,军食经营自昔同。漕运汴渠通渭上,府兵天下半关中。白渠畚锸千犁雨,青海葡萄万马风。谁使富强归霸佐,萧何诓让叔孙通。

关西出将倍关东,赵岳张王世典戎。草木尽含边色壮,诗书犹带夏声雄。云生太华从龙气,冰合黄河劲骑风。要划六朝金粉习,莫将江左易崤潼。

长安今日是燕京,尚系先朝西顾情。帝子屡持青海节,乘舆亲驭朔方兵。汾河特敕询舟楫,泾渭封章辨浊清。回首盛朝迁阔事,百年者耆话升平。

边才不与吏才妨，曾忆崔陈继召棠。羽檄岁开三辅并，画图春课百城桑。秉麾西牧诚求瘼，薅疾南山讵弄潢。太息风流老侯伯，马嵬祠庙有辉光。

豕突狼奔记廿年，崔苻陇汉接四川。元戎雪夜搜狐媚，赤子云端寝戟铤。堡寨千峰千战垒，挟刀万谷万屯田。华阳黑水梁州地，割隶何人议控边。

水深土厚重而文，不独粗材驷铁军。诗首秦风无魏郑，礼推关学匹河汾。百年文物声名后，列郡黉庠陵谷分。尚忆华阴微顾李，国初诸老壮榆枌。

镜鱼砖瓦尽搜淘，金石丛谭盛本朝。尽挟汉霜秦粉气，肯将王墓帝坟饶。操锥诗礼明星夜，哭鬼文章《薤露》谣。万岁千秋身后事，龙龟茵涸各骚萧。

一片渭滨周汉遗，鹰扬虎视使人悲。兴王时雨三军律，上将妖星半夜旗。天地有时龙变化，英雄无运鹿奔驰。文章更在经纶后，落日柯亭吊所思。

已惊函谷厌成皋，又见褒斜轶虎牢。南下星辰当夜大，西来地势逐山高。霜深钜壑龙蛇蛰，秋老长林虎豹豪。谁道穷途边塞地，儒冠剑佩似征袍。

南山云起忆苍生，月上岐阳凤未鸣。诗到邠丰销慷慨，游穷燕赵转和平。旅人忧乐关天下，客梦山川不世情。留滞周南何足道，背关怀楚异兰成。

第一首诗，描写诗人认为远行、思古、读经，却没有到过彬州、岐山，都是白费力气。孔子、孟子没有行遍九州，关尹、老子牛背上背了千百枚书简。寻求辉煌的瑞鸟不会停留在一个地方，逃避罗网的鸿雁生性要高飞。东周初，秦国刻石上没有记载《小雅》中的诗篇，孔子确实有散佚的典籍。

第二首诗，描写明月照耀宫阙，诗人在仙掌峰吟诗，感觉身处仙境中高耸的楼台上。昨天晚上梦见在渭河边钓鱼,前世难道是华山高僧。不知道天下有汉,更不用说秦、晋,悠闲地读秦风,嘲笑桧与滕。人在天地间如同一次旅行那样短暂,不必像杨仆那样将函谷关东移至三百里外的崤山、渑池。

第三首诗,描写六国时,南边的崤关控制着北面的函谷关,何时黄河、华山扼制高峻的山岭。至今秦时明月仍照亮汉时的关隘,感觉潼关比函谷关雄壮。至今听说,在偏僻的小路上,有商县人经常看见征税者往来于禁坑。书生读史书议论天下局势时,看地图的效果是否好于亲自登山临水呢?

第四首诗,描写在龙山之巅俯视山的东边,军用粮草的经营与以前相同。漕粮的运输由汴渠到达渭河,天下的府兵一半在关中。兴修水利,耕种土地,风调雨顺。通过丝绸之路,引进葡萄、宝马,兵强马壮。使国富兵强、辅佐君主称霸天下的功臣中,萧何不输叔孙通。

第五首诗,描写名将之中关西人远多于关东人,赵良栋、岳钟琪、王进宝、张勇世代统率军队。关中的草木具有强烈的边地气息,诗文仍具有古代中原地区的雄壮风格。华山云雾缭绕,昭示帝王气概,黄河冰封,展现勇武精神。铲除六朝的奢靡习气,不要把崤山、潼关当成江左。

第六首诗,描写如今北京是首都,先帝依然牵挂着关中。帝王的子孙时常手持符节出使,驾车亲自统帅北方的士兵。康熙时特别命令,询问汾河通舟之事。乾隆时封事,辨别泾渭浊清。回顾强盛时期不切合实际的往事,百岁老人述说太平景象。

第七首诗,描写有治理边疆才能者与有为政才能者并不相互妨碍,曾记得学习召伯勤政爱民、崔纪凿井、陈宏谋课桑之事。岁首,军事文书迅速传递到关中,地方官齐心协力。春天督促百姓遍植桑麻。身负重任的长官诚恳了解民间疾苦,山间的湖泽非常辽阔,难免隐藏有害之物,但不会发生民众造反之事。感叹风采特异的老长官毕沅,使马嵬祠焕发光彩。

第八首诗,描写成群的坏人横冲直撞,到处骚扰,已经二十年,草寇横行甘肃、汉中、四川。统帅在雪夜寻找妖人,忠诚之士在关隘枕戈待旦。在群山之间围以土墙木栅的据点,修筑堡垒,在无数山谷中,士兵一边种地一边手持武器屯田驻守。梁州东至华山之阳,西至黑水之滨,划分归属何人,商讨守卫边疆之计。

第九首诗,描写关中的河流水深,黄土厚重,文化昌盛,这里不止有性格豪放粗犷、勇武善战之士。诗歌展现出尚武精神和悲壮慷慨的情调,不同于郑、魏的靡靡之音。关学比肩河汾一派,弘扬礼乐教化。关中文化悠久,如今名声衰落,世事巨变,诸郡的学校分化。还记得朝廷招请在华阴的顾炎武和李颙,清初的诸位名宿使关中声势大振。

第十首诗,描写把古镜、陶盆、秦砖、汉瓦全部搜罗,关中的金石、书籍在清朝广泛流传。一切都带有秦汉的古老气息,帝王的坟墓众多。在月光皎洁的夜晚,钻研诗书、礼仪,吟咏惊天地泣鬼神的文章,感叹人生短暂。死后声名流传千秋万代,人生遭际不同,有人忧愁,有人洒脱。

第十一首诗,描写渭河边上有一片周秦、汉唐的遗迹,遥想当年无比威武的景象,令人悲伤。天降及时雨,励精图治的君主整顿三军,预兆灾祸的星辰出现,统帅半夜偷袭。天地有如愿之时,真龙出世。英雄时运不佳,像被追逐的鹿一样。文辞没有筹划和治理国家大事重要,夕阳下,诗人在柯亭为往事伤怀。

第十二首诗,描写函谷关令人惊叹,对成皋关失去兴趣,又看到褒斜道超过虎牢关。往南走,晚上的星辰明亮,往西去,地势随着山势增高。霜厚,深谷中龙蛇蛰伏,秋深,树林里虎豹叫声响亮。谁能想到没落衰败的边远地区,佩剑儒生像身披战袍出征的将军一般威风。

第十三首诗,描写诗人看到南山云雾涌起,不禁追忆久远之事。月亮爬上岐山北,没有听到凤凰的鸣叫。到了邠、丰,诗歌慷慨悲壮的色彩减弱,游遍燕、赵,诗风变得平和。天下的局势引发旅人的悲喜,异乡游子寄情山水,不了解世事。滞留江汉流域不足挂齿,不同于庚信一心想离开关中回到故国。

这组诗内容涉及广泛,有关中悠久的历史,深厚的文化,重要的地理位置,重大的历史事件,尚武的民风,长安的辉煌等。诗人对关中的历史文化,风土人情,名胜古迹充满赞美崇敬之情。这组诗抚今追昔,用典频繁,对比鲜明,意境雄浑,造语奇崛,笔力苍劲,联想巧妙,寄托深远。

二十六、赵长龄(1797—1872),字怡山,号静庵,山东省利津县人。道光壬辰(1832)进士。著有《元善堂制艺》。同治五年(1866),赵长龄曾任陕西巡抚。赵长龄的咏陕诗为咏史诗。

《马嵬》

不信曲江信禄山,渔阳鼙鼓震秦关。祸端自是君王启,倾国何须怨玉环。

唐玄宗不重用张九龄却宠信安禄山,结果安禄山于渔阳举兵叛唐,关中震惊。安史之乱的祸端是唐玄宗挑起的,唐朝衰败不能怪罪杨贵妃。此诗开宗明义,对比巧妙,笔力雄深,讽刺辛辣。

二十七、李湘棻(1798—1865),字莲初,号云舫、鹿樵生,山东省安丘市人。道光十二年(1832)进士。著有《说剑山房诗稿》。李湘棻的咏陕诗为怀古诗。

《谒留侯祠》

报韩原不为封侯,辟谷深心此暂留。韬略何从黄石授,功名好托赤松游。春耕汉殿余残瓦,秋草长陵起暮愁。千古英雄谁彻悟?金戈铁马雪盈头。

张良辅佐刘邦是为了替韩国报仇而不是为了封侯,建功立业是暂时行为,他的长远打算是隐居修道。张良的文韬武略并非得自黄石公,他放弃功名欲随赤松子修炼。断壁残垣的汉宫成为农民春耕之处,傍晚,秋风中刘邦墓地上的荒草令人伤心。自古英雄豪杰,少有人能像张良一样看破荣华富贵而功成身退,他们征战不止,直到满头白发。此诗立意新颖,见解独到,对比鲜明,设问巧妙。

二十八、朱瑄(约 1766 年前后在世),字枢臣,江苏省苏州市人。朱瑄的咏陕诗为咏史诗。

《祖龙引》

徐福楼船竟不还,祖龙旋已葬骊山。琼田倘致长生草,眼见诸侯尽入关。

徐福渡海寻找不死药一去不返,秦始皇随即被埋葬在骊山下。东海琼田的不死药难觅踪影,刘邦、项羽等群雄却纷纷入关。此诗对比巧妙,笔墨含蓄,讽刺冷峻,言近旨远。

二十九、冯壅,字敬南,号竹窗,山西省代县人。康熙二十七年(1688)进士,著有《芋宁堂诗草》。冯壅的咏陕诗为田园诗。

《题渼陂空翠堂》

稻花漠漠野田平,烟树无人水磨声。莫忆牙樯载歌舞,而今赢得一渠清。

稻花芬芳,田野平坦,一望无际,轻烟笼罩着树木,四周看不到人,只听到水磨转动的声音。不要追忆在游船上载歌载舞的热闹景象,如今这里只剩一池清水。此诗笔墨清新,意境淡远,对比巧妙,言近旨远,韵味隽永。

三十、朱维鱼,字牧人,号眉洲,浙江省海盐县人。乾隆时人。著有《河汾旅话》4 卷、《眉洲诗钞》5 卷、《驴背易水村集》。乾隆四十二年(1777)六月,朱维鱼曾从西安入京。朱维鱼的咏陕诗为怀古诗、风物诗。

(一) 怀古诗

《潼关》

虎视龙兴踞上游,洞开四扇俯神州。西来翠叠三峰色,东去河兼八水流。赤帝偏能降轵道,青骡底事出延秋。唐陵汉阙俱黄土,独剩秦时月照愁。

周秦在关中兴起,雄关守卫长安,四扇大门敞开,俯视天下。华山从西而来,峰峦起伏,苍劲挺拔,黄河向东奔流,八水在此汇入黄河。

447

刘邦入关中，秦王子婴在轵道投降。唐玄宗为何乘青骡从延秋门出逃？汉唐的宫殿和陵墓已化为尘土，只剩下见证秦朝兴衰的月亮独自伤心。诗人登临潼关，抒发兴亡之感。此诗抚今追昔，联想丰富，意境雄浑，笔力遒劲，设问巧妙。

（二）风物诗

《渭城竹枝词》十二首

北斗城压南斗阑，秋深漠谷水漫漫。妾家翡翠坡前住，只绛明珠照夜寒。

牛首池边木叶飞，腰镰人背夕阳归。毕原黄鼠弦蒲菜，不数江南稻蟹肥。

君来定识泾水浊，妾意终怜渭水清。生憎流入黄河去，顿教清浊不分明。

凤凰台迥连烟霄，跨凤人归锁寂寥。从此春城花月夜，犹疑台上教吹箫。

秦女偏怜古艳歌，艳歌摊破曼声多。坐看桃李花开落，昨日双娃今阿婆。

汉表盘空承露凉，铜人原上月荒荒。须怜金秋滋清泪，不似吴儿木石肠。

咸阳少年行乐时，樽前解唱折杨枝。至今白皙趋公府，尽是卖珠轻薄儿。

剌履才完启土空，青门又是试灯风。年年碑洞烧松柏，那得春愁并雪融。

韦曲杜曲春风颠，杜邮春草碧于烟。踏青齐上平陵路，好与义公送纸钱。

桃花马上看花回，细柳营前折柳催。自恨不如木兰女，替耶征战去龙堆。

官家敕赐作前头，窈窕争传曲里愁。忽听六萌车轧轧，笙歌簇上宝钗楼。

草薰烟与众香殊,劝客手携长柄壶。只说交如河水淡,谁知淡似淡巴菰。

第一首诗,描写咸阳北城胜过南城,深秋,山谷里水流平缓。女子家住翡翠坡,没有光泽晶莹的珍珠照亮寒冷的夜晚。

第二首诗,描写牛首池边树叶纷飞,腰间别着镰刀的人驮着斜阳归来。毕原的黄鼠和弦蒲菜,不亚于江南的水稻和肥美的螃蟹。

第三首诗,描写您一定知道泾水是浑浊的,自己一直爱惜渭河的清澈。最恨它们流入黄河,顿时让清浊难以区别。

第四首诗,描写凤凰台高耸入云,弄玉和萧史骑凤归去,只留下大门紧闭的冷清的凤女祠。从此每到春天花好月圆之时,仿佛听到凤凰台有人吹箫。

第五首诗,描写秦女偏好古代的情歌,情歌的曲调擅长舒缓的长声。闲看桃李花开花落,昨天还是年轻的美女,如今变成年老的阿婆。

第六首诗,描写天外承接清凉甘露的铜盘空着,黄土台塬上的铜人深感凄凉,月光黯淡迷茫。在秋天,内心伤感,流出眼泪,不像吴地少年那般木石心肠。

第七首诗,描写咸阳少年游戏取乐时,把酒熟练地唱折杨枝。至今,那些奔走于官署的白净俊美者,都是像董偃那样的轻佻浮薄的年轻人。

第八首诗,描写建功立业的愿望落空,又到了在城东门张灯预赏的时节。每年元夕次日,妇女结伴到碑林"抚古松柏树身灼艾①",如何能让春愁像雪一样消融。

第九首诗,描写韦曲、杜曲春风吹拂,杜邮亭的春草比青烟绿。踏青来到平陵路,为义公烧纸钱。

第十首诗,描写桃花盛开,骑马赏花归来,在细柳营前被迫离别。

---

① 王子今《咸阳历史、文化、风情的展现——朱维鱼渭城竹枝词阐释》,《咸阳师范学院学报》2003 年第 1 期,第 9 页。

自怨不是花木兰,能代替父亲到边塞去出征打仗。

第十一首诗,描写天子赏赐梨园子弟,美女借乐曲争相表达闲愁。忽然听到六萌车驶过的声音,奏乐唱歌,簇拥而上宝钗楼。

第十二首诗,描写草薰烟与其他香不同,手拿长柄壶劝客人吸烟。大家只说交情像河水般淡薄,谁知道却像淡巴菰一般寡淡。

渭城即今陕西省咸阳市。

诗人描绘了咸阳优越的地理位置、秀美的自然风光、辛勤的劳动场景、丰富的物产、浪漫的神话传说、灿烂的历史古迹、淳朴的风俗民情。这组诗内容丰富,笔墨冲淡,意境清新,比喻新颖,拟人生动,对比巧妙,虚实结合,言近旨远,地域色彩独特鲜明。

三十一、祁琳,字景纯,陕西省西安市人。乾隆初邑庠生,著有《芳茵园诗集》。祁琳的咏陕诗为怀古诗、田园诗。

(一)怀古诗

《杜工部祠》

千载诗宗第,旧传子美村。有声松扫径,无客竹敲门。巫峡三秋月,耒阳五夜魂。游人凭吊处,遗恨满青尊。

岁月悠久的诗坛泰斗的宅子,位于相传杜甫曾经住过的村庄,杜工部祠只有风吹松竹之声,没有俗人扰攘,环境清幽。巫峡的月亮陪伴着四处漂泊的杜甫,他的魂魄在耒阳游荡。游人到杜工部祠凭吊杜甫,奠酒表达哀思。此诗抚今追昔,联想巧妙,意境苍凉,拟人生动,情绪感伤,韵味隽永。

(二)田园诗

《杜曲》

杜曲回看十里霞,杏花村里酒帘斜。漫夸尺五风流地,已属城南处士家。

回头望去,杜曲笼罩在霞光之中,杏花掩映的村庄里,酒馆的幌子在风中摇曳。不要夸耀韦、杜家族的显赫,如今他们的领地已经成为城南隐士的家园。此诗对比鲜明,用典精当,笔墨冲淡,意境闲适。

三十二、张幹,字青柯,陕西省三原县人。乾隆时期,国子监生。张幹的咏陕诗为怀古诗。

《杜工部祠》

少陵原上望高秋,驻马荒祠竟日留。忠爱竞传诗史独,文章唯许谪仙俦。千章古木浓阴合,一带山光暖翠浮。此地吟魂应不泯,年年来往曲江头。

秋高气爽,诗人拜谒杜工部祠,在荒凉的杜工部祠流连终日。杜甫忠君爱国的精神被竞相传颂,其诗以诗史著称,独领风骚,成就只有李白能与之媲美。千株高大、茂密的古木遮挡住太阳,带来阴凉,天气晴和,远处浮现出一抹青翠的山色。杜甫的魂魄常留于此,年年来往于他喜爱的曲江。此诗对比巧妙,想象新奇,笔力刚健,意境深远。

《长陵怀古》

马上飞龙诧乃公,殿前功狗困群雄。山河有分归隆准,今古无人续《大风》。二水带围松柏路,诸陵星拱鼎湖宫。竖儒漫说闲丘陇,祀典皇家累世崇。

刘邦为真龙天子,夸耀马上得天下,自称老子,在金銮殿上大封功臣,使群雄死心塌地为他效命。天下归属刘邦,之后无人能续写《大风歌》。泾渭像绸带一样围绕着长满松柏的长陵,其他陵墓像众星拱月一样守卫着长陵。见识短浅的儒生不要轻视这个看似寻常的土丘,历代祭祀长陵的典礼十分隆重。诗人表达了对刘邦的景仰之情。此诗抚今追昔,用典精当,衬托巧妙,比喻生动,见解独到。

三十三、王学逊,陕西省商洛市人,乾隆时期人。王学逊的咏陕诗为怀古诗。

《谒四皓墓》

秦氏今已亡,汉业同腐草。垒垒数荒丘,依然说四皓。森森柏与松,往还多野鸟。怀古钦高风,我来一拜扫。商山无尽时,茹芝人未老。

秦、汉王朝均已灭亡,丛列的荒凉坟墓,向世人诉说着四皓的事迹。墓地周围生长着茂密的松柏,过往的飞鸟栖息树上。钦敬四皓的高尚品格,诗人到此谒墓祭奠。商山不会倒塌,四皓吃灵芝长生不老。此诗抚今追昔,对比鲜明,笔致雄深,立意高远。

三十四、丁瀚,字默甫,号西园,江苏省无锡市人。著有《西园剩稿》。嘉庆九年(1804),丁瀚任黄陵知县,主持修撰县志。丁瀚的咏陕诗为咏物诗。

《黄陵古柏》

剑鸟精灵在,环山柏作城。东西无草色,上下有风声。本是栖鸾质,还留挂甲名。扶持籍神力,根老似骑鲸。

黄陵有黄帝的衣冠冢,柏树环绕桥山,如同城墙一般。古柏参天,树下无杂草,清风徐来,松涛阵阵。古柏高洁,鸾凤可以栖息,古柏上至今留有黄帝挂甲的痕迹。借助神力,古柏巍然屹立,其根粗大遒劲,横跨其上,有成仙的感觉。此诗咏物抒怀,用典精当,想象新奇,比喻生动。

三十五、周乐,字二南,山东省济南市人。鸥社主要成员,嘉庆、道光时期诗人。著有《二南诗钞》2卷、《二南文集》2卷。周乐的咏陕诗为怀古诗。

《马嵬驿》

鼓鼙动地六军愁,云鬓花容自此休。无复新妆依飞燕,空将私语誓牵牛。魂归海上踪难觅,香散人间粉尚留。南内凄凉歌舞歇,红桃一曲泪双流。

战鼓惊天动地,禁军惊慌失措,容貌美丽的杨贵妃死于马嵬驿。无法再与赵飞燕比美,七夕长生殿的海誓山盟成空。杨贵妃魂归东海仙山,难以寻觅。杨贵妃香消玉殒,但人间留下了贵妃粉。兴庆宫里没有轻歌曼舞的情景,气氛凄凉,侍女唱歌,唐玄宗伴奏,曲罢,相顾泪流满面。此诗笔墨清丽,意境苍凉,对比鲜明,情绪感伤,言近旨远。

三十六、方六琴,嘉庆、道光时期人。方六琴的咏陕诗为怀古诗。

《五丈原怀古》

英风尚想建兴年,汉祚存亡重仔肩。二表切陈唯报主,三分已定欲回天。雌雄决策羞曹魏,生死怜才只晋宣。千载斜川呜咽水,春耕犹是旧屯田。

追忆历史,诸葛亮高尚的风格和气节令人敬仰。诸葛亮担负着振兴蜀汉大业的重任,在前、后《出师表》中,他陈述北伐的重要性,表达自己的忠心。三分天下的大局已定,诸葛亮想扭转乾坤,兴复汉室。诸葛亮与司马懿斗智,羞辱曹魏。在诸葛亮生前和死后,他的才干获得司马懿的称赞。历经千年,斜川之水仍为诸葛亮之死而哭泣,农民在他当年屯田的土地上春耕。此诗直抒胸臆,笔力雄健,衬托巧妙,拟人生动。

第三节　清代后期咏陕诗

清代咏陕诗创作的后期为道光二十一年(1841)至宣统三年(1911),这一时期有 10 位诗人创作了 28 首咏陕诗。题材上,咏史怀古诗 10 首,山水田园诗 6 首,纪行诗 5 首,游览诗 4 首,风俗诗 2 首,怀人诗 1 首。诗人之中,谭嗣同创作的咏陕诗有助于了解陕西的人文、自然,同时,其诗作具有较强的艺术性,在文学史上产生重要影响。

一、沈兆霖(1801—1862),字尺生、子菉,号雨亭、朗亭、萸井生,浙江省杭州市人。道光丙申(1836)进士。沈兆霖著有《沈文忠公集》10 卷、《韵辨附文》5 卷,存世诗歌 560 余首。咸丰十一年(1861),沈兆霖出任陕甘总督。沈兆霖的咏陕诗为怀古诗。

《华清宫》

迷离绣岭锁云鬟,喷薄汤泉送佩环。惯阅兴亡惟此水,自耽安乐不由山。醮坛初日朝元阁,蜀栈悲风大散关。珠殿只今余废础,合欢皂荚有谁攀。

骊山如同高耸的环形发髻,模糊朦胧,温泉水汹涌激荡,声音清脆如同玉佩玎珰。骊山看惯历史兴亡,帝王沉迷于享乐,不是骊山的过错。太阳初升时,唐玄宗在朝元阁做道场祭祀,安史之乱,他迎着秋风在栈道上跋涉,从大散关逃亡入蜀。如今,骊山饰以珠玉的宫殿只剩下废弃的基石,也没有人爬上李、杨手植的大树摘皂荚。此诗抚今追昔,对比巧妙,笔力雄深,意境凄清,比喻生动,讽刺委婉。

《潼关》

禁谷天开望若悬,凭高设险拱秦川。峥嵘太华排云出,曲折浑河抱堞圆。此地纵横经百战,前朝控制抵三边。尚书废垒知何处,落日残鸦一惘然。

禁谷一带的天仿佛裂开了,潼关看上去好像悬挂在空中,凭借着在高处建造关隘来拱卫关中。高峻的华山排开云层,巍然屹立。蜿蜒曲折的黄河环绕城墙形成圆圈。这里经历了无数合纵连横的战争,前朝借助潼关,对延绥、甘肃、宁夏形成扼制之势。孙传庭曾在此驻守的废弃工事,如今已难觅踪迹。夕阳下,乌鸦的影子一掠而过,心中怅然若失。此诗抚今追昔,意境苍凉,比喻新奇,言近旨远,情绪感伤。

二、金玉麟(1807—1864),字石船,号素臣,四川省阆中市人。道光十八年(1838)进士。金玉麟著有《二瓦砚斋诗抄》10 卷,存世诗歌1100 余首。蒋湘南评价:"石翁天机清新,自具三昧……归大雅而砥中流……①"道光二十三年(1843),金玉麟任陕西定边县知县,后调任澄城、渭南。同治二年(1863),任宁羌州知州。同治三年,宁羌发生叛乱,金玉麟"与同城文武分门守御,寡不敌众,城陷,死于南门。②"金玉麟的咏陕诗为纪行诗。

《七盘关》

回首开明霸业空,卧龙跃马各英雄。界分秦蜀鸿沟截,险扼河关

---

① 蒲林德主编《阆中古代贤官良将》,四川人民出版社,2017 年,第49—50 页。
② 郑书香等《宁羌州志》,成文出版社,1969 年,第184 页。

鸟道通。滩有潜蛟晴作雨,山多伏虎昼生风。小心历尽崎岖路,到此茫茫恨莫穷。

回想古蜀国皇帝的霸业已经成空,文治武功各显英雄本色。七盘关是秦、蜀的天然分界线,河流与关隘极为险要,山间小道狭窄陡峻,通行艰难。晴天,河里蛟龙播雨,白天,山中老虎咆哮。小心翼翼地行走在崎岖山路上,前途渺茫,内心充满绝望。诗人以道路的崎岖象征人生艰难。此诗运笔曲折,意境奇异,联想巧妙,感慨遥深。

三、杨树椿(1819—1874),字仁甫,一号损斋,陕西省大荔县人。著有《损斋文抄》。杨树椿的咏陕诗为纪行诗、游览诗。

(一)纪行诗

《过骊山》

驱马栎阳道,当年辇路通。香泉温绣岭,细雨湿新丰。松柏非秦树,山河自汉宫。前朝无限事,秋霭暮烟中。

骑马奔驰在栎阳道上,当年的御道畅通无阻。温泉涵养着骊山,细雨滋润着新丰。山上的松柏是秦以后种植的,汉武帝时期,曾在骊山扩建宫殿。秋天的云气和傍晚的轻烟,使人回想起前朝的悠悠往事。此诗抚今追昔,情绪感伤,笔墨淡雅,意境清幽,言近旨远,韵味隽永。

(二)游览诗

《登韩城梁山》

濊水芝川作带环,韩原绣壤翠斓斑。风雪夜撼蛟龙窟,云雨朝迷狮象山。禹甸凿来侯氏燕,秦宫焦后少梁闲。子卿祠接子长墓,应共河声起懦顽。

濊水与芝水像绸带一样环绕韩城,韩城富饶的原野上,植物的色彩灿烂绚丽。夜晚,风雪惊动了河中的蛟龙,清晨,云雾弥漫狮象山。韩城是大禹治水的地方,诸侯在此欢宴,项羽焚烧咸阳后,韩城便衰落了。韩城有苏武祠和司马迁墓,瞻仰这两处遗迹,听到黄河的波涛,不思进取的人也会奋发有为。此诗抚今追昔,对比鲜明,笔力雄健,意境神奇,立意高远。

四、郭秉慧(1822—1839),字智珠,湖南省湘潭市人。郭秉慧著有《红薇馆吟稿》1 卷,收录其诗 98 首。郭秉慧的咏陕诗为咏史诗。

《杨妃》

绝代名花一笑倾,马嵬坡下总无情。凄凉罗袜千秋恨,悔煞长生殿里盟。

绝代佳人杨贵妃美貌倾城,却惨死于马嵬坡,何其冷酷无情。她的锦袜被人亵玩,借以生财,身后凄凉,遗恨千载。唐玄宗如此薄情,杨贵妃一定后悔在长生殿与他海誓山盟。此诗立意新颖,见解独到,对比鲜明,讽刺辛辣,笔墨清新,意境苍凉。

五、万方煦(1823—1880),初名庭琬,字伯舒、对樵,浙江省绍兴市人。著有《豫斋集》。万方煦"为文雄伟,诗则导源六经,至其论事则陈厉害、辩得失……皆可致之实用。①"万方煦居陕西二十年,供职于李慎幕中。万方煦的咏陕诗为怀古诗、纪行诗、怀人诗。

(一)怀古诗

《五丈原怀古》

赤帝子孙燃燋火,南阳蟠龙不得卧。天定三分汉鼎破,秋风惨黯大星堕。前出师,后出师,成败利钝未可知。臣身死,心不死,灭魏吞吴事竟止。五丈原头落日高,白帝城边怒风号。丹旐西归泣杜宇,萧萧故垒卧蓬蒿。

刘备点燃炬火起兵以兴复汉室,隐居南阳的诸葛亮出山辅佐刘备。天下三分,东汉灭亡。五丈原秋风萧瑟,启明星昏暗,诸葛亮病逝。前、后《出师表》表达了不计成败与顺逆、鞠躬尽瘁死而后已的意志。虽然诸葛亮不甘心失败,但是他的逝世使统一天下的事业终止。五丈原落日高悬,白帝城悲风呼号,诸葛亮的灵柩运回西蜀,杜宇为他

---

① 宋晓娴《王权及其诗文研究》,西北师范大学硕士学位论文,2015 年,第 25 页。

的死而伤心。诸葛亮在五丈原的营垒遗址被废弃在荒草中。此诗意境悲壮,情绪感伤,隐喻巧妙,拟人生动。

(二) 纪行诗

《大荔途次》

终年事行役,劳劳何为者? 蹊径寂无人,敝车策驽马。朔风号天空,白日寒原野。墟里黄蒿间,饥禽时复下,谁能拯斯民,叹息泪盈把。

一年到头因公务而出外跋涉,如此辛苦到底为什么? 小路上寂静无人,乘坐着劣马拉的破车。呼号的北风席卷大地,黯淡的太阳照在寒冷的原野上。黄蒿掩映的村落里,时常有饥饿的禽鸟在草丛中觅食。谁能拯救这些百姓,只能长叹一声,流下一把伤心泪。此诗白描生动,设问精警,联想巧妙,情感悲凉。

(三) 怀人诗

《渼陂》追悼祖香介卿

菱叶荷花旧渼陂,扁舟曾约泛琉璃。岑参兄弟今何在,雷雨苍茫又一时。

昔日的渼陂菱叶田田,荷花盛开,曾与友人相约在琉璃般的碧波上泛舟。友人如今在何处? 雷雨中天地模糊一片,又是一番景象。此诗对比巧妙,情绪悲伤,用典精当,比喻生动,意境清奇。

六、周铭旂(1828—1913),字懋臣,号海鹤、遂闲老人,山东省青岛市人。同治乙丑(1865)进士。著有《出山草》12 卷、《出山草续存》2 卷、《遂闲居诗草》1 卷、《艺文集》1 卷等。周铭旂历任陕西乾州、郿州、同州等地的知县、知府等。周铭旂的咏陕诗为游览诗、怀古诗。

(一) 游览诗

《游城南牛头寺》

皇子陂边路,西风匹马过。山回萧寺出,村曲稻田多。劫火烧余烬,诗名荡不磨。杜陵旧游处,得句重吟哦。

皇子陂边的古道上,西风中瘦马踽踽独行。牛头寺藏在曲折迂回的山峦尽头,稻田环绕村庄。杜甫旧居成为战火烧毁的遗迹,但杜甫的诗名广为流传,永不磨灭。重游杜陵,写出佳句反复吟诵。此诗抚今追昔,笔墨冲淡,意境苍凉,言近旨远。

(二) 怀古诗

《谒杜公祠》二首

怕说钬岑猛虎场,当年遗迹总荒凉。诗魂犹恋深闺月,常认鄜州作故乡。

底事崎岖风远征,全家漂泊赋边城。相逢莫道吟诗苦,只为风尘也瘦生。

第一首诗,描写不愿述说杜甫逃离残暴的叛军肆虐之地而颠沛流离的景象,当年的遗迹荒凉破败。杜甫魂牵梦绕,望月思念闺中的妻子,恍惚中把鄜州当作故乡。

第二首诗,描写为何道路艰险不平,逆境激发杜甫创作《北征》诗,携家带口流落鄜州。不是因为写诗辛苦让诗人消瘦,而是因为长途跋涉令诗人憔悴。

这两首诗立意新颖,化用巧妙,想象生动,虚实结合,意境苍凉,韵味隽永。

七、徐怀璋(1858—1932),字奉伯、惺庵,号镜湖,陕西省兴平市人。著有《镜湖诗文钞》,编纂《昭觉县志稿》2卷、《兴平县志》。徐怀璋的咏陕诗为怀古诗。

《杜工部祠》

辛苦当年老病身,麻鞋无赖走烟尘。独怜肺腑忧君国,信有文章泣鬼神。此日祠堂连佛座,何人风雨吊儒臣。杜陵原上依依柳,犹是江头一边春。

杜甫年老多病,命运坎坷,他逃离长安,无所倚靠,磨穿麻鞋,冒着战火,投奔唐肃宗。杜甫忧国忠君的真情令人敬重,他的诗歌具有感动鬼神的魅力。杜工部祠与牛头寺一墙之隔,很少有人来杜工部祠悼念杜甫。杜陵原上的柳枝随风摇摆,点缀着曲江的春天。此诗抚今追昔,对比巧妙,意境苍凉,情绪伤感。

八、谭嗣同(1864—1898),字复生,号壮飞,湖南省浏阳市人。与杨锐、刘光第、林旭、杨深秀、康广仁并称为"戊戌六君子"。谭嗣同著有《寥天一阁文》2卷、《莽苍苍斋诗》2卷、《远遗堂集外文初编》1卷、《石菊影庐笔识》2卷等,存世诗歌200余首。1884年,谭嗣同曾到陕西进行考察,结交名士。章炳麟评价:"复生气体骏利,以少习俪语,不能远师晋、宋,喜用雕琢,惊而失粹,轻快之病,往往相属。①"汪国垣评价:"浏阳三十以前诗,多法少陵。三十以后,乃有自开宗派之志。惟奇思古艳,终近定庵。且喜撷西事入诗,颇有诗界彗星之目。②"谭嗣同的咏陕诗为怀古诗、山水诗、纪行诗。

(一) 怀古诗

《骊山温泉》

周王烽燧燎于原,楚炬飞腾牧火昏。遗恨千年消不尽,至今山下水犹温。

周幽王戏诸侯的烽火在原野延烧,项羽放火,火焰迅速上升,烧毁秦宫,光线昏暗,牧童持火炬,不慎烧毁秦始皇的棺椁。历史留下的怨恨千年难以消除,至今山下的泉水还是温暖的。诗人游骊山,历史悲剧浮现眼前,心情沉重。此诗抚今追昔,用典精当,构思新颖,联想巧妙,言近旨远,韵味隽永。

《秦岭韩文公祠》其二

登峰望不极,霁色远霏微。古庙留鸱宿,征人逐雁归。碑残论佛骨,钟卧蚀苔衣。何处潮阳界?千山立夕晖。

诗人在山顶上眺望,看不到尽头,天色晴朗,远景迷蒙。古庙里有猫头鹰,远行的人跟随大雁归去。残损的石碑上记载着《论佛骨表》的文章,卧钟长满苔藓。哪里是韩愈被贬之处,千峰耸立于夕阳的余晖中。诗中描写暮色笼罩的韩愈祠荒芜破败,历史与现实令诗人深感悲

---

① 谭嗣同著,李一飞编注《谭嗣同诗全编》,北京出版社,1998年,第235页。
② 谭嗣同著,李一飞编注《谭嗣同诗全编》,北京出版社,1998年,第236页。

哀。此诗抚今追昔，笔墨冲淡，意境凄清，设问巧妙，言近旨远，情韵深永。

（二）山水田园诗

《秦岭》

秦山奔放竞东走，大气莽莽青嵯峨。至此一束截然止，狂澜欲倒回其波。百二奇险一岭扼，如马注坂勒于坡。蓝水在右丹水左，中分星野凌天河。唐昌黎伯伯曰愈，雪中偃蹇曾经过。于今破庙兀千载，岁时尊俎祠岩阿。关中之游已四度，往来登此常悲歌。仰公遗像慕其德，谓钝可厉顽可磨。由汉迄唐道谁寄？董生与公余无它。公之文章若云汉，昭回天地光羲娥。文生于道道乃本，后有作者皆枝柯。惟文惟道日趋下，赖公崛起蠲沉疴。我昔刻厉蹑前躅，百追不及理则何？才疏力薄固应尔，就令有得必坎坷。观公所造岂不善，犹然举世相讥诃。是知白璧不可为，使我奇气难英多。便欲从军弃文事，请缨转战肠堪拖。誓向沙场为鬼雄，庶展怀抱无蹉跎。生平渴慕矍铄翁，马革一语心渐摩。非曰发肤有弗爱，涓埃求补邦之讹。班超素恶文墨吏，良以无益徒烦苛。谨再拜公与公别，束卷不复事吟哦。短衣长剑入秦去，乱峰汹涌森如戈。

秦岭雄伟横逸，竞相向东奔跑，气势雄浑，青翠的山峰高耸。秦岭如同刀削一般陡峭，山势起伏如汹涌波涛，山峰回环如河流弯转。秦岭扼守一方，形成天险，如同止住奔下斜坡的马一般奇险。蓝溪在秦岭左边，丹江在其右边，秦岭广大，跨越不同的分野，逼近银河。唐代诗人昌黎伯韩愈，经过秦岭时在雪中受困。如今韩愈祠在此耸立千载，逢年过节，有人到山里祭祀韩愈。诗人已四次游历关中，往来之中，登上秦岭时，常常慷慨悲歌。瞻仰韩愈的遗像，钦佩他的德行。韩愈的精神可以改变愚顽者，就好像钝刀可以磨得锋利。从汉到唐，谁继承了儒家的道统，只有董仲舒与韩愈。韩愈的著作如银河一般浩瀚、璀璨，如日月照耀大地。文以载道，道是根本，之后的文人皆舍本逐末。文章与道德日渐衰落，依靠韩愈奋起，免除积久难愈的弊病。

诗人曾刻苦而严格要求,追随前贤的脚步,最终难以企及,原因何在?自己才学疏浅,能力不足,固然应该如此,即使有所得也难免命运多舛。韩愈的德行、文章难道不好吗?为何仍然遭受普天下人的嘲笑、讥讽。因此要懂得人无法完美无缺,难以做到既志气不凡又才智过人。想投笔从戎,主动请求上战场,奋不顾身,拖肠死战。发誓战死沙场,成为英雄,希冀施展抱负,不虚度光阴。平生向往像马援一样,马革裹尸的豪言壮语,使心灵得到教育感化。并非不爱惜身体发肤,希望能以微薄之力为国家救偏补失。班超一向讨厌舞文弄墨之徒,这些人确实对国家无益,却白白使政务繁琐、法律严苛。恭敬地拜揖韩愈像,向他告别。收拾书卷,不再写作诗词。穿上短衣,佩带长剑,到陕西去。群峰攒簇,如水势翻腾上涌,似排列的戈,刺穿天空。

谭嗣同从秦岭经过,看到韩愈庙,感慨万千。此诗展现了诗人渴望济世安邦的雄心壮志和高尚情操。此诗抚今追昔,浮想联翩,意境雄壮,气势豪迈,类比巧妙,拟人传神,感悟深刻,立意高远,笔墨酣畅,气韵灵动。

《潼关》

终古高云簇此城,秋风吹散马蹄声。河流大野犹嫌束,山入潼关不解平。

从古至今,潼关被群山簇拥,高耸入云,秋风呼啸,掩盖了马蹄声。黄河流经广阔的原野,至此受阻。进入潼关后,层峦叠嶂,没有平坦之路。诗人途径潼关,满怀惊喜,写下所见所感。此诗大笔勾勒,形神毕肖,意境雄浑,气势磅礴,拟人生动,寄托深远。

《出潼关渡河》

平原莽千里,到此忽嵯峨。关险山争势,途危石坠窝。崤函罗半壁,秦晋界长河。为趁斜阳渡,高吟击楫歌。

辽阔的平原突然消失,巍峨的山峰挡住去路。险要关隘雄踞于气势壮观的层峦叠嶂之上,道路艰险,石头从高处坠落山谷。崤山与函谷关保护半壁江山,秦、晋以黄河为界。诗人赶到夕阳下的渡口,击楫中流,慷慨高歌。此诗意境雄壮,气势豪迈,笔力遒劲,遣词精妙。

《武关七绝》

横空绝蹬晓青苍,楚水秦山古战场。我亦湘中旧词客,忍听父老说怀王?

武关横亘天空,石阶直通关门,清晨,山色深青。这里是秦、楚的古战场。诗人作为楚人,不忍听人们讲述楚怀王的故事。诗人来到的武关,凭吊古战场,由楚国的衰亡,联想到岌岌可危的国运,心情格外沉痛。此诗抚今追昔,笔力刚健,意境苍凉,构思巧妙。

《秦岭韩文公祠》其一

绿雨笼烟山四围,水田千顷画僧衣。我来亦有家园感,一岭梨花似雪飞。

满眼翠绿,烟雨朦胧,四面环山,广阔的水田像僧人的百衲衣。诗人到此感觉好像回到家乡,满山的梨花像雪一样飞舞。诗人描写韩文公祠的美丽景色,抒发了思乡之情。此诗白描生动,诗中有画,比喻新奇,笔墨清丽,意境恬淡,韵味隽永。

《邠州七绝》

棠梨树下鸟呼风,桃李蹊边白复红。一百里间春似海,孤城掩映万花中。

在棠梨树下,鸟儿迎风啼叫,路边,桃花红,李花白。放眼望去,春天的景致像海洋一般壮丽。孤零零的邠州城隐藏于漫山遍野的鲜花之中,花与城相互映衬。邠州春光明媚,诗人陶醉于美景之中,流连忘返。此诗白描生动,语言清新,意境明丽,对比巧妙,拟人生动,韵味隽永。

(三) 纪行诗

《陕西道中》

曾闻剥枣旧风流,八月寒螀四野秋。翻恨此行行太早,枣花香里过豳州。

虎视龙兴竟若何,千秋劫急感山河。终南巨刃摩天起,怪底关中战伐多。

第一首诗，描写曾听说陕西流传着打枣的古老风俗，金秋八月，寒蝉在四处哀鸣。遗憾的是自己这次旅行，不是秋季，无缘目睹打枣的景象，不过在枣花芬芳袭人的时节经过邠州，也是一次美好的体验。诗人描绘了邠州的风俗与美景。此诗笔墨清新，意境恬淡，情绪变化，运笔曲折，地域色彩鲜明独特。

第二首诗，描写雄视天下的王者兴起，最终又能怎样，江山遭受浩劫，令人伤感。终南山如巨刃一般拔地而起，迫近天空，怪不得关中战争频繁。此诗抚今追昔，意境雄浑，比喻生动，联想巧妙，见解新奇，耐人寻味。

九、顾曾烜，字升初、晴古，江苏省南通市人。光绪九年（1883）进士。著有《华原风土词》1卷。光绪十七年（1891），顾曾烜任耀州知州。顾曾烜的咏陕诗为风俗诗、怀古诗。

（一）风俗诗

《华原风土词》其一

曼衍鱼龙百戏场，分棚啸侣各行觞。春人来去纷如织，箫鼓千村赛药王。

庙会上，舞龙灯、耍社火、杂技，精彩纷呈，猜拳、行酒令、斟酒，欢声笑语。踏青出游者，人流如织，悠扬的音乐声中，无数人参与纪念药王孙思邈的活动。这首诗生动地描绘了纪念药王的庙会盛况。此诗烘托巧妙，气氛欢快，场面热闹，民俗色彩，鲜明独特。

《祋祤庙》

野庙谁知香火因，千家尸祝属何人？浪传秦代销兵处，耳食纷纷祋祤神。

祋祤庙，在今陕西省耀县以东。

祋祤庙依然有人祭祀，在祋祤庙被众人祭祀的是谁？传说这里是秦代铸造兵器之地，众人轻信传言奉为祋祤神。此诗设问巧妙，直陈己见，笔力遒劲，格调朴素。

（二）怀古诗

《合阳杂咏》

远从姚姒国于斯，绵代风徽俨在兹。畎亩三征求圣相，门墙万乘拜醇师。箕裘仍世当钧轴，剑佩空山敞讲帷。父老每谈耕读乐，抗颜希与古人期。

从舜和禹的时代，就在合阳建立封国，虽然年代久远，但美好的风范依然在此地留存。商汤到田间三次征召伊尹，天子拜精通烹调和治国之道的伊尹为师。伊尹的后人累代承担国家重任，孔子的弟子子夏在飞浮山设帐讲学。合阳百姓以勤劳恬淡的生活为乐，态度严肃，希望能达到与先贤一样的境界。此诗立意高远，用典精当，衬托巧妙，格调高古。

十、张铣，字拜云，陕西省蒲城县人。光绪甲午（1894）举人。张铣的咏陕诗为游览诗。

《偕常铭卿孝廉游五台山歌》

殿上伐木声丁丁，游客到此心转清。前朝题记读不得，断碣摩挲生光明。道人肃客色足恭，山泉味淡情愈浓。

山崔嵬兮复崔嵬，太玄洞兮山之隈。童子秉炬探幽险，出入欢笑声若雷。拂尘坐阶少休憩，山鸟惊飞窥人来。

第一首诗，描写诗人与常孝廉友谊深厚，同游五台山。游客到了五台山内心清净。前代的碑碣字迹模糊，游人经常抚摸，表面已经闪闪发亮。道人热情谦恭地迎接游客，山泉水虽然普通却蕴涵着深厚的情感。此诗双关巧妙，用典精当，语言朴素，格调闲适。

第二首诗，描写五台山巍然矗立，太元洞位于五台山的半山腰，童子手持火把，引导游人探寻险境，洞中传出的欢笑声如同雷鸣。拂去尘土，坐在台阶上稍事休息。山间的鸟儿看到人来了，受到惊吓飞走了。此诗衬托巧妙，拟人生动，意境雄奇，言近旨远，格调高古。

第四节　生平事迹不详诗人的咏陕诗

清代,创作咏陕诗的作者,有 8 位生平事迹不详,有待进一步研究。这几位诗人创作了 10 首咏陕诗,其中,咏史怀古诗 6 首,山水田园诗 4 首。

一、陈毓彩,生平事迹不详。陈毓彩的咏陕诗为怀古诗。

《汉台》

赤帝龙兴事已陈,层台巩固尚如新。窗收栈道千峰秀,座览梁州万树春。当日宫殿湮故迹,此时郡国有仁人。迎来便洒随车雨,犹忆三章改暴秦。

刘邦建立汉朝已成为历史,汉台仍很坚固,如新建的一般。坐在窗边远望,栈道群山竞秀、汉中万木争春的景象映入眼帘。昔日的宫殿已经湮灭,只留下遗迹,如今汉王的封地有仁人治理。刘邦入关后施行仁政,与秦人约法三章,废除了秦的严刑峻法。此诗抚今追昔,对比鲜明,用典贴切,比喻新奇。

二、郭士藩,生平事迹不详。郭士藩的咏陕诗为怀古诗。

《汉台》

百尺风云大将台,凌空高峙对城隈。漫讥隆准非仁辟,毕竟王孙是俊才。弓影直教高鸟尽,鱼钩饵得假王来。黥彭功烈同销歇,汉水滔滔去不回。

高大的拜将台建于局势变幻动荡的楚汉战争时期,如今耸立空中的拜将台偏处城市的角落。世人肆意讥笑刘邦不是仁君,赞美韩信是英雄豪杰。刘邦计擒韩信印证了高鸟尽良弓藏的规律,刘邦封韩信为王是让他奋力灭楚的诱饵。英布、彭越功劳显赫,下场与韩信一样悲惨。往事像奔流的汉水一去不返。此诗抚今追昔,见解独到,感悟深刻,类比巧妙,耐人寻味。

三、章烶，生平事迹不详。章烶的咏陕诗为怀古诗。

《将台怀古》

高秋乘兴一登台，云净天空四望开。远浦烟光迷岭岫，平芜野色上蒿莱。重瞳慢敌谁知勇？隆准轻儒实爱材。推毂筑坛千载事，英雄过此尽徘徊。

秋高气爽时，诗人兴会所至登上拜将台。天高云淡，四顾，眼界开阔。远处的水滨升起云霭雾气，云雾缭绕，山峰若隐若现。平旷的原野上长满荒草。项羽轻视敌人，不了解智勇双全的韩信，刘邦看不起儒生，却爱惜有真才的韩信。刘邦筑坛拜韩信为大将，此事传为千古佳话。志士登临拜将台，久久不愿离去。此诗抚今追昔，对比鲜明，笔墨淡雅，意境高远，设问巧妙，见解独到。

四、张炳蔚，生平事迹不详。张炳蔚的咏陕诗为怀古诗。

《拜将台怀古》

江流咽尽鼓鼙声，谁似淮阴善将兵？学剑早轻万人敌，登坛还使一军惊。从龙几见侯封遂，鸷雉翻教祸水成。猛士飘零王气歇，歌风台下暮云横。

江水呜咽，湮没了战鼓声，没有人能像韩信那样善于用兵。他早年学习剑术，已表现出胆识过人之处，刘邦筑坛拜他为大将，更加令众人吃惊。韩信跟随刘邦打天下，几度被封王侯，最后反而惨死于吕后之手。勇士漂泊流落，象征帝王运数的祥瑞之气消失。傍晚，歌风台上阴云笼罩。此诗抚今追昔，情绪悲伤，拟人生动，衬托巧妙，感慨遥深，耐人寻味。

五、白纶，生平事迹未详。白纶的咏陕诗为怀古诗、山水诗。

（一）怀古诗

《长陵天朗》

高耸长陵逐鹿雄，长陵如在砀山中。明烟不觉趋跄下，想见当年赋大风。

巍峨的长陵埋葬着争夺天下而称雄的刘邦，长陵上空云气飘荡，仿佛刘邦曾隐身的砀山。晴空中，烟云若有若无，诗人不疾不徐走下台阶,眼前浮现出刘邦作《大风歌》的情景。此诗类比巧妙,想象生动,意境迷离,言近旨远。

(二) 山水诗

《咸阳古渡》

渭水黄花古渡头,表里山河几千秋。临流大见褰裳客,冬自桥梁夏自舟。

菊花盛开的时节,诗人来到渭河边的古渡口,从古至今,咸阳有山河天险作为屏障。在河边看到许多人撩起衣裳准备过河,冬天架桥,夏天摆渡。此诗笔墨冲淡,意境闲适,言近旨远,韵味隽永。

《丰堤榆柳》

榆钱柳絮弄柔条,垂曳长堤碧水遥。驴背诗思吟不断,灞桥风景在丰桥。

丰河,为长安八水之一。

春天,榆树结满榆钱,柳树柔软的枝条轻拂。丰河岸边树枝低垂,随风摇曳,河水碧绿,流向远方。美景激发了诗人赋诗的兴致,字斟句酌,仔细推敲。眼前的景象与灞柳风雪一样美好。此诗白描生动,用典精当,类比巧妙,意境淡远。

六、陈维,字四张,号诘庵,陕西省礼泉人,举人。生平事迹不详。陈维的咏陕诗为怀古诗。

《雨后望昭陵》

雨后昭陵景色稀,文皇弓剑此中归。九原不听徐妃谏,又向山头建翠微。

雨后的昭陵景色绝美,唐太宗的遗物埋在此处。雨过天晴,昭陵山色青翠,也许是九泉下的唐太宗不听徐妃谏劝,又在山顶营建翠微宫了。此诗构思新颖,联想巧妙,语言清新,笔致灵动。

七、张文兴,陕北人,生平事迹不详。张文兴的咏陕诗为山水诗。

《小寒食过榆阳桥寄兴》

红山十里渡溪桥,寒水东流雪正消。岸曲乌啼樵路窄,柳声人语戍亭遥。回风乍暖催花蕊,小雨初晴暗柳条。芳草踏来春已半,伤心寒食是明朝。

榆阳桥,位于今陕西省榆林市榆阳河上,建于明代成化年间。

走过十里红山,渡过溪桥。雪融化了,冰冷的河水向东流。岸边有鸟叫,上山砍柴的道路狭窄,柳树下有人说话,驻防的瞭望台遥远。风突然变暖,鲜花吐蕊,雨过天晴,柳叶变绿。小草芬芳,春天即将过去,明天就是令人悲伤的寒食。此诗笔墨清丽,白描生动,诗中有画,意境淡远,动静相衬,情绪起伏,言近旨远,韵味隽永。

八、张云翮,陕北人,生平事迹不详。张云翮的咏陕诗为山水诗。

《天宁寺》

亭亭古柏任栖鸦,老干虬枝曲影斜。天籁微风声自韵,轻翻叶纷乱霜花。

古柏挺立,乌鸦栖息树上。树干苍劲,树枝盘曲,树影横斜。鸟声、水声、风声组成韵律优美的音乐,微风轻拂树叶,弄乱了皎洁月光下的影子。此诗感受细腻,化用巧妙,拟人新奇,笔墨淡雅,意境清幽,言近旨远。

参考文献

古人著作

汉

[1] 班固.汉书[M].长沙:岳麓书社,2008.

宋

[1] 郭茂倩.乐府诗集[M].北京:中华书局,1979.

[2] 李昉等编.太平广记[M].北京:中华书局,1961.

元

[1] 胡祗遹.胡祗遹集[M].长春:吉林文史出版社,2008.

[2] 揭傒斯.揭曼硕诗集[M].北京:中华书局,1985.

[3] 刘因.静修先生文集[M].北京:中华书局,1985.

[4] 马祖常著,李叔毅点校.石田先生文集[M].郑州:中州古籍出版社,1991.

[5] 脱脱等.金史[M].北京:中华书局,1975.

[6] 汪元量.增订湖山类稿[M].北京:中华书局,1984.

[7] 王恽著,杨亮、钟彦飞汇校.王恽全集汇校[M].北京:中华书局,2013.

[8] 王冕.竹斋集[M].杭州:西泠印社出版社,2011.

[9] 姚燧.牧庵集[M].北京:中华书局,1985.

[10] 杨维桢.铁崖先生古乐府[M],四部丛刊初编集部[C].上海:上海书店,1989.

[11] 袁桷.清容居士集[M].北京:中华书局,1985.

469

[12] 虞集.虞集全集[M].天津:天津古籍出版社,2007.

[13] 张养浩.张养浩集[M].长春:吉林文史出版社,2008

[14] 萨都剌著,殷孟伦、朱广祁标点.雁门集[M].上海:上海古籍出版社,1982.

明

[1] 方孝孺著,徐光大校点.逊志斋集[M].宁波:宁波出版社,1996.

[2] 高启著,徐澄宇、沈北宗校.高青丘集[M].上海:上海古籍出版社,1985.

[3] 顾起元.元明史料笔记丛刊 客座赘语[M].北京:中华书局,1987.

[4] 韩邦靖.韩五泉诗[M].济南:齐鲁书社,1997.

[5] 何景明.大复集[M].上海:上海古籍出版社,1993.

[6] 何良俊.四友斋丛说[M].上海:上海古籍出版社,2012.

[7] 胡应麟.诗薮[M].北京:中华书局,1958.

[8] 康海.对山文集[M],明代论著丛刊[C].台北:伟文图书出版社有限公司,1976.

[9] 李东阳著,周寅兵点校.李东阳集[M].长沙:岳麓书社,1984.

[10] 李梦阳.空同集[M].上海:上海古籍出版社,1991.

[11] 李开先著,路工辑校.李开先集[M].北京:中华书局,1959.

[12] 李攀龙著,李伯齐校点.李攀龙集[M].济南:齐鲁书社,1993.

[13] 刘基著,何镗编校.诚意伯文集[M].上海:商务印书馆,1936.

[14] 马中锡.东田文集[M].北京:中华书局,1985.

[15] 宋濂.元史[M].北京:中华书局,1976.

[16] 唐龙.渔石集[M].北京:中华书局,1985.

[17] 田汝成.西湖游览志余[M].上海:上海古籍出版社,1998.

[18] 王九思.渼陂集[M],明代论著丛刊[C].台北:伟文图书出版社有限公司,1976.

[19] 王廷相.王廷相集[M].北京:中华书局,1989.

［20］王世贞著,陆洁栋、周明初批注.艺苑卮言［M］.南京:凤凰出版社,2009.

［21］王锜.寓圃杂记 鼓山笔麈［M］.北京:中华书局,1984.

［22］王鏊.苏州文献丛书·王鏊集［M］.上海:上海古籍出版社,2013.

［23］王士性撰,吕景琳点校.广志绎［M］.北京:中华书局,1981.

［24］徐泰.诗谈［M］.北京:中华书局,1991.

［25］杨士奇著,刘伯涵、朱海点校.东里文集［M］.北京:中华书局,1998.

［26］杨慎.升庵集［M］.上海:上海古籍出版社,1993.

［27］叶盛著,魏中平点校.水东日记［M］.北京:中华书局,1980.

［28］袁宏道著,钱伯城笺校.袁宏道集笺校［M］.上海:上海古籍出版社,1981.

［29］宗泐.全室外集［M］.台北:明文书局,1981.

［30］祝允明.怀星堂集［M］,中国古代书画家诗文集丛书［C］.杭州:西泠印社出版社,2012.

清

［1］陈田辑.明诗纪事［M］,王云五主编.万有文库［C］.上海:商务印书馆,1936.

［2］顾炎武.顾亭林诗文集［M］.北京:中华书局,1983.

［3］顾嗣立.元诗选(初集)［M］.北京:中华书局,1987.

［4］顾嗣立.元诗选(二集)［M］.北京:中华书局,1987.

［5］龚自珍.龚自珍全集［M］.杭州:浙江古籍出版社,2014.

［6］洪亮吉.北江诗话［M］.北京:中华书局,1985.

［7］黄宗羲.明儒学案(上册)［M］.北京:中华书局,2008.

［8］李调元著,吴熙贵评注.李调元诗话评注［M］.重庆:重庆出版社,1989.

［9］李慈铭.越缦堂读书记［M］.上海:上海书店出版社,2015.

［10］林则徐著,郑丽生校笺.林则徐诗集［M］.福州:海峡文艺出版社,1987.

［11］钱谦益.列朝诗集小传［M］.北京:古典文学出版社,1957.

［12］沈德潜.明诗别裁集［M］.上海:上海古籍出版社,2013.

［13］沈德潜.清诗别裁集［M］.上海:上海古籍出版社,1984.

［14］孙枝蔚.溉堂集［M］.上海:上海古籍出版社,1979.

［15］孙桐生.国朝全蜀诗钞［M］.成都:巴蜀书社,1985.

［16］谭吉璁纂修,陕西省榆林市地方志室编.康熙延绥镇志［Z］.上海:上海古籍出社,2012.

［17］谭嗣同著,李一飞编注.谭嗣同诗全编［M］.北京:北京出版社,1998.

［18］唐树义等编,关贤柱点校.黔诗纪略［M］.贵阳:贵州人民出版社,1993.

［19］王夫之等.清诗话［M］.上海:上海古籍出版社,1963.

［20］王士禛著,惠栋、金荣注.渔洋精华录集注［M］.济南:齐鲁书社,1992.

［21］王昶著,周维德辑校.蒲褐山房诗话新编［M］.济南:齐鲁书社,1988.

［22］王弘撰著,何本方点校.山志［M］.北京:中华书局,1999.

［23］魏源.魏源集［M］.北京:中华书局,1976.

［24］徐釚.词苑丛谈［M］.上海:上海古籍出版社,1981.

［25］阎尔梅著,王汝涛、蔡生印编注.白耷山人诗集编年注［M］.北京:中国文联出版社,2002.

［26］姚鼐.惜抱轩诗文集［M］.上海:商务印书馆,1936.

［27］袁枚著,周本淳标校.小仓山房诗文集［M］.上海:上海古籍出版社,1988.

［28］永瑢.四库全书总目［Z］.北京:中华书局,1965.

［29］查继佐.罪惟录［M］.杭州:浙江古籍出版社,1986.

［30］张问陶.船山诗草［M］.北京：中华书局，1986.

［31］张金吾编.金文最［M］.北京：中华书局，1990.

［32］赵翼.陔余丛考［M］.石家庄：河北人民出版社，1990.

［33］朱彝尊.静志居诗话［M］.北京：人民文学出版社，1990.

［34］郑书香等.宁羌州志［M］.台北：成文出版社，1969.

今人著作

［1］蔡景康编选.明代文论选［M］.北京：人民文学出版社，1993.

［2］陈葛满编.宋濂诗文评注［M］.武汉：长江文艺出版社，1997.

［3］陈衍.石遗室诗话［M］.沈阳：辽宁教育出版社，1998.

［4］邓之诚.清诗纪事初编［M］.上海：上海古籍出版社，1984.

［5］邓绍基、史铁良编著.元诗精华二百首［M］.西安：陕西人民出版社，1998.

［6］段宪文、周鹏飞等辑注.三秦胜迹诗选［M］.西安：陕西人民出版社，1987.

［7］冯乾编校.清词序跋汇编［M］.南京：凤凰出版社，2013.

［8］高春艳.李因笃文学研究［M］.北京：中国社会科学出版社，2011.

［9］高峡主编，李林娜、王原茵、王其祎副主编.西安碑林全集　30卷　碑刻［M］.广州：广东经济出版社，1999.

［10］霍松林主编.历代咏陕诗词曲集成［M］.西安：三秦出版社，2007.

［11］华夫主编.赵翼诗编年全集第一册［M］.天津：天津古籍出版社，1996.

［12］蒋瑞藻编著.越缦堂诗话·续杜工部诗话［M］.杭州：浙江古籍出版社，2014.

［13］柯劭忞.新元史［M］.长春：吉林人民出版社，1998.

［14］李修生主编.全元文（16）［M］.南京：江苏古籍出版社，2000.

［15］李元庆.明代理学大师：薛瑄［M］.太原：山西高校联合出版社，1993.

［16］毛效同编.汤显祖研究资料汇编［Z］.上海：上海古籍出版
社,1986.

［17］蒲林德主编.阆中古代贤官良将［M］.成都：四川人民出版
社,2017.

［18］钱仲联主编.清诗纪事［M］.南京：江苏古籍出版社,1987.

［19］钱振民.李东阳年谱［M］.上海：复旦大学出版社,1995.

［20］孙克强、岳淑珍编著.金元明人词话［M］.天津：南开大学出版
社,2012.

［21］王叔磐、孙玉溱等选.元代少数民族诗选［M］.呼和浩特：内蒙古
人民出版社,1981.

［22］王韶华.元代题画诗研究［M］.北京：中国传媒大学出版社,2010.

［23］王广林编著.秦安历代县令［M］.西安：三秦出版社,2014.

［24］吴建伟主编.回回旧事类记［M］.银川：宁夏人民出版社,2002.

［25］吴曾祺编著,子聿点校.历代名人小简［M］.长沙：岳麓书社,1984.

［26］吴长庚编.蒋士铨诗选［M］.郑州：中州古籍出版社,1990.

［27］邬庆时.屈大均年谱［M］.广州：广东人民出版社,2006.

［28］徐世昌编.晚晴簃诗汇［M］.北京：中国书店,1988.

［29］杨镰.元代文学编年史［M］.太原：山西教育出版社,2005.

［30］伊丕聪.王渔洋先生年谱［M］.济南：山东大学出版社,1989.

［31］袁永冰编.栈道诗钞［M］.西安：陕西人民出版社,2010.

［32］赵越、段平选注.吴镇诗词选注［M］.兰州：甘肃人民出版社,1992.

［33］张玉奇编.蒋士铨研究论文集［C］.南昌：江西人民出版社,1989.

［34］查洪德、李军.元代文学文献学［M］.北京：中国社会科学出版
社,2002.

［35］《中华大典》编纂委员会编.中华大典·文学典·明清文学分典
［M］.南京：凤凰出版社,2005.

［36］张焕玲、赵望秦.古代咏史集叙录稿［M］.西安：三秦出版社,2013.

［37］张全民编著.隋唐长安城［M］.西安：西安出版社,2016.

［38］郑家治.古代诗歌史论［M］.成都:巴蜀书社,2003.

［39］宗典编.柯九思史料［M］.上海:上海人民美术出版社,1963.

论文

［1］曹丽.浅析《清人诗文集总目提要》中的舛误［J］.图书馆理论与实践,2011(5).

［2］陈友乔、颜婷.试论叶梦熊的"三不朽"功绩［J］.惠州学院学报,2015(5).

［3］陈宝良.明代旅游文化初识［J］.东南文化,1992(2).

［4］邸晓平.祝允明诗文集版本考辨［J］.古籍整理研究学刊,2004(6).

［5］冯岁平.虚白道人及其《忠武侯祠墓志》［J］.文博,2000(6).

［6］焦文彬.韩邦靖简论［J］.陕西师范大学学报,1987(1).

［7］李佩伦.李庭及其《寓庵集》兼为元诗一辩［J］.青海民族学院学报,1993(2).

［8］李金涛.论魏源山水诗的近代特征［J］.湖北民族学院学报,2001(4).

［9］吕美.明秦简王朱诚泳及其《小鸣稿》研究［D］.西北大学硕士学位论文,2015.

［10］吕立汉.刘基文集版本源流考述［J］.文学遗产,2000(2).

［11］欧初、王贵忱.《屈大均全集》前言［J］.广州师院学报,1996(2).

［12］潘承玉.张潮:从历史尘封中披帷重出的一代诗坛怪杰［J］.苏州大学学报,2002(1).

［13］冉耀斌.清代三秦诗人群体研究［D］.南京师范大学博士学位论文,2012.

［14］宋晓娴.王权及其诗文研究［D］.西北师范大学硕士学位论文,2015.

［15］石磊.赵统年谱［D］.西北大学硕士学位论文,2013.

［16］孙启新.《聊斋志异校注》人物补注［J］.蒲松龄研究,2016(4).

[17] 单明川.明代济南府作家研究[D].上海师范大学硕士学位论文,2011.

[18] 时志明.谭嗣同和他的山水诗[J].苏州大学学报,2003(2).

[19] 涂小丽.元代咏史诗研究述评[J].现代语文,2017(11).

[20] 王利民.王士禛纪游诗简析[J].中国韵文学刊,1994(2).

[21] 王英志.顾炎武山水诗简论[J].南京师大学报,1996(3).

[22] 王英志.袁枚与《袁枚全集》[J].苏州大学学报,1993(3).

[23] 王子今.咸阳历史、文化、风情的展现——朱维鱼渭城竹枝词阐释[J].咸阳师范学院学报,2003(1).

[24] 王小芳.张原世系生平交游研究[D].西北大学硕士学位论文,2011.

[25] 王琳.明代山水诗概论[J].阴山学刊,1999(1).

[26] 文爽.李梦阳评点石淙诗稿辑钞(上)[A],胡晓明主编.中国文论的思想与智慧(古代文学理论研究第四十辑)[C].华东师范大学出版社,2015.

[27] 吴金阳.明代中晚期文士旅游研究[D].云南师范大学硕士学位论文,2015.

[28] 阳海清.何景明著述版刻述略[J].信阳师范学院学报,1985(2).

[29] 杨应芹.施闰章著述考[J].安徽师大学报,1993(1).

[30] 杨世明.李调元年谱略稿[J].南充师院学报,1980(2).

[31] 张海燕.清代咏史创作论稿[D].陕西师范大学博士学位论文,2014.

[32] 张雨晨.明代上海地区诗文集序跋整理与研究[D].上海师范大学硕士学位论文,2019.

[33] 周振鹤.从明人文集看晚明旅游风气及其与地理学的关系[J].复旦学报,2005(1).

[34] 朱惠国.论宋翔凤词学思想及其意义[J].复旦学报,2005(3).

图书在版编目(CIP)数据

元明清咏陕诗文本解读/伏漫戈著.—上海:上海三联书店,2023.1
ISBN 978 - 7 - 5426 - 7920 - 8

Ⅰ.①元… Ⅱ.①伏… Ⅲ.①古典诗歌-诗集-中国-元代-清代 Ⅳ.①I222.747

中国版本图书馆 CIP 数据核字(2022)第 206622 号

元明清咏陕诗文本解读

著　　者 / 伏漫戈

责任编辑 / 殷亚平
装帧设计 / 徐　徐
监　　制 / 姚　军
责任校对 / 王凌霄

出版发行 / 上海三联书店
　　　　　(200030)中国上海市漕溪北路 331 号 A 座 6 楼
邮　　箱 / sdxsanlian@sina.com
邮购电话 / 021 - 22895540
印　　刷 / 上海惠敦印务科技有限公司

版　　次 / 2023 年 1 月第 1 版
印　　次 / 2023 年 1 月第 1 次印刷
开　　本 / 640 mm×960 mm　1/16
字　　数 / 400 千字
印　　张 / 30.5
书　　号 / ISBN 978 - 7 - 5426 - 7920 - 8/I·1794
定　　价 / 128.00 元

敬启读者,如发现本书有印装质量问题,请与印刷厂联系 021 - 63779028